MÉMOIRES

DE

MME DE GENLIS.

PARIS. TYPOGRAPHIE HENRI PLON,
RUE GARANCIÈRE, 8.

MÉMOIRES

DE

MME DE GENLIS

SUR LA COUR, LA VILLE ET LES SALONS DE PARIS

ILLUSTRÉS

PAR JANET-LANGE ET V. FOULQUIER,

PUBLIÉS AVEC LE CONCOURS DE MADAME GEORGETTE DUCREST.

PARIS,

GUSTAVE BARBA, LIBRAIRE-ÉDITEUR,

RUE DE SEINE, 31.

70.

CHRONIQUES
POPULAIRES
ILLUSTRÉES
PAR JANET-LANGE ET FOULQUIER

MÉMOIRES
DE

MADAME DE GENLIS.

AVANT-PROPOS

Ayant écrit sous la dictée de ma tante une partie de ses Mémoires, j'ai pu savoir à quel point ils avaient été allongés par des intercalations de vers, de notes, de dissertations littéraires et de citations nombreuses d'auteurs contemporains. Madame de Genlis céda aux demandes de son éditeur, et nuisit ainsi au succès de cette publication.

M. Barba a pensé que c'était honorer madame de Genlis que de faire paraître une édition de ses Mémoires en les débarrassant de tout ce qui leur est étranger ; il a bien voulu me charger de ce travail, persuadé que c'était un devoir que je serais heureuse de remplir. Je n'ai *rien ajouté*, excepté quelques notes. Je les ai signées. Si en élaguant beaucoup je suis parvenue à rendre à cet ouvrage son intérêt primitif, je serai récompensée de la fatigue d'un travail que mon tendre attachement et mon respect pour ma tante m'ont fait entreprendre.

GEORGETTE DUCREST.

Paris, octobre 1855.

521.

Madame de Genlis.

PRÉFACE.

Tout auteur doit répondre de son ouvrage, c'est une vérité incontestable, puisqu'il est généralement reconnu qu'il y a également de la lâcheté à publier un écrit à la fois anonyme et critique ; quelque fondée que soit la censure, un auteur ne peut se la permettre avec autorité, et par conséquent avec fruit, qu'en se nommant. Il est impossible qu'il n'y ait pas un grand nombre de critiques (et souvent très-piquantes) dans un ouvrage qui contient une infinité d'anecdotes particulières, et le récit des événements arrivés successivement pendant plus d'un demi-siècle. Laisser après soi des mémoires qu'on eût craint de publier durant sa vie, c'est rendre suspecte leur véracité, et c'est en quelque sorte profaner l'asile inaccessible et sacré de la tombe ; faite pour être le dernier refuge de l'innocence opprimée, elle ne doit pas l'être de la pusillanimité des écrivains, quelsqu'ils soient, qui n'osent mettre au jour leur histoire que lorsqu'ils sont renfermés dans son

1

sein. La pierre sépulcrale est muette. Puisqu'on ne peut l'interroger, elle ne doit retentir que pour être l'écho touchant des vœux de la religion et des regrets de l'amitié. L'authenticité des mémoires (surtout dans les temps de troubles et de factions) n'est incontestable à tous les yeux que lorsque l'auteur se décide à voir paraître de son vivant ces récits contemporains ; alors même que les écrits posthumes sont parfaitement exacts et fidèles, le public peut toujours croire qu'ils sont falsifiés.

La malveillance n'a jamais pu, dans aucun de mes ouvrages, relever un seul mensonge, une seule citation inexacte ; cependant ces ouvrages contiennent beaucoup de critiques, mais je ne me suis jamais permis d'en faire que pour l'intérêt de la religion et de la morale, et j'ai toujours loué de bonne foi, et souvent mes ennemis mêmes, lorsqu'ils ont été irréprochables à cet égard ; on trouvera dans ces mémoires la même droiture et la même impartialité ; ils seront utiles, parce qu'ils seront véridiques, et que l'humeur et le ressentiment n'en auront pas dicté une seule ligne.

C'est à regret que j'ai été forcée dans ces mémoires de rendre compte d'une partie des procédés de feu madame de Montesson, ma tante, avec moi ; je dis une partie, car il s'en faut bien que je sois entrée dans tous les détails que j'aurais pu donner à cet égard ; il ne m'en eût rien coûté d'omettre ma propre justification, mais il m'était impossible de sacrifier celle de ma mère et de mon frère, qui, comme on le verra dans cet ouvrage, se trouvent continuellement impliqués dans ce récit. Mais en prouvant, par des faits, que madame de Montesson n'a jamais été ma bienfaitrice, qu'elle ne m'a de sa vie rendu un seul service, qu'elle m'a fait beaucoup de mal, je parle toujours d'elle sans animosité ; je n'attaque jamais ses mœurs et sa réputation, je la justifie même d'une insigne calomnie généralement reçue, je rends avec plaisir justice à ses bonnes qualités, et je conte d'elle un trait charmant qui n'est connu de personne.

Je m'applaudis d'être le premier auteur qui ait donné l'utile exemple de publier ses mémoires de son vivant ; j'ai eu quelque mérite à prendre cette résolution, car j'imaginais qu'en général les gens du monde la désapprouveraient par ces phrases banales si souvent appliquées sans discernement, et qui néanmoins font tant d'impression sur les esprits irréfléchis : je croyais que l'on répéterait qu'il ne faut pas se mettre en scène, qu'une femme surtout doit éviter l'éclat, etc.

Un auteur n'est que trop accoutumé à se mettre en scène lorsqu'il a fait imprimer une grande quantité de volumes et que depuis un demi-siècle il attaque sans interruption les mauvaises doctrines et par conséquent les philosophistes ; aussi depuis longtemps suis-je entièrement blasée sur les injustices, les écrits satiriques, les libelles et la crainte de me mettre en scène. D'ailleurs, dans un siècle où l'on voit les biographies sur les personnages vivants se multiplier, il devient presque indispensable de publier ses mémoires, lorsqu'on a pris la peine de les écrire, afin de rectifier un nombre infini d'erreurs et de calomnies qui sont presque toujours involontaires.

D. GENLIS.

MÉMOIRES DE MADAME DE GENLIS.

CHAPITRE PREMIER.
1746-1752.

Ma naissance. — Le bailli manque de m'étouffer. — La miaulée. — Accidents. — Mon éducation. — Les moines de Sept-Fonts.

Presque tous mes contemporains ont laissé des mémoires contenant l'histoire de leur vie entière, ou du moins celle d'une longue suite d'années. J'ai lu tous ces mémoires ; ils parlent du temps où j'ai vécu, des choses qui se sont passées sous mes yeux. J'avais moi-même recueilli les détails dans un journal particulier auquel j'ai travaillé, sans interruption, tous les soirs, pendant les quinze ans que j'ai passés de suite dans le plus grand monde. Tous les mémoires qui ont été publiés jusqu'à cette année, 1812, contiennent un grand nombre d'anecdotes scandaleuses, je n'en ai jamais recueilli de telles, mais je pourrai dans cet ouvrage réfuter beaucoup de calomnies, et ce sera d'une manière non suspecte, car elles me sont étrangères, et souvent même elles tombent sur des gens qui ont été mes ennemis. Le désir de faire cet acte de justice a beaucoup contribué à me donner l'idée d'entreprendre ces mémoires. D'abord j'ai connu presque tous les littérateurs célèbres de ce siècle, et ma jeunesse s'est passée durant la maturité et la vieillesse de ceux du siècle précédent. Ainsi je peux me flatter de laisser sur plus d'un demi-siècle de notre littérature de bons mémoires, parce qu'ils seront parfaitement véridiques. J'ai dû croire encore qu'ayant passé une grande partie de ma vie à la cour et dans le plus grand monde, je pourrais donner un tableau fidèle d'une société éteinte ou dispersée, et d'un siècle non-seulement écoulé, mais effacé du souvenir de ceux qui existent aujourd'hui. Enfin, j'ai pensé que ma vie littéraire n'était pas dénuée de tout intérêt, et qu'il serait assez curieux d'y voir comment une personne qui a tant aimé la solitude, la paix et les beaux-arts, et dont le caractère était naturellement doux, timide et réservé, a pu se résoudre à faire tant de bruit, à se mettre si souvent en scène et à s'engager dans des guerres interminables.

Si je sentais au fond de mon cœur le moindre ressentiment, la plus légère rancune contre les gens dont je veux parler, je renoncerais à cet ouvrage, dans la crainte qu'il ne s'y glissât, malgré moi, quelque trait amer ou malin ; je puis protester, avec une scrupuleuse vérité, qu'il n'existe pas dans mon âme un seul mouvement de malveillance contre qui que ce soit, et que, dans tous les instants de ma vie, je n'eusse jamais refusé de rendre un service, même secret, au plus ardent de mes ennemis, si j'en eusse eu le pouvoir. À soixante-six ans passés, quand on a beaucoup souffert, qu'on est usé par un long travail, on voit de si près la nuit inévitable et prochaine du tombeau, qu'il ne faut pas un grand effort d'imagination pour se croire déjà enveloppé de ses ombres !..... Là, toutes les illusions humaines ont disparu, toutes les petites vanités sont appréciées, toutes les inimitiés s'anéantissent..... Du fond de la tombe un cri éternel, un seul cri s'élève depuis la naissance du monde, il implore la miséricorde ! Le juge souverain n'y répond que par ces paroles : As-tu pardonné ?.....

Je naquis le vingt-cinq janvier de l'année mille sept cent quarante-six dans une petite terre en Bourgogne, près d'Autun, et qu'on appelle Champcéri, par corruption, dit-on, de Champ de Cérès, nom primitif de cette terre. Je vins au monde si petite et si faible, qu'il ne fut pas possible de m'emmailloter ; et peu d'instants après ma naissance, je fus au moment de perdre la vie. On m'avait mise dans un oreiller de plumes, dont, pour me tenir chaude on avait attaché avec une épingle les deux côtés repliés sur moi : on me posa, arrangée ainsi, dans le salon sur un fauteuil. Le bailli du lieu, qui était presque aveugle, vint pour faire son compliment à mon père ; et comme, suivant l'usage de province, il écartait avec soin les grands pans de son habit pour s'asseoir, on s'aperçut qu'il allait s'établir sur le fauteuil où j'étais ; on se saisit pour lui pour le faire changer de place, et l'on m'empêcha ainsi d'être écrasée. On me donna une nourrice qui me nourrit au château ; cette nourrice cacha qu'elle était grosse de quatre mois ; mais elle me nourrit avec du vin mêlé d'eau, et d'un peu de mie de pain de seigle passée dans un tamis, sans me donner jamais une seule goutte d'aucun lait. Cette singulière nourriture, qu'on appelle en Bourgogne de la miaulée, réussit parfaitement à avec l'apparence de la délicatesse, je pris une très-bonne santé. J'éprouvai dans mon enfance une suite d'accidents fâcheux. À dix-huit mois je me jetai dans un étang, on eut beaucoup de peine à me repêcher ; à cinq ans je fis une chute, j'eus une grande blessure à la tête ; comme elle rendit beaucoup de sang, on ne me fit pas saigner ; un dépôt se forma dans la tête, il perça par l'oreille au bout de quarante jours ; et, contre toute espérance, je fus sauvée. Peu de temps après, je tombai dans le brasier d'une cheminée, mon visage ne porta point, mais j'ai conservé toute ma vie deux marques de brûlures sur le corps. Ainsi fut en danger tant de fois, dès ses premières années, cette vie qui devait être si orageuse.

Mon éducation a été si extraordinaire, que je ne puis m'empêcher d'en rendre compte ici. Mon père vendit la terre de Champcéri (je n'avais alors que deux ans). Il possédait une maison à Cosne, il alla s'y établir et y passa trois ans. Le souvenir de cette maison, de son superbe jardin et de sa belle terrasse sur la Loire, est resté ineffaçablement gravé dans ma mémoire, ainsi que celui du château du Myenne, à une lieue de Cosne, où nous allions sans cesse. Passant sur cette route trente-cinq ans après, je reconnus dans l'instant ce château ; je n'avais pourtant que cinq ans lorsque nous quittâmes Cosne. Mon père acheta le marquisat de Saint-Aubin, terre charmante sur cette route, son étendue et ses droits honorifiques et seigneuriaux. Je n'ai jamais pensé sans attendrissement à ce lieu qui m'a été si cher, et dans lequel se sont écoulées pour moi six années d'innocence et de bonheur ! Oh ! combien, à l'instant où j'écris, il m'est plus doux de me retracer les promenades et les jeux de mon heureuse enfance, que la pompe et l'éclat des palais où j'ai vécu depuis !... Toutes ces cours si florissantes alors sont anéanties ! Tous les projets qu'on y formait avec tant d'assurance n'étaient que des chimères ! L'impénétrable avenir a trompé également la sécurité des princes et l'ambition des courtisans ! Versailles tombe en ruine [1], les délicieux

G. D.

[1] Ceci était écrit en 1820.

jardins de Chantilly, de Villers-Cotterets, de Sceaux, de l'Isle-Adam, sont détruits; j'y chercherais en vain les traces de cette fragile grandeur que j'y admirais jadis; mais je retrouverais les rivages de la Loire aussi riants, les prairies de Saint-Aubin aussi remplies de violettes et de muguet et ses bois plus élevés et plus beaux! Il n'y a point de vicissitudes pour les beautés immuables de la nature; tandis que dans les révolutions sanglantes, les palais, les colonnes de marbre, les statues de bronze, les villes mêmes disparaissent en un instant, la simple fleur des champs, bravant tous ces orages, croît, brille et se multiplie toujours.

Le château de Saint-Aubin ressemblait assez à ceux qu'a dépeints depuis madame Radcliff. Il était antique et délabré, il avait de vieilles tours, des cours immenses, dans l'une desquelles était un canal bordé d'ébéniers, arbre très-rare alors. On nourrissait de belles carpes dans cette pièce d'eau. A deux pas de la Loire, on avait eu la maladresse de bâtir le château de manière que d'aucune fenêtre on n'apercevait cette belle rivière. On me logea au rez-de-chaussée dans une tour formant une petite chambre humide qui donnait sur une terrasse, au bas de laquelle était un vaste étang.

Cette petite tour, où je couchais, est la seule chose qu'on ait conservé de l'ancien bâtiment. Les habitants du pays se sont souvenus et ont dit qu'elle me servait de chambre dans mon enfance, et, par une bonté dont je suis touchée, on n'a pas voulu l'abattre. Je tiens ce détail de M. le marquis d'Aligre, possesseur actuel de la terre de Saint-Aubin.

Ma mère habitait l'autre côté du bâtiment, j'étais séparée d'elle par une pièce où couchait ma gouvernante et par un immense salon. Les appartements du premier étaient réservés pour les étrangers. La ville la plus voisine de nous était Bourbon-Lancy; mon père en était seigneur. Il y avait dans cette ville des eaux minérales chaudes; elles étaient assez fréquentées: nous étions à six lieues de Moulins et à douze d'Autun.

En sortant du château, on se trouvait sur le bord de la Loire; et sur l'autre rive, vis-à-vis le château, était située la fameuse abbaye de Sept-Fonts, dont mon père était aussi seigneur, ce qui établissait de grandes relations entre lui et les religieux de cet ordre. Nous allions quelquefois dîner dans cette abbaye, car il y avait un appartement pour les étrangers, et les pères y donnaient à dîner. C'était un très-grand plaisir pour moi de m'embarquer et de passer la Loire en bateau pour aller à Sept-Fonts. D'ailleurs j'avais tant de vénération pour les saints solitaires, que je ne me lassais point de regarder ceux qui venaient nous tenir compagnie; je savais que dans l'intérieur de leur maison ils gardaient un silence éternel, sorte que je trouvais aussi curieux de les entendre parler, que s'ils eussent été naturellement privés du don de la parole. Lorsque nous fûmes établis à Saint-Aubin, on commença à s'occuper de mon éducation. Mademoiselle Urgon, maîtresse d'école du village, m'apprit à lire. Comme j'avais une très-belle mémoire, j'appris avec une très-grande facilité; au bout de six ou sept mois je lisais couramment. J'étais élevée avec mon frère, plus jeune que moi de quinze mois, je l'aimais tendrement; à l'exception d'une heure de lecture, nous pouvions jouer ensemble toute la journée. Nous passions une partie du jour dans les cours ou dans le jardin, et le soir nous jouions dans le salon. Mon père, trouvant nos jeux trop bruyants, imagina de nous proposer de jouer aux pères de Sept-Fonts au lieu de jouer à madame. Cela nous parut charmant. Nous substituâmes à nos cris, à nos bruyants dialogues des gestes et la plus paisible pantomime; et le silence qu'on nous aurait vainement recommandé de toute autre manière fut gardé avec autant de plaisir que d'exactitude.

CHAPITRE II.
1753-1757.

Nous partons pour aller mettre mon frère en pension. — M. Bertaud. — Méthode pour apprendre à lire. — Ma tante madame de Bellevaux. — Supplices qui me sont imposés. — M. Lenormand d'Etioles. — Le maréchal de Loëwendal. — Chapitre noble d'Alix. — Ma réception comme chanoinesse. — Oreille coupée.

J'avais six ans lorsqu'on envoya mon frère à Paris pour le mettre dans la fameuse pension du Roule de M. Bertaud, le plus vertueux et le meilleur instituteur public de ce temps. C'est lui qui inventa la manière d'apprendre à lire en six semaines sans épeler avec des boîtes de fiches.

Deux ou trois mois après le départ de mon frère, ma mère fit un voyage à Paris et m'emmena avec elle. J'avais à Paris une tante, jeune et belle, nommée la comtesse de Bellevaux; j'en parlerai avec détail dans la suite. Madame de Bellevaux avait avec elle deux enfants, qu'un de nos parents, M. du Crest de Chigy, avait mariant reconnues pour ses filles; elles portaient par conséquent le nom de du Crest, et personne ne pouvait juridiquement le leur contester. Elles appelaient madame de Bellevaux leur tante. Je ne fus pas émerveillée de Paris, et dans les premiers jours surtout je regrettai amèrement Saint-Aubin. On me fit arracher deux dents; on me donna un corps de baleine qui me serrait à l'excès; on m'emprisonna les pieds dans des souliers étroits, avec lesquels je ne pouvais marcher; on me mit trois ou quatre mille papillotes sur la tête; on me fit porter, pour la première fois, un panier; et, pour m'ôter mon air provincial, on me donna un collier de fer; en outre, comme je louchais un peu de temps en temps, on m'attachait sur le visage tous les matins, dès mon réveil, des besicles que je gardais quatre heures. Enfin je fus bien surprise quand on me dit qu'on allait me donner un maître pour m'apprendre (ce que je croyais savoir parfaitement) à marcher. On ajouta à tout cela de me défendre de courir, de sauter et de questionner. Tous ces supplices me firent une telle impression, que je ne les ai jamais oubliés. Cependant une grande cérémonie et ensuite de belles fêtes me firent bientôt oublier mes chagrins. Je n'étais qu'ondoyée, on me baptisa solennellement. Madame de Bellevaux fut ma marraine; M. Bouret, fermier général, mon parrain. On me fit de beaux présents, on me donna en outre beaucoup de bonbons. Je repris ma belle humeur.

M. Bouret était célèbre par sa magnificence et sa prodigalité. C'est lui qui fit bâtir le superbe pavillon de Croix-Fontaine, uniquement pour y recevoir Louis XV lorsqu'il allait à la chasse de ce côté: le roi s'y reposait et y trouvait toujours une magnifique collation. M. Bouret mourut en 1778, si pauvre qu'il ne trouva pas à emprunter cinquante louis dont il avait besoin, après avoir eu six cent mille livres de rente, fortune énorme pour cette époque.

On me conduisit à l'Opéra, qui me causa un ravissement inexprimable. Je n'oublierai jamais que je vis jouer par le fameux Chassé, qui était déjà très-vieux, Roland le furieux. Il me faisait frémir en arrachant tous les arbres des coulisses. Il est remarquable que dans un temps où l'on attachait tant de prix à sa noblesse, on ait anobli cet acteur à cause de sa voix et de son beau chant.

Nous allâmes passer une partie de l'été dans une charmante maison à Etioles, chez M. le Normand, fermier général des postes, mari de madame de Pompadour, qui était déjà depuis longtemps favorite déclarée. De tous les personnages que je vis là, un seul me frappa, et j'en ai conservé un tel souvenir, que je me rappelle encore l'expression de son sourire, ses gestes, sa démarche, son maintien. C'était le maréchal de Loëwendal. J'avais entendu dire qu'un héros, on m'avait expliqué ce que c'était qu'un héros [1]. Je regardais ce héros avec une espèce de saisissement. Cette première impression d'admiration fut si vive en moi, qu'ma physionomie l'exprima avec toute la naïveté de mon âge; le maréchal m'en sut gré, il s'occupa beaucoup de moi; il me prenait souvent sur ses genoux, j'en étais plus flattée que de tout ce que les autres pouvaient faire pour moi.

J'avais quitté mon panier en arrivant à Etioles pour prendre ce qu'on appelait un habit de marmotte ou de Savoyarde: c'était un petit juste de taffetas brun avec un jupon court de la même étoffe, garni de deux ou trois rangs de rubans couleur de rose cousus à plat, et pour coiffure un fichu de gaze noué sous le menton. Je retrouvais un jardin ravissant, j'avais la permission d'y cueillir des fleurs, je dînais à table avec mon héros, ensuite je courais toute la journée dans les ombrages du jardin; le soir je soupais dans ma chambre avec l'aînée de mes cousines, qui n'avait que quatre ans. Cette vie me paraissait délicieuse. Sur la fin du voyage, on donna une grande fête au maître de la maison, et l'on m'y fit jouer le personnage allégorique de l'Amitié. J'avais un bel habit, je chantai avec beaucoup de succès un mauvais couplet, que je n'ai jamais oublié, mais cette journée me parut glorieuse. Après ce voyage, ma mère, ma tante, ma cousine et moi nous partîmes ensemble dans une immense berline, et nous allâmes à Lyon, car on devait nous faire recevoir, ma cousine et moi, chanoinesses du chapitre noble d'Alix. Comme il fallait d'abord que les comtes de Lyon examinassent les preuves de noblesse des postulantes, nous restâmes environ quinze jours à Lyon. Mes preuves étant en règle, nous allâmes à Alix, qui n'est qu'à peu de lieues de Lyon. Ce chapitre formait, par ses immenses bâtiments, un coup d'œil singulier. Il était composé d'une grande quantité de jolies petites maisons toutes pareilles, et toutes ayant un petit jardin: Ces maisons étaient disposées de manière qu'elles formaient un demi-cercle dont le palais abbatial occupait le milieu. Je m'amusai beaucoup à Alix: l'abbesse et toutes les dames me comblaient de bontés et de bonbons, ce qui me donnait une grande vocation pour l'état de chanoinesse.

Le jour de ma réception fut un grand jour pour moi. La veille ne fut pas si agréable: on me frisa, on essaya mes habits, on m'endoctrina, etc. Enfin le moment heureux arrivé, on nous vêtit de blanc ma cousine et moi, et l'on nous conduisit en pompe à l'église du chapitre. Toutes les dames, habillées comme dans le monde, mais avec des robes de soie noire sur des paniers et de grands manteaux doublés d'hermine, étaient dans le chœur. Un prêtre, que l'on appelait le grand prieur, nous interrogea, nous fit réciter le Credo, ensuite

[1] Le comte de Loëwendal, arrière-petit-fils de Frédéric III, roi de Danemark, était né en 1700, il n'avait que cinquante-deux lorsque je le connus. Il embrassa à treize ans l'état militaire, il servit en 1743 comme simple soldat; mais, dans le cours d'une année, il parcourut tous les grades, et fut fait capitaine. Il passa au service de France en 1745: il était alors lieutenant général. La part qu'il prit à la bataille de Fontenoy lui fit le plus grand honneur.

nous fit mettre à genoux sur des carreaux de velours. Alors il devait nous couper une petite mèche de cheveux; mais comme il était très-vieux et presque aveugle, il me fit une petite coupure au bout de l'oreille, ce que je supportai *héroïquement* sans me plaindre; on ne s'en aperçut que parce que mon oreille saignait. Cela fait, il mit à mon doigt un anneau d'or bénit, m'attacha sur la tête un petit morceau d'étoffe blanc et noir, long comme le doigt, que les chanoinesses appelaient *un mari.* Il me passa les marques de l'ordre : un cordon rouge et une belle croix émaillée et une ceinture d'un large ruban noir moiré. Cette cérémonie terminée, il nous fit une courte exhortation, après laquelle nous allâmes dans l'église même embrasser toutes les chanoinesses; puis nous entendîmes la grand'messe. Le reste de la journée, à l'exception de l'heure de l'office, après le dîner, se passa en festins, en visites chez toutes les dames et en petits jeux très-agréables. Dès ce moment on m'appela madame la comtesse de Lancy : mon père était, comme je l'ai dit, *seigneur de Bourbon-Lancy*, c'est pourquoi ce nom me fut donné : je le portai jusqu'à mon mariage. Le plaisir de m'entendre appeler *madame* surpassa pour moi tous les autres. Dans ce chapitre on était libre de faire ou non des vœux à l'âge prescrit ou plus tard; quand on n'en faisait point, on ne gagnait à cette réception que le titre de *dame* et de comtesse et l'honneur de se parer des décorations de l'ordre. Les dames qui faisaient des vœux avaient avec le temps d'assez bonnes prébendes, on n'était obligée de résider au chapitre que lorsqu'on avait fait des vœux, et dans ce cas, outre qu'on ne pouvait plus se marier, on était forcée de rester au chapitre deux ans sur trois; on allait passer l'année de liberté où l'on voulait. Il y avait dans ce chapitre, ainsi que dans quelques autres, une espèce d'adoption formellement autorisée par les statuts. Chaque chanoinesse ayant fait des vœux avait le droit d'*antécer*, c'est-à-dire d'adopter pour sa nièce une jeune chanoinesse étrangère, sous la condition que cette jeune personne prononcerait ses vœux quand elle en aurait l'âge, et qu'en attendant ils resteraient toujours avec elle. Alors la tante adoptive pouvait laisser après elle à sa nièce ses bijoux, ses meubles, sa petite maison et sa prébende. Madame la comtesse de Clugny, une de mes parentes et chanoinesse de ce chapitre, offrit de m'*antécer.* Elle était riche, et elle pressa beaucoup ma mère de consentir à cette adoption : ma destinée sans doute eût été beaucoup plus paisible si l'on y eût consenti.

Après un séjour de six semaines à Alix, nous partîmes; je pleurai amèrement en quittant ces aimables chanoinesses; mon cœur dès lors s'attachait avec une vivacité très-commune. A Lyon, nous nous séparâmes de ma tante et de ma cousine, qui retournèrent à Paris, et nous prîmes la route de la Bourgogne. Un sensible chagrin nous y attendait : ma mère était accouchée l'année d'avant d'un garçon, que mon père avait fait recevoir chevalier de Malte au berceau, ce qui était un grand avantage pour la suite, en faisant des vœux et des caravanes; c'est ainsi qu'alors on disposait de la destinée de ses enfants, un peu légèrement, il faut en convenir. Ce pauvre enfant venait de mourir à l'âge de dix-huit mois! J'avais eu une sœur morte pareillement au berceau. Je l'ai toujours regrettée! quelle amie qu'une sœur! Je suis sûre que j'aurais passionnément aimé la mienne...

J'étais dans ma septième année, j'avais une belle voix, j'annonçais beaucoup de goût pour la musique; ma mère avait pris des arrangements à Paris pour faire venir de la basse Bretagne une jeune personne, fille de l'organiste de Vannes, excellente musicienne et jouant parfaitement du clavecin. Nous trouvâmes à Saint-Aubin un bon clavecin, un vieux *Rucker* arrivant de Moulins, et nous attendîmes avec la plus vive impatience mademoiselle de Mars : c'était le nom de la jeune musicienne.

Elle vint en effet, à mon extrême satisfaction; sans être jolie, elle avait de beaux yeux, une physionomie expressive, des manières remplies de douceur, un air sage et un peu grave, quoiqu'elle n'eût que seize ans. Je me passionnai pour elle dès les premiers jours, et ce sentiment a été aussi solide qu'il était vif. On la chargea de m'instruire, de me guider en tout; on me livra entièrement à elle, et malgré sa grande jeunesse, on ne pouvait me remettre en de plus dignes mains.

Mademoiselle de Mars n'avait nulle instruction profane, mais elle avait de l'esprit naturel, un caractère doux et sérieux, une âme noble et sensible et la piété la plus sincère.

On ne m'avait encore appris qu'un peu de catéchisme, que m'avaient enseigné les femmes de chambre avec lesquelles je passais ma vie, et qui avaient d'ailleurs orné mon esprit d'un nombre prodigieux d'histoires de revenants. Au reste, ces femmes de chambre étaient d'excellentes filles qui ne m'ont jamais donné un seul mauvais exemple. Je quittai entièrement leur société pour celle de mademoiselle de Mars, qui valait infiniment mieux. Je ne voyais ma mère et mon père qu'un moment à leur réveil et aux heures de repas. Après le dîner, je restais une heure dans le salon; je passais le reste de la journée dans ma chambre avec mademoiselle de Mars, ou à la promenade, toujours seule avec elle. Mon père avait une grande meute de chiens de chasse : il chassait beaucoup; il nous donnait de temps en temps le divertissement d'une *pipée*, c'est-à-dire de voir de petits oiseaux pris à la glu dans un feuillée. Nous allions aussi à la pêche sur la Loire. On m'admettait quelquefois aux pêches de nuit; on était dans

des bateaux avec des torches de paille enflammées qui attiraient le poisson; ce spectacle me paraissait admirable. Mon père avait reçu de la nature des dons rarement réunis : sa figure était d'une beauté remarquable, sa taille élevée et parfaite; il avait beaucoup d'esprit et d'instruction, ayant fait aux Jésuites de Lyon d'excellentes études, ainsi que son frère aîné, mort avant ma naissance : ce dernier était compté au nombre des bienfaiteurs de cette même maison des jésuites à laquelle il laissa par testament un très-beau cabinet de médailles. Mon père avait quelques notions de la science numismatique, mais il avait fait une étude particulière de la chimie et de la physique; il avait à Saint-Aubin un joli cabinet de physique, et je lui ai vu faire dans mon enfance une grande quantité d'expériences sur l'électricité et sur la machine pneumatique. Il joignait à toutes ces connaissances un caractère d'une douceur angélique, une grâce infinie dans l'esprit et dans l'âme la plus généreuse et la plus sensible; il aimait et savait la musique; il donnait du cor et jouait passablement du violon. Il était entré au service dès sa première jeunesse, et il y montra la valeur la plus distinguée; une affaire étrange lui fit quitter le service à trente-deux ans, trois ans avant son mariage. Il était capitaine dans le régiment de M. le duc d'Hostun, qui avait pour lui une amitié particulière; il était en garnison avec son régiment dans une ville de province; une intrigue d'amour qu'il avait à Paris le décida à y revenir secrètement passer trois jours sans congé; il feignit d'être malade, se mit au lit, laissa un domestique qui devait seconder ce stratagème; et, sous un autre nom, il partit seul à franc étrier au milieu de la nuit, et il arriva à Paris. Le lendemain même, passant à minuit sous les guichets du Louvre, il fut attaqué par trois hommes; mon père tira son épée, s'appuya contre le mur, tua un des assassins, en blessa un autre mortellement, qui tomba, et mit le troisième en fuite. Pendant ce temps il survint du monde, la garde accourut, mon père fut arrêté et conduit chez un commissaire, chez lequel on transporta aussi le meurtrier, encore. Il fut bien constaté par les aveux de ce misérable que mon père n'avait fait que défendre sa vie contre trois brigands; mais ce qu'il y avait de fâcheux, c'est qu'il fallait se nommer, et faire connaître qu'on était à Paris sans congé. Mon père demanda à être conduit chez M. le duc d'Hostun, son colonel, qui heureusement était à Paris; mon père comptait sur son amitié, il avait raison. Le duc arrangea cette affaire; mais il ne voulut jamais consentir à laisser mon père passer encore quelques jours à Paris. Mon père fut obligé de retourner sans délai à sa garnison, et en était tel dépit, qu'il se promit de quitter le service, ce qu'il fit en effet trois mois après, à trente-deux ans.

Mon père avait pour moi la plus vive tendresse; mais il ne se mêla de mon éducation que sur un seul point : il voulait absolument me rendre une femme forte, et j'étais née avec une quantité de petites antipathies : j'avais horreur de tous les insectes, surtout des araignées et des crapauds; je craignais aussi les souris; je fus obligée d'en élever une. J'aimais passionnément mon père, et il avait un tel empire sur moi, que je ne balançais jamais à lui obéir. Il m'ordonnait sans cesse de prendre avec mes doigts des araignées et de tenir des crapauds dans mes mains, choses qu'il faisait continuellement. A ces commandements terribles, je n'avais pas une goutte de sang dans les veines, mais j'obéissais. Au reste, ces tours de force m'ont bien prouvé que ces crapauds n'ont aucun venin; mais ces violences, en contribuèrent à m'attaquer les nerfs, et n'ont fait qu'augmenter en moi ces antipathies que j'ai conservées toute ma vie. Cependant elles ont pu servir à me donner de l'empire sur moi-même, et cela seul est un grand bien. Du reste, mademoiselle de Mars était seule chargée de mes études : elle devait me faire répéter mon catéchisme, un abrégé d'histoire du père Buffier, et me donner une leçon de musique et deux de clavecin.

A la prière de mademoiselle de Mars, mon père tira de sa bibliothèque *Clélie* de mademoiselle de Scudéry et le théâtre de mademoiselle Barbier; il nous donna ces deux ouvrages, qui ont fait nos délices pendant bien longtemps; dès lors, à huit ans, je commençai à composer des romans et des comédies que je dictais à mademoiselle de Mars, car je ne savais pas former une seule lettre. Nous avions les paroles imprimées de trois ou quatre opéras, nous trouvions un plaisir extrême à les chanter de tête en improvisant; c'était un de nos plus grands amusements. Au milieu de tout cela, nous nous occupions sérieusement de la religion : les sentiments religieux sont nés avec moi. Mademoiselle de Mars, qui était un ange, me parlait souvent de Dieu, surtout dans nos promenades. Nous n'avions nulle idée de botanique et d'histoire naturelle; mais nous admirions avec extase les cieux, les arbres, les fleurs, comme preuves de l'existence de Dieu et comme ses ouvrages, qui respirait encore, il embellissait pour nous toute la nature entière. Ce n'était point une savante institutrice qui me donnait de graves leçons, c'était une jeune fille de dix-sept ans, remplie de candeur, d'innocence et de piété, qui me confiait ses pensées, et qui faisait passer dans mon âme tous les sentiments de la sienne; sous ce rapport nulle éducation n'a pu se comparer à la mienne. Tous les jours après le dîner, en sortant du salon, nous allions dans notre chambre réciter l'office de la sainte Vierge, et c'était avec un tel goût, que lorsque quelque chose dérangeait cette habitude nous en éprouvions un véritable chagrin.

J'étais aussi heureuse qu'un enfant peut l'être ; quoique fort inappliquée, je n'étais jamais grondée, on ne m'a jamais parlé de pénitence. Je savais sur le clavecin sept ou huit pièces que je jouais passablement ; j'avais une belle voix et je chantais trois ou quatre cantates de Clérambault, c'en était assez pour enchanter mes parents et pour me faire admirer de nos voisins. Mademoiselle de Mars m'enseignait fort peu de chose, mais sa conversation formait mon cœur et mon esprit, et elle me donnait en tout l'exemple de la modestie, de la douceur et d'une parfaite bonté. Je l'aimais et je l'admirais tant, je craignais tellement de lui déplaire, qu'elle m'aurait donné de l'application si elle l'eût voulu ; mais elle n'y pensait pas : contente de mon caractère, elle l'était de tout, et n'avait nulle envie de me contraindre.

CHAPITRE III.
1756.

Mon goût d'enseignement. — Singulière manière de donner leçon. — Départ de mon père. — Je joue la comédie. — Mon costume d'Amour. — Les *ailes du Plaisir* arrachées. — Faux Mandrin. — On m'habille en homme. — J'apprends à faire des armes. — Nous quittons Saint-Aubin.

Dès ce temps, j'avais le goût d'enseigner aux enfants, et je m'étais faite maîtresse d'école d'une singulière manière. J'avais une petite chambre à côté de celle de mademoiselle de Mars, la chambre de cette dernière avait une petite porte qui donnait dans la salon, ma chambre ne communiquait qu'à celle de mademoiselle de Mars ; mais ma fenêtre, sur la belle façade du château, n'avait pas tout à fait cinq pieds d'élévation : au bas de cette fenêtre était une grande terrasse sablée, avec un mur à hauteur d'appui de ce côté, très-élevé extérieurement, et s'étendant le long d'un étang qui n'était séparé du mur que par un petit sentier couvert de joncs et d'herbages.

De petits garçons du village venaient là pour jouer et couper des joncs ; je m'amusais à les regarder, et bientôt j'imaginai de leur donner des leçons, c'est-à-dire de leur enseigner ce que je savais : le catéchisme, quelques vers des tragédies de mademoiselle Barbier, et ce qu'on m'avait appris par cœur des principes de musique. Appuyée sur le mur de la terrasse, je leur donnais ces belles leçons si fort gravement du monde. J'avais beaucoup de peine à leur faire dire des vers, à cause du patois bourguignon, mais j'étais patiente, et ils étaient dociles. Mes petits disciples, rangés au bas du mur, au milieu des roseaux et des joncs, le nez en l'air pour me regarder, m'écoutaient avec la plus grande attention, car je leur promettais des *récompenses*, et je leur jetais en effet des fruits, de petites galettes et toutes sortes de bagatelles. Je me rendais presque tous les jours à mon école, en passant par ma fenêtre ; j'y attachais une corde au moyen de laquelle je me laissais glisser sur la terrasse ; j'étais leste et légère et je ne suis jamais tombée. Après ma leçon, je faisais le tour par une des cours, et je rentrais par le salon sans qu'on prît garde à moi. Je choisissais pour ces escapades les jours de poste où mademoiselle de Mars écrivait à ses parents ; elle était tellement absorbée dans ses dépêches, qu'elle ne faisait pas la moindre attention à ce qui se passait autour d'elle ; ainsi je tins paisiblement mon école pendant fort longtemps, d'autant plus que c'était toujours à des heures où ma mère n'était pas dans le salon. Enfin, mademoiselle de Mars me surprit un jour au milieu de mon école, elle ne me fit aucune réprimande ; mais elle rit tant de la manière dont mes élèves déclamaient les vers de mademoiselle Barbier, qu'elle me dégoûta de ces doctes fonctions.

Le premier chagrin vif et profond que j'aie éprouvé fut causé par le départ de mon père, qui fit un voyage à Paris, en assurant qu'il reviendrait dans six mois. J'aimais mon père, comme j'ai toujours su aimer, avec vivacité, dévouement. Son départ me causa un chagrin qui altéra ma santé ; le temps qui s'écoulait ne le diminua que par l'espoir qu'il me donnait de le voir revenir bientôt. Au bout de trois mois, ma mère voulut préparer une fête pour son retour. Elle avait beaucoup de talent naturel pour la poésie, quoiqu'elle n'en sût pas parfaitement les règles, mais elle a fait de très-jolis vers. Elle composa une espèce d'opéra comique dans le genre champêtre, avec un prologue mythologique ; j'y jouais l'Amour. On donna des rôles à toutes les femmes de chambre, elle en avait quatre, et toutes jeunes et jolies : de plus, on voulut jouer une tragédie, on choisit *Iphigénie en Aulide*, et ma mère joua Clytemnestre, et l'on me donna le rôle d'Iphigénie. Un médecin de Bourbon-Lancy, nommé le docteur Pinot, se chargea du rôle d'Agamemnon, son fils aîné, âgé de dix-huit ans, eut un succès prodigieux dans celui du bouillant Achille : il était en effet très-*bouillant*, son génie théâtral avait deviné toutes les contorsions, les convulsions, les tapements de pied et les cris terribles que l'on a tant applaudis depuis à Paris sur le théâtre ; je me cachais pour en rire, car dès cet âge l'affectation, l'emphase et tous les mouvements forcés me paraissaient excessivement ridicules. Ma mère, pour nous faire des habits, sacrifia sans pitié ses plus belles robes. Je n'oublierai jamais que, dans le prologue, mon habit d'*Amour* était couleur de rose, recouvert de dentelle de point parsemée de petites fleurs artificielles de toutes couleurs ; il ne me venait que jusqu'aux genoux ; j'avais de petites bottines couleur de paille et argent, mes

longs cheveux abattus et des ailes bleues. Mon habit d'Iphigénie, sur un grand panier, était de lampas, couleur de cerise et argent, garni de martre. Comme ma mère n'avait point de diamants, elle avait fait venir de Moulins une grande quantité de fausses pierreries qui complétaient notre magnifique parure. Il y avait dans le prologue un endroit qui me plaisait beaucoup, et certainement l'idée en était neuve. Comme je l'ai dit, je représentais l'Amour ; un petit garçon du village représentait un *Plaisir* ; je chantais un couplet dans lequel j'étais censée m'adresser à mon père, et je disais à la fin de ce couplet :

Au Plaisir j'arrache les ailes.
Pour le mieux fixer près de vous.

En achevant cela, je me jetais sur le petit Plaisir, et je lui arrachais en effet les ailes ; mais il arriva un jour à une belle répétition habillée, que les ailes étant trop fortement attachées, elles me résistèrent ; je secouai vainement le Plaisir, les ailes ne vinrent point ; je m'y acharnai, je jetai par terre le Plaisir pleurant à chaudes larmes ; je ne lâchai pas, tout terrassé qu'il était, et j'en vins à mon honneur, j'arrachai les ailes du Plaisir désespéré et jetant les hauts cris.

Il vint un monde énorme de Bourbon-Lancy et de Moulins ; et ces fêtes qui se renouvelèrent devaient coûter beaucoup d'argent. On trouva que l'habit d'Amour m'allait si bien, qu'on me le fit porter d'habitude ; on m'en fit faire plusieurs. J'avais mon habit d'Amour pour les jours ouvriers, et mon habit d'Amour des dimanches. Ce jour-là seulement, pour aller à l'église, on ne me mettait pas d'ailes, et l'on jetait sur moi une espèce de mante de taffetas couleur de capucine qui me couvrait de la tête aux pieds. Mais j'allais journellement me promener dans la campagne avec tout mon attirail d'Amour, un carquois sur l'épaule et mon arc à la main. Au château, ma mère et tous les voisins mes amis ne m'appelaient jamais que l'*Amour*, ce nom me resta. Tels furent régulièrement mon costume et mes occupations pendant plus de neuf mois. Il y eut dans mon éducation un inconcevable mélange de choses profanes et de pieuses cérémonies : par exemple, je suivais toujours habillée en *ange* toutes les processions de la Fête-Dieu. Dans ce temps, on raisonnait fort peu, on faisait avec une grande simplicité beaucoup d'actions étranges, surtout en province, où la bonhomie du voisinage de châteaux était portée au comble. Il y a toujours eu du commérage et de la médisance dans les petites villes ; mais on n'en trouvait point alors parmi les voisins de châteaux, ce qui prouverait que plus on vit solitairement en famille, moins on est méchant et tracassier.

Je rends compte de ces petites particularités, parce qu'elles ont eu une grande influence sur le reste de ma vie ; les impressions reçues dès l'enfance, lorsqu'elles ont été vives, ne s'effacent jamais. Cette bizarre éducation produisit dans mon imagination et dans mon caractère un mélange à la fois religieux et romanesque, dont on ne trouve que trop de traces dans la plus grande partie de mes ouvrages.

Les éloges outrés que l'on donnait à la manière dont je jouais la tragédie et la comédie ne m'enivrèrent point ; mademoiselle de Mars, sans chercher à rabattre ma vanité par des réflexions morales, attachait réellement si peu d'importance à ce genre de succès, que cela seul m'empêcha de m'enorgueillir. Tout naturellement on ne me louait que sur les choses qui tiennent à l'âme et au caractère, ou, pour mieux dire, alors elle me caressait et avait l'air de m'aimer davantage ; voilà ce que me faisait une grande impression, le reste ne m'en faisait aucune. Quant à mon singulier costume, elle en avait d'abord un peu ri, mais sans nulle causticité ; je lui soutenais qu'il était fort commode : A la bonne heure, disait-elle ; et d'ailleurs elle ne le critiquait en rien.

Ce n'étaient point les fadeurs qu'on me disait sur mon habit d'Amour qui me plaisaient ; ceux qui me dégoûtaient le plus ces sortes de louanges étaient précisément des personnages que je trouvais ennuyeux ou ridicules, de sorte que ces éloges n'eurent aucun danger pour moi. Ce qui me charmait dans cet habillement était la singularité, car je suis née avec le goût des choses extraordinaires. Un de mes plus grands plaisirs dès lors était de faire des châteaux en Espagne : je me composais une destinée ; non-seulement j'en remplissais d'événements singuliers, mais j'y plaçais des renversements de fortune, des persécutions ; j'aimais à me figurer que j'aurais la force d'y résister. Je me suis supposée mille fois proscrite, calomniée, errante, forcée de me cacher sous des noms supposés et de vivre de mon travail. A la fin de ces romans, je me manquais pas de triompher du sort et de mes ennemis, mais cette partie de mon histoire m'amusait peu, elle éteignait mon imagination, je la terminais brusquement. Ces espèces d'exercices de tête, ces inventions, qui m'accoutumaient à me familiariser avec l'idée de la persécution et du malheur, ne m'ont pas été inutiles par la suite.

J'avais à cette époque deux grands défauts : ceux d'une grande brusquerie et d'une extrême vivacité. J'étais facile à conduire et naturellement complaisante ; je n'avais ni hauteur, ni caprices, ni rancune, mais je supportais mal le moindre retard quand ce qu'on m'avait promis, et alors je me fâchais et je disais quelquefois beaucoup d'impertinences. Mademoiselle de Mars, toujours calme, n'était pas cependant parfaite : elle avait de l'humeur, et lorsqu'il m'était échappé avec elle une parole peu convenable, elle me boudait longtemps. Mais ces querelles étaient bien rares entre nous, ma vivacité et ma brusquerie ne s'exerçaient communément que contre les femmes de chambre ou contre un de nos voisins qui venait souvent au château et que j'avais pris en horreur. C'est une chose si singulière que cette antipathie, que je ne dois pas la passer sous silence. Je ne crois pas aux règles sur la physionomie données par Lavater; mais je crois que la nature a doué certains individus d'un instinct précieux, celui de connaître à peu près l'âme par l'impression que produisent en eux certains physionomies, et je suis persuadée que j'ai cet instinct. Ce personnage que je haïssais était un gentilhomme que l'on prétendait être de l'ancienne et illustre maison de Châlons, depuis longtemps éteinte; il s'appelait M. de Châlons, âgé alors de trente et quelques années. Quoiqu'il fût assez riche, il n'avait jamais voulu se remarier, sous prétexte d'une extrême dévotion; il avait une telle réputation de piété, qu'il passait pour un saint. Sa figure était assez belle, mais sa manière de regarder en dessous et à la dérobée avait commencé mon aversion pour lui. J'avais remarqué aussi que, lorsqu'il était à l'église, il faisait de pieuses contorsions; des yeux en l'air et des mains croisées sur la poitrine qui ne m'édifiaient pas du tout. Enfin j'avais deviné qu'il était un hypocrite, et la suite a prouvé qu'il était le plus horrible scélérat dont on ait jamais entendu parler. Il a commis des crimes épouvantables qui furent à la fin découverts de cette sorte. Enhardi par la confiance qu'il avait usurpée, il y compta trop; le ciel lui mit un bandeau sur les yeux, et il en vint à commettre des forfaits d'une imprudence inconcevable. Sous prétexte de faire travailler au linge de sa maison, il fit venir d'Autun une jolie petite ouvrière qu'il avait vue dans cette ville; il la garda dans son château environ six semaines, ensuite elle disparut, et il manda à sa mère qu'elle s'était sauvée avec un amant. En même temps il priait cette femme de lui envoyer la sœur cadette de cette jeune fille, qui était aussi très-jolie, parce que, disait-il, le raccommodage de son linge n'était pas fini. On la lui envoya: au bout de deux mois, elle disparut ainsi que l'autre, et le monstre écrivit à la mère qu'elle avait suivi l'exemple de sa sœur, et que de même elle s'était évadée. Cette fois, la malheureuse mère, éclairée par son désespoir, porta ses plaintes à la justice, qui ordonna une visite chez M. de Châlons. Ce scélérat fut averti, prit la fuite; on n'a jamais pu découvrir ce qu'il était devenu. La Providence l'aura sûrement poursuivi et fait périr misérablement dans quelque asile obscur. On fit en effet une descente dans son château, on trouva des traces de sang mal lavées dans un de ses cabinets, des poisons affreux dans une armoire, et dans son jardin plusieurs cadavres de femmes enterrées, et ceux de ses dernières victimes. La première des jeunes filles fut reconnue par une bague de crin avec une devise, qu'il lui avait laissée... Ainsi mon antipathie pour ce monstre ne fut que trop justifiée par la suite.

Au milieu de nos répétitions et de nos fêtes, un incident assez singulier vint répandre pendant une soirée la terreur dans le château. C'était dans le temps que le fameux Mandrin, à la tête de sa troupe, exerçait en Bourgogne ses brigandages: il n'en voulait, disait-il, qu'aux fermiers généraux et à leurs employés; cependant de temps en temps il mettait à contribution les personnes qui n'avaient rien de commun avec ses ennemis déclarés. Un soir on vint nous dire qu'une troupe assez considérable, avec des uniformes pareils à ceux des gens de Mandrin, arrivait dans le village, que le commandant de la troupe s'en disait colonel et se donnait le nom de marquis de Breteuil, mais qu'on ne doutait pas que ce ne fût Mandrin. Ce récit jeta l'alarme dans le château, ma mère fut très-effrayée, mademoiselle de Mars le fut encore davantage; M. Corbier, notre intendant, ne montra pas dans cette grande occasion une valeur bien déterminée. Ma mère le chargea d'aller dans le village prendre des informations: il revint plein de terreur nous dire que le commandant et ses officiers, qui étaient chez le cabaretier du village, avaient des figures épouvantables; qu'ils faisaient un vacarme affreux, et qu'il était impossible de méconnaître en eux Mandrin et ses complices. Un instant après un message nous annonça la visite de ce redoutable marquis de Breteuil. L'effroi fut au comble dans le château: pour moi, j'éprouvai que la curiosité peut l'emporter sur la peur; je n'avais jamais vu de brigand, et j'avais un désir extrême de voir et d'examiner Mandrin. Dans ce moment critique nous vîmes arriver le père Antoine; c'était un capucin qui desservait la cure depuis trois mois, parce que le curé était mort. Ce bon capucin, excellent religieux, était très-brave, ce qu'il avait prouvé dans plusieurs incendies en exposant sa vie avec une intrépidité admirable. Nous l'aimions beaucoup, il m'avait donné des images et des chapelets, il était mon confesseur, et j'avais pour lui autant d'attachement que de vénération. Ces sentiments, qu'il méritait d'inspirer, m'ont laissé pour toute ma vie un respect particulier pour les capucins en général; c'est pourquoi, en souvenir de ce vertueux religieux, j'en ai placé dans mes romans, que j'ai tâché de rendre intéressants, dans la Duchesse de la Vallière et dans le Siège de la Rochelle.

La présence du père Antoine nous rassura un peu. Enfin on annonça M. le marquis de Breteuil, et nous vîmes paraître un homme d'assez mauvaise mine, suivi de deux officiers qui avaient des figures très-rembrunies. Bien persuadée que je voyais Mandrin, je le regardais avec une application dont rien ne pouvait me distraire, et je

m'étonnais beaucoup qu'un brigand n'eût pas des traits plus marqués: comme il prolongeait sa visite, l'heure avançant, et l'on vint annoncer que le souper était servi; ma mère d'une voix tremblante l'invita à souper, il accepta; le père Antoine resta, on se mit à table. Tout d'un coup un gros chat de ma mère vint sauter sur l'épaule de M. le colonel, qui au même instant pâlit et fut près de se trouver mal; un des officiers dit que M. le marquis avait une antipathie invincible pour les chats. Je me penchai vers mademoiselle de Mars, assise à côté de moi, et je lui dis tout bas: Ce n'est pas là Mandrin, car Mandrin n'aurait pas peur d'un chat. J'avais raison, ce n'était point Mandrin; c'était en effet un marquis de Breteuil, colonel de je ne sais plus quel régiment. Il était frère d'Emilie de Breteuil, marquise du Châtelet, non moins illustre par l'étendue de son savoir que par l'amitié de M. de Voltaire.

Nos fêtes continuaient toujours, et mon père étant absent depuis dix-huit mois ne revenait point. Ma mère, voulant joindre la danse à la musique et à la tragédie, fit venir d'Autun un danseuse, qui s'appelait mademoiselle Mion, et qui m'apprit à danser le menuet et une entrée toute seule, dans mon habit d'Amour que je portais toujours régulièrement. Mademoiselle Mion dansait et s'enivrait. Au bout de trois mois on la renvoya et on fit venir un danseur de cinquante ans, qui de plus était maître en fait d'armes; il joignait à mon entrée une sarabande, et il me trouva si leste, qu'il proposa de m'apprendre à faire des armes, ce qui m'amusa beaucoup; j'y réussis si bien, que ma mère eut l'idée de me faire jouer Darviane, dans Mélanide de la Chaussée, rôle dans lequel il faut tirer l'épée et se mettre en garde. Alors je quittai mon costume d'Amour, parce qu'on me fit faire un charmant habit d'homme que j'ai constamment porté jusqu'à mon départ de la Bourgogne. C'était une chose tout à fait inusitée dans ce temps d'élever une petite fille avec des habits si peu convenables à son sexe; j'ai toujours été surprise depuis, par réflexion, que le père Antoine, qui était si pieux, n'ait pas fait là-dessus quelques représentations, et que personne, à ma connaissance, n'ait paru scandalisé de cette innovation.

Je menais une vie qui me charmait; les matins je jouais un peu du clavecin et je chantais; ensuite j'apprenais mes rôles, et puis je prenais ma leçon de danse et je tirais des armes. Après cela je lisais jusqu'au dîner avec mademoiselle de Mars. Une de nos voisines lui avait prêté le roman de la Reine de Navarre, de mademoiselle de la Force, que nous dévorions; nous le relûmes deux fois. Je l'ai relu vingt ans après avec un grand plaisir, et j'ai toujours conservé un goût particulier pour ce roman. Le souvenir du plaisir qu'il m'a fait dans mon enfance y contribue peut-être. La suite de table, nous allions faire une lecture de piété, dirigée par le père Antoine; c'était l'Evangile, l'Imitation de Jésus-Christ et des Pensées de la Journée chrétienne. Ensuite nous allions dans le salon, quand il n'y avait pas de monde (ma mère alors était enfermée dans sa chambre), et nous nous amusions à faire des guirlandes de fleurs artificielles pour nos fêtes. C'était une femme de Bourbon qui nous les faisait faire, mais des fleurs très-grossières faites avec du papier. Les femmes de chambre travaillaient avec nous, et souvent le bon père Antoine nous aidait à les peindre. Après cela nous allions nous promener, mademoiselle de Mars et moi. Depuis nos fêtes, c'est-à-dire depuis que j'avais quitté les habits de femme, j'étais beaucoup moins raisonnable à la promenade; je ne causais plus, je ne me plaisais qu'à courir en avant, à sauter de petits fossés et à faire mille folies, ce qui dura jusqu'à mon départ de la Bourgogne.

Voici la première origine de mon aversion pour Voltaire. La voisine qui prêtait des livres à mademoiselle de Mars lui prêta une brochure nouvellement arrivée de Paris, et faite contre M. de Voltaire. Nous connaissions la plupart de ses tragédies, nous jouions Zaïre et nous avions lu les autres; par cette raison la brochure nous intéressa, nous y vîmes avec chagrin que cet homme que nous avions admiré était un impie. La brochure était terminée par des stances satiriques, dans lesquelles Voltaire n'était désigné que sous l'anagramme de son nom; chaque stance était terminée par un vers ironique qui est toujours resté dans ma tête, et que voici:

Ma foi, Tolvaire est un grand homme !

Nous ne trouvâmes pas les vers bons; mais les accusations contenues dans les brochures nous firent une impression ineffaçable. Je n'ai jamais depuis relu, ni revu cette brochure. Comme il y a dans Zaïre des sentiments religieux, j'étais doublement indignée contre l'auteur; je perdis beaucoup de mon admiration pour Zaïre, et je donnai toute préférence au rôle d'Iphigénie en Aulide, et par conséquent à Racine, car on m'assurait que ce grand homme avait été aussi vertueux qu'il est sublime. Cependant j'avais eu des succès prodigieux dans le rôle de Zaïre, et tellement que des dames de Moulins, venues à nos représentations, déclarèrent gravement que mon talent de tragédienne surpassait celui de la Clairon. Cette louange fit bien rire mademoiselle de Mars, qui se moquait un peu de mon ton emphatique dans la scène où je disais: Est-ce vous, Nérestan? De mon côté, je contrefaisais assez plaisamment, entre nous, ses yeux hagards, furibonds, son ton âcre et son grasseyement, lorsqu'au dénoûment elle disait à Orosmane: Tigre altéré de sang!... Toutes ces moqueries sur nous-mêmes nous faisaient rire aux larmes, ce qui nous accoutumait naturellement à n'attacher aucun amour-propre à de petits ridicules, et à ne trouver d'importance qu'aux choses dignes d'être estimées ; enfin à ne mépriser que ce qui est vicieux, et non des puérilités.

Dans ce temps nous vîmes arriver à Saint-Aubin un homme qui excita vivement ma curiosité. C'était un très-mauvais auteur, et le premier homme de lettres que j'aie vu dans ma vie. Ayant été au collège avec mon père, il en était assez aimé sans en être estimé sous aucun rapport : un procès l'obligea d'aller à Dijon, et de là il vint à Saint-Aubin. C'était le chevalier de La Morlière, auteur dès lors de quelques mauvais romans très licencieux. On nous dit seulement qu'il avait fait plusieurs ouvrages imprimés, ce qui me donna une grande considération pour lui ; mais je ne la gardai pas longtemps. M. de La Morlière, qui déclamait fort bien, me fit répéter les rôles de Zaïre et d'Iphigénie, et à mademoiselle de Mars celui de Fatime dans Zaïre ; mais tout d'un coup il s'avisa de devenir amoureux de mademoiselle de Mars, qui trouva son amour ridicule et sa déclaration impertinente ; et je mis dans laquelle on la conduisait, j'allai la voir furtivement et beaucoup de dédain, et il la prit dans une aversion qui me le rendit odieux. Nous en fûmes heureusement débarrassées au bout d'un mois, il partit pour Paris. Peu de jours après, une affreuse épidémie de petite vérole se déclara à Saint-Aubin. On prit beaucoup de précautions pour m'en préserver ; mais mon imprudence les rendit inutiles. Celle des femmes de ma mère que j'aimais le mieux, nommée Montigni, eut les symptômes de cette horrible maladie, qu'elle prit en effet ; mais, dans une maison du village dans laquelle on la conduisait, j'allai la voir furtivement et en secret : sa vue me pétrifia d'horreur ; deux jours après je me sentis malade, et je pris une petite vérole confluente, dont j'ai été à la dernière extrémité, mais si bien soignée par notre docteur Pinot, que je n'en eus pas une seule marque. Mademoiselle de Mars me donna dans cette maladie les plus touchantes marques d'amitié, ce qui porta au comble mon attachement pour elle. Je me trouvai en pleine convalescence en automne ; alors nous quittâmes Saint-Aubin, parce que le château tombait en ruines ; nous allâmes à Bourbon-Lancy, où ma mère loua une très-jolie maison avec un jardin.

CHAPITRE IV.

1757-1760.

La comtesse de Sercey, ma tante, sœur de mon père, y arriva avec le comte de Sercey son mari, dont tout le côté droit était paralysé.

Il était depuis deux mois aux eaux, et toujours dans le même état dans son lit, privé de la parole, ne donnant aucun signe de connaissance, ne pouvant faire le moindre mouvement du bras droit, ni même soulever la main de ce côté, lorsque ma tante reçut une lettre de M. de Chessac, commandant de la marine (nous étions alors en guerre avec l'Angleterre), qui lui faisait le détail d'une action très-brillante du jeune Lucain de Sercey, son fils, âgé de seize ans, qui servait dans la marine. Dans un combat il s'élança le premier à l'abordage, et, malgré plusieurs blessures, il fit des prodiges de valeur. Le vaisseau ennemi fut pris, et le combat fini, on questionna le jeune Sercey pour le panser, parce qu'il était couvert de sang. Je crois, dit-il, que c'est le sang des Anglais, car je n'ai rien senti. C'était bien le sien ; il avait trois blessures, mais qui n'étaient pas dangereuses. Sa mère reçut, avec la lettre de M. de Chessac, un billet écrit de la main de son fils.

Madame de Sercey, pensant qu'il n'était pas impossible que son mari eût conservé une sorte de connaissance intérieure, résolut de lui lire ce détail. Il y avait dans la chambre sept ou huit personnes ; j'étais de ce nombre. On ouvre tous les rideaux, on entoure le lit ; je me mis à genoux sur un tabouret au pied du lit ; les yeux attachés sur le malade, qui ne parut faire aucune attention à ce mouvement ; mais quand ma tante, se plaçant à son chevet, lui prononça le nom de son fils, en lui disant que cet enfant (qu'il chérissait particulièrement) s'était grièvement couvert de gloire, une émotion très-marquée se peignit sur son visage ; il regarda fixement madame de Sercey, qui lut alors à haute voix et en prononçant doucement la lettre de M. de Chessac. Lorsqu'elle eut fini on vit deux larmes couler sur les joues du malade ; et au même instant, soulevant ce bras immobile et glacé depuis trois mois, il joint ses deux mains, les élève vers le ciel en s'écriant distinctement : O mon Dieu !... Tout le monde fondit en pleurs. On crut le malade guéri ; mais ce miracle de la sensibilité ne fut produit que pour donner à ce tendre père une dernière jouissance paternelle ; sa dernière lueur d'intelligence fut un mouvement passionné de joie et de gratitude pour l'Être suprême ; il recouvra toute son existence durant quelques minutes ; il ne la reprit plus, et il mourut peu de mois après.

L'hiver suivant se passa pour nous à jouer la tragédie, la comédie, et sur un assez joli petit théâtre que ma mère fit faire.

En parlant de mes études, je n'ai point fait mention de l'écriture, par une bonne raison, c'est qu'on ne m'en a jamais donné une seule leçon. Il est assez singulier qu'une personne qui a tant écrit n'ait jamais appris à écrire ; mais c'est un fait. Au mois de janvier 1757, ayant onze ans, je voulus écrire à mon père pour le nouvel an ; et n'ayant jamais tenu une plume, j'écrivis à mon père une longue lettre, avec une grosse et vilaine écriture, mais d'une bonne orthographe ; car la lecture, comme je l'ai dit, avait gravé dans ma tête tous les mots comme on doit les écrire. Depuis ce jour-là je m'exerçai tout seule à écrire, me perfectionnant peu à peu. Je n'ai point une belle écriture ; mais je me suis fait une écriture très-lisible et assez jolie.

Enfin, mon père revint au printemps, ce qui prolongea nos fêtes pendant deux mois encore. Il m'arriva à cette époque une chose que je ne puis passer sous silence : nous avions, mademoiselle de Mars et moi, chacune un petit cabinet à côté de notre chambre ; et notre logement, tout au haut de la maison, était sous un grand grenier. Un jour, après le dîner, j'allai dans le cabinet de mademoiselle de Mars pour la presser de venir avec moi à la promenade ; elle écrivait, et me dit qu'elle ne pourrait y aller que dans une demi-heure ; j'insistai, elle refusa positivement ; je ne me rebutai point, et je la tourmentai tant, qu'elle céda en grondant ; je l'entraînai presque de force ; à peine avions-nous passé le seuil de la porte, la queue de sa robe était encore dans le cabinet (car alors les robes les plus simples avaient une petite queue), que le plafond de son cabinet tomba tout entier avec un fracas épouvantable ; une grosse servante qui faisait sécher du linge dans le grenier tomba à cheval sur une poutre ; elle en fut quitte pour quelques contusions. Ainsi mon importunité, ou, pour mieux dire, mon pressentiment, nous sauva la vie à l'une et à l'autre.

Avant de quitter la Bourgogne, je rendrai compte encore d'un fait qu'une femme n'oublie jamais ; c'est la première passion qu'elle a inspirée. J'étais encore bien enfant, je n'avais que onze ans et trois mois, j'étais même fort petite pour mon âge, et j'avais un visage et des traits si délicats, que ceux qui me voyaient pour la première fois ne me donnaient que huit ou neuf ans tout au plus ; cependant un jeune homme de dix-huit ans était éperdûment amoureux de moi ; c'était le fils du docteur Pinot, l'un des premiers médecins des eaux de Bourbon-Lancy. Il jouait depuis deux ans avec moi la tragédie et la comédie ; j'ai déjà parlé de sa véhémence dans les rôles tragiques. Personne au monde ne soupçonnait sa folie, et assurément je n'en avais aucune idée ; un matin que nous venions de répéter le Distrait de Regnard, ce jeune homme, après la répétition, dans un moment où sur le théâtre je me trouvais éloignée des autres acteurs, et seule dans une coulisse, s'approche de moi précipitamment, d'un air égaré me remet un billet en me disant tout bas qu'il me priait de le lire, et de me le montrer à personne ; cela dit, il s'éloigna aussitôt. Mademoiselle de Mars vint me rejoindre, je mis le billet dans ma poche, et nous montâmes dans notre chambre ; je me faisais un vrai scrupule de montrer ce billet à mademoiselle de Mars, qui était si vivement recommandé le secret !... Mais un secret me pesait vivement avec l'amie qui m'était si chère, en même temps ma curiosité était extrême. Enfin, mademoiselle de Mars me quitte, je cours m'enfermer dans mon cabinet, j'ouvre le billet, et j'y trouve une déclaration d'amour très-positive. Mon premier mouvement fut d'être excessivement choquée que le fils d'un médecin, qu'un homme qui n'était point gentilhomme osât me parler d'amour ! J'allai sur-le-champ montrer ce billet à mademoiselle de Mars, qui me dit que je devais le porter à ma mère, ce que je fis. Le jeune homme fut réprimandé par son père, comme il méritait de l'être ; il conçut tant de chagrin de cette aventure, qu'il s'engagea et disparut. Quinze ans après, mon père, ayant fait un voyage à Paris, vint me voir au Palais-Royal ; je lui demandai des nouvelles de son fils, ce qui le fit sourire ; et il me répondit qu'il l'avait pleuré pendant trois ans, le croyant mort, qu'au bout de ce temps il était revenu, qu'on avait obtenu son congé, qu'il avait fait un excellent mariage, qu'il était heureux et un très-bon sujet.

J'ai oublié de parler de l'un de nos voisins, nommé le baron de Busscœuil, pour lequel j'avais une grande vénération : c'était un vieux garçon de quatre-vingts ans, parent de mon père, qui l'appelait son oncle. Il avait un joli château, et nous y allions assez souvent passer trois ou quatre jours. M. de Busscœuil avait fait à quarante-cinq ans l'action la plus extraordinaire et la plus courageuse. Il était d'une grande taille et d'une prodigieuse force physique. Sur la fin d'un été, un loup enragé fit d'affreux ravages dans ce terroir ; il assembla un matin ses paysans, leur arma de fusils, et ce fut décidé qu'en sortant de la grand'messe on irait à la chasse de ce loup, ce qui fut exécuté ; mais en entrant dans un chemin creux, on conduisait au bois, le loup apparut tout à coup de si près qu'il était impossible de l'éviter, car ce chemin était excessivement profond et étroit. M. de Busscœuil, à la tête de ses gens, leur cria de s'arrêter ; alors s'avançant vers le loup qui accourait la gueule toute grande ouverte, il enfonce son bras dans cette gueule épouvantable, saisit l'animal furieux par la langue, l'arrête tout court, et le fait tuer à bout portant par ses gens. Il eut le pouce de la main droite coupé, mais il ne devint point enragé, ce qui fait penser que le loup ne l'était pas.

Cette action fut mise dans toutes les gazettes ; elle parut si merveilleuse qu'elle valut à M. de Busseuil la croix de Saint-Louis que lui envoya M. le régent, seul exemple, je crois, de cette grâce pour une action de ce genre. Ce respectable vieillard m'aimait beaucoup, j'ai souvent été sur ses genoux ; j'avais un grand plaisir à baiser respectueusement la cicatrice de son pouce, et à lui entendre conter avec détail cette belle aventure.

Deux mois après la fuite romanesque du fils du docteur Pinot, ma mère partit pour Paris ; on fit les malles comme ne devant plus revenir ; ma mère m'emmena, ainsi que mademoiselle de Mars et toutes ses femmes ; mon père seul resta. J'avouerai à ma honte que je quittai la Bourgogne sans attendrissement, ce beau pays où j'étais née, où mon enfance s'était écoulée d'une manière si douce et si riante, et que je n'aurais pu revoir quinze ans après sans répandre des larmes et sans éprouver les plus vives sensations. Mais l'enfance

Ainsi je tins paisiblement mon école pendant fort longtemps.

n'a point de ces émotions-là ; elle aime le changement, parce qu'elle a besoin de mouvement ; pour regretter, il faut avoir pu comparer, il faut que le temps ait formé des souvenirs, qu'il ait pu même les mûrir par de longues réflexions.

Le voyage fut long parce que ma mère voyagea avec ses chevaux, et fit une partie de la route sur la Loire, dans un grand bateau qui contenait avec nous notre voiture et nos chevaux. Nous séjournâmes à Orléans chez une amie de ma mère, où je repris mes habits de femme pour ne plus les quitter. Là je lus pour la première fois Télémaque, et, loin d'en sentir la beauté, je le trouvai fort inférieur à Clélie ; malgré ce beau jugement, il fallut l'achever par complaisance pour mademoiselle de Mars, car nous passions presque toute la journée dans notre chambre. Ma mère nous y renvoyait presque aussitôt après le dîner, à l'exception de deux soirées où l'on me fit chanter, jouer du clavecin, et déclamer le monologue d'Alzire :

Mânes de mon amant, j'ai donc trahi ma foi, etc.

et devant une très-nombreuse assemblée.

Nous arrivâmes à Paris sur la fin de l'été. J'eus un grand plaisir, celui de revoir mon frère, que j'ai toujours aimé avec le plus vive tendresse. Ma tante madame de Bellevaux vint aussitôt nous voir à notre hôtel garni. Elle avait alors vingt-neuf ans, et, si elle avait eu des dents passables, sa beauté eût été parfaite. Une taille majestueuse, des manières nobles et remplies de grâce, un éclat éblouissant, des traits réguliers, une conversation spirituelle et piquante, des talents agréables, la rendaient l'une des plus charmantes personnes que j'aie jamais vues. Elle me trouva jolie, elle fut charmée de ma voix et de ma déclamation, me caressa beaucoup, et je pris pour elle un grand attachement ; en même temps je la craignais extrêmement ; son élé-

gance et ses grâces m'en imposaient beaucoup plus que n'aurait pu le faire de la sévérité ; j'avais peur qu'elle ne me trouvât l'air ou le ton provincial ; pour la première fois je redoutais le ridicule, je commençais à attacher de l'importance aux petites choses, l'air dangereux de Paris agissait déjà sur moi. Au bout d'un mois nous allâmes loger et nous établir à demeure chez madame de Bellevaux ; j'y retrouvai avec joie mes deux cousines ; nous dînions à table et nous soupions dans nos chambres. Je continuais mes études avec mademoiselle de Mars, mais toujours fort nonchalamment pour le clavecin. On me donna un maître de guitare ; cet instrument me plut, et j'y fis de rapides progrès.

Je vis dans cet hiver, chez ma tante, un auteur célèbre, M. Marmontel. Il venait lui faire des lectures de ses Contes ; j'assistai à la lecture de celui qui est, je crois, intitulé le Soi-disant philosophe, dans lequel une grosse présidente barbouillée de tabac d'Espagne mène en laisse, avec un ruban couleur de rose, ce soi-disant philosophe. Quoique je n'eusse que douze ans, je trouvai ce conte ridicule et plat ; c'était le bien juger. L'auteur était loin de se douter que cette petite fille qu'il voyait là, ferait un jour imprimer une critique [1] de ses Contes qui lui causerait les plus violents accès de colère. L'inimitié et l'amitié n'ont jamais eu la moindre influence sur mes jugements et sur mes opinions. Je trouvais ma tante spirituelle et charmante, et presque tous ses jugements me paraissaient faux ; ils l'étaient en effet, mais elle parlait avec grâce, sans pédanterie ; elle avait du naturel, et la fausseté de ses idées venait plus de son ignorance et de sa mauvaise littérature que de son esprit ; aussi ne paraissait-elle être en elle que de la légèreté et du manque de réflexion. Elle a été auteur ; elle a fait imprimer un petit roman qui a pour titre : Lettres d'une jeune veuve. Il est écrit avec grâce et naturel.

Je voyais aussi chez madame de Bellevaux un financier homme de lettres, M. de Mondorge, qui avait alors au moins quarante-six ou quarante-sept ans, et qui, dix ou douze ans après, épousa l'aînée de mes cousines. M. de Mondorge avait de l'esprit, de l'agrément et une grande douceur. Il faisait des chansons et des opéras. Le poème de l'opéra intitulé les Talents lyriques est de lui. On me faisait chanter toutes ses chansons.

M. de Mondorge avait une très-jolie conversation, remplie de traits piquants et d'anecdotes ; il avait un excellent ton, c'est le premier homme qui m'ait donné l'idée d'une conversation véritablement agréable. Je ne me lassais point de l'écouter. J'écrivais sans cesse, avec ma grosse vilaine écriture, des lettres énormes à la nièce du curé de Bourbon-Lancy : ma tante un jour en montra une de seize pages à M. de Mondorge, qui fit de cette lettre les éloges les plus exagérés. Il m'exhorta beaucoup à lire et à écrire, et me fit des prédictions très-flatteuses. Ce fut mon premier encouragement en ce genre. Les vers de M. de Mondorge me donnèrent l'envie d'en faire ; j'en sentais parfaitement la mesure ; et la comédie et la tragédie, que j'avais tant jouées, m'avaient donné, dès ma première enfance, beaucoup de goût pour la poésie. Ma mère avait une femme de chambre qui s'appelait Victoire, l'un de mes noms de baptême était celui de Félicité : ces deux noms joints à celui de mademoiselle de Mars, me donnèrent l'idée de ma première composition poétique ; je fis là-dessus les vers suivants :

Félicité, Mars et Victoire
Se trouvent rassemblés chez nous,
Est-il rien de plus grand, est-il rien de plus doux
Que de fixer chez soi le bonheur et la gloire ?

M. de Mondorge, en pensant à mon âge (je venais d'avoir douze ans), fut dans un enchantement inexprimable de ces vers ; il les écrivit, les montra à tout le monde, et peu de jours après il me fit présent des Poésies sacrées et des Odes de J.-B. Rousseau, magnifiquement reliées en maroquin rouge. Six mois après, je savais parfaitement bien tous ces beaux vers, j'avais toujours dans ma poche un de ces petits volumes. On se plaisait à me faire déclamer ces admirables poésies ; celles que je déclamais le mieux étaient :

J'ai vu mes tristes journées, etc.,

l'Ode au prince Eugène, et l'Ode à la Fortune. Il ne m'était guère possible de suivre ce conseil de M. de Mondorge : je ne pouvais faire des lectures assidues, je n'avais point de livres ; ma tante ne lisait que de petites brochures, dont la plupart m'étaient interdites. D'ailleurs j'aurais eu besoin d'être dirigée à cet égard, et je n'avais point de guide. Je donnais plus de quatre heures à la musique, tant pour le chant que pour le clavecin et la guitare ; j'employais une heure à répéter mes vers ; je passais tous les jours au moins trois heures chez ma tante ; en outre j'allais tous les jours à l'Opéra ou à la Comédie-Française, car ma tante avait des loges à ces deux spectacles. Je vis débuter mademoiselle Arnoult à l'Opéra ; je me souviens encore de l'habit qu'elle avait : il était lilas et argent sur un grand panier. Je vis à la Comédie-Française la première représentation d'Hypermnestre, de Lemierre ; j'aimais le spectacle avec passion, et surtout la tragédie. Ainsi, mes journées se trouvaient employées, sinon conve-

_____
[1] Dans le conte intitulé les Deux Réputations.

nablement, du moins en totalité, il n'en restait rien pour des études sérieuses.

Dans ce même hiver, la Providence veilla sur mes jours d'une manière singulière. Ma mère, voulant me donner son portrait en miniature, le fit monter en bracelet avec un joli entourage d'opales et d'émeraudes. Ce bracelet, qui m'a été volé sept ou huit ans après, me fit tant de plaisir, et j'en ai conservé un souvenir si agréable, que j'en ai donné un pareil (en description), dans les *Chevaliers du Cygne*, à l'une de mes héroïnes. Ma mère imagina une manière charmante de me donner ce bracelet : ce fut de l'attacher à mon bras pendant mon sommeil. Je couchais seule dans une chambre, mademoiselle de Mars couchait dans un cabinet à côté de moi ; nous étions toutes les deux profondément endormies, lorsque ma mère, tenant le bracelet et une lanterne sourde, entra doucement dans ma chambre. Quelles furent sa frayeur et sa surprise en trouvant la chambre remplie d'une épaisse fumée, et voyant mes rideaux et mon lit tout en flammes !...

Mon habit d'Amour était couleur de rose.

Je dormais du plus profond sommeil, le feu était près de m'atteindre, dix minutes plus tard j'étais perdue !... On m'arrache de mon lit, on me porte dans une autre chambre ; on crie, on me questionne, on me gronde, toute la maison accourt ; je n'oublierai jamais cet effrayant tumulte !... J'avouai qu'ayant voulu lire dans mon lit les paroles de l'opéra gascon, *Alcimadure*, que l'on donnait alors, dans l'espoir que je les comprendrais mieux en les entendant chanter, je m'étais endormie en faisant cette lecture, et sans avoir éteint la lumière. Pour me punir, on me fit attendre le bracelet, que je ne pus obtenir que huit jours après cet événement.

Vers ce temps parut le mauvais et pernicieux livre de M. Helvétius, intitulé de *l'Esprit*. J'entendais beaucoup disserter sur cet ouvrage, et dans un bon sens ; tout le monde fut indigné du but et des principes de l'auteur. On appelait M. Helvétius un *philosophe*; et tout ce que je recueillais à ce sujet, et que j'écoutais avec curiosité, jetait dans mon jeune esprit les germes d'un profond mépris pour la philosophie moderne. M. de Mondorge venait tous les jours conter quelque trait relatif à ce livre et à son auteur ; entre autres la rétractation de l'auteur, que l'on trouva honteuse, parce que l'on crut qu'elle n'avait rien de sincère. M. de Mondorge parlait très-bien sur l'infamie des principes de son livre.

Lorsque l'hiver fut passé, nous allâmes à Saint-Mandé dans une maison de campagne de ma tante. Cette maison était charmante, elle avait un joli jardin avec une porte qui donnait dans le bois de Vincennes. Nous étions là quatre enfants, dont j'étais la plus âgée, mon frère, mes deux cousines et moi. Ma tante logeait au rez-de-chaussée ; le salon, très-beau et très-grand, et tout près ; on y fit mettre mon clavecin, et on nous l'abandonna pour mes études et pour nos jeux, excepté les jours où il venait beaucoup de monde, ce qui n'arrivait guère que tous les huit ou dix jours ; d'ailleurs ma tante

se tenait dans sa chambre avec ma mère et trois ou quatre personnes de sa société intime.

Cet été s'écoula délicieusement pour moi ; après mes trois ou quatre heures d'étude musicale, j'étais maîtresse de l'emploi de mon temps, que je passais en promenades et en jeux nouveaux inventés par moi. C'étaient des pantomimes formées de lambeaux des tragédies que je connaissais et des romans que j'avais lus, avec quelques petites inventions de ma façon. Les acteurs étaient mon frère, mes cousines, mademoiselle de Mars et moi, et les spectateurs les femmes de chambre. Bientôt j'ajoutai à cela des pièces, toujours d'un genre héroïque, dans lesquelles il fallait parler de tête ; j'étais obligée d'y jouer un rôle qui remplissait presque toute la pièce, car j'avais beaucoup de peine à faire parler mes acteurs. Cependant cet amusement prit une telle célébrité dans la maison, que nous eûmes bientôt pour spectateurs ma mère, ma tante et les personnes de leur société. On nous demanda des représentations fixes deux fois par semaine, ce qui dura tout l'été. Jéliote y venait de temps en temps, et chantait à la fin des pièces, et souvent des duos avec moi. Ces jours-là je jouais du clavecin et de la guitare, et l'on donnait de grands éloges à ces espèces de petites fêtes.

Mon frère n'était pas à beaucoup près un enfant aussi brillant que moi ; sa figure était jolie, mais il était gauche, maladroit, et d'une inconcevable simplicité. Il avait en vain demandé à mon père la permission de tirer des coups de fusil, on lui répondit qu'on le lui permettrait lorsqu'il saurait passablement faire des armes, chose pour laquelle il n'annonçait aucune disposition. Alors il prit un parti aussi violent que mystérieux : il chargea secrètement un fusil, s'enferma dans sa chambre, et, pour tirer sans faire de bruit, il imagina d'enfoncer le bout de son fusil sous les matelas de son lit ; il tira de cette discrète manière, mit le feu au lit, et fut renversé du coup.....

J'arrachai les ailes du Plaisir désespéré et jetant les hauts cris.

On accourut, et l'on découvrit avec surprise ce singulier expédient. Nous avions dans notre jardin une petite porte qui donnait dans le bois de Vincennes ; une vieille servante, nommée Véronique, en avait une clef, qu'elle nous prêta plus d'une fois pour une demi-heure ; alors nous faisions plusieurs petites escapades dans le bois, et pour nous donner une certaine dignité aux yeux des passants, nous imaginâmes, l'aînée de mes cousines et moi, de nous faire porter alternativement la queue de nos petites robes par mon frère (les robes et même les fourreaux de ce temps avaient toujours des queues), ce qui était d'autant plus singulier, qu'étant destiné à l'état ecclésiastique, il était toujours habillé en *abbé*; mais il n'en portait pas moins nos queues avec beaucoup de douceur et de sérieux ; nous nous promenions ainsi avec une grande gravité pendant notre demi-heure. Malgré cette simplicité, cet enfant avait beaucoup d'esprit et de génie. Six mois après il trouva dans le *Journal encyclopédique* un problème proposé aux savants ; il en envoya au même journal la solution qui était bonne, avec cette signature : *par un écolier de onze ans de chez M. Bertaut.* On ignorait à sa pension que cette solution fût de lui, et l'on fut très-surpris en apprenant qu'il en était l'auteur ; de ce moment, ses maîtres s'attachèrent à lui, et il en profita au delà de leurs espérances.

Nous retournâmes à Paris sur la fin de l'automne, et l'hiver suivant se passa comme le précédent. Au jour de l'an, M. de Mondorge me fit présent des poésies de Gresset et des fables de la Fontaine. J'appris par cœur dans son conseil, de Gresset, la charmante pièce de vers intitulée *Épître à ma sœur sur ma convalescence, la Chartreuse,* et les plus belles fables de la Fontaine, que je n'ai jamais oubliées ; ce qui, joint à tout ce que je savais déjà, remplit ma tête de très-bons vers. J'ai oublié de dire que, pendant les sept mois que nous avions passés à Saint-Mandé, j'avais assisté régulièrement et moi-même aux leçons de latin que recevait tous les jours mon frère d'un répétiteur très-bon homme et très-instruit, qui, charmé de ma mémoire, sut intéresser assez mon amour-propre pour m'inspirer toute l'application du meilleur écolier. Il me donna des soins particuliers, et j'avais fait de tels progrès, que je m'étais attachée à cette étude. Je désirais la continuer à Paris, ma mère ne le voulut pas ; j'y gagnai toujours quelques notions de grammaire, qui par la suite ne m'ont pas été inutiles.

Sur la fin de l'hiver j'éprouvai de grands chagrins, qui me furent d'autant plus sensibles, que jusque-là j'avais été parfaitement heureuse ; mais je n'ai senti vivement que les peines du cœur, et non les revers de la fortune. Je m'étais placée si souvent, dans mes châteaux en Espagne, dans des situations malheureuses, que ces mêmes rêveries avaient donné à mes idées je ne sais quelle vigueur et quelle élévation qui me mettaient pour ainsi dire au-dessus des coups du sort. Mon esprit n'était pas formé, je tenais encore à l'enfance par mes goûts et par une extrême naïveté ; mais mon âme avait une force qu'on a bien rarement à treize ans. On m'annonça la ruine entière de mon père et la vente de Saint-Aubin ; toutes les dettes payées, il ne nous restait plus qu'une modique pension viagère de douze cents francs, sur les têtes de mon père et de ma mère, et pas un asile sur la terre !... A cette même époque, ma mère et ma tante se brouillèrent ; ma mère m'annonça que ma tante nous quitterait dans un mois, et qu'il fallait me séparer de mademoiselle de Mars, que sa situation ne lui permettait plus de garder !... J'aimais ma tante, je chérissais mademoiselle de Mars ; ma douleur, qui fut extrême, déplut à ma mère ; il fallut la cacher... J'en eus le courage, mais je pleurais tous les soirs dans mon lit, et souvent deux ou trois heures. Mademoiselle de Mars n'était pas moins affligée, non qu'il ne lui fût aisé, avec ses talents et son esprit, de trouver une place plus lucrative, d'autant plus qu'elle avait à Paris une tante fort à son aise, qui la prenait chez elle jusqu'à ce qu'elle fût placée ; mais elle m'aimait véritablement, et nous nous étions promis tant de fois de ne jamais nous séparer !... «Je n'oublierai jamais la veille de cette cruelle séparation! Elle me permit de veiller avec elle jusqu'à une heure après minuit, elle me donna d'excellents conseils pour la suite de ma vie; elle me fit promettre d'avoir plus d'application, d'employer mieux mon temps et de modérer ma vivacité, qui me me portait bien à la colère, mais qui me donnait un enthousiasme ardent pour tout ce qui me plaisait. Enfin, elle m'exhorta à conserver mes sentiments religieux. Nous échangeâmes nos Heures ; j'ai conservé plus de vingt ans les siennes, qui étaient une *Journée chrétienne,* sur laquelle son nom était écrit ; je les ai perdues dans un voyage. Je lui donnai une petite bague de mes cheveux, que j'avais à cette intention reprise à ma cousine. Nous nous engageâmes à prier Dieu l'une pour l'autre tous les jours, soir et matin ; nous versâmes un torrent de larmes, je pleurai dans mon lit presque toute la nuit. Mon réveil fut affreux ; on m'apprit qu'elle était partie à sept heures du matin ; elle m'avait laissé l'espérance que je la reverrais encore et qu'elle déjeunerait avec moi ; je pleurais si amèrement que j'en étais défigurée.

Quinze jours après nous quittâmes ma tante ; nous avions beaucoup de tendresse et de regrets. Je regrettai peu mes cousines : la cadette était trop enfant, l'aînée avait peu de sensibilité et beaucoup de jalousie des préférences souvent trop marquées de ma tante pour moi ; elle a été depuis une femme très-estimable. Nous allâmes loger rue Traversière dans un petit appartement au rez-de-chaussée donnant sur un jardin humide ; cet appartement me parut bien triste et bien mesquin en le comparant à l'élégante maison que nous venions de quitter. Combien je m'y trouvai seule, privée de l'amie si chère avec laquelle j'avais passé sept ans et demi, c'est-à-dire plus de la moitié de ma vie !

CHAPITRE V.
1760-1765.

Nous allons à Passy, chez M. de la Popelinière. — L'abbé de la Coste. — Vaucanson. — Manière singulière de voyager. — J'apprends à jouer de la harpe. — Gaiffre, mon professeur. — M. de Saint-Germain. — Boîte qu'il me donne. — Mort de M. de Saint-Germain.

Au bout de quinze jours nous allâmes à Passy, chez M. de la Popelinière, fermier général, où nous passâmes tout l'été. M. de la Pope-

linière était un vieillard de soixante et six ans, d'une santé robuste, d'une figure douce, agréable et spirituelle ; il n'avait pas l'air d'avoir plus de cinquante ans, On a pu donner quelques ridicules à cet homme, célèbre par son faste et sa bienfaisance ; il eût été impossible de lui trouver un tort ou un vice. Il avait beaucoup d'esprit, un caractère facile et doux et une très-belle âme ; il faisait avec agrément des vers, des chansons, des comédies et des romans. Il protégeait avec discernement les artistes et les auteurs sans fortune. Mariant et dotant tous les ans six pauvres filles, il faisait en outre un bien infini à Passy, faisant travailler les ouvriers, répandant d'abondantes aumônes dans les familles indigentes. Il avait les mœurs les plus pures, la conduite la plus décente et la plus régulière ; il tenait un grand état de maison sans avoir jamais fait aucune dette ; il recevait beaucoup de monde et très-bonne compagnie, et faisait les honneurs de sa maison avec autant de grâce que de noblesse; il ne jouait jamais, et ne permettait chez lui que des jeux de commerce; enfin, sobre, généreux, aimant passionnément la littérature, les arts, les talents, il possédait aussi toutes les vertus domestiques; bon maître, bon parent, ami fidèle et tendre, tel était l'homme sur lequel la moquerie pendant plus de trente ans fut inépuisable. Il est vrai qu'il y eut trop de pompe, d'appareil et de singularité dans quelques-unes de ses actions, et c'est ce qu'on ne pardonne pas, surtout à un bourgeois. D'ailleurs, de tous les défauts, l'ostentation dans la bienfaisance est celui pour lequel le monde a le moins d'indulgence. On n'aime pas ces grands exemples qui jettent une espèce de blâme sur ceux qui, pouvant les suivre, ne les imitent pas. On ne veut point qu'il s'établisse en maxime qu'il vaut mieux, même par vanité, employer une grande fortune à faire du bien qu'à briller seulement par un luxe frivole. On répète qu'il faut se cacher pour faire le bien, comme si de certaines actions, et les plus belles et les plus utiles, pouvaient se faire en secret! C'est ainsi que la petite et plate vanité a dans tous les temps fait avec succès la satire d'un noble amour-propre, et souvent même a calomnié les intentions les plus pures de la charité chrétienne la plus sincère. Pour moi, à toutes les époques de ma vie, je me suis livrée au doux plaisir d'admirer le bien partout où je l'ai vu. Chercher de mauvais motifs aux belles actions, c'est en quelque sorte participer à la bassesse des sentiments des ingrats, qui ne manquent jamais de trouver des raisons de ce genre pour se dispenser de la reconnaissance qu'ils doivent à leurs bienfaiteurs.

Le jour même de notre arrivée à Passy, je donnai une nouvelle preuve du talent dont la nature m'a douée, de lire sur les physionomies et d'y découvrir les vices cachés du cœur. Après avoir fait et reçu les premiers compliments, je détournai de ce vis derrière moi un homme de cinquante ans, gros et court, habillé en abbé, et dont la figure me parut si repoussante, qu'elle me fit tressaillir; ma mère me demanda ce que j'avais, je lui répondis tout bas : *Regardez cet abbé, je suis sûre qu'il sera pendu.* Ma mère me gronda, mais je gardai mon opinion. Cet homme était le fameux abbé de la Coste, qui cinq mois après alla à Toulouse de la part de M. de la Popelinière chercher mademoiselle de Mondran, fille d'un capitoul, que M. de la Popelinière, sur sa réputation de talents, voulait épouser, et qu'en effet il épousa. Cette singularité romanesque ne réussit pas. Ce mariage rendit M. de la Popelinière si malheureux, qu'au bout de dix-huit mois le chagrin le conduisit au tombeau. Son destin était d'être malheureux en femmes. Tout le monde sait les aventures scandaleuses de sa première femme avec le maréchal de Richelieu. J'en ai mis le fond dans l'histoire de M. et madame du Resnel, dans mon roman des *Mères rivales.* Pour revenir à l'abbé de la Coste, peu de temps après le mariage de M. de la Popelinière avec mademoiselle de Mondran, il fut convaincu du double crime d'avoir fait les plus infâmes libelles diffamatoires sur M. de la Popelinière et plusieurs autres personnes, et d'en avoir jeté les soupçons, avec la plus grande vraisemblance, sur un ami de M. de la Popelinière, qu'il voulait perdre. Afin de le mieux persuader, ce scélérat disait beaucoup de mal de lui-même dans ces libelles. On découvrit toutes ces horreurs et beaucoup d'autres, et un grand nombre de faux et d'escroqueries. Cet indigne abbé (qui n'était point prêtre) fut livré à la justice et condamné au carcan et aux galères. Le jour où il fut conduit à la Grève pour y subir ce supplice, un étranger, voyant dans les rues un grand attroupement, demanda ce que c'était; quelqu'un répondit : *C'est l'ambassadeur de M. de la Popelinière qui fait son entrée.*

Le surlendemain de notre arrivée à Passy, j'assistai à la célébration des noces des six pauvres filles mariées par M. de la Popelinière. Elles étaient toutes vêtues uniformément en paysannes, mais avec élégance, M. de la Popelinière donnait ces habits, un joli trousseau, cinq cents francs en argent à chaque couple, et il faisait tous les frais de noces ; il consacrait, tous les ans, six mille francs à cette charité : il y eut un bal champêtre dans le château de Passy, et un grand festin pour les nouveaux mariés. Je dansai beaucoup, je m'amusai infiniment, et je me passionnai pour M. de la Popelinière, qui donnait des fêtes d'un si beau genre. Je le regardais avec admiration. Il nous lisait de temps en temps, quand nous étions en petit comité, des morceaux d'un roman oriental intitulé *Daïra,* qu'il composait alors, et qui me paraissait charmant. Il y avait chez lui une femme de talent qui s'appelait par hasard du nom de la terre que nous avions possédée (Saint-Aubin). Ma mère avait quitté ce nom pour reprendre celui de *du Crest* ; mais par habitude on l'appelait encore souvent la marquise de Saint-Aubin. La personne attachée à M. de la Popelinière, qui se nommait ainsi, n'avait pas un seul talent supérieur ; mais elle en avait beaucoup d'agréables : elle était bonne musicienne, chantait assez bien l'italien, et jouait de la musette ; elle était d'ailleurs honnête, modeste, bonne et fort aimable. Je vis là, aussi à demeure, madame Belot, auteur de la traduction estimée de l'*Histoire d'Angleterre* de M. Hume et plusieurs autres ouvrages : c'était une femme d'un très-grand mérite [1]. J'entendis pour la première fois à Passy jouer de la harpe. M. de la Popelinière avait une musique à lui parfaitement bonne. Gossec, excellent compositeur, en était. Mais ce qui me charma le plus fut un vieux joueur de harpe, un Allemand nommé Gaïffre, qu'on appelait le roi David, et à qui l'on doit l'invention des pédales. Avant lui la harpe, n'en ayant point, était un instrument si borné qu'on ne le connaissait qu'en Allemagne, dans les rues et dans les tavernes. Gaïffre l'ennoblit par une invention qui en fit le plus beau des instruments. Il n'en jouait que pour préluder fort médiocrement, quoiqu'il fût bon harmoniste ; mais il manquait de doigts, et n'avait pas l'idée de ce qu'on pouvait faire sur cet instrument admirable. Il avait en tout quatre ou cinq écoliers, parmi lesquels se trouvaient M. de Monville et madame Saint-Aubin, qui tous ne savaient faire que quelques arpéggments pour s'accompagner en chantant ; et c'étaient là les seules personnes qui jouassent en France de la harpe. Au reste, le bon Gaïffre posait mal à la harpe ses écoliers, qu'il faisait asseoir beaucoup trop bas, ce que font encore les maîtres de harpe ; mais il posait bien les mains, ce qui est un grand point. Je pris une passion si démesurée pour cet instrument, que je conjurai ma mère, avec la plus vive instance, de me donner Gaïffre pour maître, ce qu'elle fit. Je pris tout de suite des leçons ; mais, n'ayant que la harpe de Gaïffre, je ne pouvais pas étudier seule, je ne jouais que deux fois la semaine avec mon maître. Gaïffre, qui était le meilleur homme du monde, charmé de mon zèle et de mes dispositions, s'attacha singulièrement à moi ; il me donnait d'énormes leçons, et quelquefois de trois heures. Si j'avais eu moi une harpe à Passy, rien n'eût manqué à mon bonheur. On jouait la comédie et des pièces faites par M. de la Popelinière ; on m'y donna des rôles ; j'en jouai un d'ingénue, et un autre de soubrette, dans deux pièces intitulées *l'Indolente* et *les Joueurs* ; elles n'ont jamais été imprimées. Je dansai seule, à ces représentations, une danse qui eut le plus grand succès, et qui m'avait été apprise par un maître de ballet nommé Desbayes, c'était le *Pas russe*. Il n'ai jamais aimé la danse qu'à la campagne ; je n'ai été aux bals à la cour et à la ville que pour avoir le bon air d'être invitée, et pour mettre un joli habit différent de ceux qu'on portait dans le monde.

M. de la Popelinière était enchanté de mes petits talents ; il disait souvent en me regardant et en poussant un profond soupir : « Quel dommage qu'elle n'ait que treize ans ! » (1759). Je compris fort bien à la fin ce mot, si souvent répété, et je fus fâchée moi-même de n'avoir pas trois ou quatre ans de plus, car je l'admirais tant que j'aurais été charmée de l'épouser. C'est le seul vieillard qui m'ait inspiré cette idée. Il me donna son portrait parfaitement bien gravé : il était représenté assis devant un bureau, tenant des rouleaux effeuillées. Comme j'avais grande envie de plaire à M. de la Popelinière, j'aurais bien voulu que ma mère lui eût dit les vers que j'avais faits sur mon nom et ceux de mademoiselle de Mars et de Victoire. M. de Mondorge en serait content ; mais ma mère n'en parla jamais, et je n'osais pas lui confier ma secrète vanité d'*auteur*, car je la craignais tant, qu'il m'était impossible de lui parler à cœur ouvert. Il y a quelque chose d'extrême dans mon caractère, et une grande mesure dans mes opinions ; ce qui a fait que j'ai bien raisonné, que j'ai eu du goût, et que néanmoins j'ai fait beaucoup d'étourderies et de fausses démarches. Ou j'ai une confiance sans bornes, ou je n'en ai point du tout. Mon amitié est du dévouement, mon estime de l'admiration ; j'ai toujours parfaitement vu les défauts de ceux que j'aimais, mais je ne les appelais des défauts que parce que je sentais qu'ils devaient paraître tels aux autres ; pour moi ce n'étaient que des écorces fâcheuses, j'en faisais des vertus, et ces vertus, créées par mon imagination, me attachaient d'autant plus que je me disais qu'elles n'existaient que pour moi, et que je me croyais seule capable de les découvrir et de les apprécier. Quand je n'aimais pas, je voyais sans exagération le bien et le mal ; jamais l'aversion et le ressentiment ne m'ont fait faire de faux jugements. Je respectais ma mère, ma soumission profonde pour elle ne s'est jamais démentie un instant. Je croyais devoir lui payer en soins, en respect, en obéissance parfaite (et jusqu'à sa mort), ce que je ne pouvais lui donner en intimité de confiance. Il y avait dans nos genres d'esprit, nos opinions, notre humeur et nos caractères la plus singulière opposition. Elle était sérieuse, sévère, imposante ; sa figure était la plus noble que l'on puisse voir ; elle avait de grands yeux noirs un peu couverts, mais d'une singulière beauté ; je n'ai jamais pu soutenir son regard pénétrant. Au reste elle possédait d'admirables qualités ; elle était charitable, généreuse ; sans être dévote

[1] Madame Belot est morte à Chaillot en 1805, dans un âge très-avancé.

elle avait des sentiments religieux, un esprit infini, qui aurait eu beaucoup d'éclat si elle eût eu plus d'instruction. Lorsqu'elle avait envie de plaire, personne au monde ne pouvait être plus aimable.

Je me levais de grand matin à Passy, et j'allais, avant le réveil de ma mère, me promener dans le jardin avec mademoiselle Victoire ; cette dernière s'asseyait sur un banc, et cousait tandis que je me promenais sous ses yeux. Là, je faisais souvent des dialogues en parlant tout haut, habitude que j'ai conservé toute ma vie. Je me passionnai pour ces entretiens imaginaires, au point que la réalité n'aurait guère eu plus de charmes pour moi. J'étais au désespoir quand mademoiselle Victoire me rappelait.

Les comédies, les danses, les concerts me forçaient, à mon grand regret, d'interrompre mes études de harpe, d'autant plus que je n'en pouvais pas jouer avant le réveil de ma mère, parce que, couchée près d'elle dans un petit cabinet, elle m'aurait entendue. Mais comme j'aimais les fêtes, la musique et la conversation, je m'amusais infiniment à Passy. Tous les dimanches nous avions, dans la chapelle de la maison, une messe en musique : madame de Saint-Aubin y jouait d'un petit orgue, Gossec et les autres musiciens y exécutaient de belles symphonies. Ce jour-là il y avait un grand dîner, beaucoup de monde de Paris, et toujours des ambassadeurs et des ambassadrices : leur conversation m'amusait. M. de la Popelinière les faisait toujours parler de leur pays, ce que j'écoutais avec beaucoup de curiosité ; on causait encore après le dîner ; on ne jouait qu'aux échecs. A cinq heures il y avait, dans une grande galerie, un beau concert auquel venait encore du monde de Paris. On soupait à neuf heures. Après souper communément on faisait une petite musique particulière ; M. de Monville, qui venait toujours le dimanche, y jouait de la harpe, je chantais, et je jouais de la guitare. A onze heures et demie on allait se coucher. Le mardi était consacré en général aux beaux esprits et aux savants. Ces jours-là nous avions toujours l'abbé d'Olivet, de l'Académie française ; madame Riccoboni, auteur des *Lettres de milady Catesby* (qu'elle avait déjà données au public) ; le célèbre Vaucanson [1]. Nous avions aussi beaucoup d'artistes ; je ne me souviens que du peintre Latour : il avait un caractère fort original ; il donnait à deviner comment il venait de Paris à Passy, en disant que ce n'était ni en bateau d'aucune espèce, ni en voiture d'aucun genre, ni à pied, ni à cheval, ou sur un âne ou mulet, ni même par terre, ni en nageant. Personne ne pouvait deviner cette énigme. Voici comment il l'expliquait ; il se mettait en chemin, se plongeait dans la rivière, et, ne sachant pas nager, il s'accrochait avec ses deux mains à un bateau ; et ainsi remorqué, il arrivait à Passy traîné par ce bateau. Ma vie me convenait d'autant plus que j'avais une amie dans la maison ; c'était une jeune personne, jolie, douce, intéressante, que M. de la Popelinière avait en quelque sorte adoptée pour sa fille. Il l'avait mariée à M. de Zimmerman, officier dans les gardes suisses, qui, était jeune, aimable, et qui jouait du violon de la seconde force ; l'histoire de madame de Zimmerman était singulière. La voici : Elle était fille d'un pauvre gentilhomme, et avait été élevée au fond d'une province, à cent cinquante lieues de Paris : pour une affaire de famille qui dépendait des fermiers généraux, elle écrivit à M. de la Popelinière, qu'elle ne connaissait que de réputation. M. de la Popelinière, sachant que c'était une jeune personne de dix-huit ans qui lui écrivait, lut la lettre avec intérêt, quoiqu'elle fût extrêmement simple ; mais il en admira la belle écriture et l'orthographe parfaite ; il accorda la grâce qu'on lui demandait, alors il reçut une lettre charmante de remerciment ; il répliqua, une correspondance s'établit, elle dura six mois. M. de la Popelinière se passionna pour cette jeune provinciale qui montrait tant d'esprit, de grâce, de sensibilité. Il écrivit dans la province pour prendre des informations sur elle ; on lui mande que celle qui l'intéresse si vivement est jolie, et qu'elle est un ange par son caractère et par sa conduite. Le voilà amoureux, il déclare ses sentiments, il reçoit une réponse qui achève de lui tourner la tête ; il offre sa main, on accepte, l'on part, et l'on arrive. La première entrevue le refroidit un peu, mais sans le faire changer ; il ne trouva pas sa future aussi jolie qu'il se l'était figurée, parce qu'elle était mal mise, qu'elle avait l'air gauche, et beaucoup de taches de rousseur. Au bout de quelques jours, M. de la Popelinière fut si mécontent de son esprit, qu'il lui vint des soupçons sur les lettres charmantes qu'il avait tant admirées. Il questionna cette jeune personne, qui lui avoua naïvement qu'elle ne savait même pas l'orthographe, et qu'elle n'avait fait que copier des lettres faites par le curé du lieu. M. de la Popelinière lui donna un beau trousseau, pour trente mille francs de diamants, et cent mille francs de dot ; il la maria, et il logea et nourrit chez lui les deux époux.

Nous retournâmes à Paris dans les premiers jours d'octobre. Je quittai M. de la Popelinière avec peine, j'avais pris pour lui un véri-

[1] Le plus grand mécanicien de son temps, qui avait fait un automate qui jouait de la flûte et un canard artificiel qui mangeait et digérait. Lorsqu'il fut reçu à l'Académie des sciences, il s'aperçut que presque tous ses confrères lui faisaient fort mauvaise mine. Il en demanda la raison à M. de Buffon, qui lui répondit avec sa bonhomie ordinaire : « C'est que vous n'êtes pas plus fort que moi en géométrie, et qu'ici ils ne font que cas de cela. — Eh ! que ne me le disaient-ils, s'écria Vaucanson, je leur aurais fait un géomètre. » Il ne pensait pas que cela fût plus difficile que de faire un flûteur et un canard.

table attachement. On me donna un maître de chant italien, nommé Pellegrini, qui venait à six heures du matin ; je prenais cette leçon à la lumière. Philidor me donna des leçons d'accompagnement. Au milieu de l'hiver, j'eus la fantaisie d'apprendre à jouer de la musette; au lieu de souffler avec la bouche, on donnait le vent au moyen d'un soufflet posé sous le bras. M. de Zimmerman, que nous voyions tous les jours, m'apprit à jouer du par-dessus de viole, et j'y réussis de même. Cependant j'aimais la harpe de préférence à tout, j'en jouais au moins cinq heures par jour. Gaiffre, après m'avoir donné quarante-deux leçons, ne voulut plus prendre de cachets ; mais il venait toujours par amitié ; et il me faisait déchiffrer. J'avais réformé tout mon doigté : il faisait les grandes roulades d'un doigt, en glissant ce doigt sur toutes les cordes, ce que certaines personnes font encore aujourd'hui, ce qui ne peut avoir ni tact, ni aplomb, et chose aussi ridicule que si l'on doigtait ainsi sur le clavecin. Gaiffre ne faisait point de cadences, et j'en fis avec beaucoup de facilité. Enfin, j'imaginai de me servir du petit doigt de la main droite dans les arpégements. J'exerçai ma main gauche séparément en lui faisant faire tout ce que faisait la droite. Comme il n'y avait de gravé, pour la harpe, que quelques niaiseries de Gaiffre, je me mis à jouer des pièces de clavecin, et bientôt les plus difficiles, les pièces de Mondonville, de Rameau, et ensuite de Scarlati, d'Alberti, d'Hœndel, etc. J'étais encouragée par la vive admiration de Gaiffre, je faisais d'inconcevables progrès ; on venait m'entendre comme une merveille, tout le monde voulait apprendre à jouer de la harpe ; Gaiffre en était le seul maître, il ne pouvait suffire à ses écolières. J'eus le plaisir extrême d'être la cause de la fortune de cet excellent homme, qui en était reconnaissant comme si je n'eusse joué de la harpe que dans ce dessein.

Mon père, qui était resté en Bourgogne, revint peu de temps, et partit pour Saint-Domingue, où il espérait rétablir sa fortune. Pellegrini me dédia une œuvre musicale de sa composition ; quand je vis mon nom gravé à la tête d'une épître remplie de flatteries, ma joie fut extrême, et je la montrai naïvement.

Je fus très-flattée qu'un savant, un géomètre d'une grande réputation eût une envie passionnée de m'entendre jouer de la harpe : il est vrai qu'il avait fait je ne sais quel ouvrage sur l'harmonie, c'était d'Alembert ; il se fit présenter chez ma mère et parut charmé de ma harpe. Il avait une figure ignoble, il contait des historiettes burlesques avec une voix de fausset aigre et criarde, il me déplut beaucoup. Je voyais souvent aussi, dans ce temps, le célèbre Rameau [1], pour lequel j'avais une grande vénération. J'ai oublié de parler d'un personnage très-singulier que j'ai vu presque tous les jours pendant plus de six mois avant le départ de mon père, c'était le fameux charlatan, comte de Saint-Germain. Il avait l'air alors d'avoir tout au plus quarante-cinq ans, et, par le témoignage de gens qui l'avaient vu trente-cinq ans auparavant, il paraît certain qu'il était infiniment plus âgé ; il était un peu au-dessous de la taille moyenne, bien fait et marchant fort lestement. Ses cheveux étaient noirs, son teint fort brun, sa physionomie très-spirituelle, ses traits assez réguliers. Il parlait parfaitement le français sans aucun accent, et même l'anglais, l'italien, l'espagnol et le portugais. Il était excellent musicien, accompagnait de tête sur le clavecin tout ce qu'on chantait, et avec une rare perfection, ainsi que j'ai vu Philidor étonné, ainsi que de sa manière de préluder. Il était bon physicien et très-grand chimiste ; mon père était fort en état d'en juger, et admirait beaucoup ses connaissances en ce genre. Il peignait à l'huile, non pas de la première force, comme on l'a dit, mais agréablement ; il avait trouvé un secret de couleurs véritablement merveilleux, ce qui rendait les tableaux très-extraordinaires ; il peignait dans le grand genre des sujets historiques ; il ne manquait jamais d'orner ses figures de femmes d'ajustements de pierreries, et les couleurs pour faire ces ornements, et les émeraudes, les saphirs, les rubis, etc., avaient réellement l'éclat, les reflets et le brillant des pierres qu'ils imitaient.

Latour, Vanloo et d'autres peintres ont été voir ces tableaux, et admiraient extrêmement l'artifice surprenant de ces couleurs éblouissantes, qui avaient l'inconvénient d'éteindre les figures, dont elles détruisaient d'ailleurs la vérité par toute l'immense illusion. Mais pour le genre d'ornement, on aurait pu tirer un grand parti de ces singulières couleurs, dont M. de Saint-Germain n'a jamais voulu donner le secret. M. de Saint-Germain avait une conversation instructive et amusante ; il avait beaucoup voyagé, et savait l'histoire moderne avec un détail étonnant, ce qui a fait dire qu'il parlait des plus anciens personnages comme ayant vécu avec eux ; mais je ne lui ai jamais rien entendu dire de semblable. Il montrait les meilleurs principes, remplissait avec exactitude tous les devoirs extérieurs de la religion, était fort charitable, et tout le monde s'accordait à dire qu'il avait les mœurs les plus pures. Enfin, tout était grave et moral dans son maintien et dans ses discours. Cependant il faut avouer que cet homme si extraordinaire par ses talents, par l'étendue de ses connaissances et par tout ce qui peut mériter la considération personnelle, le savoir, des manières nobles et sérieuses, une conduite exemplaire, la richesse et la bienfaisance ; que cet homme,

[1] Il obtint des lettres de noblesse.

dis-je, était un charlatan, ou du moins un homme exalté par quelques secrets particuliers, qui lui avaient certainement procuré une santé très robuste et une vie plus longue que la vie ordinaire de l'homme. J'avoue que je suis persuadée, et mon père le croyait fermement, que M. de Saint-Germain, qui paraissait avoir alors tout ou plus quarante-cinq ans, en avait au moins quatre-vingt-dix. Si l'homme n'abusait pas de tout, il parviendrait communément à une vieillesse plus avancée encore, dont on voit quelquefois des exemples. Sans ses passions et son intempérance, *l'âge de l'homme* serait cent ans, et la très-longue vie *cent cinquante* ou *cent soixante.* Alors, à l'âge de quatre-vingt-dix on aurait la vigueur d'un homme de quarante ou de cinquante ans ; ainsi ma supposition sur M. de Saint-Germain n'a rien de déraisonnable si l'on admet la supposition qu'il eût trouvé, au moyen de la chimie, la composition d'un breuvage, particulièrement d'une liqueur appropriée à son tempérament ; on pourrait admettre aussi, sans croire à la pierre philosophale, qu'il avait à l'époque dont je parle un âge beaucoup plus avancé que celui que je lui donne.

M. de Saint-Germain, pendant les quatre premiers mois de notre intimité, non-seulement ne dit pas une extravagance, mais ne dit pas une seule phrase extraordinaire ; il avait même quelque chose de grave et de si respectable que ma mère n'osait pas l'interroger sur les singularités qu'on lui attribuait ; enfin, un soir, après m'avoir accompagné d'oreille plusieurs airs italiens, il me dit que dans quatre ou cinq ans j'aurais une belle voix, et il ajouta : « Et quand vous aurez dix-sept ou dix-huit ans, serez-vous bien aise d'être fixée à cet âge-là, du moins pour un très-grand nombre d'années ? » Je répondis que j'en serais charmée. « Eh bien, reprit-il très-sérieusement, je vous le promets ; » et aussitôt il parla d'autre chose.

Ce peu de mots enhardit ma mère, qui, un instant après, lui demanda s'il était vrai que l'Allemagne fût sa patrie. Il secoua la tête d'un air mystérieux, et poussant un profond soupir : « Tout ce que je puis vous dire sur ma naissance, répondit-il, c'est qu'à sept ans j'errais au fond des forêts avec mon gouverneur, et que ma tête était mise à prix !... » Ces paroles me firent frissonner, car je ne mettais au fond du doute encore la sincérité de cette grande confidence... « La veille de ma fuite, continua M. de Saint-Germain, ma mère, que je ne devais plus revoir !... attacha son portrait à mon bras !... — Ah Dieu ! » m'écriai-je. A cette exclamation M. de Saint-Germain me regarda, et parut s'attendrir en voyant que j'avais les yeux remplis de larmes. « Je vais vous le montrer, » reprit-il. A ces mots il retroussa sa manche, et il détacha un bracelet parfaitement peint en émail, et représentant une très-belle femme. Je contemplai ce portrait avec la plus vive émotion. M. de Saint-Germain n'ajouta rien et changea de conversation. Lorsqu'il fut parti, j'eus un grand chagrin, celui d'entendre ma mère se moquer de *sa proscription,* et *de la reine sa mère;* car cette tête mise à prix dès l'âge de sept ans, cette tête dans les forêts avec un gouverneur, donnaient à entendre qu'il était le fils d'un souverain détrôné... Je croyais et je voulais croire ce roman d'un si grand genre, en sorte que les plaisanteries de ma mère me scandalisaient beaucoup. Depuis ce jour M. de Saint-Germain ne dit rien de remarquable dans ce genre ; je ne l'entendis parler que de musique, des arts, et des choses curieuses qu'il avait vues dans ses voyages. Il me donnait sans cesse des bonbons excellents en forme de fruits, qu'il m'assurait avoir faits lui-même ; de tous ses talents, ce n'était pas celui que j'estimais le moins. Il me donna aussi une boîte à bonbons très-singulière, dont il avait fait le dessus. La boîte, d'écaille noire, était fort grande ; le dessus en était orné d'une agate de composition beaucoup moins grande que le couvercle ; on posait cette boîte devant le feu, et d'un instant, on ne voyait plus l'agate, et l'on trouvait à sa place une jolie miniature représentant une bergère tenant une corbeille remplie de fleurs ; cette figure restait jusqu'à ce qu'on fît réchauffer la boîte ; alors l'agate reparaissait et cachait la figure. Ce serait une jolie manière de cacher un portrait. J'ai depuis inventé une composition avec laquelle j'imite à s'y tromper toutes sortes de cailloux, et même des agates transparentes ; cette invention m'a fait deviner l'artifice de la boîte de M. de Saint-Germain.

Pour finir tout ce qui a rapport à cet homme singulier, je dois dire que quinze ou seize ans après, en passant à Sienne en Italie, j'appris qu'il habitait cette ville, et qu'on ne croyait pas qu'il eût plus de cinquante ans. Seize ou dix-sept ans après, étant dans la Holstein, j'appris de M. le prince de Hesse, beau-frère du roi de Danemark et beau-père du prince royal (aujourd'hui sur le trône), que M. de Saint-Germain était mort chez ce prince six mois avant mon arrivée dans ce pays. Le prince eut la bonté de répondre à toutes mes questions sur ce fameux personnage ; il me dit qu'il n'avait l'air ni vieux ni cassé à l'époque de sa mort, mais qu'il paraissait consumé par une insurmontable tristesse. Le prince lui avait donné un logement dans son palais, et faisait avec lui des expériences de chimie. M. de Saint-Germain était arrivé dans la Holstein, non avec l'apparence de la misère, mais sans suite et sans éclat. Il avait encore plusieurs beaux diamants. Il mourut de la consomption. Il montra en mourant d'horribles terreurs, et même sa raison en fut altérée ; elle s'égara tout à fait deux mois avant sa mort : tout en lui annonçait alors le trouble affreux d'une conscience agitée. Ce récit me fit de la peine ; j'avais conservé beaucoup d'intérêt pour ce personnage extraordinaire.

CHAPITRE VI.

1761-1763.

Procès de ma mère contre la sienne, madame la marquise de la Haie. — M. de Mézières chez les sauvages. — Tatouages. — Madame de Montesson. — Mort de mon oncle, tué à la bataille de Minden. — Mort de Mgr le duc de Bourgogne. — Nous allons à Chevilly, chez madame de Jouy. — Aventure effrayante. — Sainte-Foix. — Mon père est pris par les Anglais. — Mauvais procédé de madame de Montesson, sœur de ma mère. — Mon père est conduit au Fort-l'Évêque. — Il meurt.

Aussitôt que mon père fut parti pour Saint-Domingue, ma mère s'occupa sérieusement de reprendre et de suivre la plus triste des affaires, un procès contre sa mère!... mais la mère la plus dénaturée!... Madame la marquise de la Haie, ma grand'mère, avait épousé en premières noces M. de Mézières, qui possédait une terre en Bourgogne, auprès d'Avallon. M. de Mézières avait beaucoup d'esprit et était un très-grand géomètre. C'est une anecdote parfaitement connue dans la province, que M. de Mézières, voisin de la célèbre madame du Châtelet, cultiva ses dispositions pour la géométrie, et lui donna tous les matériaux des ouvrages qu'elle a publiés depuis. Il est assez bizarre que ce soit mon grand-père qui ait ainsi contribué à établir la réputation de la plus grande admiratrice qu'ait eue M. de Voltaire!...

Ma grand'mère devint veuve, jeune encore et très-belle. Elle avait eu deux enfants de M. de Mézières, un garçon, et une fille qui était ma mère, l'un âgé de huit ou neuf ans, et l'autre de six. Elle mit la fille au couvent dans l'abbaye de Malnoue, près de Paris, et le garçon au collège, et elle se remaria avant que l'année de son veuvage fût tout à fait révolue. Elle épousa en secondes noces le marquis de la Haie, qu'on appelait le beau la Haie ; il avait été page, et ensuite l'amant de madame la duchesse de Berry, fille de M. le régent ; il était fort riche. Madame de la Haie prit en horreur les enfants de son premier mariage ; elle déclara à l'abbesse de Malnoue qu'elle destinait sa fille au cloître, et qu'elle voulait qu'on l'élevât dans cette idée. Aussitôt que M. de Mézières son fils eut treize ans, elle l'envoya comme mauvais sujet en Amérique. Cet enfant était cependant l'homme le plus distingué et même le plus étonnant par son esprit, par son génie, son courage et ses vertus. Arrivé dans l'Amérique septentrionale, il se sauva, il alla se réfugier au Canada parmi les sauvages ; il n'avait pas quatorze ans. Il leur fit entendre qu'il était abandonné de ses parents, et qu'il voulait vivre avec eux ; ils y consentirent, à condition qu'il subirait l'opération du tatouage, c'est-à-dire qu'il se laisserait peindre tout le corps à leur manière, avec des sucs d'herbes, opération très-douloureuse qu'il supporta avec un courage qui charma les sauvages. Il avait une mémoire prodigieuse, la santé la plus robuste ; bientôt il apprit leur langue, et excella dans tous leurs exercices. Pour ne point oublier ce qu'il savait (il avait fait pour son âge d'excellentes études, et remporté tous les prix de ses classes), il traçait tous les jours sur des écorces d'arbres des passages de poésie latine et française et des figures de géométrie. Il se fit de ses écorces un recueil prodigieux, qu'il conserva avec le plus grand soin ; il acquit parmi les sauvages la plus haute considération, et avant l'âge de vingt ans, il devint leur chef par une proclamation unanime. Les sauvages déclarèrent la guerre aux Espagnols. Mon oncle leur apprit à la faire avec plus d'intelligence ; il remporta, en les commandant, des avantages qui surprirent les Espagnols, qui trouvèrent que le jeune chef avait des talents extraordinaires. Ils parlèrent de paix ; mon oncle fut envoyé pour la négocier, et il mit le comble à l'étonnement des Espagnols en ne leur parlant qu'en latin. Ils le questionnèrent sur le singulier sauvage, et, touchés du récit qu'il leur fit, charmés de l'esprit et même du génie qu'il leur montra, ils lui offrirent de l'attacher au service des Espagnols ; il y consentit, à condition qu'ils feraient la paix avec les sauvages. Quand cette paix fut faite avec plus d'avantage, il se sauva et passa chez les Espagnols ; il s'y conduisit d'une manière si parfaite, qu'il y fit un riche mariage, et fut âgé de dix ou douze ans, il fut nommé gouverneur de la Louisiane. Il acquit de belles habitations, se forma une superbe bibliothèque, et vécut là parfaitement heureux. Par la suite il fit un voyage en France ; sa cruelle mère n'existait plus. J'étais alors au Palais-Royal. Il venait dîner presque tous les jours chez moi ; il était grave et mélancolique, il avait un esprit infini, sa conversation était du plus grand intérêt. Outre les choses extraordinaires qu'il avait vues, il avait prodigieusement lu [1], et sa mémoire était admirable. On voyait à travers ses bas de soie les serpents peints par les sauvages, qu'il avait ineffaçablement gravés sur ses jambes. Il me montra sa poitrine, qui était couverte de grandes fleurs peintes aussi : les

[1] Dans les langues latine, française et espagnole.

couleurs en étaient très-vives. J'éprouvais pour cet homme singulier et respectable une admiration et une tendresse extrêmes. Il répondait à toutes mes questions avec laconisme, mais avec une excessive bonté. Je n'ai jamais vu personne dire plus de choses en moins de paroles. Il avait conservé un tendre souvenir des sauvages, et même de leur genre de vie. Il me dit une chose qui me surprit ; c'est qu'en général les voyageurs qui ont parlé avec détail des sauvages (à un peu d'emphase près) les ont assez bien jugés. Quoiqu'ils n'eussent aucune connaissance de leur langue, ils les ont fait parler à peu près comme ils parlent, « La raison en est simple, disait mon oncle : si l'on jugeait les Européens, ajoutait-il, d'après leurs démonstrations et leur extérieur, on s'abuserait beaucoup ; mais on ne se trompe point en jugeant les sauvages : leurs mouvements, leurs physionomies, leurs actions peignent ce qu'ils sont et ce qu'ils pensent. » Mais, malgré cette réflexion de mon oncle, comme les idées métaphysiques ont représenté de cette manière, une grande quantité de discours que les voyageurs prêtent aux sauvages n'en sont pas moins ridicules. Mon oncle me donna un petit mémoire, qu'il fit à ma prière sur les sauvages ; je l'insérai six ou sept ans après dans les Annales de la vertu, en en faisant honneur à son auteur. Ce morceau, quand cet ouvrage parut, fut très-remarqué ; on regretta qu'il n'eût pas plus d'étendue. Je n'y avais pas changé un seul mot. Cette manière d'écrire est bien extraordinaire dans un homme expatrié depuis l'enfance, et qui avait passé quinze ans parmi les sauvages. Ma mère était toujours en tiers avec nous, elle dirigeait la conversation, et communément je ne pouvais qu'écouter. C'était une occasion unique de m'instruire avec certitude d'une infinité de choses curieuses, dont la connaissance eût été bien utile à mon étude favorite, celle du cœur humain ; je n'ai profité que superficiellement de cette précieuse occasion.

Pour revenir à l'histoire de ma mère, elle fut mise au couvent dès l'âge de six ans, et élevée dans l'idée que sa mère la destinait à l'état monastique. L'abbesse de son couvent, madame Rossignol, était une personne de beaucoup d'esprit ; elle prit pour ma mère la plus vive affection, et donna les plus grands soins à son éducation. On payait sa modique pension, mais sans maîtres. L'abbesse lui fit apprendre la musique, à chanter des motets et à jouer de l'orgue. Ma mère dînait avec l'abbesse et passait avec elle toutes ses journées. Elle voyait souvent à son parloir le poëte Fuzelier, qui récitait de jolis vers de sa composition, ce qui donna à ma mère le désir d'en faire. Pour son essai elle fit une espèce de cantique sur sainte Cécile ; l'abbesse en fut enchantée et le montra à Fuzelier, qui donna à ma mère quelques règles de versification, qu'elle n'a jamais bien sues, et c'est dommage, car elle avait beaucoup de dispositions pour la poésie. Le jour où elle eut quatorze ans accomplis, on lui fit prendre le voile. Sa mère ne venait la voir que tous les six mois tout au plus. Mademoiselle de Mézières, qui n'avait jamais reçu une seule caresse, n'osait ni lui parler, ni lever les yeux en sa présence, et se contentait d'écouter en silence les lieux communs que débitait madame de la Haie sur les dangers du monde et les douceurs du cloître. Ma mère avait à peine atteint sa seizième année, lorsque madame de la Haie lui déclara qu'il fallait faire ses vœux et s'engager irrévocablement ; ma mère pleura, on n'en tint compte, et l'on désigna un jour du mois suivant pour la cérémonie. Ce jour arrivé, ma mère déclara nettement qu'on aurait bien la puissance de la conduire à l'église, mais que là, au lieu de prononcer le oui irrévocable, elle dirait non. L'abbesse assura madame de la Haie qu'elle le ferait certainement, qu'elle l'avait annoncé depuis l'enfance, qu'elle avait un caractère très-décidé, et que toute violence à cet égard ne servirait qu'à donner au public un scandale odieux. Madame de la Haie fut outrée, mais il fallut céder. Ma mère reprit le jour même les habits mondains, qu'elle avait quittés deux ans auparavant. Comme elle avait grandi durant son inutile noviciat, ses habits étaient ridiculement courts, mais elle ne les en reprit pas moins avec joie. On la laissa au couvent sans jamais lui faire sortir. Elle devint une personne très-agréable et très-distinguée par sa figure, ses talents et son esprit. Elle était chérie de tous ce qui la connaissait, à l'exception de sa mère, qui montrait sans déguisement pour elle l'aversion la plus injuste et la plus dénaturée. Ma mère resta dans ce couvent jusqu'à l'âge de vingt-six ans et demi ; à cette époque elle se lia intimement avec la marquise de Fontenille, une veuve retirée dans l'intérieur du couvent. La marquise était parente de mon père, qui venait assez souvent la voir au parloir ; il y vit mademoiselle de Mézières, en devint amoureux, et la demanda en mariage. Madame de la Haie, par une animosité inconcevable, refusa pendant trois mois son consentement. Ma mère ne pouvait cependant pas espérer un meilleur mariage ; elle n'avait que quarante ou quarante-cinq mille livres de légitime, et elle trouvait un très-beau gentilhomme qui avait dix ou douze mille livres de rente, trente-sept ans, et qui était aimable, rempli d'esprit et beau comme un ange. Madame de la Haie ne donna ni légitime, ni trousseau, ni présents : la bonne abbesse fit les frais de noce. Ma mère se maria dans l'église du couvent ; madame de la Haie vint cependant à la messe nuptiale avec ses deux enfants du second lit, son fils âgé de onze ans, et sa fille de huit ans et demi, et qui a été depuis madame de Montesson. Ma mère partit aussitôt pour la Bourgogne, pour sa terre de Champcéry, où je reçus le jour quinze mois après son mariage.

Ma mère, à diverses époques, avait vainement demandé sa légitime, c'est-à-dire la portion qui lui revenait du bien de son père ; à force de persécutions, elle n'en avait pu obtenir qu'une très-petite partie ; à l'époque de sa ruine, elle devint plus pressante ; enfin, comme je l'ai dit, après le départ de mon père pour Saint-Domingue, elle se décida à plaider. Elle écrivit elle-même un mémoire, et avant de le' faire imprimer et de commencer la procédure, elle chargea son avocat de le communiquer à madame de la Haie. Ce mémoire, très-respectueux par les expressions, était foudroyant par les faits. Madame de la Haie le sentit, elle envoya chez ma mère son fils, le marquis de la Haie, qui se fit médiateur entre sa mère et sa sœur. Le marquis de la Haie, sans être disgracié de la nature et sans être borné, n'était ni beau ni distingué par l'esprit, mais il était sensible à l'époque de sa ruine, elle me regarda beaucoup, avec attendrissement, et me témoigna le plus tendre intérêt. Tout à coup il nous proposa de nous mener sur-le-champ chez madame de la Haie, ajoutant qu'en nous voyant tout s'arrangerait. Il pressa ma mère si vivement, qu'elle y consentit. Il nous mena dans sa voiture, et nous conduisit d'abord chez madame de Montesson, qui vint nous faire une visite à notre arrivée à Paris, et qui ensuite ne revint plus. Madame de Montesson était chez elle, mon oncle nous mena dans son appartement, elle n'était point habillée et ne nous attendait point ; elle parut plus embarrassée que touchée de notre visite. Cependant elle dit qu'elle approuvait l'idée de mon oncle, qu'elle allait s'habiller et qu'elle viendrait avec nous. Je ne lui trouvai ni la cordialité ni la bonté de mon oncle. Sa toilette me parut longue, il me semblait que cette occasion elle aurait dû se faire avec plus de promptitude. Mon oncle voulait absolument qu'elle s'occupât de moi ; à toute minute, il lui disait en me regardant : « Comme elle est intéressante ! comme elle est jolie !... » Madame de Montesson ne répondait rien, elle se contentait de pencher la tête en faisant un soupir, et en prenant un air attendri. Enfin, lorsqu'elle fut habillée, elle donna le bras à ma mère, et passa devant nous ; mon oncle me prit affectueusement par la main, s'aperçut que je tremblais, et tâcha de me rassurer en me disant les choses les plus aimables et les plus tendres. Nous montâmes en voiture et nous nous rendîmes dans la rue Cassette, où demeurait ma grand'mère. Je voyais ma mère très-émue, ce qui me causait un saisissement inexprimable ; il me semblait si extraordinaire que celle qui m'inspirait tant de respect pût craindre quelqu'un !... D'ailleurs j'avais entendu dire de si terribles choses de ma grand'mère que le sang ne me parlait point du tout pour elle. Arrivés dans sa maison, mon oncle et ma tante nous laissèrent dans un cabinet et allèrent la prévenir ; au bout d'un demi-quart d'heure, ils revinrent avec ma grand'tante, mademoiselle Dessaleux, sœur de ma grand'mère. Mes deux tantes donnèrent le bras à ma mère en l'assurant qu'elle serait bien reçue ; mon oncle me conduisit. Je n'avais pas une goutte de sang dans les veines en entrant dans la chambre de ma grand'mère. Sa figure acheva de me glacer ; en m'avançant dit qu'elle était belle encore, elle ne me parut qu'effrayante. Elle était fort grande, fort droite, toute sa personne avait quelque chose de hautain et d'impérieux que je n'avais vu qu'à elle ; il y avait encore de la beauté dans ses traits, mais elle avait beaucoup de rouge et de blanc, et une physionomie à la fois immobile, froide et dure... Elle me fit peur, ma mère courut se jeter à ses pieds. A ce spectacle je fondis en larmes. Ma grand'mère releva sèchement ma mère sans l'embrasser, ce qui m'indigna. Mon oncle, qui me tenait toujours par la main, me présenta à ma grand'mère en disant : *Maman, regardez cette charmante petite !...* et il ajouta plus bas : *Maman, embrassez-la...* Elle jeta sur moi un regard sombre et fixe, qui me fit baisser les yeux ; mon oncle me dit de lui baiser les mains, j'obéis en tremblant ; elle me baisa au front, alors je m'éloignai promptement, et j'allai me jeter en sanglotant dans les bras de ma mère. Madame de la Haie sonna et demanda avec emphase un verre d'eau, madame de Montesson et mademoiselle Dessaleux eurent l'air de croire qu'elle allait se trouver mal, quoiqu'il n'y eût pas la moindre altération sur ce visage parfait, qui ne pouvait changer ; madame de Montesson s'empressa auprès de ma mère, avec cette tête penchée et ces yeux à moitié fermés, enfin toutes les mines qu'elle prenait dans les occasions touchantes, et qui lui donnaient l'air du monde le plus hypocrite. Lorsque madame de la Haie eut bu et fait trois ou quatre soupirs, mon oncle, avec une bonté infinie, parla en faveur de ma mère. Madame de Montesson dit quelques mots dans le même sens. Madame de la Haie répondit d'abord par des reproches, ensuite elle s'adoucit, dit quelques phrases maternelles, ajouta que ma mère devait se fier à elle, se désister de ses poursuites, et qu'elle ne perdrait rien à lui donner cette preuve de respect ; ma mère s'attendrit et promit tout, alors elle fut embrassée et presque caressée. On se quitta parfaitement réconciliées. Je voyais ma mère heureuse, charmée, sa joie intérieure allait jusqu'au transport. Ma mère, avec une bonne foi et une générosité touchantes, envoya chercher sur-le-champ ses gens d'affaires et signa son désistement, qu'elle fit remettre le jour même à madame de la Haie. Mon oncle revint nous voir, et me témoigna plus de tendresse que jamais ; il était bon,

honnête et de la sincérité la plus parfaite ; mais il partit à cette époque pour l'armée, et il fut tué à la bataille de Minden.

Je perdais beaucoup à sa mort, je suis sûre que j'aurais toujours trouvé en lui un bon parent, un zélé protecteur, et que, s'il eût vécu, la conduite de madame de la Haie eût été toute différente. Après son départ nous retournâmes plusieurs fois chez ma grand'mère sans être reçues. Enfin vint la nouvelle de la mort de mon oncle, la juste douleur de madame de la Haie suspendit toute idée d'affaires ; mais lorsque les premiers moments furent passés et que ma mère renouvela ses demandes, elle ne reçut que des réponses sèches et vagues ; elle pressa, on ne répondit plus ; elle insista, elle écrivit sans relâche ; on finit par lui faire dire qu'elle n'avait rien à prétendre, qu'elle l'avait reconnu elle-même en donnant son désistement. Ce coup fut rude à supporter, tous les gens d'affaires furent indignés de cette basse et révoltante injustice, ceux mêmes de madame de la Haie en parurent consternés. Pour moi, je fus saisie d'étonnement et d'indignation au point d'être malade ; je n'avais pas d'expressions pour peindre ce que j'éprouvais ; je suis persuadée que si le hasard m'eût fait rencontrer madame de la Haie, je me serais évanouie ; je ne pouvais penser à elle sans frémissement, je ne crois' pas avoir éprouvé dans le reste de ma vie un sentiment plus pénible et plus violent. Ma mère à ce sujet me dit ces belles paroles : *Ce qui me console, c'est que je vous ai donné un bon exemple, celui d'une confiance généreuse et du respect filial le plus parfait.* Je ne répondis à ma mère que par mes larmes ; depuis ce moment-là nous ne revîmes plus ma grand'mère et ma tante.

A cette époque, on conta dans le monde une anecdote si universellement répandue et reçue, que je ne puis la passer sous silence ; la voici : Après la mort du marquis de la Haie, tué à Minden, comme je l'ai dit, M. le duc de Bourgogne, fils aîné du Dauphin, âgé alors de douze ans et se mourant d'un mal inconnu, montra beaucoup de chagrin de cette mort (M. de la Haie avait été son gentilhomme de la manche et celui qu'il aimait le plus).

Cette place de gentilhomme de la manche auprès du fils aîné de l'héritier présomptif n'était donnée qu'à des jeunes gens de la cour distingués par leur naissance et leur bonne réputation. Elle fut supprimée après la mort de monseigneur le duc de Bourgogne, du moins on en changea le titre : *Les menins de monseigneur le Dauphin* (depuis Louis XVI) étaient la même chose.

Avant de mourir, monseigneur le duc de Bourgogne dit en parlant de M. de la Haie : *C'est lui qui est cause de mon mal, mais je lui avais promis de n'en point parler.* Ce jeune prince, questionné, raconta qu'étant seul un jour avec M. de la Haie, ce dernier avait voulu le placer sur un grand cheval de carton, et l'avait laissé tomber très-lourdement ; et comme mon oncle ne vit aucun danger à une chute sans blessure, sans fracture, et dont la chute à laquelle la tête n'avait point porté, il avait supplié le prince de n'en point parler. C'était depuis ce temps que le prince souffrait et dépérissait sans que les médecins connussent la cause de son mal. Il avait un abcès dans le corps. Ce jeune prince mourut : il annonçait un grand caractère, beaucoup d'esprit et de sensibilité ; s'il eût vécu, le malheureux Louis XVI n'aurait point été roi. Ainsi, un joujou d'enfant, un cheval de carton, changea peut-être le destin de la France et celui de l'Europe entière.

Ma mère loua une petite maison dans la rue d'Aguesseau : elle recevait quelques gens de lettres, entre autres Sainte-Foix, auteur des *Essais sur Paris*, de la jolie comédie de *l'Oracle* et de celle des *Grâces* et de quelques autres petites pièces de théâtre : sa tournure et ses manières contrastaient étrangement avec la grâce de ses agréables productions ; il avait un ton brusque et grossier, un visage affreux et la physionomie la plus rude et la plus sinistre. Une comédienne très-spirituelle, mademoiselle Bryant, disait de lui et de M. Bertin le poète, qui avait un visage long et pâle, les joues pendantes, les yeux éteints et le regard sombre, que le premier (Sainte-Foix) ressemblait au crime et le second au remords. Il n'y avait rien de plus frappant que ce mot pour ceux qui avaient vu ces deux figures. Au reste Sainte-Foix, quoique un peu ferrailleur, était au fond un bon homme et d'une parfaite probité. Quelques artistes venaient aussi chez ma mère : Latour le peintre, qui parlait bien de son art ; Honavre, le plus célèbre claveciniste de ce temps, qui me donna quelques leçons de clavecin. Il faisait seul alors une difficulté qui me charma. C'était une cadence avec une basse faite de la même main ; je la transportai sur-le-champ sur la harpe, en lui conservant le nom de *cadence de Honavre* ; cela étonna d'autant plus que personne ne pouvait bien faire de simples sur cet instrument.

Ma mère avait renouvelé connaissance avec une amie de couvent, madame la comtesse de Civrac, très-belle encore, quoiqu'elle ne fût plus jeune, et qui me comblait de bontés. Nous allions souvent souper chez elle ; j'y jouais sans cesse de la harpe, elle était passionnée pour mon talent et je n'osais rapporter toutes les choses véritablement folles que je lui inspirais quand elle me voyait à sa harpe.

Malgré toutes les louanges dont on m'accablait et malgré ma grande jeunesse et mon inexpérience, un instinct de bon goût me disait que me faisait sentir que ma mère prodiguait beaucoup trop ma harpe et mon chant. J'étais mal à mon aise dans ces brillantes sociétés, quoique j'y fusse caressée à l'excès. Je pensais deux choses : la première, qu'il ne faut se produire dans le grand monde que lorsqu'on peut y être à peu près comme les autres pour la manière d'être mise, etc.; la seconde, que sans mes talents on n'aurait eu aucune envie de m'attirer. Ces idées me blessaient, me donnaient le goût de la solitude et une excessive timidité que j'ai conservée bien longtemps.

Mon père, en revenant de Saint-Domingue, fut pris par les Anglais avec tout ce qu'il rapportait; on le conduisit à Lanceston, ville maritime d'Angleterre; il trouva là beaucoup de prisonniers français, et, entre autres, un jeune homme dont la jolie figure, l'esprit et les grâces lui inspirèrent le plus vif intérêt; c'était le comte de Genlis, qui, en revenant de Pondichéry, où il avait commandé un régiment pendant cinq ans, avait été conduit en Chine, à Canton, où il passa cinq mois, et ensuite à Lanceston.

Durant son séjour à Lanceston, il se lia intimement, comme je l'ai déjà dit, avec mon père, qui portait habituellement une boîte sur laquelle était mon portrait, me représentant jouant de la harpe; cette peinture frappa le comte de Genlis, il fit beaucoup de questions sur moi, et il crut tout ce que lui dit un père qui ne me voyait nul défaut. Les Anglais avaient laissé à mon père mon portrait, mes lettres et celles de ma mère, qui ne parlait que de mes succès et de mes talents. Le comte lut ces lettres, qui lui firent une profonde impression. Il avait un oncle, ministre alors des affaires étrangères (le marquis de Puisieux); il obtint promptement sa liberté, et il promit à mon père de s'occuper de lui faire rendre la sienne. En effet, aussitôt qu'il fut à Paris, il vint chez ma mère lui apporter des lettres de mon père, et en même temps il sollicita avec ardeur son échange, et trois semaines après mon père arriva à Paris.

Peu de temps après l'arrivée de mon père, j'éprouvai une plus vive impression de douleur que j'eusse encore ressentie. Des embarras d'argent déterminèrent mon père à faire une lettre de change. À la surveille de l'échéance, n'ayant pas la somme entière, ma mère, au désespoir, eut le courage de s'adresser à sa sœur, madame de Montesson, de lui exposer sa situation et de lui demander six cents francs. Elle reçut par écrit le refus le plus sec et le plus absolu!... J'ai lu ce billet d'une sœur!... Mon âme oppressée pardonna dans la suite cet indigne procédé!... mais que de choses depuis ont dû me le rappeler!... Mon père fut arrêté et conduit au Fort-l'Évêque; il me serait impossible de donner une idée de l'excès de ma désolation... Ma mère alla le lendemain matin à la prison, elle ne voulait pas m'y mener; je la conjurai avec tant d'instance de ne pas m'abandonner, en me laissant seule avec ma douleur, qu'elle me permit de la suivre. Quel fut mon saisissement en apercevant ce triste séjour!... et comment peindre ce que j'éprouvai en entrant dans la chambre où mon père était renfermé! Je courus me jeter à ses genoux, j'avais besoin de me prosterner devant lui pour le dédommager par mon respect et par ma tendresse de l'humiliation de sa situation; je baisais ses pieds, que j'arrosais de mes pleurs; il me releva et me disant que je lui faisais mal et que j'affaiblissais son courage. Nous retournâmes à la prison passer les journées presque entières pendant tout le temps que mon père y resta, c'est-à-dire pendant quatorze jours. Enfin, la lettre de change fut payée, et mon père recouvra sa liberté. Mais le chagrin l'avait frappé d'un trait mortel!... Il était faible, languissant, sédentaire, ne voulant pas sortir; son seul plaisir était de m'entendre jouer de la harpe et de causer avec moi. Je le questionnais sur Saint-Domingue, sur l'esclavage des nègres, sur les belles productions du pays, sur la navigation et sur son séjour en Angleterre. Sa conversation était aussi spirituelle qu'instructive; je n'ai connu personne qui ait autant d'esprit avec une plus belle humeur. Chaque jour il s'affaiblissait, quoiqu'il fût encore dans la force de l'âge! enfin, une maladie se déclara, ce fut une fièvre maligne : il y succomba! Je le perdis après l'avoir soigné, veillé pendant un grand nombre de nuits, seule consolation d'un tel malheur; car c'en est une d'avoir rempli ces devoirs sacrés!...

CHAPITRE VII.
1764.

Ma mère et moi allons au couvent du *Précieux-Sang.* — Sirop de calebasse. — Le baron d'Andlau épouse ma mère. — Vers de M. de Voltaire à ma mère. — J'épouse M. de Genlis. — Froideur de sa famille pour moi. — Le marquis de Genlis mon beau-frère. — La belle dame de Paris. — J'avale un poisson vivant. — M. de Genlis part pour Nancy. — J'entre au couvent pour attendre son retour.

Dans ce moment affreux, une amie prêta à ma mère un appartement dans l'intérieur du couvent des filles du Précieux-Sang, rue Cassette. Nous allâmes nous y enfermer; nous y passâmes quatre mois et demi. À notre grand étonnement, madame de Montesson vint au parloir nous y faire une visite de compliment; ma mère la reçut sèchement, et j'eus avec elle une froideur glaciale. Elle ne revint plus. Madame de Montesson, au sein de l'opulence, avait refusé à sa sœur, dans l'affliction et la détresse, six cents francs! et elle ne crut pas pouvoir se dispenser de lui faire une visite d'usage! Ce trait

peint tout son caractère; elle n'eut jamais l'idée d'un véritable sentiment, et elle ne respecta réellement d'autres devoirs que ceux qu'impose la bienséance.

Je pris au Précieux-Sang une grande vénération pour les religieuses des ordres austères (celles-ci suivaient la règle et pratiquaient toutes les austérités des carmélites), ainsi que pour la perfection de leur piété, de leur sainteté, qui surpasse tout ce que j'en pourrais dire, et elles se trouvaient heureuses, parce qu'elles étaient tout à Dieu. Là ces filles angéliques n'étaient constamment occupées qu'à prier Dieu, qu'à soigner les malades de la maison, et qu'à travailler pour les pauvres. Elles faisaient pour eux des couvertures, des vêtements, des layettes d'enfant; elles faisaient de la charpie pour les hôpitaux et pour les prisons. Une religieuse, attaquée de la poitrine, était condamnée par le médecin à n'avoir pas trois mois à vivre. Ma mère avait deux grands flacons de sirop de calebasse, que mon père avait rapportés de Saint-Domingue; j'en obtins un pour la mère Véronique, et à la grande surprise du médecin et de toutes les religieuses, je la guéris radicalement en moins de deux mois.

Il faut que ce sirop soit fait sur les lieux avec la plus grande attention : si les calebasses sont trop mûres ou qu'elles ne le soient pas assez, le sirop ne vaut rien. Si elles sont parfaitement mûres, ce sirop est admirable. Mon père l'avait fait faire sous ses yeux à Saint-Domingue.

Je n'ai point parlé jusqu'ici d'un ancien ami de mon père, parce que je voulais rapporter à la fois tout ce qui le concerne. C'était le baron d'Andlau; il venait nous voir très-souvent au parloir; il avait plus de soixante ans, il était expansif et rempli de bonté; il me témoignait la plus grande amitié; j'en étais d'autant plus touchée que j'attribuais ces marques d'affection au souvenir qu'il conservait de mon père; mais enfin il me fit connaître ses véritables sentiments par la plus singulière déclaration d'amour qu'on ait jamais faite : il m'envoya par son valet de chambre un gros paquet contenant sa généalogie tout entière, en me faisant prier de l'examiner avec attention; mais toute mon application à cet égard ne me rendit nullement *favorable à ses vœux.* Il vint le jour même demander solennellement *mon cœur et ma main*; il fut très-surpris que ses superbes parchemins eussent produit si peu d'effet sur mon esprit. Ma mère m'ordonna cependant de réfléchir à sa proposition, en me représentant qu'il était riche et qu'il avait une grande naissance; je persistai avec beaucoup de fermeté dans mes refus, et il n'y fut plus question, il se discontinua point ses visites, mais il fut beaucoup plus froid avec moi; il ne s'occupa plus que de ma mère, et il s'en occupa si bien, que dix-huit mois après il l'épousa; j'aimais infiniment mieux l'avoir pour beau-père que pour mari.

Ma mère ne voyait personne au parloir; elle brodait, elle écrivait toute la journée. Elle faisait son second roman intitulé *Lettres de deux jeunes personnes.* J'ai oublié de dire qu'elle avait envoyé le premier (le *Danger des liaisons*) à M. de Voltaire, qui lui fit une réponse remplie de choses flatteuses, et qui commençait par quatre vers qui ont été imprimés dans plusieurs recueils, et qui n'en valaient guère la peine; les voici :

> J'ai lu votre charmant ouvrage.
> Savez-vous quel en est l'effet?
> On veut se lier davantage
> Avec la muse qui l'a fait.

Ma mère avait plusieurs lettres de M. de Voltaire. Pour moi, je lisais quelques livres que madame la comtesse de Sercey, ma tante, sœur de mon père, me prêtait, entre autres les *Essais sur Paris*, de Sainte-Foix, qui m'intéressaient d'autant plus que j'en connaissais l'auteur : je trouvais cet ouvrage ce qu'il est, très-amusant, rempli de traits d'esprit et de petits faits curieux; les *Poésies de madame Deshoulières*, que j'apprenais par cœur, et les *Œuvres de Moncrif* [1]. Je joignis à ces livres les *Pensées du comte Oxenstiern* et le *Traité de l'opinion* de M. Legendre, deux ouvrages que mon père aimait beau-

---

[1] Auteur, musicien et poète, Moncrif fut, dit-on, l'âme des divertissements alors à la mode. Il excella dans les parodies et dans les parades, qu'il composait pour plaire à ses protecteurs, le comte de Maurepas et le grand prieur d'Orléans. Il devint, par une destinée assez étrange pour un homme tout occupé de théâtres et de plaisirs, lecteur de la reine Marie Leczinska; il voyait souvent cette princesse, qui passait presque toutes les soirées chez sa dame d'honneur la duchesse de Luynes. Il est à remarquer que cette nouveauté contre l'étiquette ne scandalisa personne, et que ce même témoignage de bonté donné par l'infortunée Marie-Antoinette fut sévèrement critiqué. Il est vrai qu'après avoir fait des vers très-profanes il composa des poésies chrétiennes. D'Alembert a dit de ces compositions que c'étaient des poésies spirituelles dans tous les sens de ce mot.

La reine, trouvant un soir la duchesse de Luynes finissant un billet adressé à Moncrif, traça une ligne dans ce billet; elle y ajouta ces mots : « Devinez quelle est la main qui vous a écrit. » Moncrif, le même jour, envoya ces vers à madame de Luynes :

> Ah! dans quel mortel embarras
> Me plonge cette main divine
> Qui traça ces mots pleins d'appas!
> C'est trop oser si je devine,
> C'est être ingrat que de ne deviner pas.

coup, et qui lui avaient appartenu; par cette raison ils m'étaient précieux. Le *Traité de l'opinion* me charma; cet ouvrage, qu'on ne lit plus, est très-curieux et très-instructif. Je commençai à faire mes premiers extraits sur ce livre, et de ce moment je n'ai jamais lu un volume sans en extraire quelque chose.

Deux ou trois mois après, mon cousin le marquis de Sercey partit pour Saint-Domingue; la veille de son départ se trouva être le jour de sa fête. Ma tante voulut célébrer ce jour; mais seulement en famille, elle conjura ma mère de m'y amener et de m'y faire jouer un petit rôle; ma mère y consentit. J'aimais tendrement ma tante et mes cousins; je fis une romance pour mon cousin, et j'en composai aussi Pair, dont je me souviens encore. Nous fîmes alors connaissance avec M. de Sauvigny, connu alors par sa tragédie en trois actes, *la Mort de Socrate*, qu'il avait donnée deux ans auparavant, pièce très-froide, qui cependant eut du succès, et qui annonçait le talent de la

Nous nous promenions ainsi avec une grande gravité pendant notre demi-heure.

versification. M. de Sauvigny avait fait encore les *Amours de Pierre le Long et de Blanche Basu*, en style marotique; ouvrage charmant, plein de grâce et de naïveté. Je n'ai jamais aimé ce genre d'imitation; mais ici l'imitation est si parfaite qu'elle a tout le mérite de l'originalité. Il y a dans ce roman de charmantes romances que Marot lui-même n'aurait pu faire plus naïves et plus agréables, et qu'Albanèze mit en musique.

Un mois après le départ de mon cousin pour Saint-Domingue, mon sort fut fixé à son retour; j'épousai M. de Genlis. Nous voyons de nos jours des choses qui n'eurent jamais d'exemple, ce sont des *biographies* de personnages vivants, dont on écrit les prétendues histoires sans leur aveu et sans avoir recueilli les moindres documents donnés par leurs familles; de sorte que ces *biographies* sont remplies des plus étranges bévues. Je n'accuse point les auteurs de méchanceté et du dessein de calomnier, car en général ces faussetés ne sont que des méprises causées par l'ignorance absolue des faits. C'est ainsi, par exemple, que je me trouve dans trois biographies différentes. Dans toutes, on ignore jusqu'au nom que j'ai porté depuis l'âge de six ans jusqu'à mon mariage; on ignore également que j'ai été reçue chanoinesse à six ans au chapitre noble d'Alix près de Lyon (c'étaient les comtes de Lyon qui examinaient nos preuves); je m'appelais *madame la comtesse de Lancy*, du nom de la ville de Bourbon-Lancy, dont mon père était seigneur, et qui est située près du château de Saint-Aubin : les chanoinesses d'Alix prenaient le titre de comtesses. Le fameux M. Pellegrini, qui fut mon maître de chant, me dédia, sous ce nom et avec ces titres, une œuvre de sa composition d'ariettes italiennes qui eut dans le temps une grande vogue; j'avais alors treize ans. Dans une de ces biographies on prétend que M. de Genlis m'épousa à cause de ma *grande réputation littéraire* : je n'avais assurément à cet âge aucune réputation de ce genre. On a dit aussi, comme une chose reconnue, que feu madame de Montesson

était tante de mon mari, et il est reconnu de tout le monde qu'elle était sœur de ma mère. Ces citations suffiront pour faire juger de la véracité du reste des articles.

M. de Genlis, âgé de vingt-sept ans, n'ayant ni père ni mère, pouvait disposer de lui-même; mais il avait une trop bonne raison de redouter une opposition à son mariage. M. le marquis de Puisieux, chef de sa famille, dès les premiers jours de son arrivée en France, possédant actuellement quarante mille livres de rente; elle s'appelait mademoiselle de la Motte; M. de Genlis y consentit. M. de Puisieux s'occupa vivement de cette affaire; cinq semaines après, il dit à M. de Genlis qu'il espérait réussir; M. de Genlis ne s'en souciait déjà plus, mais il n'osa l'avouer. Au bout de quelque temps M. de Puisieux lui dit que la chose était sûre, et qu'il avait donné sa parole; M. de Genlis n'eut pas le courage de lui déclarer ses sentiments, et ce fut dans ce moment que je me mariai. Ainsi, M. de Puisieux devait être excessivement mécontent que celui qu'il regardait comme son fils, et qui n'était pas riche, épousât une jeune personne qui n'avait rien, et surtout qu'il lui eût laissé faire une infinité de démarches superflues, et donné sa parole en vain !... aussi sa colère a-t-elle été violente et longue.

Huit jours avant mon mariage, nous quittâmes Saint-Joseph, et nous allâmes demeurer chez madame la comtesse de Sercey, ma tante, qui logeait dans le cul-de-sac de Rohan. Je me mariai là à sa paroisse à minuit. Le lendemain on déclara mon mariage, qui fit beaucoup de bruit; car la colère de M. de Puisieux, qui se plaignait avec amertume, fit pendant plusieurs jours le sujet de toutes les conversations. M. de Genlis, cadet de Picardie, n'avait que douze mille livres de rente, et pour toute espérance, sa part dans la succession de madame la marquise de Dromesnil, sa grand'mère, qui avait environ quarante mille livres de rente. Elle habitait Reims, et elle

Maurice de la Tour, peintre du roi.

avait quatre-vingts ans. M. de Genlis avait servi dans la marine avec le plus grand éclat de valeur et d'intelligence. A un fameux combat sur mer, commandé par M. d'Arché, de vingt-deux officiers il ne resta que M. de Genlis, mais il couvert de blessures, dont une à la cuisse qu'il garda ouverte pendant cinq ans : il la fit fermer en se mariant, sans prendre aucune précaution d'ailleurs, ce qui causa par la suite un affreux dérangement dans sa santé. Pour ce combat dont je viens de parler, M. de Genlis eut la croix de Saint-Louis à vingt et un ans moins trois mois, grâce extraordinaire dont je n'ai vu qu'un seul exemple après celui-ci. M. de Bullion, pour une belle action à la guerre, l'eut aussi, mais un peu moins jeune; il avait vingt-quatre ans. M. de Genlis resta longtemps aux Indes; il y commanda un régiment pendant cinq ans, et se trouva au siège de Pondichéry; il s'y conduisit avec la brillante valeur qu'il a toujours montrée. Pondichéry fut pris par les Anglais, alors tous les officiers français passèrent en France. M. de Genlis, comme je l'ai dit, fut pris par les Anglais et conduit à la Chine; il séjourna cinq mois à Kanton, et de là fut mené à Lanceston, dans la Cornouailles. Lorsqu'il fut à Paris, M. de Puisieux, qui était alors ministre des affaires étrangères, l'engagea à quitter la marine, il était capitaine de vaisseau, et à passer au service de terre avec le grade de colonel; il fut fait colonel des grenadiers royaux de France.

Je ne passai que dix jours à Paris après mon mariage. M. de Genlis alla se présenter chez M. de Puisieux et chez madame la maréchale duchesse d'Estrées, fille de M. de Puisieux, il ne fut pas reçu; il leur écrivit et ne reçut point de réponse. Il me fit écrire à sa grand'mère, qui garda aussi un profond silence. De tous ses parents, le comte et la comtesse de Balincour furent les seuls qui dans cette occasion lui donnèrent des marques d'amitié. Ils vinrent me voir, me comblèrent de caresses, et me firent les prédictions les plus flatteuses. Cette visite me fit un plaisir inexprimable, et la reconnaissance qu'elle m'inspira commença la liaison si intime que j'ai eue depuis avec ces deux personnes que j'ai si tendrement aimées.

Une visite qui me toucha beaucoup moins fut celle de madame de Montesson, qui vint voir ma mère; ce mariage plaisait à sa vanité. Elle fut très-aimable pour M. de Genlis, qui me mena le lendemain chez elle et chez madame de Balincour; nous partîmes pour Genlis quatre ou cinq jours après. Mon beau-frère, qui nous y attendait, nous reçut avec beaucoup de grâce et d'amitié.

Le marquis de Genlis, âgé alors de trente et un ans (quatre ans de plus que son frère), avait une belle taille, ainsi que son frère; mais il se tenait mieux, et je n'ai jamais vu de tournure plus noble, plus leste et plus élégante. Il avait déjà perdu presque tous ses cheveux; on disait qu'il avait eu des dents aussi parfaites que celles de son frère, mais elles étaient déjà toutes gâtées; d'ailleurs tous ses traits étaient beaux et l'ensemble de sa figure très-agréable. Jamais homme n'a moins profité des avantages les plus brillants de la nature et de la fortune. Avec une figure remarquable, de l'esprit, de la grâce, il se trouva à vingt ans possesseur de la terre de Genlis, l'une des plus belles du royaume, et libre de toute hypothèque, avec la certitude d'avoir un jour celle de Sillery, qui lui était substituée. M. de Puisieux, son tuteur, très-aimé du roi, le fit faire colonel à l'âge de quinze ans, et lui dit : « Soyez sage, vous ferez le plus grand mariage; étant colonel à votre âge, vous avez devant vous la plus belle carrière militaire; et à cause de vous, qui me tenez lieu de fils, j'obtiendrai du roi, à l'époque de votre mariage, l'érection de Sillery en duché. » Tout cela était sûr, en supposant même la médiocrité de talents, pourvu qu'on fût exempt de folies éclatantes. Mais à dix-sept ans il montra déjà la passion du jeu et une extrême licence de mœurs; il fit des dettes, des extravagances : on le gronda, on paya, on pardonna. Il ne se corrigea nullement. Enfin, à vingt ans, il perdit au jeu, dans une nuit, cinq cent mille francs contre le baron de Vioménil; il devait d'ailleurs cent mille francs. La colère de M. de Puisieux fut extrême, et l'emporta trop loin : il obtint une lettre de cachet, et fit enfermer au château de Saumur son pupille; il l'y laissa cinq ans; et, comme le disait mon beau-frère, une année pour chaque cent mille francs. Sa carrière militaire fut perdue par cette rigueur; ayant été obligé de quitter le service, il n'y rentra plus. Quand il sortit de Saumur, on avait déjà payé la moitié de ses dettes; M. de Puisieux fut interdit et exiler à Genlis. Cette terre valait à peu près soixante-quinze mille francs de revenu. On fit à mon beau-frère une pension de quinze mille francs : le surplus des

revenus fut employé à payer le reste des dettes. Son exil dura deux ans ; ensuite il eut la liberté d'aller à Paris, où il passait seulement trois mois d'hiver ; mais M. de Puisieux déclara qu'il ne lèverait l'interdiction que lorsqu'il ferait un bon mariage. Telle était encore la situation du marquis de Genlis quand j'arrivai dans son château. Malgré ses disgrâces et ses malheurs, il était d'une extrême gaieté. Rien n'annonçait en lui le goût de la licence : il avait le ton le plus décent et le plus parfait ; ses plaisanteries étaient toujours fines, mesurées et délicates ; on a beaucoup loué la politesse et la grâce de ses manières ; elles étaient en effet très-distinguées. On a cité de lui une infinité de bons mots ; il a passé pour avoir un esprit supérieur : c'est ce qu'il n'avait pas, n'ayant que des saillies et un grand usage du monde ; d'ailleurs, incapable de la moindre réflexion et d'une frivolité dont j'ai vu peu d'exemples, il était au-dessous de la médiocrité aussitôt qu'il fallait agir ou parler sérieusement. Il prétendait avoir beaucoup lu, et se plaignait extrêmement de sa mémoire, ce qui signifie toujours qu'on est très-ignorant et qu'on en rougit. Il mêlait à tout une nuance d'ironie et un très-léger persiflage qu'il mit à la mode, mais que personne n'a su employer avec autant de grâce ; cette manière n'avait en lui rien d'offensant ; c'était son genre de gaieté : la méchanceté ne s'y joignait jamais. Ce ton légèrement moqueur le rendait piquant quand on ne le voyait qu'en passant, et, tout au contraire, finissait par le rendre insipide quand on vivait habituellement avec lui, car il était impossible de l'en sortir ; et j'ai toujours trouvé qu'il n'y a rien de plus fatigant et même de plus ennuyeux, à la longue, que les personnes qui n'ont qu'un seul ton et qu'un seul genre d'esprit, quelque brillant qu'il puisse être. On louait aussi le marquis de Genlis sur son égalité d'humeur qu'aucun événement n'a jamais altérée ; mais cette louange n'est due qu'aux gens réfléchis et sensibles : l'égalité d'humeur vient alors du courage et de la force de l'âme ; les mêmes effets apparents sont souvent produits par l'insouciance et la légèreté.

Je ne restai que quelques jours à Genlis ; on m'y donna le divertissement de la pêche des étangs. Pour mon malheur, j'y allai avec de petits souliers blancs brodés ; arrivée au bord des étangs, je m'y embourbai ; mon beau-frère vint à mon secours, remarqua mes souliers, se mit à rire, et m'appela une jolie dame de Paris, ce qui me choqua beaucoup ; car, ayant été élevée dans un château, j'avais annoncé toutes les prétentions d'une personne qui n'était étrangère à aucune occupation champêtre. Je répondis avec assez d'aigreur aux plaisanteries de mon beau-frère ; mais tous les voisins rassemblés à cette pêche répétant que j'étais une belle dame de Paris, mon dépit devint extrême ; alors je me reposte, je ramasse un petit poisson long comme le doigt, et je l'avale tout entier en disant : « Voyez comme je suis une belle dame de Paris. » J'ai fait d'autres folies dans ma vie, mais certainement je n'ai jamais rien fait d'aussi bizarre à Nancy. Tout le monde fut confondu. M. de Genlis me gronda beaucoup, et me fit peur en me disant que ce poisson pouvait vivre et grossir dans mon estomac, frayeur que je conservai pendant plusieurs mois.

Dans les derniers jours de novembre, M. de Genlis me conduisit à l'abbaye d'Origny-Sainte-Benoîte, à huit lieues de Genlis et à deux de Saint-Quentin. Je devais y passer quatre mois, c'est-à-dire tout le temps que mon mari resterait à Nancy, où se trouvait le régiment des grenadiers royaux de France, dont il était l'un des vingt-quatre colonels. Me trouvant trop jeune pour m'emmener à Nancy et pour me présenter dans une cour qui passait pour être très licencieuse, malgré la piété, les vertus et la vieillesse du bon roi Stanislas, M. de Genlis

Voyez, comme je suis une belle dame de Paris.

pensa avec raison qu'il était plus convenable de me laisser dans un couvent où il avait des parentes. D'ailleurs, dans ce temps, il n'était pas du tout d'usage que les jeunes femmes suivissent leurs maris dans leurs garnisons. Madame d'Avaray, sœur de madame de Coislin, est la première qui, trois ou quatre ans après, ait donné cet exemple, qui fut très-critiqué, et qui n'a jamais été universellement suivi. Je pleurai beaucoup en me séparant de M. de Genlis, et ensuite je m'amusai infiniment à Origny. Cette abbaye était fort riche : elle avait toujours eu pour abbesse une personne d'une grande naissance ; l'abbesse actuelle s'appelait madame de Sabran; avant elle, c'était madame de Soubise. Quoique les religieuses ne fissent point de preuves de noblesse, elles étaient presque toutes des filles de condition et portaient leurs noms de famille. Les bâtiments de l'abbaye étaient fort beaux et immenses. Il y avait plus de cent religieuses, sans compter les sœurs converses et deux classes de pensionnaires, l'une d'enfants, l'autre pour les jeunes personnes de douze à dix-huit ans. L'éducation y était fort bonne pour former des femmes vertueuses, sédentaires et raisonnables, destinées à vivre en province.

J'avais un joli appartement dans l'intérieur du couvent, j'y étais avec une femme de chambre, j'avais un domestique qui logeait avec les gens de l'abbesse dans les logements extérieurs, je mangeais à la table de l'abbesse, qui faisait fort bonne chère. Nous étions servies par deux sœurs converses. On m'apportait mon déjeuner dans ma chambre. L'abbesse recevait à dîner et en visite des hommes dans son appartement; mais ces hommes ne pouvaient aller plus avant, et d'ailleurs le couvent était cloîtré. L'abbesse avait des domestiques, une voiture et des chevaux ; elle avait le droit de sortir en voiture, accompagnée de sa chapeline et des religieuses qu'elle nommait pour l'accompagner. Elle allait aussi souvent se promener dans les champs, visiter quelques parties de ses possessions, ou des malades auxquels elle portait elle-même des secours ; je l'ai suivie deux fois dans ces courses bienfaisantes, qui étaient plus fréquentes en été. Chaque religieuse avait une jolie cellule et un joli petit jardin à elle en propre, dans l'intérieur du vaste enclos du jardin général. Une de ces religieuses avait dans le sien un gros rocher d'où sortait une fontaine d'une eau excellente à boire. La naïveté et la piété de toutes ces religieuses me rappelaient souvent mes angéliques religieuses de la rue Casseite. Cependant elles étaient beaucoup moins parfaites; c'était la même foi, la même candeur, le même goût du travail, mais non la même union entre elles. Madame l'abbesse avait ses favorites, les grandes dignitaires, madame l'économe, madame la chapeline, ce qui formait une espèce de parti, qui avait un parti contre lui un autre parti, que l'on pouvait appeler l'opposition, mais sans haine, sans perfidie. La religion était là, entre deux, adoucissant et pacifiant tout.

Ce qui marquait surtout les deux partis était la tendre union des membres de chaque parti et les petites préférences données à ses amies. J'ai eu l'occasion de connaître à cet égard le fond des choses, car je n'hésitai point, malgré les bontés de l'abbesse, à me mettre dans le parti de l'opposition, c'est-à-dire à y choisir toute mes amies, parce qu'il y avait dans ce parti un petit air d'oppression qui me toucha. D'ailleurs, une parente de M. de Genlis s'y trouvait; c'était madame de Rochefort, fille du marquis de Saint-Pouen et sœur de madame de Balincour. On l'avait forcée de se faire religieuse à dix-sept ans; elle aimait son cousin, le comte de Rochefort, et elle était aimée, elle fut très-malheureuse pendant les deux premières années de sa profession, ensuite elle s'accoutuma parfaitement à son sort: elle avait trente ans quand j'arrivai à Origny, et elle était une excellente religieuse. Elle avait un visage agréable, une physionomie intéressante, des mains charmantes et une très-belle taille. Elle me parla beaucoup de sa sœur, madame de Balincour, qu'elle aimait tendrement, et qui tous les ans lui envoyait ces petits présents qui charmaient les religieuses, du sucre, du café, de la laine et de la soie pour broder. Madame de Rochefort, de son côté, lui envoyait toutes sortes de petits ouvrages faits avec ce soin et cette perfection dont les religieuses semblaient seules avoir le secret. Madame de Rochefort me fit promettre que, lorsque j'irais à Paris, j'engagerais madame de Balincour à demander pour elle à l'archevêque de Reims la permission d'aller passer pour sa santé trois ou quatre mois dans sa famille, c'est-à-dire chez cette sœur chérie : permission qu'on ne refusait point à des personnes de l'âge et de la considération de madame de Balincour, et pour des religieuses qui avaient passé la première jeunesse. J'intéressai tellement par la suite M. et madame de Balincour en faveur de madame de Rochefort, qu'ils la firent venir. Elle passa quatre mois à Balincour, les trois premiers s'écoulèrent dans la paix et dans le bonheur; mais M. de Balincour la mena chez une jeune paysanne nommée Nicole, qu'il avait mariée quatre ans auparavant. Le tableau champêtre d'une union et d'une félicité parfaite, Nicole au milieu de son heureuse famille, Nicole entourée de ses trois petits enfants, de son jeune mari, de son père et de sa mère, rappela à l'infortunée religieuse ses premières amours et un bonheur perdu pour elle sans retour;..... et tandis que tout le monde contemplait avec plaisir cette scène intéressante, elle se trouva mal... Blessée d'un trait mortel, elle tomba promptement dans une consomption mortelle; elle ne retourna point dans son couvent: son

père, qui sans doute pour sa punition vivait encore, vint la prendre mourante et l'emmena en Auvergne, dans une terre où peu de temps après elle expira dans ses bras!... C'est cette histoire rapportée ici avec la plus scrupuleuse fidélité dont je fis peu d'années après le premier roman que j'aie jamais montré. Je l'écrivis de mon mieux avec peu d'embellissements. Je le lus à M. de Genlis et à M. de Sauvigny, ils en furent charmés. C'est le premier encouragement que j'aie reçu; depuis j'ai placé dans Adèle et Théodore cette même histoire, c'est l'épisode de Cécile.

Mais revenons à Origny. Je m'y plaisais, on m'y aimait; je jouais souvent de la harpe chez madame l'abbesse, je chantais des motets dans la tribune de l'église, et je faisais des espiègleries aux religieuses; je courais les corridors la nuit, c'est-à-dire à minuit, avec des déguisements étranges, communément habillée en diable avec des cornes sur la tête et le visage barbouillé; j'allais ainsi réveiller les jeunes religieuses : ensuite lorsque je savais être bien sourdes, j'entrais doucement, je leur mettais du rouge et des mouches sans les réveiller. Elles se relevaient ensuite les nuits pour aller au chœur, et l'on peut juger de leur surprise lorsque, réunies à l'église, s'étant habillées à la hâte sans miroir, elles se voyaient ainsi enluminées et mouchetées. J'entrais fort librement dans les cellules, parce qu'il est défendu aux religieuses de s'y enfermer, et qu'elles sont obligées de laisser leurs clefs à leurs portes jour et nuit.

CHAPITRE VIII.

1765.

Le couvent d'Origny. — Escapade. — M. de Genlis vient me chercher. — Nous préparons une fête pour mon beau-frère à Genlis. — Théâtre — M. Tirmane, peintre de Saint-Quentin. — Son originalité. — Mystification. — La reine d'Alcala. — M. de Barbançon. — Accolade de la cuisse. — Suites heureuses de la mystification. — Chamousset. — J'apprends à monter à cheval. — Aventure dans la forêt. — Inondation. — Globe de feu.

Je passai quatre mois et demi à Origny, et ce temps s'écoula pour moi très-agréablement, j'appris des religieuses plusieurs petits ouvrages, et d'une servante de basse-cour comment on élevait des pigeons et des poulets; j'appris aussi à faire un peu de pâtisserie et quelques entremets. Ma guitare, ma harpe, mon écritoire m'occupaient une grande partie de la journée, et je donnais au moins tous les matins deux heures à la lecture. J'étais bien ignorante, car on ne m'avait jamais donné de livres, puisque jusque-là on avait consacré tout mon temps à la musique; cependant j'étais fort curieuse, et je brûlais du désir d'acquérir de l'instruction. On me prêta dans le couvent l'estimable Histoire ecclésiastique de Fleury, qui fit mes délices; et une dame de Saint-Quentin me prêta des poésies de Pompignan et un livre de romances de Moncrif. J'aimais passionnément les vers, et j'en fis beaucoup à Origny; entre autres une espèce d'épître sur le bonheur de la vie religieuse et la tranquillité du cloître, et j'éprouvai des extraits de tout ce que j'ai lu, habitude que j'ai conservée tout le reste de ma vie. Enfin j'écrivais de longues lettres à ma mère et à M. de Genlis, et au milieu de toutes ces occupations, très-suivies et très-constantes, je trouvais encore le moyen de faire une telle quantité de tours de pensionnaire, qu'il faudrait un volume pour les raconter.

Ma mère me donna la preuve de tendresse et de bonté de venir me voir à Origny et de passer avec moi six semaines dans ce couvent; elle y logea dans l'intérieur, dans un appartement qui était vacant tout à côté du mien. J'imaginai toutes sortes de choses pour l'amuser. Madame l'abbesse avait une femme de chambre qui la servait depuis dix ans, et qui s'appelait mademoiselle Beaufort; c'était la meilleure fille du monde et qui faisait des flans à la crème délicieux, ce qui produisit entre elle et moi une liaison très-intime. Elle me parla d'une noce de village qui devait se faire chez des fermiers de sa connaissance, à une lieue d'Origny; elle avait obtenu de madame l'abbesse la permission d'y aller; je voulus être de la partie, mais mystérieusement et déguisée en paysanne, avec mademoiselle Victoire, et je déterminai ma mère à y venir avec nous, habillée aussi en paysanne, et le tout à l'insu de madame l'abbesse. Mademoiselle Beaufort, charmée de cette invention, nous fournit les habillements, nous nous assurâmes d'une tourière, je fis dire à madame l'abbesse que nous avions la migraine, que nous dînerions dans nos chambres, et nous partîmes furtivement à une heure après midi. Nous allâmes à la ferme en charrette, nous fûmes présentées aux mariés comme des paysannes, parentes de mademoiselle Beaufort, qui ajouta que j'étais sa filleule; je dansai beaucoup, j'eus les plus grands succès dans cette assemblée, et nous ne quittâmes qu'au déclin du jour. Mais un orage violent nous attendait à Origny, on nous avait trahies; madame l'abbesse savait notre escapade, elle était fort scandalisée de nos déguisements, et surtout que je fusse sortie de la maison sans le lui dire; je lui représentai doucement qu'il n'y avait eu, dans cette sortie, du moins, n'avait rien de scandaleux. Madame l'abbesse jeta tout son venin sur mademoiselle Beaufort. Le lendemain matin la pauvre fille entra dans ma chambre en pleurant et en me disant que madame l'abbesse venait de lui donner son compte. « Eh bien, lui dis-je, consolez-vous, je vous prends à mon service. » Mademoiselle Beaufort fut transportée de joie et s'installa tout de suite dans mon appartement. Madame l'abbesse eut beau jeter feu et flamme, je persistai avec beaucoup de sang-froid dans ma résolution et je gardai mademoiselle Beaufort. Nous avions déjà joué dans nos chambres quelques petites scènes pour amuser ma mère les soirs quand tout le couvent était couché. Mademoiselle Beaufort, à mon grand étonnement, me demanda de lui donner un petit rôle de *bergère*; elle avait quarante-cinq ans, ses cheveux étaient gris, elle était fort coupe-rosée, et les deux dents de devant lui manquaient. Nous jouâmes l'*O-acle*, et je lui fis jouer le rôle de l'amoureux, que Lucinde appelle *Charmant*, et qu'elle conduit en laisse avec un ruban couleur de rose : n'ayant point de costume, nous l'habillâmes galamment avec une redingote de Lemire, mon domestique, et nous l'assurâmes qu'il était indispensable qu'elle eût sur la tête un bonnet de coton brodé en laine de couleur, que lui prêta le laquais de ma mère ; ce fut dans cet agréable équipage qu'elle joua de la manière la plus comique le rôle de *Charmant*. Comme elle me demandait toujours un rôle de *bergère*, je lui fis une petite pastorale pour elle, nous donnâmes tant de louanges à son jeu et à sa grâce, elle fut si persuadée qu'elle était ravissante dans ce costume, que je lui proposai de le garder toujours, et elle y consentit. De ce moment elle fut constamment habillée en *bergère d'idylle*, avec de petits habits blancs bordés de rubans de diverses couleurs, et portant sur l'oreille un petit chapeau de paille orné de fleurs ou coiffée en cheveux qu'elle poudrait à blanc pour cacher ses cheveux gris. Quand elle sortait de chez moi pour aller dans le couvent, j'exigeais toujours qu'elle prît sa *houlette*, chose dont elle contracta parfaitement l'habitude. Toutes mes amies encourageaient ses illusions pastorales, et quand les autres se moquaient d'elle, mademoiselle Beaufort disait que c'était pour faire *leur cour* à madame l'abbesse. Je la gardai ainsi en bergère plus de deux mois, c'est-à-dire jusqu'au moment où M. de Genlis, arrivant de son régiment, vint me reprendre : l'aspect de mademoiselle Beaufort (que j'appelais toujours ma *bergère*) l'étonna beaucoup; mais, à force d'instances, je le décidai à l'emmener avec nous à Genlis, et en lui conservant son costume, et bientôt cette complaisance devint pour lui un véritable amusement. Je conservai ma bergère à Genlis pendant deux ou trois mois, ensuite un héritage inattendu et très-considérable que fit l'appela à Noyon. Comme elle avait fait les délices, nos adieux furent très-tendres. Pour achever son histoire, je dois dire qu'elle hérita de trente-deux mille francs, et que peu de mois après elle eut la folie d'épouser un jeune homme de vingt-trois ans qui n'avait rien, et qui lui persuada qu'il était éperdument amoureux d'elle.

Je vais maintenant reprendre le fil de ma narration, et retourner à Origny.

Il est une louange que je puis me donner, parce que je suis sûre que je la mérite; c'est que j'ai toujours eu l'esprit parfaitement juste, et par conséquent un grand fonds de raison, et cependant j'ai fait mille étourderies, mille actions déraisonnables, et personne au monde n'a moins réfléchi que moi sur sa conduite, ses intérêts et sur l'avenir en même temps, qui que ce soit aussi n'a autant réfléchi sur tout ce qui ne lui était pas personnel, sur ses lectures, sur les hommes en général, sur le monde, et enfin sur des chimères. Dominée par mon imagination et dès mon enfance, j'ai toujours mieux aimé m'occuper de ce que je *créais* que de ce qui était. Je n'ai jamais considéré l'avenir que comme un rêve où l'on peut placer tout ce qu'on veut. Il me paraissait fort insipide de n'y mettre que de la vraisemblable que tout le monde pouvait y voir. Je n'avais pas la prétention de la prévoyance, mais j'avais celle de l'invention.

Je restai quatre mois et demi à Origny ; au bout de ce temps M. de Genlis revint me chercher au mois d'avril. Je m'étais tellement attachée à ces bonnes religieuses, que je fondis en larmes en les quittant, et je proposai sérieusement à M. de Genlis de m'y laisser encore un mois. Je fus étonnée de son refus sec et positif. Tout le couvent était désolé, car j'y avais mis beaucoup de mouvement et de gaieté, et je n'ai vu dans cette abbaye qu'une innocence parfaite, une piété sincère et des exemples vertueux.

En quittant Origny, nous allâmes sur-le-champ à Genlis; mon beau-frère était à Paris, d'où il ne devait revenir qu'au mois de juillet. En attendant, nous fîmes des visites dans les châteaux voisins; presque tous nos voisins étaient vieux, nous avions fort bonne société, entre autres M. le marquis de Flavigny et sa femme, M. de Bournonville, qui avait douze enfants, le président de Vauxmenil, dont le fils dessinait supérieurement le paysage, et M. de Saint-Cenis, le seul qui eût une jeune femme.

M. de Genlis et nous résolûmes de donner une fête au marquis de Genlis à son arrivée; nous avions le temps de la préparer; il fut décidé que nous jouerions la comédie, et en conséquence il nous fallait un petit théâtre; il s'agissait d'avoir un peintre de décorations; nous en fîmes venir un de Saint-Quentin. Ce peintre s'appelait M. Tirmane, c'était un homme de cinquante ans, dont l'originalité et la crédulité ont fait mes délices pendant six mois. M. Tirmane avait autant d'orgueil que de simplicité; il peignait fort bien les lambris

d'une chambre et une décoration d'appartement, et il était persuadé qu'il avait le talent de Raphaël et de Rubens; il nous en fit voir un échantillon dans la toile de notre théâtre; il eut la prétention d'en faire un tableau, qui représentait la plus ridicule figure de femme jouant de la harpe à rebours, c'est-à-dire ayant la harpe posée sur l'épaule gauche. M. de Genlis, en voyant ce chef-d'œuvre, s'écria que c'était mon portrait, et qu'il était frappant ! M. Tirmane convint qu'il avait eu en effet le projet de faire mon portrait d'idée, et, charmé de ce premier succès, il me demanda la permission de me peindre *régulièrement*, mais en cheveux épars, parce qu'il était très-frappé de la longueur de mes cheveux et de leur couleur *châtaigne*. Je promis de lui donner une séance le lendemain, et j'y préparai de mon mieux; je mis un pied de rouge très-foncé, je fis partager mes cheveux en plusieurs mèches lisses sans poudre, j'en entortillai autour de mon cou, de mes bras, de ma taille, j'établis sur ma tête une profusion de perles, de clinquant et de fleurs, et dans cet attirail je m'offris aux pinceaux de M. Tirmane, qui fut ébloui et saisi de l'éclat de ma beauté, d'autant plus que je faisais une bouche imperceptible en la resserrant, et que j'ouvrais les yeux de toute ma force pour les faire plus grands. C'est ainsi qu'il fit mon portrait, c'est-à-dire une figure de Gorgone, car ces longues mèches de cheveux bruns ressemblaient parfaitement à des serpents. Peu de jours après, nous renouvelâmes en faveur de M. Tirmane une partie des aventures de Don Quichotte chez la duchesse. M. Blanchard, intendant du château, imagina de le faire voler en plein jour, à cinq cents pas du château, par le jardinier déguisé en voleur; c'est-à-dire ayant des moustaches et les cheveux noircis; M. Tirmane revint en chemise au château, et, en nous contant sa piteuse aventure, il nous assura que le brigand avait un pied et demi de plus que le jardinier. M. de Genlis le consola en lui apprenant qu'il avait le droit, en l'absence de son frère, de juger à mort tous les brigands du canton. On fit monter à cheval deux ou trois postillons qui, une heure après, revinrent triomphants en ramenant le prétendu voleur chargé de chaînes, ce qui causa une joie scandaleuse à M. Tirmane. On retrouva tous les effets volés, et quelques louis de plus, qu'on lui adjugea en forme de dédommagement.

M. de Genlis, revêtu d'une robe noire, assisté du bailli du lieu et du barbier, s'enferma dans une chambre pour interroger et juger le criminel; pendant ce temps, je restai avec M. Tirmane et trois ou quatre personnes. Au bout d'une heure et demie, on vint nous annoncer que le criminel était condamné à mort. « C'est bien fait! » s'écria M. Tirmane en frappant dans ses mains; je dis à M. Tirmane qu'il ne tenait qu'à lui de se couvrir de gloire en allant se jeter aux pieds de M. de Genlis pour demander la grâce du coupable; il y répugnait un peu, mais je lui fis entendre qu'il serait récompensé de cette magnanimité; il y consentit sur l'assurance que nous lui donnâmes que ce scélérat serait enfermé pour sa vie dans la tour du château; alors M. Tirmane, rappelant tous ses sentiments héroïques, alla se précipiter aux pieds du juge, et, avec l'emphase la plus comique, il implora la grâce du criminel; M. de Genlis et ses adjoints, pénétrés d'admiration, tirèrent leurs mouchoirs et fondirent en larmes; ensuite M. de Genlis lui dit qu'il était grand maître de l'ordre *du Jugement*, qu'il l'en recevrait sous vingt-quatre heures, que cet ordre conférait la noblesse. M. Tirmane, à ses paroles, resta en extase; il a souvent répété depuis que ce moment fut le plus beau de sa vie. À l'égard du prisonnier, il fut condamné aux galères à perpétuité, ce qui fut appuyé par M. Tirmane. La nuit suivante on lui fit faire à M. Tirmane *la veille des armes* dans la cour du château, un fusil sur l'épaule, une lanterne sourde à la main, et d'apprendre par cœur tout ce se promenant un catéchisme de chevalerie, composé par M. de Genlis, le plus plaisant et le plus ridicule qu'on puisse imaginer; il resta là jusqu'au grand jour, alors on le plongea dans un bain froid, après quoi on le revêtit de la robe blanche de candidat, c'était un grand peignoir de M. de Genlis. Il y avait à Chauny, à deux lieues de Genlis, les régiments de Chartres et de Conti; M. de Genlis avait écrit à leurs colonels de venir avec des troupes pour honorer la réception du chevalier Tirmane; ils vinrent à midi avec une centaine d'hommes à cheval; tous les garçons du village, en vestes blanches ornées de rubans couleur de rose, étaient aussi dans la cour. Le candidat, pâle comme la mort et harassé de fatigue, fut amené dans une grande salle où j'étais assise sur un trône de feuillage et de fleurs, et entourée des officiers des régiments de Chartres et de Conti, qui tenaient leurs épées nues. M. de Genlis, conducteur du candidat, lui fit répéter son catéchisme, qu'il balbutia avec beaucoup d'émotion; lorsqu'il eut fini, M. de Genlis attacha à son peignoir un ruban vert une vieille médaille dorée du chancelier de Sillery, que nous avions trouvée dans la bibliothèque; après cela, le candidat mit un genou en terre devant moi, et je l'armai chevalier en lui donnant une lance d'une longueur démesurée et un casque qui était un seau à rafraîchir le vin, que j'avais recouvert de papier doré et orné de plumes. On lui donna un autre peignoir plus magnifique, c'est-à-dire tout surchargé de guirlandes d'œillets d'Inde. Dans ce galant équipage, le nouveau chevalier, ranimé par la gloire, descendit dans la cour pour y faire, au bruit des fifres et des tambours, la marche triomphale au milieu des troupes à cheval et des paysans qui criaient : *Vive le noble chevalier Tirmane !* Tous ces honneurs le rendaient si heureux, qu'il fondait réellement en larmes. Après cette cérémonie on dîna, on porta plusieurs fois sa santé ; il mangea beaucoup et s'endormit au dessert, mais M. de Genlis le réveilla pour lui faire entendre des couplets qu'il avait faits sur sa clémence. En sortant de table, on le conduisit à un bal champêtre qui dura jusqu'à onze heures. Alors comme il était de l'ordre *du jugement*, il fut obligé de juger plusieurs causes de paysans qui jouèrent parfaitement leurs rôles ; enfin, surchargé de gloire et mourant de lassitude et d'envie de dormir, il alla se coucher à une heure après minuit.

Ces scènes burlesques furent suivies d'une infinité d'autres que je me rappellerai toujours avec plaisir, mais qui tiendraient un volume entier si j'en donnais tous les détails : nous menâmes notre chevalier chez un de nos voisins, le marquis de Flavigny. M. Tirmane trouva dans ce château *la reine d'Alcala*, qui lui donna avec beaucoup de cérémonies le titre de *Don*, elle m'accorda en même temps celui de *Donna*. Depuis ce jour *le chevalier don Tirmane* ne m'a jamais appelée que la *comtesse Donna*. Après cette cérémonie, on fit retirer le chevalier dans une chambre, en lui disant d'y composer une harangue de remercîment pour la reine. Au bout d'une heure, admis au pied du trône, il dit : *Princesse, je suis donc Don !......* Il en resta là, et la reine fut très-satisfaite de cette exclamation, qui exprimait du moins une satisfaction très-sincère. Ces folies durèrent trois mois, je n'ai jamais autant ri dans tout le reste de ma vie. Quand le rire me gagnait, je tirais de ma poche mon mouchoir que j'appliquais sur mon visage, et le chevalier don Tirmane croyait que je pleurais d'attendrissement, et il était lui-même fort touché de l'extrême sensibilité de la *comtesse Donna*. Ce qu'il y eut de plus singulier dans cette longue mystification, c'est que les domestiques, les paysans, et tous nos voisins furent d'une égale discrétion, et que pas un ne dit à M. Tirmane un seul mot qui pût le désabuser.

Cependant, depuis que nous l'avions fait noble, il était devenu fort impertinent avec les domestiques, et en général avec tous les *roturiers* ; mais chacun s'amusait de sa crédulité, et on lui rendait à l'envi tous les hommages qui pouvaient satisfaire et exalter sa vanité, qui était extrême. M. de Genlis lui fit faire un habit très-ridicule qui mit le comble à son bonheur. Cet habit était noir, orné d'énormes brandebourgs d'argent, avec une veste garnie d'une longue frange brune et argent ; on lui donna un chapeau bordé d'un large point d'Espagne d'argent, et je lui fis présent d'une cravate de grosse dentelle, avec deux longs pans, surmontée d'un nœud couleur de feu. Il portait cet superbe vêtement les dimanches et les jours où nous avions du monde, sans oublier jamais de mettre à sa boutonnière sa grande médaille dorée, suspendue à un ruban vert. Un jour M. le comte de Barbançon, venant de Paris et ne connaissant point encore le chevalier don Tirmane, arriva à Genlis une demi-heure avant le dîner ; M. de Barbançon était un homme fort grave, et nous ne pensâmes point à le prévenir sur le personnage étonnant qu'il allait voir, car M. Tirmane n'était point dans le salon ; mais il apprit qu'un étranger venait d'arriver, et il s'empressa de mettre à la hâte son bel habit, ensuite il vint dans le salon. A l'aspect de cette étrange figure, M. de Barbançon resta immobile ; et M. Tirmane, se précipitant à l'oreille de M. de Genlis, lui demanda tout bas si cet étranger était *un noble* ; sur la réponse de M. de Genlis, M. Tirmane, avec un ton dont rien ne peut donner l'idée, s'avança vers M. de Barbançon en lui disant gravement : *Noble étranger, je vous demande l'accolade de la cuisse.* La surprise de M. de Barbançon fut extrême ; il regarda M. de Genlis, qui avait conseillé tout bas cette demande chevaleresque ; un signe mit au fait M. de Barbançon, qui donna de fort bonne grâce *l'accolade de la cuisse.*

Le dénoûment de l'histoire de M. Tirmane, voulant laisser à la postérité un monument immortel de tant de faits merveilleux, employa ses talents à en tracer l'origine : il fit un tableau à l'huile en demi-nature qui le représentait dans le bois de Genlis, auprès du bel arbre nommé *l'arbre des quatre frères*, dans le moment terrible où il fut volé et dépouillé ainsi que l'intendant, M. Blanchard. Au haut du tableau on voyait un coin des cieux, et la sainte Vierge dans une gloire qui lançait sur M. Tirmane un faisceau de lumière ; il avait placé un petit rayon sur la tête de M. Blanchard, ce qu'il appelait *un rayon de politesse,* car il n'attribuait qu'à ses seules prières le miracle de sa délivrance. Il voulait que l'on plaçât ce tableau dans la chapelle de Genlis, en disant que toute la Picardie viendrait invoquer la Vierge du bois des *Quatre-Frères,* et que cela ferait tomber le pèlerinage de *Notre-Dame-de-Liesse.* Je lui représentai qu'il ne fallait lutter contre aucun pèlerinage, puisqu'on devait les honorer tous. Je mis ce tableau dans ma chambre, je l'ai conservé très-longtemps, je l'avais encore au Palais-Royal, je ne sais ce qu'il devint depuis.

Le dénoûment de l'histoire de M. Tirmane est ce qu'il y a de plus joli dans ses aventures. Il resta huit mois de suite à Genlis. Pendant ce temps il écrivait souvent à sa femme, qui était à Saint-Quentin, pour lui faire part de son bonheur et de sa gloire. Sa femme, moins crédule que lui, l'assurait dans ses réponses qu'on se moquait de lui ; il nous montrait ses lettres en riant avec nous de ce qu'il appelait *son incapacité de comprendre des choses si relevées,* et il ajoutait : « Il faudra bien qu'elle me croie quand elle verra qu'en ma qualité de noble je ne payerai plus les taxes de roturier. — Assurément, lui répondait M. de Genlis, et pour cela vous n'aurez qu'à montrer votre médaille et vos diplômes de chevalier et de *Don.* — Ce sera un beau moment pour moi, disait M. Tirmane ; *comme les gros bonnets de Saint-Quentin seront capols,* quand ils me verront au-dessus d'eux tous ! » et il en nommait trois ou quatre qu'il se faisait surtout un plaisir de confondre et de terrasser. Il partit enfin de Genlis et retourna à Saint-Quentin. Son premier soin en rentrant dans sa maison fut de faire mettre à genoux sa femme et ses deux filles, et de leur faire baiser sa médaille. Le lendemain il alla à l'hôtel de ville décoré de son ordre ; il montra gravement ses diplômes et un brevet de la reine d'Alcala qui lui donnait le titre de *Don,* et celui *de son premier peintre honoraire.* Ensuite il déclara qu'il ne payerait plus la taille. On trouva sa folie si plaisante, qu'on voulut la lui laisser, et on l'exempta en effet de toute imposition ; alors madame Tirmane et ses filles ne doutèrent plus de la réalité de tous ses récits. Toute la ville de Saint-Quentin se fit un amusement de cette mystification ; le noble chevalier don Tirmane fut invité à dîner partout, et traité avec le plus grand respect, ce qui dura douze ans, c'est-à-dire jusqu'à sa mort. Quoique j'aie supprimé mille incidents et tous les détails de cette folie, je sens qu'elle tient encore trop de place dans ces mémoires. Mais je me rappelle avec complaisance ce temps d'une gaieté si vive et si franche, ce temps où j'ai ri de si bon cœur, ce temps enfin où l'avenir, le terrible avenir, était couvert pour nous d'un voile impénétrable.

Mon beau-frère revint à Genlis ; nous jouâmes la comédie, et nous donnâmes des fêtes pendant plus de quinze jours.

Durant ce temps je m'occupais toujours ; je faisais de la musique quatre ou cinq heures par jour ; j'écrivais à ma mère et à madame de Montesson, qui me répondait d'une manière fort aimable, et j'écrivais un journal de tout ce qui se passait au château ; les aventures de M. Tirmane m'avaient fourni plus d'un gros volume. J'avais grande envie de m'instruire, la bibliothèque de Genlis était fort considérable. Le feu marquis de Genlis, homme très-grave et très-pieux, en avait fait une moitié, et mon beau-frère en avait fait l'autre, entièrement composée de romans. J'eus le bon esprit de préférer les livres amassés par mon beau-père, c'est-à-dire les livres de piété, d'histoire, de morale, et quelques théâtres. Mais pour l'histoire, j'étais si ignorante, que je ne savais par où commencer. Un livre de géométrie me tomba sous la main ; je vis dans l'avertissement qu'il était d'une telle clarté, qu'un enfant de douze ans l'entendrait. Je me mis à le lire avec avidité, et comme je n'y compris rien du tout, j'en conclus que je n'avais pas le sens commun, ce qui me jeta dans un extrême découragement. Je fis part de mon chagrin à M. de Genlis, le priant de m'expliquer ce livre ; il rit de ma simplicité, et m'apprit que, pour comprendre cet ouvrage, il fallait avoir quelques notions de géométrie. Alors je renonçai aux livres de sciences, et je lus l'*Histoire romaine* de Laurent Echard ; il aurait fallu commencer par l'histoire ancienne, mais, faute de guide, je ne mettais aucun ordre dans mes lectures, ce qui, dans ces commencements d'études suivies, m'a fait perdre beaucoup de temps.

M. de Genlis fit une course à Paris, et ramena M. de Sauvigny (dont j'ai déjà parlé).

Les conversations et les conseils de M. de Sauvigny me furent très-utiles dans un autre genre. Il avait en littérature un goût très-pur ; il a beaucoup contribué à former le mien, en fortifiant par de très-bons raisonnements mon aversion naturelle pour l'emphase, l'affectation et les faux brillants. Tous les jours, en revenant de la promenade, nous faisions tout haut une lecture d'une heure, M. de Sauvigny, M. de Genlis et moi. Nous lûmes ainsi, dans l'espace de quatre mois, les *Lettres provinciales,* les *Lettres de madame de Sévigné,* et tout le *Théâtre de Pierre Corneille.* En outre je continuais mes lectures dans ma chambre, avec une vitesse s'écoulait pour moi avec autant d'agrément que de rapidité. Un chirurgien de la Fère, nommé M. Millet, venait toutes les semaines à Genlis ; je repassai avec lui mes anciennes leçons d'ostéologie, et de plus j'appris à saigner, talent que j'ai depuis perfectionné tout à fait, grâce aux leçons du fameux Chamousset [1]. J'appris aussi à panser les plaies. Enfin je ne perdais pas une occasion d'acquérir de l'instruction, de quelque genre qu'elle fût. Avec ce désir naturel de m'instruire, les conversations de nos vieux voisins ne m'ennuyaient pas du tout ; ils parlaient d'agriculture, je les écoutais avec attention ; je les questionnais sur ce que je ne comprenais pas, et chaque entretien m'apprenait quelque chose. J'ai fait ainsi toute ma vie, et il est étonnant qu'avec cette conduite soutenue et une très-belle mémoire, je n'aie pas acquis par la suite une instruction beaucoup plus étendue et plus extraordinaire que celle que j'aie eue. C'est qu'un goût dominant ne permet pas que rien de ce

---

[1] Chamousset s'éleva le premier avec persévérance contre l'usage cruel d'entasser les malades dans les hôpitaux et d'en placer plusieurs dans le même lit. Il fit de sa maison un hospice où la véritable charité où cent malades, du tout sexe et de tout âge, étaient reçus par ses soins et à ses frais. Il loua, à la barrière de Sèvres, une maison pour servir de modèle d'hôpital, et le succès de sa méthode opéra la réforme de l'Hôtel-Dieu, où chaque malade eut un lit séparé.

qui lui est étranger se grave profondément dans la tête ; ce sont nos pensées habituelles, nos réflexions journalières qui forment notre genre d'instruction. Je n'ai été étrangère à rien, j'ai pu parler passablement de tout, mais je n'ai su parfaitement que ce qui se rapportait aux beaux-arts, à la littérature, à l'étude du cœur humain, parce que telles étaient mes passions, et que je n'ai véritablement réfléchi qu'à cela. Aussi ai-je remarqué que les personnes d'un savoir prodigieux par l'étendue et la variété des connaissances avaient toutes la tête et l'imagination froides, et étaient incapables de se passionner pour un art ou une étude particulière.

Dans ce temps, j'appris à monter à cheval, et d'une singulière manière. Je me baignais, et on allait chercher pour mes bains de l'eau dans une rivière à une demi-lieue. Un seul cheval de charrue traînait le tonneau que l'on devait remplir d'eau. Un jour que j'étais seule au château, je vis par ma fenêtre le charretier Jean partir, conduisant à pied son équipage. Il me parut charmant de monter sur ce gros cheval, et d'aller ainsi chercher mon eau moi-même. Je descendis précipitamment dans la cour, et je fis cette proposition à Jean, qui la trouva apparemment assez simple, car, sans aucune représentation, il m'établit jambe de ci, jambe de là sur le cou de son cheval, et nous partîmes. Je trouvai cette promenade si agréable, que pendant dix ou douze jours je n'en fis pas d'autres. Je pris ainsi un grand goût de l'équitation, et l'on me permit de monter un vieux petit cheval gris qui avait encore de bonnes jambes ; on me fit faire un habit d'amazone ; et l'on me trouva si bien à cheval, qu'on me donna un grand beau cheval navarrin qui, quoique plus vieux que moi, avait une grande vitesse et des jambes très-sûres. Bientôt on me reprocha d'aller beaucoup trop vite ; et on eut beau me le défendre, je ne pouvais obéir, parce que régulièrement dans mes courses mon cheval m'emportait malgré moi, et mon ignorance me donna la réputation d'une inconcevable hardiesse et d'une mauvaise tête. Quelques mois après, M. Bourgeois, officier de fortune en garnison à Chauny, et un très-grand homme de cheval, me trouvant parfaitement posée, voulut me donner des leçons ; j'en pris tous les jours pendant huit mois, et je devins très-habile. Cet exercice, que j'aimais passionnément, fortifia beaucoup ma santé. Nous faisions souvent de très-longues chasses au sanglier. Un jour j'imaginai de me perdre exprès, dans l'espoir qu'il m'arriverait quelque aventure extraordinaire ; je m'échappai à toutes jambes. J'avais un très-bon cheval à moi qu'on m'avait donné, et que m'avait choisi M. Bourgeois. Je m'enfonçai dans des routes détournées, ayant bien soin de tourner le dos à la chasse, et de fuir le bruit des chiens et des cors. Bientôt après j'eus la satisfaction de ne plus rien entendre et de me trouver dans des lieux tout à fait inconnus. Je poussais toujours mon cheval au galop ; je désirais tellement de rencontrer un château que je n'eusse jamais vu, d'y trouver des habitants pleins d'esprit et de politesse me donnant l'hospitalité. Au bout de trois heures, courant toujours au hasard, cherchant vainement un château, je commençai à m'inquiéter, j'imaginai que j'étais au moins à douze lieues de Genlis ; j'avais faim, je ne voyais point de gîte, et je m'avisai tout à coup de penser que ron château de Genlis dans de vives alarmes ; enfin, après avoir erré encore longtemps, je rencontrai un bûcheron qui m'apprit, à mon grand étonnement, que je n'étais qu'à trois lieues de Genlis. Je lui demandai de m'y conduire : il fallut aller au pas, et je n'y arrivai qu'à la nuit fermée. On avait envoyé de tous les côtés, dans les bois immenses de Genlis, des hommes à cheval sonnant du cor ; M. de Genlis était aussi à ma poursuite, et ne revint qu'une heure après moi. Je fus horriblement grondée, et je le méritais ; j'eus la bonne foi d'avouer que je m'étais perdue à dessein, et je donnai ma parole que l'avenir je ne chercherais plus des terres inconnues.

Ma témérité à cheval pensa plus d'une fois m'être funeste ; il est certain qu'il n'y a jamais eu de jeune homme étourdi plus hasardeux que moi dans ce genre ; mais le courage et la présence d'esprit tirent de tout.

Cette nouvelle passion ne me fit négliger ni la musique ni l'étude ; M. de Sauvigny me guidait dans mes lectures ; je faisais des extraits ; j'avais trouvé dans les offices un grand livre in-folio destiné à écrire les comptes de la cuisine ; je m'en étais emparée, et j'écrivis dans ce livre un journal très-détaillé de mes occupations et de mes réflexions, avec l'intention de le donner à ma mère quand il serait rempli. J'y écrivais tous les jours quelques lignes, et quelquefois des pages entières. En effet, je remplis toutes les grandes pages de ce livre ; je le donnai à ma mère, qui le lut avec plaisir, et qui dit qu'elle le conserverait soigneusement. Il était écrit avec une naïveté qui n'était pas sans intérêt ; je le vis encore entre les mains de ma mère à Belle-Chasse : cependant, après sa mort, il m'a été impossible de le retrouver. Je l'ai regretté, c'étaient mes premières pensées raisonnables. Ne négligeant aucun genre d'instruction, je tâchais de me mettre au fait des travaux champêtres et de ceux du jardinage ; j'allais voir faire le cidre, j'étais aussi visiter tous les ouvriers du village lorsqu'ils travaillaient, le menuisier, le tisserand, le vannier, etc. J'apprenais à jouer au billard et quelques jeux de cartes, le piquet, le reversi, etc. M. de Genlis dessinait parfaitement à la plume la figure et le paysage ; je commençai à dessiner et à peindre des fleurs. J'écrivais beaucoup de lettres : tous les jours à ma mère, trois fois par

semaine à madame de Montesson, quelquefois à madame de Bellevaux, et assez souvent à madame de Balincourt. En outre, j'avais un commerce de lettres très-suivi avec une dame que j'avais vue à Origny, et qui demeurait à Valenciennes. Je pris ainsi l'habitude d'écrire avec une grande facilité. Un poëte de la connaissance de mon beau-frère vint passer trois mois à Genlis ; il s'appelait M. Feutry[1]. Il était connu par un assez beau morceau de poésie intitulé les Tombeaux, dans lequel on trouve de très-beaux vers.

Le hasard, qui, dans le cours de ma vie, a fait passer sous mes yeux tant de scènes diverses et singulières, me fit voir dans ce temps un spectacle extraordinaire et bien effrayant. J'ai déjà dit que le château de Genlis était tout entouré d'étangs immenses ; nous avions une vieille voisine, la comtesse de Sorel, dont l'habitation était aussi environnée d'étangs, et son château était situé sur un terrain élevé, de manière que ses étangs dominaient tous les nôtres. La comtesse de Sorel n'ayant pas voulu par avarice, et malgré les représentations du marquis de Genlis, faire faire à ses étangs des réparations indispensables, leurs eaux, grossies par les pluies, rompirent tout à coup leurs digues délabrées et débordèrent dans nos étangs, qu'elles firent déborder aussi. MM. de Genlis étaient à la chasse, j'étais dans ce moment seule au château ; j'entendis des cris perçants et un grand mouvement dans toute la maison ; j'ouvris ma fenêtre qui donnait sur la cour ; quelle fut ma surprise en voyant cette immense cour totalement remplie d'eau qui s'agitait et faisait du bruit comme si elle eût été bouillante ! elle était déjà à la moitié des hautes fenêtres du rez-de-chaussée. Le concierge, suivi de plusieurs domestiques, entra en courant dans ma chambre, en me disant qu'il fallait monter au grenier, ce que je fis précipitamment. On sonna le tocsin, tout le village se rassembla en un clin d'œil, afin de faire dans la terre des saignées pour laisser écouler les eaux, qui emportèrent toutes les maisons qui étaient sur une chaussée au bord des étangs. L'eau monta dans notre cour jusqu'au premier étage ; dans le jardin, elle monta dans les allées jusqu'à huit pieds de haut ; on put le savoir le lendemain par les traces de boue qu'elles laissèrent sur les charmilles. Le jardinier avait soixante ruches de mouches à miel, qu'il n'eut pas le temps de sauver, elles furent emportées et perdues ; je vis parfaitement toutes les maisons et cet imposant spectacle. Personne ne périt, mais le dégât fut affreux ; madame de Sorel perdit tout son poisson, qui, en grande partie, tomba et resta dans ses étangs ; l'autre partie se répandit sur la terre, dans nos prés, et nos paysans en ramassèrent pendant plusieurs jours. Madame de Sorel, outre cette perte, fut obligée de donner douze mille francs de dédommagement aux propriétaires des maisons emportées. Mon beau-frère, malgré l'héritage de ses poissons, aurait pu aussi demander des dédommagements ; et, s'il ne lui en eût pas fait grâce, elle eût été ruinée par cette aventure, uniquement causée par son avarice. J'ai encore vu depuis, à Hambourg, une autre inondation. J'avais été témoin dans mon enfance, à Saint-Aubin, un avant de la quitter, d'un grand incendie causé par le feu du tonnerre, qui tomba sur les granges et la métairie de Sept-Fonds, qui furent consumées en une demi-heure. Je vis parfaitement cet incendie, placé en face de la première cour de notre château, et dont nous n'étions séparés que par la Loire. J'ai vu tomber le tonnerre de très-près dans les étangs de Genlis. A Villers-Cotterets, j'ai vu un soir, avec cent personnes, le fameux globe de feu qui cette année causa tant d'effroi. J'ai vu à Saint-Leu, pour la seconde fois de ma vie, une grêle extraordinaire ; à l'Arsenal une trombe de terre qui enleva un jeune homme de quinze ans, et le transporta à cinq cents pas sans le tuer. J'ai essuyé une grande tempête sur mer ; j'ai vu à Origny une véritable éclipse de soleil, et enfin deux comètes. C'est un cours pratique d'histoire naturelle ; il ne m'a manqué qu'un tremblement de terre et une éruption du Vésuve.

CHAPITRE IX.
1766-1767.

Le château du Frétoy, appartenant à madame d'Estourmel. — Chapeau de bergère. — Le docteur Weiss. — Je sauve un déserteur. — Le marquis de Genlis se marie, il épouse mademoiselle de Vilmeur. — Je vois pour la première fois à sa noce madame de Puisieux. — Ma belle-sœur. — Mon f ère. — Sacré chien. — Nous retournons à Paris. — Ma première couche. — Le maréch l d'Estrées. — Ma présentation à la cour. — Gardel. — Louis XV. — Yeux bleu du roi — La reine. — Rosière de Salency. — Dorat. — Vers du chevalier de Boufflers à M. de Morfontaine. — Histoire naturelle. — Marivaux. — Rose. — Bain de lait. — Aventure d'une jeune fille trompée.

Au commencement de l'automne, nous allâmes à dix lieues de Genlis, chez madame la marquise de Sailly, cousine de M. de Genlis, et fille du marquis de Souvré, frère de madame de Puisieux. Je fus reçue dans ce château avec la cordialité possible. Je rencontrai là M. de Souvré, que j'avais vu dans mon enfance chez madame de

[1] Né à Lille en 1720, il est mort à Douai en 1789. Il s'était formé à l'école de la littérature anglaise, dont il a traduit un grand nombre d'ouvrages. Le plus célèbre est l'ingénieuse fiction de *Robinson Crusoé*.

Bellevaux. Il me fit mille amitiés, et il a beaucoup contribué à hâter le raccommodement de M. de Puisieux avec M. de Genlis. De Sailly, nous allâmes au Frétoy chez madame la comtesse d'Estourmel, autre parente de M. de Genlis; nous y fûmes reçus avec la même amitié. Mais une heure après mon arrivée, j'éprouvai une étrange contrariété. Madame d'Estourmel, âgée de cinquante-sept ans, avait un fils unique de cinq ans. Cet Isaac de cette moderne Sara était l'enfant le plus gâté et le plus insoutenable que j'aie jamais rencontré. On lui permettait tout, on ne lui refusait rien, il était le maître absolu du salon et du château. M. Emmanuel de Boufflers a pu seul depuis rappeler cette singulière éducation. J'arrivai au Frétoy deux heures après le dîner; il y avait beaucoup de monde de Paris. J'avais un chapeau de villageoise, comme on disait alors; il était neuf, tout couvert de fleurs charmantes, et attaché sur l'oreille gauche avec beaucoup d'épingles. A peine étais-je assise, que le terrible enfant du château vint m'arracher des mains un superbe éventail et le mit en pièces. Madame d'Estourmel fit une petite réprimande à son fils, non pas d'avoir brisé mon éventail, mais de ne pas me l'avoir *demandé poliment.* Un instant après, l'enfant alla confier à sa mère qu'il avait envie de mon chapeau. « Eh bien, mon fils, répondit gravement madame d'Estourmel, *allez le demander bien honnêtement.* » Il accourut aussitôt vers moi en disant : « *Je veux votre chapeau.* » On le reprit d'avoir dit *je veux*, c'est ce que sa mère appelait *ne lui rien passer.* Elle lui dicta sa formule de demande : « *Madame, voulez-vous bien avoir la bonté de me prêter votre chapeau.* » Tout ce qui était dans le salon se récria sur cette fantaisie : la mère et l'enfant y persistèrent; M. de Genlis s'en moqua un peu aigrement. Je vis que madame d'Estourmel allait se fâcher; alors je me levai, et, sacrifiant généreusement mon joli chapeau, j'allai prier madame d'Estourmel de le détacher, ce qu'elle fit avec empressement, car l'enfant s'impatientait violemment. Madame d'Estourmel m'embrassa, loua beaucoup ma douceur, ma complaisance et mes beaux cheveux. Elle soutint que j'étais cent fois mieux sans chapeau, quoique je fusse tout ébouriffée, et que j'eusse une coiffure très-ridicule, avec une grande parure et cette coiffure en désordre. Mon chapeau fut livré à l'enfant sous la condition de ne pas le gâter. Mais en moins de dix minutes, le chapeau fut déchiré, écrasé, et hors d'état d'être jamais porté. J'eus grand soin les jours suivants de me coiffer en cheveux, sans chapeau et sans fleurs. Mais, par malheur, cet enfant gâté était reconnaissant; il s'attacha à moi avec une passion démesurée, et ne voulut plus me quitter. Dès que j'étais dans le salon, il s'établissait sur mes genoux : il était fort gras et fort lourd; il m'assommait, chiffonnait mes robes, et même les déchirait en posant sur moi des quantités de joujoux. Je ne pouvais ni parler à qui que ce fût ni entendre un mot de la conversation, et il m'était impossible de m'en débarrasser même pour jouer aux cartes. Dans tous mes petits voyages je portais toujours ma harpe : on voulut m'entendre; il n'y eut pas moyen, tandis que je jouais, d'empêcher l'enfant (qui se tenait debout près de la harpe) de jouer aussi avec les cordes de la basse, ce qui formait un accompagnement peu agréable. Lorsque j'eus fini, on vint prendre ma harpe pour l'emporter : l'enfant s'y opposa en faisant des cris terribles. La harpe resta; il en joua à sa manière, il égratigna les cordes, en cassa plusieurs, et dérangea totalement l'accord. Quand on représentait à madame d'Estourmel que cet enfant devait m'importuner beaucoup, elle me demandait si cela était vrai, et elle prenait au pied de la lettre la politesse de ma réponse, en ajoutant qu'à mon âge on était charmé d'avoir un prétexte de s'amuser d'une manière enfantine, et que je formais avec son fils un *tableau délicieux.* Au vrai, cet enfant ne m'était pas aussi désagréable que tout le monde le croyait, non que j'aimasse ses jeux, mais sa personne m'intéressait et me divertissait. Il était joli, caressant, original, et il n'avait rien de méchant. Avec une éducation passable, on aurait facilement fait un enfant charmant. Sa pauvre mère a bien payé la folie de cette mauvaise éducation; l'année d'ensuite, l'enfant, pour la première fois de sa vie, eut un peu de fièvre; il refusa toute boisson, et demanda avec fureur les aliments les plus malsains; une légère indisposition devint une maladie sérieuse, et bientôt mortelle, parce qu'il fut impossible de lui faire prendre une seule drogue, et que toutes les tentatives en ce genre lui causaient des accès de colère qui allaient jusqu'aux convulsions. Il mourut à six ans, et il était naturellement très-robuste et parfaitement bien constitué.

En retournant à Genlis par Péronne, mon beau-frère tomba dangereusement malade dans cette ville d'une fièvre putride. M. de Genlis fit appeler sur-le-champ le plus célèbre médecin de la ville; celui-ci demanda aussitôt à faire une autre consultation avec un autre médecin de Péronne, et le résultat de la consultation fut que l'un déclara que le malade n'était pas saigné sous vingt-quatre heures, sa mort était certaine, et l'autre soutint que la saignée serait mortelle. Comme frère et comme le seul héritier de deux cent mille livres de rente (la terre de Genlis et la substitution de celle de Sillery), M. de Genlis se trouva dans le plus affreux embarras. Il prit son parti sans balancer; mon beau-frère n'avait confiance qu'en son médecin, un Allemand nommé Weiss; il était à Paris; mais nous calculâmes que l'on

c'est le même médecin qui a trouvé la composition d'un spécifique certain pour les laits répandus des femmes en couches.

pouvait avoir sa réponse sous vingt-quatre heures. M. de Genlis, sous la dictée des médecins, écrivit l'état du malade et la consultation; il conjurait Weiss de venir à Péronne, ou du moins d'envoyer son avis. Ensuite il fit partir à franc étrier celui de nos gens qui courait le mieux la poste, en lui ordonnant d'aller ventre à terre et de revenir de même. M. Weiss ne voulut pas faire le voyage, mais il envoya une excellente consultation qui défendait expressément la saignée. Le courrier revint en *dix-neuf* heures; le marquis de Genlis fut sauvé, et dut la vie à son frère. Nous restâmes vingt-deux jours à Péronne, à l'auberge de la poste. J'y montais à cheval tous les jours; les dames des châteaux d'alentour m'envoyaient des fruits, du poisson, des légumes et des fleurs; avant de partir, j'allai les remercier. Peu de temps après notre retour à Genlis, mon beau-frère, à peine convalescent, partit pour Paris, et nous allâmes, M. de Genlis et moi, à Arras, où était le régiment des grenadiers de France. Le comte de Guines (depuis duc de Guines) y avait une superbe maison qu'il me prêta. J'y restai trois semaines; je m'y amusai beaucoup; on m'y donna de charmantes fêtes. Les officiers des grenadiers de France jouèrent pour moi la comédie sur le théâtre de la ville; on me donna des bals parés et masqués. Un sous-lieutenant, M. de Saint-P..., que j'ai depuis rencontré dans le monde, était très-occupé de moi; voulant profiter d'un bal masqué pour m'approcher librement, il imagina de se déguiser en *muet*; il ne me quitta pas durant tout le bal, en ne me disant jamais que *ha, ha, ha,* en me montrant sa bouche pour me faire comprendre qu'il était muet. Je partis d'Arras à deux heures après minuit pour sauver un déserteur qui devait être fusillé le même jour à dix heures du matin. Le chevalier de Montchat, major des grenadiers de France, s'intéressait vivement à cet infortuné; il trouva le moyen, de concert avec M. de Genlis, sans se compromettre, de le faire évader de prison à onze heures du soir, de l'amener dans notre maison, où on l'enferma dans le cabinet de M. de Genlis. M. le comte d'Audick me donnait un souper dansant; j'y fus d'une extrême distraction, ne pensant qu'à notre déserteur, que j'avais peur qu'on ne nous reprît. Je quittai la fête à minuit et demi. Nous avions fait demander les portes au commandant pour deux heures : on ne pouvait les ouvrir à une telle heure dans une ville de guerre qu'avec une permission particulière. M. de Genlis fit prendre au déserteur un habit de sa livrée; nous partîmes à une heure et demie; le déserteur monta derrière notre voiture. En passant la porte de la ville, je n'avais pas une goutte de sang dans les veines, tant je craignais pour le pauvre déserteur. A quatre lieues d'Arras, il trouva un cheval sur la grande-route; nous nous arrêtâmes; il vint à la portière pour nous remercier; je pleurais de joie de le voir sauvé! M. de Genlis me dit de l'embrasser, ce que je fis de tout mon cœur. Contribuer à sauver la vie d'un homme est un bonheur qui laisse un souvenir ineffaçable.

En arrivant à Genlis, des lettres de Paris nous apprirent que mon beau-frère était retombé dangereusement malade. M. de Genlis partit sur-le-champ pour Paris. Il m'avait promis de m'écrire, deux postes arrivèrent sans m'apporter de nouvelles; alors je dis à M. Blanchard que j'étais fort inquiète, que je voulais absolument aller à Paris. On avait emmené toutes les voitures; il n'en restait qu'une petite de chasse, très-fragile, en mauvais état, et dont on avait besoin au château. Je promis de ne la prendre que pour aller jusqu'à Noyon (à quatre lieues de Genlis); je dis que je me flattais de trouver dans cette ville une voiture à louer. M. Blanchard me donna dix louis pour mon voyage, et je partis sur-le-champ avec mademoiselle Victoire et un domestique à cheval. Au vrai, j'avais beaucoup moins d'inquiétude que de désir de faire une course à Paris. Au fond de l'âme, je ne croyais pas trouver de voiture à Noyon, mais j'étais décidée à partir de là à franc étrier pour me rendre à Paris; et en conséquence, je mis un habit de cheval avec une redingote, que je me promis de quitter en sortant de Noyon. Arrivée à Noyon à quatre heures après midi, au mois de novembre, le maître de poste me dit qu'il n'avait point de voiture; j'en fus charmée intérieurement. Je demandai trois chevaux de poste, un pour moi, pour mon laquais, et le troisième pour ma femme de chambre. A ces mots, mademoiselle Victoire éclata de rire, croyant que c'était une plaisanterie; je l'assurai d'un ton si ferme que telle était ma volonté, du moins pour moi, qu'elle n'en douta point : elle resta stupéfaite. Je lui dis cependant que je serais maîtresse de ne pas me suivre, mais que j'étais décidée à partir ainsi. Elle avait monté à cheval en partie de plaisir plusieurs fois, et, continuellement à côté, elle était forte et courageuse. Je n'eus pas beaucoup de peine à lui persuader qu'elle courrait la poste à merveille. Lémire, mon domestique, qui était l'homme du monde le plus sérieux et le moins sage, nous proposa deux choses que j'acceptai, l'une de prêter à mademoiselle Victoire des culottes et une redingote pour courir, dit-il, *décemment,* l'autre de mettre des bottes fortes. Il me donna les siennes; comme elles étaient beaucoup trop larges, il m'empalla les jambes fort adroitement; alors, transportée de joie, pendant que mademoiselle Victoire faisait sa toilette, je demandai la maître de poste, et je lui signalai mon dessein. Cet homme, qui était fort attaché à M. de Genlis, fut très-effrayé de cette résolution; pour le motiver, je l'assurai qu'une affaire de la plus grande importance m'appelait à Paris, et je le pressai de faire seller nos chevaux; il me dit qu'il m'en allait chercher un excellent qui n'était pas dans la maison. Il courut toute la ville pour avoir une voiture, et, à mon grand déplaisir, il en trouva une, mais qui n'avait ni glaces ni rideaux par devant. Je regrettai mes bottes fortes et la gloire de faire vingt-cinq lieues à franc étrier. Mademoiselle Victoire resta habillée en homme, j'ôtai ma jupe. Nous courûmes toute la nuit, et à toutes les postes je descendais, enchantée d'être prise pour un homme, demandant toujours du jambon pour faire relever les servantes, auxquelles je disais toutes sortes de folies. Mademoiselle Victoire n'était pas de fort bonne humeur; il pleuvait à verse, et elle n'avait point de chapeau. Je lui mis sur le visage un mouchoir de soie rouge. A la première poste, elle descendit avec moi pour se chauffer, et, pour m'imiter, elle fit quelques agaceries à une servante, qui lui répondit brusquement: *Vous êtes trop laid.* Mademoiselle Victoire cependant une assez belle figure; mais le mouchoir de soie s'était déteint sur son visage, et l'avait rendue de couleur écarlate, ce qui lui donnait un aspect effrayant.

M. de Genlis fut étrangement surpris de me voir arriver; son frère était hors de danger, mais avait besoin de ses soins, et il fut décidé que nous resterions six semaines à Paris. Je vis ma mère, madame de Montesson, madame de Boulainvilliers, cousine de M. de Genlis, madame la marquise de Saint-Chamans, sœur de madame de Sailly. J'allai à un bal paré que donna l'ambassadeur d'Espagne. Mais madame de Puisieux, sa fille, madame la maréchale d'Estrées, toujours brouillées avec M. de Genlis, persistèrent à ne pas nous recevoir. Au bout de cinq semaines, mon beau-frère fut rétabli; il commença à négocier son mariage avec mademoiselle de Vilmeur, riche orpheline, et nièce du chevalier de Courten, un Suisse dont elle était héritière. Nous allions de temps en temps souper chez ma tante de Sercey, qui demeurait toujours au cul-de-sac de Rohan. Un soir que nous en revenions à minuit et demi, mon mari, son frère et moi, avec des chevaux de remise, et que nous montions au pas la rue des Fossés Monsieur-le-Prince, un homme vint se jeter devant la voiture en criant que le cocher l'avait renversé, ce qui était faux et impossible. Il arrêta le cocher en l'accablant d'injures; aussitôt trois hommes sortirent d'une allée et vinrent se joindre à lui. A cet aspect nos deux domestiques s'enfuirent, et M. de Genlis, mettant l'épée à la main, s'élança de la voiture en disant à son frère de rester avec moi; mais je conjurai le marquis de Genlis d'aller au secours de son frère, et, comme il hésitait, je me précipitai au bas de la voiture en criant à M. de Genlis: *Ne tuez personne, ne frappez pas de la pointe.* Ma plus grande frayeur était que cette rixe ne devînt un combat sanglant. Mon beau-frère mit l'épée à la main, et ces brigands se sauvèrent. Si j'eusse été seule dans la voiture, j'aurais été volée. Cette aventure, que M. de Genlis aimait à conter, fit beaucoup d'honneur à mon courage, déjà célèbre par ma témérité à cheval.

Nous retournâmes à Genlis passer le reste de l'hiver; j'en revins grosse de cinq mois au commencement du printemps, et nous retournâmes à Paris pour le mariage de mon beau-frère. Il épousa mademoiselle de Vilmeur, âgée de quinze ans. M. le marquis de Puisieux consentit à lui servir de père, et mon beau-frère décida que je lui servirais de mère: ce qui fut assez singulier, non-seulement parce que je n'avais que trois ans et demi de plus que la mariée, mais parce que j'allais voir pour la première fois à cette cérémonie et chef de la famille qui m'avait jusque-là montré tant de rigueur, et qui serait obligé de me conduire dans l'église, ce qu'il fit de fort bonne grâce. Il était très-paré; il avait son cordon bleu passé sous son habit. Il me parut éblouissant et terrible. Comme il me donnait la main, il s'aperçut que je tremblais. « Vous avez froid, madame? » me dit-il; je répondis naïvement: « *Ce n'est pas cela.* » Il m'a dit depuis que le ton dont je prononçai ces paroles le toucha jusqu'aux larmes. Le repas de noce fut une grande magnificence dans la campagne, chez le chevalier de Courten (à la Planchette); presque toute la famille y vint: madame de Puisieux, sa fille la maréchale d'Estrées, madame la princesse de Bentinck, M. et madame de Noailles, le duc d'Harcourt, et beaucoup d'autres. Mes amis M. et madame de Balincourt et madame de Sailly n'y étaient pas, ni M. de Souvré; je les regrettai bien. Je fus traitée avec beaucoup de politesse, mais froidement, par toutes les dames; je gardai un profond silence. On s'occupa de l'excès de ma belle-sœur; on vanta sa beauté. Madame de Puisieux et la maréchale la caressèrent excessivement. Je crus m'apercevoir qu'on y mettait un peu d'affectation; cette idée m'ôta ma timidité. Toutes les fois qu'on a eu le dessein de me piquer, je ne sais quelle fierté m'a constamment mise au-dessus de l'offense qu'on voulait me faire, en me donnant une indifférence parfaite. Il arriva à cette noce un incident dont on a beaucoup parlé, et sur lequel on a inventé une anecdote tout à fait fausse, que j'ai lue imprimée dans mille recueils. Le comte d'Hérouville était parent du chevalier de Courten et son ami; il avait reçu un billet d'invitation, mais pour lui seul. Il était marié depuis dix ans à la fameuse *Lolotte*, qui se conduisait très-bien depuis son mariage, mais qu'aucune femme ne voyait. Elle avait trente-six ans, elle était encore très-belle et très-agréable, elle avait beaucoup d'esprit et des manières charmantes. Le comte d'Hérouville fit la fausse démarche de l'amener; il aurait mieux fait de ne pas venir, puisqu'elle n'était pas invitée. Elle

fut très-grossièrement reçue, excepté par le chevalier de Courten et par MM. de Genlis; et pendant le dîner, on dit en général plusieurs choses piquantes dont elle ne pouvait que trop se faire l'application. Rien ne m'a jamais fait plus de pitié; elle eut un très-bon maintien.

Après le dîner, ma belle-sœur lui offrit, comme aux autres dames, un sac et un éventail, et l'embrassa. A cette action, qui était indispensable, deux femmes haussèrent les épaules, et les autres firent d'étranges mines. Tous les hommes alors se déclarèrent pour la belle opprimée, et furent de ce moment très-aimables pour elle. Toutes les femmes prirent de l'humeur; cette scène fut très-singulière. Le chevalier de Courten était au supplice, le pauvre M. d'Hérouville souffrait cruellement, il s'en alla de bonne heure. Aussitôt qu'il fut sorti avec sa femme, M. de Genlis s'écria : « Mon Dieu ! que madame d'Hérouville est belle !... » Tous les hommes firent son éloge, chacun avait envie de la venger. On conta le lendemain dans tout Paris qu'un moment après l'arrivée de madame d'Hérouville, appelée *Lolotte*, la petite chienne de madame de Puisieux étant entrée dans le salon, madame de Puisieux lui avait dit à haute voix : *Allez-vous-en, Lolotte, vous n'êtes pas faite pour être en bonne compagnie.* Cela est absolument faux, madame de Puisieux n'avait point amené de chienne, et rien de semblable n'a été dit.

Toute la compagnie resta jusqu'à onze heures du soir. Mais les nouveaux mariés, M. de Genlis et moi, nous passâmes six jours dans cette maison. Ce temps me suffit pour prendre une grande amitié pour ma belle-sœur. Elle était belle, et sa figure eût été charmante, sans un rire désagréable qui ne montrait pas de belles dents, et qui laissait voir deux doigts de gencives toujours gonflées; mais quand elle ne riait pas, son visage était beau et très-agréable; aussi M. de Vilpaton disait d'elle : *Que sérieusement parlant elle était très-jolie.* Elle avait reçu une éducation fort négligée, cependant elle n'était jamais oisive, elle aimait l'ouvrage, brodait parfaitement, et était adroite comme une fée. Elle était très-violente et fort contrariante; elle avait des obstinations d'enfant, mais au fond elle était bonne, obligeante, naturelle et très-gaie. Nous n'avons jamais eu ensemble la plus légère dispute, et je fus enchantée d'avoir une compagne si jeune et si aimable bonne personne.

Le chevalier de Courten, maître de la maison et oncle de ma belle-sœur, était un vieillard de soixante-dix-sept ans, aussi aimable que spirituel. Il avait servi avec beaucoup de distinction à la guerre et dans diverses négociations; il avait vu beaucoup de choses, et les contait avec un charme particulier; je n'ai jamais vu à cet âge plus de gaieté, de douceur, de mémoire et d'agrément. Il joignait à l'usage du monde et au ton de la cour de France un grand naturel et une sorte de naïveté qui tenait aux mœurs de la Suisse, son pays, et qui donnait à sa conversation et à son esprit quelque chose de jeune et d'original qui le rendait le plus intéressant et le plus agréable de tous les vieillards.

En quittant la Planchette, nous allâmes tous à Genlis. Mon frère y passa six semaines; il venait d'être reçu au génie, et avait subi son examen du cours de Bezout avec la plus grande distinction; en effet, il montrait un génie extraordinaire pour les mathématiques. J'eus une grande joie de le revoir; il était fort joli, très-naïf et d'une gaieté d'enfant très-aimable, et il nous convenait parfaitement. Un soir qu'il y avait du monde au château, et que ma belle-sœur et MM. de Genlis jouaient après le souper au reversi, mon frère me proposa une promenade dans la cour, qui était immense, sablée et remplie de fleurs; j'y consentis. Quand nous fûmes dans la cour, il eut envie d'aller faire un tour dans le village; je ne demandais pas mieux: il était dix heures, tous les cabarets étaient éclairés, et l'on voyait à travers les vitres les paysans buvant du cidre; je remarquai avec surprise qu'ils avaient tous l'air très-grave.

Il prit la soudain une gaieté, il frappa contre les vitres en criant : *Bonnes gens, vendez-vous du sacré chien ?* et après cet exploit il m'entraîna en courant dans une petite ruelle obscure, à côté de ces cabarets, où nous nous cachâmes en mourant de rire. Notre joie s'augmenta encore en entendant le cabaretier sur le pas de sa porte menacer de coups de *gourdin les polissons* qui avaient frappé aux vitres. Mon frère m'explique que *sacré chien* voulait dire de l'eau-de-vie. Je trouvais cela si charmant, que je voulus aller à un autre cabaret voisin faire cette jolie demande, qui eut le même succès; nous répétâmes plusieurs fois cette agréable plaisanterie, nous disputant à qui dirait *sacré chien,* et finissant par le dire en duo, et toujours à chaque fois nous sauvant à toutes jambes dans la petite ruelle, où nous faisions des rires à tomber par terre. Heureux âge où l'on est transporté d'aise à si bon marché, quand rien encore n'a exalté l'imagination et troublé le cœur !

M. de Genlis, avec beaucoup de grâce, donna à mon frère tout ce qui pouvait lui être utile ou agréable dans une garnison où il devait rester longtemps. Il allait à Mézières, nous nous promîmes de nous écrire régulièrement, et nous tînmes parole.

Nous retournâmes à Paris. M. de Genlis et moi au mois d'août, dans une jolie maison avec un jardin dans le cul-de-sac Saint-Dominique, dont mon beau-frère avait loué le rez-de-chaussée, et dont nous louâmes le premier. Là j'attendis le moment de mes couches. L'idée que j'allais devenir mère me rendit beaucoup plus raisonnable ; j'avais commencé depuis quelques mois un ouvrage que j'intitulai *Réflexions d'une mère de vingt ans*, quoique je n'en eusse que dix-neuf. Cet ouvrage, que j'ai perdu vingt-cinq ans après, avec tant d'autres manuscrits, n'avait rien de romanesque.

Le 4 septembre, j'accouchai de ma chère Caroline, de cette créature angélique qui a fait pendant vingt-deux ans mon bonheur et ma gloire, et dont la perte irréparable a été la plus grande douleur et le plus grand malheur de ma vie.

Que de sentiments nouveaux me fit éprouver le bonheur d'être mère ! que j'aimais cette enfant ! que la vie me devint chère, et avec quel vif intérêt je jetais les yeux sur l'avenir, auquel je n'avais jamais pensé ! J'y découvrais une nouvelle existence mille fois préférable à la mienne propre.

Neuf jours après mes couches, madame la maréchale d'Estrées vint me voir, elle m'apporta en présent de très-belles étoffes des Indes, et m'annonça que son père et sa mère me recevraient avec plaisir, et que madame de Puisieux me présenterait à la cour aussitôt que je serais relevée de couches. Au bout de cinq semaines, j'allai chez

M. Tirmane.

madame de Puisieux, dont j'avais une peur extrême ; comme de ma vie je n'ai fait des avances quand on a eu de la sécheresse pour moi, je fus très-froide et très-silencieuse. Je ne lui plus guère. Huit jours après elle me mena à Versailles, ce qui fut un vrai supplice pour moi, parce que ce fut tête-à-tête dans sa voiture. Elle ne me parla que de la manière dont je devais me coiffer, m'exhortant d'un ton critique à ne pas me coiffer si haut qu'à mon ordinaire, m'assurant que cela déplairait beaucoup à Mesdames et à la vieille reine. Je répondis simplement : « Il suffit, madame, que cela vous déplaise. » Cette réponse parut lui être agréable, mais aussitôt après je retombai dans mon profond silence, et je vis que je l'ennuyais beaucoup. A Versailles, nous logeâmes dans le bel appartement du maréchal d'Estrées ; il fut charmant pour moi ; je le regardais avec un vif intérêt, je savais qu'il avait eu les plus éclatants succès à la guerre, et qu'il était d'ailleurs l'une des meilleures têtes du conseil. Il joignait à sa gloire la bonhomie la plus aimable et une bonté parfaite. Mesdames de Puisieux et d'Estrées me persécutèrent véritablement le lendemain, jour de ma présentation ; elles me firent coiffer trois fois, et s'arrêtèrent à la manière qui me seyait le moins, et qui était la plus gothique. Elles me forcèrent de mettre beaucoup de poudre et beaucoup de rouge, deux choses que je détestais ; elles voulurent que j'eusse mon *grand corps* pour dîner, afin, disaient-elles, de m'y accoutumer ; ces grands corps laissaient les épaules découvertes, coupaient les bras et gênaient horriblement ; d'ailleurs, pour montrer ma taille, elles me firent serrer à outrance.

La mère et la fille eurent ensuite une dispute très-aigre au sujet de ma collerette, sur la manière de l'attacher ; elles étaient assises, et j'étais debout et excédée pendant ce débat. On m'attacha et l'on m'ôta

au moins quatre fois cette collerette ; enfin, la maréchale l'emporta de vive force d'après la décision de ses trois femmes de chambre, ce qui donna beaucoup d'humeur à madame de Puisieux. J'étais si lasse que je pouvais à peine me soutenir lorsqu'il fallut aller dîner. On me fit grâce du grand panier pour le dîner, quoiqu'il fût question un moment de me le faire prendre pour m'y accoutumer aussi. Lorsque le maréchal m'aperçut, il s'écria : « Elle a trop de poudre et trop de rouge ; elle était cent fois plus jolie hier. » Madame de Puisieux le fit juge de ma collerette, qu'il approuva, et tout le dîner se passa en discussions sur ma toilette. Je ne mangeai rien du tout, parce que j'étais si serrée que je pouvais à peine respirer. En sortant de table, le maréchal passa dans son cabinet ; je restai livrée à la maréchale et à madame de Puisieux, qui me firent achever ma toilette, c'est-à-dire mettre mon panier et mon bas de robe, ensuite répéter mes révérences, pour lesquelles j'avais pris un maître : c'était alors Gardel [1] qui apprenait à les faire. Ces dames furent très-contentes de cette répétition ; mais madame de Puisieux me défendit de repousser doucement en arrière avec le pied mon bas de robe, lorsque je me retirais à reculons, en disant *que cela était théâtral*. Je lui représentai que, si je ne repoussais pas cette longue queue, je m'entortillerais les pieds dedans, et que je tomberais ; elle répéta d'un ton impérieux et sec que *cela était théâtral*, je ne répliquai rien : ensuite ces dames s'habillèrent ; pendant ce temps je m'ôtai adroitement un peu de rouge, mais malheureusement, au moment de partir, madame de Puisieux s'en aperçut et me dit : « Votre rouge est tombé, mais je vais vous en remettre ; » et elle tira de sa poche une boîte à mouches, et me remit du rouge beaucoup plus foncé que celui que j'avais auparavant. Ma présentation se passa fort bien, elle avait fort bon air parce qu'il y avait beaucoup de femmes. Le roi Louis XV parla beaucoup à madame de Puisieux, et lui dit plusieurs choses agréables sur moi. Quoiqu'il ne fût plus jeune, il me parut bien beau ; ses yeux étaient d'un bleu très-foncé, des *yeux bleu de roi*, disait M. le prince de Conti, et son regard était le plus imposant qu'on puisse imaginer. Il avait, en parlant, un ton bref et un laconisme particulier ; mais qui n'avait rien de dur et de désobligeant ; enfin, il y avait dans toute sa personne quelque chose de majestueux et de royal, qui le distinguait extrêmement de tous les autres hommes. Un bel extérieur dans un roi n'est nullement une chose indifférente ; le peuple et la plus grande partie des nations ne peuvent qu'apercevoir à la dérobée ces grandes puissances de la terre ; ils les regardent avec une avide curiosité, l'impression qu'ils reçoivent de cet examen est ineffaçable, et elle a la plus grande influence sur leurs sentiments. Un maintien noble, une physionomie ouverte, l'expression de la sérénité, un sourire agréable, des manières douces et polies sont pour les princes des dons précieux, et que l'éducation peut donner jusqu'à un certain point. Des manières farouches ou dédaigneuses les font haïr ; s'ils ont l'air sombre et soucieux, ils inspirent la défiance et l'effroi ; s'ils ont une tournure ignoble et ridicule, on les méprise, surtout en France, où les derniers individus du peuple ont le tact le plus fin et le plus sûr pour saisir toutes les nuances qui peuvent exprimer par le ton, les gestes et le regard, les divers mouvements de l'âme.

M. le Dauphin, fils de Louis XV, venait de mourir ; on en portait encore le grand deuil. Je fus présentée à la vieille reine, femme de Stanislas, roi de Pologne ; cette princesse, déjà attaquée de la maladie de langueur dont elle mourut quinze ou dix-huit mois après, était couchée sur une chaise longue. Je fus très-frappée de lui voir un bonnet de nuit de dentelles avec de grandes girandoles de diamants [2]. Elle m'intéressa beaucoup, parce qu'on disait que c'était la mort de son fils qui la conduisait au tombeau. C'était une charmante petite vieille, elle avait conservé une très-jolie physionomie et un sourire ravissant. Elle était obligeante, gracieuse, et le doux son de sa voix un peu languissante allait au cœur. Sa conduite entière avait toujours été d'une pureté irréprochable : elle était pieuse, bonne, charitable ; elle aimait les lettres, et les protégea avec discernement. Elle avait beaucoup de finesse dans l'esprit, on citait d'elle une grande quantité de mots piquants. Je fus ensuite présentée à Mesdames et aux Enfants de France ; le soir j'allai au jeu de Mesdames. On me mena chez madame la duchesse de Civrac, dame d'honneur de madame Victoire. Son mari avait de très-grandes obligations à M. de Puisieux, qui l'avait fait nommer à l'ambassade de Vienne, où il était alors. Madame de Civrac était charmante par le naturel et la bonté. Malgré mon extrême timidité, je me trouvai tout de suite à mon aise avec elle ; et j'ai cultivé sa bienveillance jusqu'à sa mort. Peu de jours après ma présentation, nous retournâmes à Genlis. J'y passai un été fort agréable ; nous y jouâmes la comédie sur le théâtre fait par le *chevalier don Tirmane*.

La manière dont j'ai appris l'existence des rosières de Salency fut assez plaisante. J'avais dix-huit ans, et Salency est à quatre lieues de la terre que j'habitais depuis deux ans, et j'ignorais jusqu'au nom de ce village, devenu si célèbre depuis.

---

[1] Gardel était à l'Opéra depuis plusieurs années maître des ballets de la cour, et maître de danse de la reine, alors Dauphine. Il était encore maître des ballets sous l'empire.

[2] Boucles d'oreilles de ces temps, qu'on ne portait que dans la grande parure.

Nous jouions la comédie. L'un de nos acteurs principaux, nommé M. Matigny, était en même temps magistrat de Chauny et bailli de Salency. Un jour que nous voulions le retenir à coucher pour faire une répétition le lendemain, il nous dit qu'il était obligé d'aller dans un village voisin. « Et pourquoi? lui demandai-je. — Oh! répondit-il, pour cette bêtise qu'ils font tous les ans. — Quelle bêtise? — Il faut que j'aille là en qualité de juge, pour entendre pendant quarante-huit heures tous les verbiages et tous les commérages imaginables. — Et sur quel sujet? — Une vraie bêtise, comme je vous le disais; il s'agit d'adjuger, non pas une maison, ou un pré ou un héritage, mais une rose.... » En disant ces paroles, le bailli se mit à rire de pitié, persuadé que je partageais le mépris que lui inspirait une coutume si ridicule à ses yeux : mais ce seul mot, une rose, me faisait présumer qu'il s'agissait de quelque chose d'intéressant. « Comment! repris-je, une rose? vous devez donner une rose? — Eh! mon Dieu, oui! c'est moi qui dois décider cette grave affaire. C'est une vieille coutume

Elles me firent coiffer trois fois

établie là, dans les temps barbares; il est étonnant que dans un siè-cle aussi éclairé que le nôtre on n'ait pas aboli une puérilité qui me fait faire tous les étés dix ou douze lieues dans des chemins de tra-verse abominables, car il faut que pour cette niaiserie je fasse deux voyages.... — Le don d'une rose ne me paraît pas trop barbare; mais à qui donc offrez-vous cette rose? — A une paysanne réputée la plus sage et la plus soumise à ses parents.... — Et l'on s'assemble pour lui donner publiquement une rose? — N'est-ce pas là une belle ré-compense pour une pauvre créature qui manque souvent de pain? — Et quand la cérémonie aura-t-elle lieu? — J'y vais demain pour en-tendre les dépositions, recueillir les suffrages et proclamer la rosière; et j'y retournerai dans un mois pour ce qu'ils appellent le couronne-ment. — Oh! certainement je m'y trouverai. — On peut voir cela une fois pour se divertir, cela vous fera rire. Ce qu'il y a de plus drôle, c'est l'importance que ces bonnes gens mettent à cette céré-monie, et la morgue et la joie des parents de la rosière ce jour-là. On croirait qu'ils ont gagné le gros lot. Cela vous amusera un mo-ment; mais quand il faut revoir cela tous les ans, c'est une chose fastidieuse pour un homme raisonnable. » Cette explication n'était pas romanesque, cependant elle ne m'en inspira pas moins le désir le plus ardent de voir couronner la rosière à perpétuité. Quel-ques jours après, M. Lepelletier de Morfontaine, intendant de la pro-vince, vint nous voir. Il avait l'âme noble et bienfaisante, je lui par-lai de la rosière, et il fut décidé que nous irions présider à son couronnement.

Je donnai à la rosière un habillement complet et une vache. M. de Morfontaine fit une dotation de juge, pour entendre pendant qua-siciens, il me donna un très-joli bal dans une grange décorée d'une manière charmante avec des lanternes de couleur, des feuillages et des guirlandes de roses. MM. de Sauvigny, Feutry et de Genlis firent

de jolis couplets sur cette fête; ceux de M. de Genlis furent envoyés à Paris; on les trouva si agréables, qu'on les fit mettre dans le Mer-cure. Il y en avait un qui m'était adressé, et j'avouerai que, lorsque je le vis imprimé, j'en fus beaucoup plus flattée que je ne l'avais été en l'entendant chanter dans la grange de Salency.

M. de Sauvigny fit un poëme en prose, intitulé la Rosière de Sa-lency, qu'il me dédia; par la suite je fis sur le même sujet une co-médie qui se trouve dans mon Théâtre d'éducation. Sept ou huit ans après, les rosières de Salency eurent un procès avec leur seigneur, qui refusait sans nulle raison à la rosière de lui donner la main pour la conduire à l'église, et de lui fournir la couronne de roses et le cordon bleu, en mémoire de celui que Louis XIII, étant à Varennes, près de Salency, envoya à la rosière par son capitaine des gardes. Le vertueux prieur de Salency fit un voyage à Paris pour ce ridicule procès; il vint me voir, me conta cette histoire, et je fis pour les ro-sières un mémoire que je donnai au prieur; ce mémoire fut porté au conseil, et les rosières gagnèrent leur procès. Le mémoire était fait au nom du prieur; il le présenta à la reine, qui s'intéressa vivement à cette affaire. En reconnaissance de tout ce que M. de Morfontaine avait fait pour les rosières, je lui promis d'aller le voir à Soissons; j'y allai, en effet, avec M. de Genlis; nous y passâmes quinze jours à l'intendance dans les fêtes continuelles. Je vis là pour la première fois Dorat, que je trouvai très-aimable, non parce qu'il fit pour moi de vers charmants, mais parce qu'en effet il avait un ton et des ma-nières fort agréables, et qu'il causait bien, la chose du monde la plus rare parmi les beaux esprits.

M. de Morfontaine faisait beaucoup de bien dans son intendance; il avait de l'esprit, des sentiments nobles, de la galanterie, de la ma-gnificence; il aimait les arts, les talents, mais il avait la manie de

Vous êtes un coquin.

composer des vers, et le malheur de les faire toujours ridicules. C'est lui qui inspira ce couplet au chevalier de Boufflers :

> Mon pauvre Morfontaine,
> Dis à quelle fontaine
> Tu puises tes couplets,
> Pour n'y puiser jamais.

De Soissons nous retournâmes à Genlis, où je repris mes occupa-tions avec une nouvelle ardeur. Comme MM. de Genlis allaient pres-que tous les jours à la chasse à tirer, nous étions souvent seules, ma belle-sœur et moi; nous allions sans cesse à Comanchon [1] voir ma chère petite Caroline, ma belle-sœur y allait en cabriolet et moi à cheval. Ma belle-sœur ne devenait point grosse, et loin d'être jalouse de me voir un charmant enfant, elle aimait à la folie ma Caroline, sentiment qu'elle a toujours conservé, et qui seul eût suffi pour m'at-

_____
[1] Village près de Genlis, où demeurait la nourrice de ma fille.

tacher à elle. Quand nous étions seules au château, ce qui arrivait continuellement, nous brodions toutes les deux, et l'intendant, M. Blanchard, nous faisait la lecture tout haut. Il nous lut ainsi une partie de l'*Histoire romaine*, de Laurent Echard, et le *Spectacle de la nature*, de Pluche, ce qui commença à me donner le goût de l'histoire naturelle. Elle nous apporta une petite fille de ramasser tous les insectes qu'elle pourrait trouver dans les champs. Elle nous apporta une grande boîte que l'on ouvrit pour mon malheur dans ma chambre à coucher; il en sortit d'énormes araignées, de gros vers de terre, des grenouilles, des crapauds, etc.; à l'aspect de tous ces monstres, nous prîmes la fuite, extrêmement refroidies sur l'étude de l'histoire naturelle. Pendant plus de quinze jours, quoiqu'on eût mis beaucoup de soin à enlever de ma chambre tous ces insectes, j'en retrouvais toujours quelques-uns; cependant nous continuâmes la lecture du *Spectacle de la nature*. M. Blanchard nous lut ensuite le théâtre de Fagan, auteur ingénieux et spirituel, dont les comédies nous firent grand plaisir; mais celles de Dufrény, et ensuite celles de Marivaux pour la deuxième fois. J'avoue que j'aimais cet auteur à la folie; il a parfaitement connu *un coin du cœur des femmes*, et il l'a dévoilé avec une finesse et une grâce qu'on ne trouve dans aucun autre auteur *masculin*. Il est parfait lorsqu'il peint les caprices, les inconséquences, les boutades d'une femme agitée d'un violent dépit causé par un peu d'amour et beaucoup d'amour-propre; il ne savait que cela, mais il le savait bien. Cependant Molière, qui avait tout observé, à peint quelque chose de semblable dans la *Princesse d'Élide*, qui est aussi *une surprise de l'amour*. Le style de Marivaux est souvent manieré; mais, par un tour d'esprit qui lui était particulier, ce n'est pas une prétention, c'est une originalité, et souvent aussi dans son dialogue, toujours ingénieux et spirituel, il y a des traits charmants, à la fois naturels, remplis de finesse, et même quelquefois d'une naïveté piquante. Dix ans après le temps dont je parle, je n'étais plus passionnée pour Marivaux, et je pensais qu'il avait gâté beaucoup de littérateurs; mais je le trouvais et je le trouve encore un auteur très-au-dessus du médiocre. Il a parfaitement saisi les nuances les plus délicates de divers sentiments et de plusieurs ridicules.

Je donnais à ma belle-sœur des leçons de musique et de chant, mais elle n'avait point de voix; je fus plus heureuse dans mes leçons d'orthographe, elle la savait très-mal; je le lui appris fort bien en peu de mois. De son côté, elle m'apprit à broder, elle excellait dans cet art et dans tous les genres; c'était en elle un vrai talent, et je n'ai jamais approché de sa perfection à cet égard; elle faisait aussi bien de la tapisserie. Elle n'avait pas ce qu'on appelle de l'esprit, elle ne disait point de jolis mots, mais elle était bien loin d'être bornée; elle était même née avec une très-bonne tête; par exemple, elle calculait à cet âge d'une manière surprenante, avec une facilité à laquelle il m'eût été impossible d'atteindre; par la suite elle a montré une très-grande intelligence dans les affaires.

Il y avait à Genlis une plus grande baignoire que j'aie jamais vue, on aurait pu y tenir à l'aise quatre personnes. Un jour je proposai à ma belle-sœur de nous y baigner dans du lait pur, et d'aller acheter dans les environs tout le lait des fermes. Nous nous déguisâmes en paysannes, et montées sur des ânes et conduites par le charretier Jean, mon premier maître d'équitation, nous partîmes de Genlis à six heures du matin, et nous allâmes à deux lieues à la ronde de tous les côtés demander tout le lait des chaumières, en ordonnant de porter ce lait le lendemain de grand matin au château de Genlis. Les chaumières où nous avions la crainte d'être reconnues, nous attendions Jean à quelque distance; nous entrions dans les autres. Nous prîmes un bain de lait, ce qui est la plus agréable chose du monde; nous avions fait couvrir la surface du bain de feuilles de roses, et nous restâmes plus de deux heures dans ce charmant bain.

J'exerçais toujours la médecine à Genlis, mon *Tissot* à la main et de concert avec M. Racine, le barbier du village, qui venait toujours très-gravement me consulter quand il avait des malades. Nous allions les voir ensemble; toutes mes ordonnances se bornaient à de simples tisanes ou du bouillon que j'envoyais communément du château. Je servais du mieux à modérer la passion de M. Racine pour l'émétique, qu'il prescrivait pour presque tous les maux. Je m'étais perfectionnée dans l'art de saigner; des paysans venaient souvent me prier de les saigner, ce que je faisais; mais comme on sut que je leur donnais toujours vingt-quatre ou trente sous après une saignée, j'eus bientôt un grand nombre de pratiques, et je me doutai que les trente sous me les attiraient; alors je ne saignai plus que sur l'ordonnance de M. Millet, chirurgien de la Fère, qui venait à Genlis tous les huit ou dix jours.

Le seul bien que M. de Genlis eût alors était sa terre de Sissy, à cinq lieues de Genlis; elle valait dix mille livres de rente, et c'était dans ce temps comme vingt mille aujourd'hui; nous n'en dépensions pas cinq; ainsi nous étions fort à notre aise, et M. de Genlis, qui était rempli de bonté et d'humanité, faisait un bien infini dans le village; mon beau-frère et sa femme étaient aussi fort généreux, aussi étaient-ils adorés des paysans.

Un matin que j'étais seule dans ma chambre, on vint me dire qu'une jolie petite fille de Sissy demandait à me parler. Je la reçus,

et je vis en effet une jeune paysanne de seize ans, belle comme un ange. Elle se jeta à mes pieds en pleurant, et sans vouloir m'expliquer ce qu'elle me voulait. Je la relevai, je l'embrassai avec un attendrissement qui lui donna de la confiance, et elle m'avoua qu'elle avait été séduite par notre garde-chasse, qui avait quarante-cinq ans, qui lui avait promis de l'épouser, qu'elle était grosse, et qu'il ne voulait pas tenir sa parole, parce qu'elle n'avait rien; elle ajouta en sanglotant : *Il faudra donc que je me jette dans la rivière!* Je la consolai de mon mieux, et je lui dis de rester au château. J'allai conter cette histoire à ma belle-sœur; nous parlâmes toutes les deux à mon mari, qui, dans sa colère contre son garde-chasse, voulait le renvoyer. Nous lui fîmes comprendre que ce serait perdre la pauvre petite abusée, et il fut convenu qu'il la doterait, que je lui donnerais ses habits de noces et un petit trousseau, que ma belle-sœur lui donnerait une coiffure de dentelles et une croix d'or, et mon beau-frère trois paires de draps de ménage. M. de Genlis envoya sur-le-champ chercher son garde-chasse, qui n'était prévenu de rien... Nous étions curieuses, ma belle-sœur et moi, de voir ce séducteur. Il nous parut bien vieux; mais il était grand, il avait bonne mine, il portait un habit vert galonné d'argent; il avait une tournure militaire, c'en était assez pour obtenir la préférence sur tous les jeunes villageois. M. de Genlis, en le voyant, sentit rallumer sa colère, et, sans préambule, il lui dit brusquement : « Vous êtes un coquin, je vous donne trois cents francs et une vache... » Ce singulier début nous donna une grande envie de rire; le garde-chasse pâlit de surprise, de frayeur et de joie; et quand on lui eut expliqué la chose, et tout ce qu'on faisait pour la petite fille, il parut être au comble du bonheur. Je n'ai rien vu de plus touchant que la reconnaissance et la joie de la pauvre petite fille. M. de Genlis la renvoya à Sissy pour y faire publier leurs bans, en fixant à trois semaines le jour de leur mariage, et promettant qu'il irait avec moi à leur noce; ce que nous fîmes en effet. Au jour indiqué, nous partîmes à cheval à la pointe du jour; en arrivant à Sissy, nous fûmes reçus par une cavalcade qui vint au-devant de nous, en qui était composée des notables du village; ils pensèrent me tuer en faisant tirer, pour me faire honneur, un coup de fusil beaucoup trop chargé; le coup me jeta à la renverse. Heureusement que le fusil ne creva pas. Je ne me blessai point, et cet accident ne m'empêcha pas de danser beaucoup à la noce. Nous revînmes à Genlis qu'à la nuit tout à fait fermée.

CHAPITRE X.

1766.

Le chevalier de Barbantane vint à Genlis cette année; frère du marquis de Barbantane, attaché au Palais-Royal, il était aussi aimable que son frère l'était peu. Il joignait à beaucoup d'esprit une gaieté franche et spirituelle, une manière charmante de conter, et le caractère le plus estimable. Ses saillies, toujours vives et plaisantes, contrastaient singulièrement avec son maintien noble et grave et avec sa figure, qui avait quelque chose de sévère. Il avait alors trente-cinq ou trente-sept ans. Il aimait beaucoup la musique; ma harpe l'enchanta, ce qui commença entre nous une liaison d'amitié qui a duré jusqu'à la révolution.

Vers le 2 ou le 3 d'août nous allâmes, M. de Genlis et moi, à Reims, chez ma grand'mère, madame la marquise de Droménil, qui, sachant que M. de Genlis était raccommodé avec M. et madame de Puisieux, consentit enfin à nous recevoir. Madame de Puisieux était cette année au Vaudreuil, chez le président Portail; ainsi nous n'allâmes point à Sillery. Madame de Droménil avait prévenu son petit-fils dans sa lettre qu'elle ne nous garderait que huit jours. Je vis cette respectable grand'mère de mon mari avec autant d'attendrissement que de respect : elle avait quatre-vingt-sept ans; elle était d'une petitesse extrême, et parfaitement proportionnée; ses petits pieds et ses mains semblaient appartenir à un enfant de six ans; ses traits étaient de la même délicatesse, et sa bouche si petite, qu'elle avait pour manger un couvert particulier; tous les meubles à son usage étaient faits exprès pour elle; elle avait ses petites pincettes, son petit fauteuil, sa grande chaise sur laquelle on l'asseyait à table; le doux petit son de sa voix était comme celui d'une touchante miniature; elle avait été fort jolie, et elle avait conservé la physionomie la plus douce et la plus gracieuse. Elle n'était point sourde; sa vue était fort bonne; elle marchait bien, et n'avait aucune espèce d'infirmité; sa mémoire était excellente; elle avait de la gaieté, l'esprit le plus fin, le plus aimable, et une âme céleste. Elle me parut une bonne petite fée bienfaisante; en me voyant elle se leva et me tendit les bras; je fus pénétrée du plus tendre sentiment, je volai vers elle ; et, pour recevoir ses embrassements, je me mis à genoux ; je me trouvais alors à sa hauteur ; elle m'embrassa à plusieurs reprises ; ensuite, se tournant du côté de M. de Genlis : « — Mon petit-fils, dit-elle, vous avez bien fait, elle est charmante. » Je me sentis tout de suite à mon aise avec elle. Je m'assis auprès d'elle ; je tenais ses petites mains dans les miennes, et je la caressais avec le charme qu'on éprouve à caresser un enfant de cet âge, et la vénération qu'inspire naturellement un tel âge. Après le dîner je lis débuter ma harpe, et j'en jouai tant qu'elle voulut. Elle avait reçu l'année précédente, sur la fin du printemps, ses deux petit s-filles, mesdames de Belzunce et de Noailles, filles du marquis de Droménil, frère de la feue marquise de Genlis, ma belle-mère : elle me dit que je lui plaisais beaucoup plus que ces dames ; cependant madame de Belzunce, morte peu de temps après de la poitrine, était jolie comme un ange, et charmante par ses manières, sa douceur et son caractère. Le soir madame de Droménil me fit lui présent qu'elle avait fait à ses deux petites-filles : elle me donna dans une belle bourse cent louis, que je reçus avec plaisir pour les donner à M. de Genlis. Elle me prit dans une telle amitié, qu'au lieu de huit jours elle me garda deux mois ; je passai ce temps fort agréablement. Madame de Droménil recevait toute la bonne compagnie de Reims, parmi laquelle il se trouvait plusieurs personnes très-aimables ; elle voyait aussi beaucoup de chanoines de la cathédrale ; et, comme elle tirait une grande vanité de mon talent de harpe, elle en faisait jouer ce qu'elle appelait un petit air à chaque visite. On me donna plusieurs bals dans la ville, madame de Droménil en donna deux chez elle. Presque tous les matins elle me menait à la promenade au Cours ; elle y était dans sa voiture, et moi à cheval ; je me tenais à la portière de son carrosse ; je lui disais mille folies, qui la faisaient rire aux larmes ; tout l'enfantillage que j'avais naturellement dans l'esprit la charmait. Souvent, chez elle, je la prenais dans mes bras, et je la portais comme un enfant dans ma chambre et dans toute la maison ; elle était légère comme une plume ; tout ce que je faisais lui plaisait et l'égayait. Elle me fit voir tout ce que la ville contenait d'intéressant et de curieux, ses belles églises, le pilier qui tremble, et les belles manufactures.

Au bout de deux mois je pris congé de madame de Droménil. Elle était si affligée de me quitter, et je l'aimais tant, que je serais restée un mois de plus, si je n'avais pas promis à madame de Boulainvilliers d'aller passer l'automne dans son château de Grisolles, en Normandie. Je pleurai beaucoup en quittant la meilleure et la plus aimable de toutes les grand'mères. M. de Genlis donna sa parole de me ramener le printemps prochain. Je n'oublierai point que madame de Droménil fit remplir ma voiture de pain d'épice et de poires de rousselet. Je partis pénétrée de reconnaissance et de tendresse pour elle.

En allant à Grisolles notre essieu se cassa. La secousse fut violente, ma femme de chambre, qui était sur le devant de la voiture, tomba fort lourdement sur M. de Genlis, et avec sa tête, qui cogna rudement celle de mon mari, elle lui pocha l'œil de la plus étrange manière, mais il n'en fut aucun mal. M. de Genlis fut au désespoir de son œil poché, parce qu'il était convenu que nous jouerions la comédie en arrivant à Grisolles, et il s'était chargé de deux rôles d'amoureux qu'il savait parfaitement.

M. de Boulainvilliers, fils du fameux millionnaire Samuel Bernard[1], venait d'être nommé prévôt de Paris : c'était une fort belle charge. Il avait épousé une cousine de M. de Genlis. Madame de Boulainvilliers avait alors trente-cinq ans ; elle avait été fort jolie, et sa figure était encore très-élégante et très-agréable. Elle avait une réputation intacte, beaucoup d'agréments dans l'esprit, l'âme la plus généreuse et la plus sensible.

Je ne connais point de femme plus intéressante et plus estimable, sous tous les rapports, que madame de Boulainvilliers ; elle est épouse irréprochable, bonne mère, bonne amie ; toutes ses qualités sont solides, parce qu'elles ont pour base une piété sincère. Je rencontrai chez elle une jeune personne qui, sans être jolie, avait une tournure agréable ; elle plaisait à madame de Boulainvilliers avec une expression de respect qui me fit connaître que madame de Boulainvilliers était sa bienfaitrice. Quand cette jeune personne fut partie,

[1] Samuel Bernard était fils d'un riche négociant hollandais ; il dut son immense fortune, évaluée à trente-trois millions, moins encore à son habileté qu'à l'incapacité du ministre Chamillard, dont presque toutes les opérations furent ruineuses. Les temps de désordres sont favorables aux opérations des financiers. Samuel Bernard prêta de l'argent à Louis XIV et à Louis XV, mais il s'en fit faire de vive voix la demande par ces deux princes. Il fut créé comte de Coubert, conseiller d'État, etc. ; et son petit-fils, prévôt de Paris, devint, du chef de sa mère, marquis de Boulainvilliers ; le fils de Samuel Bernard épousa le président Molé, et sa petite-fille le duc de Brissac. L'âme de Samuel Bernard était élevée, généreuse ; il ne craignit point de rester l'ami d'un ministre disgracié, le garde des sceaux Chauvelin ; et sa bienfaisance fut telle qu'à sa mort on reconnut qu'il avait prêté la somme énorme de dix millions dont il avait négligé de se faire rembourser, et qui furent perdus pour lui. On a répété mille fois que Samuel Bernard avait professé la religion juive avant son abjuration ; c'est une erreur : il était né luthérien, et toute la partie de sa famille qui n'a pas quitté la Hollande y professe encore aujourd'hui la confession d'Augsbourg.

comme je me trouvai seule avec madame de Boulainvilliers, je la questionnai à ce sujet ; elle me conta l'histoire suivante : Un soir, qu'elle se promenait près de sa maison de Passy, elle aperçut un petit garçon de dix ans, bien déguenillé, qui portait sur son dos une petite fille de six à sept ans, qui paraissait être fort malade : ces enfants demandèrent l'aumône. Madame de Boulainvilliers, touchée de ce spectacle, les interroge ; elle apprend qu'ils sont orphelins, n'ont point d'asile, et que leur père venait de mourir à l'Hôtel-Dieu. « Et que faisait votre père ? demanda-t-elle. — Oh ! rien, car il était gentilhomme. — Gentilhomme ! — Oh ! oui, il nous l'a dit trois jours avant de mourir. — Et qui prend soin de vous ? — Personne, depuis la mort de notre père. — Eh bien ! suivez-moi. » Les enfants ne demandèrent pas mieux : madame de Boulainvilliers les emmène chez elle, les fait habiller et les garde trois semaines. Durant ce temps, d'après les renseignements qu'elle reçoit d'eux, elle fait faire à l'Hôtel-Dieu des informations sur leur père : elle apprend avec surprise qu'il avait la croix de Saint-Louis, et elle voit avec plus d'étonnement encore, sur son extrait mortuaire, qu'il s'appelait Valois. Cependant elle met les deux enfants en pension : c'est la discrétion de madame de Boulainvilliers qui a conduit si mystérieusement toute cette bonne action pendant sept ou huit ans, sans en dire un seul mot à ses amis les plus intimes, et elle ne m'en a jamais parlé que parce qu'elle a cru que je pouvais, dans cette occasion, concourir à compléter cette bonne œuvre. Voilà comme les vraies dévotes font le bien ; et madame de Boulainvilliers, femme d'un homme très-riche, mais qui ne prodigue pas du tout l'argent, n'a qu'une pension de quatre mille francs pour son entretien. Elle vit dans le grand monde, elle est mise convenablement, et avec une pension si modique elle trouve le moyen de faire de telles actions ! Que l'économie de la charité est ingénieuse ! combien elle donne de ressources !

M. de Boulainvilliers a toujours paru un bon homme, et il faisait fort bien les honneurs de chez lui. On disait qu'il était un avare fastueux, ce qui signifie communément que l'on sait allier l'ordre et l'économie à la magnificence.

M. de Genlis, qui, comme je l'ai dit, avait reçu un coup à la tête dans la voiture lorsque l'essieu se rompit, sentit le lendemain la tête si brûlante et si lourde, qu'il envoya chercher le chirurgien du lieu et se fit saigner. On lui avait donné une chambre à côté de la mienne ; le lendemain il m'appela de bonne heure pour me faire tâter sa tête, qui était tout inusité brûlante ; et il me proposa de la saigner une seconde fois, parce que le chirurgien l'avait piqué deux fois la veille avant de lui tirer du sang : je lui répondis que j'aurais une peur extrême en le saignant, et que j'étais sûre que l'émotion ferait trembler ma main. Très-inquiète, je tâtai encore le haut de sa tête, où toute la chaleur me paraissait ; dans ce mouvement je touchai le mur sur lequel le chevet était appuyé, et je me brûlai, ou du moins je sentis une chaleur extraordinaire. C'était un tuyau de poêle qui passait par là, qu'on allumait de très-grand matin, parce qu'il faisait très-froid, quoique nous ne fussions qu'au commencement d'octobre ; et c'était l'unique cause de cette douleur de tête pour laquelle M. de Genlis allait se faire saigner une seconde fois.

Je dînais quelquefois chez ma grand'mère. Ces dîners ne m'étaient nullement agréables : ma grand'mère était d'une sécheresse extrême pour moi ; et comme elle avait sur son visage une énorme quantité de rouge et de blanc, qu'elle se peignait les sourcils et les cheveux pour réparer des ans l'irréparable outrage, elle ne me paraissait guère respectable. Elle avait avec elle sa sœur, qui ne s'était jamais mariée, mademoiselle Dessalieu, qui était aussi douce et aussi bonne que ma grand'mère était impérieuse et hautaine. Cependant ces deux sœurs avaient toujours été le modèle d'une parfaite amitié. Madame de Montesson me traitait à merveille, me caressait à l'excès, mais ne cherchait nullement à me faire valoir, surtout auprès de ma grand'mère, qui jamais n'a demandé à m'entendre. En outre de ces dîners, j'allais de temps en temps le matin chez ma grand'mère pendant qu'elle était à sa toilette ; c'était l'heure qu'elle m'avait donnée, je la trouvais toujours seule devant son grand miroir et entourée de ses femmes : elle me faisait les plus insipides sermons que j'aie jamais entendus ; comme il n'y avait rien à dire pour le présent, elle me prêchait pour l'avenir ; je ne répondais pas un mot ; quand elle avait épuisé tous les lieux communs qu'elle répétait constamment, et que la dernière épingle de sa coiffure était attachée, elle se levait et me congédiait. Je vis chez ma grand'mère un homme de lettres célèbre, qui était déjà malade de la poitrine, mal dont il est mort peu d'années après : c'était Colardeau, qui, selon moi, a laissé une réputation fort au-dessus de ce qu'il méritait. Une tragédie médiocre et une jolie *traduction* d'une belle épître anglaise n'auraient pas dû lui obtenir le rang si distingué où tout le monde, comme de concert, l'a placé. Mais il eut beaucoup d'amis parmi les gens du grand monde : il avait un caractère doux et facile, ses talents ne furent pas assez éclatants pour exciter l'envie : il en eut assez pour plaire, voilà comme on obtient des succès universels. Sa traduction de l'épître d'Héloïse à Abailard est fort inférieure à celle de Pope ; elle contient même plusieurs vers ridicules.

Le jour de la semaine où je dînais chez ma tante ou chez ma grand'mère, madame de Montesson me menait faire des visites dans la soirée, c'était chez les princesses mesdames de Chimay ; celle qui a été depuis dame d'honneur de la reine était fort belle encore, et un ange par la conduite. Nous allions aussi chez madame la duchesse de Mazarin, chez madame la marquise de Livry, madame la duchesse de Chaulnes, et madame la comtesse de la Massais ; notre journée se terminait toujours par aller souper chez l'une des trois dernières personnes que je viens de nommer, ou chez madame de la Reynière, femme du fermier général. C'était une personne de trente-cinq ans, très-vaporeuse, très-fâchée de n'être pas mariée à la cour, mais belle, obligeante, polie, se plaignant toujours de sa santé, mais aussi ne se plaignant jamais de personne, et faisant les honneurs d'une grande maison avec beaucoup de noblesse et de grâce. Ma tante, quoiqu'elle en fût toujours parfaitement bien reçue, ne l'aimait pas ; et je m'aperçus que presque toutes les dames de la cour de l'âge de madame de la Reynière, qui allaient chez elle, tâchaient de lui donner des ridicules ; j'en cherchai la raison, et, quoique j'eusse peu d'expérience, je la trouvai. Toutes les dames étaient, au fond de l'âme, jalouses de la beauté de madame de la Reynière, de l'extrême magnificence de sa maison[2] et de la riche élégance de sa toilette. Cette découverte me serra le cœur et me fit faire de tristes réflexions sur le monde. Madame de la Reynière voyait la meilleure compagnie ; elle avait pour amie intime madame la comtesse de Melfort, une très-belle personne, dont elle était sincèrement aimée. Elle était aussi intimement liée avec la comtesse de Tessé : cette dernière avait de l'esprit, mais le savait trop et mettait trop d'empressement à le montrer ; afin d'en donner toutes les bonnes opinion, elle parlait un langage particulier, qui aurait eu souvent besoin d'interprète : elle et madame d'Egmont la jeune sont les dernières femmes *minaudières* que j'aie vues dans le grand monde ; les mines et les mouches étaient déjà passées de mode pour les femmes de l'âge que j'avais alors. Quant à M. de la Reynière, un excellent homme, qui aimait les talents et les arts, qui avait une très-bonne maison et le meilleur souper de Paris. Mais il avait quelques singularités qu'on a fort exagérées. De toutes les personnes chez lesquelles me menait ma tante, celles dont les maisons me plurent davantage furent madame de la Reynière et madame la Massais : je conservai avec elles des liaisons qui durèrent jusqu'à mon entrée à Belle-Chasse. Je vis chez ces dames des hommes très-aimables : l'abbé Arnaud, dont l'accent provençal, l'air ouvert, la vivacité, la gaieté rendaient la conversation très-amusante, et donnaient un air naturel à tout ce qu'il disait, quoiqu'il eût beaucoup d'affectation dans son langage, ainsi que dans ses écrits ; il avait d'ailleurs de très-bonnes qualités, une grande égalité d'humeur et une sûreté parfaite dans la société ; mais il était véhément dans ses inimitiés, il a fait de sanglantes épigrammes contre ses ennemis ; la meilleure est celle-ci :

> Ce Marmontel si long, si lent, si lourd,
> Qui ne parle pas, mais qui beugle,
> Juge la peinture en aveugle
> Et la musique comme un sourd.
> Ce pédant à si sotte mine,
> Et de ridicules bardé,
> Dit qu'il a le secret des beaux vers de Racine :
> Jamais secret ne fut si bien gardé.

Le comte d'Albaret était aussi de la société intime de madame de la Reynière. Madame Necker dans ses *Souvenirs* s'est moquée de lui fort injustement, d'abord parce qu'il n'avait aucun ridicule ; il était bon, aimable, spirituel, il avait une foule de talents agréables, il aimait passionnément les arts et s'y connaissait ; il était d'une extrême gaieté ; c'était un homme décidé à s'amuser et à plaire toujours à ses amis, et il y parvenait par ses talents, sa bonne humeur et son extrême complaisance dans la société ; mais c'était toujours d'une manière innocente.

Je vis aussi l'abbé de Lille, qui venait de donner sa belle traduction des *Géorgiques* de Virgile. Il avait alors vingt-six ou vingt-sept ans. Il vint chez moi plusieurs fois. Il travaillait dès lors à l'*Enéide*. Je le trouvai naturel et fort aimable ; il avait une laideur spirituelle, amusante à considérer. Dès ce temps il disait les vers d'une manière charmante, et qui n'appartenait qu'à lui.

[1] M. Grimod de la Reynière, auteur de l'*Almanach des Gourmands*, était son fils.
[2] Affectée autrefois à l'ambassade ottomane, rue des Champs-Elysées. G. D.

J'étais fort liée avec madame de Louvois, qui me fit faire connaissance avec la comtesse de Custine sa sœur.

Madame de Lôgny, l'une des plus riches veuves de la finance, eut une conduite plus que légère, dont le scandale même devint apparemment une leçon morale pour ses deux filles, qui furent, l'une et l'autre, deux personnes si vertueuses et si parfaitement irréprochables ; l'aînée, qui épousa M. de Louvois, était la plus petite femme que j'aie jamais vue ; mais la taille la mieux proportionnée, de petites mains ravissantes, un beau teint, un joli visage, un air enfantin, rendaient cette petite figure charmante.

M. et madame de Louvois logeaient chez madame de Lôgny, c'était même une des conditions du mariage, madame de Lôgny n'ayant pas voulu se séparer de cette fille chérie, qu'elle aimait beaucoup plus que celle qui par la suite épousa M. de Custine. M. de Louvois eut avec sa belle-mère des manières légères et des procédés ridicules ; madame de Lôgny prit de l'humeur, et sut mauvais gré à sa fille de ne pas la partager. Madame de Louvois adorait son mari ; cette tendresse était à tous égards si peu fondée, que l'on pouvait presque la regarder comme une faiblesse ; mais une mère surtout devait la respecter, c'est ce que ne fit pas madame de Lôgny. Dans son dépit contre son gendre, elle eut assez peu de principes et de raison pour instruire sa fille des infidélités et des dérèglements de son mari. Par cette indigne conduite, elle perdit entièrement la confiance de madame de Louvois, et elle fit son malheur sans la guérir. L'aigreur réciproque devint extrême, les tracasseries et les explications de mauvaise foi se multiplièrent. Enfin, un jour que madame de Lôgny était allée dîner à la campagne, M. de Louvois, qui avait secrètement loué une maison, quitta brusquement celle de sa belle-mère, sans l'avoir prévenue : il déménagea en quelques heures, et emmena sa femme. Ce procédé bizarre et malhonnête mit le comble au ressentiment et à la colère de madame de Lôgny. En vain madame de Louvois écrivit les lettres les plus soumises, et vint se présenter chez sa mère, on lui renvoya ses lettres toutes cachetées, la porte lui fut toujours fermée. Madame de Lôgny lui fit dire qu'elle ne la recevrait et ne lui pardonnerait jamais ; et malheureusement elle tint parole. Elle résista, avec une fermeté extravagante et barbare, aux représentations de ses amis, aux pleurs et aux supplications de mademoiselle de Lôgny, qui intercéda avec ardeur et persévérance pour sa malheureuse sœur. Mais madame de Lôgny, victime de sa propre rigueur, éprouva un dérangement de santé qui devint une maladie chronique très-dangereuse. Plus ses forces s'affaiblissaient, plus son ressentiment semblait s'accroître, ou, pour mieux dire, sa haine dénaturée achevait de détruire en elle les principes de la vie. Une mère implacable peut-elle vivre ?... Lorsqu'on vit sa fin approcher, on lui reparla de madame de Louvois, elle imposa silence. On tâcha, mais avec aussi peu de succès, de ranimer en elle quelques sentiments religieux. Le curé de sa paroisse vint sans être appelé ; il lui parla de madame de Louvois ; elle ne répondit rien. Il prononça le nom de madame de Louvois ; et madame de Lôgny lui dit d'un ton terrible : *Sortez, monsieur!* Il s'éloigna, et resta dans un cabinet voisin. Cependant mademoiselle de Lôgny avait fait entrer furtivement sa sœur, et la tenait cachée. Dans un moment qu'elle crut favorable, elle se jeta à genoux au chevet du lit de sa mère, et, baignée de larmes, elle implora pour sa sœur un pardon maternel. *Taisez-vous!* fut la seule réponse qu'elle obtint. Madame de Lôgny passa quatre jours et quatre nuits sur une chaise de paille, dans l'antichambre de sa cruelle mère. Madame de Lôgny n'admit dans sa chambre que M. de Périgny et sa fille cadette. Cette dernière recueillit plusieurs discours qui lui firent penser que sa mère méditait une vengeance qui pût lui survivre. Le cinquième jour madame de Lôgny, étant à la dernière extrémité, mais avec toute sa connaissance, demanda son notaire, et fut enfermée avec lui plus de deux heures ; durant ce temps mademoiselle de Lôgny voulut entretenir Périgny sans témoins, et elle lui tint ce discours : « Vous êtes, monsieur, l'homme du monde que j'estime le plus, et qu'en ai besoin de vous ouvrir mon cœur. Je n'ai nulle connaissance des affaires, mais je sais qu'il est des moyens d'éluder les lois, et je crois que tel est son projet. Toutes mes intentions sont droites : cependant je n'ai que dix-sept ans ; à cet âge on peut se démentir ou suivre de mauvais conseils : je peux me lier par un engagement irrévocable. Vous, monsieur, que je regarde comme un père, recevez donc la parole d'honneur que je vous donne solennellement de rendre à ma sœur, si elle est déshéritée, non pas une partie du bien, mais la moitié tout entière qui lui reviendrait naturellement. Maintenant, continuât-elle, je suis tranquille sur ce point ; me voilà dans l'impossibilité de manquer à ce devoir. » Périgny fut profondément attendri de cette démarche : ce qui le frappa le plus dans cette jeune personne, qui toute sa vie avait montré le caractère le plus ferme, fut cette modestie et cette défiance d'elle-même et la précaution qu'elle prenait de se lier de manière à ne pouvoir changer de résolution. En effet, ce trait est admirable ; il peint une âme angélique et un vrai véritablement chrétienne. Le soir de ce même jour, mademoiselle de Lôgny et le président firent une dernière tentative auprès de madame de Louvois ; ils osèrent déclarer qu'elle veillait dans l'antichambre depuis cinq jours ; alors madame de Lôgny, élevant la voix, prononça avec fureur ces horribles paroles : *Je la maudis*. Sa malheureuse fille, placée contre la porte entr'ouverte, les entendit, et s'évanouit. Après ce dernier effort d'une haine monstrueuse, madame de Lôgny tomba dans une effrayante et longue agonie ; elle mourut au point du jour. Si elle eût eu de la religion, si elle eût consenti à recevoir ses sacrements, elle aurait reçu sa fille dans ses bras ; et, malgré l'inconcevable dureté de son cœur, elle aurait pardonné !... Mademoiselle de Lôgny voulut aller dans un couvent, on la conduisit à Panthemont.

Par son testament, madame de Lôgny donnait au président de Périgny toute sa fortune (environ cent mille livres de rente), ses terres, ses revenus, son mobilier, ses diamants, enfin sans exception tout ce qu'elle avait possédé. Périgny accepta ce *fidéicommis*, et, suivant l'intention de la testatrice, il remit toute cette fortune à mademoiselle de Lôgny, qui partagea avec sa sœur, et si scrupuleusement, que dans le compte de l'argenterie, elle fit rompre en deux une cuillère de vermeil qui formait un nombre impair, afin d'en envoyer une moitié à madame de Louvois.

Madame de Louvois mourut sans enfants, et sa fortune retourna dans les mains généreuses qui la lui avaient cédée. Mademoiselle de Lôgny, un an après la mort de sa mère, épousa le comte de Custine. Nulle jeune personne n'est entrée dans le monde avec une réputation plus désirable, et n'y fut accueillie d'une manière plus distinguée et plus flatteuse. Sa conduite avec sa sœur, dont Périgny avait publié tous les détails, excitait pour elle l'admiration la mieux fondée, et m'inspirait le plus grand désir de la connaître. Je vis une très-belle personne d'une figure imposante et un peu sévère, mais parfaitement régulière. Elle était grande, tous ses traits étaient beaux et surtout ses yeux, dont la grandeur, la coupe et l'expression étaient admirables. Je me jetai à son cou avec une naïveté qui la toucha vivement. De ce moment nous prîmes l'une pour l'autre une amitié qui a duré jusqu'à la mort de cette femme parfaite à tous égards.

J'allais quelquefois chez la marquise de Rouçay, ancienne dame de feu madame la princesse de Conti ; elle recevait du monde tous les samedis, on y causait, on y faisait de la musique. Je vis chez elle M. de Champfort, qui avait déjà donné *la Jeune Indienne* ; il avait une jolie figure et beaucoup de fatuité. Je fis connaissance chez madame de Boulainvilliers avec un autre poëte, Lemierre ; c'était un excellent homme, qui lisait ses tragédies avec une véhémence ridicule, qui néanmoins avait beaucoup de talent, et d'ailleurs de très-bons sentiments. Il était d'une laideur étonnante, mais qui n'avait rien de repoussant ; il disait qu'il savait que son mérite était fort exagéré, et la montrait franchement et sans arrogance ; c'était plutôt une opinion qu'une prétention, il avait l'air de n'en tirer aucune vanité, elle n'offensait personne.

CHAPITRE XI.

1765-1766.

Je deviens grosse de Pulchérie, à laquelle je donnai le jour dans le cul-de-sac Saint-Dominique. Après cet accouchement j'éprouvai une véritable frayeur : aussitôt qu'on eut examiné l'enfant, je remarquai sur le visage de M. de Genlis et sur ceux de toutes les personnes qui étaient dans la chambre des airs consternés qui me firent penser que j'avais mis au monde un enfant difforme ; il y eut au même instant un chuchotage mystérieux qui me confirma dans cette cruelle idée. Je questionnai si vivement, qu'il fallut me l'avouer. M. de Genlis, avec un maintien de préparation qui me fit frissonner, me déclara qu'en effet cette pauvre petite fille avait une *difformité* ; il m'exhorta à me tranquilliser, en m'assurant que le lendemain on me dirait tout. Je n'étais nullement disposée à me tranquilliser, je fonds en larmes, je m'écrie que je veux voir mon enfant, pour la bénir et *l'aimer toute seule*, fût-elle une carpe. M. de Genlis me gronde de ce qu'il appelle mon *imagination sans frein*, enfin on m'apporte ce monstre qui a été depuis une si charmante personne, et l'on me fait voir qu'elle a au bas du cou une grosse fraise en demi-relief, bien rouge, picotée comme ce fruit, de la même forme, et parfaitement ressemblante à une belle fraise de jardin. En voyant que ce n'était que cela, ma joie fut immodérée ; je dis même, et je le pensais, que cette singularité me paraissait fort jolie, et que je désirais qu'elle la conservât ; mais M. de Genlis, animé contre cette pauvre fraise, a fait avec persévérance tous les remèdes imaginables pour l'aplatir et la faire disparaître, et l'on parvint enfin à l'effacer entièrement.

Aussitôt que je fus relevée de cette couche, j'allai au printemps à l'Ile-Adam, chez M. le prince de Conti. J'étais déjà dans le monde, mais je n'avais jamais été à l'Ile-Adam ; et, pour une jeune personne, c'était un début. Madame la comtesse de Boufflers et la maréchale de Luxembourg, toutes deux célèbres par leur esprit et par le bon goût de leur ton et de leurs manières, amies intimes de M. le prince de Conti, passaient à l'Ile-Adam toute la belle saison, et là, ainsi qu'à Paris, elles étaient les juges suprêmes de tout ce qui débutait dans le monde. Je n'avais point été chez elles, je n'avais fait que les rencontrer, je n'en étais connue que de vue. Jusque-là j'avais gardé dans le monde un profond silence ; je ne parlais que dans l'intimité ; on ne louait en moi que ma harpe et ma figure : ma réserve et ma timidité faisaient mal auguré de mon esprit. Quand on questionnait ma tante à cet égard, elle répondait seulement que j'étais une bonne enfant, et naïve comme madame de D***, une femme de trente-six ans, d'une simplicité fameuse, parce qu'elle conservait dans un âge mûr toute celle qu'elle avait à quinze ans, ce qu'on attribuait avec raison à la bêtise la plus rare qu'on ait jamais eue dans le grand monde. C'était ma tante qui me menait à l'Ile-Adam. Dès le premier jour, mesdames de Luxembourg et de Boufflers la questionnèrent sur mon esprit. Ma tante fit sa réponse ordinaire. La maréchale dit : « Cela est singulier, car elle fait mentir le proverbe, qui dit que les visages ronds n'ont pas de physionomie ; il y a bien de la finesse dans la sienne. »

La maréchale de Luxembourg avait réparé les torts de sa jeunesse par une dévotion sincère et par l'éducation de sa petite-fille, la duchesse de Lauzun, jeune personne véritablement angélique, âgée alors de dix-huit ans. La maréchale avait peu d'instruction, beaucoup d'esprit naturel, et cet esprit était rempli de finesse, de délicatesse et de grâce. Elle attachait trop d'importance à l'élégance du langage, des manières et à la connaissance des usages du monde. Elle jugeait sans retour sur une expression de mauvais goût, et ce qu'il y a de singulier, c'est que ce jugement frivole était presque toujours parfaitement juste. Mais elle ne jugeait ainsi que les gens du monde, et non les étrangers et les provinciaux. « Celui, disait-elle, qui a pu observer ce qui est convenable et ce qui ne l'est pas, et qui adopte un mauvais ton, manque certainement de tact, de goût et de délicatesse. » D'ailleurs elle prétendait avoir découvert dans tous les usages du monde une finesse et un bon sens admirables ; et en effet, quand on la questionnait à cet égard, elle avait réponse à tout, et ses réponses étaient toujours ingénieuses et spirituelles. Sa désapprobation, qu'elle n'exprimait jamais que par une moquerie laconique et piquante, était une sentence sans appel. Celui qui la recevait perdait communément cette espèce de considération personnelle qui faisait que l'on était recherché dans la société, et toujours invité aux petits soupers où l'on ne voulait rassembler que des personnes aimables et de bon air. Ce genre de considération était alors très-désirable et très-envié.

Les censures de la maréchale ne portaient pas toujours sur des choses frivoles ; elle condamnait avec plus de rigueur encore le ton avantageux et tranchant, la confiance présomptueuse, et tout ce qui dans la conversation annonçait la fatuité ou de mauvais sentiments. La maréchale était véritablement l'institutrice de toute la jeunesse de la cour, qui mettait une grande importance à lui plaire. Je m'attachai particulièrement à l'écouter ; elle me prit en amitié et me permit de la questionner sur les choses que j'ignorais, et surtout sur les usages du monde, dont elle avait étudié l'*esprit* : ce qui m'a aidé à faire un ouvrage que j'ai mis en portefeuille, et qui a pour titre : *Esprit des usages et des étiquettes du dix-huitième siècle*. Je compte y donner une autre forme, et le mettre en dictionnaire.

La maréchale de Luxembourg était alors veuve pour la seconde fois. Elle avait épousé en premières noces le duc de Boufflers. Elle aima les arts, les talents et l'esprit. Elle protégea Rousseau, elle voyait aussi très-souvent M. de La Harpe, qui la conduisait dans les rues à pied, promenades ordonnées par le docteur Tronchin. Une de ses amies lui demandant un jour pourquoi elle faisait de la Harpe son chevalier, madame de Luxembourg lui répondit : « Ma chère, il donne si bien le bras ! » Singulier éloge pour un académicien. Elle cultiva longtemps la société de madame du Deffand. Elle fit sur un groupe représentant M. de Voltaire et le chien de madame du Deffand le couplet que voici :

> Vous les trouvez tous deux charmants,
> Vous les trouvez tous deux mordants,
> Voilà la ressemblance.
> L'un ne mord que vos ennemis,
> Et l'autre mord tous vos amis,
> Voilà la différence.

Madame de Boufflers [1] avait beaucoup d'esprit ; elle soutenait des opinions extraordinaires et quelquefois extravagantes : elle était trop ennemie des lieux communs. Cette aversion, jointe à beaucoup d'imagination, la rendait piquante, mais lui donnait à tort la réputa-

[1] Qu'il ne faut pas confondre avec la marquise de Boufflers, mère du célèbre chevalier de Boufflers et de madame de Cussé, depuis comtesse de Boisgelin.

tion d'avoir l'esprit faux ; au reste, sa conversation était amusante et remplie d'agrément. Elle aimait à faire valoir les autres, et c'était avec un naturel et une grâce que je n'ai vus qu'à elle. La comtesse Amélie, sa belle-fille, qu'elle aimait passionnément, âgée alors de dix-sept ans, n'avait rien de remarquable. Sa belle-mère contait d'elle des mots charmants qu'elle seule avait entendus ; mais, depuis la mort de la comtesse de Boufflers, on n'en a plus cité.

Il y avait toujours à demeure à l'Ile-Adam un vieillard fort aimable, M. de Pont-de-Vesle. Tous les soirs, à la fin du souper, M. le prince de Conti lui demandait de chanter des impromptus sur toutes les jeunes dames qui étaient à table. Il faisait ces couplets en vers blancs. Il y avait de la galanterie sans fadeur, et de la grâce ; mais cela était embarrassant pour les jeunes dames ; il paraissait bien difficile alors d'avoir un bon maintien pendant ces espèces d'éloges publics, quoiqu'ils eussent une petite tournure épigrammatique.

Les femmes se sont aguerries depuis avec les louanges données publiquement, on les y a accoutumées dans les pensions dès leur enfance.

L'usage établi dans les colléges de donner publiquement des prix aux écoliers est utile et bon, puisque les hommes, destinés à jouer de grands rôles dans la société, sont faits pour aimer la gloire. Mais ce même usage est très-déplacé dans les éducations de jeunes filles, dont les vertus caractéristiques doivent être la réserve et la modestie ; tout ce qui peut étendre, exalter leurs prétentions, est en opposition avec leur destination naturelle, et de conséquence pernicieux : aussi ne les couronne-t-on publiquement que dans les pensions formées depuis la révolution, c'est-à-dire depuis que toutes les idées morales ont été bouleversées, et depuis l'abolissement de toutes les règles du bon goût et des convenances.

M. le prince de Conti était le seul des princes du sang qui eût le goût des sciences et de la littérature, et qui sût parler en public. Il avait une beauté, une taille et des manières imposantes ; personne ne sut dire des choses obligeantes avec plus de finesse et de grâce ; et, malgré ses succès auprès des femmes, il était impossible de découvrir en lui la plus légère nuance de fatuité. Il fut aussi le plus magnifique de nos princes ; on dînait chez lui comme chez soi. Dans les grands voyages de l'Ile-Adam, chaque dame avait des chevaux et une voiture à ses ordres ; et, n'étant obligée de descendre dans le salon qu'une heure avant le souper, elle était maîtresse de donner à dîner tous les jours dans sa chambre à sa société particulière. Comme le prince ne dînait point, il voulait épargner aux femmes la peine de descendre dans la salle à manger et l'ennui de s'y trouver avec cent personnes. La représentation était réservée pour le soir ; mais on jouissait durant toute la journée d'une liberté parfaite et du charme d'une société intime. Quel dommage que ce prince aimable ait eu l'étrange manie d'affecter quelquefois un despotisme et une dureté qui n'étaient nullement dans son caractère ! Voici un trait dont j'ai été témoin un jour que nous passions d'un salon dans une pièce voisine pour aller entendre la messe. M. de Chabrillant arrêta M. le prince de Conti pour lui demander ses ordres sur un braconnier qu'on venait de prendre. A cette question, M. le prince de Conti, élevant extrêmement la voix, répondit froidement : Cent coups de bâton et trois mois de cachot, et il poursuivit son chemin avec l'air du monde le plus tranquille. Ce sang-froid, uni à cette cruauté, me fit frémir. L'après-midi, me trouvant auprès de M. de Chabrillant, il me fut impossible de ne pas lui parler du pauvre braconnier et de l'arrêt barbare prononcé par le prince. « Bon ! dit en riant M. de Chabrillan, il ne parlait que pour la galerie. Je connais cela ; jamais un seul de ces ordres tyranniques donnés en public n'a été exécuté ; et, quant au braconnier qui vous intéresse, il sera seulement banni de l'Ile-Adam pour deux mois, pendant ce temps, monseigneur prendra secrètement soin de sa famille, qui est très-nombreuse. Voilà l'ordre qu'il m'a donné tout bas en sortant de la messe. — Quoi ! repris-je, ce n'est point un premier mouvement de colère qui lui fait prononcer ces odieuses sentences ? — Non, c'est seulement une prétention : il veut de temps en temps paraître redoutable et terrible. »

On a trop loué le prince de Conti sur ce qu'on appelait alors du caractère. Cette louange était enivrante pour un prince de la maison de Bourbon, c'est la seule (depuis M. le régent) que la flatterie n'ait pu prodiguer, et, pour la mériter, M. le prince de Conti jouait le tyran, tandis qu'au fond de l'âme il était rempli d'humanité.

La vieille comtesse de Rochambeau m'a conté de lui un joli trait de galanterie et de magnificence. Madame de Blot, dans sa jeunesse, dit un jour, en présence de ce prince, qu'elle voulait avoir le portrait en miniature de son serin dans une bague. M. le prince de Conti offrit de faire faire le portrait et la bague, ce que madame de Blot accepta, à condition que la bague serait montée de la manière la plus simple, et qu'elle n'aurait aucun entourage. En effet, la bague n'eut qu'un petit cercle d'or, mais, au lieu de cristal pour recouvrir la peinture, on employa un gros diamant que l'on rendit aussi mince qu'une glace. Madame de Blot s'aperçut de cette magnificence, elle fit démonter la bague et renvoya le diamant ; alors M. le prince de Conti fit broyer et réduire en poudre ce diamant, et s'en servit pour sécher l'encre du billet qu'il écrivit à ce sujet à madame de Blot.

Je trouvais au prince de Conti une très-belle représentation, une majestueuse et belle figure, et beaucoup d'esprit ; mais je n'ai jamais pu m'accoutumer à lui, ni vaincre l'embarras qu'il m'inspirait : il y avait dans sa manière de regarder quelque chose de scrutateur qui me déconcertait. Malgré les préventions de mesdames de Luxembourg et de Boufflers en ma faveur, il me trouva bien médiocre. Aussi quand M. de Donézan lui dit que je jouais les proverbes d'une manière extraordinaire, il ne voulait pas le croire. Il fut décidé que nous en jouerions. On fit faire un petit théâtre portatif que l'on mit dans la salle à manger, et nous répétâmes le Savetier et le Financier ; il n'y avait que trois personnages, le financier, le savetier et sa femme. M. de Donézan jouait le rôle de savetier avec une perfection qui ne laissait rien à désirer. Nous eûmes un succès prodigieux ; la timidité silencieuse que j'avais habituellement donna quelque chose de merveilleux à ce succès : dans une dernière scène je fis pleurer et rire ; l'enthousiasme de M. le prince de Conti fut extrême. Il nous fit jouer quatre jours de suite ce proverbe. La maréchale et madame de Boufflers furent charmantes pour moi dans cette occasion ; elles avaient l'air de triompher de mes succès, et répétaient que pour jouer ainsi de tête il fallait avoir beaucoup d'esprit ; ce qu'il faut surtout c'est du naturel. M. le prince de Conti essaya encore de causer avec moi, mais en vain : mon malaise avec lui était invincible.

Le comte, depuis duc de Guines, était de ce voyage : il passait pour être l'un des hommes de la cour les plus brillants et les plus aimables ; sa figure et sa taille n'avaient de remarquable qu'une extrême recherche de coiffure et d'habillement. Toute sa réputation d'esprit tenait à une sorte d'espionnage de toutes les petites choses ridicules et de mauvais ton, qu'il contait en peu de mots d'une manière plaisante, qu'il dénonçait à la maréchale de Luxembourg, et dont il se moquait fort agréablement avec elle et madame de Boufflers. Mais ce genre de moquerie n'attaquait jamais la réputation, il ne tombait que sur des plaiseries. Le duc de Guines avait des talents agréables ; il était bon musicien et jouait fort bien de la flûte. Un autre homme de ce temps, qui avait aussi de grands succès auprès des femmes, était le comte de Chabot : il n'était ni beau ni de la première jeunesse ; il ne parlait jamais tout haut, il bégayait, ce qu'on trouvait en lui une grâce ; il avait une galanterie mystérieuse qui ne s'exprimait que par de petits mots assez fins, toujours dits à demi-voix ; elle était un peu banale, car elle s'adressait à presque toutes les jeunes personnes, mais elle ne paraissait pas l'être, parce qu'elle était toujours confiée tout bas à l'oreille, et avec un air de sentiment et de vérité qui avait quelque chose de séduisant. Je revis avec un grand plaisir à l'Ile-Adam la jeune comtesse de Coigny, auparavant mademoiselle de Roissy, avec laquelle j'avais été fort liée au couvent du Précieux-Sang. Malgré le ton de la singularité, mais de l'esprit et de bons sentiments : nous renouvelâmes connaissance ; elle me conta qu'elle avait la passion de l'anatomie, goût fort extraordinaire pour une jeune femme de dix-huit ans. Comme je m'étais un peu occupée de chirurgie et de médecine, et que je savais saigner, madame de Coigny aimait beaucoup à causer avec moi [1]. Je lui promis de faire un cours d'anatomie, mais non pas, comme elle, sur des cadavres ; la fameuse mademoiselle Biheron [2] est la première qui ait fait avec de la cire et des chiffons des sujets entiers anatomiques, ce qu'elle exécutait avec une véritable perfection ; c'est chez elle que je fis à plusieurs reprises un cours d'anatomie. Elle modelait ses tristes imitations sur des cadavres qu'elle avait dans un cabinet vitré au milieu de son jardin ; je n'ai jamais voulu entrer dans ce cabinet, qui faisait ses délices et qu'elle appelait son petit boudoir.

Cette demoiselle était fille d'un chirurgien, elle avait alors cinquante ans. Elle avait eu toute sa vie une véritable passion pour l'anatomie, elle avait suivi pendant longtemps des cours de dissection dans différents amphithéâtres, et prit une connaissance parfaite des diverses parties du corps humain ; elle composa des pièces artificielles qui représentaient si bien la tête, les poumons, le cœur, etc., qu'on avait peine à les distinguer des objets naturels. Le chevalier Pringle, en considérant ses imitations de la nature, dit à mademoiselle Biheron : « Il n'y manque que la puanteur. » Cette demoiselle, modeste et dévote, vivait d'une petite rente de douze à quinze cents livres. Elle avait, dit Grimm, beaucoup de netteté dans les idées et faisait ses démonstrations avec autant de clarté que de précision.

La dernière fois que ma tante et moi nous soupâmes chez madame de Coigny, avant d'aller à l'Ile-Adam, M. de Lusignan, qu'on appelait la grosse tête, était à ce souper. M. de Lusignan n'était pas dépourvu d'esprit, mais il manquait absolument de réflexion, et il avait pris l'habitude de dire naïvement tout ce qui se présentait à son imagination. Comme il n'avait point de méchanceté, on lui passait ce caractère, qui lui

[1] C'est elle qui fut la mère de la marquise de Fleury, qui a divorcé [*]. La comtesse de Coigny mourut très-jeune. On prétend que sa passion pour l'anatomie contribua à sa mort en lui faisant respirer un mauvais air. On assurait dans le temps qu'elle ne voyageait jamais sans avoir un cadavre dans la vache de sa voiture.

[2] Elle fut citée sous le Directoire par son élégance, ses bons mots et sa conduite excentrique. G. D.

donnait une sorte d'originalité. Au souper dont je parle, étant à table dans la salle à manger, ses yeux se portèrent sur un grand tableau placé vis-à-vis de lui, et qui représentait une très-belle femme assise et paraissant rêver tristement. Il questionna M. d'Egmont sur cette belle personne; M. d'Egmont répondit que cette figure mélancolique était une de ses aïeules, femme d'un comte d'Egmont, qui, ayant acquis les preuves de son infidélité, lui coupa la tête. « Eh! mon Dieu! madame, s'écria M. de Lusignan en s'adressant à madame d'Egmont, ce tableau ne vous fait-il pas peur?... Mais, poursuivit-il, grâce au ciel, les d'Egmont n'ont plus cette férocité. » Pendant ces belles remarques tout le monde se regardait, madame d'Egmont rit d'une manière un peu forcée, on se hâta de changer d'entretien. Ma tante conta cette scène à plusieurs reprises, et enfin on en parla à madame d'Egmont, en lui disant que c'était moi qui l'avais contée. Lorsque madame d'Egmont vint à l'Ile-Adam, je fus très-étonnée de la trouver d'une extrême sécheresse avec moi; j'appris qu'elle disait que, malgré mon air doux et timide, j'étais fort malicieuse; je priai ma tante de lui demander pourquoi elle me jugeait ainsi, après m'avoir montré tant de bienveillance. Ma tante alla chez elle un matin, et madame d'Egmont lui dit ce que j'en lui avais rapporté; alors ma tante fit une chose parfaitement honnête, elle me justifia en s'accusant. Je n'ai pu douter de ce bon procédé, car dès le même jour madame d'Egmont me fit mille amitiés, et je remarquai qu'elle était très-froide pour madame de Montesson, rancune qu'elle a toujours conservée.

Nous restâmes six semaines à l'Ile-Adam, ensuite je passai quelques jours à Paris, au bout desquels je partis avec ma tante pour Villers-Cotterets, où j'allais pour la première fois. Nous avions encore appris des rôles pour y jouer la comédie, et même l'opéra. Nous jouâmes Vertumne et Pomone. Je jouais Vertumne, qui est déguisé en femme; ma tante jouait Pomone; elle avait imaginé de se faire faire un habit garni de pommes d'api et autres fruits. Madame d'Egmont que nous ressemblait à une serre chaude. Cet habit était lourd, ma tante était petite et n'avait pas une jolie taille; sa voix était trop faible pour un rôle d'opéra : elle échoua tout à fait dans celui-ci. Le marquis de Clermont, depuis ambassadeur de Naples, joua très-bien le dieu Pan.

Madame la comtesse de Blot, qui avait été dame de la feue duchesse d'Orléans et qui avait alors trente-quatre ans, joua les beaux rôles dans le Misanthrope et le Legs, et avec le plus grand succès. Elle avait en effet beaucoup de grâce et un jeu très-spirituel. Le comte de Pont jouait le rôle du misanthrope avec une perfection rare, il n'imitait aucun acteur de la Comédie-Française, il avait un véritable talent, et une noblesse dans le maintien et les manières, que nul acteur de profession ne peut avoir. M. de Vaudreuil était aussi un des bons acteurs de notre troupe; sa figure était agréable, il contrefaisait parfaitement Molé dans les rôles d'amoureux. M. de Vaudreuil était fort à la mode, son esprit n'était pas étendu; mais il avait un excellent ton. Madame d'Hénin disait que les deux hommes qui savaient le mieux parler aux femmes étaient le Kain sur le théâtre et M. de Vaudreuil dans le monde. Ce dernier avait une quantité de petits talents très-médiocres, mais agréables dans la société. Il chantait un peu, il dansait assez bien, il paraissait aimer tous les arts : quand ce ne serait qu'une prétention, elle est toujours utile et noble. Il avait de la douceur et de la politesse; personne ne le craignait, il était généralement aimé.

Le fameux comédien Grandval nous faisait répéter nos rôles, il jouait même avec nous. M. le duc d'Orléans jouait fort rarement les rôles de paysans. Je vis là, à nos répétitions, Collé et Sédaine, qui n'étaient aimables ni l'un ni l'autre. Carmontel, lecteur de M. le duc d'Orléans, venait dans le salon à l'issue du dîner, pour peindre dans un grand livre toutes les personnes qui arrivaient à Villers-Cotterets; tous ces portraits étaient en profil et en charge, mais ressemblants, et formaient une collection curieuse. On ne lui donnait qu'une séance.

M. le duc d'Orléans voulut me voir jouer des proverbes avec Carmontel, qui jouait avec perfection les maris bourrus et de mauvaise humeur; c'était sans nulle charge et avec un naturel et un comique parfaits, mais il n'avait que ce seul genre. M. de Donézan et M. d'Albaret jouèrent avec nous, ma tante ne voulut pas jouer. Ma tante, à la fin du voyage, eut un succès très-singulier et très-éclatant. Cette histoire est assez extraordinaire pour la conter avec détail.

Depuis mon mariage, ma tante me témoignait beaucoup d'amitié, et j'en avais pris dès la vive pour elle, que ce sentiment avait triomphé de mes souvenirs et de mes rancunes. J'attribuais la dureté de ses procédés avec ma mère à sa légèreté et à une avarice que je ne pouvais me dissimuler être son défaut dominant; d'ailleurs je ne lui en voyais pas d'autres, une grande égalité d'humeur, de la gaieté; je la croyais franche et sensible, elle me caressait excessivement, j'étais persuadée qu'elle avait en moi la plus grande confiance, et je l'aimais à la folie : elle m'avait confié que M. le duc d'Orléans était amoureux d'elle, et qu'il était jaloux du comte de

Guines. Madame de Montesson n'avait pu nier cet attachement mutuel, elle protesta qu'il avait toujours été platonique, elle assura que le sentiment qu'elle avait ne finirait que par le changement du comte de Guines. Elle me disait toutes ces choses, ainsi qu'à M. le duc d'Orléans, et je les croyais comme lui. J'ai oublié de dire qu'avant notre départ de l'Ile-Adam M. le duc d'Orléans y vint passer sept ou huit jours : durant ce temps, le comte de Guines parut tout à coup uniquement occupé de la comtesse Amélie de Boufflers, ce qui me le fit remarquer en ajoutant qu'elle en mourrait de douleur. Je lui représentais bonnement qu'elle devait tout faire pour triompher d'une passion toujours si condamnable malgré la pureté de ses mœurs, puisqu'elle était mariée et que le comte l'était aussi. M. de Montesson était quatre-vingt-un ans, mais la comtesse de Guines était jeune. Ma tante parlait fort bien de la vertu, je lui voyais même des sentiments religieux, elle gémissait de sa faiblesse, et je la plaignais sincèrement; mais je la voyais au monde la plus violente. Quant à M. le duc d'Orléans, elle me disait qu'elle avait pour lui une tendre amitié, et qu'elle faisait tous ses efforts pour le guérir d'une passion malheureuse. J'avoue que je ne croyais pas cela, car le contraire sautait aux yeux; mais je n'attribuais sa conduite avec lui qu'à sa coquetterie naturelle, et je ne lui supposais pas le moindre dessein d'ambition.

Monsigny, l'un des plus honnêtes hommes que j'aie connus, venait tous les jours faire de la musique avec moi dans ma chambre. Je pris de l'amitié pour lui; nous causions tout en faisant de la musique, il me contait beaucoup de petites choses curieuses, et il m'en dit une qui me parut surprenante. C'est que ma tante lui avait recommandé en secret, ainsi qu'à Sédaine, de ne lui donner des louanges qu'aux répétitions (où se trouvait toujours M. le duc d'Orléans), et de ne lui donner des avis en particulier; elle disait que cela l'encourageait. Monsigny et Sédaine pensaient bien qu'il s'agissait de la faire valoir auprès de M. le duc d'Orléans, et à cet égard ils le secondaient à merveille, car ils lui prodiguaient les éloges les plus outrés. Ce manége réussit parfaitement; M. le duc d'Orléans était persuadé qu'elle avait des talents miraculeux. Ce prince, très-faible, et qui n'était pas doué du caractère et de l'esprit de Henri le Grand, ne savait rien juger par lui-même, il ne voyait que par les yeux des autres. Toutes les anciennes amies de M. le duc d'Orléans, sans aimer madame de Montesson, entraient parfaitement dans ses vues, mais par un intérêt particulier. La constance de M. le duc d'Orléans, depuis plusieurs années, pour une comédie (Marquise, appelée depuis madame de Villemomble), avait absolument retiré ce prince de la bonne compagnie des femmes : mesdames de Ségur, mère et belle-fille, mesdames de Beauveau, de Grammont, de Luxembourg et perdaient tous les agréments et l'utilité que l'on trouve toujours dans la société intime des princes. Depuis longtemps les voyages de Villers-Cotterets étaient perdus pour ces dames, là, Marquise régnait; M. le duc d'Orléans n'y invitait que des hommes. On devait le voyage brillant dont nous étions à madame de Montesson; ainsi ces dames désiraient passionnément que ma tante achevât de tourner la tête à ce prince, il leur était beaucoup plus agréable qu'il eût pour maîtresse une femme de la société qu'une courtisane, parce qu'alors l'intimité du prince leur serait rendue. Je ne sais si elles prévoyaient qu'au lieu de consentir à être sa maîtresse, ma tante avait le projet de devenir sa femme. Au reste, ce dernier événement ne pouvait leur déplaire : toutes les femmes de qualité devaient naturellement en être flattées.

Ma tante, qui, comme je l'ai dit, voulait terminer ce voyage par quelque chose d'éclatant, eut l'idée la plus singulière. Elle voyait que M. le duc d'Orléans était dans l'admiration de ses talents, mais il ne pouvait avoir la même opinion de son esprit, il s'agissait d'en acquérir une tout à coup qui effaçât celle des mesdames de Boufflers, de Beauveau et de Grammont. Mais comment faire? ma tante était d'une ignorance extrême, elle n'avait pas la moindre instruction, elle n'avait lu dans toute sa vie que quelques romans. Elle savait fort mal l'orthographe, et elle écrivait très-mal une lettre. Cependant elle eut la pensée de devenir auteur : ne pouvant rien inventer, elle imagina de faire une comédie du roman de Mariane de Marivaux; les conversations si multipliées de cet ouvrage lui donnaient une quantité de scènes toutes faites, d'ailleurs le sujet lui plaisait; c'était l'Amour triomphant des préjugés de la naissance et rapprochant toutes les distances. Mais ma tante ne se dissimula pas qu'en donnant cet ouvrage sous son nom, elle aurait à combattre des prétentions que nul intérêt ne fait abandonner, et que les femmes qui depuis longtemps passaient d'un aveu unanime pour les plus spirituelles de la société ne lui céderaient pas cette gloire. Ma tante se tira de cette difficulté avec l'adresse la plus spirituelle qu'elle ait eue de sa vie. Elle fit la pièce en prose et en cinq actes; c'était un drame qui n'avait rien de ridicule, et dans lequel se trouvaient quelques jolies phrases et quelques entretiens agréables littéralement copiés du roman de Marivaux. Elle ne fit part de cette entreprise qu'à M. le duc d'Orléans, elle me la cacha ainsi qu'à tout le monde. Quand la pièce fut achevée, elle la lut tête à tête à M. le duc d'Orléans, qui, quoiqu'il n'en fût pas bien sûr, dit qu'il la trouvait charmante.

Eh bien, reprit ma tante, je vous la donne, je jouirai mieux de votre succès que du mien, d'ailleurs je ne veux point que l'on sache que je suis auteur. Lisez cette pièce comme si elle était de vous, et si on en est content, gardez-vous de me trahir, que l'on croie à jamais que vous en êtes l'auteur, et nous la jouerons pour dernier spectacle. »

M. le duc d'Orléans fut touché aux larmes de cette *générosité*, il ne voulait pas en profiter; elle insista fortement, il y consentit. J'ai su par la suite tout ce détail de lui-même. M. le duc d'Orléans déclara donc qu'il avait fait une comédie, ce qui ne causa pas un médiocre étonnement, que madame de Montesson eut l'air de partager en persuadant à tout le monde qu'elle ne la connaissait pas, et montrant *naïvement* beaucoup de crainte sur l'ouvrage. On se demandait en secret comment M. le duc d'Orléans avait pu faire une comédie, et l'on pensa généralement que Collé en avait apparemment fait le plan et corrigé le langage. Personne n'eut l'apparence du soupçon sur le véritable auteur; M. le duc d'Orléans annonça qu'il en ferait lecture. On indiqua le jour, et l'on y invita tous les hommes et toutes

Madame de Lauvais.

les femmes de la société qui passaient pour avoir le plus d'esprit; la curiosité était extrême. Enfin ce grand jour arriva. Je fus admise à la lecture, mais non sans quelque peine, ma tante ne se souciait pas que j'y fusse. Nous voilà donc rassemblés, bien décidés d'avance à trouver l'ouvrage excellent, s'il n'était pas détestable et ridicule. Le succès fut complet; jamais lecture de Molière n'en eut un pareil, on était en extase, on prodiguait à chaque scène les éloges les plus outrés, on n'entendait que des exclamations. M. le duc d'Orléans en était si ému, qu'il eut continuellement les larmes aux yeux.

Au milieu de cette ivresse, je gardais un modeste silence, mais j'observais, et rien assurément n'était plus curieux. Quand la lecture fut finie, tout le monde se leva pour entourer M. le duc d'Orléans, plusieurs femmes hors d'elles-mêmes lui demandèrent la permission de l'embrasser, toutes parlaient à la fois, on ne s'entendait plus, on ne distinguait que ces mots répétés mille fois en refrain : *Ravissant, sublime, parfait*. Ma tante, pâlissant, rougissant, pleurant, ne s'exprimait que par son trouble et des larmes. Tout à coup M. le duc d'Orléans demande un moment de silence (ce du ton le plus solennel). On se tait, alors d'une voix émue mais très-forte, il dit ces paroles : « Malgré ma promesse, je ne puis usurper plus longtemps une telle gloire !... Ce bel ouvrage n'est point de moi, l'auteur est madame de Montesson !... »

A ces mots ma tante s'écria d'une voix languissante : « Ah ! monseigneur !... » Elle n'en put dire davantage, la *modestie* la suffoquait, elle tomba presque évanouie dans un fauteuil. Toute la compagnie resta pétrifiée; il est impossible de donner une idée de l'effet de ce coup de théâtre et du changement subit de presque toutes les physionomies; le dépit de plusieurs femmes fut très-visible. Le mal était sans remède, on ne pouvait rétracter toutes ces louanges données avec tant d'exagération, et pour ne pas avouer la flatterie la

plus outrée, il fallait soutenir que la comédie de *Marianne* était un chef-d'œuvre. Ce triomphe acheva d'enthousiasmer M. le duc d'Orléans pour ma tante, à laquelle il crut de ce moment un esprit prodigieux. Je fus profondément blessée que ma tante m'eût caché ce secret, et avec une telle fausseté; cette défiance me fit connaître combien je devais peu compter sur son amitié. Je ne lui montrai pas tout mon chagrin à cet égard, cependant je me plaignis, elle me donna de très-mauvaises raisons, j'eus l'air de m'en contenter. On joua *Marianne*, ma tante prit le rôle de l'héroïne. Cette représentation n'eut pas à beaucoup près le succès de la lecture.

Pour la première fois je suivis à cheval la chasse du cerf dans ce voyage. Je n'avais chassé à Genlis que le sanglier, la chasse du cerf me parut charmante, et surtout, je crois, parce qu'on y admirait beaucoup la manière dont je montais à cheval. M. de Genlis et moi nous allâmes de Villers-Cotterets à Sillery, où j'allais pour la première fois [1]. Madame de Puisieux, toujours froide pour moi, me reçut honnêtement, mais avec une sorte de sécheresse qui redoubla ma timidité naturelle. Elle me parla des succès que j'avais eus à Villers-Cotterets, et me demanda enfin à m'entendre jouer de la harpe; ce fut six jours après mon arrivée. Je jouai, je chantai, elle parut charmée, ainsi que M. de Puisieux. « Il faut convenir, dit-elle, *que cela est séduisant*. » Je ne sais pourquoi cette phrase me déplut, et de premier mouvement, je répondis avec vivacité : « Cependant, madame, je n'ai *séduit* ni ne veux *séduire* qui que ce soit. » Elle fut très-étonnée, parce que jusque-là je n'avais dit que oui ou non. Elle me regarda fixement et ne répliqua rien. Le soir M. de Genlis me gronda de ma réponse, et le lendemain j'eus une peur affreuse de madame de Puisieux en me trouvant tête à tête avec elle dans le salon. Madame de Puisieux, couchée sur sa chaise longue, comme de coutume, travaillait au métier; je brodais au tambour; nous gardâmes le silence pendant un demi-quart d'heure. Enfin, madame de Puisieux,

M. le duc annonça qu'il en ferait lecture.

ôtant ses lunettes, se tourna de mon côté; « Madame, me dit-elle, avez-vous donc fait le vœu d'être toujours ainsi avec moi ? — Comment, madame ? répondis-je d'une voix tremblante. — Oui, reprit-elle, on assure que vous êtes gaie, aimable, et depuis huit jours vous gardez le silence le plus obstiné; peut-on vous en demander la raison ? » A cette question pressante, je me décidai sur-le-champ à répondre franchement, parce que le ton avait quelque chose de gai et d'obligeant. « Madame, lui dis-je, c'est que je crains de vous déplaire, que vous avez un air sévère qui m'intimide, et qui me fait de la peine. — Vous avez tort de me craindre, reprit-elle, je suis très-disposée à vous aimer; que faut-il faire pour vous mettre à votre aise

[1] La terre de Sillery en Champagne, si renommée pour l'excellence de ses vignobles, avait été érigée en marquisat par Henri IV, en faveur de Nicolas Brulard, chancelier de France et de Navarre.

avec moi?... — Ce que vous daignez faire en ce moment, » m'écriai-je en me jetant à son cou. Des pleurs d'attendrissement me coupèrent la parole, elle fut elle-même vivement émue, me reçut dans ses bras, m'y retint, et m'embrassa à plusieurs reprises avec la plus touchante sensibilité. De cet instant je lui vouai au fond de l'âme le plus tendre attachement; elle le méritait par l'excellence de son cœur, de ses principes et de son caractère, et par le charme de son esprit. Nous causâmes avec une entière liberté; elle me dit les choses les plus aimables, et je lui promis que je serais dorénavant avec elle comme si j'avais eu le bonheur de la connaître depuis mon enfance. Une heure après, M. de Puisieux rentra de la promenade avec M. de Genlis et six ou sept personnes. Je priai madame de Puisieux de ne rien dire de ce qui venait de se passer entre nous, parce que je méditais une jolie manière de l'annoncer. On s'assit, et au bout de quelques minutes je dis d'un ton dégagé que, n'ayant point été à la promenade, je voulais me dégourdir les jambes, et je fis deux ou trois sauts dans la chambre, ensuite j'allai me jeter sur la chaise longue de madame de Puisieux en disant mille folies; elle riait aux éclats, et tout le monde était pétrifié d'étonnement. M. de Puisieux fut enchanté; il dit à madame de Puisieux qu'il lui avait prédit qu'elle m'aimerait à la folie. Toute cette soirée fut charmante pour moi. Les jours qui lui succédèrent furent les plus heureux de ma vie. Madame de Puisieux prit pour moi une véritable passion. Elle me fit changer d'appartement afin de me loger à côté d'elle. Je me promenais le matin à cheval avec M. de Puisieux, je montais tous ses beaux chevaux anglais. Le soir je n'allais point à la promenade, je restais tête à tête avec madame de Puisieux qui nous faisait la toilette; elle promenait avec moi une petite demi-heure dans la cour ou dans le potager, nous passions le reste du temps à causer dans le salon; sa conversation était animée, spirituelle et charmante; elle avait vu, au moment de la régence, son mari avait été depuis ministre des affaires étrangères; et, petite-fille du grand Louvois, elle avait la tête remplie d'une infinité d'anecdotes intéressantes et curieuses qu'elle contait à merveille. Avant de souper, on apportait tous les soirs ma harpe dans le salon, et j'en jouais une heure; après le souper je jouais de la guitare ou du clavecin à peu près une demi-heure, ensuite je faisais le piquet avec madame de Puisieux contre M. de Puisieux, qui nous faisait la chouette; et puis j'allais me coucher. Je ne restais communément dans ma chambre qu'après la promenade du matin avec M. de Puisieux, depuis dix heures et demie jusqu'à deux heures. Pendant qu'on me coiffait je lisais, habitude que j'ai toujours conservée partout. Dans ce temps, il était d'usage de recevoir à Paris et à la campagne des hommes à sa toilette, et que je n'ai jamais fait, afin de réserver ce temps pour la lecture; de sorte que depuis mon mariage je n'ai jamais passé un seul jour sans faire une bonne lecture.

Madame de Puisieux dans nos tête-à-tête du soir me faisait souvent lire tout haut, pendant qu'elle travaillait à la tapisserie : il y avait à Sillery une très-bonne bibliothèque. Je lus ainsi dans ce voyage le *Traité de Westphalie*, du père Bougeant; *de la Manière de juger des ouvrages d'esprit*, du père Bouhours; les *Entretiens d'Ariste et d'Eugène*, du même auteur (qui me donna le goût des devises que j'ai toujours conservé depuis): les *Poésies de Pavillon*, l'*Histoire de Malte*, de l'abbé de Vertot, et les *Œuvres de Saint-Evremond*. Les jours de pluie, tout le monde restant dans le salon, j'allais dans ma chambre, ce qui me donnait trois ou quatre heures d'études de plus.

Nous allâmes quatre ou cinq fois à Reims uniquement pour y voir

madame de Dromenil, nous allâmes aussi à Louvois chez le marquis de Souvré, frère de madame de Puisieux.

M. de Louvois, fils de M. de Souvré, avait toujours eu l'esprit un peu léger. Voici un trait de sa jeunesse : Étant à Brest, à dix-huit ans, avec beaucoup de dettes et sans argent, il écrivit à son père, et ne recevant point de réponse, il vendit tous ses habits pour fournir aux frais du voyage, ne gardant pour toute garde-robe qu'un mauvais frac usé, et il partit pour se rendre au château de Louvois, où le marquis de Souvré, son père, passait tout l'été. M. de Souvré le reçut très-mal, et, dans les premiers jours, M. de Louvois n'osa pas lui renouveler sa demande. Un soir M. de Souvré lui dit que les dames les plus considérables du voisinage devaient venir dîner chez lui le surlendemain. « J'espère, ajouta-t-il, que vous voudrez bien quitter ce vilain habit de voyage, et vous habiller convenablement. » M. de Louvois se garda bien de dire qu'il ne lui restait plus que le vêtement qu'il avait sur lui, mais il déclara qu'il n'avait apporté que de vieux habits, et qu'il désirait en faire faire un neuf, et saisit cette occasion de demander de l'argent; M. de Souvré refusa d'un ton qui ne laissait nulle espérance. Son fils n'insista pas ; il se contenta de répondre qu'il mettrait un autre habit.

Il y avait dans la chambre où il couchait une vieille tapisserie à grands personnages; il en détacha un pan qui représentait Armide et Renaud, et envoya chercher le tailleur du village. Lorsqu'il fut arrivé, il lui ordonna de lui faire un habillement complet, habit, veste et culotte, avec ce pan de tapisserie; de passer la nuit et de le lui rendre le surlendemain de bonne heure.

Le tailleur, pour mettre un peu de régularité dans ce singulier ouvrage, fit les manches avec les bras d'Armide, et sur le dos de cet habit il mit la tête de Renaud, ornée d'un beau casque; deux petits visages d'Amours et des fragments de bouclier formaient le reste de l'habillement dont M. de Louvois se revêtit avec une joie parfaite. Équipé de la sorte, au mois de juillet, il attendit dans sa chambre (et non sans impatience) l'arrivée de la compagnie; aussitôt qu'il entendit les voitures entrer dans la cour, il descendit lestement, malgré l'étonnante lourdeur de sa parure, et il s'élança sur le perron, afin de donner la main aux dames, ce qu'il fit sérieusement et de l'air du monde le plus simple et le plus naturel. Comme on s'émerveillait et que l'on questionnait en vain M. de Louvois, qui avec un maintien triomphal conduisait les dames dans le salon, M. de Souvré survint; à l'aspect de son fils paré des dépouilles de sa chambre, il recula deux pas en arrière, en demandant d'un ton foudroyant raison de cette extravagance. « Mon père, répondit M. de Louvois, vous m'aviez ordonné de mettre un autre habit, et comme je n'avais à ma disposition que cette étoffe, j'ai été forcé de l'employer pour vous obéir. »

Une personne de Reims amena un jeune musicien qui jouait du tympanon d'une manière surprenante. Madame de Puisieux regretta que je n'en susse pas jouer. Je recueillis cette parole, et le soir même je convins en secret avec le musicien qu'il viendrait tous les jours à six heures du matin me donner une leçon. Je le prenais régulièrement dans le garde-meuble, au haut du château, pendant quinze jours, et en outre, en revenant de la promenade du matin, j'allais toute seule jouer du tympanon au moins pendant trois heures. Au bout de trois semaines j'exécutais aussi bien que mon maître le menuet d'Exaudet et la *furstemberg*, avec plusieurs variations. M. de Genlis, dans ma confidence, m'avait fait faire un joli habit à l'alsacienne en écarlate, et juste à la taille. Je le mis un matin, en faisant tresser mes longs cheveux sans poudre autour de ma tête

J'allais tous les jours la voir dormir dans son berceau.

comme les Strasbourgeoises. Je mis par-dessus cette coiffure, pour la cacher, ce qu'on appelait une *baigneuse*, et par-dessus mon habit une robe négligée et un manteau de taffetas noir, et, sous le prétexte d'une migraine, j'allai dîner avec ce double habillement. Après le dîner, un valet de chambre vint dire qu'une jeune Alsacienne, jouant du tympanon, demandait à être entendue. Madame de Puisieux donna l'ordre de la faire entrer; je me levai en disant que j'allais la chercher. Je courus dans la chambre voisine; je jetai vite sur une table ma *baigneuse* et ma robe; je pris mon tympanon, et presque au même instant je rentrai dans le salon; la surprise fut inexprimable, et elle augmenta encore lorsqu'on m'entendit jouer. M. et madame de Puisieux vinrent m'embrasser avec une tendresse et un attendrissement qui me récompensèrent bien de la peine que j'avais prise. On me fit porter pendant plus de douze ou quinze jours mon habit alsacien, afin de donner à tout ce qui venait à Sillery une représentation de cette petite scène. Ce n'est pas sans dessein que j'entre dans ces petits détails, ils ne seront pas sans utilité pour les jeunes personnes qui liront cet ouvrage. Je voudrais leur persuader que la jeunesse n'est heureuse que lorsqu'elle est aimable, c'est-à-dire docile, modeste, attentive, et que le véritable rôle d'une jeune personne est de plaire dans sa famille, et d'y porter la gaieté, l'amusement et la joie. Lorsque, dans l'âge le plus brillant de la vie, on y porte l'ennui, on a toujours tort. Examinez bien toutes les jeunes personnes insipides et ennuyeuses, vous les trouverez indolentes, oisives, et surtout égoïstes, ne pensant qu'à elles, et ne s'occupant jamais des autres. Ces personnes, dépourvues de toutes les grâces de la jeunesse, n'en ont par conséquent ni la douceur ni la modestie; elles ont une vanité puérile et passive, qui leur rend insupportables les salutaires conseils de l'expérience, qu'elles prennent toujours pour des réprimandes; elles sont nulles dans la société, parce qu'on ne peut ni leur être utile ni attendre d'elles la moindre attention agréable. Ma belle-sœur n'avait point de talents, son esprit n'avait rien de brillant; et cependant, comme je l'ai déjà dit, elle n'était nullement insipide, elle aimait le travail, on ne la voyait jamais oisive, elle était obligeante, et prenait toujours part à la gaieté et aux plaisirs des autres, et voilà ce que toute jeune personne pourrait être, même avec l'éducation la plus négligée.

Madame de Puisieux m'aimait véritablement à la folie, et par cette raison même elle ne me gâtait pas. J'étais la seule personne qu'elle reprît, et cela arrivait continuellement; ma vivacité, dégénérant souvent en étourderie, me faisait manquer sans cesse à mille petites choses; et sur-le-champ madame de Puisieux m'en reprenait, et tout haut et devant tout le monde. Je n'ai jamais eu d'effort à faire sur moi-même pour bien recevoir ces petites leçons, j'en sentais l'utilité, j'en étais reconnaissante; elles donnaient, à mes yeux, à madame de Puisieux un air véritablement maternel qui me rendait plus chère: aussi je lui disais que je la priais de me laisser quelques petits défauts; parce que si elle parvenait à me rendre parfaite, et qu'elle n'eût plus rien à me dire, je croyais que je sentirais moins combien je l'aimais, et combien je devais l'aimer.

CHAPITRE XII.
1768-1769.

M. de Genlis est nommé gouverneur d'Epernay. — M. de Rochefort. — Trait de mémoire. — L'*invalide de Cythère*. — Soupers de femmes. — M. de Vaubecourt. — Quadrille en devises. — On le danse au bal de l'Opéra. — Gros chat. — Madame Louis, femme de l'architecte. — Les soupers de madame du Bocage. — Mon premier roman historique. — Le chevalier de Jaucour. — Histoire de la tapisserie. — La marquise de Livry. — Sa petite mule. — La princesse de Poix. — Mort cruelle du maréchal de Balincour. — Naissance de mon fils.

Le lendemain matin, à notre promenade à cheval, M. de Puisieux me dit d'annoncer à M. de Genlis qu'il lui donnait son gouvernement d'Epernay, qui valait sept mille francs par an. C'était un honorable et beau présent auquel nous ne nous attendions point, et qui nous fit un grand plaisir. Il y eut beaucoup de monde de Paris à ce voyage, entre autres le comte de Rochefort, parent de M. de Puisieux et de MM. de Genlis; il aimait beaucoup la littérature, et était en commerce de lettres avec Voltaire, qui mettait beaucoup de soin à se faire des partisans parmi les gens de la cour. M. de Rochefort était flatté de recevoir des lettres de M. de Voltaire; il ne manquait pas, quand nous étions en famille, de nous en faire la lecture. Je trouvais dans ces lettres une flatterie ridicule et une impiété révoltante; M. et madame de Puisieux en étaient aussi très-scandalisés. Ce qui surtout nous confondait, c'étaient les compliments adressés à la *philosophie* et sur l'esprit de M. de Rochefort sur sa *philosophie* et sur son esprit *philosophique*, ce qui voulait dire sur son irréligion, et M. de Rochefort avait au contraire des sentiments très-religieux; il nous protestait (et il était la sincérité même) qu'il n'avait fait là de ne jamais dire un mot sur la religion dans cette correspondance. Mais on a vu depuis dans les lettres imprimées de M. de Voltaire que c'était une de ses manières d'entraîner dans la secte les gens du monde.

Je lus beaucoup à Sillery. M. de Puisieux avait une excellente bibliothèque, et j'en profitai. Pendant que l'on était à la promenade, je faisais, comme je l'ai dit, des lectures à madame de Puisieux, et c'était presque toujours des livres d'histoire ou de théâtre. Les réflexions de madame de Puisieux ajoutaient beaucoup pour moi à l'intérêt et à l'utilité de ces lectures. Je remportai de Sillery une bonne quantité d'extraits. J'aimais à grossir cette collection; rien ne m'attachait davantage à mes lectures que cet amas de notes, de réflexions, qui formaient déjà à cette époque un nombre énorme de cahiers.

Madame de Puisieux, en partant de Sillery après Noël, me ramena à Paris; nous nous arrêtâmes quinze jours à Braine, chez la vieille comtesse d'Egmont, belle-mère de la jeune et jolie, que nous y trouvâmes aussi. La comtesse d'Egmont avait été jadis l'*amie intime* de M. le Duc, premier ministre dans la première jeunesse de Louis XV; je recueillis là, de ses conversations avec madame de Puisieux, beaucoup d'anecdotes de ce temps, et surtout sur la belle mademoiselle de Clermont, sœur de M. le Duc, et dont madame de Puisieux avait été l'amie. Je vis dans cette maison le vieux marquis de Croy, qui, à l'âge de cinquante ans, avait l'air d'en avoir quatre-vingts; il avait eu les plus grands succès auprès des femmes, et ne se consolait pas de n'être plus un homme à bonnes fortunes. Il avait conservé tous les tics de la fatuité et l'habitude d'une toilette ridiculement recherchée. C'était lui que la vieille reine appelait l'*invalide de Cythère*; c'est une triste chose qu'un *invalide* sans gloire, et que des infirmités qui ne rappellent que des désordres honteux. Ce vieillard prématuré était plein d'humeur et de fantaisies; ne pouvant plus plaire aux jeunes personnes, il les haïssait. Il fut désobligeant pour moi, et je m'en vengeai d'une manière qui charma madame d'Egmont la jeune. J'affectai pour lui le profond respect qu'on aurait pour un centenaire; il en fut outré, et son dépit produisit les scènes les plus comiques. Enfin il demanda à madame d'Egmont quel âge je lui croyais; elle répondit qu'il s'amusait de ma simplicité, et qu'elle me laissait croire qu'il avait quatre-vingt-dix-huit ans. Cette opinion me raccommoda pas avec moi; il déclara que j'étais plus que *simple*, et il fit entendre qu'il n'avait jamais rencontré dans le monde une jeune personne aussi bornée. Sur la fin de ce voyage, je vis à Braine un vrai vieillard, mais très-aimable, le maréchal de Richelieu, père de madame d'Egmont la jeune. Je le regardais avec une extrême curiosité, en songeant qu'il avait vu Louis XIV, et qu'il avait vécu dans l'intimité de madame de Maintenon. Le maréchal était gracieux, rempli de douceur et de bonté; il avait eu à la guerre des succès qui honorent la vieillesse, et il n'était pas humilié de n'avoir d'un genre frivole. Ce fut là que je lui entendis conter qu'il avait en vain dit à Voltaire que le *Testament du cardinal de Richelieu* était parfaitement authentique, que l'original existait dans sa maison, que Voltaire n'avait voulu rétracter aucun des mensonges qu'il avait débités à ce sujet. J'avais déjà entendu dire la même chose à madame d'Egmont, je trouvai dès lors que le maréchal aurait dû démentir par un écrit public cette fausseté historique. Mais il ne voulait pas se brouiller avec Voltaire, qui l'appelait *mon héros*[1], et d'ailleurs, comme tous les gens du monde, il craignait les scènes publiques, les éclats, et surtout il redoutait la plume de Voltaire; et c'est ainsi que de petites considérations et la crainte qu'inspirait la *coalition* des encyclopédistes ont mille fois, dans ce siècle, retenu captives d'utiles vérités. Cependant le maréchal de Richelieu avait le bon esprit de sentir tout le danger des maximes et des doctrines prétendues philosophiques, il s'en expliquait hautement dans la société, et on le voit dans plusieurs lettres qui nous restent de lui.

Je passai cet hiver dans une assez grande dissipation. J'allais très-peu aux spectacles, et je n'allai que deux fois au bal de l'Opéra; mais les bals particuliers, les dîners chez madame de Puisieux, chez ma tante, les soupers priés, les visites, me prenaient beaucoup de temps. J'avais tous les samedis un souper chez la comtesse de Custine, où nous passions des soirées charmantes: c'étaient des soupers de femmes; tous nos maris allaient régulièrement ce jour-là coucher à Versailles pour chasser le lendemain avec le roi. Nous nous rassemblions à huit heures, et nous causions jusqu'à une heure du matin avec une gaieté qui se soutint toujours. Nous étions six: mesdames de Custine et de Louvois, toutes deux charmantes dans des genres différents; madame d'Harville, également agréable par sa figure, son esprit et son caractère; madame la comtesse de Vaubecourt, jolie comme un ange et très-amusante par des saillies qui ressemblaient à la naïveté, quoiqu'elle ne fût rien moins qu'ingénue: elle était cousine de madame de Custine. On ne parlait point encore de sa conduite; la gravité de son mari conservait encore sa réputation; mais l'année d'ensuite une aventure d'éclat obligea M. de Vaubecourt à demander une lettre de cachet qu'il obtint, et il la mena dans un couvent où elle passa le reste de ses jours.

Lorsque M. de Vaubecourt alla chez le ministre pour solliciter cette lettre de cachet, tout le monde savait qu'il devait la demander,

---

[1] Dans les lettres qu'il lui adressait, tandis que dans les lettres de même date qu'il écrivait à d'autres personnages, il ne le désignait jamais que sous les titres de *tripotier* et de *maître de tripot*. Voyez sa correspondance. Le maréchal, en qualité de premier gentilhomme de la chambre, avait une inspection particulière sur les comédiens français.

excepté M. d'Auteroche, qui ne savait que le dernier la nouvelle du jour ; il alla chez le ministre un soir de grandes promotions : il arriva dans le salon, où il trouva beaucoup de monde rassemblé. M. de Vaubecourt était renfermé dans le cabinet du ministre dont il avait obtenu la lettre de cachet, mais elle nous amusait par le récit de toutes remerciant le ministre qui le reconduisait. M. d'Auteroche le vit sortir s'inclinant et imaginant qu'on venait de lui donner un grade, s'avança vers lui en lui disant à haute voix : *qu'il lui faisait son compliment, qu'il le méritait bien, que la chose ne pouvait manquer de lui arriver, qu'il l'avait prédit*, etc. La confusion du pauvre M. de Vaubecourt et les rires étouffés des spectateurs ne lui firent connaître sa bévue qu'après qu'il eut épuisé tous les lieux communs de félicitations.

Notre cinquième femme était madame la comtesse de Crénay, la seule de ces soupers qui ne fût pas jolie. Elle avait vingt ans, avec l'air d'en avoir quarante, elle a toujours eu la meilleure conduite et un très-bon caractère, mais elle nous amusait par le récit de toutes les déclarations d'amour qu'elle recevait, surtout à souper chez sa mère (madame de la Tour du Pin). Madame de Custine voulait absolument savoir les noms de ces amants malheureux, et c'étaient toujours ou des noms qui nous étaient inconnus, ou des hommes de quarante ou cinquante ans, qui avaient dû être mortellement ennuyeux à trente. Comme madame de Crénay nous disait qu'elle trouvait sans cesse des billets d'amour dans son sac, lorsqu'elle le laissait dans le salon pendant le souper, nous imaginâmes, madame de Custine et moi, de composer la lettre la plus passionnée, que nous glissâmes un soir dans son sac. Cette lettre était si extravagante et si plaisante, que je suis fâchée de ne l'avoir pas conservée.

Quoique madame de Crénay fût trop grasse et même trop grande pour danser, elle aimait la danse avec fureur ; elle donna cet hiver de fort jolis bals dans une maison très-élégante ; je fus invitée à tous, et j'y dansai plusieurs quadrilles. J'en imaginai un qui ne fit que trop de bruit. La mode de jouer des proverbes continuait toujours, j'appelai le quadrille *les proverbes* : chaque couple formait un proverbe dans la marche deux à deux, qui précédait toujours la danse. Chacun avait choisi son proverbe. Nous avions tous donné à madame de Lauzun celui-ci : *Bonne renommée vaut mieux que ceinture dorée*. Elle était vêtue avec la plus grande simplicité, et elle avait une ceinture grise tout unie. Elle dansait avec M. de Belzunce. La duchesse de Liancourt dansait avec le comte de Boulainvilliers, qui avait le costume d'un vieillard ; leur proverbe était : *A vieux chat, jeune souris*. Madame de Marigny dansait avec M. de Saint-Julien, sous le costume d'un nègre ; elle lui passait de temps en temps un mouchoir sur le visage, qui lui signifiait : *A laver la tête d'un Maure on perd sa lessive*. Je ne me souviens plus du proverbe et du danseur de la marquise de Genlis, ma belle-sœur ; mon danseur était le vicomte de Laval, magnifiquement vêtu, tout couvert de pierreries ; j'étais habillée en paysanne ; notre proverbe était : *Contentement passe richesse* ; j'avais l'air vif et gai ; le vicomte, sans rien jouer, avait l'air triste et ennuyé. Nous étions dix. J'avais fait l'air du quadrille, cet air était dansant et fort joli. Ce fut Gardel qui composa la figure de la danse, qui, suivant mon idée, devait représenter aussi un proverbe : *Reculer pour mieux sauter* ; Gardel fit de cette idée la figure de contredanse la plus jolie et la plus gaie que j'aie jamais vue. Nous fîmes beaucoup de répétitions, et notre quadrille eut tant de succès, que nous résolûmes de le danser au bal de l'Opéra ; mais malheureusement ce quadrille avait excité beaucoup de jalousie parmi quelques hommes du Palais-Royal, qui avaient vainement voulu en être. Ils furent trois ou quatre fois chez nous pour nous devions danser ce quadrille au bal de l'Opéra, dont la salle alors tenait au Palais-Royal... et on fit une *conjuration* pour nous empêcher de danser. Nous arrivâmes au bal à une heure après minuit, nous étions tous les dix sans masque. Nous fîmes notre marche autour de la salle, qui retentit d'applaudissements redoublés jusqu'au moment où nous nous disposâmes à danser ; on s'empressa de nous faire place, et, comme nous allions commencer, voilà qu'un chat gigantesque vient tout à coup, en ronflant, rouler sous nos pas. C'était un proverbe ennemi, *il ne faut pas réveiller le chat qui dort*. Un petit Savoyard, enveloppé dans une fourrure imitant celle d'un chat, jouait ce rôle ; nos danseurs ne se fâchèrent pas d'abord, et le repoussèrent assez doucement, ce qui enhardit le chat, qui parut décidé à ne pas nous laisser danser ; alors, malgré nos prières, nos danseurs lui donnèrent beaucoup de coups de pieds ; les spectateurs, qui voulaient voir le quadrille, prirent notre parti, on saisit le malheureux chat, et on l'emporta hors de la salle. Cette mauvaise plaisanterie gâta pour moi tout l'amusement de cette soirée, je craignais mortellement qu'elle n'eût des suites fâcheuses. Notre quadrille eut le plus grand succès, il fut applaudi à tout rompre ; j'en fus charmée, parce que cela remit nos danseurs de bonne humeur. Trois d'entre eux surtout, MM. de Boulainvilliers, de Belzunce et de Saint-Julien, nos meilleurs danseurs, étaient outrés contre le chat ; j'avais beau leur dire qu'il avait été assez maltraité qu'il n'y pas revenir, parce que *chat échaudé craint jusqu'à l'eau froide*, ils voulaient l'interroger pour connaître les *auteurs* de ce méchant tour. Nous les dissuadâmes de cette recherche. On sut quelques jours après que les inventeurs de cette malice étaient un jeune prince et ses amis ; et,

comme tout le triomphe était de notre côté, nos danseurs se calmèrent facilement, et les danseuses en furent quittes pour la peur. M. de Saint-Julien, le plus irrité contre le malencontreux chat, était un charmant jeune homme ; on disait qu'il semblait que la nature, en lui donnant la plus jolie figure, se fût moquée de lui ; ses belles couleurs ressemblaient parfaitement à du rouge, et il avait sur le menton deux signes noirs placés comme les mouches que portaient alors beaucoup de femmes. De sorte que ce joli visage d'homme était une véritable espièglerie de la nature. Il s'était battu une fois pour ces agréments déplacés ; il était brave, spirituel, et n'avait pas la moindre fatuité.

Je m'amusai aussi beaucoup chez moi cet hiver ; mon salon était fort grand, nous y jouâmes non-seulement des proverbes, mais un opéra comique, dont ma amie mademoiselle Baillon (depuis madame Louis, femme du fameux architecte) fit la musique ; M. de Sauvigny avait fait les paroles, et un rôle pour moi, dans lequel je jouais de la harpe, de la guitare et de la musette. Nous jouâmes aussi une jolie comédie, intitulée *l'Avare amoureux*. Mademoiselle Baillon était une charmante jeune personne, jolie, douce, modeste, sage, spirituelle, jouant du piano de la première force, composant à merveille et avec une étonnante facilité ; elle a fait un opéra comique, *Fleur d'épine*, qui fut joué avec succès ; il en aurait eu davantage si les paroles eussent été meilleures, mais le poète avait absolument gâté ce charmant conte d'Hamilton. Nos petites représentations, exécutées entre des paravents, finissaient toujours par une musique délicieuse, dont le fameux Cramer, qui passa cet hiver à Paris, était le premier violon, et le plus parfait que j'aie entendu, et Jarnowicz, le second ; Duport jouait du violoncelle, mademoiselle Baillon du piano ; moi j'y chantais et j'y jouais de la harpe ; Friseri, qui, quoique aveugle, jouait de la mandoline d'une manière surprenante, y venait aussi, ainsi qu'Albanèse, le chanteur italien. Nos acteurs de proverbes et de comédies étaient le comte d'Albaret, Coqueley, le président de Périgny (ce qu'il y avait de plus celèbre entre les hommes pour les proverbes), en femmes, madame la marquise de Ronsay, mademoiselle Baillon et moi. Nous avions pour spectateurs une quinzaine de personnes, M. de Sauvigny, l'abbé Arnaud, l'auteur ; le chevalier de Talleyrand, frère du baron, ami de M. de Genlis ; le chevalier de Barbantane ; M. de Vérac, depuis ambassadeur à Copenhague ; sa femme, dans laquelle j'admirais deux choses bien rarement réunies, l'extrême vivacité et l'extrême douceur ; sa conduite a toujours été parfaite ; elle suivit son mari en Danemark, et y mourut. Nos autres spectateurs étaient tour à tour le comte et la comtesse de Brancas, madame de Custine, son mari et son beau-frère, etc. Ma tante ne vint jamais à ces petites soirées ; je l'y invitai, sachant bien qu'elle n'y viendrait pas ; mes amies n'étaient pas les siennes.

Dans ce même hiver M. d'Albaret me proposa un divertissement qui me charma. Il allait quelquefois chez madame du Bocage, il nous fit le récit de ce qui se passait à ses petits soupers de beaux esprits. M. d'Albaret avait plusieurs fois été à Ferney, il contrefaisait M. de Voltaire d'une manière parfaite. Il fut convenu que nous jouerions les *Soupers de madame du Bocage*, que nous supposerions que M. de Voltaire était à Paris. M. d'Albaret se chargea de ce rôle ; M. de Genlis, le chevalier de Barbantane et quatre ou cinq autres firent d'autres beaux esprits. Je pris le costume d'une femme de soixante ans, et d'après les leçons de M. d'Albaret, je jouai un grand succès madame du Bocage : je parlais de mon *Voyage d'Italie*, on me parlait de ma *Colombiade* et de mon ancienne beauté ; ensuite toute l'attention se portait sur M. de Voltaire, qui était ce que j'ai jamais vu de plus plaisant et sans aucune charge. Il contait des anecdotes et récitait des vers, parmi lesquels se trouvaient beaucoup d'impromptus faits à ma louange, c'est-à-dire à celle de madame du Bocage. Nous eûmes ainsi cinq *Soupers de madame du Bocage*, sans jamais nous blaser sur cette plaisanterie. M. d'Albaret était inimitable en Voltaire. Nous nous étions promis le secret, et il fut si fidèlement gardé, qu'on n'en a jamais parlé dans le monde. Au milieu de toute cette dissipation je cultivais naturellement tous mes talents de musique, puisque j'en faisais sans cesse ; mais en outre je lisais tous les jours régulièrement une heure pendant ma toilette, et je trouvais le moyen d'écrire autant de temps des extraits. Il y avait toujours dans la semaine au moins deux jours où nous ne sortions pas ; alors je lisais cinq ou six heures, et j'écrivais deux ou trois, et de plus je copiais des mémoires que M. de Genlis faisait continuellement pour les ministres, sur la guerre, la marine, et il fallait remettre tout cela au net sur des brouillons épouvantables ; j'en avais fait d'ouvrage plus fatigant. Je frémissais quand je le voyais entrer dans ma chambre avec ses grands papiers à la main ; cependant cette complaisance ne m'a pas été inutile sous les rapports littéraires. M. de Genlis avait beaucoup d'esprit, il faisait des chansons charmantes ; mais, lorsqu'il écrivait en prose, il était fort diffus. En lisant ses mémoires, remplis de bonnes idées et très-bien faits, je vis qu'on pourrait les abréger, et qu'ils y gagneraient. C'était une jolie découverte pour moi. Je lui proposai des réductions ; il se récria d'abord, et même se moqua de moi; j'insistai. Je pris M. de Sauvigny pour arbitre; il me donna toute raison : il fallait changer quelques phrases, ce qui est presque toujours nécessaire en supprimant; j'offris un petit travail, qui fut accepté. Alors je taillai en plein drap; j'abrégeai avec soin tous les mémoires, je les récrivais quelquefois d'un bout à l'autre. Je ne gagnais point de temps à ce nouveau travail, je n'épargnais que le papier; mais j'y mettais du mien et beaucoup d'amour-propre, cela cessa de m'ennuyer; et j'appris ainsi à établir de l'ordre dans mes idées et à écrire avec précision. Ce fut cette année que je fis mon premier *roman historique*, je ne fondai qu'un trait que j'avais lu dans la vie de Tamerlan. Ce roman avait pour titre *Parisatis* ou la *Nouvelle Médée*; il était horriblement tragique et en un volume de deux cents pages de mon écriture. M. de Morfontaine et M. de la Reynière me prêtaient des livres avec la plus grande obligeance, car je pouvais les garder tant que je voulais. Je lus dans cet hiver, avec un plaisir inexprimable, les *Pensées* de Pascal, les *Oraisons funèbres* de Bossuet, le *Carême* de Massillon. J'avais déjà lu ces immortels ouvrages; mais apparemment que mon esprit s'était formé, il me semblait, par l'étonnement et l'admiration qu'ils me causaient, que je les lisais pour la première fois. Je lisais ainsi ces trois sublimes écrivains : d'abord le profond Pascal pendant une demi-heure, il fortifiait ma foi par ses admirables raisonnements; ensuite je lisais avec saisissement une trentaine de pages de Bossuet; il m'élevait au-dessus de moi-même et de la terre; après cela je me reposais dans le ciel avec Massillon. Le calme majestueux de son éloquence, la douceur et l'harmonie de son langage ont quelque chose de véritablement divin. Que je plains ceux qui n'aiment ni la lecture, ni l'étude, ni les beaux-arts!... J'ai passé ma jeunesse dans les fêtes et dans la plus brillante société, et je puis dire avec une parfaite sincérité que je n'y ai jamais goûté des plaisirs aussi vrais que ceux que j'ai constamment trouvés dans un cabinet avec des livres, une écritoire et une harpe. Les lendemains des plus belles fêtes sont toujours tristes, les lendemains des jours consacrés à l'étude sont délicieux; on a gagné quelque chose, et l'on se rappelle la veille non-seulement sans dégoût ou sans regrets, mais avec la plus douce satisfaction.

Vers la moitié de l'hiver, je lus, et ce fut avec enthousiasme, l'*Histoire naturelle* de M. de Buffon; ce style parfait m'enchanta, je l'étudiai sérieusement. Je vis d'abord qu'il était impossible de rien ajouter aux phrases et aux paragraphes de ce bel ouvrage, et d'en rien retrancher; j'en conclus qu'il était écrit avec toute la clarté et toute la précision désirable. Massillon, qui m'avait à peu près initié aux secrets de l'harmonie (ainsi que l'auteur de *Télémaque*), me mettait en état de sentir la mélodie de cette admirable prose. J'essayai aussi de déplacer quelques mots, ou d'en changer plusieurs, en y substituant des synonymes, et je vis que le moindre changement ôtait l'harmonie ou gâtait le sens; ce qui me prouva que nul auteur n'a mieux connu la propriété des mots et des expressions. Je sentis donc lors que la perfection du style consiste dans le naturel, la clarté, la précision, l'harmonie, la correction, la propriété d'expressions. Après un examen très-suivi et très-réfléchi, je relus sur la fin de l'hiver mes compositions et mon roman historique; et à l'exception de mes *Réflexions d'une mère de vingt ans* et de ma comédie *des Fausses délicatesses*, que je me promis de retoucher, je brûlai le tout, et j'eus grande raison, car cela était bien mauvais. M. d'Albaret me persuada d'apprendre l'italien, et me donna un vieux maître nommé M. Fortunati, avec lequel je fis beaucoup de progrès en peu de temps.

Il prit à ma tante cette année des fantaisies qui me causèrent beaucoup d'ennui; elle voulut jouer de la harpe et essayer de faire des vers. Je lui donnai des leçons de harpe les jours où j'allais dîner chez elle, et c'est une écolière qui ne m'a jamais fait honneur. Quant aux vers, l'essai ne fut pas heureux. Elle était en fait d'une ignorance absolue. Je ne crois pas qu'elle eût jamais lu deux pages d'un bon livre, elle ne lisait même pas de romans. C'est elle qui, plusieurs années après, en parlant de M. de Saint-Priest, ambassadeur en Turquie, dit qu'il avait auprès de Constantinople une charmante maison de campagne sur les bords de *la mer Baltique*[1]. Enfin, avec ce fonds d'érudition elle se mit à *versifier*. Sa première pièce de vers fut son *portrait*; il n'était ni fade, ni flatté, et fait très-gaiement et même spirituellement quant aux idées, mais il n'y avait pas un seul vers en mesure, et l'on y trouvait des hiatus à chaque ligne; je corrigeai cette singulière production. J'étais loin de penser que ma tante, qui avait trente ans, ferait sept ou huit ans après des tragédies. M. le duc d'Orléans était toujours aussi amoureux d'elle, M. de Montesson avait quatre-vingt-sept ans, et ma tante songeait sérieusement à la fortune qu'elle avait faite depuis. Il y avait à cela un seul obstacle, c'était la passion *platonique*, connue de tout le monde, qu'elle avait pour le duc de Guines. Mais l'ambition donnait à ma tante des inventions merveilleuses, et je conterai bientôt ce détail, qui est très-curieux. Je vais parler auparavant de sa société. Son amie intime était madame la présidente de Gourgues, sœur de M. de Lamoignon. C'était une

personne toujours malade et presque toujours couchée sur une chaise longue, avec une *passion platonique* et malheureuse pour le chevalier, depuis marquis de Jaucour, celui qu'on appelait *le clair de lune*. Madame de Gourgues était d'une pâleur remarquable, elle ne mettait point de rouge, et cette pâleur allait à sa physionomie; sa personne offrait contrastes singuliers : elle avait une figure sentimentale, et de la sécheresse dans le ton et les manières; de la bonhomie dans le caractère, et de la pédanterie dans l'esprit; de la dévotion, et une grande admiration pour les encyclopédistes. Elle n'était point aimable, mais elle avait beaucoup de vertus; on lui trouvait de l'esprit et de l'instruction, parce qu'elle savait l'anglais, chose fort rare alors. Nous allions assez souvent souper chez elle, il n'y avait jamais à ces soupers que le chevalier de Jaucour; et outre ma tante et moi, tout au plus deux personnes; nous n'y avons jamais été plus de six. Madame de Gourgues ne me plaisait pas, elle me regardait et me traitait comme une enfant, et je gardais chez elle un profond silence. Ma tante y était aimable et gaie, elle faisait tout l'agrément de ces petits soupers, et il n'y avait à cela ni motif intéressé, ni coquetterie; quand l'ambition ou son intérêt ne s'y opposaient pas, elle avait un charmant caractère.

Le chevalier de Jaucour avait une figure très-agréable, un visage rond, plein et pâle, des yeux noirs, de jolis traits, des cheveux bruns, négligés et dépoudrés; il ressemblait en effet à un *clair de lune*. Sa taille était noble, il avait bonne grâce. Son caractère était excellent, plein de droiture et de loyauté. Il avait fait plusieurs campagnes de guerre, étant entré au service à douze ans; il avait montré autant d'intelligence militaire que de bravoure. Son esprit était comme son caractère, sage et raisonnable. A l'un de ces soupers, ma tante dit que j'avais peur des revenants; alors madame de Gourgues proposa au chevalier de Jaucour de me conter *sa belle histoire de la tapisserie*. J'en avais entendu parler comme d'une chose parfaitement vraie, car le chevalier de Jaucour donnait sa parole d'honneur qu'il n'y ajoutait rien, et il était incapable de faire un mensonge, qui d'ailleurs n'aurait eu alors aucun sel. Cette histoire est devenue prophétique à l'époque de la révolution. Je puis la rapporter avec une scrupuleuse exactitude, parce qu'avant entendu le chevalier de Jaucour, je l'ai lui ai fait conter cinq ou six fois en ma présence; la voici :

Le chevalier, né en Bourgogne, fut élevé dans un collége à Autun. Il avait douze ans lorsque son père, qui voulait l'envoyer à l'armée sous la conduite d'un de ses oncles, le fit venir dans son château. Le soir même, après le souper, on le conduisit dans une grande chambre où il devait coucher; on établit sur une espèce de trépied au milieu de la chambre une lampe allumée, et on le laissa seul. Il se déshabilla et se mit au lit sur-le-champ, en laissant brûler sa lampe. Il n'avait nulle envie de dormir; et comme il avait à peine regardé sa chambre en y entrant, il se mit à la considérer. Ses yeux se portèrent sur la vieille tenture de tapisserie à personnages qui se trouvait vis-à-vis de lui; le sujet en était bizarre. Elle représentait un temple dont les portes étaient fermées. Sur le haut de l'escalier de cet édifice était debout une espèce de pontife ou de grand prêtre, vêtu d'une longue robe blanche; il tenait d'une main une poignée de verges, et de l'autre une clef. Tout à coup le chevalier, qui regardait fixement cette figure, se frotta les yeux, croyant avoir un éblouissement, ensuite il regarde de nouveau, et la surprise et le saisissement le glacent et le rendent immobile!... Il voyait cette figure se mouvoir, descendre gravement les marches de l'escalier!... Enfin, la voilà hors de la tapisserie et dans la chambre, qu'elle traverse; elle arrive tout près du lit, et s'adressant à ce pauvre enfant, pétrifié par la terreur, elle lui dit bien distinctement ces paroles : *Ces verges fustigeront un grand nombre. Quand tu les verras s'agiter*, n'hésite pas à prendre la clef des champs que voilà... A ces mots sa figure tourne le dos, s'éloigne, se rapproche de la tapisserie, remonte l'escalier et se remet à sa place. Le chevalier, baigné d'une sueur froide, fut pendant plus d'un quart d'heure tellement privé de force, qu'il resta hors d'état d'appeler. Enfin on vint. N'osant confier cette aventure à un domestique, il dit seulement qu'il se trouvait mal, et l'on resta auprès de lui tout le reste de la nuit. Le lendemain, le comte de Jaucour son père l'interrogeant sur ce qu'il avait eu la nuit, il conta sa vision. Au lieu de se moquer de lui, comme le chevalier s'y attendait, le comte l'écouta fort sérieusement; ensuite il dit : « Rien n'est plus extraordinaire, car mon père dans sa première jeunesse eut aussi dans cette même chambre, avec le même personnage, représenté dans cette antique tapisserie, une scène fort étrange... ». Le chevalier aurait bien désiré savoir le détail de cette vision de son grand-père, mais le comte n'en voulut pas dire davantage, il ordonna même à son fils de ne lui en plus parler, et le jour même le comte fit détendre toute cette tapisserie, qu'il fit brûler en sa présence dans la cour du château. Voilà cette fameuse histoire dans toute sa naïveté. Madame Radcliff eût été bien heureuse de la savoir, et je crois que le chevalier de Jaucour, à l'époque de la révolution, se la rappela; ce qu'il y a de certain, c'est qu'il *prit la clef des champs* lorsqu'il vit *les verges s'agiter*. Il n'hésita pas à quitter la France.

Revenons à la société de ma tante. Sa meilleure amie, après madame de Gourgues, était la duchesse de Chaulnes, fille du duc de Chevreuse. Elle était jolie, mais elle manquait absolument d'esprit et

---

[1] Il faut que madame de Montesson ait beaucoup lu depuis l'époque dont parle madame de Genlis, car je l'ai entendue causer avec les gens les plus instruits, et faire sans pédanterie de nombreuses citations toujours justes. G. D.

de naturel, et elle avait mille prétentions ridicules. C'est la seule femme que j'aie connue dont on ait pu dire justement comme de certains hommes, qu'elle avait *de la fatuité*. Il y en avait dans son maintien, dans ses manières, dans son ton et dans tous ses discours. Au reste, elle avait une très-bonne conduite. On l'avait mariée fort jeune à une espèce de fou qui le lendemain de son mariage disparut subitement pour aller en Égypte. Il y resta plusieurs années, et à son retour il ne voulut jamais revoir sa femme. Une autre amie de ma tante était la princesse de Chimay douairière, personne fort insignifiante, qui n'avait ni le mérite ni l'élégance de l'autre princesse de Chimay, s'intéressante par sa conduite, sa piété, ses vertus, et que nous avons vue depuis dame d'honneur de la reine. Les autres amies de ma tante étaient madame de la Massais, dont j'ai déjà parlé, et la marquise de Livri. Cette dernière était jeune, bonne et originale ; elle était si vive et si naturelle, qu'elle oubliait continuellement tous les usages du monde ; elle avait trente-quatre ou trente-cinq ans. Les femmes de cet âge portaient alors le lendemain de souliers, mais ce qu'on appelait des *mules*, c'est-à-dire des chaussures sans *quartiers*, qui ne renfermaient que le petit bout du pied ; le tout porté sur de hauts talons, comme nous en avions toutes dans ce temps. Je n'ai jamais compris comment on pouvait marcher avec ces petites pantoufles. Un soir, chez madame de Livri, où je soupais avec ma tante pour la première fois, et avec beaucoup de monde, madame de Livri eut une dispute avec le marquis d'Hautefeuille, qui était à l'autre bout de la chambre ; elle s'anima par degrés, et enfin à tel point, que tout à coup elle tira son pied une de ses petites mules et la lui jeta à la tête. C'était véritablement une pantoufle de Cendrillon, car elle avait le plus joli pied du monde. Rien ne m'a jamais causé plus de surprise. Cependant cette folie ne la fit prendre ni en amitié ; je lui en ai vu faire mille de ce genre, qui m'ont toujours paru charmantes, parce qu'elles étaient parfaitement naturelles, et que cette femme, si peu mesurée dans ses discours et dans un cercle, ne ressemblait à aucune autre, et était aussi raisonnable et aussi sage dans toutes les choses essentielles qu'elle l'était peu dans la société. Elle avait une fort bonne maison, donnait d'excellents soupers, mais elle sortait rarement et allait fort peu dans le monde, quoiqu'elle en reçût beaucoup chez elle.

Ma tante voyait habituellement en habitudement le comte de Chabot, dont j'ai déjà parlé ; le chevalier de Coigny, qu'on appelait *Mimi*, je n'ai jamais su pourquoi ; il était fort à la mode, d'une assez jolie figure ; on lui trouvait de l'esprit, je l'ai beaucoup vu, et je ne l'ai jamais entendu causer ; mais dans chaque visite il laissait un mot bon ou mauvais, que l'on citait toujours ; ce mot dit, il ne parlait plus ; il avait l'air distrait, insouciant, et un air même temps étourdi, ce qui lui était particulier. Je lui trouvais beaucoup de fatuité, une gaieté fausse, c'est-à-dire affectée, un air moqueur qu'il ne quittait jamais, alors même qu'il avait envie de plaire. Le duc de Coigny, son frère aîné, avait de la douceur, une politesse aimable et un caractère qui le faisait généralement estimer et aimer. Le marquis de Lusignan, qu'on appelait *la grosse tête*, autre ami de ma tante, était confident de toutes les femmes ; il ne fallait pour cela que de la douceur, de la discrétion et avoir l'air de croire que toutes les intrigues étaient des *passions platoniques*. Beaucoup d'hommes qui n'avaient pas assez d'agréments pour réussir auprès des femmes prenaient ce modeste rôle de confident, qui leur donnait dans la société une sorte de considération qui n'a pas été inutile à la fortune de plusieurs d'entre eux. Le marquis d'Estréhan, déjà vieux, était dès lors le suprême confident des femmes de ce temps. Il s'était fait un droit de cette espèce de confiance ; y manquer eût été à ses yeux un mauvais procédé. Ses conseils en ce genre étaient, dit-on, excellents ; c'était le *directeur* des femmes galantes. M. de Donézan (frère du marquis d'Husson), homme parfaitement aimable, et le seul *conteur* toujours amusant que j'aie connu ; M. de Pons, intendant de Moulins, très-aimable aussi, qui, peu d'années après, épousa une charmante personne, mère de madame de Fontanges d'aujourd'hui ; le marquis de Clermont, depuis ambassadeur en Espagne et à Naples, célèbre par son esprit, son aimable caractère et ses talents charmants ; le comte d'Albaret : tels étaient les hommes de la société intime de ma tante. Elle en recevait beaucoup d'autres, mais qui n'étaient que de simples liaisons. J'ai vu plusieurs fois chez elle et chez madame de Boulainvilliers M. le comte de la Marche, depuis prince de Conti, mort en Espagne ; il était sauvage et obligeant ; il avait de la singularité et de l'insipidité, ce que je n'ai vu qu'à lui. J'allais de temps en temps, comme je l'ai déjà dit, dîner ou souper chez ma grand'mère, qui était toujours aussi sèche pour moi. Un jour que nous arrivâmes de bonne heure pour dîner, nous ne trouvâmes dans le salon que la sœur de mademoiselle Dessalleux, ma grand'tante, qui était une excellente personne. Ma grand'mère était sortie, et ne devait rentrer qu'à l'heure juste du dîner. Mademoiselle Dessalleux me proposa de me faire voir le cabinet particulier de ma grand'mère, qui était tout rempli de jolis tableaux et d'estampes : je regardai d'abord un énorme tableau qui était un portrait de ma grand'mère dans sa jeunesse, et de son fils,

[1] Sa fille épousa M. Georges Onslow, dont les compositions musicales sont si remarquables. G. D.

enfant alors (le même qui fut tué à Minden) ; la beauté de madame de la Haie avait eu beaucoup de célébrité, mais je ne fus frappée que de la fadeur du tableau ; ma grand'mère était représentée en Vénus et son fils en *Cupidon*, comme disait mademoiselle Dessalleux. Je m'arrêtai plus longtemps devant un charmant petit tableau peint à ravir, qui représentait l'enlèvement d'Europe ; j'y remarquai une jolie idée : le taureau détournait de côté sa grosse tête pour baiser un joli petit pied nu d'Europe. Je dis que je trouvais Europe très-belle, mais trop grasse : mademoiselle Dessalleux sourit, et répondit que c'était non une figure de fantaisie, mais un portrait, celui de la duchesse de Berry, fille de M. le régent ; alors elle me conta que cette princesse, durant ses amours avec le feu marquis de la Haie, mari de ma grand'mère, s'était fait peindre ainsi pour lui, et lui avait donné ce tableau. Je pensai en moi-même que si M. de la Haie n'avait eu pour maîtresse qu'une simple particulière, sa véritable grand'mère aurait trouvé ce tableau très-scandaleux, et qu'elle ne l'aurait certainement pas gardé précieusement dans son cabinet ; quelle fausse couleur la vanité sait donner aux choses!... Madame de Montesson, après la mort de ma grand'mère, hérita de ce tableau, et le donna à M. le duc d'Orléans, qui le mit dans ses petits appartements, où on l'a vu jusqu'à la révolution ; j'ignore ce qu'il est devenu depuis.

Je n'allai point cette année [1] à Sillery, parce que j'étais grosse ; mais j'allai avec ma tante à l'Ile-Adam, où je jouai encore la comédie malgré ma grossesse. Ma tante joua dans un opéra, dont la musique était de Monsigny ; cet opéra n'a été ni joué ni gravé : dans la suite, Monsigny par dévotion le brûla [2]. Il avait pour titre *Baucis et Philémon*, la musique en était charmante. Ma tante jouait Baucis, elle était en vieille pendant les deux premiers actes, le rôle était fait pour sa voix, elle l'avait fort étudié ; le costume de vieille la rajeunissait et lui donnait l'air d'avoir vingt ans. Elle eut beaucoup de succès dans ce rôle, elle le méritait.

Madame la maréchale de Beauvau et la princesse de Poix passèrent plusieurs jours avec nous. La première, sœur de MM. de Chabot et de Jarnac, avait, je crois, alors trente-cinq ou trente-six ans, et elle était, à mon avis, la femme la plus distinguée de la société, par l'esprit, le ton, les manières et l'air franc et ouvert qui lui était particulier. Sa politesse était à la fois obligeante et noble ; on voyait promptement sa supériorité, on ne la sentait jamais d'une manière embarrassante. Elle avait dans toute sa personne une aisance communicative. J'ai éprouvé souvent qu'après avoir passé une demi-heure avec elle, je n'avais plus la moitié de ma timidité naturelle. Elle avait épousé par amour M. de Beauvau ; et jamais dans le monde un mari et sa femme n'ont eu un maintien d'amour conjugal de meilleur goût et plus parfait. Madame la princesse de Poix n'était fille que de M. de Beauvau, mais sa belle-mère était pour elle, par son affection, une véritable mère. En tout je n'ai point vu de méchantes belles-mères à la cour ; elles étaient alors reléguées dans la bourgeoisie, et surtout dans la classe du peuple. La révolution a bien pu en introduire quelques-unes dans le grand monde, mais le sentiment qui les produit est si ignoble qu'il ne s'y perpétuera pas.

Madame de Poix était charmante, sa taille n'avait rien de défectueux, mais elle n'était pas belle, et elle boitait. Elle avait une brillante fraîcheur et un très joli visage. Elle était gaie, naturelle, spirituelle et piquante. Tous ces avantages, qui sont en général de dangereux écueils pour les femmes, n'ont servi qu'à l'agrément de la vie de madame de Poix, sa réputation est toujours restée intacte. Je vis aussi à l'Ile-Adam madame la princesse d'Hénin, que j'avais déjà rencontrée dans le monde ; elle était fort jeune et d'une figure charmante ; elle avait dix-huit ans ; on disait qu'elle avait de l'esprit, elle a aujourd'hui cette réputation très-bien établie. Je n'en ai jamais pu juger, quoique je l'aie beaucoup vue pendant douze ans de suite ; elle était du nombre, assez grand alors, de ces personnes qui dans le monde ne causent que tout bas, seulement avec leurs amis, à table, où elles les font placer près d'elles, et hors de table dans l'embrasure des fenêtres, se persuadant qu'elles ne peuvent être véritablement appréciées que dans le petit cercle de leur intimité. Ainsi leur esprit reste enfoui *dans le sein de l'amitié*, et n'est pour le reste du monde qu'une tradition.

Nous trouvâmes encore à l'Ile-Adam, la maréchale de Luxembourg et madame de Lauzun. Je ne pouvais me lasser de contempler cette dernière, qui avait la plus intéressante figure et la plus noble et la plus doux maintien que j'aie jamais vu ; elle était d'une extrême timidité, sans être insipide ; d'une obligeance, d'une bonté toujours soutenues, sans aucune fadeur ; il y avait en elle un mélange original et piquant de finesse et de naïveté. La maréchale, comme je l'ai déjà dit, était l'oracle du *bon ton*. Ses décisions sur la manière d'être dans le grand monde étaient sans appel. Elle avait fait à cet égard des réflexions très-fines et très-spirituelles, mais que souvent elle généralisait fort mal à propos. En voici une très-comique : Un matin (c'était un dimanche), nous attendions pour la messe M. le prince de Conti ; nous étions dans le salon, assises autour d'une table ronde sur

[1] 1764.
[2] C'est la femme de Monsigny qui brûla plusieurs manuscrits de son mari.
G. D.

laquelle nous avions posé tous nos livres d'heures, que la maréchale s'amusait à feuilleter. Tout à coup elle s'arrêta sur deux ou trois prières particulières qui lui parurent du plus *mauvais goût*, et dont en effet les expressions étaient bizarres. Comme elle critiquait avec amertume ces prières, je lui objectai doucement qu'il suffisait qu'elles fussent dites avec piété, parce que certainement Dieu ne faisait nulle attention à ce que nous appelons un bon ou un *mauvais ton*. « Eh bien, madame, s'écria la maréchale très-sérieusement, ne croyez vous cela... » Un éclat de rire général l'interrompit. Elle ne s'en fâcha point : mais au fond elle resta persuadée que le juge suprême de tout ce qui est essentiellement bon ne dédaigne pas de l'être aussi de notre ton et de nos manières, et que, même dans des œuvres également méritoires, il tient toujours quelque compte de la grâce et de l'élégance.

De l'Ile-Adam j'allai à Balincour, où je passai trois mois de la manière la plus douce et la plus agréable, presque toujours en famille ; car on y recevait fort peu de monde. M. et madame de Balincour tenaient un fort grand état à Paris, mais ils ne recevaient dans leur terre que des amis intimes. La comtesse de Balincour était spirituelle, la plus belle âme et un caractère parfait. Elle a été constamment pour moi l'amie la plus charmante. Quoiqu'elle fût naturellement sérieuse et qu'elle eût alors plus de quarante ans, elle me paraissait jeune, parce qu'elle n'était ni pédante, ni sermonneuse. M. de Balincour, à quarante-deux ans, était d'une gaieté si folle, qu'on ne pouvait démêler à travers ses extravagances, ses niches, ses espiègleries, s'il avait ou non de l'esprit. Mais il y avait dans toute sa personne du tour original et un naturel qui le rendaient amusant. Il n'était raisonnable qu'avec le maréchal de Balincour, son oncle et son bienfaiteur. Jamais vieillard n'a été plus heureux dans son intérieur, et n'a mieux mérité de l'être, par sa piété, sa bonté, sa douceur. Je n'ai pas connu de vieillard plus intéressant que le maréchal, mort à quatre-vingt-onze ans; il avait conservé toutes ses dents, une santé robuste, une vue excellente et sa mémoire la plus sûre. Je ne me lassais point de l'écouter, surtout lorsqu'il causait avec son ancien compagnon d'armes, le vieux marquis de Canillac. Ces deux respectables guerriers se rappelaient des anecdotes, des siéges, des batailles, dont les détails faisaient tressaillir : on croyait entendre parler l'histoire. Leurs conversations ressemblaient aussi à ces dialogues des morts entre des personnages d'un autre siècle. Enfin, j'admirais l'égalité d'humeur, la douce gaieté de ce vieillard; tous ses préparatifs étaient faits, rien ne l'inquiétait, et l'on voyait à sa sérénité parfaite qu'il avait terminé toutes ses affaires; il jouissait des loisirs et du repos d'une vieillesse vertueuse.

J'ai vu mourir le maréchal de Balincour d'une mort affreuse et singulière : son gosier s'ossifia tellement, qu'il mourut uniquement faute de pouvoir prendre de la nourriture : il souffrit pendant plus de quinze jours, et sa patience et sa douceur ne se démentirent jamais un seul instant. Dans cet état inouï de faiblesse et d'inanition, il conserva toujours toutes ses facultés intellectuelles; et soutenu, consolé, exalté par une piété angélique, ses discours n'étaient que des paroles de paix et de bonté, des touchantes ou des exhortations religieuses à ses petits-neveux et à ses domestiques. On vit toujours sur son visage l'expression de la bienveillance et du calme le plus parfait. Trois jours avant sa mort, ne parlant déjà plus qu'avec une extrême difficulté, il aperçut au fond de sa chambre la comtesse de Balincour qui pleurait, il lui fit signe d'approcher et lui dit : « Ma chère nièce, si je pouvais vous faire voir mon âme, vous seriez consolée ! » Le soir du même jour, tandis qu'il paraissait assoupi, sa garde se mit à manger auprès de son lit; un valet de chambre survint, qui la gronda d'avoir assez peu de délicatesse pour manger auprès d'un malade qui ne pouvait rien avaler et qui mourait de faim. Le maréchal, qui ne dormait pas, ouvrit les yeux et dit : « Laisse-la donc souper, sois sûr que je n'envie pas ceux qui peuvent manger. »

Le vieux curé de Balincour venait souvent dîner au château, c'était un saint, mais d'une simplicité qu'on était toujours étonné de trouver à neuf lieues de Paris. Dès les premiers jours il s'attacha à moi d'une manière qui me surprit; il me poursuivait partout, dans le salon, à la promenade, dans ma chambre, et toujours pour me parler de la vérité apostolique et romaine, dont il me récapitulait toutes les preuves. Il finit par m'excéder, et cela dura plus de quinze jours. C'était un tour de M. de Balincour, qui lui avait fait croire que j'étais luthérienne (mais que je m'en cachais), et qui l'avait chargé de ma conversion. M. de Genlis était à son régiment; en arrivant à Paris, je trouvai un billet de ma tante qui m'apprenait qu'elle était malade et dans son lit; je l'avais laissée à l'Ile-Adam, devant retourner deux jours après à Paris, où elle alla en effet passer huit jours; ensuite elle partit pour Villers-Cotterets, et y resta cinq semaines et elle revint avec M. le duc d'Orléans à l'Ile-Adam.

J'imaginai que la maladie de madame de Montesson était sentimentale, je ne m'en inquiétai pas beaucoup. Le lendemain matin j'étais chez elle, je la trouvai seule et dans son lit; elle me dit sur-le-champ, en mettant la main sur son cœur, que *son mal était là*, et qu'elle en mourrait; je lui dis quelques lieux communs de consolation. Alors elle me montra une lettre du comte de Guines qui, en faisant un grand éloge de sa vertu et de grandes protestations d'estime, d'admiration et d'attachement, lui déclarait qu'il n'avait plus de passion pour elle, et qu'enfin il en aimait une autre. Ma tante ajouta qu'elle ne l'avait caché à M. le duc d'Orléans ni sa douleur ni cette lettre (je m'en doutais), que M. le duc d'Orléans était *charmant pour elle*, et que, par sa conduite dans cette occasion, il avait acquis les plus grands droits sur son cœur. Je répondis toujours les mêmes niaiseries, que j'espérais qu'enfin elle guérirait, etc. Elle me dit que, sans les procédés inouïs du comte de Guines, elle aurait porté cette fatale passion au tombeau; mais qu'elle avait encore besoin d'une longue absence, qu'elle l'avait avoué à M. le duc d'Orléans, en le conjurant d'obtenir pour le comte de Guines l'ambassade de Prusse. Je compris alors pourquoi le comte de Guines s'était prêté à tous ces artifices, il avait fort peu d'amour et beaucoup d'ambition, et depuis longtemps il désirait avec ardeur une ambassade, il l'aurait attendue longtemps sans cette comédie; mais il était bien certain que M. le duc d'Orléans mettrait tant de chaleur dans cette affaire qu'il ne le ferait pas languir. Je soutins mon rôle de niaise, en disant à ma tante que je craignais que la nouvelle passion du comte de Guines ne l'empêchât d'accepter cette ambassade. Elle me répondit qu'en effet il s'éloignait à regret, mais que M. le duc d'Orléans lui avait parlé avec *tant de force*, qu'il l'avait *décidé*. Il eut l'ambassade, et partit deux mois après.

Pour rendre compte ici de tout ce qui le regarde, je rapporterai une anecdote qui peint parfaitement la finesse de son esprit : arrivé à Berlin, il fut mal reçu du roi de Prusse. Ce prince jouait de la flûte et aimait passionnément la musique; le talent supérieur du comte de Guines sur la flûte lui persuada que la cour de France ne l'avait envoyé pour ambassadeur que par cette raison. Cette idée choqua le roi, et dans le grand Frédéric c'était une petitesse. Le comte, voyant que le roi s'obstinait à le traiter avec une sécheresse qui allait jusqu'à la désobligeance, en découvrit le motif et feignit de l'ignorer. Il rencontrait quelquefois un homme qui passait pour l'un des espions du roi dans la société, et un jour, en présence de cet homme, il dit d'un ton insouciant et léger qu'il avait deviné pourquoi le roi ne l'admettait jamais dans son intérieur, et sur-le-champ il ajouta : « Le roi a des correspondances à Paris, on lui aura mandé que la tournure de mon esprit est épigrammatique et moqueuse. » Quelqu'un se récriant sur le mauvais caractère de celui qui aurait mandé une telle chose : « Non, reprit froidement le comte, il aura dit cela sans malice : à Paris, ce genre d'esprit n'est qu'un jeu de société, *on ne le craint pas.* »

Cet entretien, comme le comte l'avait espéré, fut rapporté au roi, qui, du premier mouvement, s'écria qu'il ne craignait nullement les *épigrammes* et les *moqueries*. Il traita mieux le comte de Guines, l'attira, causa avec lui, fut charmé de son esprit et de sa grâce, l'admit dans son intimité, fit souvent de la musique avec lui, et lui prodigua constamment depuis toutes les marques de la plus grande faveur.

Trois semaines après la confidence de ma tante, j'accouchai de mon fils; j'avais vingt-deux ans; M. de Genlis revint de son régiment pour la surveille de mes couches, dix-neuf jours après. Il me *relevai*, c'est-à-dire j'allai à l'église au bout de quatorze jours. Jamais ma santé n'a été meilleure.

J'avais beaucoup lu à Balincour, j'ai prodigieusement de notes et d'extraits; comme j'avais d'ailleurs un commerce de lettres assez étendu, je ne composai rien. L'hiver qui suivit ressembla parfaitement pour moi à l'hiver précédent. Je fis, à l'imitation de Fontenelle, des dialogues des morts, mais ils étaient plus moraux : le premier était entre Constantin le Grand et Charlemagne, le second entre Elisabeth d'Angleterre et Christine, reine de Suède; le troisième entre Louis XI et Henri IV. L'abbé de Lille, cet hiver, vint plusieurs fois chez moi; il nous récita de beaux vers, et personne au monde ne disait des vers comme lui. Cette année, M. de Saint-Lambert donna son poème des *Saisons*. M. et madame de Beauvau aimaient l'auteur, et protégèrent le poème avec la plus grande chaleur; ils furent secondés par toute leur société, et cet ouvrage eut dans le monde beaucoup de succès; mais les vrais littérateurs, en convenant qu'il est en général bien écrit, trouvèrent que c'était un mauvais poème, sans intérêt, sans imagination et très-ennuyeux. Il y a d'un bout à l'autre, dans cet ouvrage, une teinte sombre et monotone qui en rend la lecture fatigante, car on sent que l'auteur a pris à dessein cette triste couleur, il a voulu être *penseur*, et il a pris la pesanteur pour la profondeur. C'est ce poème qui a le premier introduit en France les prétentions *philosophiques*, *romantiques* et *germaniques* et la mélancolie, et en outre le genre *descriptif*, dans lequel les personnages, les passions, les vertus, les sentiments, ne sont que des accessoires, tandis que les forêts, les plantes, les rochers, les cavernes, les eaux, les précipices, les ruines, forment le fond du sujet. C'était tout le contraire autrefois, *mais nous avons changé tout cela*. Ce bouleversement est le fruit naturel du matérialisme : en desséchant les âmes, il a desséché l'imagination et la littérature. Malgré tous ses défauts, le poème des *Saisons* [1] conserve toujours une place honorable dans

----

[1] On lit sur le poème des *Saisons* l'épigramme que voici :

Saint-Lambert s'enroue à nous dire :
« Mon poème doit être bon,

les bibliothèques françaises, parce que le langage en est beau, et ce mérite suffit pour assurer la durée d'un ouvrage. Comme tout le monde, je lus ce poëme, et j'en pensais dès lors à peu près tout ce que j'en dis aujourd'hui. Un autre auteur, dans ce temps, excitait, dans un autre genre, un grand enthousiasme; c'était Thomas, et je partageai cette admiration, dont j'ai bien rabattu depuis. il y a dans ses discours de l'emphase, de l'enflure, des pensées fausses, mais il y a souvent aussi de l'élévation d'âme et une véritable noblesse, je n'y vis que cela. M. de Sauvigny, à force de contrarier mon goût pour cet auteur, m'en fit sentir tous les défauts. Il est singulier qu'ayant toujours eu beaucoup de naturel dans l'esprit, j'aie aimé passionnément Marivaux malgré son entortillage, et Thomas malgré son emphase, mais c'est que je suis persuadée qu'ils n'affectaient rien et qu'ils étaient nés avec cette tournure d'esprit. Leurs défauts sont des qualités outrées. Thomas avait une trop grande manière de voir les choses, Marivaux a poussé trop loin la finesse et la délicatesse. Il faut n'abuser de rien, voilà le goût, et sans le goût par conséquent il n'y a point de perfection en littérature et dans les arts. Ce sont ces deux auteurs, Saint-Lambert et avant eux Fontenelle, qui ont gâté la littérature; en faveur de leurs talents, on peut excuser leurs défauts, mais comment leur pardonner d'avoir formé tant de mauvais imitateurs? Le ton doctoral, l'emphase, les faux brillants déparent presque tous les ouvrages de cette époque jusqu'à nos jours. Rousseau même ne fut pas exempt de ces défauts, mais du moins ils ne sont en lui que des écarts; ils ne forment pas sa manière habituelle d'écrire, qui, en général, est belle parce qu'elle est franche, harmonieuse et naturelle. Mais comme écrivain, il est bien inférieur à M. de Buffon et à nos autres grands prosateurs; car, outre ses passages emphatiques, on trouve dans ses ouvrages des locutions très-vicieuses et beaucoup de fautes de langage [1].

CHAPITRE XIII.
1768.

Ma première entrevue avec Rousseau. — Il se brouille pour des bouteilles de vin de Champagne. — Lectures faites par M. de la Harpe. — Vers ridicules de Sedaine. — Madame de Ségur, fille naturelle du régent. — Madame de Laval coiffée avec une serviette. — La comtesse Jules de Polignac. — Le roi de Danemark à Paris. — Fête qui lui est donnée par madame de Mazarin. — Carlin acteur. — Madame de Berchini perd des diamants.

Ma première entrevue avec Rousseau ne fait pas honneur à mon esprit et à mon discernement; mais elle a quelque chose de si singulier et si comique, que je m'amuserai moi-même en me la rappelant. Voici donc l'histoire de mes relations avec lui.

Jean-Jacques Rousseau était à Paris depuis six mois; j'avais alors dix-huit ans. Quoique je n'eusse jamais lu une seule ligne de ses ouvrages, j'éprouvais un grand désir de l'unir à un homme si célèbre, qui m'intéressait particulièrement comme auteur du Devin du village, ouvrage charmant qui plaira toujours à ceux qui aiment le naturel; car on y trouve une expression musicale parfaitement assortie aux paroles et qu'on n'a guère vue depuis à ce degré de vérité que dans les opéras comiques de Monsigny et dans les grands opéras de Gluck. Pour revenir à Rousseau, il était très-sauvage, il refusait toutes les visites, et ne faisait point; d'ailleurs je ne me sentais pas le courage de faire la moindre démarche à cet égard. Ainsi je témoignais l'envie de le connaître, sans imaginer qu'il fût possible d'en trouver les moyens. Un jour M. de Sauvigny, qui voyait quelquefois Rousseau, me dit en confidence que M. de Genlis voulait me jouer un tour; qu'un soir il m'amènerait Préville déguisé en Jean-Jacques Rousseau, et qu'il ne le présenterait pour tel. Cette idée me fit beaucoup rire, et je promis bien de faire semblant d'être entièrement la dupe de cette plaisanterie, qu'on appelait dans ce temps une mystification, genre de gaieté fort à la mode alors. J'allais très-peu aux spectacles; je n'avais vu jouer Préville que deux ou trois fois, et dans des loges très-éloignées du théâtre. Préville, en effet, possédait l'art de décomposer sa figure et de contrefaire. Il était à peu près de la taille de Rousseau (car tout le monde savait que Jean-Jacques était petit), et réellement M. de Genlis avait eu le projet qu'on m'avait confié, mais cette folie lui passa presque aussitôt de la tête, M. de Sauvigny l'oublia de même, et seule j'en gardai le souvenir. Je fus trois semaines sans voir M. de Sauvigny, et au bout de ce temps il vint me dire avec empressement, en présence de M. de Genlis, que Rousseau désirait extrêmement m'entendre jouer de la harpe, et que, si je voulais avoir cette complaisance, il me l'amènerait le lendemain. Me croyant bien certaine que je ne verrais que Préville, j'eus beaucoup de peine à répondre sérieusement; cependant je me contins assez bien, et j'assurai que je jouerais de la harpe de mon mieux pour

» Car j'ai mis trente ans à l'écrire.

» Trente ans, vous dis-je. — Et pourquoi non?

Il en faut autant pour le lire.

[1] Cela se conçoit, puisque Rousseau, étant né à Genève, avait conservé plusieurs locutions dont se servent encore ses compatriotes. G. D.

Jean-Jacques Rousseau. Le lendemain j'attendis avec impatience l'heure du rendez-vous, imaginant qu'un Crispin travesti en philosophe serait une chose très-comique. J'étais d'une gaieté folle en l'attendant, et M. de Genlis, connaissant ma timidité naturelle, s'en étonnait beaucoup. D'ailleurs il ne concevait pas trop comment l'idée de recevoir un si grave personnage pouvait faire cette sorte d'impression, et je lui parus tout à fait extravagant lorsqu'il me vit rire au moment où l'on annonça Jean-Jacques Rousseau. J'avoue que rien au monde ne m'a paru si plaisant que sa figure, que je regardais tout comme une mascarade. Son habit, ses bas couleur de marron, sa petite perruque ronde, tout ce costume et son maintien n'offrirent à mes yeux que la scène de comédie la mieux jouée et la plus comique. Cependant, faisant sur moi-même un effort prodigieux, je pris une contenance assez convenable, et, après avoir balbutié deux ou trois mots de politesse, je m'assis. L'on causa, et, heureusement pour moi, d'une manière assez gaie. Je gardai le silence; mais de temps en temps j'éclatai de rire, et c'était avec tant de naturel et de si bon cœur, que cette surprenante gaieté ne déplut pas à Rousseau. Il dit de jolies choses sur la jeunesse en général. Je pensais que Préville avait de l'esprit, et qu'à sa place Rousseau n'aurait pas été si aimable, parce que mes rires l'auraient scandalisé. Rousseau m'adressa la parole; comme il ne m'embarrassait pas du tout, je lui répondis très-cavalièrement tout ce qui me passait par la tête. Il me trouva fort originale, et moi je trouvai qu'il jouait avec une perfection que je ne me lassais pas d'admirer. Jamais les caricatures ne m'ont fait rire; ce qui m'échantait, c'était la simplicité, le naturel de celui que j'appelais un comédien; et, d'après cette idée, il me paraissait bien supérieur en chambre à ce que je l'avais vu sur le théâtre. Cependant il me semblait qu'il donnait à Rousseau beaucoup trop d'indulgence, de bonhomie et de gaieté. Je jouai de la harpe, je chantai quelques airs du Devin du village. Rousseau me regardait toujours en souriant avec cette sorte de plaisir qu'inspire un enfantillage bien naturel; et en nous quittant il promit de revenir le lendemain dîner avec nous. Il m'avait tant diverti, que cette promesse m'enchanta, et j'en sautai de joie. Je le reconduisis jusqu'à la porte en lui disant toutes les douceurs et toutes les folies imaginables. Quand il fut sorti, je cessai tout à fait de me contraindre, et je me mis à rire à gorge déployée. M. de Genlis, stupéfait, me considérait d'un air mécontent et sévère, qui redoublait ma gaieté. « Je vois bien, lui dis-je, que vous reconnaissez enfin que vous ne m'avez pas attrapée. Vous êtes piquée; mais, au vrai, comment pouviez-vous croire que je serais assez simple pour prendre Préville pour Jean-Jacques Rousseau? — Préville! — Ah! oui, niez-le, vous me persuadez. — La tête vous a-t-elle tourné? — J'avoue que Préville a été charmant, d'un naturel parfait; il n'a rien chargé, on ne peut pas jouer mieux que cela; mais je trouve qu'à l'exception du costume, il n'a pas du tout imité Rousseau. Il a représenté un bon vieillard très-aimable, et non Rousseau, qui certainement se serait formalisé d'un semblable accueil. »

A ces mots, M. de Genlis et M. de Sauvigny se mirent à rire si démesurément que je commençai à m'étonner : on s'expliqua, et ma confusion fut extrême en apprenant que je venais véritablement de recevoir J.-J. Rousseau de cette jolie manière. Je déclarai que je ne consentirais jamais à le recevoir si on l'instruisait de ma bêtise, on me promit qu'il l'ignorerait toujours, et l'on tint parole. Ce qu'il y a de plus singulier en tout ceci, c'est que cette conduite, si niaise et si inconsidérée, me valut les bonnes grâces de Rousseau. Il dit à M. de Sauvigny que j'étais la jeune femme la plus naturelle, la plus gaie et la plus dénuée de prétentions qu'il eût jamais rencontrée; et certainement, sans la méprise qui m'avait donné tant d'aisance et de bonne humeur, il n'aurait vu en moi qu'une excessive timidité. Ainsi je ne dus ce succès qu'à une erreur; il ne m'était pas possible de m'en enorgueillir. Connaissant toute l'indulgence de Rousseau, je le revis sans embarras et j'ai toujours été parfaitement à mon aise avec lui. Je n'ai jamais vu d'homme de lettres moins imposant et plus aimable. Il parlait de lui avec simplicité et de ses ennemis sans aucune aigreur. Il rendait une entière justice aux talents de M. de Voltaire. Il disait même qu'il était impossible que l'auteur de Zaïre et de Mérope ne fût pas né avec une âme très-sensible; il ajoutait que l'orgueil et la flatterie l'avaient corrompu. Il nous parla de ses Confessions, qu'il avait lues à madame d'Egmont. Il me dit que j'étais trop jeune pour obtenir de lui la même preuve de confiance. A ce sujet, il s'avisa de me demander si j'avais lu ses ouvrages; je lui répondis avec un peu d'embarras que non. Il voulut savoir pourquoi; ce qui m'embarrassa encore davantage, d'autant plus qu'il me regardait fixement. Il avait de petits yeux enfoncés dans la tête, mais très-perçants, et qui semblaient pénétrer et lire au fond de l'âme de la personne qu'il interrogeait. Je m'imaginai qu'il aurait découvert sur-le-champ un mensonge ou un détour; ainsi, je n'eus point de mérite à lui dire franchement que je n'avais pas lu ses ouvrages, parce qu'on prétendait qu'il y avait beaucoup de choses contre la religion. « Vous savez, reprit-il, que je ne suis pas catholique; mais personne, ajouta-t-il, n'a parlé de l'Evangile avec plus de conviction et de sensibilité. » Ce furent ses propres paroles.

Si j'eusse connu ses ouvrages, j'aurais dit qu'il avait en effet parlé de la religion avec la plus touchante éloquence ; mais j'aurais eu le courage d'ajouter que son incompréhensible inconséquence à cet égard n'en était que plus coupable et plus révoltante, puisque souvent dans le même volume, par exemple dans *Emile*, il avait placé un éloge parfait de l'Evangile et des blasphèmes nombreux.

Je me croyais quitte de ses questions ; mais il me demanda encore en souriant pourquoi j'avais rougi en lui disant ce que j'ai rapporté ci-dessus. Je répondis bonnement que j'avais craint de lui déplaire. Il loua à l'excès cette réponse, parce qu'elle était naïve. En tout il est certain que le naturel et la simplicité avaient pour lui un charme particulier. Il me dit que ses ouvrages n'étaient pas faits pour mon âge ; mais que je ferais bien de lire *Emile* dans quelques années. Il nous parla beaucoup de la manière dont il avait composé la *Nouvelle Héloïse*. Il nous dit qu'il écrivait toutes les lettres de *Julie* sur du joli petit papier à lettres et à vignettes ; qu'ensuite il les pliait en billets et les relisait en se promenant avec autant de délices que s'il les eût reçues d'une maîtresse adorée. Il nous récita par cœur et debout, en faisant quelques gestes, son *Pygmalion*, et d'une manière vraie,

Je me promenais le matin à cheval avec M. de Puisieux.

énergique et parfaite à mon gré. Il avait un sourire très-agréable, plein de douceur et de finesse, il était communicatif et je lui trouvai beaucoup de gaieté. Il raisonnait supérieurement sur la musique, et il était véritablement connaisseur ; néanmoins, dans un grand nombre de romances de sa composition qu'il m'a données, il ne s'en trouvait pas une seule de jolie ou même chantante. Il avait fait un très-mauvais air à son imitation de la romance de *Nice de Métastase*.

Il m'avait donné toutes ses romances avec la musique ; le tout aurait formé un volume très-précieux, puisqu'il était entièrement de sa main et de sa composition, paroles et musique. Mais alors on n'avait pas, comme de nos jours, la manie des *souvenirs* ; on n'oubliait point ses amis, et l'on attachait peu de prix à ce qui pouvait rappeler les indifférents, même les plus célèbres : je dispersai et perdis ce recueil, qui n'était ni relié ni broché, et que j'ai beaucoup regretté depuis. Rousseau copiait la musique avec une perfection rare ; il me fit beaucoup de peine en m'apprenant qu'il vivait uniquement du produit de ce petit talent.

La marquise de Pompadour, étant parvenue à mettre dans ses intérêts Voltaire, Duclos, Crébillon et Marmontel, essaya, comme elle disait, d'*apprivoiser* Rousseau ; mais une lettre qu'elle reçut de lui la dégoûta de renouveler ses avances. « C'est un hibou, dit-elle un jour à madame de Mirepoix. — J'en conviens, répondit la maréchale, mais c'est celui de Minerve. »

Rousseau venait presque tous les jours dîner chez moi, et je n'avais remarqué en lui, durant cinq mois, ni susceptibilité, ni caprice, lorsque nous pensâmes nous brouiller pour un sujet bizarre. Il aimait beaucoup une sorte de vin de Sillery couleur de pelure d'oignon ; M. de Genlis lui demanda la permission de lui en envoyer, en ajoutant

qu'il le recevait lui-même en présent de son oncle. Rousseau répondit qu'il lui ferait grand plaisir de lui en envoyer deux bouteilles. Le lendemain matin, M. de Genlis fit porter chez lui un panier de vingt-cinq bouteilles de ce vin, ce qui choqua Rousseau à tel point, qu'il renvoya sur-le-champ le panier tout entier, avec un étrange petit billet de trois lignes, qui me parut fou, car il exprimait avec énergie le dédain, la colère et un ressentiment implacable. M. de Sauvigny vint mettre le comble à notre étonnement et à notre consternation en nous disant que Rousseau était véritablement furieux et qu'il protestait qu'il ne nous reverrait jamais. M. de Genlis, confondu qu'une attention si simple pût être si criminelle, demanda à M. de Sauvigny quelle raison Rousseau donnait de ce caprice ; M. de Sauvigny répondit qu'il disait qu'apparemment on croyait qu'il n'avait pas modestement demandé deux bouteilles que pour avoir un *présent*, que cette idée était injurieuse, etc. M. de Genlis me dit que, puisque je n'étais point complice de son *impertinence*, Rousseau, peut-être en faveur de mon innocence, pourrait consentir à revenir. Nous l'aimions, et nos regrets étaient sincères. J'écrivis donc une assez longue lettre, que j'envoyai avec deux bouteilles présentées de ma part. Rousseau se laissa toucher ; il revint : il eut beaucoup de grâce avec moi, mais il fut sec et glacial avec M. de Genlis, dont jusqu'alors il avait goûté l'esprit et la conversation, et jamais M. de Genlis n'a pu regagner entièrement ses bonnes grâces.

Deux mois après, M. de Sauvigny donna à la Comédie-Française une pièce intitulée *le Persifleur*. Rousseau nous avait dit qu'il n'allait point aux spectacles et qu'il évitait avec soin de se montrer en public ; mais comme il paraissait aimer beaucoup M. de Sauvigny, je le pressai de venir avec nous à la première représentation de cette pièce, et il y consentit, parce qu'on m'avait prêté une loge grillée près du théâtre, et dont l'escalier et le corridor d'entrée n'étaient pas ceux du public. Il fut convenu que je le mènerais à la comédie, et que si la pièce avait du succès, nous sortirions avant la petite pièce et nous reviendrions souper chez moi, tous ensemble. Ce projet dérangeait un peu la vie ordinaire de Rousseau, mais il se prêta à cet arrangement avec toute la grâce imaginable. Le jour de la représentation, Rousseau se rendit chez moi un peu avant cinq heures et nous partîmes avec lui. Quand nous fûmes dans la voiture, Rousseau me dit en souriant que j'étais bien parée pour rester dans une loge grillée. Je lui répondis sur le même ton que je m'étais parée pour lui. D'ailleurs, cette parure consistait à être coiffée comme une jeune femme ; j'avais des fleurs dans mes cheveux, du reste j'étais mise très-simplement. J'insiste sur ce petit détail, auquel la suite de ce récit donnera de l'importance. Nous arrivâmes à la comédie plus d'une demi-heure avant le commencement du spectacle. En entrant dans la loge, mon premier mouvement fut de lever la grille ; Rousseau sur-le-champ s'y opposa fortement, en me disant qu'il était sûr que cette grille me déplairait. Je lui protestai le contraire, en ajoutant que d'ailleurs c'était une chose convenue. Il répondit qu'il se placerait derrière moi, que je le cacherais parfaitement, et que c'était tout ce qu'il désirait. J'insistai de la meilleure foi du monde, mais Rousseau tenait fortement la grille et m'empêchait de la lever. Pendant tous ces débats, nous étions debout : notre loge, au premier rang près de l'orchestre, donnait sur le parterre. Je craignis d'attirer les yeux sur nous ; je cédai, pour finir la discussion et je m'assis. Rousseau se plaça derrière moi ; au bout d'un quart d'heure, je m'aperçus que Rousseau avançait la tête entre M. de Genlis et moi, de manière à être vu, lui l'en avertis avec simplicité. Un instant après il fit deux fois le même mouvement et fut aperçu et reconnu. J'entendis plusieurs personnes dire en regardant notre loge : C'est *Rousseau*... — Mon Dieu ! lui dis-je, on vous a vu. Il me répondit sèchement : « Cela est impossible. » Cependant on répétait de proche en proche, dans le parterre : C'est *Rousseau* ! c'est *Rousseau* ! et tous les yeux se fixaient sur notre loge, mais on s'en lassa sans exciter d'applaudissements. L'orchestre fit entendre le premier coup d'archet, on ne songea plus qu'au spectacle, et Rousseau fut oublié. Je venais de lui proposer encore de lever la grille ; il me répondit d'un ton très-aigre qu'il n'était plus temps. « Ce n'est pas ma faute, » repris-je. « Non sans doute, » dit-il avec un sourire ironique et forcé. Cette réponse me blessa beaucoup ; elle était d'une extrême injustice. J'étais fort troublée, et, malgré mon peu d'expérience, j'entrevoyais assez clairement la vérité. Je me flattai pourtant que ce singulier mouvement d'humeur se dissiperait promptement, et je sentis que tout ce que j'avais de mieux à faire était de n'avoir pas l'air de le remarquer. On leva la toile ; le spectacle commença. Je ne fus plus occupée que de la pièce, qui réussit complètement. On demanda l'auteur à plusieurs reprises ; enfin, son succès n'eut rien de douteux.

Nous sortîmes de la loge. Rousseau me donna la main ; sa figure était sombre à faire peur. Je lui dis que l'auteur devait être bien content, et que nous allions passer une jolie soirée. Il ne répondit pas un mot. Arrivée à ma voiture, j'y montai. Ensuite M. de Genlis se mit derrière Rousseau, pour le laisser passer après moi ; mais Rousseau, se retournant, lui dit qu'il ne viendrait pas avec nous. M. de Genlis et moi nous nous récriâmes là-dessus : Rousseau, sans répliquer, fit la révérence, nous tourna le dos et disparut.

Le lendemain, M. de Sauvigny, chargé par nous d'aller l'interroger sur cette incartade, fut étrangement surpris lorsque Rousseau lui dit, avec des yeux étincelants de colère, qu'il ne me reverrait de sa vie, parce que je ne l'avais mené à la comédie que pour le donner en spectacle, pour le faire voir au public comme on montre les bêtes sauvages à la foire. M. de Sauvigny répondit, d'après ce que je lui avais conté la veille, que j'avais voulu lever la grille. Rousseau soutint que je l'avais très-faiblement offert, et que d'ailleurs ma brillante parure et le choix de la loge prouvaient assez que je n'avais jamais eu l'intention de me cacher. On eut beau lui répéter que ma parure n'avait rien de recherché, et qu'une loge prêtée n'était pas une loge de choix, rien ne put l'adoucir. Ce récit me choqua tellement que, de mon côté, je ne voulus pas faire la moindre démarche pour ramener un homme si injuste à mon égard. D'ailleurs, il m'était prouvé qu'il n'y avait nulle espèce de sincérité dans ses plaintes: le fait est que, dans l'espoir d'exciter une vive sensation, il avait

Pendant qu'on me coiffait, je lisais : habitude que j'ai toujours conservée partout.

voulu se montrer, et que son humeur n'était causée que par le dépit de n'avoir pas produit plus d'effet. Je ne l'ai jamais revu depuis. Deux ou trois ans après, sachant, par mademoiselle Thouin, du Jardin du roi, dont il voyait souvent le frère, qu'il était fâché qu'il fallût des billets pour entrer dans les jardins de Monceaux, qu'il aimait particulièrement, j'obtins pour lui une clef du jardin, avec la permission d'aller s'y promener tous les jours et à toute heure, et je lui envoyai cette clef par mademoiselle Thouin. Il me fit remercier; et j'en restai là, charmée d'avoir fait une chose qui lui fût agréable, mais ne désirant nullement renouer avec lui.

L'instruction commençait à se classer dans ma tête; je savais très-bien l'histoire ancienne, l'histoire romaine, celle du Bas-Empire et la mythologie. J'avais lu tous nos auteurs dramatiques, tous nos bons poëtes et tous nos moralistes, à la tête desquels je mets nos orateurs chrétiens. Je lus dans cet hiver Bourdaloue et Fléchier; je trouvai le premier solide, et par conséquent persuasif, et c'est donner une grande louange à un prédicateur. Fléchier me parut spirituel et brillant, mais en général un peu maniéré, et je pense de même aujourd'hui. Je relus avec délices la Bruyère, et je commençai l'histoire de France, que je savais très-mal.

Vers le milieu de l'hiver le comte de Guines partit pour son ambassade de Berlin. Ma tante continuait à être malade de chagrin; elle désolait M. le duc d'Orléans, devenu son confident intime; elle mit le comble à son inquiétude en déclarant qu'elle irait à Barèges sur la fin du mois de mars; M. de Montesson se mourait.

M. de la Harpe faisait des lectures de *Mélanie* qui charmaient toutes les jeunes dames de la société; je ne fis aucune démarche pour m'y trouver. Je n'ai jamais aimé ces lectures, surtout des ouvrages très-prônés, parce que j'y étais embarrassée de mon maintien; je suis peu démonstrative, et il fallait l'être à l'excès dans ces occa-

sions pour ne pas avoir l'air d'une imbécile. Madame d'Hénin et beaucoup d'autres en citaient des vers avec admiration, entre autres celui-ci sur la clôture, lorsqu'on vient de prononcer ses vœux:

La tombe se referme, et l'on y meurt longtemps.

Je trouvais ces vers mauvais, par la raison même qui les faisait admirer. On n'a jamais dit que l'on *meurt longtemps*; et l'on prenait une fausse expression pour une idée neuve. Combien d'auteurs depuis n'ont dû leurs succès qu'à cette méprise! On dit une longue agonie et non une longue mort, car la mort n'est qu'un instant. Mais *on y meurt longtemps* n'en parut pas moins un trait de génie.

Mélanie fut imprimée; je lus cette pièce, et je n'y trouvai qu'une imitation bourgeoise d'*Iphigénie*. C'est un père qui veut sacrifier sa fille, et une mère et un amant qui s'y opposent. Mais quelle mère que madame de Faublas, quand elle aurait tant de moyens certains d'empêcher ce sacrifice! Le curé est pillé du *Comte de Cominge*, mauvaise pièce faite avec *Mélanie*, et ne paraît que pour discourir fort inutilement. Il devrait agir, et alors il n'y aurait point eu de victime; le dénoûment est intolérable dans un sujet chrétien, mais l'auteur n'était alors ni dévot ni chrétien. La *sensible* Mélanie, abjurant la religion et livrant son père qu'elle *maudit* à d'éternels remords, et sa mère et son amant à d'éternelles douleurs, est un personnage monstrueux. Le suicide est plus odieux encore dans une femme que dans un homme; une femme qui se tue n'est plus une femme. M. de la Harpe, dans la préface de cette pièce, eut le courage et la simplicité de dire que Voltaire lui écrivait: *L'Europe attend Mélanie.* Tel était, en effet, le langage de Voltaire avec ses admirateurs. Et, tandis qu'il répétait que Gresset *était un polisson*, que l'auteur de *Didon* et de très-belles poésies *était un sot*, etc., il écrivait que *l'Europe attendait Mélanie!...* L'Europe, qui n'avait manifesté ce dé-

Le duc de Coigny.

sir ardent ni pour *Cinna*, ni pour *Athalie*, ni pour le *Misanthrope*, l'Europe a dû être bien attrapée lorsque enfin *Mélanie* a paru. M. de la Harpe, depuis sa conversion, a fait réimprimer ce drame. Il est curieux d'examiner les vers qu'il en a ôtés; comme il était de très-bonne foi dans sa piété, il a retranché en conscience tous les vers qu'il avait faits avec une mauvaise intention; et, parmi ces vers, il s'en trouve beaucoup qui ont une tournure sentimentale et religieuse. Rien ne montre mieux la duplicité philosophique que l'examen de ces corrections. Dans ce temps Collé donna son *Joueur* (Beverley), drame aussi ennuyeux que noir. On avait d'abord joué cette pièce à Villers-Cotterets. Je crois que ce fut aussi cet hiver que Monsigny donna le *Déserteur*, et la musique sera toujours délicieuse pour tous ceux qui aiment véritablement cet art enchantant. Les paroles des plus beaux airs étaient souvent ridicules comme celles-ci:

Mourir n'est rien, c'est notre dernière heure.

C'est notre dernière heure : voilà un beau motif de consolation ; c'est précisément parce que c'est *notre dernière heure* que *mourir* est quelque chose. Sedaine a fait des centaines de vers de cette force-là ; surtout lorsqu'il veut être moral, il est unique ; voici une de ses maximes dont on ne contestera sûrement pas la vérité :

> Les pères seraient trop heureux
> Si le ciel comblait tous leurs vœux.

Madame de Montesson me mena plusieurs fois souper chez madame la duchesse de Mazarin, la personne la plus malheureuse en beauté, en magnificence et en fêtes, qu'on ait jamais vue dans le monde. Elle était beaucoup trop grasse pour être agréable, mais elle était très-belle, elle avait un teint éclatant ; on lui trouvait les couleurs trop vives ; la maréchale de Luxembourg disait qu'elle avait, non la fraîcheur de la rose, mais celle de la viande de boucherie. Ce mot est cruel, il fit fortune, et voilà une fraîcheur déshonorée.

On disait que la fée *Guignon Guignolant* avait présidé à la naissance de la duchesse de Mazarin. En effet, elle était fraîche et très-belle, et ne plaisait à personne. Elle avait des diamants superbes ; quand elle les portait, on disait qu'elle ressemblait à un *lustre*. Ses soupers étaient les meilleurs de Paris ; on s'en moquait, parce que les mets y étaient un peu déguisés. Elle était obligeante et polie, on prétendait qu'elle était méchante. Elle ne manquait pas d'esprit, on citait d'elle beaucoup de bons mots ; et sans cesse elle faisait et disait les choses du monde les plus déplacées. Son faste était extrême, et elle avait la réputation d'être avare ; elle donnait les fêtes les plus magnifiques, et il s'y passait toujours quelque chose de ridicule ; enfin, un succès pour elle était une chose impossible. Un jour, dans le cours de l'hiver, elle conçut l'idée de donner, dans sa superbe maison de Paris, une fête champêtre. Elle rassemble un monde énorme dans son salon nouvellement décoré et rempli de glaces, dont la plupart, placées dans des espèces de niches, occupaient tout le lambris jusqu'au parquet. A l'extrémité de ce salon était un cabinet qu'on avait rempli de feuillage et de fleurs, et, en ouvrant une porte, on devait voir à travers un transparent un véritable troupeau de moutons bien blancs, bien savonnés, défiler dans ce bocage et conduits par une bergère, danseuse de l'Opéra. Tandis que l'on préparait cette scène ingénieuse et que la compagnie dansait dans le salon, les moutons enfermés n'eurent on ne sait comment, et, sans chien et sans bergère, se précipitèrent tout à coup en tumulte dans le salon, dispersèrent les danseurs et furent donner de grands coups de tête dans les glaces. Les bêlements du troupeau effarouché, le bruit qu'ils faisaient en fendant et brisant des glaces, les cris et la fuite des femmes, les éclats de rire des enfants, formèrent une scène beaucoup plus amusante que n'aurait pu l'être la pastorale dont cet accident priva l'assemblée. Pour moi, je trouvai madame de Mazarin une bonne femme, parce qu'elle était grasse et rieuse.

Madame de Sévigné, avec sa grâce et son charme ordinaires, dit dans ses lettres qu'il a *toujours ri* de ce qu'on appelle les *bons fonds*, pour excuser certaines personnes qui font des tracasseries et des méchancetés. Elle a bien raison : s'il est possible d'être constamment moqueuse et médisante sans méchanceté, du moins on est alors dépourvue de toute réflexion et de toute bonté.

Pour moi, je n'ai jamais eu à me reprocher d'avoir répété ni dit un mot qui pût attaquer la réputation des gens même que j'estimais le moins, ni d'avoir colporté comme tant d'autres des épigrammes et des couplets satiriques ; j'ai toujours dans le monde montré le mépris de toutes ces choses et une grande incrédulité sur les histoires scandaleuses. Ma tante m'a toujours donné ce bon exemple ; elle a même contribué à fortifier mon aversion pour la conduite opposée. Elle n'était nullement médisante, elle me disait (et c'était penser avec beaucoup d'esprit et de sagesse) qu'indépendamment de tout principe, *la médisance gâte toujours le ton d'une femme*. Ce mot mérite d'être retenu. Je dois encore à ma tante un très-bon principe de conduite, et je veux le rapporter ici. Peu de temps après mon début dans le monde, à propos de mes petites confidences, elle me dit qu'une femme voulant ôter toute espérance à un homme amoureux d'elle ne devait jamais lui écrire ; que, dans ce cas, la lettre même la plus rigoureuse est toujours une fausse démarche, et souvent une imprudence. Elle disait là-dessus des choses délicates, très-justes et très-sensées. Voilà les seuls conseils que j'aie reçus d'elle ; elle aurait dû m'en donner d'autres plus utiles, je les aurais suivis. Elle ne l'a pas fait !....

Pour ne pas me faire meilleure que je ne suis, je dois convenir que j'ai souvent été moqueuse ; mais je n'ai jamais tourné en ridicule que l'arrogance, la fatuité et la pédanterie. Je n'ai de ma vie eu la tentation de me moquer de l'ignorance et de la gaucherie ; au contraire, quand je les ai vues dans les autres, j'en ai toujours souffert.

J'allai durant cet hiver plusieurs fois avec madame de Puisieux chez beaucoup de personnes, entre autres chez madame la comtesse de Brienne, célèbre pour sa beauté.

La personne la plus remarquable de la société de madame de Puisieux et de la maréchale d'Estrées, était le duc d'Harcourt, frère du marquis de Beuvron ; il avait de l'esprit, du mérite et de la bonté.

C'est le seul homme que j'aie connu qui, ayant eu de grands succès auprès des femmes, ait toujours conservé une extrême simplicité de ton et de manières. Je soupais souvent aussi avec le prince Louis de Rohan, qui fut depuis le trop fameux cardinal de Rohan ; il n'était pas un prêtre édifiant, mais il avait la figure la plus agréable, de la gaieté, de la grâce ; il causait d'une manière amusante, et toujours avec tant de légèreté et de frivolité, qu'il était fort difficile de juger son esprit. Tout ce qu'on en savait, c'est qu'il était impossible d'être borné avec tant d'agrément.

Je rencontrais partout madame de Ségur la jeune, qu'on appelait ainsi pour la distinguer de sa belle-mère. Madame de Ségur avait alors trente-deux ou trente-trois ans ; son visage n'était pas joli, mais elle avait de belles dents, une physionomie douce, une taille charmante et beaucoup d'élégance par son maintien et la manière de se mettre. La douceur et la bonté formaient son caractère ; elle était aimée de tout le monde ; elle le méritait. M. de Ségur, son mari (depuis ministre et maréchal de France), qui avait eu un bras emporté à la bataille de Minden, était le meilleur des hommes, et d'une excellente société ; il a eu constamment depuis mon enfance beaucoup d'amitié pour moi ; il m'a donné des avis utiles, et quand il a été ministre, il a sur-le-champ accordé à ma mère une pension que je lui demandai pour elle, comme veuve du lieutenant général des armées du roi, le baron d'Andlau, son second mari. La mémoire de M. de Ségur me sera toujours chère. Sa mère, fille naturelle du monseigneur le régent, était dès lors fort vieille, mais d'une gaieté spirituelle et charmante, aimant les jeunes personnes et s'en faisant aimer par la conversation la plus animée et la plus amusante [1].

Je fis connaissance avec une femme très-remarquable par son esprit et son charmant naturel, madame la comtesse de la Mark, sœur du duc de Noailles ; elle était déjà âgée et dans une grande dévotion, mais jamais sa piété ne s'est montrée sous des traits aussi aimables. Je vis aussi la belle madame de Newerkerque ; sa beauté commençait à se passer, mais elle était encore charmante. On pouvait dire d'elle ce que madame de Sévigné dit de madame Dufresnoy, maîtresse de M. de Louvois, qu'*elle était toute recueillie dans sa beauté*. Le soin de montrer le plus petit pied, ses jolies mains, et de varier ses attitudes, l'occupait trop visiblement, et si elle avait eu des dents remarquables, elle aurait certainement eu la *gaieté des jolies dents*. Il y avait à cette époque à la cour de fort jolies femmes, entre autres la vicomtesse de Laval. Elle avait la singularité dans la manière de se mettre. Son joli visage pouvait le supporter ; elle parut un jour à une grande fête coiffée par Léonard avec une serviette damassée, coupée en bandes, et c'était un grand succès ; puis madame la comtesse, depuis duchesse de Polignac. Cette dernière avait une vilaine taille, quoique parfaitement droite ; mais petite, sans élégance, son visage eût été sans défaut, si elle avait eu un front passable ; ce front était grand, d'une forme désagréable, et un peu brun, quoique le reste de son visage fût très-blanc. Quand la mode s'établit de rabattre les cheveux presque jusqu'aux sourcils, le visage de la comtesse Jules devint véritablement enchanteur ; il y avait dans sa physionomie une candeur touchante, et en même temps de la finesse ; son regard et son sourire étaient célestes. Les portraits qui restent d'elle sont très-enlaidis, et ne donnent même une l'idée de ce délicieux visage. Elle était douce et bienveillante ; ses manières étaient simples, et par conséquent aimables, la faveur dont elle a joui depuis n'a jamais rien changé à son extérieur. On disait qu'elle avait peu d'esprit ; pour moi, je ne la trouvais dans la société ni bornée ni même insipide [2].

Je crois que ce fut cette année que le roi de Danemark vint en France. Madame de Mazarin lui donna une fête dans laquelle on trouva encore le guignon qui la poursuivait : on savait que le prince avait beaucoup goûté le jeu de Carlin, de la Comédie-Italienne, et l'arlequin le plus parfait qu'on ait jamais vu. Madame de Mazarin eut l'idée de faire représenter une pièce du Théâtre-Italien, que le roi ne connaissait pas, *Arlequin barbier, paralytique*. Le jour de la fête,

---

[1] Elle avait beaucoup d'esprit et contait avec grâce des anecdotes sur sa jeunesse. En voici une qui m'a été répétée par mon père, qui avait été de son intimité lorsqu'elle n'était plus jeune.

Un soir, attendant sa voiture sous le péristyle de l'Opéra, en grande toilette et entourée de toutes les petites-maîtres les plus élégantes, elle aperçut sa mère, qu'elle ne voyait qu'au jour de l'an et en secret. Celle-ci était une ancienne courtisane, qui avait été la maîtresse du régent, qui en avait eu madame de Ségur, placée par lui au couvent jusqu'à son mariage.

Craignant que sa mère ne la vît et ne vînt lui parler, madame de Ségur se cache le visage avec son éventail ; mais il était trop tard ; sa mère s'avance précipitamment, lui fait faire une espèce de pirouette qui les met face à face et lui dit : « Tout beau, ma mie, ne soyez pas si fière, car il est beaucoup plus sûr que vous êtes ma fille que celle de M. le régent. » Puis elle pirouette tranquillement son chemin, laissant madame de Ségur très-confuse de cette petite scène, qu'elle avait, ajoutait-elle, bien méritée. G. D.

[2] Elle est morte en Russie en 1793 ; elle fut la mère de MM. de Polignac qui furent arrêtés en même temps que Georges Cadoudal.

L'infortunée Marie-Antoinette a fait de madame de Polignac l'éloge le plus touchant en disant : *Seule avec elle je ne suis plus reine, je suis moi.* Ce mot ne devait-il pas l'empêcher d'émigrer ?

après un beau concert, la duchesse conduisit le roi dans une salle où l'on trouva un joli théâtre. Le roi fit placer madame de Mazarin à côté de lui; aussitôt le spectacle commença. Le roi ne savait que très-imparfaitement le français; dans toutes les représentations théâtrales des fêtes qu'on lui avait données jusqu'alors, on avait toujours commencé par des prologues faits à sa louange, et dont toutes les allusions, faites pour lui, étaient vivement applaudies. Ce prince prit pour un de ces prologues la pièce d'*Arlequin barbier, paralytique*; et à chaque acclamation qu'excitait le jeu de Carlin, le roi s'inclinait, et d'un ton modeste et reconnaissant il remerciait madame de Mazarin, en répétant qu'elle était *trop bonne*, qu'il était *confus*; l'embarras de la duchesse était inexprimable, n'osant, par respect, la désabuser; elle ne savait que répondre; elle fut au supplice pendant toute cette représentation. Ce n'en fut pas quitte après le bal, car, rentré dans le salon, le roi s'épuisa encore en nouveaux compliments qu'il prit à haute voix, ne se lassant point de l'entretenir sur la grâce et la finesse des *allusions*, et sur l'amabilité des spectateurs qui les avaient tant applaudis.

Un grand nombre de robes étaient garnies de pierreries. Il arriva à ce sujet une singulière chose à madame de Berchini. Elle portait beaucoup de diamants, tous empruntés, et entre autres une énorme quantité de *chatons*, grands et petits. C'étaient des diamants montés un à un et détachés de manière qu'on les enfilait en dessous par la monture, en en bordait des rubans, ou l'on en formait des colliers à plusieurs rangs que l'on serrait contre le cou. En passant pour aller souper, placée au milieu d'une longue file de femmes, madame de Berchini étouffa de son mieux un malheureux éternument qui fit casser son collier de chatons; elle en rattrapa quelques-uns, mais la plus grande partie tomba à terre et fut balayée par les queues respectueusement traînantes des robes et des dominos. Il n'y avait pas moyen de s'arrêter pour ramasser les chatons dispersés; il fallait suivre la file à la tête de laquelle étaient le roi de Danemark et M. le duc d'Orléans. La pauvre madame de Berchini, très-peu de fortune, se désolait en pensant qu'elle serait obligée d'acheter des chatons pour remplacer ceux qu'elle avait perdus; sa triste aventure fit le sujet de la conversation du souper. M. le duc d'Orléans ordonna de chercher des diamants sur ses traces; on en rapporta cinq ou six, il en manquait toujours beaucoup, M. le duc d'Orléans lui promit de faire chercher le lendemain de grand matin avec le plus grand soin. Madame de Berchini n'espéra rien de cette recherche, et s'en alla en maudissant le bal et les fêtes. Le lendemain, à son réveil, un garçon d'appartement du Palais-Royal lui apporta tout ce qu'on avait trouvé de chatons dans la galerie, les trois antichambres et la salle à manger; et madame de Berchini non-seulement trouva son compte, mais de plus sept petits chatons que d'autres personnes avaient perdus, et qu'on n'a jamais réclamés, quoique madame de Berchini, pendant plus de huit jours, ait conté cette généreuse restitution à tout ce qu'elle rencontrait.

CHAPITRE XIV.
1769.

Je retire ma fille Caroline de nourrice. — Mort de madame de la Haie. — M. de Montesson meurt. — Mademoiselle de Montesson. — Aventure gaie des scellés. — Nous nous établissons à Vincennes. — Materreur. — Origine de l'amour de M. le duc d'Orléans pour ma tante. — *Laissez passer la cathédrale de Reims.* — Nous allons à Villers-Cotterets. — Le Vaudreuil. — La montagne des deux amants. — *Les Trois Sultanes.* — Voyage à Dieppe. — Retour au Vaudreuil. — Des corsaires m'enlèvent.

J'avais retiré ma fille aînée de nourrice. Elle était chez moi et faisait mes délices par sa beauté, sa douceur et sa gentillesse; j'allais tous les jours la voir dormir dans son berceau. J'ai fait là les plus douces méditations de ma vie et les plus beaux romans; elle en était toujours l'héroïne. Oh! combien à la fin d'une longue vie on a perdu de pensées plus dignes mille fois d'être conservées que toutes celles qu'on a pu écrire! Que les idées que l'on recueille à tête reposée sont froides auprès de celles que l'âme toute seule inspire! L'éloquence n'est faite que pour faire goûter aux autres nos pensées et nos sentiments; mais c'est un art, et l'application qu'il exige refroidit toujours ce qu'on éprouve. Dans une longue rêverie produite par une affection profonde et légitime, le cœur seul agit, on n'est inspiré que par ce souffle divin, qui ne périra jamais; on n'est plus animé que par une portion de l'intelligence suprême; peu à peu, au dedans de nous-mêmes, l'idée d'un langage humain s'efface et s'évanouit; toutes nos pensées deviennent des images et des sentiments: pour les rendre avec des mots et des phrases, il faudrait les traduire, et combien il s'en trouverait qu'il serait impossible d'exprimer!... Parle-t-on dans le ciel? Je ne l'imagine pas. Là tout est infini, nul sentiment n'a de nuances; les louanges de l'Éternel n'y sont qu'un accord véritablement *parfait* de la divine et suprême harmonie; celui de la musique terrestre est composé de trois sons, donnés par la nature (tout son sonore les produit à la fois); celui des cieux est formé par trois sentiments, qui de même se réunissent, se confondent, et comme la Trinité n'en font qu'un seul, l'*amour*, la *reconnaissance* et l'*admiration*

portés à un degré d'exaltation dont notre plus ardent enthousiasme ne saurait donner l'idée. Voilà le concert céleste, il dit tout. Voilà le langage immortel des anges et des élus; c'est le point du bonheur pour toute l'éternité! Me voici bien loin de la terre; j'écris ces mémoires rapidement, sans aucune étude, et comme mes idées se présentent à mon imagination; il ne faut pas l'oublier, quand on les lira, ce n'est point un ouvrage littéraire.

Ma grand'mère mourut à la fin de l'hiver; non-seulement elle ne me laissa pas dans son testament la plus légère marque de souvenir, mais elle emporta au tombeau de ma mère!... M. de Montesson mourut très-peu de temps après. C'était un homme de la plus monstrueuse grosseur qu'on ait jamais vue. Il m'a toujours paru un très-bon homme; ma tante en comptait plaisamment mille traits d'avarice, entre autres qu'à sa fête et au jour de l'an sa galanterie était de lui avancer un quartier de sa pension. Au reste il avait une fort bonne maison; il n'y était pas gênant, car il n'y paraissait que pour se mettre à table, ne parlait presque pas, disparaissait après le repas. Il donnait à ma tante quatre chevaux, dont elle disposait uniquement, et il lui laissait une entière et parfaite liberté. Il avait soixante-dix-huit et quatre-vingt mille livres de rente, quand ma tante, dans sa dix-neuvième année, le préféra à tout autre... Ma tante, pendant sa maladie, qui dura huit jours, lui rendit les plus grands soins, mais ils furent inutiles; il avait quatre-vingt-dix ans, il s'éteignit doucement et avec beaucoup de religion. Je ne quittai point ma tante pendant tout ce temps, et les trois derniers jours je couchai dans son lit avec elle. Je vis dans ces huit jours une personne qui n'avait jamais été sur la terre, et qui, dès sa première jeunesse, s'était véritablement placée dans le ciel; c'était la sœur de M. de Montesson. Elle avait alors soixante-douze ans; elle avait dû avoir une jolie figure, elle était bien faite encore, ses traits étaient délicats, et elle avait une blancheur d'une pureté étonnante à cet âge. Elle n'avait jamais voulu se marier; par une vocation sublime elle avait, dès l'âge de douze ans, consacré tout ce qu'elle possédait aux pauvres; quand elle fut maîtresse de sa fortune, elle se trouva trente-six mille francs de rente; elle se réserva douze cents francs par an, et donna constamment le reste. Elle avait pour logement deux chambres, et au troisième étage; et, pour tout domestique, une servante; elle ne sortait que pour aller à l'église, visiter des infortunés, des prisonniers et des malades. Elle allait communément à pied, et, quand il pleuvait, en chaise à porteurs de louage. Comme elle ne faisait jamais de visites de société, je ne la connaissais que de réputation; ma tante m'en avait parlé mille fois avec la plus grande vénération. Pendant les huit jours de la maladie de son frère, elle passa toutes ses journées avec nous; je ne me lassais point de la contempler. Elle était aimable, et je trouvais quelque chose de tendre dans son regard et dans ses manières; elle vit que je l'aimais (car peut-on révérer à ce point sans aimer!); elle m'en parut touchée, elle me serrait la main, je baisais la sienne; j'aurais voulu baiser ses pieds. Je lui demandai un jour pourquoi elle ne s'était pas fait religieuse, elle me répondit: *C'est que j'aime les prisons.* A propos de l'étonnement de ce qu'elle ne s'était pas enfermée pour sa vie, cette réponse me fit sourire et m'attendrit. Je compris bien qu'elle avait voulu garder sa liberté pour aller consoler ceux qui en étaient privés, ou pour les délivrer. Chaque âme pieuse a sa vocation particulière; c'est une inspiration céleste que nul homme et nul gouvernement ne doit contrarier.

Le soir de la nuit où M. de Montesson mourut, il parut si calme que ma tante et moi nous allâmes nous coucher à dix heures, parce que nous l'avions veillé toute la nuit précédente; nous le laissâmes avec un prêtre, sa garde et M. de Genlis, qui ne savait pas qu'il n'avait que peu d'heures à vivre. Aussitôt que nous fûmes au lit ma tante très-fatiguée s'endormit. Une espèce de terreur me tint éveillée; nous étions au-dessus de la chambre du moribond, chaque mouvement que j'entendais me faisait tressaillir; je passais de temps en temps la main sur le visage de ma tante en lui demandant si elle dormait, ce qui l'impatientait beaucoup. Enfin, à minuit trois quarts, j'entends un grand bruit dans la maison, la porte de la chambre s'ouvre, et nous voyons paraître M. de Genlis, qui sans aucune préparation déclare à ma tante qu'elle est veuve. En même temps il lui annonce que les héritiers, sachant, dès le matin, que M. de Montesson ne passerait pas la nuit, ayant aposté tout près de la maison des gens de loi qui, avertis sur-le-champ par le suisse, allaient venir pour mettre les scellés partout, qui ne étaient déjà chez le défunt. M. de Genlis invita ma tante à se lever sans délai; il me dit de rester au lit, que cette formalité ne serait pas longue; ma tante se lève à la hâte, passe une robe, et moi je reste dans le lit en entr'ouvrant le rideau afin de voir tout ce qui se passe. Le commissaire en grande robe noire arrive avec deux ou trois hommes, il met les scellés dans la chambre; au moment où cela finissait, ma tante et M. de Genlis passent dans un salon voisin, ce qui commence à me causer un peu d'émotion, par l'appréhension de me trouver toute seule dans cette grande chambre; tout à coup les adjoints du commissaire vont dans le cabinet, et le commissaire lui-même se dispose gravement à les suivre; alors je perds la tête, je m'élance hors du lit, j'attrape le commissaire par sa robe en m'écriant: *Monsieur le commissaire, ne m'abandonnez pas!*

Au même instant, confuse de me trouver en chemise, je m'enveloppe parfaitement dans la longue queue du commissaire, qui, n'ayant pas pris garde à moi jusqu'alors, eut une véritable peur; car il me prit pour une folle, et il en avait bien le droit. M. de Genlis, ma tante, tout le monde accourt, on ne peut s'empêcher de rire et même aux éclats; jamais des scellés n'ont été posés aussi gaiement. On vint m'habiller dans le manteau du commissaire, dont je ne me séparai que lorsqu'on m'eut donné un jupon et une robe. Quelque temps après, M. de Thiars fit sur cette aventure une assez jolie chanson.

Nous partîmes pour Vincennes; nous y passâmes dix jours chez ma grand'tante, mademoiselle Dessaleux, qui, depuis la mort de ma grand'mère, avait obtenu dans le château un grand et magnifique logement. M. le duc d'Orléans vint voir ma tante : à Vincennes, je remarquai en lui une petite nuance de refroidissement qui, je le vis bien, n'échappa point à ma tante; je crois que M. le duc d'Orléans, depuis la mort de M. de Montesson, craignait les desseins de ma tante, et ma tante fut persuadée que quelqu'un en secret l'avertissait de se défier de son ambition. N'ayant personne à Vincennes à qui elle pût parler de ces suppositions, elle me prit enfin pour sa confidente, mais à sa manière, en voulant me tromper sur mille choses. Je la connaissais depuis la lecture de *Marianne*, et je ne fus sa dupe en rien. Quand une fois on a la clef des caractères artificieux, on les devine plus facilement que les autres, si on a un peu d'esprit, parce que tout est calcul en eux : il ne s'agit pour les pénétrer que de savoir raisonner sur les intérêts qui les occupent. Ma tante m'assurait qu'elle était dépourvue de toute ambition, qu'elle ne faisait que du repos et de l'indépendance; qu'étant jeune encore, ayant une existence agréable dans le monde et quarante mille livres de rente, si elle faisait, avec son caractère, la folie de se remarier, tous les sacrifices seraient de son côté, et qu'elle ne ferait ces sacrifices énormes qu'au plus grand sentiment, ou pour arracher au dernier désespoir un être estimable dont elle aurait parfaitement éprouvé la constance. Tels étaient exactement ses discours. Il ne me resta de toutes ces phrases que la certitude que ma tante avait la ferme résolution de tout tenter, de tout faire pour parvenir à épouser M. le duc d'Orléans. Elle me parlait avec un extrême dépit de l'espèce d'embarras qu'elle avait observé dans M. le duc d'Orléans. « Je suis sûre, disait-elle, que quelqu'un du Palais-Royal cherche à l'éloigner de moi; je le soupçonne, continuait-elle, madame de Barbantane et M. de Pont (elle ne se trompait pas); on me suppose des projets que je suis incapable de former. Tous ces gens-là auraient été charmés de me voir sa maîtresse, cela valait mieux que *marquise*; mais ils ne supportent pas l'idée de me voir à une élévation qui les mettrait tous dans ma dépendance; ils ont pourtant été témoins de la franchise de ma conduite avec M. le duc d'Orléans, je ne lui ai point caché *mon sentiment* pour le duc de Guines; si cela ne l'a pas guéri, ce n'est pas ma faute. Enfin je prouverai que je n'ai nulle envie de le séduire, je le livrerai à lui-même, je vais aller à Barèges. »

En prenant ainsi cette décision, ma tante imagina que M. le duc d'Orléans ne pourrait supporter son absence, et que cette épreuve lui ferait connaître qu'il lui était impossible de se passer d'elle; qu'enfin, à son retour, elle pourrait dire qu'elle était tout à fait guérie de sa passion malheureuse. Dans tout ceci ma tante risquait beaucoup plus qu'elle ne pensait, et elle eut dans cette occasion plus de bonheur que d'habileté.

C'était une chose singulière que la manière dont ma tante causait avec moi de toute cette affaire. Avec toute autre confidente de ses amies, elle aurait employé mille fois plus de finesse; mais elle parlait avec moi à peu près comme elle aurait parlé toute seule, à l'exception de deux ou trois phrases qui affirmaient qu'elle n'avait ni projet ni ambition. Du reste, elle laissait voir tout sa rancune contre les personnes qu'elle supposait opposées à ses vues; elle ne prenait pas la peine de me cacher ses inquiétudes et ses vives agitations. Elle ne me trouvait pas dépourvue d'esprit; mais, sans songer que j'avais été mariée à dix-sept ans et que j'avais vingt-deux ans, elle ne me remarquait que l'espèce d'enfantillage que j'avais naturellement dans l'esprit, ma simplicité à quelques égards, ma figure plus jeune que mon âge, ma timidité dans le grand monde, ma gaieté folle quand j'étais à mon aise, me faisaient croire qu'elle ne voyait en moi qu'une jolie enfant, une Agnès un peu façonnée par le monde. Comme elle ne lisait pas du tout, elle ne m'a jamais questionnée sur mes lectures, et je ne lui ai jamais parlé. Ainsi il était impossible qu'elle se doutât de l'espèce d'instruction que je pouvais avoir; elle savait seulement que j'avais fait des chansons à Sillery, et que je connaissais les règles de la poésie; mais elle n'attachait nul prix à cette espèce de succès de société. Nous revînmes à Paris, d'où elle devait partir pour Barèges.

Ma tante voulut me garder dans sa maison jusqu'à son départ. Elle me donna l'appartement de M. de Montesson, en me disant que ma femme de chambre aurait un lit de sangle posé à côté du mien. Nous étions aux premiers jours d'avril; M. de Genlis venait de partir pour son régiment. Nous revînmes de Vincennes la nuit. Ma tante voulut sur-le-champ m'installer dans mon logement, qui était au rez-de-chaussée; elle me demanda si j'avais peur d'y entrer. J'assurai que non, et, pour prouver ma bravoure, je dis qu'on n'avait qu'à me

suivre, et que j'entrerais la première et sans lumière. Je fis mettre derrière moi le valet de chambre, qui portait deux bougies, et je m'avançai hardiment dans l'antichambre ouverte; mais à peine y eus-je mis le pied, que je fis un saut en arrière en poussant un cri perçant; je venais de sentir bien distinctement une grande main froide et décharnée s'appliquer tout entière sur mon visage en me repoussant avec force... Je tombai presque évanouie dans les bras de ma tante, qui fut très-effrayée de l'état convulsif où j'étais. Elle vit bien qu'il m'était arrivé quelque chose de très-singulier. Elle me questionna. Je répondis, en mots entrecoupés, qu'une main de squelette m'avait repoussée. Le valet de chambre entra avec les lumières, et il donna sur-le-champ l'explication du prétendu prodige. C'était un oranger desséché, posé contre la porte, dont une branche sèche et roide, s'étendant devant la porte, s'était trouvée à la hauteur de mon visage et m'avait causé cette étrange frayeur. Cette branche faisait véritablement, au toucher, l'illusion d'une main de squelette. Tout le monde en essaya l'effet, et l'on convint que dans l'appartement d'un mort, et avec ce peu de revenants, cette branche repoussante équivalait à la plus terrible apparition.

Ma tante partit pour Barèges en me disant que M. le duc d'Orléans irait beaucoup me voir jusqu'au moment où madame de Puisieux m'emmènerait à Sillery; elle ajouta que l'âge qu'avait M. le duc d'Orléans, et avec l'attachement qu'on lui connaissait pour elle, je pouvais le recevoir sans inconvénient : il n'était jamais venu chez moi qu'une fois à ma dernière couche; ce fut avec le prince son fils. Ma tante me recommanda expressément de lui parler beaucoup d'elle, et de lui rendre compte de nos entretiens dans nos lettres. Elle me répéta qu'elle désirait qu'il se guérît promptement de sa passion, si elle n'était pas telle qu'il lui en avait donné l'idée, parce qu'il était affreux de s'affliger aussi vivement qu'il le faisait sur des peines qui peut-être étaient imaginaires. Je lui demandai quel parti elle prendrait si cette passion était indomptable. « Ah! dit-elle, qui peut le prévoir?... Je sais seulement que ma destinée sera bouleversée. » J'entendis ce que cela voulait dire, et je me promis, suivant l'intention de ma tante, de conter ce détail à M. le duc d'Orléans. Elle m'avait permis de lui dépeindre *naïvement* l'état de son cœur. Je désirais que tout cela réussît, d'abord parce qu'il m'était prouvé que ma tante le souhaitait passionnément, ensuite parce que je n'étais pas indifférente au plaisir d'avoir une tante mariée à un prince du sang, et enfin, j'étais assez fière de me trouver en quelque sorte négociatrice de cette grande affaire, du moins pendant le voyage de Barèges.

Je retournai avec une joie extrême dans ma maison du cul-de-sac Saint-Dominique; j'y retrouvai ma charmante Caroline que j'avais, pendant mon absence, confiée à ma mère.

M. le duc d'Orléans vint me voir le lendemain du départ de ma tante. J'étais comme à mon aise avec lui, parce que je l'avais vu sans cesse chez ma tante; mais il ne m'avait jamais entendue causer, et, ne me connaissant que sur le rapport de ma tante, il me regardait comme une jeune personne naïve, agréable et spirituelle, mais incapable d'observer et de faire une réflexion. L'idée de ces tête-à-tête m'embarrassait un peu; je ne savais pas trop comment je m'en tirerais. M. le duc d'Orléans entra de manière aimable, me fit rire, il m'apportait une grande quantité de boîtes de sucre d'orge de Fontainebleau, il me dit en riant qu'il se rappelait que je lui en avais souvent demandé. Cette attention me mit de bonne humeur, et M. le duc d'Orléans s'amusa beaucoup de la vivacité de ma reconnaissance. Cependant, au bout d'un quart d'heure, il se ressouvint qu'il était affligé du départ de ma tante. Il m'en parla, mais je ne vis dans son cœur ni passion ni même un véritable attachement. Sa visite ne dura que trois quarts d'heure; il me dit en me quittant qu'il reviendrait le surlendemain. La seconde visite fut très-animée; nous parlâmes d'abord de ma tante, je vantai son attachement pour lui; M. le duc d'Orléans m'écouta avec l'air tout étonné de m'entendre raisonner sérieusement. Je parlai toute seule fort longtemps, et d'une manière romanesque qui parut merveilleuse à M. le duc d'Orléans; je m'arrêtai pour recevoir des compliments sur mon éloquence. M. le duc d'Orléans me dit ensuite fort tristement qu'*il n'avait jamais été aimé pour lui-même*. Cette phrase me surprit extrêmement; il me l'a beaucoup répétée depuis. Je combattis cette idée, ce qui ne lui fit pas grande impression. Peu à peu il changea d'entretien, et tout à coup il se mit à me conter ses bonnes fortunes, dans lesquelles se trouvaient toujours mêlées celles du baron de Besenval. Ces récits faits en termes très-décents, étaient pour le fond horriblement scandaleux, et ils étaient faits avec une telle simplicité d'intention, que je les écoutais avec une curiosité qui n'était troublée par aucun embarras. Je suis sûre que tout en était vrai; ce n'étaient point des vanteries, c'était du bavardage et de l'indiscrétion. Mon étonnement, qui se peignait sur mon visage, divertissait à l'excès M. le duc d'Orléans; j'avoue que je demandai les noms; on me fit promettre le secret (que je n'ai jamais trahi), et tout me fut révélé. Au reste, toutes les héroïnes de ces histoires étaient des femmes d'une très-mauvaise réputation, il y en avait même plusieurs qu'on avait chassées de la bonne compagnie, mais enfin il y en avait aussi que l'on rencontrait encore à la cour et dans le monde.

Pendant un mois M. le duc d'Orléans revint ainsi régulièrement orner ma mémoire, à peu près tous les deux ou trois jours : il en vint au point de confiance de me conter ses fâcheuses aventures avec la feue duchesse d'Orléans. Il l'avait épousée par amour, il se maria à dix-neuf ans, elle l'aima aussi avec une passion véhémente qui dura sans nuage jusqu'à la naissance de son fils ; cet événement l'accrut encore pendant quelque temps. Elle montrait même avec si peu de retenue cet amour impétueux ; que la duchesse de Tollard disait : « qu'elle avait trouvé le moyen de rendre le mariage indécent. » Jusque-là madame la duchesse d'Orléans avait été l'épouse la plus passionnée et la plus irréprochable ; mais tout à coup elle demanda à M. le duc d'Orléans de lui confier toutes les lettres qu'elle lui avait écrites, et toutes également tendres. Elle voulait, disait-elle, avoir le plaisir de les relire avec les réponses qu'elle conservait précieusement. M. le duc d'Orléans les lui remit en lui recommandant d'en avoir bien soin et de les lui rendre promptement ; mais elle ne les lui redemandait que pour les anéantir : son cœur était changé, et elle voulait détruire les témoignages d'un sentiment qu'elle n'avait plus. Il y a dans cette inconstance rétrograde qui veut agir sur le passé, dans cette honte d'un attachement dans tout ce procédé, quelque chose de perfide, de dépravé et de combiné dont je fus plus frappée que de ses aventures mêmes. M. le duc d'Orléans me conta aussi la manière dont il devint amoureux de ma tante ; elle est plus singulière que romanesque. Il la trouvait charmante, me dit-il, mais ils étaient fort cérémonieusement ensemble ; loin d'en être amoureux, il était en ce moment occupé d'une autre femme ; c'était au premier voyage qu'elle fit à Villers-Cotterets. Un jour, à la chasse du cerf dans la forêt, madame de Montesson était à cheval, M. le duc d'Orléans se trouva auprès d'elle dans un moment où la chasse allait tout de travers, et où l'autre femme, qui suivait aussi la chasse à cheval, était assez loin dans une autre allée. Un des chasseurs proposa à M. le duc d'Orléans d'attendre là quelques minutes, pendant qu'il irait en avant prendre quelques informations sur le cerf, les chiens ; M. le duc d'Orléans y consentit, et il descendit de cheval avec ma tante, pour aller s'asseoir à quelques pas, à l'ombre, dans un endroit qui lui parut joli. M. le duc d'Orléans était fort gras, la chaleur était étouffante ; le prince, en nage et très-fatigué, demanda la permission d'ôter son col ; il se mit à l'aise, déboutonna son habit, souffle, respire avec tant de bonhomie, d'une manière et avec une figure qui paraissent si plaisantes à ma tante, qu'elle fut un éclat de rire immodéré en l'appelant gros père, et ce fut, dit M. le duc d'Orléans, avec une telle gaieté et une telle gentillesse, que de ce moment elle lui gagna le cœur et il en devint amoureux. C'est en effet sûr avec les princes que celui d'une familiarité imprévue placée avec grâce à la suite d'une conduite respectueuse et réservée. Cette origine d'une grande passion n'en est pas moins singulière. Ce trait-là n'est pas du siècle de Louis XIV, dont le goût déjà quelquefois n'avait plus la même noblesse et la même élégance.

Les lettres de ma tante pendant son voyage aux Pyrénées ne furent pas satisfaisantes ; il y en eut une surtout qui blessa tellement ma tante, qu'elle m'écrivit qu'elle voyait bien que M. le duc d'Orléans n'avait nullement les sentiments qu'elle lui avait crus. Ma tante ne pouvait cacher son dépit dans cette lettre ; elle disait, en parlant de M. le duc d'Orléans, cet esprit léger : je ne pus m'empêcher de rire de cette expression, si impropre au moral ainsi qu'au physique. M. le duc d'Orléans s'amusait d'une intrigue et ne la dénouait jamais le premier. Tant qu'on restait auprès de lui et qu'on l'écoutait, il ne se détachait point ; il était en amour comme un bon soldat qui demeure fidèlement à son poste, et qui ne le quitte que lorsqu'on lui donne son congé ; mais quand il n'y avait plus de poste, il oubliait facilement et changeait de service sans regret et sans chagrin. Jamais, dans toute sa vie, il n'a été véritablement amoureux, j'écrivis à ma tante qu'elle était beaucoup trop adorée, et je même temps je l'exhortai à ne pas prolonger son absence. Elle suivit ce conseil.

Je reçus pendant plus d'un mois, avec assiduité, les visites de M. le duc d'Orléans. Durant ce temps, il y eut à la cour une fête, un grand bal masqué, et je me rappelle plus à quelle occasion, M. le duc d'Orléans me demanda d'engager madame de Puisieux à m'y mener, et il m'y donna rendez-vous. Je n'ai jamais vu tant de monde réuni qu'il y en eut à ce bal. J'y allai en domino paré, avec seulement un petit masque qui ne cachait que les yeux et le nez ; on appelait cela un loup. Madame de Puisieux mena avec moi madame de Saint-Chamand, sa nièce, et le marquis de Bouzoles pour nous donner le bras. Nous nous établîmes sur une banquette, dans la salle où il y avait le moins de monde. Au bout d'une demi-heure, M. le duc d'Orléans, très-masqué en domino noir, nous arriva : il n'était pas difficile de le reconnaître dans ce déguisement ; il avait la forme d'une grosse tour. Il proposa de me mener dans les autres pièces, en promettant de me ramener dans une heure. Je me mis sous sa garde ; et comme nous cheminions ensemble, un masque, en jetant les yeux sur lui, s'écria : Laissez passer la cathédrale de Reims ; ce qui excita un rire général, et même celui de M. le duc d'Orléans, qui dit que cette ressemblance respectable était excellente dans une telle foule.

Quelques jours après nous partîmes pour Villers-Cotterets ; ma-

dame de Puisieux m'y mena pour trois semaines. Nous y trouvâmes beaucoup de monde, entre autres la marquise de Boufflers, mère du fameux chevalier de Boufflers : elle était spirituelle et piquante. Sa fille, madame de Cussé, qu'on a depuis appelée madame de Boisgelin, n'était ni l'un ni l'autre, ce qui dans cette famille avait l'air d'une distraction. Le comte de Maillebois était à ce voyage ; il passait pour avoir beaucoup d'esprit ; je ne m'en suis jamais aperçue, et il me paraissait ennuyeux. M. de Castries, depuis maréchal de France : j'aimais beaucoup ses manières et sa conversation ; il avait dans l'esprit de l'agrément et de la solidité ; une envie de plaire douce et calme, sans empressement, sans frais, sans agitation, qui n'annonçait que la bienveillance, et non l'amour-propre qui veut briller et faire des conquêtes. Le baron de Bezenval, que j'avais déjà mille fois rencontré dans le monde : il était de l'âge de M. le duc d'Orléans ; mais il avait encore une figure charmante et de grands succès auprès des femmes. D'une ignorance extrême, et hors d'état d'écrire passablement un billet, il n'avait précisément que l'esprit qu'il faut pour dire des riens avec grâce et légèreté : on l'accusait d'être méchant, il était irréfléchi et sans principes ; il avait de l'obligeance dans ses procédés, quand son intérêt ne s'y opposait pas, et de la bonhomie dans la société, avec les gens auxquels on ne pouvait donner de ridicules ; un air ouvert, du naturel, une grande gaieté, le rendaient fort aimable. Les Mémoires qu'on a publiés sous son nom, sont entièrement de la composition de M. le vicomte de Ségur, mort à Baréges. J'en parlerai avec détail dans la suite de cet ouvrage.

Le marquis du Châtelet et sa femme étaient aussi de ce voyage. La marquise du Châtelet était l'une des plus estimables personnes de la cour, et l'on peut dire la même chose de son mari. Si l'on eût ajouté foi à ce qu'on disait de la naissance de M. du Châtelet, on se serait étonné de trouver en lui tant de douceur et un esprit si peu brillant, mais cet esprit était juste ; M. du Châtelet avait une belle âme, et la fidélité de son amitié pour le duc de Choiseul a donné un bel exemple à la cour. M. et madame de la Vaupalière passèrent aussi à Villers-Cotterets tout le temps que nous y séjournâmes. Sans la passion du jeu, M. de la Vaupalière aurait été fort aimable ; le jeu était à la fois pour lui le bonheur et la seule affaire, il aurait dégoûté nos romantiques de la rêverie qu'ils aiment tant ; il était excessivement rêveur, mais il ne rêvait qu'au jeu. Sa femme était charmante, quoiqu'elle eût plus de quarante ans ; elle avait des grâces qui ne vieillissent point, du naturel, de la naïveté dans l'esprit, de l'originalité, et le caractère le plus égal et le plus aimable.

En quittant Villers-Cotterets nous n'allâmes point à Sillery. Madame de Puisieux voulait me faire connaître le Vaudreuil, la plus belle terre de la Normandie, ou, pour mieux dire, elle voulait me montrer dans ce château où l'on aimait les talents et les fêtes, et dont je ne connaissais pas la société, parce qu'elle n'était pas la sienne, du moins habituellement.

Nous ne devions rester que huit jours au Vaudreuil ; nous y restâmes cinq semaines, et des plus agréables que j'aie passées de ma vie. Le maître du château était le président Portal, un vieillard plein d'esprit, de gaieté et de bonté. Nous trouvâmes là très-bonne compagnie et très-disposée à s'amuser, entre autres une femme d'une beauté jadis très-célèbre, parente du président. Elle avait alors cinquante ans ; elle avait épousé en premières noces M. Amelot, ministre des affaires étrangères. Devenue veuve, elle jura de conserver sa liberté et la garda longtemps ; enfin elle vit au Vaudreuil M. Damézague, plus jeune qu'elle de quinze ans : très-prévenue contre lui, elle voulait partir quand elle le vit arriver. Il sut vaincre toutes ses préventions, lui tourner la tête en huit jours, au bout desquels cette fière veuve l'épousa dans la chapelle du château. Ils étaient mariés depuis trois ans quand nous les trouvâmes au Vaudreuil ; ils vivaient ensemble comme deux tourtereaux. Madame Damézague était fort belle ; son mari avait une très-jolie figure, et il a toujours été le plus tendre et le meilleur des maris. Il avait l'air le plus étourdi, le plus évaporé que l'on aimait jamais vu ; il ne songeait qu'à se divertir, à faire des tours, des niches, à donner des fêtes ; il avait toujours un projet d'amusement, et, après la journée la plus brillante, il demandait le soir : Que ferons-nous demain matin ? Il fallait le lui dire pour son repos ; sans un plan de ce genre bien arrêté, il n'aurait pas dormi. J'ai fait sur le mariage singulier de madame Damézague la nouvelle intitulée : Les Préventions d'une femme, dont M. Radet a fait un très-joli vaudeville.

Au milieu de la joyeuse société de Vaudreuil, je remarquai particulièrement une jeune personne, dont l'aimable figure et les manières nobles me frappèrent. C'était madame la comtesse de Mérode (depuis comtesse de Lannoy) ; elle était plus âgée que moi de trois ans, elle avait la plus belle taille, un visage agréable, beaucoup d'esprit, une imagination très-vive et mille qualités attachantes. Elle m'inspira une véritable inclination dès la première vue, c'est ce que j'ai toujours éprouvé pour toutes les personnes que j'ai beaucoup aimées. Elle produisis le même effet sur elle ; c'est de la même sorte elle me reconduisit dans ma chambre, et nous veillâmes tête à tête jusqu'à trois heures du matin. Il semble que ces impressions si vives, ces amitiés si promptes, ne puissent appartenir qu'à la jeunesse ; mais je les ai toutes conservées; je n'aime jamais les personnes qui ne m'attirent pas tout de suite.

Le lendemain matin, M. Damézague vint nous demander ce que nous ferions le soir; je proposai d'arranger des proverbes, il dit que personne dans le château n'en savait jouer; il ajouta en riant que je devrais en jouer un toute seule pour leur donner une leçon. Je répondis que cela n'était pas impossible; en effet, je l'essayai, et j'inventai ma fameuse scène de la Gloison, que j'ai tant jouée depuis, dont j'ai fait par la suite deux petites comédies, et qu'on a imitée plusieurs fois au théâtre, entre autres dans Aucassin et Nicolette. Ma Gloison eut un tel succès, qu'on me la fit jouer cinq ou six jours de suite; nous donnions pour petite pièce une chanson burlesque très-plaisamment chantée et jouée par M. Damézague, et que j'accompagnais de la harpe. Je formai une petite troupe pour jouer des proverbes; madame de Mérode surtout fit beaucoup d'honneur à mes leçons dans ce genre. Nous faisions des promenades charmantes en calèche et à pied dans le parc, qui était immense et admirablement beau. Nous entendîmes parler d'une montagne voisine qu'on appelle la Montagne des deux amants, et qui est également fameuse dans le pays par sa prodigieuse élévation, la superbe vue qu'on découvre de son sommet, la difficulté d'y parvenir, et enfin par la tradition qui explique pourquoi elle s'appelle la Montagne des deux amants. On conte que jadis on la nommait inaccessible, on croyait qu'il était impossible de la gravir. Un pâtre de la vallée, amoureux et aimé d'une jeune fille, ne put l'obtenir qu'à condition qu'il la porterait sur ses épaules au sommet de la montagne inaccessible. On crut rebuter les deux amants en imposant une telle condition; mais l'amour ne doute de rien : les amants acceptèrent, au grand étonnement de toute la vallée. L'amant charge celle qu'il aime sur ses épaules, il croit qu'il pourrait la porter ainsi au bout du monde, et qu'un si doux fardeau donnerait des forces si l'on en manquait. Il rit des mortelles inquiétudes de ses parents et de ses amis, il part triomphant, il gravit toute la montagne; mais parvenu à la cime, en faisant le dernier pas qui l'élève au sommet, il rend son dernier soupir.

Telle est la tradition, qui a l'air d'une allégorie; car, en effet, l'amour promet tout, entreprend tout, et après avoir tout obtenu il expire!... L'histoire ajoute que la jeune fille désespérée se précipita dans la rivière qui coule au pied de cette montagne escarpée, qui prit alors le nom de Montagne des deux amants. Sur ce petit fond romanesque, je fis un deux jours en idée la musique à madame de Mérode, au comte de Caraman, frère du marquis et neveu du président Portal, et à M. Damézague. Ces trois personnes ne manquèrent pas de trouver cette petite pièce excellente; il fut décidé que nous la jouerions, et M. de Caraman fit faire tout de suite un charmant petit théâtre dans l'orangerie. En attendant nous voulûmes absolument, madame de Mérode et moi, gravir la montagne; un postillon du président s'était cassé la jambe deux mois auparavant sur cette montagne, j'étais sûre que madame de Puisieux s'opposerait à cette entreprise : nous en fîmes un secret, et il fut convenu que nous ferions notre escalade avant son réveil. Au reste, la montagne n'a rien d'inaccessible, seulement elle est très-longue et très-fatigante à gravir. Nous savions qu'elle avait un ermitage sur son sommet; ainsi nous étions bien assurées de pouvoir faire ce que faisaient les ermites, ou pour mieux dire les religieux, car c'était un petit couvent. Nous nous levâmes avec le jour, et à cinq heures du matin madame de Mérode, M. de Caraman, M. Damézague et moi, nous étions au pied de la montagne. Nous fûmes obligés de nous reposer à moitié chemin; madame de Mérode, peu accoutumée à marcher, était exédée. Enfin nous arrivâmes, nous trouvâmes de bons religieux, charmés de nous voir, qui nous donnèrent à déjeuner du lait de chèvre qui nous parut délicieux. Leur petit couvent, placé au milieu de la plate-forme de la montagne, était charmant; on y découvrait de partout une vue ravissante. Ces pieux solitaires planaient encore sur le monde qu'ils avaient quitté; ils n'en voyaient plus que ce qu'il y a de plus vertueux, les travaux de la campagne. J'enviai leur demeure et leur tranquillité; car, même au milieu du tourbillon du monde et de la dissipation, je n'ai jamais entrevu une plus profonde émotion que l'image d'une solitude absolue et d'une paix sans nuages. Je ne prévoyais pas alors que vingt-deux ans après ce couvent serait détruit et ses vertueux habitants dispersés avec violence, et peut-être immolés !...

Notre théâtre fut fait en une semaine, on y travailla jour et nuit, on apporta de Rouen une décoration toute prête. Pendant ce temps j'avais distribué les rôles de ma pièce; le mien était celui d'un vieil enchanteur, qui avait deux cents ans, et je supposais établi sur la montagne inaccessible, où il devait rester jusqu'à l'arrivée de deux amants parfaits; il les attendait depuis plus d'un siècle et demi. J'étais enchantée de mon rôle, parce que j'avais une perruque et une barbe blanche. Madame de Mérode et M. de Caraman faisaient les deux amants. Ma pièce finissait heureusement : les amants vivaient pour servir de modèles à tous les amants des races futures; la perfection de leur amour mutuel désenchantait le vieux solitaire de la montagne. Ma pièce était remplie d'allusions agréables pour le maître de la maison et pour toutes les personnes de la société. On pense bien que rien ne manqua à son succès, et que l'auteur fut demandé à grands cris; on nous redemanda d'autres représentations, mais madame de

Puisieux, trouvant le spectacle trop court, m'ordonna de l'allonger. On désira par acclamation me voir jouer Roxelane dans les Trois Sultanes; dans ma jeunesse on m'a tant comparée à Roxelane, que j'étais aussi ennuyée de cette espèce de compliment que de m'entendre répéter que je jouais sûrement mieux de la harpe que le roi David. Nous n'avions pas la comédie des Trois Sultanes, M. de Caraman envoya un courrier à Paris pour chercher plusieurs choses, entre autres une musette; la mienne était à Sillery avec mes malles. Mais je dis à nos acteurs que je ferais la comédie des Trois Sultanes, sur le même fond, avec une intrigue toute différente. Je la fis effectivement, en trois actes, en prose, avec des couplets, et en six ou sept jours. Nous l'apprenions à mesure que je l'écrivais. Elle était tout à fait différente de celle de Favart. Je m'y donnai un rôle très-brillant, dans lequel je chantais, je dansais, je jouais du clavecin, de la harpe, de la guitare, de la musette, du tympanon et de la vielle; nous avions eu ces deux derniers instruments de Rouen, il n'y manquait que mon pardessus de viole; mais depuis trois ans je n'en jouais plus, et ma mandoline aurait eu peu de succès après ma guitare, dont je jouais beaucoup mieux. M. de Nédonchel, qui arriva de Paris, prit un rôle; madame de Mérode joua à merveille celui d'une Espagnole qui avait une intrigue avec un jeune Français, joué par M. de Caraman. Un jeune homme d'une petite ville voisine de Pont-de-l'Arche, joua d'une manière charmante le rôle du Grand Seigneur. Nous redonnâmes avec cette pièce nouvelle ma Montagne des deux amants. Tout cela eut un tel succès, que les applaudissements et les acclamations firent fondre en larmes madame de Puisieux, et ce fut à mon vrai succès. Après souper je la reconduisis dans sa chambre, et ce soir madame de Mérode m'attendit vainement dans la mienne, je restai rêver madame de Puisieux jusqu'à son petit jour. Comme elle m'aimait!... comme j'aimai depuis!... mais comme j'étais reconnaissante, combien elle m'était chère, cette vertueuse et sensible protectrice!... Ses traits, son aimable physionomie, son costume, le son de sa voix, tous nos entretiens tête à tête sont restés ineffaçablement gravés dans mon souvenir, et surtout la conversation de cette nuit, où elle fut si particulièrement tendre pour moi !... Elle tenait mes deux mains dans les siennes, elle me regardait avec un attendrissement inexprimable, et me répéta plusieurs fois ces paroles qui me frappèrent : « Oui, vous aurez une destinée extraordinaire !... mais quelle sera-t-elle ?... » Son ton semblait annoncer de l'inquiétude sur mon bonheur ; hélas ! c'était un pressentiment !...

Nous exécutâmes un projet dont la seule idée me transportait : c'était d'aller à Dieppe voir la mer, que je n'avais jamais vue. Il ne s'agissait que de décider madame de Puisieux à nous y mener, car elle ne m'y aurait pas laissée aller sans elle. Je dis un matin à madame de Mérode et à M. de Caraman que je tenterais cette négociation dans la journée; ils crurent que ce serait en particulier, et à leur grand étonnement ce fut dans le salon, aussitôt après le dîner, en présence de tout le monde. Je m'approchai de madame de Puisieux, et je lui dis tout haut qu'elle prît garde à elle, parce que j'avais le dessein d'employer pour la séduire toute la finesse que je pouvais avoir avec elle ; elle se mit à rire, et répondit avec sa grâce accoutumée; alors je lui dis que j'avais un désir passionné de voir la mer; elle m'interrompit vivement en s'écriant : « Eh bien ! nous irons demain à Dieppe! » Je fus si touchée de cette adorable bonté, que mes yeux se remplirent de larmes ; un petit respect humain me rendit honteuse de ce mouvement si naturel, je penchai le visage sur sa main afin de le cacher un moment; elle sentit couler mes larmes sur sa main. « Relevez donc la tête, » me dit-elle; j'obéis, et l'on vit que je pleurais. Elle m'embrassa mille fois avec attendrissement : « Voyez, disait-elle, si je puis vous refuser quelque chose !... » Il n'y avait là que des personnes remplies de bienveillance pour moi, cette petite scène les toucha sensiblement.

Nous partîmes, en effet, trois le matin, madame de Puisieux, madame de Mérode, M. de Caraman et moi dans une berline; nous étions escortés par MM. Damézague, Nédonchel et Vouguy, qui nous accompagnaient dans une chaise de poste. Le voyage fut très-gai, grâce à toutes les folies de M. Damézague et de M. de Nédonchel, qui, pendant toute la route, nous précédaient aux postes pour jouer des scènes inouïes qui nous faisaient rire aux éclats. Le séjour à Dieppe fut de la même gaieté. Ma surprise, mon admiration, mon saisissement furent extrêmes à l'aspect de l'Océan, vu pour la première fois de la jetée de Dieppe, où on le voit si bien dans toute sa majesté. Il ne me manquait qu'une chose : c'était d'être toute seule. J'avoue que la gaieté turbulente de nos compagnons de voyage me fut bien importune dans ce moment. Tandis que je contemplais ce spectacle admirable, j'étais bien scandalisée d'entendre rire et dire des extravagances comme dans un salon, ou au coin du feu ; aussi fut-on très-étonné de ma gravité, et il fut décidé que j'étais fort maussade au bord de la mer. Je fis le jour même une petite navigation qui ne me réussit pas, car la mer me rendit si horriblement malade, que nous regagnâmes le rivage après avoir fait seulement une lieue. Nous visitâmes les boutiques remplies de jolis ouvrages en ivoire, nous fîmes la meilleure chère du monde en poisson : nous passâmes un jour plein à Dieppe, et dans l'enchantement de notre voyage nous retournâmes au Vaudreuil, où l'on nous préparait des fêtes charmantes.

Le lendemain de notre retour, après le dîner, le président reçut une lettre dans le salon, qu'il nous lut tout haut, et qui l'avertissait que des *corsaires* qui nous avaient vues sur la mer, madame de Mérode et moi, avaient formé le dessein de nous enlever pour nous mener dans le sérail du Grand Seigneur. Nous ne fûmes pas très-effrayées de cette aventure ; cependant nous demandâmes au président comment nous pourrions nous garantir d'un si grand péril ; il nous répondit qu'il ne voyait d'autre moyen que de nous faire recevoir vestales dans le temple du petit bois. C'était une charmante fabrique en forme de temple, placée dans une partie du jardin près du château. Ce temple, qu'on appelait le Couvent, était au milieu d'un parterre, et entouré de murs, et fermé ; c'était le petit jardin particulier du président, qui avait grand soin de le fermer à clef ; on n'y entrait qu'avec lui ; il nous y avait donné à déjeuner plusieurs fois. Il fut donc décidé qu'on nous recevrait le lendemain à huit heures du soir dans le temple de Vesta. M. de Caraman nous y conduisit, et il disparut presque aussitôt. Nous trouvâmes le temple très-orné de fleurs, et toutes les dames de la société habillées en vestales, ayant à leur tête madame de Puisieux en grande prêtresse, et le président en grand prêtre. Il n'y avait dans cette petite enceinte que lui seul d'homme. On nous harangua ; madame de Vougny nous chanta de fort jolis couplets. On fit la cérémonie de notre réception. Le jour finissait ; tout à coup nous entendîmes une musique turque fort bruyante, et l'on accourut pour nous dire que le Grand Seigneur en personne, suivi d'une nombreuse escorte, venait pour enlever toutes les vestales. Notre grand prêtre montra dans cette occasion une fermeté digne de son caractère ; il déclara qu'il n'ouvrirait point les portes. Cependant la terrible musique approchait avec une effrayante rapidité, et bientôt les Turcs frappèrent à coups redoublés. J'étais d'avis, pour éviter une scène qui me déplaisait d'avance, qu'on ouvrît, et de nous rendre de bonne grâce ; le président, très-attaché à son plan et à l'illusion de cette pantomime, me reproche ma lâcheté et fait dire au sultan de faire la clôture est sacré ; alors, quoique les murs fussent assez élevés, tous les Turcs les franchissent avec impétuosité ; plusieurs d'entre eux, qui étaient des domestiques et des paysans, portaient des flambeaux ; ils ouvrent les portes ; plus de trois cents Turcs remplissent le jardin ; les hommes de la société enlèvent les dames ; les autres enlèvent une douzaine de femmes de chambre mêlées nous pour faire nombre. J'ai toujours détesté la confusion et les bagarres, même dans les jeux ; cette escalade me déplut mortellement et me fit peur ; je craignais que quelqu'un ne se cassât la jambe ; et, voyant plusieurs Turcs s'approcher assez brutalement de nos vestales, je trouvai toute cette invention détestable. Dans cette mauvaise disposition d'humeur, j'aperçus, à la lueur des flambeaux, M. de Caraman tout étincelant d'or et de pierreries, mais que le turban m'embellissait pas, et qui vint à moi d'un petit air vainqueur qui acheva de me mettre en colère. Je me refusai très-sérieusement à l'enlèvement, et ce fut avec peu de grâce, qu'il en fut excessivement piqué. Il me saisit ; je me débats, je le pince, je l'égratigne, je lui donne des coups de pied dans les jambes ; il devient furieux et m'emporte bien véritablement malgré moi. On me place sur un superbe palanquin ; le sultan me suit à pied pour me faire des reproches très-amers. Je sentis pourtant qu'il ne fallait pas gâter la fête en désolant celui qui véritablement la donnait, et qui s'en était fait le héros pour m'en déclarer la reine. Je pris le ton de plaisanterie, et je parvins à l'apaiser. Toutes les dames étaient sur les palanquins charmants ; les Turcs suivaient à pied, au son de la musique. On nous fit ainsi traverser dans toute leur longueur ces vastes et beaux jardins, magnifiquement illuminés. Cette promenade fut charmante. A l'extrémité du parc nous trouvâmes une superbe salle de bal remplie d'orangers, de guirlandes de fleurs, de mets choisis et de rafraîchissements. Le Grand Seigneur me déclara sultane favorite, et nous dansâmes toute la nuit.

Trois ou quatre jours après nous partîmes pour Sillery.

CHAPITRE XV.
1769-1770.

Société que je trouve à Sillery. — La princesse de Ligne. — La chandelle qui coule. — L'eau de M. de Puisieux. — Nous partons pour Paris. — Mariage du Dauphin. — Présentation de madame de Montesson. — Madame du Barri. — Ma tante épouse le duc d'Orléans. — Consentement écrit du roi.

J'y trouvai nombreuse compagnie : M. de la Roche-Aimon, archevêque de Reims, prélat d'une figure imposante, homme vertueux, austère, et de beaucoup d'esprit ; son coadjuteur, M. de Talleyrand, non pas celui qui a depuis été si célèbre ; celui-ci n'avait rien pour le devenir ; la douceur, la piété, l'amour de la paix ne font pas de bruit [1]. Au reste il était fort aimable en société par une gaieté pleine

d'innocence et de grâce. L'archevêque avait amené aussi le jeune abbé de Talleyrand, destiné de même à l'état ecclésiastique, et déjà en soutane, quoiqu'il n'eût que douze ou treize ans. Il boitait un peu, il était pâle et silencieux ; mais je lui trouvai un visage très-agréable et un air observateur qui me frappa [1]. La princesse de Ligne, qui avait le plus vilain visage de cinquante ans que j'aie jamais vu ; un visage gras, luisant, sans rouge, d'une pâleur livide, et orné de trois mentons en étages ; on avait dit qu'elle ressemblait à une chandelle qui coule, et il faudrait l'avoir vue pour sentir combien cette comparaison était parfaite ; M. et madame d'Egmont ; mademoiselle de Sillery, sœur de M. de Puisieux, une véritable sainte, et aussi spirituelle et aussi aimable que parfaite par sa piété, son indulgence et sa vertu ; mon beau-frère, sa femme ; M. et madame de Louvois, cette dernière était déjà bien malade ; M. le marquis de Souvré, ses filles, nièces de madame de Puisieux ; mesdames de Sailly et de Saint-Chamand ; le comte de Rochefort ; M. Conway, un jeune Anglais, fils de milord Erford, qui avait été ambassadeur en France, et le vieux duc de Villars, qui se peignait les sourcils, mettait du rouge, et tenait dans sa bouche de petites balles de coton pour se renfler les joues.

M. de Genlis revint de son régiment au mois de juillet, et deux jours après je vis arriver avec un plaisir extrême madame de Mérode, qui nous fut aussi utile qu'agréable pour nos fêtes. Elle resta avec nous jusqu'au milieu du mois de septembre. Après son départ, j'allai passer dix jours à Louvois, au bout desquels je revins à Sillery.

Je composai dans ce voyage beaucoup de petites choses de société, et une chanson en pot-pourri, sur toutes sortes d'airs vulgaires, en dix-huit couplets. J'en fis huit, et M. de Genlis fit les autres. Nous la chantions ensemble, chaque couplet alternativement.

Je continuai avec ardeur mes études d'histoire et de littérature, et je fis une grande quantité d'extraits. Je trouvais un plaisir inexprimable à augmenter ma collection en ce genre. Un incident aussi extraordinaire que funeste troubla beaucoup la joie de ce voyage.

Un matin, en revenant à midi de ma promenade à cheval avec M. de Puisieux, je passai dans la salle à manger, où il y avait toujours à cette heure deux grands baquets préparés pour le dîner, l'un contenant une cruche d'eau à la glace, l'autre une cruche d'eau sans glace, que l'on appelait l'eau de M. de Puisieux, parce qu'il la buvait que de celle-là ; ce n'était pas la mienne, mais j'avais soif et très-chaud, et par prudence je ne voulus pas boire à la glace ; je bus donc de l'eau de M. de Puisieux, mêlée avec moitié vin, et je rentrai dans ma chambre. A peine y fus-je que je me trouvai mal, et je ne fus soulagée que par un grand vomissement. Cela fait, je ne sentis plus rien ; je m'habillai, je n'y pensai plus, et je n'en parlai même pas en allant dîner. Je ne bus à table que de l'eau à la glace. M. de Puisieux, se sentant un peu d'état journalier, voulut faire diète de jour-là ; il ne prit que de la tisane faite à la cuisine ; il resta dans le salon avec madame de Puisieux, qui ne dînait jamais. Au milieu du dîner, le vieil abbé de Saint-Pouen, parent de madame de Puisieux, sortit de table en se plaignant de la colique ; aussitôt après le dîner, le coadjuteur de Reims, M. Tiquet, et M. de Genlis se plaignirent du mal de cœur ; c'étaient les seules personnes qui eussent bu de l'eau non glacée. Rentrés dans le salon, ils se hâtèrent d'en sortir pour aller vomir. On soupçonna du vert-de-gris ; les casseroles furent visitées ; elles étaient dans un état parfait ; d'ailleurs ceux qui n'étaient pas incommodés avaient mangé de tout comme les autres. M. de Puisieux, qui mangeait très-peu, et qui faisait quinze ans au régime le plus austère, trouvait toujours que l'on mangeait trop, et il attribua tous ces vomissements à des indigestions du jour ou de la veille ; ainsi, au lieu de plaindre les malades, il leur fit des sermons sur la sobriété. Cependant M. de Genlis vomit jusqu'au sang, ainsi que le pauvre abbé de Saint-Pouen, qui, ayant soixante-quatorze ans, se mit au lit en disant qu'il se sentait très-mal. M. de Puisieux voulait qu'il ne prît que de l'eau chaude ; mais madame de Puisieux envoya chercher un médecin à Reims. M. de Genlis, après avoir beaucoup souffert, voulut malgré moi rentrer dans le salon, deux heures après le dîner ; il était très-changé et très-abattu. M. de Puisieux lui fit une scène sur *sa gourmandise*. Dans ce moment un valet de chambre entra dans le salon en contant que M. de Rénac, qui n'avait pas dîné et qui revenait de la chasse, avait bu un verre de l'eau de M. de Puisieux, qu'aussitôt il avait vomi, ainsi que son domestique, qui en avait bu également. Là-dessus on reconnut enfin que cette eau est empoisonnée ; madame de Puisieux crie qu'il faut jeter cette eau, ce qui fut exécuté sur-le-champ, et l'on eut grand tort, car il aurait fallu la garder pour la décomposer. Le médecin qu'on avait envoyé chercher pour l'abbé de Saint-Pouen arriva ; il trouva le pauvre abbé très-mal, ainsi que Paul, le valet de chambre chirurgien de M. de Puisieux, qui, en passant dans la salle à manger, avait bu deux fois de l'eau fatale. L'abbé reçut tous les sacrements dans la nuit, cependant il ne mourut pas. Le médecin déclara positivement que tous les malades avaient été empoisonnés. On ne m'en ressentais plus ; M. Tiquet buvait si peu d'eau avec son vin, qu'il n'était que faiblement incommodé ; M. de Rénac et son domestique l'étaient davantage, quoique sans danger ; le coadjuteur et M. de Genlis souf-

---

[1] Devenu archevêque de Paris sous la Restauration, il donna l'exemple de toutes les vertus. Ce fut lui qui baptisa à Notre-Dame Mgr le duc de Bordeaux. Il mourut comme un saint. G. D.

[1] Depuis prince de Bénévent. G. D.

fraient beaucoup; et l'abbé et le chirurgien étaient à la mort. Tout le reste de la société n'avait pas bu de cette eau. On ordonna à tous les empoisonnés de prendre de l'eau thériacale, et ensuite du lait pour toute nourriture pendant trois jours, et d'en prendre souvent des demi-verres dans le cours des journées. On ne fut plus occupé que de découvrir d'où venait ce poison; ce ne pouvait être un hasard, cette idée nous glaça tous... On fit venir dans le salon le maître d'hôtel, le fidèle Milot, qui avait été hors de lui du soupçon sur les casseroles. Nous lui demandâmes comment on pourrait découvrir cet horrible mystère, car nous pensâmes que c'était un domestique qui avait jeté quelque chose dans l'eau, peut-être par méchanceté contre un des valets de chambre, qui presque tous, en allant et venant, buvaient de l'eau de ces cruches, tantôt à la glace, tantôt sans glace. M. de Puisieux chargea Milot de s'informer de tous ceux qui étaient entrés dans la salle. Milot sortit. Alors chacun de nous rendit compte du caractère de ses gens; M. de Genlis dit qu'il était

« Il me poursuivait partout, dans le salon, à la promenade, dans ma chambre, etc. »

sûr des nôtres. Mon beau-frère prit la parole pour convenir qu'il n'en pouvait dire autant des siens. « Je le crois bien, reprit M. de Puisieux, vous ne les prenez qu'à la taille. » En effet, il en avait un nouveau dans ce moment que l'on n'appelait que le *géant*, parce qu'il avait six pieds un pouce.

Milot revint, et tout de suite s'adressant à mon beau-frère : « Monsieur le marquis, lui dit-il, je crois que c'est ce mauvais sujet de *géant* qui a fait le coup... — Dans ce doute, interrompit tout de suite mon beau-frère, il ne faut pas qu'il nous échappe. » Et sur-le-champ il indiqua les précautions à prendre pour l'empêcher de s'évader. M. Tiquet alla donner des ordres en conséquence. Milot resta, et continuant son récit, il dit qu'un aide de cuisine qui était dans la cour avait vu sortir de la salle, à onze heures du matin, le *géant*; que s'étant approché de lui pour lui proposer une partie de quilles, il avait remarqué qu'une de ses manchettes était mouillée[1], et que lui disant qu'il avait donc *barboté* dans les baquets, le *géant* l'avait nié, en répondant qu'il ne savait seulement pas s'il y avait ou non de l'eau dans la salle. « Le scélérat! s'écria mon beau-frère, c'est lui! il faut l'interroger nous-mêmes, ensuite je le livrerai à la justice. »

Que l'on réfléchisse à cette aventure. Mon beau-frère héritait de la superbe terre de Sillery; elle lui était substituée, et un de ses gens empoisonne l'eau dont buvait le possesseur actuel de cette terre; et il est certain qu'avec l'âge de M. de Puisieux et sa frêle santé, si par hasard il n'eût pas été malade ce jour-là, qu'il se fût mis à table et qu'il eût bu de cette eau, lui qui ne buvait de vin qu'au dessert, il en serait mort dans la journée, et mon beau-frère eût été le seul possesseur de Sillery... Eh bien, à la gloire de la manière de penser de ce

[1] Tous les hommes alors avaient des manchettes, les domestiques les portaient de mousseline et leurs maîtres de dentelle.

temps, il n'y eut pas sur mon beau-frère, je ne dis pas un horrible soupçon, mais la plus légère idée qu'il pût être un instant troublé personnellement de l'effet que pourrait produire cette aventure... Il n'y eut pas une mine, pas un mot qui pût se rapporter à lui. On n'imagina pas qu'il dût être plus inquiet, plus embarrassé qu'un autre; et ne l'imagina pas lui-même, et c'est une preuve de l'estime parfaite qu'il avait pour les maîtres du château. Le *géant* fut interrogé par lui dans la chambre de M. de Puisieux, en présence de M. de Puisieux, de M. Tiquet et de mon mari. Mon beau-frère menaça le scélérat, qui niait tout, de le livrer à la justice s'il ne faisait pas l'aveu le plus sincère. Enfin il convint qu'il avait mis dans l'eau, non pas du poison, mais un vomitif. Interrogé vivement sur ses motifs, et pourquoi il avait choisi l'eau sans glace et n'en avait pas mis dans l'autre, il répondit qu'il n'avait pas voulu faire vomir son maître. Comme mon beau-frère le pressait de dire pourquoi il avait fait cette méchanceté à d'autres, il eut l'impudence de s'écrier que ce n'était pas lui qui devait hériter de la terre de Sillery... Mon beau-frère voulait absolument livrer ce misérable à la justice; M. de Puisieux ne le permit pas; on se contenta de le renvoyer, avec ordre de sortir sur-le-champ de la province, et de ne pas songer à se placer autrement que soldat, parce que s'il se mettait en service domestique, on le dénoncerait aussitôt. Mon beau-frère lui fit arracher son habit de livrée, qu'il fit brûler en sa présence dans le petit bois appelé le *Ménil*, en lui disant que nul domestique ne voudrait le porter; ensuite on le chassa ignominieusement. Nous en fûmes quittes pour boire du lait d'heure en heure pendant trois jours. Le médecin soutint toujours que c'était du poison, et non un vomitif. Au reste, celui qui avait été capable de donner un aussi violent vomitif aurait tout aussi bien donné du poison; peut-être avait-il pensé qu'un vomitif ne laisserait pas de traces si convaincantes du crime. Cet étrange événement fit beaucoup de bruit à Paris, et n'y causa pas non plus la moindre impression fâcheuse contre mon beau-frère.

L'abbé Delille.

Milot mit un cadenas à l'eau de la salle à manger. Cette précaution m'attrista; l'idée du poison me poursuivait partout et me rendit désagréable cette fin de voyage.

Nous retournâmes à Paris dans les derniers jours d'octobre.

Pendant mon séjour à Sillery, j'avais reçu plusieurs lettres fort tendres de M. le duc d'Orléans. Ma tante était de retour de Barèges; les eaux l'avaient guérie de sa passion malheureuse pour le duc de Guines. Elle ne me disait pas cela, mais elle me mandait que *la solitude lui avait rendu la paix de l'âme*, ce qui signifiait pour moi que rien ne s'opposait plus à son union avec M. le duc d'Orléans.

En arrivant à Paris, je volai chez ma tante, qui me parla avec autant de confiance que son caractère lui permettait d'en avoir. M. le duc d'Orléans lui offrait de l'épouser secrètement; ma tante lui montra une délicatesse qu'elle me donna pour telle à moi-même, en dont je fus la dupe quelque temps, mais qui n'était au fond qu'une combinaison et un calcul d'ambition. Elle déclara avec emphase à M. le duc d'Orléans qu'elle ne l'épouserait qu'avec le consentement du prince son fils, le duc de Chartres. Ma tante annonça cette résolution avec des phrases qui charmèrent M. le duc d'Orléans; il m'en parla avec admiration. Ce prince passait pour le meilleur des pères; et qu'on mérite ou non cette réputation, dès qu'on en jouit, on y est toujours attaché. D'ailleurs M. le duc d'Orléans aimait son fils autant qu'un homme d'une faiblesse excessive peut aimer. Il lui confia sur-le-champ son secret, en lui vantant extrêmement la grandeur d'âme de madame de Montesson. Il n'était encore question que d'un mariage de conscience, et par conséquent très-secret. M. le duc de Chartres n'aimait pas madame de Montesson; il la trouvait peu naturelle, trop démonstrative, et trop affectueuse pour lui; il avait trop vu en elle le projet de le flatter et le désir de le gagner et de le séduire. Elle avait avec lui, pour lui plaire, des accès de gaieté, des rires éclatants et des manières enfantines et caressantes qu'il appelait des *mièvreries ridicules*. Ce prince avait le défaut d'une si funeste conséquence, surtout dans un prince, de prendre dans une véritable aversion, non ce qui méritait l'indignation et le mépris, mais ce qui manquait de grâce, de goût, et ce qui lui paraissait ridicule. Il possédait à cet égard un tact très-fin et très-sûr. Il répondit avec respect, mais froidement, à M. le duc d'Orléans, qu'un fils n'avait point de consentement à donner à un père : il ne sortit pas de là. Ma tante se décida à lui parler, elle lui fit une scène de tendresse qui embarrassa beaucoup M. le duc de Chartres; et comme elle persistait toujours à lui demander son consentement, M. le duc de Chartres lui répondit qu'il le donnerait de bon cœur s'il était sûr que la résolution de son père fût véritablement inébranlable, ce que le temps seul pouvait lui prouver. Sur-le-champ ma tante s'écria qu'elle désirait elle-même cette certitude, et une longue épreuve; elle proposa deux ans. M. le duc de Chartres ne s'attendait pas que l'on consentît à accorder un si long délai; il accepta de très-bonne grâce, en ajoutant qu'il fallait avant tout que cela fût approuvé par son père. Il quitta madame de Montesson en lui disant qu'il allait passer quelques jours à la campagne, qu'il la priait de lui écrire la décision de M. le duc d'Orléans. Ma tante sentit bien qu'il voulait avoir un engagement par écrit. Elle lui écrivit, de l'aveu de M. le duc d'Orléans, et dans cette lettre, que j'ai lue, elle donnait sa parole de la manière la plus formelle de n'épouser qu'au bout de deux ans M. le duc d'Orléans. Cette lettre a toujours été conservée par M. le duc de Chartres, qui, huit mois après, écrivit une note de sa main (très-fâcheuse pour ma tante) sur la marge de la première page de cette lettre.

Madame de Montesson affecta d'être parfaitement contente de M. le duc de Chartres; elle confia à plusieurs personnes qu'il consentait à son mariage avec M. le duc d'Orléans, mais elle ne parla point de la condition imposée. Quand tout ceci fut bien arrangé, elle ne perdit pas de temps pour faire une nouvelle déclaration à M. le duc d'Orléans: elle lui annonça qu'elle ne l'épouserait qu'avec le consentement écrit du roi; avec la promesse que le mariage ne serait point déclaré, et qu'elle n'irait point à la cour, promesse illusoire si elle avait eu des enfants. M. le duc d'Orléans fut non-seulement surpris, mais épouvanté de cette prétention; il la combattit vainement, il fallut céder. En ceci ma tante eut raison: un mariage clandestin est véritablement honteux quand ce n'est pas l'amour qui le forme; je n'aime pas l'ambition qui l'a dirigée, mais je ne trouve de réellement

blâmable dans toute cette aventure que les artifices sans nombre qu'elle a employés.

M. le Dauphin (depuis l'infortuné Louis XVI) venait de se marier [1]; on parlait du mariage de Monsieur, et M. de Puisieux demanda au roi pour moi la promesse d'une place de dame auprès de la future Madame. Le roi le promit, le maréchal d'Estrées en remercia publiquement le roi, et j'en reçus les compliments. Madame de Montesson prit ce prétexte pour se faire présenter à la cour, où elle n'avait jamais été, quoique sa naissance lui en donnât le droit; mais M. de Montesson ne l'avait pas voulu. Ma tante dit que, puisque j'étais destinée par la place qui m'était promise à passer la plus grande partie de ma vie à Versailles, elle voulait aller à la cour pour me voir plus souvent. Ceci fut fait dans les premiers jours de novembre au moment de mon arrivée à Paris, et avant tout ce que je viens de conter. J'allai à la présentation de ma tante, et je m'amusai beaucoup ce jour-là, parce que c'était justement celui de la présentation de madame du Barri. Nous la rencontrâmes partout, elle était mise magnifiquement et de bon goût. Au jour sa figure était passée, et des taches de rousseur gâtaient son teint. Son maintien était d'une effronterie révoltante, ses traits n'étaient pas beaux, mais elle avait des cheveux blonds d'une couleur charmante, de jolies dents et une physionomie agréable. Elle avait beaucoup d'éclat à la lumière. Le soir au jeu nous arrivâmes quelques minutes avant elle. Quand elle entra, toutes les femmes qui étaient contre la porte se jetèrent les unes contre les autres du côté opposé, pour ne pas se trouver assises près d'elle : de sorte qu'il y eut entre elle et la dernière femme du cercle l'intervalle de quatre ou cinq pliants vides. Elle vit avec le plus grand sang-froid ce mouvement si marqué et si singulier, rien n'altéra son imperturbable effronterie. Quand à la fin du jeu le roi parut, elle le regarda en souriant; le roi sur-le-champ la chercha des yeux : il paraissait avoir de l'humeur et ne resta qu'un moment. L'indignation à Versailles était portée au comble : en effet, on n'avait jamais rien vu d'aussi scandaleux, mais il était sans doute bien étrange de voir à la cour *madame la marquise de Pompadour*, tandis que son mari, *M. le Normant d'Étioles*, était fer-

MADAME DUBARRI.
Elle vit avec le plus grand sang-froid ce mouvement si marqué.

mier général; mais il était encore plus odieux de voir présenter avec pompe à toute la famille royale une fille publique. Ces indécences inouïes et tant d'autres ont cruellement dégradé en France la royauté et contribué par conséquent à la révolution.

Mais revenons à ma tante et à M. le duc d'Orléans; ce dernier, croyant bonnement au délai de *deux ans*, ne voyait rien de pressé dans la démarche qu'il devait faire auprès du roi; il ne comptait pas agir de sitôt, mais ma tante lui dit qu'il fallait toujours avoir ce consentement dans son portefeuille. Au moment de faire la démarche, M. le duc d'Orléans avoua des craintes qu'il n'avait point encore montrées; il assura que le roi recevrait mal cette demande, et qu'il ferait un refus positif. Madame de Montesson soutint le contraire; elle dit qu'en apprenant au roi que M. le duc de Chartres *approuvait de la meilleure grâce* le mariage secret, si M. le duc d'Orléans sollicitait avec l'énergie nécessaire, il était impossible que le roi refusât. Ainsi, elle rendit M. le duc d'Orléans responsable de l'événement, et c'est ce qu'on doit faire quand on charge d'une commission importante les gens faibles, d'un caractère paresseux et froid. M. le duc d'Orléans, craignant mortellement l'humeur et les reproches de ma tante, devint véhément par faiblesse. Le roi, en effet, refusa d'abord et fort sèche-

[1] En 1770, le 16 mai.

4

ment; M. le duc d'Orléans insista avec tant de chaleur, qu'enfin, après un long tête-à-tête, il obtint le consentement *par écrit*, sous la condition que ma tante ne changerait point de nom, ne s'attribuerait aucune espèce de prérogative de princesse du sang, ne déclarerait point son mariage et ne paraîtrait jamais à la cour.

M. le duc d'Orléans revint triomphant à Paris; nous l'attendions avec une extrême impatience. Enfin il arriva; sa physionomie annonçait un si éclatant succès, que ma tante s'attendit, je crois, à mieux encore. Elle avait elle-même proposé les conditions; cependant, quand M. le duc d'Orléans en fit l'énumération, je vis qu'elle en était choquée. En ambition la tête va plus vite encore qu'en amour. Bernard, d'après le Tasse, a dit que l'amour

Désire tout, prétend peu, n'ose rien [1].

Mais on peut dire en prose que l'ambition *désire tout, aspire à tout, ose tout*.

Ma tante fut rêveuse et préoccupée toute cette journée. Elle me dit le soir que si M. le duc d'Orléans avait su profiter des dispositions du roi, il aurait obtenu la déclaration de son mariage, sous la seule condition de ne point aller à la cour, afin de ne pas lui donner la préséance à laquelle elle aurait droit sur toutes les princesses du sang. Elle ajouta avec humeur, en parlant de M. le duc d'Orléans : *Il faut lui tout dicter*.

M. le duc d'Orléans prit l'humeur de madame de Montesson pour de la sensibilité, et rien ne troubla sa satisfaction; de ce moment il ne m'appela plus, lorsque nous étions tous les trois, que sa *nièce*, et il me fit l'honneur de me donner ce titre dans trois ou quatre billets qu'il m'écrivit alors. Mais de ce jour finit mon rôle de confidente; madame de Montesson formait un projet qu'elle ne voulait pas me confier, et je n'ai su tout ce que je vais dire que par les autres confidents, le vicomte de la Tour du Pin et Monsigny, à qui M. le duc d'Orléans disait tout dans ce temps.

Madame de Montesson avait jamais promis sincèrement le délai de deux ans; M. le duc de Chartres avait sa parole par écrit, mais cette idée ne l'arrêta point. Elle avait bien recommandé à M. le duc d'Orléans de ne point parler au roi de cette circonstance, car ce seul fait aurait prouvé que M. le duc de Chartres n'avait donné son consentement qu'à regret. Après de rapides réflexions, ma tante dit à M. le duc d'Orléans que l'écrit du roi n'était rien, que l'on différait à en profiter, que Louis XIV s'était rétracté pour mademoiselle de Montpensier, que l'on avait plus à craindre encore pour un si long délai. M. le duc d'Orléans montra de justes craintes du mécontentement de son fils, ma tante répondit que l'on prendrait toutes les précautions nécessaires pour lui cacher ce secret, et enfin il fut décidé que le mariage secret se ferait sur-le-champ. On montra à l'archevêque le consentement du roi, et ce fut lui qui, à minuit, leur donna secrètement, dans sa chapelle, la bénédiction nuptiale. Les témoins furent le vicomte de la Tour du Pin et de Damas, chambellans de M. le duc d'Orléans. Le secret leur fut demandé; ils le gardèrent trois semaines, et n'en convinrent ensuite que parce que la vanité de madame de Montesson le confia à plusieurs personnes et en outre le trahit de mille manières.

A l'imitation de madame de Maintenon, qui, regardant avec raison toute espèce de titre au-dessous d'elle, n'en voulut plus après avoir épousé Louis XIV, ma tante rejeta le titre de *marquise* qu'elle avait toujours porté; elle ordonna dans sa maison, et elle pria ses amis de ne plus l'appeler que madame de Montesson tout court. M. le duc d'Orléans, persuadé par elle qu'il y avait de la dignité à ne point cacher ce qui était, la fit traiter en princesse par tous ses chambellans. M. le duc de Chartres apprit bientôt la vérité; il était incapable de manquer à sa parole, et sa colère fut extrême : il eut une explication avec M. le duc d'Orléans, montra beaucoup d'indignation et de ressentiment; M. le duc d'Orléans se fâcha : ils furent quinze jours sans se voir. Madame de Montesson, croyant toujours que rien ne pouvait résister à ses séductions, obtint une entrevue tête à tête de M. le duc de Chartres. Elle lui fit d'abondance une scène de sensibilité qui n'eut aucun succès; ensuite elle essaya de lui prouver que *leur intérêt commun* était d'être unis ensemble; M. le duc de Chartres répondit constamment, avec une froideur glaciale, qu'il lui paraîtrait toujours inexcusable d'avoir donné volontairement une parole d'honneur qu'il n'était pas demandé et d'y avoir manqué si complétement; il ajouta qu'un tel procédé détruisait sans retour toute espèce de confiance, et il la quitta en lui disant qu'il conserverait toujours le billet d'engagement qu'elle lui avait écrit, que seulement il allait y ajouter *une note historique*, ce qu'il fit en effet; quoique cette note ne contînt pas, comme on l'a dit, des injures et une réflexion outrageante, elle était très-piquante par le fait. De ce moment madame de Montesson prit contre M. le duc de Chartres un ressentiment qu'elle a toujours conservé, et qui a eu sur la destinée de ce malheureux prince une bien funeste influence.

J'anticipe ici sur les époques, car M. le duc d'Orléans n'épousa ma tante qu'un mois après mon entrée au Palais-Royal; et, puisque je romps l'ordre chronologique, je vais achever de rendre compte ici

des suites de ce mariage. M. le duc d'Orléans fut, comme je l'ai dit, très-fâché du mécontentement de son fils; il confia son chagrin au bon Monsigny, qu'il aimait et estimait avec raison, et qui, sous prétexte de prendre ses ordres pour les détails relatifs à sa place, avait les matins avec lui de longs entretiens dans lesquels M. le duc d'Orléans lui parlait avec une confiance qu'il n'avait avec aucune des personnes considérables qui lui étaient attachées. Monsigny allait aussi très-souvent chez ma tante, qui le demandait pour lui faire répéter quelques morceaux de musique; de là il passait chez M. le duc d'Orléans, qui le retenait toujours pour causer. M. le duc d'Orléans, au moment de partir pour Villers-Cotterets, où nous devions aller huit jours après, chargea Monsigny de me dire que, si je pouvais engager M. le duc de Chartres à *se rapprocher* de ma tante et à la traiter parfaitement bien, il assurerait à mes enfants la terre de Sainte-Assise et sa belle maison de Paris; tout cela pouvait valoir soixante-dix ou quatre-vingt mille livres de rente. Le lendemain matin Monsigny vint chez moi; il me remit un billet de M. le duc d'Orléans, qui seulement m'exhortait *à croire entièrement tout ce qui me serait dit de sa part, et à faire avec zèle tout ce qu'il attendait de mon attachement pour lui, et que je devais à sa sincère et vive amitié*. Il finissait en me demandant ma réponse par écrit, que lui porterait Monsigny partant pour Villers-Cotterets trois jours après lui. Alors Monsigny me conta tout. Ce récit, c'est-à-dire la proposition de ce marché, me blessa, me choqua, me parut une platitude de la part de M. le duc d'Orléans et un outrage pour moi, et le temps n'a point changé mon opinion à cet égard; mais j'étais en colère et ma réponse ne s'en ressentit que trop. Tous mes premiers mouvements et mes sentiments ont toujours été généreux et bons; mais la vivacité de mes impressions et de mon imagination m'a toujours fait mêler à tout ce que j'ai fait de mieux quelque chose d'exalté, d'outré, et quelquefois d'extravagant, qui en a diminué le prix et qui m'a été et a dû m'être excessivement nuisible. Quand la seule grandeur d'âme décide à faire une belle action, on se conduit avec calme et simplicité; quand la vanité se mêle à ce noble sentiment, on veut donner un éclat surnaturel à son action, et on la gâte. Je répondis à M. le duc d'Orléans non-seulement d'une manière peu convenable, mais avec impertinence; ma lettre commençait assez bien : je disais que je ne me reconnaissais aucun droit qui pût me donner sur l'esprit de M. le duc de Chartres l'ascendant qu'il me supposait; que d'ailleurs M. le duc de Chartres, pour lui donner des preuves de respect et d'attachement, n'avait besoin d'aucune influence étrangère. Mais, après avoir rejeté avec beaucoup de dédain l'offre en était très-grossière de l'assurance de la succession de ma tante, j'ajoutais cette phrase : *Je ne regarderais comme légitime, et je n'accepterais de la succession de ma tante que son héritage de famille*. Je n'aurais rien pu dire de plus choquant si ma tante n'eût été que la maîtresse de M. le duc d'Orléans : c'était son égale, son égale avec le consentement du roi, et elle avait été mariée par l'archevêque de Paris ! Mais quoique véritablement duchesse d'Orléans, elle n'en pouvait porter le nom, et je sentais qu'à sa place, n'ayant point de rang à soutenir, j'aurais mis ma gloire à me contenter de mes quarante mille livres de rente; j'aurais refusé toutes ces immenses de M. le duc d'Orléans, deux cent mille livres de rente et en outre une maison somptueuse bâtie pour elle à la Chaussée-d'Antin.

Ma lettre outra de colère M. le duc d'Orléans, ainsi que ma tante, à laquelle il la montra, et tous les deux ne me l'ont jamais pardonné. Cependant, sans en rien attendre, je mis tous mes soins, réunis à ceux de madame de Chartres, pour adoucir M. le duc de Chartres. Il avait déclaré qu'il ne mettrait jamais les pieds chez madame de Montesson; néanmoins il y retourna, et il y soupa deux ou trois fois dans l'hiver, ce qui a continué tous les ans. Cette conduite (que je l'ose dire, il n'aurait jamais que sans moi) aurait dû suffire : elle était indulgente et convenable, mais elle ne satisfait nullement ma tante. Elle aigrit de plus en plus son père contre lui. En même temps ma tante se plaignait sans cesse de lui en confidence à ses amis, sans rien citer, mais avec des soupirs et des réticences qui donnaient à penser tout ce qu'on voulait : c'était sa manière. C'est ainsi qu'elle s'est toujours plainte de moi avec le ton le plus sentimental, et sans pouvoir citer un seul mauvais procédé.

Voici deux faits dont j'ai été témoin, ainsi que tout le Palais-Royal : Un jour, à dîner au Palais-Royal, nous nous aperçûmes que les couverts d'argent étaient différents, et chacun de nous reconnut sur ces couverts ses propres armes. M. le duc de Chartres demanda à Joli [1], le contrôleur, ce que cela signifiait. Joli alla lui répondre, mais tout bas à l'oreille. Après le dîner, M. le duc de Chartres nous dit qu'on était venu subitement, avec un ordre de M. le duc d'Orléans, enlever toute l'argenterie pour la porter à Sainte-Assise, parce qu'on *refondait* celle de madame de Montesson, dont les formes n'étaient plus à la mode. Il est vrai que l'argenterie du Palais-Royal appartenait à M. le duc d'Orléans; mais cette manière d'en disposer sans en prévenir était bizarre. L'hiver d'ensuite, on vint un beau

---

[1] *Brama assai, poco spera, nulla chiede.*

[1] Ce Joli, honnête et excellent homme, était père de l'acteur si naturel et si agréable qui fit la fortune de plusieurs vaudevilles. Il avait épousé mademoiselle Saint-Aubin, qui obtint un succès sans exemple dans l'opéra de *Cendrillon*, musique de Nicolo. G. D.

matin reprendre aussi à M. le duc et à madame la duchesse de Chartres tous les diamants qu'on appelait les *pierreries de la maison*; et c'était pour en garnir une robe de velours dont madame de Montesson s'était parée plusieurs fois durant cet hiver. Il y a bien peu de délicatesse dans tous ces procédés, et M. le duc de Chartres les a supportés avec une douceur et un calme admirables.

Pendant que j'étais encore dans le cul-de-sac Saint-Dominique, j'éprouvai personnellement plusieurs peines. La plus sensible fut la mort de ma chère et bonne grand'mère, madame la marquise de Droménil; car cette respectable femme, par ma reconnaissance et mon affection, était bien ma véritable grand'mère. Elle avait quatre-vingt-six ans; mais je la pleurai comme si j'avais pu avoir l'espérance de la conserver longtemps. Dans son testament elle ne faisait de dispositions particulières pour aucun de ses petits-enfants; mais elle me laissait la terre de Bouleuse, près de Reims, avec un joli château, et valant sept mille livres de rente. Elle ajoutait cette clause : « En faisant ce don à la comtesse de Genlis, je veux, par l'affection que j'ai pour elle, être enterrée dans l'église paroissiale de cette terre. » Ce testament, si touchant et si honorable pour moi, me fut inutile; M. le marquis de Noailles, mari de la petite-fille de madame de Droménil, le fit casser. Il était passé par-devant notaire; il y avait une faute de formalité, et M. de Noailles, qui depuis a remboursé mon donaire à *la nation*, c'est-à-dire cent vingt mille francs, pour deux mille francs, parce que ce fut en assignats échus, m'a fait un procès sur ce testament et le gagna. M. de Genlis n'eut dans la succession que sa part d'enfant, comme madame de Noailles et madame de Belzunce, sa sœur, et nous perdîmes la terre de Bouleuse, qui en outre m'était donnée; mais j'en ai conservé la même reconnaissance, et madame de Droménil vivra toujours dans mon souvenir comme une mère et comme une bienfaitrice.

CHAPITRE XVI.
1770.

Le maréchal de Biron. — Mort du maréchal de Balincour et du maréchal d'Estrées. — L'abbé Raynal. — Le prince cardinal de Rohan. — Mort de M. de Puisieux. — Il était jésuite. — Feu d'artifice fatal. — Je perds mon amie madame de Custine. — J'entre au Palais-Royal comme dame du palais de la duchesse de Chartres. — Mesdames de Biot, de Clermont, de Montauban. — *Paroit de campagne*. — Le duc de Chartres : bonne action de sa jeunesse. — Mademoiselle Duthé. — MM. de Pont, de Durfort, de Thiars.

Je voyais souvent le maréchal de Biron, qui avait dix-sept ou dix-huit ans de moins que le maréchal de Balincour; âgé de soixante-neuf ou soixante-cinq ans, il ne lui en aurait pas donné plus de cinquante-cinq. Sa taille était majestueuse, sa figure belle, et l'air le plus noble et le plus imposant que j'aie vu. On dit de Brutus qu'il fut le dernier des Romains, on peut dire du maréchal de Biron qu'il fut en France *le dernier fanatique de la royauté*; il n'avait de sa vie réfléchi sur les diverses sortes de gouvernements et sur la politique. Mais il est certain qu'il était bien pour représenter dans une cour, pour être décoré d'un grand cordon bleu, pour parler avec grâce, noblesse, à un roi, pour connaître et pour sentir les nuances les plus délicates du respect dû au souverain et aux princes du sang, toutes celles des égards dus à un gentilhomme, et de la dignité que doit avoir un grand seigneur. Le système établi de l'égalité eût anéanti toute sa science, tout son bon goût, toute sa bonne grâce. Il adorait le roi, parce qu'il était roi; il avait pu dire ce que Montaigne disait de son amitié, *Je l'aime parce que je l'aime, parce que c'est lui, et que c'est moi.* Le maréchal, dans d'autres termes, faisait exactement même la définition de son attachement passionné pour le roi. C'était une chose plaisante, même alors, de l'entendre parler des républiques; il regardait les républicains comme des espèces de barbares. Il avait d'ailleurs beaucoup de bon sens, une droiture et une loyauté de caractère qui se peignaient sur sa belle physionomie; il avait montré à la guerre la plus brillante valeur; il était adoré des gardes françaises, dont il était colonel.

Un jour que l'on faisait devant lui l'énumération des maréchaux de France de son nom : « Vous en nommez un de trop, dit-il; on ne doit pas compter celui qui fut infidèle à son roi. » Enfin, il aimait les jeunes personnes, il avait avec elles une galanterie chevaleresque qui donnait une idée de celle de la cour de Louis XIV, dont il avait alors vu, dans sa première jeunesse, les derniers moments. Il respectait le maréchal de Balincour, qui pouvait en conserver un plus long souvenir; il l'enviait sa vieillesse; et, en parlant de lui, il disait avec admiration : *Il avait trente ans à la mort du feu roi!* C'était dans sa bouche un éloge. Je trouvais un plaisir infini à entendre causer ensemble ces deux respectables personnages; et, quand le marquis de Canillac, âgé de quatre-vingt-onze ans, se trouvait avec eux, je me croyais véritablement transporté au siècle de Louis XIV, avec lequel M. le maréchal de Richelieu m'avait déjà fait faire connaissance à Braisne. Ce fut ainsi que je pris, dès ma jeunesse, le goût passionné pour la cour de Louis XIV, qui s'est encore accru depuis par mes lectures. Si j'ai su la peindre, cette brillante cour, c'est que je la connaissais parfaitement. J'aimais le maréchal de Biron, non-seulement parce qu'il m'envoyait sans cesse des figues, des abricots-pêches (les premiers qu'on ait eus à Paris) et des fleurs de son magnifique jardin, mais parce que je m'instruisais en l'écoutant.

Je relus dans ce temps les *Lettres de madame de Sévigné*, celles de madame de Maintenon, les *Souvenirs de madame de Caylus*, les *Mémoires du cardinal de Retz*. C'est une lecture dont on ne se lasse point. Comme on aimait, comme on pensait, comme on écrivait, comme on contait dans ce temps ! Que d'esprit, que de raison, que de naturel, que de grâce, quelle élévation de sentiments, et quelle sensibilité sans étalage et sans ostentation ! Que nous étions Français alors !...

M. le maréchal de Balincour mourut, et nous eûmes dans cette année bien des pertes de famille à déplorer. Le maréchal d'Estrées mourut d'un mal lent, dont il souffrait depuis longtemps, et qui était incurable. Couché sur une chaise longue, il recevait tous les jours ses parents et ses amis; on faisait la conversation, on jouait comme s'il eût été en pleine santé. Il ne connaissait que vaguement le danger de son état, l'ancienneté de ses souffrances lui persuadait qu'elles n'avaient rien de mortel. Après la mort du maréchal de Balincour, j'allai régulièrement passer toutes mes soirées chez le maréchal d'Estrées, qui avait mille bontés pour moi. Je voyais avec une espèce d'étonnement douloureux s'éteindre un grand homme couvert de gloire, comblé d'honneurs, et parvenu au faîte de la considération sociale; il me semblait que tous ces liens si brillants qui honoraient sa vie devaient aussi l'affermir, et cependant cette pompe, cette fortune, ces amis, tout allait lui échapper !..... Un soir, en arrivant chez lui, je trouvai toute la maison désolée : il était à la mort; il demanda lui-même ses derniers sacrements, les reçut avec d'autant plus d'édification, qu'il avait toujours eu des sentiments religieux; et il mourut dans la nuit, laissant une mémoire justement honorée par une vie sans tache, de grandes actions, un beau caractère, et des talents supérieurs comme guerrier et comme homme d'État.

A cette époque, M. et madame de Puisieux voulurent nous loger chez eux; ils nous donnèrent un joli entresol dans la superbe maison qu'ils occupaient rue de Grenelle. J'avais renoncé, par un motif honorable, à la place qui m'avait été promise chez Madame. Le roi décida que ces places ne seraient données qu'à des femmes qui iraient chez madame du Barri. On pense bien que cette décision ne fut pas formellement annoncée, mais elle eut lieu de fait. Pour ressentir quelques personnes qui étaient sur la liste; on appelait cela être invité à faire partie de la *société du roi*. Pour moi, on ne me fit rien dire, mais nous apprîmes de toutes parts qu'une grande partie des personnes désignées payaient leurs soirées chez madame du Barri. Il suffisait de le faire demander, on était aussitôt reçu. M. de Genlis n'était pas d'humeur à me prescrire une telle démarche, pour d'ailleurs nulle autorité n'aurait lu obtenir de moi. Ses parents pensaient de même; mais les places ne furent accordées qu'à cette condition, ainsi je n'en eus aucune, malgré la parole si authentiquement donnée.

J'ai oublié de parler d'un personnage très-remarquable, que j'ai vu sans cesse chez M. de Puisieux : c'était l'abbé Raynal. Il n'a jamais existé dans la société un homme d'esprit si tranchant, si contrariant et si peu aimable. Je l'ai entendu disputer avec le maréchal d'Estrées sur les opérations de guerre, et avec une décision et une impertinence dont rien ne peut donner l'idée. Le maréchal finit un soir par lui dire : « Vous avez raison, monsieur l'abbé, car je vois que vous entendez toutes ces choses-là beaucoup mieux que moi. » Une autre fois que je venais de jouer de la harpe, il voulut me questionner, à tue-tête, sur le mécanisme des pédales; madame de Puisieux se hâta de l'interrompre en lui disant : « Épargnez-vous une dissertation inutile, monsieur l'abbé, parce que madame de Genlis est bien sûre d'avance que vous êtes en état de lui donner des leçons de harpe. » Il n'avait pas encore fait son *Histoire philosophique des Indes*, et s'il eût publié alors ce lourd, cet emphatique et pernicieux ouvrage, j'aurais éprouvé bien du mépris et bien du dégoût, en me trouvant assise à côté du vieux libertin apostat qui a fait avec tant de complaisance une peinture si licencieuse des bayadères, et de l'impie séditieux qui a écrit ces exécrables paroles : *Peuples, voulez-vous ô re heureux, renversez tous les autels et tous les trônes !...* Il a été obéi ! il l'a vu, c'était un charlatan impie : aussi s'est-il repenti. Mais sa rétractation, si diffamatoire pour la philosophie, ne fut pas assez humble pour satisfaire la religion qu'il avait si indignement outragée [1].

Je vis aussi chez M. de Puisieux le jeune roi de Suède, à son premier voyage hors de ses États (car il en fit un second pour aller à Spa); ce prince était aimable, poli, obligeant, et parlait avec beaucoup de grâce.

Le prince héréditaire de Suède, connu depuis sous le nom de Gustave III, apprit à Paris, au commencement de l'année 1771, la mort du roi Adolphe-Frédéric, son père.

Une personne devenue riche et à la mode dans sa vieillesse, et qui à trente-sept ans n'était ni l'un ni l'autre, madame de Coaslin,

[1] L'abbé Raynal, né à Saint-Génies, dans le Rouergue, en 1713, mourut à Passy en 1796, laissant pour toute fortune un assignat de cinquante francs, valant cinq sous.

venait quelquefois chez madame de Puisieux. Elle avait une figure de Minerve, une manière emphatique et lente de parler, qui contrastaient singulièrement avec des discours très-vulgaires et les contes grivois dont son entretien était toujours semé. Elle écrivait ridiculement; elle avait fort peu d'esprit, mais de la beauté, un air important; de la causticité et beaucoup de hardiesse l'ont rendue une personne remarquable et lui ont donné une superficielle apparence d'originalité. M. le prince de Conti donnait à souper au Temple tous les lundis; on s'y portait en foule, il se trouvait toujours au moins cent cinquante personnes; pour arriver jusqu'au prince, il fallait traverser un immense salon et passer à travers une triple haie formée par les hommes qui se tenaient toujours debout avant le souper, les femmes seules étaient établies en cercle au fond du salon. Un soir que la foule était plus grande encore que de coutume, M. le prince vit arriver madame de Coaslin; il s'avança vers elle et lui dit ironiquement qu'avec sa *timidité naturelle* elle avait dû être bien embarrassée en se trouvant au milieu de tant de monde. « Oui, monseigneur, répondit madame de Coaslin; j'ai été si intimidée, j'ai tellement perdu la tête, que dans mon trouble... j'ai fait la révérence à monsieur »; et elle montra un homme dont elle avait à se plaindre et qui avait fait contre elle un couplet satirique.

Le fameux prince Louis de Rohan, depuis cardinal, soupait souvent chez madame de Puisieux. Il avait une figure très-agréable, des manières trop lestes pour son état, une conversation frivole, animée, spirituelle; il n'était rien de ce qu'il devait être, mais il était aimable autant qu'on peut l'être hors de sa place et de son caractère. Sa vivacité, son inconséquence, son maintien, ses discours me trahissaient que trop les égarements de sa jeunesse et ne présageaient pour son âge mûr que des fautes, des malheurs et des ridicules.

Peu de temps après la mort du maréchal d'Estrées, nous fîmes une nouvelle perte plus sensible encore: M. de Puisieux mourut le cinquième jour d'une fluxion de poitrine. M. de Puisieux fut l'un des plus honnêtes hommes de ce temps. La délicatesse la plus scrupuleuse n'était pour lui que la simple probité. Jamais personne n'a joui d'une plus parfaite réputation de droiture et d'intégrité. Il avait été chevalier de l'ordre du Saint-Esprit, ambassadeur en Suisse, en Suède et à Naples, et ensuite ministre des affaires étrangères. Lorsqu'il se retira du ministère, le roi exigea qu'il restât au conseil. Il empêcha par son arbitrage une infinité de procès entre des hommes de la cour qui le consultaient sans cesse. Le maréchal d'Estrées disait de lui qu'il était le juge du point-d'honneur des affaires contentieuses. Il possédait toute la confiance du plus vertueux de tous les princes, M. le duc de Penthièvre, et ce fut lui qui le détermina à marier sa fille unique, devenue la plus riche héritière du royaume (depuis la mort du prince de Lamballe), à M. le duc de Chartres. M. le duc d'Orléans reconnaissait lui avoir cette obligation. M. de Puisieux mourut dans la plus grande piété. Il avait été élevé aux Jésuites; après sa mort on trouva sur sa poitrine les marques de son affiliation à cet ordre; aucun qu'il n'avait jamais confié et qu'aucun de ses gens ne savait. Voici en quoi consistait cette affiliation: on faisait serment sur l'Evangile: 1° de contribuer de tout son pouvoir au maintien de la religion; 2° de protéger l'ordre et tous ses membres en particulier dans toutes les occasions où cette protection serait utile ou réclamée, et le blesserait ni la morale ni les lois; 3° de dire tous les jours une prière particulière qui était très-courte; 4° de porter toujours sur sa poitrine un scapulaire, marque de l'affiliation, et 5° de garder le secret de cette affiliation autorisée par le pape. D'un autre côté, on promettait à l'affilié tous les services et toutes les preuves d'affection qui pourraient lui être utiles dans toutes les situations et dans tous les pays; enfin il participait à toutes les prières faites pour les membres de l'ordre et à toutes les indulgences accordées par le pape.

La mort de M. de Puisieux, de ce digne et respectable chef de famille, nous plongea dans une profonde affliction; mais une douleur qui surpassa toutes les autres fut celle de sa vertueuse sœur mademoiselle de Sillery; elle soigna, veilla son frère, sans le quitter un instant pendant les cinq jours de sa maladie. Lorsqu'elle eut reçu son dernier soupir, elle alla se mettre dans son lit, ne se releva plus, demanda les sacrements le lendemain, et mourut six jours après.

M. de Puisieux, au cinquième jour d'une fluxion de poitrine, était à l'agonie; à trois heures du matin il n'avait plus de connaissance. J'allai rejoindre madame de Puisieux; en passant dans le salon avec M. de Genlis, je voulus voir quelle heure il était; nous approchâmes d'une superbe pendule dont Louis XV avait fait présent à M. de Puisieux: on y voyait les trois Parques soutenant le cadran, et nous remarquâmes avec saisissement que le fil d'or qui tenait le fuseau était rompu, sans qu'on puisse savoir de quelle manière il s'était cassé... M. de Puisieux expirait en ce moment.

Je restai longtemps enfermée avec madame de Puisieux, uniquement occupée du soin de la consoler et de soigner sa santé, que ce cruel événement avait fort dérangée. Sa solitude de veuve fut absolue; elle ne vit dans les premiers mois que sa famille, et ne sortit que pour aller à l'église. Au bout de ce temps, elle ne voulut pas aller voir les illuminations et le feu d'artifice si malheureusement célèbre qui fut tiré sur la place Louis XV, en réjouissance du mariage de

M. le Dauphin; mais elle m'y envoya. M. de Genlis venait de partir pour son régiment; j'allai à ce feu avec madame la marquise de Brugnon, une jeune et jolie femme, dont le mari, qui servait dans la marine, avait été envoyé ambassadeur à Maroc, ce qui me donnait une grande considération pour lui; car cette ambassade me paraissait une chose beaucoup plus périlleuse que des campagnes sur mer.

M. de la Reynière faisait bâtir une belle maison sur la place Louis XV; il me donna, pour voir le feu, une des pièces du rez-de-chaussée. Comme on nous disait qu'il y aurait un monde énorme, j'y allai après le dîner, en sortant de table, avec madame de Brugnon et MM. de Nédonchel et de Bouzolle. Nous arrivâmes sans obstacle; mais nous attendîmes beaucoup plus longtemps que nous ne l'avions imaginé, ce qui m'impatienta tellement, que je dis que mon envie de voir le feu d'artifice était passée et que je ne le regarderais pas. On crut que c'était une plaisanterie; on me défia en badinant, et j'acceptai sérieusement le défi. Dès la première fusée je fermai les yeux, et rien ne put me les faire rouvrir tant que dura le feu. Lorsqu'il fut fini, MM. de Bouzolle et de Nédonchel nous laissèrent pour aller chercher nos gens et faire avancer notre voiture. Ils ne revinrent qu'à minuit: nous étions d'autant plus inquiètes, que nous entendions un vacarme épouvantable sur la place. Enfin ces messieurs revinrent; ils ne voulurent pas nous dire que l'on se culbutait, que l'on s'écrasait sur la place, et que tout y était dans une horrible confusion; mais ils nous déclarèrent qu'il y avait des embarras affreux, qu'il était impossible de trouver nos gens, et qu'il fallait se décider à attendre encore au moins deux heures. Ils nous apportaient une poularde qu'ils avaient prise, avec des gâteaux, chez un traiteur; et comme nous allions souper, nous entendîmes des gémissements au bas de nos fenêtres: c'étaient deux vieilles dames, madame la marquise d'Albert et madame la comtesse de Renti, ancienne dame d'honneur de feu madame la princesse de Condé. Ces deux dames, en allant chercher leur voiture, avaient été entraînées par la foule et séparées de leurs gens. Nous les recueillîmes, et comme il n'y avait pas moyen de faire le tour de la maison pour les faire entrer par la porte, on les hissa par la fenêtre, qui heureusement n'était pas haute; mais leur âge, leurs grands paniers et leur effroi rendirent cet enlèvement fort difficile. Toute la gaieté qu'il nous causa s'évanouit en voyant madame d'Albert, qui avait la poitrine toute couverte de sang, parce que dans la foule on lui avait arraché une de ses boucles d'oreilles.

Nous restâmes là jusqu'à deux heures après minuit: nos dames étrangères ne retrouvèrent ni leurs gens ni leur voiture; je fus obligée de les mener chez elles, et je ne rentrai à l'hôtel de Puisieux qu'à trois heures un quart. J'y trouvai tout le monde sur pied et dans les plus vives inquiétudes; on me croyait tuée, car on savait, ce que j'ignorais, qu'une infinité de personnes avaient péri sur cette fatale place (environ six mille personnes, selon le calcul le plus modéré). Madame de Puisieux, tout en larmes, vint sur le haut de l'escalier me recevoir avec des transports inexprimables; elle m'apprit tous les désastres de cette funeste soirée: ce qui les avait causés était de petites rigoles fort peu profondes sur la place Louis XV; la foule, en se pressant, ne les vit point; ces rigoles firent tomber ceux qui les rencontrèrent, et les autres les écrasèrent ou les étouffèrent. Madame de Puisieux, pour la première fois depuis son veuvage, avait soupé dehors, chez madame d'Egmont. A deux pas de l'hôtel d'Egmont était un corps de garde, près de la place Louis XV; on y apporta une multitude de cadavres que l'on essaya vainement de rappeler à la vie; ce fut ainsi que madame de Puisieux apprit cette horrible catastrophe. Le lendemain fut un jour de désolation; surtout parmi le peuple et les artisans; il n'y eut presque personne, dans cette classe, qui n'eût un malheur à déplorer. Milot, maître d'hôtel de madame de Puisieux, perdit un cousin germain; sa femme de chambre alla reconnaître à la Morgue le cadavre de sa sœur, jeune fille de vingt ans, en apprentissage chez un fourreur. Toutes les personnes de notre connaissance nous contèrent de semblables événements; pendant quatre ou cinq jours, il ne fut question dans tous les entretiens que de cette déplorable histoire, que tout le monde regarda comme le plus sinistre présage. En effet, il est bien frappant qu'à l'occasion du mariage de l'infortuné Louis XVI, tant de sang ait coulé sur cette même place où ce prince et son épouse devaient être immolés avec tant d'autres innocentes victimes[1]...

Depuis cette époque, nous passâmes encore huit mois chez madame de Puisieux; je devais éprouver l'hiver suivant l'une des plus vives douleurs de ma vie! Madame de Custines, qui était en Lorraine dans une terre de sa belle-mère, revint dans les derniers jours de l'automne, mais sans son mari, que des affaires obligeaient à rester en Lorraine jusqu'au mois de janvier. J'allais tous les jours chez madame de Custines, je la trouvais changée et amaigrie; elle toussait:

---

[1] Les fêtes du mariage de l'empereur avec l'impératrice Marie-Louise furent cruellement troublées par l'incendie de l'hôtel de l'ambassade d'Autriche, qui fit un si grand nombre de victimes.

Le 30 mars 1837 le duc d'Orléans épousait la princesse Hélène de Mecklembourg. Il y eut aussi de grands malheurs à déplorer. Au Champ-de-Mars cent personnes furent écrasées: triste présage de la fin tragique du prince! G. D.

J'étais inquiète de sa santé ; j'allais tous les matins déjeuner avec elle, j'y restais depuis dix jusqu'à deux heures, je ne la quittais que pour aller dîner avec madame de Puisieux. Son beau-frère, le vicomte de Custines, était presque toujours en tiers avec nous, ce qui m'embarrassait beaucoup ; mais comme madame de Custines ne se doutait pas de sa conduite avec moi, et que je n'ai jamais fait de ces espèces de confidences, je ne témoignais rien de ce que je pensais à cet égard ; madame de Custines croyait seulement que son beau-frère me déplaisait ; elle m'en avait montré plus d'une fois de la surprise, en me faisant l'éloge de son caractère et de ses qualités morales. Elle n'ignorait pas que l'on disait dans le monde qu'il n'avait été subitement en Corse que pour me plaire ; elle m'assurait que c'était une erreur, que le vicomte n'avait aucune prétention qui dût me blesser, qu'elle en était sûre. Je me gardais bien de lui conter la vérité, je répondais seulement qu'il avait dans sa personne et dans ses discours quelque chose d'ironique et de moqueur qui me repoussait. Elle me répétait que je le jugeais mal, et que j'étais injuste pour lui. Je lui laissais cette opinion, afin de ne pas altérer son estime et son amitié pour lui, car je voyais clairement que, relativement à moi, il avait avec elle la plus grande fausseté.

Un matin, en allant comme de coutume à dix heures chez madame de Custines, je la trouvai si changée et si abattue, que je l'engageai à se mettre au lit. Le vicomte envoya chercher son médecin, qui vint sur-le-champ et qui lui trouva beaucoup de fièvre ; lorsqu'il sortit de sa chambre nous le suivîmes pour le questionner, et il me perça le cœur en nous déclarant qu'il craignait une fluxion de poitrine.

Dès le premier jour madame de Custines fut dans le plus grand danger, le troisième M. Tronchin fut appelé et la condamna. Elle ne s'abusa point sur son état, elle demanda et reçut tous ses sacrements avec une piété angélique. Elle conserva toute sa tête jusqu'au dernier moment. Elle nous pressa plusieurs fois d'aller nous coucher ; et voyant que nous étions décidés à la veiller, elle ordonna de nous faire pour les nuits des boissons rafraîchissantes, de la limonade et de l'orgeat ; elle ordonna aussi qu'il y eût toujours dans le salon des oranges et des biscuits. Elle commandait toutes ces choses avec un calme et une continuité d'attention que nous ne nous lassions point d'admirer.

Dès le second jour elle me pria de lui faire tout haut des lectures de piété ; elle me demanda d'abord de lui lire les *Quatre fins de l'homme* de Nicole, m'indiquant un passage sur la mort dont nous avions souvent parlé ensemble, et qui nous paraissait le morceau le plus frappant sur ce sujet ; mais aussitôt elle se rétracta en disant : « Non, cela vous ferait de la peine, lisez-moi l'*Imitation*. » Enfin elle conserva jusqu'à la mort son admirable caractère. La nuit du quatrième jour de sa maladie fut affreuse ; la toux et de vives douleurs furent continuelles, mais la patience et la douceur de la malade furent inébranlables ; elle envoya chercher son confesseur à deux heures, et à trois elle reçut l'extrême-onction. Elle entrait dans son cinquième jour ; M. Tronchin, que nous avions fait réveiller, vint à trois heures et demie. Il lui prescrivit une potion calmante ; lorsqu'il sortit je n'osai l'interroger, je ne voyais que trop qu'il fallait renoncer à toute espérance ! À quatre heures du matin, j'allai un moment dans le salon respirer, c'est-à-dire pleurer sans contrainte. J'y trouvai le vicomte de Custines baigné de larmes ; je m'assis près de lui, et nous versâmes des torrents de pleurs pendant plus d'une heure, sans nous dire une seule parole ; je l'aimais véritablement dans ces tristes moments. Tout devient sympathique entre deux personnes qui éprouvent une douleur commune : pendant toute sa durée, ceux qui pleurent et qui s'affligent profondément ensemble unissent leurs âmes de la manière la plus touchante et la plus intime. Je rentrai à cinq heures dans la chambre de ma malheureuse amie ; je la trouvai beaucoup plus calme, et à six heures elle me dit qu'elle ne souffrait plus du tout. Je la regardai ; elle était pâle ; mais il n'y avait rien de décomposé dans ses traits, et je fus même si frappée de sa beauté, que j'allai lui chercher le vicomte, qui était resté dans le salon ; il nous fut impossible de ne pas reprendre de l'espérance. C'était un dimanche : à huit heures madame de Custines me demanda de lire la messe tout haut ; ensuite elle me pressa d'y aller, en m'assurant qu'elle se trouvait parfaitement bien. J'en fus moi-même persuadée ; elle m'embrassa et se fit apporter le livre d'heures dont elle se servait de préférence, elle me le donna en me disant : *Conservez-le toujours.* Ces paroles me firent frissonner ! Je la quittai ; quand j'eus fait quelques pas, elle dit : *Priez Dieu pour moi...* Ce furent les dernières paroles que j'aie entendues d'elle !... J'allai à la messe, je revins au bout de trois quarts d'heure, elle n'existait plus ! elle venait d'expirer !...

Il était dans la destinée de madame de Custines de ne devoir qu'à elle seule ses vertus et sa réputation : elle n'eut pour la conduire dans le monde ni guide ni mentor ; sa belle-mère vivait en Lorraine, et cependant sans surveillance et sans conseils elle ne fit pas une faute, parce que, ferme dans ses principes et timide dans ses démarches, elle ne fit point une étourderie.

Je rentrai chez madame de Puisieux dans un état impossible à décrire... Le vicomte vint passer avec moi la plus grande partie de la journée, et ce fut pour nous une consolation réciproque ; nous étions l'un et l'autre si affligés, si abattus, que nous n'avions pas la force de parler. Il vint de même le lendemain et m'amena les charmants enfants de celle que nous pleurions ! Leur vue me déchira le cœur, et le soir même le malheureux comte de Custines arriva. Son désespoir fut inexprimable : il accourut aussitôt chez moi ; de ce moment nous nous jurâmes une éternelle amitié, et nous fûmes l'un et l'autre également fidèles à cet engagement.

Si la vie de madame de Custines avait été prolongée jusqu'à l'âge mûr, elle aurait vu périr sur un échafaud son mari et son fils !...

Le comte de Custines, accusé de trahison, fut condamné et mis à mort le 27 août 1793 ; son fils ne lui survécut que six mois, et périt de la même manière.

Madame de Montesson, par un motif particulier qui ne se rapportait qu'à elle, désirait extrêmement alors que j'entrasse au Palais-Royal, et elle n'avait nul besoin d'employer son crédit pour cela : M. le duc d'Orléans le désirait personnellement, je lui plaisais, et il pensait que je ne serais pas tout à fait inutile à l'agrément des longs voyages de Villers-Cotterets. D'ailleurs j'avais beaucoup de droits pour prétendre à une place auprès de madame la duchesse de Chartres, puisque c'était M. de Puisieux, ami et conseil de M. le duc de Penthièvre, qui avait déterminé ce prince à conclure le mariage de la princesse sa fille ; et la réputation de légèreté et de galanterie de M. le duc de Chartres avait donné à M. le duc de Penthièvre le plus grand éloignement pour cette alliance. M. de Puisieux, avec beaucoup de zèle et de persévérance, parvint à le décider.

Comme madame de Puisieux était de bonne foi en tout, malgré la peine extrême qu'elle éprouvait de se séparer de moi, elle engagea M. de Genlis à faire la démarche nécessaire pour cette place, qui était de la demander à M. le duc d'Orléans. M. de Genlis ne s'en souciait pas, et il déclara qu'il ne consentirait à me laisser entrer au Palais-Royal que s'il y était attaché lui-même. Il demanda et obtint la place de capitaine des gardes de M. le duc de Chartres ; c'était une des premières places de la maison : elle valait six mille francs ; j'eus en même temps celle de dame, qui en valait quatre. Il fut convenu que je resterais encore six semaines avec madame de Puisieux, ce temps s'écoula bien péniblement pour moi. Au fond de l'âme, j'étais charmée d'entrer dans cette cour brillante, dont le bon air et l'élégance m'avaient séduite ; mais je ne pouvais me dissimuler qu'il eût été plus raisonnable de rester avec madame de Puisieux, et qu'en la quittant je manquais à un devoir et j'exposais ma tranquillité. Loin de me rien reprocher, elle croyait m'avoir déterminée, et elle était persuadée au fond j'aurais mieux aimé rester avec elle. Pour la première fois de ma vie j'avais mis de l'artifice dans ma conduite, j'en avais eu beaucoup dans cette affaire, avec elle et avec M. de Genlis ; il fallait le soutenir en affectant une grande insouciance pour la place, et un chagrin que je n'éprouvais pas de quitter madame de Puisieux et le genre de vie si paisible auquel allaient succéder tant de dépendance, de tumulte et d'agitations. Lorsqu'une faute nous oblige à sortir de notre caractère, on en souffre doublement. Le tête-à-tête avec madame de Puisieux, qui m'avait toujours été si agréable, était devenu pour moi un véritable supplice. Ses caresses, sa confiance, ses éloges me perçaient le cœur : je me trouvais ingrate et perfide, j'étais triste et abattue sans naturellement ; un malaise insupportable me donnait toutes les apparences du plus profond chagrin, et plus madame de Puisieux en était touchée, plus elle en augmentait l'amertume.

Enfin le jour où je devais entrer au Palais-Royal, ce jour fatal, arriva !... Au lieu de partir à une heure, comme j'en étais convenue avec madame de Puisieux, je partis avant son réveil pour éviter un adieu qui, de mille manières, m'aurait déchiré le cœur !... Je ne quittai qu'avec un sentiment inexprimable cette maison respectable, où j'avais été si paisible, si aimée !... Mille réflexions affligeantes, mais tardives et superflues, s'offraient en foule à mon imagination, j'abandonnais à vingt-quatre ans l'asile le plus sûr et le plus honorable pour aller habiter un dangereux séjour, et j'étais certaine de ne trouver ni un guide ni un seul ami !... Jusque-là recherchée, aimée généralement, je n'avais reçu que des témoignages de bienveillance et d'amitié, je n'avais pas un seul ennemi, je n'avais pas éprouvé une seule méchanceté ou même l'apparence d'une tracasserie ; je portais au Palais-Royal une réputation irréprochable, et j'allais commencer une nouvelle carrière. J'y voyais confusément beaucoup d'écueils et de dangers ; mais j'y voyais de l'éclat... et je me laissais entraîner par la vanité, par la curiosité et par la présomption. Ce ne sont pas communément les grandes passions qui nous perdent, leur danger est manifeste : quand on est bien né, on emploie contre elles toute sa force, et l'on en triomphe ; mais on ne se défie point assez d'une infinité de petits sentiments puérils qui ne présentent rien de vicieux, et qui peu à peu nous maîtrisent et nous engagent dans de fausses routes. Dans la conduite de la vie, une manière pernicieuse de se décider est de ne considérer une action que par ce qu'elle est en elle-même, et de s'interdire sa conscience en se répétant qu'elle n'a rien de répréhensible. Il faut surtout réfléchir à ses conséquences et bien examiner si notre situation, notre caractère, nos sentiments particuliers ne la rendent pas ou dangereuse ou condamnable pour nous. Lorsqu'on a du penchant pour une chose, on se garde bien de calculer ainsi, et c'est cependant alors qu'il faudrait faire.

Je sortis à neuf heures du matin de ma chambre. Je tremblais; il me semblait que je m'évadais comme une coupable... Je rencontrai sur l'escalier plusieurs domestiques qui me dirent adieu en pleurant; le bon Milot sanglotait : « Ah! me dit-il, que madame sera malheureuse à son réveil!... O madame la comtesse, pourquoi nous quittez-vous? on ne vous aimera jamais ailleurs comme on vous aimait ici!... »

Comme mon logement au Palais-Royal n'était point encore prêt, je logeai d'abord dans ce qu'on appelait les *petits appartements de M. le régent*, que ce prince avait en effet habités. Ils avaient encore mêmes décorations; tous les panneaux et l'alcôve de la chambre à coucher étaient en glaces, avec des baguettes dorées; ils étaient au bout de la grande galerie, au premier, et ils avaient un petit escalier dérobé et une petite porte qui donnait sur la rue de Richelieu : ce fut par là que j'y entrai. En tournant dans cette rue, mon cocher, voulant couper un fiacre, passa sur une borne. La secousse fut très-violente; je crus que nous versions et que nous allions être fracassés, et je m'écriai : « Grand Dieu! quel présage! » Mais j'en fus quitte pour la peur. Cependant cet accident acheva de m'abattre, et j'entrai dans cet appartement, que je n'avais jamais vu, avec une tristesse et un serrement de cœur inexprimables. Je m'assis dans la chambre, et toutes ces glaces, cette magnificence de *boudoir*, me déplurent à l'excès. Je pensai que dans ce lieu s'étaient passées les orgies de la régence, et je regrettai mon joli logement de l'hôtel de Puisieux. Effrayée de ma tristesse, je voulus me représenter ma nouvelle situation sous l'aspect qui m'avait séduite, mais en vain : je n'en pouvais plus voir que la dépendance et les dangers. La réalité glaçait mon imagination, et me rendait inaccessible aux illusions de la vanité. Quand on est bien né, on n'échappe point à la raison; il faut inévitablement qu'elle nous guide ou qu'elle nous punisse.

La société du Palais-Royal était alors la plus brillante et la plus spirituelle de Paris. Il y avait en femmes madame la comtesse de Blot, dame d'honneur de la princesse. Elle n'était plus de la première jeunesse, mais elle avait encore une figure très-agréable et une grande élégance par sa jolie taille et sa manière de se mettre. Il y avait en elle deux personnes fort différentes : quand elle se trouvait dans l'intérieur d'une petite société et sans prétentions, elle était gaie, rieuse, naturelle et fort aimable; quand elle voulait paraître et briller, elle devenait affectée, dissertait au lieu de causer, et soutenait des thèses fort ennuyeuses sur la *sensibilité* et l'élévation des sentiments; rien n'était vrai dans ses discours, et elle tombait dans une exagération ridicule ou dans un galimatias insupportable. Si l'avarice pouvait laisser quelque grandeur dans le caractère, madame de Blot aurait pensé noblement; mais j'ai connu peu de personnes plus intéressées et plus ambitieuses; enfin, elle attachait la plus grande importance aux manières et à la politesse. Elle avait une extrême délicatesse de goût dans ce genre, mais qui dégénérait souvent en puérilité. Mes autres compagnes étaient madame la vicomtesse de Clermont-Gallerande, auparavant comtesse des Choisi, remariée nouvellement en secondes noces. Elle avait fort mal vécu avec son premier mari, tué à la bataille de Minden; elle était, à sa mort, fort jeune et fort belle; elle n'avait point de fortune; M. de Clermont, chambellan du duc d'Orléans, l'épousa par amour, malgré ses parents, et surtout parce que M. le duc d'Orléans le voulait. Madame des Choisi était amie de ma tante, qui la servit parfaitement dans cette occasion. Elle fut mariée très-jeune à M. des Choisi, qui était beaucoup plus âgé qu'elle et dont l'extérieur, dit-on, avait quelque chose de repoussant et de *rébarbatif*; madame des Choisi contait de lui, et d'une manière très-plaisante, plusieurs anecdotes, entre autres celle-ci : Mariée depuis dix-huit mois, elle entrait dans sa seizième année, lorsque M. des Choisi, qui venait d'acheter une terre à cinquante lieues de Paris, voulut y aller passer huit mois et y emmener sa femme avec lui; madame des Choisi, qui n'avait jamais quitté le Palais-Royal, fut au désespoir d'aller se confiner dans un vieux château : elle regarda ce voyage comme l'acte le plus *barbare du plus intolérable despotisme*; montée en voiture, elle essuya ses pleurs et n'osa plus se plaindre, car M. des Choisi, avec son mouchoir cramoisi noué autour de sa tête (c'était son costume de voyage), avait une figure si terrible, et lui lançait des regards si foudroyants, que l'effroi qu'il lui inspirait lui fit presque oublier ses douleurs. Au milieu de la première journée, on passa dans une ville dont M. des Choisi, qui était curieux, voulut aller voir les monuments; il proposa à sa femme de le suivre; elle répondit qu'elle était déjà si fatiguée, qu'elle avait besoin d'un peu de repos; il la déposa à l'auberge de la poste; lorsqu'elle fut seule dans une chambre, elle se livra sans contrainte à toute l'impétuosité de son chagrin; un demi-quart d'heure après, l'hôtesse survint pour lui offrir quelques rafraîchissements, et elle fut étrangement surprise en voyant cette jeune dame gémissante et baignée de larmes; elle l'interrogea, et madame des Choisi, de premier mouvement, imagina de lui faire croire qu'elle était enlevée par un *vilain Turc*, qui la conduisait dans son sérail à Constantinople. L'hôtesse fut également épouvantée et touchée de ce récit; « Cela ne m'étonne pas! » s'écria-t-elle; ce Turc ne se *gêne pas*, car il n'a même pas quitté son turban, qui nous a paru si singulier. » Après cette exclamation, l'hôtesse proposa de s'adresser aux magistrats et de faire arrêter ce méchant Turc; ma-

dame des Choisi s'y opposa en disant qu'elle était résignée à son sort. L'hôtesse repartit avec raison que ce n'était point du tout là le cas de se *résigner* : elle insista. Madame des Choisi, afin de se débarrasser d'elle, lui demanda un quart d'heure pour faire ses réflexions, assurant que le *Turc* ne reviendrait que dans trois heures. L'hôtesse la quitta, mais elle alla répandre l'alarme dans toute la maison; et les servantes et les valets jurèrent qu'ils ne souffriraient pas que le Turc emmenât la jeune dame. M. des Choisi revint quelques instants après; l'accueil qu'il reçut dans l'auberge lui causa une surprise inexprimable; on lui déclara nettement qu'il n'enlèverait pas la jeune personne, que l'hôtesse et toute sa maison la prenaient sous leur protection, et qu'il pouvait retourner tout seul en Turquie. M. des Choisi appela ses deux domestiques, et comme le tumulte rendait toute explication impossible, on se disposait à combattre, lorsque madame des Choisi, qui avait entendu tout le bruit, parut inopinément en conjurant l'hôtesse et les domestiques de mettre bas les armes. On obéit d'autant plus promptement, que le couteau de chasse tiré de M. des Choisi, son air intrépide et celui de ses deux domestiques avaient déjà fort ébranlé le courage des assaillants.

M. des Choisi questionna sa femme; elle avoua tout en présence de l'hôtesse, qui eut l'air de la croire, mais qui fut toujours persuadée de la véracité du premier récit, fait par une dame si jeune et si naïve; cependant on laissa partir sans résistance le mari et la femme, mais en déplorant le sort de l'intéressante victime.

La comtesse de Polignac, fille de la comtesse de Rumin, était, après moi, la plus jeune des dames de madame la duchesse de Chartres. Elle était aimable et bonne; je n'ai jamais eu à me plaindre d'elle, et sa mort, arrivée peu d'années après, m'affligea beaucoup.

Il y avait encore au Palais-Royal quelques dames qui avaient été attachées à la feue duchesse d'Orléans; elles avaient conservé leurs logements, et elles venaient souvent dîner chez la jeune princesse. L'une de ces dames était madame la marquise de Barbantane, de l'âge de madame de Blot, et l'une de ses amies intimes. Elle avait été gouvernante de madame la duchesse de Bourbon, sœur de M. le duc de Chartres; la jeune princesse ne fut remise qu'à quinze ans entre ses mains; elle y resta jusqu'à son entrée dans le monde. Madame de Blot se déclara mon ennemie dès notre première entrevue : elle l'a toujours été depuis; ainsi je ne dirai rien de son caractère, je dois à cet égard me récuser. La vieille marquise de Polignac, dont le visage ressemblait parfaitement à celui d'un singe, était vive, naturelle, spirituelle et piquante; quoiqu'elle eût beaucoup de malice dans l'esprit, elle plaisait généralement, parce qu'elle avait dans son ton et dans ses manières une certaine brusquerie qui lui donnait l'air de la franchise. Elle conservait un air très-assuré dans les situations embarrassantes. Un homme de beaucoup d'esprit, M. de Valence, me disait un jour que, dans le monde, pour avoir un ridicule *il faut l'accepter*, mais qu'on n'en a jamais lorsqu'on s'en moque gaiement et sans embarras : et rien n'est plus vrai. La marquise avait eu jadis pour amant le comte de Maillebois, et, loin de s'en cacher, elle en tirait gloire; elle avait conservé pour lui une véritable passion : mais cet amour n'était plus ridicule à son âge et avec sa figure; mais elle se moquait elle-même avec tant d'originalité, qu'elle désarmait la censure. Pour les intérêts de M. de Maillebois, elle avait été chez madame du Barti : c'était alors la chose du monde pour laquelle on avait le moins de tolérance, surtout au Palais-Royal, et cependant on le lui passa, parce qu'elle n'en fut nullement embarrassée, et qu'elle répétait que, n'ayant pas fait pour elle cette démarche, elle était sûre que *toutes les personnes qui savent aimer* l'excuseraient. Avec de l'audace, de l'esprit et certaines phrases d'un effet sûr, on mène le monde.

Madame la comtesse de Rochambault, autre vieille dame, gouvernante des enfants des princes de la maison dans leur première enfance, était déjà fort âgée; mais elle avait la plus belle vieillesse que j'aie vue. C'était la récompense d'une vie sage, pure, irréprochable.

La vieille comtesse de Montauban, mère de madame de Clermont, était aussi une bonne personne, mais qui n'avait de remarquable qu'une gourmandise et une distraction plaisantes. Elle ne manquait pas d'esprit, elle était même auteur; elle avait fait imprimer un conte oriental de sa composition; c'était une insipide production, mais qui cependant n'était point ridicule. Elle était très-joueuse, plus par habitude et par désœuvrement que par goût. Un jour, en jouant au pharaon, elle fit ce qu'on appelle un *paroli de campagne*, c'est-à-dire mal à propos à son avantage; le banquier le remarqua et lui en fit avec politesse l'observation; elle répondit sans s'émouvoir : « Cela peut être, mais c'est un empressement bien pardonnable à un ponte. » Une autre fois un gros joueur, debout derrière elle, passa le bras par-dessus son épaule pour prendre une énorme quantité de louis qu'il venait de gagner; en retirant le bras il en laissa tomber plus des trois quarts dans le dos de madame de Montauban, qui se retourna en lui disant : « Eh quoi! monsieur, me prenez-vous pour une Danaé? » Elle se releva pour se secouer, et fit retomber cette pluie d'or; le joueur prétendait qu'elle faisait le *gros dos*, pour qu'il ne pût avoir qu'une partie de la somme. Madame de Montauban, fatiguée, se remit au pharaon, en disant fort judicieusement que l'on donnait vingt-quatre heures pour payer les dettes du jeu, que ceci n'en était point une, et qu'ainsi le créancier pouvait bien attendre jusqu'au lendemain. En effet, en se déshabillant, elle retrouva quelques louis qui furent ponctuellement renvoyés.

J'ai maintenant à peindre les hommes du Palais-Royal, et je dois commencer par le prince.

M. le duc de Chartres[1] était alors dans tout l'éclat de la première jeunesse, mais il avait un visage déjà gâté, et par le sang qu'il avait reçu de sa mère, et par une vie licencieuse; l'ensemble de sa figure était noble, leste, et d'une grande élégance. Son gouverneur, le comte de Pont Saint-Maurice, ne s'était attaché qu'à trois choses : à lui donner de la politesse, des manières agréables et un bon ton; il avait laissé le soin du reste aux autres instituteurs. Ces derniers eussent été fort capables de donner au jeune prince une solide instruction; mais le gouverneur faisait si peu de cas de la culture de l'esprit, que le prince, qui s'en aperçut de bonne heure, trouva fort commode d'adopter cette indifférence. M. de Foncemagne, de l'Académie française, homme de lettres fort distingué, fut son sous-gouverneur; l'abbé Alary, ecclésiastique vertueux, instruit et spirituel, fut son précepteur. Ces deux instituteurs exhortèrent en vain à l'application leur élève et se plaignirent inutilement au gouverneur de son indolence. M. de Pont, satisfait de son ton et de ses manières, laissa trop voir qu'il mettait fort peu de prix à tout le reste; M. de Foncemagne et l'abbé Alary se découragèrent, ils ne donnaient des leçons que pour la forme, voyant bien qu'elles n'étaient d'aucune utilité, et le prince n'apprit rien. Il ne manquait néanmoins ni d'esprit, ni de mémoire et d'intelligence, et il annonçait des inclinations bienfaisantes; en voici un trait que m'a conté M. de Foncemagne. Le prince était dans sa quinzième année, et déjà il recevait en audience, le matin, les hommes qui sortaient de celle de M. le duc d'Orléans. Dans ce nombre se trouvaient des officiers de tous grades des régiments de deux princes, M. le duc de Chartres en remarqua un qui l'intéressa par sa belle physionomie et son air mélancolique. On lui dit qu'il était d'une extrême pauvreté, parce qu'il se refusait tout pour faire subsister sa mère et ses deux sœurs, qui n'avaient que lui pour appui. Après ce récit, M. le duc de Chartres amassa deux mois de ses menus plaisirs sans en rien dépenser; ce qui lui fit quarante louis; mais il était fort embarrassé de la manière dont il les donnerait, lorsqu'il reçut des dragées de baptême; alors il fit des cornets de dragées, dans l'un desquels il mit les quarante louis, et lorsque le pauvre officier vint à son audience, le jeune prince dit, en plaisantant, qu'ayant reçu des dragées il en voulait distribuer des cornets à tout le monde, ce qu'il fit. Le pauvre officier trouva le sien si lourd, qu'il fit un mouvement de surprise; le jeune prince, par un signe, lui imposa silence; mais, sorti du Palais-Royal, sa reconnaissance fut plus indiscrète que sa surprise : il conta cette histoire, qui fut généralement sue; je la savais depuis longtemps, M. de Foncemagne m'en confirma tous les détails.

Lorsque l'éducation du jeune prince fut terminée, le premier soin paternel de M. le duc d'Orléans fut de lui donner une maîtresse, qu'une exécrable créature, qui l'élevait pour en faire une courtisane, lui vendit; elle avait quinze ans : c'était la fameuse mademoiselle Duthé[2], qui depuis ruina mon beau-frère et beaucoup d'autres. M. le duc d'Orléans se vantait de cette action, comme d'une précaution fort prudente et fort tendre pour la santé de son fils. Quelles mœurs devait-on attendre du malheureux jeune homme qui recevait cette première leçon d'un père? Ensuite M. le duc d'Orléans, loin de donner à son fils des amis vertueux, l'encouragea à se lier intimement avec les jeunes gens les plus étourdis et les plus dissipés de la cour, le chevalier de Coigny, messieurs de Fitz-James, de Conflans, etc. Cependant le jeune prince distingua de lui-même un homme âgé et raisonné, le plus âgé que lui et de quatorze ans : c'était le chevalier de Durfort, attaché au Palais-Royal. M. le duc de Chartres s'attacha sincèrement à lui; c'est le seul homme qu'il ait véritablement aimé, quoique le chevalier n'ait jamais voulu être de ses parties clandestines; mais il s'en dispensait avec des ménagements qui ne donnaient pas au jeune prince des idées bien morales; il lui disait qu'un attachement particulier ne lui permettait pas de se livrer à ce genre de dissipation, et, sans condamner le prince, sans chercher à profiter de l'ascendant qu'il aurait pu prendre sur lui, il n'aurait été que le complice de ses égarements; mais c'était l'être que de ne pas chercher à l'en retirer; il l'aurait pu alors. En entrant dans le monde à dix-sept ans, M. le duc de Chartres fut extrêmement frappé de l'affectation et de la pruderie des dames du Palais-Royal qui formaient la société de son père, et pour déjouer cet étalage de sentiments exagérés, il s'amusa à soutenir les thèses opposées, et, se jetant dans une autre extrémité, il affecta l'insensibilité, l'insouciance et la légèreté dans les choses où il est le moins permis d'en avoir, et presque toujours contre sa conscience et sa vé-

ritable opinion; mais cette espèce de contrariété devint une pernicieuse habitude, qui peu à peu altéra la justesse de son esprit et la bonté naturelle de son cœur. Comme il mettait dans ses discussions beaucoup de politesse, de finesse et de gaîté, les rieurs étaient toujours de son côté; la secte sentimentale, souvent déconcertée, prit beaucoup d'humeur et de dépit contre lui; elle se vengea en décriant son cœur, ses principes et son caractère, et porta ainsi les premières atteintes à sa réputation. Il fut bientôt reçu dans le monde que M. le duc de Chartres, avec de l'esprit, de la grâce, un ton parfait et des manières agréables et nobles, avait l'âme la plus insensible et la plus dure, ce qui n'était nullement. D'après ces idées, on lui prêta beaucoup de torts imaginaires, on le calomnia; il le sut, et au lieu de chercher à ramener l'opinion, il prit le funeste parti de la mépriser et de la braver! On l'a même vu mille fois, par la suite, dédaigner de se justifier d'imputations odieuses, quand il l'aurait pu d'un seul mot.

Voici quels étaient les autres hommes du Palais-Royal.

J'ai déjà parlé du comte de Pont Saint-Maurice, qui avait été gouverneur de M. le duc de Chartres, et qui était alors premier gentilhomme de la chambre de M. le duc d'Orléans; il avait à cette époque environ cinquante ans, la plus belle figure, l'air le plus majestueux; personne ne connaissait comme lui les usages du monde et les étiquettes; il était cité comme le modèle de la politesse; rien n'était plus noble que son ton et ses manières; et, malgré une profonde ignorance, sa conversation n'était pas sans agrément.

Le chevalier de Durfort avait peu d'esprit, mais de l'instruction, des manières fort nobles, de bonnes mœurs; il menait, et avec les femmes une galanterie de fort bon goût; aussi avait-il beaucoup de succès auprès d'elles.

Le comte de Thiars, frère du comte de Bissy, passait pour être l'homme le plus aimable de la société. Malgré une laideur remarquable, il avait inspiré des passions célèbres; il n'avait qu'une sorte d'esprit, celui de la conversation, c'est assez pour le monde. Il faisait de mauvaises chansons de société, dont les vers manquaient souvent de mesure et de rimes; c'est encore assez pour charmer quelques femmes. Il avait composé un détestable petit roman, qu'il eut la prudence de ne jamais publier. Il l'avait lu mystérieusement à quelques personnes, qui m'en parlèrent comme d'un chef-d'œuvre. J'étais depuis huit mois au Palais-Royal; M. de Thiars me montrait une extrême bienveillance. J'obtins facilement une lecture en très-petit comité. Je m'attendais à quelque chose de léger, d'agréable, et j'entendis la plus insipide histoire qu'on ait jamais pris la peine d'écrire. Il prétendait y avoir mis beaucoup d'allusions malignes; je n'en saisis aucune, parce que tout était commun, trivial, et qu'il n'y avait dans cet ouvrage ni peintures, ni trait saillant, ni vérité. A chaque prétention d'allusion, il me regardait, et voyant à la fin que je n'en comprenais pas une, il prit une humeur visible, malgré les louanges que lui prodiguaient les autres personnes qui lui firent relire le petit chef-d'œuvre pour la troisième ou quatrième fois. Je souffrais mortellement, il m'était impossible de m'extasier. Je m'efforçais de sourire, je répétais de temps en temps : Cela est charmant, mais tout cela de mauvaise grâce, au hasard, mal à propos, et j'en suis sûre, avec un air niais et décontenancé; car je voyais clairement qu'on était mécontent de moi, et qu'on prenait une fort mauvaise opinion de mon jugement et de mon esprit. C'est de ce jour que date mon aversion pour les lectures de société, dont je me suis tant moquée depuis. M. de Thiars ne m'a jamais pardonné de n'avoir pas admiré et prôné cet ouvrage. Au reste, M. de Thiars était en effet, dans la société, piquant, amusant, d'une gaieté douce, spirituelle, et en tout fort aimable.

Le comte de Shomberg avait beaucoup d'esprit et d'instruction, et un caractère très-loyal; quoiqu'il ne fût pas laid, il avait dans sa figure, dans son ton et dans sa conversation quelque chose de fade et je ne sais quelle gaucherie dans les manières qui le rendaient désagréable. Il était admirateur passionné de Voltaire, il avait fait plusieurs voyages à Ferney, et il entretenait avec lui une grande correspondance; par conséquent, il était philosophe, c'est-à-dire d'une extrême impiété. Il se vantait d'être athée, et, ainsi que Hobbes, il avait une peur invincible des revenants. Dès qu'il rencontrait un enterrement ou que quelqu'un de sa connaissance mourait, il faisait coucher son valet de chambre pendant cinq ou six jours à côté de son lit. Néanmoins il avait montré à la guerre la plus brillante valeur, et ce fut lui qui eut avec M. Lefort, un officier de son régiment, ce fameux duel où tous les deux, à genoux sur un manteau, tirèrent en même temps un coup de pistolet. M. Lefort fut tué roide. M. de Shomberg fut converti par la révolution; il alla à Dresde et, au bout de quatre ou cinq ans, il y mourut dans les sentiments de la plus grande piété.

Le comte de Valencey, frère du marquis d'Estampes et parent de MM. de Genlis, était aussi attaché au Palais-Royal. Il avait un caractère plein de douceur et de bonté, qui donnait un agrément infini à sa société. Il était doué d'un véritable goût pour les arts, surtout pour la peinture; il en parlait bien et s'y connaissait. Le comte Biot, mari de la dame d'honneur, était sans exception l'homme le plus borné qu'on ait jamais vu dans le monde.

[1] Philippe-Égalité.
[2] Elle se maria à Londres, où je l'ai vue; elle avait alors soixante-dix ans. Sa figure était ridée à l'excès, et il ne restait rien de sa beauté; mais sa taille était encore fort belle. Son ton prétentieux et réservé ne pouvait s'accorder avec ce que l'on citait de son effronterie passée.

Elle est morte dans un âge très-avancé. G. D.

Le comte d'Osmond, spirituel, naturel et distrait, était aimé de tout le monde[1].

M. le vicomte de Latour-du-Pin avait l'esprit orné, de la franchise, de la gaieté, un caractère obligeant, des talents agréables; il jouait à merveille les proverbes et la comédie.

Le vicomte de Clermont avait alors une jolie figure que gâtaient un peu quelques tics désagréables. Il lisait beaucoup; mais il avait le malheur de tout confondre et de joindre à la manie de faire des citations l'inconvénient de les faire presque toujours fausses.

Le baron de Poudens, premier maître d'hôtel, était un excellent homme et d'un très-grand sens; toujours bienveillant pour tout le monde, il ne soupçonnait ni ne voyait la méchanceté la plus évidente. Étranger à toutes les inimitiés, il a passé quarante ans au Palais-Royal sans se douter qu'il y ait eu dans tout cet espace de temps une seule tracasserie. Il était persuadé que nous y vivions tous dans la plus parfaite union, et que cette cour était composée sans exception des meilleures gens de la terre.

Le pauvre officier trouva le sien si lourd qu'il fit un mouvement.

M. le marquis de Barbantane ne manquait pas d'esprit, mais il était persifleur, avec une politesse poussée quelquefois à l'excès, et il était peu communicatif. Il n'avait ni les agréments, ni le caractère ouvert et franc, ni la gaieté de son frère le chevalier de Barbantane.

Outre quelques personnes du dehors que j'ai déjà mentionnées, on voyait encore souvent, les *petits jours*, au Palais-Royal, M. et madame Duchâtelet, qui ont depuis péri sur un échafaud. M. Duchâtelet était sérieux et silencieux; mais il avait, dit-on, beaucoup de mérite, et il a laissé des mémoires qui montrent la plus belle âme. Madame Duchâtelet eut toujours une conduite irréprochable, et ne se mêla jamais d'une seule intrigue; ce fut elle que madame la duchesse de Grammont défendit au tribunal révolutionnaire avec autant de courage que d'énergie. M. de Talleyrand[2], qui à cette époque s'échappa de France et vint en Angleterre où j'étais, nous conta ce détail et de la manière la plus touchante. Madame de Grammont, appelée au tribunal, loin de se défendre, ne songea qu'à son amie, qui, présente à cet interrogatoire, les mains jointes et les yeux baissés, gardait un profond silence. Madame de Grammont dit en propres termes: « Que vous me fassiez mourir, moi qui vous méprise et vous déteste, moi qui aurais voulu soulever contre vous l'Europe entière, que vous m'envoyiez à l'échafaud, rien n'est plus simple; mais que vous a fait cet ange (en montrant madame Duchâtelet), qui a toujours tout souffert sans se plaindre, et dont la vie entière n'a été marquée que par des actions de douceur et d'humanité ! » On les envoya toutes les deux au supplice avec M. Duchâtelet !..

[1] C'est lui qui, le jour de son mariage, oublia qu'il était marié et ne se rendit point au dîner de noces.

[2] Depuis prince de Talleyrand, G. D.

Les autres personnes dont j'ai encore à parler étaient le marquis de Durfort, qu'on appelait le *grand Durfort* : on disait de lui qu'il était aimable à force de droiture et de bonté; il n'avait de brillant que la plus belle et la plus noble figure; il jouissait d'une grande considération, et il la méritait.

Le *mystérieux* comte, depuis duc de Chabot, qui ne parlait jamais dans un cercle que pour répondre brièvement, ou pour dire de lui-même quelques mots à l'oreille de deux ou trois personnes, phrases que l'on répétait ensuite avec une espèce d'enthousiasme : son frère, le vicomte de Jarnac, était cité comme un modèle accompli de politesse et d'aménité; il aimait les arts et s'y connaissait.

Le chevalier d'Oraison, dont le caractère et la tournure étaient particulièrement originales, et, dans le sens le plus agréable de cette expression, avait une prodigieuse instruction; et c'est le seul homme qui en ait fait un usage journalier dans la société, sans avoir jamais été accusé de pédanterie. Il contait sans cesse des traits et des mots frappants des anciens, mais toujours à propos, négligemment et avec un grand laconisme, et il entremêlait ces citations de jolies niaiseries et de petites historiettes bourgeoises très-courtes, qui donnaient à l'ensemble de sa conversation un ton de bonhomie et de gaieté qui en ôtait tout air de prétention.

Le maréchal de Castries était beaucoup moins aimable ; ses amis lui avaient fait une grande réputation d'*homme d'État*, sa conduite à la guerre lui en avait assuré une militaire très-brillante; et il avait la modestie d'être constamment *insipide* et d'une complète nullité dans un salon.

CHAPITRE XVII.

1778-1779.

Quelques autres portraits. — Réflexions sur la société de cette époque. — La *Nouvelle Héloïse*. — Discussion. — Le vicomte de Gustines. — *Deux sols montés*. — Fausseté prolongée. — Amitié que me témoigne la duchesse de Chartres. — Calomnies. — Je pars pour Bruxelles. — Le prince de Ligne. — L'Ile-Adam. — Vie qu'on y mène.

A cette époque[1], de grands souvenirs et des traditions récentes maintenaient encore en France de bons principes, des idées saines et des vertus nationales, affaiblies déjà néanmoins par des écrits pernicieux et par un règne plein de faiblesses; mais on trouvait encore, à la ville et à la cour, ce ton de si bon goût, cette politesse dont chaque Français avait le droit de s'enorgueillir, puisqu'elle était citée dans toute l'Europe comme le modèle le plus parfait de la grâce, de l'élégance et de la noblesse. On rencontrait alors dans la société plusieurs femmes et quelques grands seigneurs qui avaient vu Louis XIV; on les respectait comme les débris d'un beau siècle : la jeunesse, contenue par leur seule présence, devenait naturellement, auprès d'eux, réservée, modeste, attentive; on les écoutait avec intérêt; on croyait entendre parler l'histoire. On les consultait sur l'étiquette, sur les usages; leur suffrage était le succès le plus désirable pour ceux qui débutaient dans le monde; enfin, contemporains de tant de grands hommes en tout genre, ces vénérables personnages semblaient placés dans la société pour maintenir les idées d'urbanité, de gloire, de patriotisme, ou du moins pour y suspendre une triste décadence ! Mais bientôt l'expression de ces sentiments ne fut presque plus qu'un noble langage, qu'une espèce de procédés généreux et délicats ; on ne tenait plus à la vertu que par un reste de bon goût qui en faisait aimer encore le ton et l'apparence. Chacun, pour cacher sa manière de penser, devint plus rigide sur les bienséances; on raffina, dans la conversation, sur la délicatesse, sur la grandeur d'âme, sur les devoirs de l'amitié; on créa même des vertus chimériques : rien ne coûtait en ce genre; l'heureux accord entre les discours et la conduite n'existait plus; mais l'hypocrisie se décèle par l'exagération : elle ne sait où s'arrêter; la fausse sensibilité n'a point de nuances : elle n'emploie jamais, pour se peindre, que les plus fortes couleurs, et toujours elle les prodigue ridiculement. Il s'établit dans la société une secte nombreuse d'hommes et de femmes qui se déclarèrent partisans et dépositaires des anciennes traditions sur le goût, l'étiquette et même la morale, qu'ils se vantaient d'avoir perfectionnée : ils s'érigèrent en juges suprêmes de toutes les convenances sociales, et s'arrogèrent exclusivement le titre imposant de *bonne compagnie*. Un mauvais ton et toute aventure scandaleuse excluaient ou bannissaient de cette société; mais il ne fallait ni une vie sans tache ni un mérite supérieur pour y être admis. On y recevait indistinctement des esprits forts, des dévots, des prudes, des femmes d'une conduite légère. On n'exigeait que deux choses : un bon ton, des manières nobles et un genre de considération acquis dans le monde, soit par le rang, la naissance ou le crédit à la cour, soit par le faste, les richesses, ou l'esprit et les agréments personnels.

Les prétentions, même peu fondées, lorsqu'on les soutient constamment, finissent toujours par assurer dans le monde une sorte d'état plus ou moins honorable, suivant leur genre, lorsqu'on a de la fortune, un peu d'esprit et une bonne maison : les observateurs et

[1] Vers 1771.

les gens malins s'en moquent, mais on y cède ; il semble que leur ténacité les justifie. Les fats, décriés et méprisés par toutes les femmes, n'en passent pas moins pour des hommes à bonnes fortunes. Les importants sans crédit n'en imposent à personne : cependant ils sont ménagés et sollicités par tous les ambitieux et les intrigants, qui, à tout hasard, sur leur parole, pensent qu'il est prudent de les mettre dans leurs intérêts. Les prudes obtiennent les égards extérieurs qui sont dus à la vertu ; les pédants, sans instruction réelle, jouissent, dans la conversation, de presque toutes les déférences accordées aux savants. On réfléchissant sur ce bonheur infaillible des prétentions persévérantes, qui pourrait attacher une grande importance aux succès de société ?

Le cercle usurpateur et dédaigneux dont on vient de parler, cette société si dénigrante pour toutes les autres, excita contre elle beaucoup d'inimitiés : mais comme elle recevait dans son sein tous ceux qui avaient un mérite supérieur bien reconnu, ou ceux que quelques

Il me fit voir mes deux sous encadrés dans une jolie monture

brillants avantages mettaient à la mode, l'animosité qu'elle inspirait, étant évidemment produite par l'envie, ne servit qu'à lui donner plus d'éclat ; et l'on s'accorda unanimement à la désigner par le titre de *grande société*, qu'elle a gardé jusqu'à la révolution ; ce qui ne voulait pas dire *plus nombreuse*, mais ce qui, dans l'opinion universelle, signifiait la mieux choisie et la plus brillante par le rang, la considération personnelle, le ton et les manières de ceux qui la composaient. Là, dans les cercles trop étendus pour autoriser la confiance, et qui en même temps ne l'étaient pas assez pour que la conversation générale y fût impossible ; là, dans les assemblées de quinze ou vingt personnes, se trouvaient, en effet, réunies toute l'aménité et toutes les grâces françaises. Tous les moyens de plaire et d'intéresser y étaient combinés avec une étonnante sagacité. On sentit que, pour se distinguer de la mauvaise compagnie et des sociétés vulgaires, il fallait conserver (en représentation) le ton et les manières qui annonçaient le mieux la modestie, la réserve, la bonté, l'indulgence, la décence, la douceur et la noblesse des sentiments. Ainsi, le seul bon goût fit connaître que, seulement pour briller et pour séduire, il fallait emprunter toutes les formes des vertus les plus aimables. La politesse, dans ces assemblées, avait toute l'aisance et toute la grâce que peuvent lui donner l'habitude prise dès l'enfance et la délicatesse de l'esprit ; la médisance était bannie de ces conversations générales : son âcreté ne pouvait s'allier avec le charme de douceur que chacune y apportait. Jamais la discussion n'y dégénérait en dispute. Là se trouvait, dans toute sa perfection, l'art de louer sans fadeur et sans emphase, de répondre à un éloge sans le dédaigner et sans l'accepter, de faire valoir les autres sans paraître les protéger, et d'écouter avec une obligeante attention. Si toutes ces apparences eussent été fondées sur la morale, on aurait vu l'âge d'or de la civilisation. Était-ce hypocrisie ? Non, c'était l'écorce des

anciennes mœurs, conservée par l'habitude et le bon goût, qui survit toujours quelque temps aux principes, mais qui, n'ayant plus alors de base solide, s'altère peu à peu et finit par se gâter et se perdre à force de raffinement et d'exagération.

Dans les cercles moins étendus de cette même société, on montrait beaucoup moins de circonspection ; le ton, qui ne cessait jamais d'être d'une rigoureuse décence, y était beaucoup plus piquant. On n'y attaquait l'honneur de personne : on y voulait toujours de la délicatesse ; néanmoins, sous les formes artificieuses de la confiance, de l'étourderie et de la distraction, on y pouvait médire sans scandale ; on n'y excluait point les traits les plus perçants, pourvu qu'ils fussent lancés avec adresse et sans colère apparente, car on ne pouvait médire de ses ennemis reconnus. Il fallait que la médisance ne fût pas suspecte, et que, pour s'en amuser, l'on pût y croire. Dans la société, même intime, la malignité respectait les liens du sang, l'amitié, la reconnaissance et les gens qu'on recevait chez soi : d'ailleurs les indifférents y étaient sacrifiés sans scrupule. On n'y flétrissait point leur réputation ; mais on s'y moquait du mauvais ton, des manières *provinciales* ou vulgaires ; on y tournait en ridicule ceux qu'on n'aimait pas : c'était les immoler, car ces arrêts frivoles avaient force de loi, et cela devait être. Partout où se trouve une association généralement regardée comme supérieure à toute autre du même genre, se trouve un tribunal dont les juges prononcent des sentences irrévocables.

Ce qu'on ne pardonnait jamais, ce que rien ne pouvait excuser, c'était la bassesse ou des manières ou du langage, et celle des actions quand elle était bien avérée. On n'avait pas assez de principes pour être profondément indigné au fond de l'âme d'une bassesse qui aurait valu une grande fortune ou une belle place ; mais on avait encore plus de vanité que de cupidité, et tant que l'orgueil conserve ce

Un ermite survint qui l'arrêta et l'entraîna dans son ermitage.

caractère, il peut ressembler à la grandeur. Quand les bassesses utiles étaient faites avec de certaines précautions et de certaines formes, on feignait facilement, si elles réussissaient, de ne voir en elles qu'une habileté permise : ainsi que les voleurs chez les Lacédémoniens, les maladroits seuls étaient punis. On n'a jamais vu, du moins dans ce temps, de bassesses effrontées, et c'est encore beaucoup ; jamais on n'a vu un ami supplanter à la cour son ami, ou un ministre disgracié abandonné lâchement par ceux qui lui avaient fait une cour assidue pendant sa faveur ; au contraire, comme le cœur et les principes avaient infiniment moins d'influence sur la conduite que la vanité, on mettait du faste et de l'éclat à toutes les actions généreuses ; on finit par y mettre de l'arrogance : on ne se contenta pas d'aller voir un ministre exilé, on lui rendit une espèce de culte, on le déifia, on brava ouvertement le souverain qui l'avait exilé...

On l'a déjà dit, le code moral de cette brillante société n'était plus appuyé que sur une base fragile, prête à s'écrouler ; mais il y avait encore des législateurs et des juges, les lois n'étaient point abrogées. Cette grande société, ou la bonne compagnie, ne se bornait pas à prononcer des arrêts frivoles sur le ton et les manières; elle exerçait une police sévère, très-utile aux mœurs, et qui formait une espèce de supplément aux lois; elle réprimait par sa censure les vices que ne punissaient pas les tribunaux, l'ingratitude, l'avarice: la justice se chargeait du châtiment des mauvaises actions, et la société de celui des mauvais procédés. Sa désapprobation générale ôtait à celui qui en était l'objet une partie de sa considération personnelle: l'exclusion de son sein avait la plus funeste influence sur sa destinée. On bouleversait une existence par ces paroles terribles: Tout le monde lui a fait fermer sa porte; ce qui ne s'entendait que des personnes de cette société. Cette puissance n'était ni celle de la royauté, ni celle des parlements et des cours judiciaires: c'était celle de l'honneur; elle fut souveraine jusqu'à la révolution, et les personnes qui l'exerçaient d'un consentement unanime, sans opposition comme sans révolte, avaient d'autant mieux le droit de s'appeler exclusivement la bonne compagnie, qu'elles n'abusèrent jamais de cet empire.

On a vu des liens flétris par l'opinion être de fort mauvaise compagnie pendant dix, quinze et vingt ans, et ensuite, par un changement de mœurs, par des événements heureux, prendre subitement une autre existence et redevenir de très-bonne compagnie. Un homme flétri par une procédure publique, ou qui a fui devant une armée d'une manière non équivoque, est déshonoré sans retour, parce que le déshonneur ne s'efface point. Il n'y a dans les accusations du monde ni témoins légitimes, ni confrontations, ni certitude absolue, et certainement il s'y mêle toujours beaucoup d'inventions calomnieuses. Une femme, pour une seule aventure éclatante, peut être perdue, si on ne peut la nier; une femme, après mille dérèglements, peut ne pas l'être et peut se relever, s'il n'y a sur elle que des ouï-dire et que l'opinion. Cela est juste, parce que le principe, que le déshonneur, c'est-à-dire la tache ineffaçable, ne peut exister qu'avec des preuves irrécusables, est de toute équité et de toute utilité. Si l'opinion avait le pouvoir de déshonorer, la méchanceté n'aurait plus de bornes, la calomnie n'aurait plus de frein.

A cette époque, dans les premiers jours de mon entrée au Palais-Royal, je fis les plus tristes réflexions sur ma nouvelle existence, et tout cela semblait concourir à les aggraver et à augmenter la mélancolie que j'y avais apportée. Rien ne rend mécontent d'une nouvelle société et d'un nouveau genre de vie comme une conscience inquiète qui se reproche quelque chose!... Je voyais pour la première fois des regards malveillants, j'étais mal à mon aise; je ne parlais qu'avec défiance et circonspection, je perdais ainsi l'espèce d'agrément qu'on avait jusqu'alors tant loué en moi, le naturel et la gaieté. Tous les hommes m'accueillaient à l'envi les uns des autres; mais leur galanterie est bien loin d'être rassurante quand on craint l'inimitié des femmes! Il a toujours été facile de m'intimider par la sécheresse et la froideur, mais l'impertinence a produit de tout temps en moi un effet tout contraire. Je le prouvai dès lors, au grand étonnement de tous ceux qui furent témoins de la scène que je vais rapporter.

Tous les jours de représentation d'opéra, la porte était ouverte à toutes les personnes présentées, qui pouvaient y venir souper sans aucune invitation. Les autres jours s'appelaient les petits jours; il y avait une liste pour la société intime, qui, invitée une fois pour toutes, venait à volonté. Nous étions quelquefois dix-huit ou vingt, et plus communément dix ou douze. Ces soupers étaient fort agréables; on n'y jouait point; la princesse et toutes les femmes, établies autour d'une table ronde, filaient ou travaillaient à de petits ouvrages; les hommes, assis à côté ou un peu derrière elles, soutenaient la conversation, qui en général était spirituelle et piquante. Un de ces soirs, après souper, je me trouvai placée entre M. de Thiars et le chevalier de Durfort; madame la duchesse de Chartres et plusieurs dames du Palais-Royal, entre autres madame de Blot et madame de Monthoissier, son amie, parfilaient; M. le duc de Chartres et trois ou quatre hommes allaient et venaient dans le salon. La conversation tomba sur la Nouvelle Héloïse de J.-J. Rousseau. Madame de Blot s'extasia sur cet ouvrage; peu à peu son enthousiasme devint si emphatique et si bruyant, que M. le duc de Chartres et les hommes qui allaient avec lui se rapprochèrent en restant debout; ils firent un demi-cercle autour de notre table, et M. le duc de Chartres se plaça vis-à-vis de madame de Blot, qui en fut un peu embarrassée; elle n'aimait pas du tout à soutenir devant lui ses thèses sentimentales, sachant bien qu'il ne les écoutait attentivement que pour s'en moquer; cependant, comme elle se sentait en verve d'éloquence et de dissertation, elle continua avec le même feu, et elle s'anima tellement qu'elle finit par dire qu'il n'existait pas une femme véritablement sensible qui n'eût besoin d'une verte supérieure pour ne pas consacrer sa vie entière à Rousseau, si elle pouvait avoir la certitude d'en être aimée passionnément, à cette étrange déclaration, M. le duc de Chartres s'écria qu'il nous demandait à tous notre parole de ne jamais révéler ce que venait d'avouer madame de Blot, parce que si Rousseau en avait connaissance, il viendrait enlever madame de Blot, et qu'alors elle serait perdue à jamais pour M. de Blot, le Palais-Royal, ses amis et la société. J'eus la politesse de me contenir, je ne me permis même

pas un sourire. Madame de Blot reprit la parole avec aigreur; madame de Monthoissier, MM. de Thiars et de Schomberg vinrent à son secours, ils dirent que l'on devait pardonner un peu d'exagération à une admiration si vive; M. le duc de Chartres, avec beaucoup de douceur et un ton sérieux, en convint et il reprit sa promenade dans la chambre. Tout se raccommoda en apparence, mais madame de Blot resta très-mécontente et de fort mauvaise humeur. On reparla de la Nouvelle Héloïse, et tout à coup madame de Blot remarqua que pendant toute cette discussion je n'avais pas ouvert la bouche; elle me demanda pourquoi, et ce fut avec un ton qui n'était nullement bienveillant. Je répondis simplement que je n'avais pu me mêler à cet entretien, parce que (ce qui était vrai) je n'avais jamais lu la Nouvelle Héloïse ni même Émile. Là-dessus elle se récria, et répéta du ton le plus moqueur que cela était surprenant; il lui échappa d'ajouter que c'était une singulière prétention; ce mot me choqua, parce qu'il signifiait qu'elle croyait que je mentais. « Non, repris-je, non, madame; je vois trop souvent des prétentions ridicules, pour en avoir moi-même. Je n'ai point lu ces deux ouvrages, parce que je sais qu'ils ne sont pas faits pour mon âge: quand j'aurai le vôtre, madame, je les lirai, parce qu'ils contiennent, dit-on, d'excellentes choses, et que je pourrai alors en parler sans blesser la bienséance. » Ce petit discours, prononcé sans hésitation et sans embarras, et par une personne qu'on avait vue jusqu'à ce moment si timide, causa un étonnement inexprimable à tout le monde, et de plus à madame de Blot une violente colère. Ayant toutes les prétentions, elle avait aussi celle de la jeunesse, et je venais de l'irriter sur tous les points; elle fut tout à fait déconcertée; elle rougit, balbutia; elle dit qu'elle ne savait pas que je fusse dévote et que j'eusse un tel rigorisme. Je répondis que je me trouvais aussi honorée d'obtenir le titre mérité de dévote que je serais fâchée de recevoir celui de prude; qu'au reste j'étais certaine du moins que mon rigorisme ne me porterait jamais à soutenir des thèses extravagantes. Ces réponses confondirent madame de Blot; je sentis tous mes avantages, et je les conservai par un calme imperturbable. Madame de Blot perdit véritablement la tête; on ne l'a jamais vue à ce point sortir de son caractère, qui était non-seulement mesuré, mais compassé. Enfin M. de Schomberg me dit tout bas: « Je ne vous manque plus qu'un succès: c'est de céder et de finir. » A ce mot, je baissai les yeux sur mon ouvrage, et je cessai de parler. Madame de Blot m'attaquait toujours; M. de Schomberg et quelques autres s'emparèrent de la conversation; on parla d'autre chose, madame de Blot bouda. Je vis modeste dans mon triomphe, ce qui est toujours très-facile; j'acquis dans cette soirée cinq ou six admirateurs, mais je me fis une ennemie qui ne m'a jamais pardonné cette petite victoire.

Cette scène fit beaucoup de bruit dans le Palais-Royal, et m'y acquit cette sorte de considération qu'on a pour les personnes qui savent se révolter à propos et avec la mesure convenable; d'ailleurs, comme madame de Blot n'était pas aimée en général dans le Palais-Royal, tout le monde me donna raison avec grand plaisir.

Je voyais de temps en temps le vicomte de Custines, et je pensais qu'il avait renoncé à cette passion qui avait eu tant d'éclat et à laquelle je croyais avoir ôté toute espérance; je lui savais bon gré du tendre et vif souvenir qu'il conservait de son angélique belle-sœur, et j'étais fort disposée à prendre une véritable amitié pour lui. Il m'annonça que je conterais de suite l'histoire de ses rapports avec moi; je vais donc la reprendre de plus haut et la conduire sans interruption jusqu'au dénoûment; voici cette singulière histoire, que je désire qui soit lue par toutes les jeunes personnes.

Le vicomte de Custines n'a jamais été marié; il logeait chez son frère, qui avait pour lui la plus tendre amitié. Dès les premiers temps de ma liaison avec sa belle-sœur, il parut fort occupé de moi. Il avait alors vingt-cinq ou vingt-huit ans, une taille et une figure particulièrement élégantes; on trouvait son visage joli: il ne m'a jamais plu, parce que sa physionomie exprimait habituellement l'ironie et la moquerie, et qu'il y avait dans son regard je ne sais quoi de furtif, de faux et de méchant que je n'ai vu qu'à lui, et qui me paraissait d'autant plus surprenant, qu'il était blond et qu'il avait des yeux bleus, ce qui ordinairement donne l'air de la douceur. Il avait de l'esprit, de la finesse, quelquefois de la gaieté, une jolie conversation, un ton parfait et la réputation d'un jeune homme sage, instruit et très-aimable. Il avait beaucoup lu, et surtout l'histoire de France et tous les mémoires qui s'y rapportent. Il en parlait bien et sans pédanterie. Quand je consultais ma raison et mon jugement, il me paraissait digne des plus grands éloges; quand je le regardais et que je l'observais, il me déplaisait à l'excès. Il se piquait d'aimer avec passion la musique: ce qui motivait les transports auxquels il se livrait quand je jouais de la harpe et que je chantais; il s'extasiait surtout en écoutant ce belair de Castor et Pollux, Tristes apprêts, pâles flambeaux; et un soir il s'enthousiasma tellement, que tout à coup il eut l'air de se trouver mal et sortit brusquement. Il rentra au bout d'un quart d'heure; il était si pâle, que tout le monde en fut frappé. J'ai toujours été persuadée qu'il se servit pour se faire pâlir à volonté. Ce soir même, il me dit plusieurs mots à la dérobée qui ressemblaient beaucoup à une déclaration d'amour; et le surlendemain, qui était un dimanche, jour où M. de Genlis était toujours à Versailles, il m'écrivit une lettre passionnée de quatre pages. Cette lettre exprimait l'amour le plus pur et le plus désintéressé; il ne voulait que m'adorer, me consacrer sa vie. Cette lettre était spirituelle, mais écrite avec une grande recherche, et le ton général en était emphatique. Je n'y répondis point. J'allai souper le soir chez madame de Custines. J'y portai plus de curiosité que d'embarras. Mon cœur n'était nullement touché, mais je ne concevais pas que cet homme m'eût aimée. Il n'y avait que cinq ou six personnes chez madame de Custines. La conversation fut toujours générale; le vicomte soutint des thèses sentimentales du plus grand genre, qui dans sa bouche ne me paraissaient que du persiflage. A souper, il se mit à table à côté de moi, et au bout de quelques minutes il me dit que j'étais restée le matin bien longtemps aux bains de Poitevin. Je lui demandai comment je savait que je m'étais baignée: « Je sais tout ce que vous faites, me répondit-il, parce que je vous suis partout, et sous mille déguisements; combien de fois vos yeux se sont portés sur moi sans me reconnaître! Hier, vous étiez, à midi, au Luxembourg; vous aviez une robe bleue; ce matin, en revenant du bain, vous avez été à la messe aux Carmes. J'ai été derrière vous pendant un quart d'heure; ensuite j'ai été vous attendre à la porte, vous m'avez donné l'aumône en passant... » Ce récit fut interrompu par quelqu'un qui lui adressa la parole, et moi je restai stupéfaite, cherchant à me rappeler tous les pauvres que j'avais vus. En sortant de table, je le priai de me dire combien je lui avais donné: « Deux sous, me répondit-il, et je les ferai enchâsser dans de l'or et suspendre à une chaîne, pour les porter toute ma vie sur mon cœur. » Je me mis à rire et à plaisanter sur ces prétendus déguisements; mais, comme il me disait réellement tout ce que j'avais fait et ce que j'avais distribué aux pauvres en pièces de petite monnaie, j'étais, au fond, sur ce point tout à fait incertaine.

J'ai toujours aimé la singularité qui n'offre rien de révoltant; c'est un défaut dans une femme, parce qu'il peut en résulter beaucoup de fausses démarches. Ces déguisements me causaient une grande curiosité; néanmoins je puis dire, avec la plus scrupuleuse vérité, qu'ils ne m'ont jamais engagée à laisser la moindre espérance à celui qui en était l'objet; ils m'ont seulement empêchée de lui renvoyer ses lettres toutes cachetées. Il m'écrivait des volumes tous les dimanches, pour me rendre compte de tout ce que j'avais fait dans la semaine, et avec un détail et une exactitude qui finirent par me persuader qu'il était toujours à ma suite, sur mon chemin, à la promenade, dans les rues, dans les églises, même souvent dans la cour de ma maison, et jusque dans mon petit jardin, et toujours si bien déguisé que je ne pouvais le reconnaître. Quand je l'aurais aimé, je n'aurais pas plus souvent pensé à lui, car j'étais toujours occupée, quand je sortais, à examiner tout ce qui m'approchait, dans l'idée que je le découvrirais sous quelque étrange déguisement. Un soir, chez madame de Custines, pendant que j'accordais ma harpe, il s'approcha de moi, et m'entr'ouvrant sa veste, il me fit voir mes deux sous encadrés dans une jolie monture et attachés à un cordon de cheveux bruns. Je souris et je lui demandai de qui étaient les cheveux? — Je ne pouvais les attacher qu'aux vôtres, répondit-il. — Comment, repris-je, les miens! — Assurément, et je vous conterai cela à souper.

Il y avait ce soir-là un grand souper, et il était possible de causer à table, sans crainte d'être entendu; j'y renouvelai tout de suite ma question sur les cheveux: « Eh bien! répondit-il, je les ai moi-même coupés sur votre tête en vous coiffant. » A ces mots j'éclatai de rire. « Ce n'est point une plaisanterie, reprit-il; madame Dufour, votre coiffeuse[1], vous envoie sans cesse à sa place une de ses apprenties pour vous coiffer; et j'ai, habillé en femme, et avec l'art des déguisements que je possède au suprême degré, et que je vous dois, j'ai été vous coiffer, il y a environ trois semaines, sous le nom d'une de ses filles que j'avais gagnée. » Pendant cette histoire, j'écoutais toutes ces fables extravagantes avec un étonnement inexprimable, car je me rappelais que, parmi ces filles qui m'avaient coiffée, il y en avait une très-silencieuse, qui plusieurs fois m'avait donné envie de rire par des soupirs continuels, et j'imaginai bonnement que le vicomte avait joué ce personnage, quoique le souvenir confus qui me restait de la figure de cette fille n'eût aucun rapport avec les traits du vicomte; mais je lui supposais avoir su se travestir par l'art dont il se vantait lui-même. Je trouvais tout simple qu'il eût su par madame de Custines les détails relatifs à madame Dufour, qui la coiffait aussi quelquefois. Une seule chose me laissait des doutes: c'était son talent de coiffeur que je ne pouvais concevoir. Il me protesta qu'il avait passé six semaines à s'y exercer en secret, après avoir formé le projet de m'enlever une mèche de cheveux. Il y avait du vrai dans tous ces récits, mais il s'y trouvait un nombre infini de faussetés et de mensonges; cependant, malgré mon goût pour les choses extraordinaires,

l'audace inouïe de ces entreprises me causa une véritable frayeur; je lui fis donner sa parole d'honneur que du moins il ne s'introduirait jamais dans ma maison. Malgré cette promesse, toute ma curiosité fut changée en effroi continuel. Si, en traversant l'antichambre, j'y voyais un domestique étranger, ou si je rencontrais une figure inconnue sur l'escalier, je frémissais, car je pensais tout de suite que c'était lui; si j'entendais M. de Genlis élever la voix en grondant, j'étais prête à me trouver mal, imaginant de premier mouvement qu'il venait de le reconnaître et qu'ils s'allaient battre. Ces pénibles émotions me firent prendre tout à fait en aversion le héros de ce roman bizarre, qui m'avait fort amusée pendant trois ou quatre mois. Je lui renvoyai alors la première lettre qu'il m'écrivit sans la décacheter, ce que j'aurais dû faire après avoir lu la première de toutes. Peu de jours après ce premier renvoi, je le rencontrai à un grand déjeuner chez une de mes amies qu'il voyait souvent; il trouva le moyen de me dire, avec des yeux menaçants, que si à l'avenir je lui renvoyais ainsi ses lettres, il deviendrait capable de toutes les extravagances imaginables, au lieu que je continuais à les lire, même en le traitant toujours aussi mal d'ailleurs, il tiendrait scrupuleusement la parole d'honneur que j'avais reçue de lui et qu'il ne m'avait donnée qu'à cette condition. La peur me décida à me soumettre à ce marché, et j'étais outrée intérieurement qu'il eût trouvé le moyen de me maîtriser ainsi. Je lui dis, non en plaisantant, mais avec colère, qu'il m'avait aucune générosité dans l'âme. Il me répondit qu'aucun homme ne l'égalait en grandeur d'âme et en pureté de sentiments, et que toute sa conduite avec moi en était la preuve. Je ne répliquai rien; je le craignais et je ne voulais pas l'irriter inutilement. Il continua donc à m'écrire, et comme il n'y avait plus dans ses lettres ce compte-rendu d'espionnage qui m'avait tant diverti, je n'y trouvai plus que les phrases boursouflées d'un mauvais roman, et je n'en lisais plus la moitié. Au printemps je fus débarrassée de lui; j'allai passer six semaines à l'Île-Adam, où il n'était point invité. Je revins à Paris, où je le retrouvai chez sa belle-sœur, aussi amoureux, aussi empressé, aussi passionné pour moi. Nos soupers des dimanches et des mardis recommencèrent. Un soir, dans la conversation générale, on parla de quelques jeunes gens de la cour, qui étaient partis sans permission pour aller en Corse faire la guerre en qualité de simples volontaires. Tout le monde les blâma, et quoique je n'eusse aucune espèce de liaison avec eux, je les défendis de la manière la plus véhémente; je fis leur éloge; j'ajoutai que ces actions avaient quelque chose de chevaleresque qui devait plaire à toutes les femmes. La soirée finie, le vicomte me donna la main pour me conduire à ma voiture; aussitôt que nous fûmes sur le haut de l'escalier: « Madame, me dit-il, avez-vous quelques ordres à me donner pour la Corse? — Comment! repris-je en riant, vous allez en Corse? — N'avez-vous pas approuvé ceux qui font ce voyage? — Mais c'est une plaisanterie! — Non, madame, rien n'est plus sérieux; je ne me coucherai point; je partirai à cinq heures du matin, c'est-à-dire dans quatre heures. » Je ne pus me persuader qu'il fût capable de cette folie; mais le lendemain matin je reçus à mon réveil un billet du vicomte de Custines, qui me grondait avec sévérité de ce que tout ce que j'avais dit la veille avait déterminé son beau-frère à partir pour la Corse à cinq heures du matin. J'avoue que ma vanité fut assez flattée de cette aventure, qui fit beaucoup de bruit dans le monde; et des dames sentimentales me blâmèrent beaucoup de ne pas montrer dans cette occasion plus de sensibilité pour un amant digne des temps de l'ancienne chevalerie. Il est certain que cette action acheva de me persuader qu'il avait fait pour moi toutes les extravagances qu'il m'avait racontées.

Le vicomte, comme je l'ai déjà dit, resta un an en Corse et s'y conduisit de la manière la plus brillante. Je le revis, ainsi que je l'ai conté, au bal masqué de Versailles. Maintenant je vais reprendre la suite de son histoire. Depuis mon entrée au Palais-Royal, il ne me parlait plus de ses anciens sentiments; je lui montrais, sinon de la confiance, qu'il n'a jamais pu m'inspirer, du moins un intérêt fort sincère. Un soir je lui témoignai une grande inquiétude au sujet de madame de Mérode, qui, dans sa dernière lettre de Bruxelles, m'avait mandé qu'elle était fort indisposée de sa santé; et comme deux courriers s'étaient écoulés depuis cette lettre, je craignais véritablement qu'elle ne fût tombée tout à fait malade. Le vicomte m'écouta sans me répondre, et sortit précipitamment. Le surlendemain, à midi, il entra inopinément dans mon cabinet; il était botté, tenait un fouet d'une main, et de l'autre un billet. Je le regardai avec étonnement: « Tenez, me dit-il, voilà un billet de madame de Mérode qui vous apprendra qu'elle a en effet été très-malade, mais qu'elle est fort bien à présent: je l'ai trouvée sur sa chaise longue. — Quoi! m'écriai-je, vous venez de Bruxelles? — Assurément, répondit-il, vous étiez inquiète. En vous quittant, j'ai été prendre un cheval de poste, et je me suis rendu à Bruxelles à franc étrier et sans m'arrêter. Je n'ai fait qu'entrer et sortir chez madame de Mérode, et je suis revenu avec la même promptitude; mais lisez cette lettre. » Excessivement touchée, je lus la lettre, qui me confirma l'exacte vérité de ce récit. Madame de Mérode m'exprimait un grand enthousiasme pour mon élégant courrier, et je fus moi-même attendrie jusqu'aux larmes. Il crut qu'enfin il avait trouvé le chemin de mon cœur; et quelques jours après, venant à dessein à une heure où il était sûr de

[1] Dans ce temps il y avait des coiffeuses pour les femmes, on aurait trouvé de l'indécence à se faire coiffer par des hommes. Un an après, le coiffeur Larseneur, à Versailles, prit de la vogue pour coiffer les jeunes femmes à leur présentation, ou plutôt fois mariage; bientôt après pour déplaire à Mesdames, qui détestaient les coiffures hautes, si exagérées et si à la mode alors; bientôt des coiffeurs de femmes s'établirent à Paris; enfin Léonard vint, et toutes les coiffeuses tombèrent dans l'oubli.

ne point trouver chez moi de monde, il se jeta tout à coup à mes genoux, et en me reparlant de son amour avec l'impétuosité la plus effrayante, et en me menaçant de se tuer si je n'y répondais pas. Ses menaces et ses fureurs me glacèrent et m'inspirèrent une espèce d'indignation, qui me donna tout le sang-froid dont j'avais besoin. J'étais auprès de la cheminée. Je sonnai; il se releva comme un forcené. Un valet de chambre survint. Je lui dis avec beaucoup de calme : « Eclairez M. le vicomte de Custines. » Il faisait nuit; mais je savais que les lanternes des corridors du Palais-Royal n'étaient pas encore allumées. Il sortit avec des démonstrations de rage qui paraissaient aller jusqu'au désespoir; et malgré le courage que je venais de montrer, il me laissa une impression de crainte et d'effroi que je conservai toute la soirée. Le lendemain, en me réveillant, je reçus de lui un billet qui me fit frémir, voici quelle en était la date posée au haut de la page :

« Ce 23 août, dernier jour de ma vie. »

Le billet, de quatre lignes, exprimait le plus horrible désespoir et la décision formelle de s'ôter la vie. Rien ne peut donner l'idée de l'horreur dont je fus pénétrée, et du remords que j'éprouvai de l'avoir traité avec trop de mépris. Il me semblait que j'aurais dû, à ses menaces de se tuer, montrer au moins de l'inquiétude et de la compassion. Je restai plus d'une heure glacée, pétrifiée, et déplorant avec amertume ce désastreux événement; enfin j'écrivis au comte de Custines pour lui demander des nouvelles de son frère, qui logeait toujours chez lui. Au lieu de me répondre, le comte vint sur-le-champ, et lorsqu'il entra dans ma chambre, je vis aussitôt sur son visage la confirmation de cet affreux malheur. Il me dit que son frère était parti seul à quatre heures du matin, sans domestique, sans rien emporter, et qu'il lui avait laissé un billet de deux lignes qu'il me montra, et qui disait seulement qu'on ne l'attendît plus et qu'on ne saurait jamais où il allait. Le comte de Custines, qui avait un cœur excellent, était dans la plus profonde affliction, et il me répétait toujours : Voilà où vous l'avez poussé! J'étais si navrée et si affligée moi-même, que pendant une semaine entière je fus hors d'état de descendre au Palais-Royal. Je fis défendre ma porte, et je ne reçus uniquement que le comte de Custines, qui vint tous les jours. Il prit toutes les informations possibles sans pouvoir découvrir ce qu'était devenu son frère. Nous convînmes de ne point conter cette tragique histoire, et de la cacher aussi longtemps que cela serait possible, en disant seulement que le vicomte était allé voyager en Suisse. Enfin je repris mes habitudes ordinaires, et j'allai comme de coutume me promener tous les matins au Palais-Royal avec mes deux filles, que j'avais avec moi, et dont l'aînée avait six ans. Au bout de quelques jours je remarquai un Arménien ou un Turc, que je jugeai tel à sa robe, à sa longue barbe et à son turban; il me suivait constamment, ayant toujours les yeux fixés sur moi. Je le vis ainsi une quinzaine de jours de suite; au bout de ce temps il ne reparut plus. Dans les premiers jours d'octobre, j'allai à Chantilly, et j'en revins qu'au milieu du mois de novembre. Le comte de Custines était en Lorraine; le mois suivant je reçus de lui un billet qui était à peu près conçu dans ces termes :

« Ne pleurons plus l'amant désespéré : il est ressuscité; j'irai ce soir confer à ma chère consolatrice (c'est le nom qu'il me donnait depuis la mort de sa femme) tous les détails de cette merveilleuse aventure. »

Après avoir lu ce billet, mon premier mouvement fut de la joie, et le second une espèce de honte d'amour-propre d'avoir cru à ce prétendu suicide. Le comte passa avec moi toute la soirée; il me fit un long récit, dont voici les traits principaux :

Le vicomte s'était rendu dans la forêt de Sénard, décidé, disait-il, à terminer ses tourments, son existence, et voulant exécuter cette funeste résolution sans un lieu désert, afin que l'on pût ignorer comment et dans quel lieu il aurait trouvé la mort. Au moment où enfoncé dans la forêt il allait s'immoler, un ermite survint qui l'arrêta et l'entraîna dans son ermitage. Il y avait en effet dans cette forêt un grand ermitage, où plusieurs ermites travaillaient en commun et faisaient au métier des bas de soie et de jolies petites étoffes de fantaisie, qui avaient beaucoup de vogue à Paris et s'y vendaient fort bien. Le vicomte, rendu à la raison, à la religion, passa véritablement trois ou quatre mois dans cet ermitage, inconnu à ses hôtes, qui crurent avoir fait en lui la plus belle conversion du monde. Quand le vicomte fut revenu, le comte eut la curiosité d'aller visiter ces ermites; il leur parla de son frère, que ces bons solitaires regardaient comme un saint; ils contèrent qu'il avait exactement suivi leurs exercices de piété et même travaillé avec eux. Ils vantèrent sa douceur, sa simplicité, sa candeur; au reste il s'était conduit fort généreusement avec eux : outre le payement de sa nourriture, il leur avait envoyé par-dessus le marché une ample provision de soie pour leurs travaux. Je suis persuadée qu'il s'amusa beaucoup dans cet ermitage; car il y avait une telle duplicité dans son caractère, que, même sans but et sans intérêt, il se délectait dans l'hypocrisie. Pour revenir à son histoire, il quitta momentanément l'ermitage; au bout de huit jours il alla se cacher ailleurs, afin de se promener tous les matins, déguisé en Arménien, au Palais-Royal. C'était effectivement lui que j'y avais vu. Il voulait connaître l'impression que produisait

sur moi l'idée de sa mort. Il fut indigné de ne me trouver ni maigre ni changée; il dit à son frère que cette dureté, jointe à son long séjour dans l'ermitage, l'avait guéri; qu'il ne me reverrait jamais sans trouble et sans émotion, qu'il prendrait toujours un vif intérêt à mon sort; mais qu'il renonçait enfin sans retour à une passion si malheureuse. Après avoir écouté ce récit, qui fut allongé par une infinité de détails que je supprime, je fis convenir le comte que nous avions été bien dupes de tant pleurer, et que la prétendue résolution de se tuer n'avait été qu'une feinte (du genre le moins pardonnable) pour éprouver mes sentiments. Quelques jours après le vicomte vint souper au Palais-Royal, j'y étais; il affecta des émotions qui attendrirent vivement plusieurs dames, qui connaissaient en gros son amour chevaleresque pour moi, sa campagne de Corse, et qui même savaient quelque chose du projet de son prétendu suicide. On racontait ce fait comme certain; mais avec beaucoup de variantes, toutes plus touchantes les unes que les autres. Il était à tous les yeux un héros de roman. Il porta au comble ce genre d'intérêt, lorsque jouant au wisk avec moi on lui vit des mains tremblantes et une telle distraction, qu'il brouillait toutes les cartes, renonçait et mettait un surprenant désordre dans le jeu. Toutes ces choses étaient si visiblement à mes yeux une comédie, qu'elles me causaient une véritable colère. Une femme sentimentale, qui jouait avec nous, fut profondément indignée de mon air moqueur; elle me trouva monstrueuse. J'appris depuis qu'elle s'était servie de cette expression en contant cette scène.

Le surlendemain on me dit à dix heures du matin que le comte de Custines me demandait en grâce de le recevoir, qu'il avait quelque chose d'important à me dire. J'étais encore au lit; je le fis prier de passer dans mon cabinet et de m'y attendre; je me levai à la hâte et j'allai le trouver. Je fus frappée de l'altération que je remarquai sur son visage. « Bon Dieu! qu'avez-vous? m'écriai-je. — Ah! répondit-il, je vais vous raconter le comble de l'horreur et de la perfidie. — Et de qui? — Du scélérat que vous lui avez jamais existé... du vicomte. — Votre frère! qu'a-t-il donc fait? — Il vous a toujours trompée, ne vous a jamais aimée; il a trahi sa et voulait corrompre ma femme, et dans le temps où il affichait pour vous la plus violente passion! — Est-il possible? — Voici le fait : Madame de Custines a laissé une cassette dans laquelle je savais qu'elle renfermait toutes les lettres qu'elle voulait conserver; je n'ai jamais pu en trouver la clef; d'ailleurs je n'avais nul empressement de l'ouvrir, je craignais mortellement l'impression cruelle que me feraient ces lettres, qui lui étaient adressées dans un temps où j'étais si heureux! Enfin, comme vous m'avez demandé plusieurs fois de vous rendre vos lettres, je me suis décidé ce matin à faire venir un serrurier, qui a ouvert la cassette; alors j'en ai sorti tous les papiers, et je n'y ai trouvé que vos lettres, celles de madame de Louvois et quelques-unes de madame d'Harville. Cependant, en examinant la cassette, j'ai connu par son épaisseur qu'elle devait avoir un double fond; à force de chercher le secret j'ai touché le ressort, qui m'a découvert le fond, qui est très-profond et qui contenait un nombre infini de billets et de lettres de mon frère, toutes exprimant dans le langage le plus passionné un amour qu'il assure toujours être très-pur, avec tous les moyens imaginables de séduction. On voit par ces lettres que madame de Custines n'a jamais un instant manqué à ses devoirs ni donné l'ombre d'une espérance, et que ses réponses ont toujours été de la plus grande sévérité. On voit qu'elle lui défendait constamment de lui écrire et que communément elle ne lui répondait pas; alors il la menaçait de se porter aux dernières extrémités, de se tuer, de se confier et de se tuer. Il lui parle souvent de vous; il lui dit qu'il feint d'en être occupé pour mieux cacher ses vrais sentiments; mais, poursuivit le comte, je vous ai apporté quelques-unes des lettres où il est question de vous; les voilà, lisez-les. »

Je pris ces lettres, que je lus, je l'avouerai, avec autant de dépit que d'indignation. Dans la première qui me tomba sous la main, il répondait aux reproches que lui faisait madame de Custines sur l'artifice si coupable qu'il employait envers moi.

« Du moins, disait-il, cette feinte ne compromet point sa tranquillité; pourvu qu'elle s'amuse, qu'elle soit bien cajolée, bien flattée, c'est tout ce qu'il lui faut; son amour-propre sur ses talents et sa vivacité même lui tiendront toujours lieu de raison, et elle n'éprouvera jamais un profond sentiment. »

Dans une autre lettre sur son départ pour la Corse, il disait en propres termes :

« Tant mieux que tout le monde croie que c'est elle qui m'envoie en Corse; mais vous, qui avec une âme si grande et si sensible n'en êtes qu'effrayée et non touchée, comment pouvez-vous craindre pour elle cette impression dangereuse dont vous me parlez? Confiez-vous davantage à sa vanité; soyez persuadée que, se croyant l'objet de cette action, elle la trouve toute simple. »

Je lus ces articles deux ou trois fois de suite, et je les écrivis le soir même sur deux petits morceaux de papier, que j'intercalai dans des lettres de même date, que j'avais reçues de ce nouveau Lovelace, infiniment plus artificieux et beaucoup plus scélérat que celui de Richardson. Quels auraient été mon désespoir et mon malheur, si je n'avais pas été préservée de sa séduction par cet instinct qui m'a toujours fait sentir la fausseté!... Que serais-je devenue si je l'eusse aimé! Nous ne revenions pas d'étonnement en songeant avec quelle audace et quelle sécurité il écrivait en même temps à sa belle-sœur et à moi des lettres également passionnées! Mais il nous connaissait parfaitement l'une et l'autre; il avait la certitude qu'un tel secret ne pouvait être trahi par sa belle-sœur, et que ma timidité, ma discrétion naturelle et l'imposante austérité de madame de Custines ne me permettraient jamais de lui montrer ces lettres ou même de lui en parler. J'eus bien de la peine à modérer la violence du juste ressentiment du comte de Custines; enfin je le raisonnai tant, qu'il me donna sa parole (sur laquelle on pouvait compter) de brûler toutes ces lettres, sans en dire un seul mot à son frère ni à qui que ce fût au monde. Je ne l'aurais jamais décidé à ce sage et généreux parti, sans l'intérêt de la mémoire de madame de Custines; il connaissait assez le monde pour être certain que, si cette histoire était sue, on la conterait de mille manières différentes, et que, malgré la parfaite innocence de madame de Custines, la vénération que l'on avait pour sa mémoire en serait altérée auprès de quelques personnes irréfléchies que l'idée de la perfection importune.

Le comte, fidèle à sa promesse, vécut comme à l'ordinaire avec son frère, continuant à le loger chez lui; le vicomte ne se douta jamais qu'il eût la connaissance de ce terrible secret. Cette conduite coûta beaucoup à son vertueux frère pendant plus de six mois; mais ensuite il oublia l'outrage qu'il avait feint d'ignorer, et je l'ai même vu par la suite reprendre une amitié sincère pour ce frère perfide qui l'avait si indignement trahi. Si dans les premiers moments il eût éclaté avec lui et qu'il lui eût reproché son crime, ils auraient été irréconciliables le reste de leur vie.

Il est étonnant que la personne la plus pure et la plus religieuse, que madame de Custines enfin, ait reçu des lettres si criminelles. Comme je l'ai déjà dit, elle fut intimidée par les menaces terribles du vicomte.

Depuis cette époque, je n'ai jamais revu le vicomte de Custines chez moi; je ne le rencontrais qu'au Palais-Royal, au Temple, chez M. le prince de Conti et au Palais-Bourbon, où il fut depuis attaché: il eut la place de capitaine des gardes de M. le prince de Condé. Trois ou quatre ans après notre brouillerie, j'eus la rougeole, dont je fus à la mort. Dans ce moment le vicomte devait aller, avec M. de Buzançal, passer quinze jours à Londres. Il apprit l'extrémité où j'étais; aussitôt il montra la plus vive douleur, rompit avec éclat son voyage, laissa partir seul M. de Buzançal, en disant qu'il ne pouvait quitter Paris en me sachant mourante; il resta, et pendant tout le temps que je fus en danger il passa tous les jours des heures entières dans mon antichambre, avec mes domestiques des démonstrations d'inquiétude et de douleur. Ce fut ainsi qu'il conserva la réputation d'un véritable héros de roman, d'autant plus que, fidèle jusqu'à sa mort à cette passion imaginaire, il n'en a jamais montré d'autre; il a constamment répété son attachement si extraordinaire et si malheureux il n'y avait plus de place dans son cœur pour l'amour, et il n'a jamais voulu se marier. On ne peut pas imaginer combien on n'a su mauvais gré de ne pas admirer cette belle passion; on trouvait que j'aurais dû, sans la partager, montrer du moins un grand sentiment d'estime pour l'homme *qui savait aimer ainsi*. Mais quand on m'en parlait avec un ton pathétique, je ne pouvais m'empêcher de rire et de hausser les épaules. On a beaucoup répété que c'était un air de fort mauvais goût et dont *un bon cœur* m'aurait empêché. Cette aventure, singulière et si vraie dans tous ses détails, est une belle leçon pour les jeunes personnes, qui sont en général si disposées à croire qu'elles inspirent des passions qui doivent faire le *destin de la vie*.

À présent je vais reprendre la suite de mon histoire.

Après avoir passé six mois au Palais-Royal, j'avais éprouvé déjà tant de noirceurs et de méchancetés, que je résolus de m'en éloigner pour quelque temps. Madame la duchesse de Chartres avait pris pour moi, et bien d'elle-même, la plus vive amitié; elle me faisait appeler sans cesse quand elle était seule dans son appartement: faveur qu'avec ma réserve habituelle je n'avais jamais sollicitée et qu'elle n'accordait à aucune autre. Ma conversation et ma gaieté lui plaisaient, et je trouvais très-attachantes sa bonté, sa candeur et sa sensibilité. On lui dit beaucoup de mal de moi; elle n'en crut rien: elle vit tant d'animosité contre moi, qu'elle reconnut sans peine le langage maladroit et passionné de l'envie. Elle me redit tout, elle me trouva de la modération, et, j'ose le dire, de la générosité, car je ne récriminai point. Je ne lui ai jamais dit la moindre chose contre ces femmes qu'elle me dénonçait comme mes ennemies les plus acharnées, et par la suite je n'ai pas laissé échapper une occasion de rendre des services auprès d'elle à ces mêmes personnes.

Cette conduite fut appréciée par madame la duchesse de Chartres; elle s'attacha à moi avec une espèce de passion qui a duré dans toute sa force plus de quinze ans, et je puis dire avec une parfaite vérité que mon cœur y a répondu avec toute l'énergie et tout le dévouement dont il est capable quand il aime. Ce fut là le premier motif de l'ardente jalousie dont j'ai été l'objet pendant neuf ans au Palais-Royal.

Je promettais depuis longtemps à madame de Mérode d'aller la voir à Bruxelles, qu'elle habitait. J'engageai M. de Genlis à m'y mener; je demandai un congé, et nous partîmes au milieu de l'hiver. Je respirai en me retrouvant avec une amie charmante qui ne songea qu'à me rendre agréable le séjour de Bruxelles. Le prince Charles, frère de l'empereur, était vice-roi des Pays-Bas. Ce prince était aimable; il aimait les arts et les talents; il eut beaucoup de grâce pour moi. Madame de Mérode avait une grande maison. Nous logions chez elle, et j'y vis la société la plus brillante de la ville, entre autres le prince et la princesse de Starenberg. Cette dernière, quoique petite, laide et bossue, plaisait même par sa figure remplie d'esprit et d'expression. Je n'ai vu à personne une manière de conter plus amusante, plus d'agrément dans la conversation, un esprit plus piquant; elle a fait de grandes passions qui ont été également constantes et malheureuses. Le prince de Chimay, d'une belle figure et jeune encore, était alors éperdûment amoureux d'elle et retenu à Bruxelles depuis deux ans par cet attachement. L'homme le plus à la mode et le plus spirituel de la cour du prince Charles était le prince de Ligne, qui passait une grande partie de sa vie à Paris et que je connaissais déjà. Il avait une figure très-noble, les manières d'un grand seigneur, de la douceur et de la gaieté, de la prétention à la singularité et cependant du naturel; son caractère était loyal et particulièrement obligeant.

Nous passâmes à Bruxelles trois mois, qui s'écoulèrent pour nous d'une manière délicieuse. J'avais prolongé mon congé plus de six semaines. Enfin je retournai au Palais-Royal, pour y trouver les mêmes inimitiés.

Une chose étonnante, c'est que M. le duc de Chartres, qui possédait de si belles collections en pierres gravées et en tableaux, n'avait pas de bibliothèque; mais le chevalier de Durfort en avait une très-bien composée, et il me prêtait tous les livres que je lui demandais. J'étais alors très-avancée dans la connaissance de la littérature française et de l'histoire. J'avais pris le goût de l'histoire naturelle dans mes voyages à Chantilly. Le beau cabinet de M. le prince de Condé et l'amitié du bon et savant M. de Bomare, qui en avait la direction, me donnèrent l'idée de me former à moi-même un petit cabinet. Je savais très-peu la géographie, je priai M. de Bomare de me donner une maîtresse. Il me donna mademoiselle Thouin, sœur du premier jardinier du Jardin du roi, dès lors l'un des premiers botanistes de l'Europe, et reçu depuis (avant la révolution) à l'Académie des sciences. Mademoiselle Thouin était une jeune personne très-instruite et fort aimable. Nous prîmes l'une pour l'autre une vive amitié, qui dura jusqu'à mon entrée à Belle-Chasse, et qui ne finit que par une injustice de mademoiselle Thouin, dont je rendrai compte. Je persuadai à madame la duchesse de Chartres d'apprendre la géographie, et je donnai à mademoiselle Thouin cette illustre écolière, qu'elle a gardée plus de trois ans. Madame la duchesse de Chartres avait été élevée au couvent par la vieille et vertueuse marquise de Sourcy, qui lui avait donné ce qui vaut mieux que des grâces et des talents, car elle avait imprimé dans sa belle âme les sentiments les plus religieux et les meilleurs principes. Mais d'ailleurs madame de Sourcy, n'ayant nulle instruction, n'avait pu en donner à son élève, qui ne savait même pas l'orthographe. J'entrepris de la lui apprendre; je lui en donnai régulièrement des leçons pendant plus de dix-huit mois; je lui en donnai aussi d'histoire et de mythologie. Je me souviens qui avait fait le portrait des mêles me parla d'un jeune Polonais appelé M. Méris, qui était dans une grande misère, et qui avait un fort beau talent qui lui a été célèbre depuis pour peindre de petits sujets à la gouache. J'imaginai de lui faire faire, pour l'instruction de madame la duchesse de Chartres, une suite de petits tableaux historiques représentant les plus beaux traits de l'histoire grecque et romaine, que je tirai de mes extraits. Il en fournissait quatre par mois, que madame la duchesse de Chartres ne payait que dix-huit francs pièce; c'était excessivement pour rien. Elle les faisait encadrer à mesure, et sur tous j'écrivais de ma main derrière le petit tableau l'explication du sujet avec détail et d'une écriture très-fine. Elle en eut ainsi cent quinze qu'elle plaça dans un cabinet et qui furent admirés de tous ceux qui les virent; je les avais rangés moi-même par ordre chronologique. Elle me donna depuis ces petits tableaux pour l'éducation de mademoiselle d'Orléans. Madame de Valence, durant l'émigration, les sauva de la confiscation, et je l'autorisai à les garder pour l'éducation de ses filles; elle les a partagés. Madame de Celles a la plus grande partie de cette précieuse collection.

Outre toutes ces occupations, je servais aussi de secrétaire à madame la duchesse de Chartres; j'écrivais tous ses billets et tous ses lettres, qu'elle copiait ensuite de son écriture. Il ne lui survenait rien, hors de l'ordre commun de tous les jours, qu'elle ne m'en fît part, et qu'elle ne m'envoyât chercher pour me consulter ou pour me confier ce qui l'intéressait. Il lui est arrivé très-souvent de m'envoyer mademoiselle Lefèvre, une de ses femmes de chambre, à deux ou trois heures du matin, quand je n'avais pas pu la voir dans la journée, pour me demander en grâce d'écrire un billet ou une lettre qu'elle voulait qui fût portée le lendemain matin. Comme je me couchais tard, communément j'étais levée, mais plusieurs fois mademoiselle Lefèvre m'a fait réveiller. Dans ces occasions madame la duchesse de Chartres m'écrivait, et longuement, ce qu'elle désirait de moi; souvent ce n'était que pour me confier quelque chose qui lui faisait de la peine; et dans ce cas, s'il n'était pas excessivement tard, je descendais chez elle. Tous ces soins ne m'empêchaient pas d'entretenir mon adresse des doigts, de faire de jolis ouvrages de broderie de tous genres, de cultiver toujours la musique avec la même ardeur, d'y joindre la nouvelle étude de l'histoire naturelle, et l'occupation de former un cabinet de coquillages, de madrépores, de minéraux et de cailloux, qui devint très-beau par la suite, et qui a été confisqué et très-bien vendu *au profit de la nation*, avec tout ce que j'avais à Belle-Chasse.

CHAPITRE XVIII.

1775.

Gluck. — M. de Fleurieu. — Il s'occupe d'horlogerie et d'ouvrages de femme. Il épouse mademoiselle d'Arcamballe ma cousine. — MM. de Buffon, — Lacépède, — Dorat. — La princesse de Lamballe. — Nous allons à Marly.

J'eus l'hiver d'ensuite une grande distraction dans mes études particulières : Gluck vint à Paris pour y faire jouer ses opéras. Les loges du Palais-Royal donnaient dans les appartements du palais ; en sortant de dîner, je n'avais qu'une porte de la salle à manger à ouvrir pour être dans une de nos loges. Cette commodité, mon goût passionné pour la musique et le plaisir extrême de voir Gluck[1], à toutes les répétitions, se mettre en colère contre les acteurs et les musiciens, et leur donner à tous d'excellentes leçons, me faisaient passer toutes mes après-dîner dans une loge.

On doit en musique à Gluck une invention de génie dont on n'a pas assez profité : c'est, dans les morceaux pathétiques, de faire exprimer par les accompagnements ce que l'âme éprouve, lorsque les paroles cherchent à le dissimuler, comme, par exemple, dans son *Iphigénie en Tauride*, lorsque Oreste après son parricide tombe dans un assoupissement d'accablement, et se réveillant tout à coup dit : *Le calme renaît dans mon âme*. Gluck a mis dans l'accompagnement une agitation sourde, une extrême turbulence ; on croit entendre les reproches terribles et les menaces effrayantes de la conscience et des Furies. Aussi, à la première répétition, les musiciens de l'orchestre représentèrent à Gluck qu'un tel accompagnement ne pouvait convenir à ces paroles : *Le calme renaît dans mon âme*. « Il ment ! il ment ! s'écria Gluck. Il a tué sa mère ! ... »

Je voulais voir les représentations, de sorte qu'une grande partie de ma vie s'écoulait à l'Opéra. Gluck venait deux fois par semaine avec Monsigny, M. de Mouville et Jarnovitz, le célèbre violon[2], faire de la musique chez moi ; il me faisait chanter tous ses beaux airs et jouer sur la harpe ses ouvertures, entre autres celle d'*Iphigénie*, que j'aimais avec enthousiasme. On imagine bien que je me déclarai gluckiste, et que je me moquai de toutes les disputes sur Gluck et Piccini des gens de lettres qui ne savaient pas un mot de musique ; ce qui me fit mes premiers ennemis dans la littérature, car j'étais dans la société une autorité en musique, et les littérateurs gluckistes ne me pardonnaient pas, étant de mon parti, de me moquer d'eux ; mais ils défendaient Gluck si ridiculement, que je ne les épargnais pas plus que les autres. Je sentis enfin, au mois de mars de cet hiver, que la musique, Gluck et l'Opéra prenaient beaucoup trop d'ascendant sur moi. Comme il m'a toujours paru qu'il est moins difficile de *renoncer* tout à fait que de se *modérer*, je fis vœu de ne plus aller à l'Opéra et aux spectacles que lorsque je serais forcée par ma place d'y suivre madame la duchesse de Chartres, qui y allait rarement, parce que mes compagnes ne demandaient pas mieux que de me remplacer dans ce service ; j'ai pour moi un très-grand sacrifice, car j'ai été parfaitement fidèle à ce vœu. Je voudrais bien aujourd'hui que la religion me l'eût fait faire, mais ce fut uniquement le goût de l'étude et la vanité de me distinguer qui me firent prendre cette résolution.

Je vis dans cette année le comte de Béniouski, très-fameux par son exil en Sibérie et la manière dont il se sauva, mettant dans la confidence quarante de ses compagnons, en persuadant à chacun en particulier qu'il était son seul confident, de manière que le secret fut parfaitement gardé, chacun se croyant l'unique dépositaire. Il me conta toutes ses aventures qui ont fourni le sujet d'un drame qui eut beaucoup de succès en Allemagne[3].

[1] Sans voix, sans doigts, Gluck ravissent lorsqu'il chante ses beaux airs en s'accompagnant du piano. Le génie n'a besoin ni d'agrément ni de fini ; du moins il peut s'en passer. Quand on est profondément touché, que peut-on désirer encore?

Gluck parlait de Piccini avec justice et simplicité. On sent que c'est sans ostentation qu'il est équitable ; cependant il disait que si le *Roland* de Piccini réussissait, il le referait. Ce mot est remarquable, mais il est d'un genre qui ne me plaira jamais ; un langage constamment modeste est de si bon goût !

[2] Le caractère de cet artiste était fort original : parmi un grand nombre de traits singuliers, je choisis celui-ci. Un marchand de musique chez lequel il avait cassé par mégarde un carreau de vitre de la valeur de trente sous, n'ayant pas à lui rendre la moitié du petit écu que lui présentait Jarnovitz, allait sortir pour en chercher la monnaie. *Ce n'est pas la peine*, dit le musicien, *je vais compléter la somme*, et il casse un autre carreau.

[3] Et d'un opéra dont la musique de Boïeldieu obtint un succès très-grand à Paris. G. D.

Madame la comtesse du Nolstein entra au Palais-Royal dans ce temps ; elle avait quinze ans, un joli visage, mais de vilains pieds, des mains affreuses par leur grosseur, leur forme et leur rougeur ; elle était fille de madame de Barbantane, et avait été élevée au couvent avec madame la duchesse de Bourbon, qui en sortant de Panthemont refusa positivement de la prendre pour dame. On dit dans le monde, et l'on crut généralement, que madame la duchesse de Bourbon n'en avait point voulu par envie de sa jolie figure, chose d'autant plus évidemment injuste, qu'elle prit à sa place une dame beaucoup plus jolie que madame du Nolstein ; mais on n'en déclama pas moins contre l'ingratitude de refuser la fille de sa gouvernante. Madame la duchesse de Bourbon ne put ignorer tout ce déchaînement ; elle eut l'extrême honnêteté de ne dire à personne au monde la véritable cause de son refus ; elle ne l'a dit que quatorze ou quinze ans après, lorsque madame du Nolstein l'enferma dans un couvent à Nancy. Madame la duchesse de Bourbon avait pour témoin du fait qu'elle raconta la princesse Louise de Condé, sa sœur, qui avait gardé le même silence. Madame du Nolstein devint sur-le-champ au Palais-Royal ma plus ardente ennemie ; elle m'a fait beaucoup de mal ; j'ai vu d'elle d'étranges choses, je n'en parlerai point ; ses plus terribles aventures n'ont été que trop connues du public, mais la sincérité de sa pénitence impose le devoir de ne les point retracer.

Sa conduite dans son couvent, pendant un assez grand nombre d'années, fut si édifiante et si parfaite, qu'elle ne laissa aucun doute sur sa conversion. Elle fit pendant tout ce temps le maigre perpétuel, observé dans les ordres les plus austères ; elle vendit, au profit des pauvres, quelques bijoux qui lui restaient et toute sa garde-robe ; elle acheta pour elle du linge grossier et une robe de bure, elle n'a point eu d'autres vêtements jusqu'à sa mort. M. du Nolstein, le plus loyal et le plus vertueux des hommes, lui faisait une pension de six mille francs, et payait en outre sa nourriture et son logement ; madame du Nolstein se réserva tout au plus cent écus pour son entretien, et elle fit constamment distribuer le reste aux pauvres, à l'exception des matériaux nécessaires qu'elle faisait acheter pour faire de ses doigts différents ouvrages qu'elle donnait à l'église ; elle était extrêmement adroite, elle consacra entièrement ce talent à la religion. Quand les religieuses, à la révolution, furent chassées de leurs asiles, M. du Nolstein, après le règne de la Terreur, vint prendre sa femme, et la conduisit dans une terre qu'il possédait à une grande distance de Paris. Madame du Nolstein le conjura de lui permettre d'y vivre comme dans son couvent ; elle y mourut au bout de dix-huit mois, conservant sa tête jusqu'au dernier moment de son existence. Elle se fit mettre sur la cendre lorsqu'elle se sentit à l'agonie, et ce fut ainsi qu'après avoir expié tous ses égarements elle rendit le dernier soupir !... J'ai oublié de dire que, lorsqu'elle fut chassée de son couvent ainsi que toutes les religieuses, elle alla sur-le-champ se retirer à un cinquième étage, chez des pauvres dont elle avait soulagé la misère ; elle y resta jusqu'après la mort de Robespierre.

Je voyais très-souvent M. de Fleurieu[1], qui a été depuis dans le ministère ; il me remit à l'étude de l'italien, qu'il savait parfaitement et dont, malgré toutes ses occupations, il eut l'extrême bonté de me donner régulièrement des leçons deux fois la semaine, pendant six mois. Je n'ai jamais connu personne d'un caractère aussi obligeant ; il était d'une adresse extrême, il savait faire des montres comme un horloger, il se chargeait de nettoyer et de raccommoder celles de ses amis ; en outre il tournait et il faisait d'ailleurs mille jolies choses. Un jour qu'il arriva chez moi, il me trouva occupée à faire garnir de fleurs, en ma présence, par ma femme de chambre et une fille de boutique de ma marchande de modes, une robe que je voulais absolument avoir pour le lendemain. Comme j'étais fort indécise sur la forme et le dessin de la garniture, M. de Fleurieu donna son avis, qui prévalut ; ensuite il se mit à l'ouvrage, taillant, cousant aussi bien que la meilleure ouvrière, et tout cela avec un sérieux et une simplicité qui me faisaient rire aux larmes ; il me grondait de cette gaieté en disant que cela nous faisait perdre du temps. J'avais fait fermer ma porte, et nous travaillâmes avec acharnement depuis sept heures du soir jusqu'à une heure après minuit, avec le seul relâche d'un petit souper qui ne dura pas un quart d'heure. La robe fut achevée, elle eut le lendemain le plus grand succès, tout le monde la trouva charmante.

Il y a eu dans la vie de M. de Fleurieu une singularité remarquable : il a été successivement amoureux de trois femmes formant trois générations ; d'abord, dans sa première jeunesse, d'une personne beaucoup plus âgée que lui ; ensuite de sa fille, qui épousa M. de Mondorge (oncle de M. de Fleurieu). Cette passion fut très-malheureuse. Madame de Mondorge, devenue veuve, se remaria à M. le marquis d'Arcamballe ; elle eut une fille que vit naître M. de Fleurieu. Aussitôt qu'elle eut atteint l'âge où l'on peut être mariée, M. de Fleurieu en devint amoureux et l'épousa. C'est une constance de *filiation* dont je ne connais pas d'autre exemple[2].

[1] Le comte de Fleurieu fut ministre de la marine sous Louis XVI. Ses parents le destinaient à l'état ecclésiastique, son goût le porta vers la marine ; il inventa les horloges marines. Il fut aussi ministre sous le consulat. G. D.

[2] Le frère de madame de Fleurieu était émigré et sans ressource, ne recevant

Je n'ai jamais laissé échapper une occasion de faire parler ceux que je rencontrais sur les choses qui pouvaient m'instruire, les étrangers sur leur pays, les voyageurs sur leurs voyages, les artistes sur leur art, etc. De cette manière j'ai tiré un parti fort utile de beaucoup de gens ennuyeux d'ailleurs, et j'écrivais le jour même tout ce que dans ces entretiens je recueillais d'intéressant ou de nouveau pour moi. J'avais entendu conter que M. d'Aguesseau avait fait en plusieurs années quatre volumes in-4°, en employant douze ou quinze minutes tous les jours, que madame d'Aguesseau mettait constamment à se rendre dans la salle à manger depuis l'annonce du dîner. Je profitai de cet exemple. L'heure du dîner du Palais-Royal était fixée à deux heures; mais madame la duchesse de Chartres n'était jamais prête qu'un quart d'heure après, et, quand je descendais à l'heure convenue, il fallait toujours attendre quinze ou vingt minutes. Je chargeai un valet de chambre de venir m'avertir quand elle passait dans le salon. J'étais toute prête à deux heures précises, et jusqu'au moment où l'on venait me chercher, j'employais ce temps à faire à main posée, d'une écriture très-fine, un choix de vers de différents auteurs, ce qui venait de former, quand je suis sortie du Palais-Royal, un recueil de mille vers, qui est très-curieux, puisqu'il commence par les vers les plus gothiques et les plus anciens que nous ayons. Ce recueil, qui n'a point été perdu, est aujourd'hui entre les mains de madame la comtesse de Choiseul (née princesse de Bauffremont). J'avais épuisé en trois ans la bibliothèque du chevalier de Durfort. Je fis connaissance avec l'abbé des Aulnais, premier bibliothécaire de la Bibliothèque du roi; il a eu pour moi pendant six ans de la plus grande obligeance, m'indiquant et me prêtant tous les livres qui pouvaient m'instruire, et même des manuscrits. J'ai trouvé dans son amitié et dans sa conversation une source d'instruction qui m'a été de la plus grande utilité. J'allais souvent lui faire des visites à la bibliothèque, dont il me montrait les livres les plus curieux. Il me fit faire connaissance avec un savant, nommé M. d'Aïmeri, qui demeurait près du Palais-Royal et qui avait une superbe collection de médailles antiques, et en outre la plus belle collection de miniatures en émail, de Petitot, qui, après sa mort, fut achetée par le roi. J'allais aussi, à peu près tous les quinze jours, au Jardin du roi voir mon amie mademoiselle Thouin, qui me menait dans le cabinet d'histoire naturelle et dans les serres, où l'on m'expliquait toutes ces merveilles de la nature.

Un jour que j'étais avec elle et M. Thouin, son frère, dans les serres, j'y vis arriver un jeune homme de quatorze ou quinze ans, d'une figure charmante, qui venant à moi me dit que son père avait un désir passionné que j'allasse chez lui pour me faire voir deux ou trois petits animaux singuliers qui n'étaient pas dans la ménagerie, et ce père était M. de Buffon. Je fus ravie de cette prévenance d'un homme que j'admirais tant les ouvrages, et je devais cette bienveillance à tout ce que mademoiselle Thouin avait dit de moi. Le jeune Buffon me donna la main, et me conduisit chez son père, qui me reçut avec une cordialité et une grâce de bonhomie qui achevèrent de me gagner tout à fait le cœur. Depuis ce jour il vint me voir au Palais-Royal au moins une fois par mois; j'allais dîner chez lui tous les dix ou douze jours; j'y avais d'assez bonne heure pour le trouver seul: nous ne parlions jamais que de littérature, et je le questionnais sans relâche sur la manière d'écrire et sur le style. Une chose très-extraordinaire, c'est que M. de Buffon, dont le style est si harmonieux, n'aimait pas la poésie et n'était pas sur ce point un vrai connaisseur. Fénelon, écrivain moins parfait, mais dont le style a tant d'harmonie, offrait la même singularité. M. de Buffon m'a dit qu'il n'a commencé à écrire comme auteur et à être remarqué qu'à l'âge de quarante-quatre ou quarante-cinq ans; son admirable talent s'est soutenu dans toute sa force jusqu'à la fin de sa longue carrière. Je vis chez lui beaucoup de savants et d'auteurs, entre autres les infortunés Bailly et Hérault de Séchelles, et M. de Lacépède, si recommandable par son savoir, son esprit et son caractère: d'ailleurs chez moi je ne voyais point de gens de lettres, à l'exception de M. de Sauvigny et de Dorat; qui dès lors se mourait de la poitrine. Il venait quelquefois me voir, parce que je l'avais connu à Soissons, où je l'avais vu chez l'intendant, M. Lepelletier de Morfontaine, et où dans des fêtes que l'intendant m'avait données, il avait fait pour moi de fort jolis vers, chose dont une femme conserve toujours quelque reconnaissance. Cependant ce n'est pas ce sentiment, mais c'est la justice qui me fait dire qu'on a jugé trop sévèrement son talent; il avait sans doute quelquefois de l'afféterie; sa manière n'était pas celle d'une bonne école, mais il avait souvent de la grâce, de la finesse, et toujours beaucoup d'esprit. Outre ses poésies et ses comédies, il a fait un roman en lettres, qui n'a eu aucune réputation, qui est tout à fait oublié, et qui néanmoins n'est assurément pas sans mérite. On en a beaucoup loué de nos jours qui sont très-inférieurs à cette production. Si Dorat existait

rien de sa famille; mon père le prit avec lui; il nous suivit dans nos voyages jusqu'au moment où l'on de ses amis lui fit obtenir une place près de la reine de Naples, femme de Ferdinand. A la révolution, qui força cette famille à quitter le trône, M. d'Arcambelle partagea sa mauvaise fortune; il mourut en Sicile. Sa sœur ne lui avait écrit qu'une fois pour le prier de dire aux Français qu'il pourrait voir qu'elle n'était pas la dame de Fleurieu qui se promenait peu décemment vêtue. Il lui répondit que si elle lui envoyait un petit écu, il ferait insérer un article dans les journaux. Il n'en entendit plus parler. G. D.

aujourd'hui, il serait de l'Académie, et il aurait un grand nombre d'admirateurs.

Mes diverses occupations me consolaient des méchancetés que j'éprouvais sans cesse au Palais-Royal; cependant, malgré la haine qu'on avait pour moi, on venait sans cesse me prier de demander au prince et à la princesse les choses qu'on désirait. J'avoue que rien ne m'a plus flattée dans ma vie que cette étonnante confiance dans la générosité de mon caractère, et je n'ai jamais cessé un moment de prouver qu'elle la méritait. Cette conduite est sublime quand la religion la donne; quand c'est la vanité, elle est toujours noble; mais elle serait absurde si elle était le fruit d'un calcul pour adoucir l'envie; on ne désarme point l'envieux, les succès mêmes qu'il obtient par l'entremise de l'objet de sa haine ne peuvent que l'irriter et l'humilier profondément.

Louis XV mourut: l'infortuné Louis XVI monta sur le trône, ce qui donna d'abord l'idée que le Palais-Royal allait jouir d'un grand crédit, parce que madame la princesse de Lamballe, intimement liée avec M. le duc et madame la duchesse de Chartres, était favorite de la nouvelle reine. Madame de Lamballe était extrêmement jolie, et quoique sa taille n'eût aucune élégance, qu'elle eût des mains affreuses qui par leur grosseur contrastaient singulièrement avec la délicatesse de son visage, elle était charmante sans aucune régularité; son caractère était doux, obligeant, égal et gai, mais elle était absolument dépourvue d'esprit; sa vivacité, sa gaieté et son air enfantin cachaient agréablement sa nullité; elle n'avait jamais eu un avis à elle, mais dans la conversation elle adoptait toujours l'opinion de la personne qui passait pour avoir le plus d'esprit, et c'était d'une manière qui lui était tout à fait particulière. Lorsqu'on discutait sérieusement, elle ne parlait jamais et feignait de tomber en distraction, et tout à coup, paraissant sortir de sa rêverie, elle répétait mot à mot, comme d'elle-même, ce que venait de dire la personne dont elle adoptait l'opinion, et elle affectait une grande surprise lorsqu'on croyait lui apprendre que l'on venait de dire la même chose: elle assurait qu'elle ne l'avait pas entendue. Elle faisait ce petit manège avec beaucoup d'adresse, et j'ai été assez longtemps à m'en apercevoir. Elle avait d'ailleurs beaucoup de petits ridicules qui n'étaient que des affectations puériles; la vue d'un bouquet de violettes la faisait évanouir, ainsi que l'aspect d'une écrevisse ou d'un homard, même en peinture; alors elle fermait les yeux sans changer de couleur, et restait ainsi immobile pendant plus d'une demi-heure, malgré tous les secours qu'on s'empressait de lui prodiguer, quoique personne ne crût à ces prétendus évanouissements. C'est ainsi que je l'ai vue en Hollande s'évanouir dans le cabinet de M. Hope après avoir jeté les yeux sur un petit tableau flamand qui représentait une femme vendant des homards.

Quoique je n'aie point eu l'honneur d'être l'amie de madame la princesse de Lamballe, c'est à regret que je parle de ces petites faiblesses qui ont sans doute quelque chose de ridicule; mais lorsqu'on écrit ses mémoires et qu'on parle des contemporains remarquables, on devient historien et l'on ne doit point omettre alors les détails les plus minutieux qui peuvent faire connaître le caractère et le genre d'esprit de ces grands personnages, surtout lorsque ces détails donnent en même temps une idée générale des mœurs de la société, et il est certain que les évanouissements périodiques furent une mode à cette époque. Il est très-remarquable que dès lors les ambitions et les prétentions s'exaltaient progressivement d'une manière surprenante et dans tous les genres. Nos grand'mères, qui ne pouvaient attirer sur elles l'attention que par des puérilités, se contentaient de paraître effrayées à la vue d'une araignée, d'une souris, d'une chauve-souris, etc. Mais quarante ans après on voulut étonner, épouvanter: on eut des maux extraordinaires, de si terribles convulsions qu'il fallut matelasser leurs chambres à coucher, des attaques périodiques, etc. Madame la princesse de Lamballe ne donna pas du moins la première l'exemple de ces folies, et lorsqu'elle le suivit, elle choisit la plus douce de ces maladies, elle n'eut jamais de convulsions. Telle était la personne que la reine choisit d'abord pour sa première amie! Mais la reine sentit bientôt que madame de Lamballe était hors d'état de donner un conseil utile, et même de prendre part à un entretien sérieux: ce ne fut donc point par légèreté, comme on l'a dit, que la reine lui ôta sa confiance; elle la jugea avec beaucoup de discernement. En même temps elle lui conserva tous les droits apparents de l'intimité et la place de surintendante de sa maison, place recréée pour elle; il n'y avait point eu de surintendante à la cour depuis mademoiselle de Clermont.

Le roi, dans la première année de son règne, alla à Marly pour s'y faire inoculer. Toutes les princesses furent de ce voyage, et j'y allai avec madame la duchesse de Chartres. Le voyage fut très-brillant, et je m'y amusai beaucoup. J'y courus un très-grand danger, ainsi que madame la duchesse de Chartres. Un jour nous étions au rez-de-chaussée, assises à côté l'une de l'autre sur un canapé, au-dessus duquel était, derrière nous, une grande glace. Nous nous trouvions en face d'une porte qui donnait sur la terrasse. M. le duc de Chartres et M. de Fitz-James s'amusaient à tirer au blanc, au pistolet chargé à balle; ils étaient placés vis-à-vis nous, mais nous tournant le dos. Une balle, allant frapper une statue de marbre, fut renvoyée par ricochet dans notre salon, et cassa, à deux doigts de nos têtes, la glace qui était derrière nous.

CHAPITRE XIX.
1776.

J'ai la rougeole. — Vision. — M. Tronchin. — Rire sardonique de la mort. — Un scorpion. — Séjour à Spa. — M. Gillier. — Singulière punition infligée à un laquais. — La baraque. — Le baron d'Andlau mon beau-père. — Madame de Montolini. — M. Gibbon. — Ma visite à Ferney. — Madame de Saint-Julien. — Une nièce de Corneille.

L'année fut une des plus douloureuses de ma vie, j'eus la rougeole, dont je fus longtemps malade et à la mort ; ma mère et mes enfants demeuraient au quai des Célestins ; mes enfants eurent en même

Gluck.

temps la rougeole, ce que l'on me cacha avec le plus grand soin. Mon fils, enfant charmant, âgé de cinq ans, en mourut : je vais ici conter un fait qui fera rire de pitié les *esprits forts;* mais, comme j'en ai cit dix témoins auxquels des personnes qui existent encore l'ont entendu conter, je vais le rapporter avec la fidélité la plus scrupuleuse. J'ignorais entièrement, comme je l'ai dit, non-seulement que mes enfants eussent la rougeole, mais qu'ils fussent malades, chose qu'il était très-facile de me cacher, puisqu'ayant moi-même une maladie contagieuse je ne pouvais songer à les demander. Ma mère, pour m'ôter tout soupçon, s'arrachait d'auprès d'eux tous les jours pendant trois heures, qu'elle passait auprès de mon lit ; j'étais gardée, d'ailleurs, par M. de Genlis, mon frère, M. de Sauvigny et M. de Saint-Martin, chirurgien du Palais-Royal. M. de Genlis, tous les soirs à neuf heures, sous prétexte de reconduire ma mère, allait au quai des Célestins passer quelques heures avec ses enfants. Mon fils mourut à cinq heures du matin ; le même jour, à la même heure, j'étais seule avec ma garde, je ne dormais pas ; et, levant les yeux vers le ciel de mon lit, dont une grande rosace dorée occupait tout l'impérial, je vis distinctement mon fils sous la figure d'un ange, dont les ailes bleues se dessinaient sur la dorure ; il me tendait les bras !... Cette vision, sans me donner aucun soupçon de la vérité, me causa l'étonnement qu'on peut imaginer ; je me frottai les yeux à plusieurs reprises, et je vis toujours et constamment la même figure. Ma mère, M. de Genlis et M. de Sauvigny vinrent à onze heures ; ils étaient accablés de douleur ; je ne fus point étonnée de leur profonde tristesse, je savais que j'étais malade de manière à donner une grande inquiétude. Comme il m'était impossible de ne pas regarder à toutes les minutes au ciel de mon lit, et avec un tressaillement involontaire, on me demanda plusieurs fois ce qui m'agitait ; j'éludai de répondre ; ma mère, sachant que je craignais les araignées, imagina que je croyais en voir

une ; enfin, les questions ne cessant point, je répondis que je ne voulais point dire ce que je voyais, parce qu'on me croirait le transport au cerveau, que je n'avais pas ; on me pressa davantage encore, et je dis la vérité. Le saisissement et la surprise furent au comble ; on prit un prétexte pour sortir de ma chambre, afin d'aller pleurer en liberté. La vision dura douze heures ; à cinq heures après midi, elle disparut : on me cacha mon malheur pendant cinq semaines, en me répétant toujours que je ne pouvais voir mes enfants sans risquer de leur donner la rougeole. Lorsqu'il ne fut plus possible de m'abuser à cet égard, M. de Genlis entre un matin dans ma chambre, en me donnant le portrait de mon fils, représenté en ange, tel que je l'avais vu et dépeint ; il s'élevait vers le ciel ; on avait ajouté au-dessous de ses pieds un cercueil couvert de roses, sur lequel ces mots étaient écrits : *Il s'envole au séjour des anges.* D'après un portrait fort ressemblant que M. de Genlis avait de lui, on avait fait faire cette miniature sur le récit de ma vision. Je l'ai toujours portée sur moi. Ce fut ainsi que j'appris sa mort, qui me causa une telle affliction, que je retombai dans un état de langueur qui fit craindre pour ma vie.

M. Tronchin était mon médecin ; il avait la plus belle tête de vieillard que j'aie jamais vue, sans excepter celle de Franklin, qui, à la vérité, est beaucoup plus âgé que lui. M. Tronchin ressemblait de la manière la plus frappante à tous les bustes d'Homère. On dit qu'il eut dans sa jeunesse une beauté merveilleuse. Dans ce temps, il parut pour la première fois à l'école de Boerhaave, qui dit tout haut en le regardant : « Voilà un jeune homme qui a des cheveux trop beaux et trop frisés pour devenir jamais un grand médecin. » Le lendemain Tronchin reparut chez Boerhaave la tête rasée ; il devint son disciple favori : il l'avait mérité. J'ai vu de lui un trait qui prouve sa passion pour son art, mais qui m'a fait frémir ; ce fut à la maladie de M. de Puisieux. M. Tronchin était son médecin, *son ami intime,* et lui

Madame de Lamballe.

avait les plus grandes obligations. M. de Puisieux, au cinquième jour d'une fluxion de poitrine, était à l'agonie ; il n'avait plus de connaissance ; à trois heures du matin, M. Tronchin, qui ne l'avait pas quitté depuis vingt-quatre heures, dit à madame de Puisieux qu'il n'y avait plus rien à faire et qu'il allait se coucher. Nous entraînâmes madame de Puisieux dans sa chambre ; M. de Genlis resta dans celle du malade. Au bout de trois quarts d'heure, j'envoyai savoir de ses nouvelles ; on vint me dire que M. Tronchin était rentré dans sa chambre et qu'il s'était remis au chevet de son lit. Je repris un peu d'espérance et je retournai chez M. de Puisieux. J'entrai dans sa chambre, et je fus saisie d'horreur en le voyant dans l'état où il était. Aux derniers instants de sa vie, il avait un rire convulsif ; ce rire n'était pas bruyant, mais on l'entendait distinctement et sans discontinuité ; ce rire épouvantable, avec l'empreinte de la mort qui couvrait ce visage défiguré, formait le spectacle le plus affreux dont on puisse avoir l'idée. M. Tronchin, assis près du malade, le regardait fixement, en le considérant avec la plus grande attention. Je l'appelai et je lui demandai s'il avait repris quelque espérance, puisqu'il restait auprès de M. de Puisieux. *Ah! mon Dieu non*, répondit-il; *mais je n'avais jamais vu le rire sardonique; et j'étais bien aise de l'observer.* Je frissonnai... *Bien aise d'observer* ce symptôme affreux d'une mort prochaine! et c'était l'ami du mourant qui s'exprimait ainsi !

Le docteur Tronchin m'ordonna les eaux de Spa. M. de Genlis, forcé de se rendre à son régiment, ne put y venir avec moi; mais il me donna pour m'accompagner un homme en qui il avait toute confiance (M. Gilier), et qui la méritait. M. Gilier avait alors quarante-cinq ou quarante-huit ans; il avait été major pendant plusieurs années du régiment que M. de Genlis avait commandé dans les Indes. Il fut certainement le seul homme qui, avec un très-bon caractère, une figure d'Hercule, une bravoure reconnue, ait dans sa vie reçu deux soufflets de deux hommes différents, qu'il a tués tous les deux. J'emmenai aussi avec moi un peintre allemand, nommé M. Ott, qui avait un talent supérieur pour copier et réduire de grands tableaux en miniature.

Je partis pour les eaux au mois d'avril; de Paris je me rendis d'abord à Bruxelles, où je passai un mois à Everberg, maison de campagne de madame la comtesse de Mérode, remariée au comte de Lannoy. Je retrouvai à ce voyage la duchesse d'Ursel et le prince de Ligne; le prince Charles y vint dîner deux fois. Comme il s'occupait beaucoup d'histoire naturelle, il fut plus frappé que nous d'un incident, qui néanmoins nous étonna. Le jardinier vint apporter dans la salle à manger, pendant que nous étions à table, un gros scorpion vivant, qu'il venait de trouver dans ce jardin. Chacun l'examina avec la plus grande curiosité. Il fut impossible de concevoir comment ce dangereux insecte des pays chauds avait pu pénétrer tout seul dans un parc de la Belgique. Nous allâmes encore à Malines; ce fut là que, dans une auberge, la duchesse d'Ursel se chargea de nous faire tous les entremets de notre dîner. Elle se rendit tout de suite à la cuisine, mit un grand tablier, retroussa ses manches et découvrit ainsi les plus beaux bras du monde; ce qui, joint à l'éblouissante fraîcheur de sa figure, offrit à nos regards la plus *appétissante* cuisinière que l'on verra jamais. A l'heure du dîner elle nous servit des crèmes excellentes et le meilleur gâteau d'amandes qu'on ait jamais mangé.

D'Everberg j'allai à Spa; j'y avais fait louer d'avance une petite maison que nous occupâmes tout entière. J'éprouvai en entrant la sensation la plus pénible et la plus inattendue. Chacun alla à sa chambre, on me laissa seule dans la mienne; je me trouvai environnée de paquets dans une vilaine chambre mal meublée. Je pensai que je passerais là quatre mois, loin de tout ce que j'aimais et de tout ce que je connaissais. Cette idée m'oppressa le cœur; pour m'en distraire, je voulus ouvrir ma fenêtre et regarder dans la rue : la fenêtre était à coulisse; en la levant, je m'accrochai le doigt à un petit clou, je me blessai, et mon sang coula abondamment. Ce petit incident acheva de m'accabler. J'ai su depuis supporter courageusement d'autres maux et d'autres peines; mais je n'avais pas encore pris l'habitude des contrariétés et du malheur. Je tombai sur une chaise, mon doigt saignant toujours, et je fondis en larmes. Je me trouvai moi-même si déraisonnable, que j'eus honte de l'état où j'étais, et je n'appelai personne. Au bout de huit ou dix minutes la porte s'ouvre, et je vois entrer un homme qui s'avance vers moi avec l'expression

3 1776.
525.

de la joie et d'une vive émotion: c'était un Anglais, M. Conway, fils de lord Erford, avec lequel j'avais passé six mois de suite à Sillery six ou sept ans auparavant; son père, qui avait été ambassadeur en France et ami intime de M. de Puisieux, l'avait envoyé à Reims pour apprendre à parler le français, et M. de Puisieux l'avait fait venir et retenu à Sillery; il conservait de ce séjour le plus tendre souvenir. Il était dans la rue lorsque j'arrivai, me reconnut, et accourut avec empressement chez moi. Sa vue me rappela le temps le plus heureux de ma vie, et mes pleurs redoublèrent. Il était sensible et bon; il pleura de tout son cœur avec moi, car je lui appris la triste cause du dérangement de ma santé. De son côté il me conta qu'il s'était marié, et qu'il était à Spa avec sa femme pour la santé de cette dernière et pour toute la saison. Le soir même il m'amena madame Conway, qui était la meilleure personne du monde. Nous allâmes le lendemain ensemble déjeuner au Wauxhall, et bientôt je m'accoutumai à Spa et je finis par le trouver ce qu'il est, c'est-à-dire un lieu charmant.

Plusieurs personnes de ma connaissance y arrivèrent. Je fis beaucoup de musique, de longues promenades à cheval et sur les montagnes. Je me réservai constamment chez moi tous les jours cinq ou six heures d'une solitude absolue, que j'employais à dessiner des fleurs, à jouer de la harpe et à composer. Je ne recevais personne chez moi, à l'exception de trois ou quatre fois où l'on y fit de la musique. Il y avait à Spa quelques musiciens voyageurs que je rassemblai pour ces petits concerts, où je jouais de la harpe. Ma santé était parfaitement rétablie au bout de six semaines.

M. Gilier, chargé de toute ma dépense, me fut très-utile sous ce rapport, quoique la sévérité de son économie m'ait souvent dépiée. Par exemple, lorsque je lui disais de donner un petit écu ou six francs pour boire, il donnait communément six ou douze sous; je ne savais ces choses-là qu'après, et lorsque j'en témoignais mon mécontentement, il m'assurait qu'il serait plus noble à l'avenir, ce qu'il n'a jamais été. Un jour il eut une contestation avec Saint-Jean, mon domestique, sur un petit compte de prise de lettres. Saint-Jean se révolta jusqu'à l'impertinence; alors M. Gillier lui dit gravement : « Je sais ce que je dois à la *livrée* de madame la comtesse; puisque vous la portez, je ne vous donnerai point de coups de bâton, mais il faut pourtant que votre insolence soit punie. » A ces mots, il le prit dans ses bras. Saint-Jean eut beau se débattre; M. Gillier, dont la force était infiniment supérieure à la sienne, alla le déposer dans le ruisseau de notre rue, où il l'étendit tout de son long, ce qui inspira au pauvre Saint-Jean une si grande frayeur et un tel respect pour M. Gillier, qu'il n'osa même se plaindre de cette aventure, que je n'ai su que plus de quinze jours après.

Je fis avec madame la marquise de Champignelle le voyage de Dusseldorff, pour voir la superbe galerie de tableaux. Nous nous arrêtâmes trois jours à Aix-la-Chapelle, où je vis pour la première fois madame la comtesse de Potocka, qui se prit d'une telle passion pour moi, qu'elle quitta sur-le-champ Aix-la-Chapelle pour venir sans délai avec moi à Spa, où je retournais et où nous passâmes deux mois ensemble; elle me promit de venir à Paris l'hiver prochain, elle me tint parole. J'écrivis à Paris pour demander une prolongation de congé, et à M. de Genlis la permission de faire le voyage de Suisse. J'obtins tout ce que je désirais, et nous partîmes.

Pour nous rendre directement à Luxembourg, nous fûmes obligés, contre notre intention, de coucher dans un horrible cabaret au milieu des bois, et nommé *la Baraque*. On nous avait fort prévenus contre ce mauvais gîte, en nous assurant qu'on le regardait presque comme

Madame de Crouzas sonna, et dit au domestique qui survint : « Relevez M. Gibbon ! »

3

un coupe-gorge; mais la nécessité nous força de nous y arrêter. M. Gillier ne prit qu'une seule précaution, celle de mettre en évidence ses deux pistolets et son couteau de chasse. Ainsi armé de toutes pièces, il passa le premier pour entrer dans cette terrible baraque, et M. Ott; ma femme de chambre et moi, nous le suivîmes. Nous trouvâmes dans une grande salle du rez-de-chaussée le maître de la maison avec quatre ou cinq valets établis autour d'une table et mangeant : tous avaient leur chapeau sur la tête, qu'ils n'ôtèrent point en nous voyant. Je remarquai que le chef avait un large point d'Espagne en or autour de son chapeau. M. Gillier, choqué du maintien insolent de ces hommes, s'avança vers la table et, d'un air martial, fit sauter en l'air avec sa canne le beau chapeau en point d'Estpagne du chef de la bande, en disant : Vous ne voyez donc pas madame? Cette action ne fit frémir; mais elle en imposa tellement à toute l'assemblée, que chacun du premier mouvement se leva en ôtant son chapeau. Je profitai de cette impression pour demander tout de suite que M. Gillier fût logé à côté de moi; on y consentit et l'on me conduisit dans une vilaine chambre, qui n'était séparée de celle de M. Gillier que par une cloison. Nous étions à peine couchées sur nos paillasses, où l'idée d'être dans un coupe-gorge nous tenait fort éveillées, que nous entendîmes un vacarme épouvantable dans la chambre de M. Gillier; je distinguai parfaitement la voix de M. Gillier, qui disait avec un accent concentré : Ah! scélérat, je te tiens donc, tu ne m'échapperas pas! J'entendis aussi M. Ott sangloter; il me parut qu'il demandait grâce, ce qui ne me surprit pas, car je savais qu'il était excessivement poltron. Remplie d'effroi, je me jetai à bas de ma paillasse, ainsi que mademoiselle Victoire; nous frappâmes de toutes nos forces à la cloison et aussitôt le bruit cessa, et j'entendis distinctement M. Ott s'écrier : Ah! madame la comtesse, sauvez-moi, M. Gillier veut m'étrangler! Aussitôt nous volâmes à la chambre de nos deux compagnons de voyage; on nous fit attendre un peu avant de nous ouvrir, parce que M. Ott était en chemise. Débarrassée des terreurs de voleurs et de meurtres, j'interrogeai M. Gillier sur cette scène singulière. M. Ott, qui s'était ranimé en me voyant, se hâta de me conter que M. Gillier l'avait pris à la gorge, en le menaçant de l'étrangler s'il ne lui demandait pardon de ses moqueries continuelles. Il faut savoir, pour l'intelligence de cette aventure, que peu de jours auparavant nous avions trouvé dans une auberge un portrait fort ridicule de la maîtresse de la maison. Cette femme, qui était fort laide, s'était fait peindre en Flore tenant une montre sur laquelle ses yeux étaient fixés; cette figure nous fit rire, et M. Ott trouva tout de suite, avec beaucoup de raison, que cette figure ressemblait comme deux gouttes d'eau à M. Gillier; j'eus le malheur de convenir que cette ressemblance était frappante, et ma gaieté à cet égard inspira à M. Gillier non-seulement une violente colère, mais un profond ressentiment qu'il dissimula de son mieux, mais qu'il laissa éclater, comme on vient de le voir, lorsqu'il se trouva seul dans la nuit avec M. Ott. Il ne voulait, dit-il, que donner à M. Ott une petite correction de sa poltronnerie et de son impertinence à l'avenir; et si la poltronnerie ne l'avait pas fait crier, tout se serait passé d'une manière convenable. Depuis cet incident, M. Ott fut en effet très-respectueux avec M. Gillier, et il ne s'en moquait que traîtreusement, quand nous étions tête à tête.

Le lendemain nous continuâmes notre route et nous arrivâmes à Luxembourg, où je logeai dans la maison du prince de Hesse, qu'il m'avait obligeamment prêtée. Comme nous voyagions suivant ma fantaisie, de là nous allâmes à Strasbourg, où je trouvai le chevalier de Coigny et M. du Coudray, homme très-aimable et militaire rempli de mérite, qui alla depuis en Amérique, aux États-Unis, un peu avant M. de la Fayette; ce dernier eut le bon esprit de se lier avec lui, de se conduire uniquement par ses conseils. M. du Coudray dirigea et seconda toutes ses opérations militaires, dont il lui dut tout le succès. M. du Coudray, après ces succès, se noya dans la rivière Delaware qu'il voulut passer à cheval; il fut vivement regretté des Américains, auxquels ses talents ont été si utiles. Il n'a manqué à sa gloire qu'un nom plus connu et une famille puissante qui aurait su conter en France et faire valoir ses actions; c'est un soin qu'il n'aurait jamais pris lui-même, car il était d'une extrême modestie. Lui et le chevalier de Coigny me firent voir tout ce qu'il y avait de curieux à Strasbourg; nous montâmes ensemble le fameux clocher de la cathédrale, et j'eus l'honneur de tracer mon nom sur la cloche d'argent. De Strasbourg nous allâmes à Colmar.

En y arrivant, j'y trouvai mon beau-frère, le baron d'Andlau, qui me reçut à ravir, me donna un bal, me fit de très-beaux présents et me conduisit à Bâle, en payant tous la dépense; chose très-étonnante et dont je fus doublement reconnaissante, car il était naturellement fort avare; il me fit séjourner quatre jours à Bâle, dans la belle auberge des Rois. Nous faisions quatre repas par jour, le plus long que j'aie faits de ma vie. Je fis tout le voyage de Suisse, écrivant tous les soirs avec soin mon journal. Je séjournai à Lausanne, où je voulais consulter M. Tissot sur la santé de ma mère. On venait de toute l'Europe, dans cette saison, consulter ce grand médecin. En arrivant à Lausanne, il me fut impossible de trouver un logement. Pendant que M. Gillier et M. Ott en cherchaient en vain, j'étais tristement dans ma voiture avec ma femme de chambre. Un jeune

homme, appelé le prince de Holstein, que j'avais rencontré dans la bibliothèque de Bâle, était à sa fenêtre, me reconnut, vit mon embarras, descendit, vint à ma voiture, l'ouvrit, me pria d'en descendre, me donna la main en me disant qu'il allait me mener chez une dame qui me logerait. Charmée de cette aventure, je me laissai conduire; au bout de la rue, il me fit entrer dans une maison; nous montons un escalier, nous traversons plusieurs pièces, et nous entrons dans un joli salon, où je trouve une jeune dame toute seule, d'une figure fort agréable et qui jouait de la guitare : c'était madame de Crouzas, depuis madame de Montolieu, auteur de jolies traductions de romans allemands. Le prince me nomme, conté mon embarras et demande pour moi à madame de Crouzas un appartement dans la maison de son beau-père, qui était absent. Madame de Crouzas m'accueille avec une grâce infinie, se lève, me conduit sur-le-champ dans la maison de son beau-père, après avoir envoyé chercher mes compagnons de voyage et m'installe dans un appartement charmant et dont la vue sur le lac de Genève était ravissante. Je passai douze jours à Lausanne, sans quitter un instant madame de Crouzas. On me donna des fêtes, des bals, des concerts; je chantai, je jouai de la harpe tant qu'on voulut. On me mena faire des promenades délicieuses sur le lac; je ne manquai pas d'aller voir les rochers de Meillerie. La société de madame de Crouzas était fort aimable; j'y voyais tous les jours M. Tissot et M. Gibbon, célèbre historien. Malgré son embonpoint extrême et sa prodigieuse grosseur, Gibbon était très-galant. Pendant le séjour qu'il fit à Lausanne, il devint amoureux de madame de Crouzas. Un jour qu'il se trouvait seul avec elle, il se jeta à genoux en lui déclarant son amour dans les termes les plus passionnés. Madame de Crouzas lui répondit de manière à lui ôter l'envie de recommencer cette jolie scène. Gibbon prit un air consterné, et cependant il restait à genoux, malgré l'invitation réitérée de se mettre sur sa chaise; il était immobile et gardait le silence. « Mais, monsieur, lui dit madame de Crouzas, relevez-vous donc! — Hélas! madame, reprit le malheureux amant, je ne puis pas! » En effet, la grosseur énorme de sa taille ne lui permettait pas de se relever sans aide. Madame de Crouzas sonna et dit au domestique qui survint : « Relevez M. Gibbon! »

Madame de Crouzas, devenue madame de Montolieu, publia beaucoup d'ouvrages très-agréables, traduits ou imités de l'allemand et de l'anglais. J'ai été l'éditeur du premier, Caroline de Liethfield, que l'auteur m'envoya manuscrit. Cette charmante production obtint un grand succès et le méritait. Il a depuis à trouvé dans ses autres ouvrages le même intérêt et le même talent.

Je quittai Lausanne en m'engageant à entretenir avec madame de Crouzas une correspondance qui a duré vingt ans. De Lausanne j'allai à Genève, et de là chez M. de Voltaire.

Je n'avais point pour lui de lettres de recommandation; mais les jeunes femmes de Paris en étaient toujours bien reçues. Je lui écrivis pour lui demander la permission d'aller chez lui; il n'y avait dans mon billet ni esprit, ni prétentions, ni fadeurs, et le datai du mois d'août. M. de Voltaire voulait qu'on écrivît du mois d'Auguste. Cette petite pédanterie me parut de la flatterie, mais le datai du mois d'août. Le philosophe de Ferney me fit une réponse très-gracieuse; il m'annonça qu'en ma faveur il quitterait ses pantoufles et sa robe de chambre, et il m'invita à dîner et à souper.

Quand j'eus reçu la réponse aimable de M. de Voltaire, il me prit tout à coup une espèce de frayeur qui me fit faire des réflexions inquiétantes. Je me rappelai tout ce qu'on racontait des personnes qui allaient pour la première fois à Ferney. Il était d'usage, surtout pour les jeunes femmes, de s'émouvoir, de pâlir, de s'attendrir et même de se trouver mal en apercevant M. de Voltaire; on se précipitait dans ses bras, on balbutiait, on pleurait, on était dans un trouble qui ressemblait à l'amour le plus passionné. C'était l'étiquette de la présentation à Ferney. M. de Voltaire y était tellement accoutumé, que le calme et la seule politesse la plus obligeante ne pouvaient lui paraître que de l'impertinence ou de la stupidité. Cependant je suis naturellement timide et d'une froideur glaciale avec les gens que je ne connais pas; je n'ai jamais eu le courage de donner une louange en face à ceux lesquels je ne suis pas intimement liée; il me semble qu'alors tout éloge est suspect de flatterie, qu'il ne saurait être de bon goût, et qu'il doit déplaire ou blesser. Je me promis pourtant, non pas de faire une scène pathétique, mais de me conduire de manière à ne pas causer un grand étonnement, c'est-à-dire que je pris la résolution de n'être pas ridicule, de sortir de ma simplicité habituelle, et d'être moins réservée et surtout moins silencieuse.

Je partis de Genève d'assez bonne heure, suivant mon calcul, pour arriver à Ferney avant l'heure du dîner de M. de Voltaire; mais m'étant réglée sur ma montre, qui avançait beaucoup, je ne reconnus mon erreur qu'à Ferney. Il n'y a guère de gaucherie plus désagréable que celle d'arriver trop tôt pour dîner chez les gens qui s'occupent et qui savent employer leur matinée. Je suis sûre que j'ai coûté une ou deux pages à M. de Voltaire, car je le vins console, c'est qu'il ne faisait plus de tragédie : je ne l'aurai empêché que d'écrire quelques impiétés, quelques lignes licencieuses de plus....

Cherchant de bonne foi quelque moyen de plaire à l'homme célèbre qui voulait bien me recevoir, j'avais mis beaucoup de soin à me parer; je n'ai jamais eu tant de plumes et tant de fleurs. J'avais un fâcheux pressentiment que mes prétentions en ce genre seraient les seules qui dussent avoir quelque succès. Durant la route, je tâchai de me ranimer en faveur du fameux vieillard que j'allais voir; je répétais des vers de la *Henriade* et de ses tragédies; mais je sentais que, même en supposant qu'il n'eût jamais profané son talent par tant d'indignes productions et qu'il n'eût fait que les belles choses qui doivent l'immortaliser, je n'aurais eu en sa présence qu'une admiration silencieuse. Il serait permis, il serait simple de montrer de l'enthousiasme pour un héros, pour le libérateur de la patrie, parce que sans instruction et sans esprit on peut comprendre de telles actions, et que la reconnaissance semble autoriser l'expression du sentiment qu'elles inspirent; mais, lorsqu'on se déclare le partisan passionné d'un homme de lettres, on annonce qu'on se croit en état de juger convenablement tous ses ouvrages, on s'engage à lui en parler, à disserter, à détailler ses opinions: combien toutes ces choses sont déplacées dans la jeunesse et surtout dans une femme!...

Je menai avec moi M. Ott. Il avait beaucoup de talent et très-peu de littérature: il savait à peine le français, et il n'avait jamais lu une ligne de Voltaire, sur sa réputation, il n'en avait pas moins pour lui tout l'enthousiasme *désirable*. Il était hors de lui en approchant de Ferney, j'admirais et j'enviais ses transports; j'aurais voulu en prendre quelque chose. On nous fit passer devant une église sur le portail de laquelle ces mots étaient écrits: *Voltaire a élevé ce temple à Dieu*. Cette inscription me fit frémir; elle ne peut être que l'extravagante ironie de l'impiété ou l'inconséquence la plus étrange.

Enfin nous arrivons dans la cour du château, et nous descendons de voiture. M. Ott était ivre de joie. Nous voilà dans une antichambre assez obscure. M. Ott aperçoit sur-le-champ un tableau et s'écrie: «*C'est un Corrége!*» Nous approchons; on le voyait mal, mais c'était en effet un tableau original du Corrége, et M. Ott fut un peu scandalisé qu'on l'eût relégué là. Nous passons dans le salon; il était vide. Je vis dans le château cette espèce de rumeur désagréable que produit une visite inopinée qui survient mal à propos. Les domestiques avaient un air effaré; on entendait le bruit redoublé des sonnettes qui les appelaient, on allait et venait précipitamment, on ouvrait et fermait brusquement les portes. Je regardai à la pendule du salon, et je reconnus avec douleur que j'étais arrivée trois quarts d'heure trop tôt, ce qui ne contribua pas à me donner de l'aisance et de la confiance. M. Ott vit à l'autre extrémité du salon un grand tableau à l'huile dont les figures sont en demi-nature. Un cadre superbe et l'honneur d'être placé dans le salon annonçaient quelque chose de beau. Nous y accourons, et, à notre grande surprise, nous découvrons une véritable enseigne à bière, une peinture ridicule représentant M. de Voltaire dans une gloire, tout entouré de rayons comme un saint, ayant à ses genoux les Calas, et foulant aux pieds ses ennemis, Fréron, Pompignan, etc., qui expriment leur humiliation en ouvrant des bouches énormes et en faisant des grimaces effroyables. M. Ott fut indigné du dessin, du coloris, et moi de la composition. «Comment peut-on placer cela dans un salon!» disais-je. «Oui, disait M. Ott, et quand on laisse un tableau du Corrége dans une vilaine antichambre!...» Ce tableau est entièrement de l'invention d'un mauvais peintre genevois, qui en avait fait présent à M. de Voltaire; mais il me paraît inconcevable que ce dernier ait eu le mauvais goût d'exposer pompeusement à tous les yeux une telle platitude. Enfin la porte du salon s'ouvrit, et nous vîmes paraître madame Denis, la nièce de M. de Voltaire, et madame de Saint-Julien. Ces dames m'annoncèrent que M. de Voltaire viendrait bientôt. Madame de Saint-Julien, qui était fort aimable et que je ne connaissais pas du tout, était établie pour tout l'été à Ferney, elle appelait M. de Voltaire *mon philosophe*, et il l'appelait *mon papillon*. Elle portait une médaille d'or à son côté. J'ai cru que c'était un ordre; mais c'est un prix d'arquebuse donné par M. de Voltaire, et qu'elle avait gagné depuis peu de jours. Une telle adresse est un exploit pour une femme. Elle me proposa de faire un tour de promenade: ce que j'acceptai avec empressement; car je me sentais si refroidie, si embarrassée, je craignais tellement l'apparition du maître de la maison, que j'étais charmée de m'échapper un moment, afin de retarder un peu cette terrible entrevue. Madame de Saint-Julien me conduisit sur une terrasse de laquelle on eût pu découvrir la magnifique vue du lac et des montagnes, si l'on n'avait pas eu le mauvais goût d'établir sur cette belle terrasse un long berceau de treillage tout couvert d'une verdure épaisse qui cachait tout. On n'entrevoyait cette admirable perspective que par de petites lucarnes où je ne pouvais passer la tête; d'ailleurs le berceau était si bas, que mes plumes s'y accrochaient partout. Je me courbais extrêmement, et, comme pour me rapetisser encore, je ployais beaucoup les genoux, je marchais à toute minute sur ma robe, je chancelais, je trébuchais, je cassais mes plumes, je déchirais mes jupons et, dans l'attitude la plus gênante je n'étais guère en état de jouir de la conversation de madame de Saint-Julien, qui, petite, en habit négligé du matin, se promenait très à son aise, et causait très-agréablement. Je lui demandai, en riant, si M. de Voltaire n'avait pas trouvé mauvais que j'eusse daté ma lettre du mois d'août. Elle me répondit que non;

mais elle ajouta qu'il avait remarqué que je n'écrivais pas avec son orthographe. Enfin on vint nous dire que M. de Voltaire entrait dans le salon. J'étais si harassée et en si mauvaise disposition, que j'aurais donné tout au monde pour pouvoir me trouver transportée dans mon auberge à Genève.

Madame de Saint-Julien, me jugeant d'après ses impressions, m'entraîne avec vivacité. Nous regagnons la maison, et j'eus le chagrin en passant dans une des pièces du château de me voir dans une glace. J'étais décoiffée et tout ébouriffée, et j'avais une mine véritablement piteuse et tout à fait décomposée. Je m'arrêtai un instant pour me rajuster, ensuite je suivis courageusement madame de Saint-Julien. Nous entrons dans le salon, et me voilà en présence de M. de Voltaire. Madame de Saint-Julien m'invita à l'embrasser en me disant avec grâce: «*Il le trouvera très-bon*.» Je m'avançai gravement avec l'expression du respect que l'on doit aux grands talents et à la vieillesse. M. de Voltaire me prit la main et me la baisa. Je ne sais pourquoi cette action si commune me toucha, comme si cette espèce d'hommage n'était pas aussi vulgaire que banale; mais enfin je fus flattée que M. de Voltaire m'eût baisé la main, et je l'embrassai de très-bon cœur son oncle. Il changea d'entretien, parla de l'Italie et des arts comme il en a écrit, c'est-à-dire sans connaissance et sans goût. Je ne dis quelques mots, qui exprimaient que je n'étais pas de son avis. Il ne fut question de littérature ni avant ni après le dîner. M. de Voltaire me jugeant, je crois, que cette conversation dût intéresser une personne qui s'annonçait d'une manière aussi peu brillante. Néanmoins il soutint l'entretien avec politesse et même quelquefois avec galanterie pour moi.

On se mit à table, et pendant tout le dîner M. de Voltaire ne fut rien moins qu'aimable. Il eut toujours l'air d'être en colère contre ses gens, criant à tue-tête avec une telle force, qu'involontairement j'en ai plusieurs fois tressailli. La salle à manger était très-sonore, et sa voix de tonnerre y retentissait de la manière la plus effrayante. On m'avait prévenue de cette manie, qui est si hors d'usage devant des étrangers: et l'on voyait parfaitement, en effet, que c'était une habitude, car ses gens n'en paraissaient être ni surpris, ni le moins du monde troublés. Après le dîner M. de Voltaire, sachant que j'étais musicienne, a fait jouer madame Denis du clavecin. Elle a un jeu qui transporte, en idée, au temps de Louis XIV; mais ce souvenir-là n'est pas le plus agréable qu'on puisse se retracer de ce beau siècle. Elle finissait une pièce de Rameau, lorsqu'une jolie petite fille de sept ou huit ans entra dans la chambre et vint se jeter au cou de M. de Voltaire en l'appelant *papa*. Il reçut ses caresses avec grâce; et, comme il vit que je contemplais ce tableau si doux avec un extrême plaisir, il me dit que cette enfant appartenait à la petite-fille du grand Corneille, qu'il a mariée. Combien j'eusse été touchée dans ce moment si je ne m'étais pas rappelé ses Commentaires, et l'injustice et l'envie se trahissent si maladroitement! Dans ce lieu on était à chaque instant blessé par des contrastes bizarres, et sans cesse l'admiration y était suspendue et même détruite par des souvenirs odieux et même par des disparates révoltantes.

M. de Voltaire reçut plusieurs visites de Genève; ensuite il me proposa une promenade en voiture. Il fit mettre ses chevaux, et nous montâmes dans une berline, lui, sa nièce, madame de Saint-Julien et moi. Il nous mena dans le village pour y voir les maisons qu'il a bâties et les établissements bienfaisants qu'il a formés. Il est plus grand là que dans ses livres; car on y voit partout une ingénieuse bonté, et l'on ne peut se persuader que la même main qui écrivit tant d'impiétés, de faussetés et de méchancetés, ait fait des choses si nobles, si sages et si utiles. Il montrait ce village à tous les étrangers, mais de bonne grâce; il en parlait simplement, avec bonhomie; il instruisait de tout ce qu'il avait fait, et cependant il n'avait nullement l'air de s'en vanter; et je ne connais personne qui pût en faire autant. En rentrant au château, la conversation fut fort animée; on parlait avec intérêt de ce qu'on avait vu. Je ne partis qu'à la nuit. M. de Voltaire me proposa de rester jusqu'au lendemain après dîner; mais je voulus retourner à Genève.

Tous les portraits et tous les bustes de M. de Voltaire sont très-ressemblants; mais aucun artiste n'a bien rendu ses yeux. Je m'attendais à les trouver brillants et pleins de feu: ils étaient en effet les plus spirituels que j'aie vus; mais ils avaient en même temps quelque chose de velouté et une douceur inexprimables: l'âme de *Zaïre* était tout entière dans ces yeux-là. Son sourire et son rire extrêmement malicieux changeaient tout à fait cette charmante expression. Il était fort cassé, et à sa manière gothique de se mettre le

5.

vieillissait encore; il avait une voix sépulcrale qui lui donnait un ton singulier, d'autant plus qu'il avait l'habitude de parler excessivement haut, quoiqu'il ne fût pas sourd. Quand il n'était question ni de la religion ni de ses ennemis, sa conversation était simple, naturelle, sans nulle prétention, et par conséquent, avec un esprit tel que le sien, parfaitement aimable. Il me parut qu'il ne supportait pas que l'on eût, sur aucun point, une opinion différente de la sienne; pour peu qu'on le contredît, son ton prenait de l'aigreur et devenait tranchant. Il avait certainement beaucoup perdu de l'usage du monde qu'il avait dû avoir, et rien n'est plus simple : depuis qu'il était dans cette terre, on n'allait le voir que pour l'enivrer de louanges; ses décisions étaient des oracles; tout ce qui l'entourait était à ses pieds; il n'entendait parler que de l'admiration qu'il inspirait, et les exagérations les plus ridicules dans ce genre ne lui paraissaient plus que des hommages ordinaires. Les rois même n'ont jamais été les objets d'une adulation si outrée : du moins l'étiquette défend de leur prodiguer toutes ces flatteries; on n'entre point en conversation avec eux, leur présence impose silence, et, grâce au respect, la flatterie à la cour est obligée d'avoir de la pudeur et de ne se montrer que sous des formes délicates. Je ne l'ai jamais vue sans ménagement qu'à Ferney : elle y était véritablement grotesque; et lorsque par l'habitude elle peut plaire sous de semblables traits, elle doit nécessairement gâter le goût, le ton et les manières de celui qu'elle séduit. Voilà pourquoi l'amour-propre de M. de Voltaire était singulièrement irritable, et pourquoi les critiques lui causaient un chagrin puéril qu'il ne pouvait dissimuler. Il venait de l'éprouver un très-sensible. L'empereur d'Autriche avait passé tout près de Ferney : M. de Voltaire, qui s'attendait à recevoir la visite de l'illustre voyageur, avait préparé des fêtes et même fait des vers et des couplets, et malheureusement tout le monde le savait. L'empereur passa sans s'arrêter et sans faire dire un seul mot. Comme il approchait de Ferney, quelqu'un lui demanda s'il verrait M. de Voltaire. L'empereur répondit sèchement : « Non, je le connais assez. » Mot piquant et même profond, qui prouve que ce prince lisait en homme d'esprit et en monarque éclairé.

Après avoir fait un voyage instructif et charmant, je revins en France par le fort de l'Écluse et par Lyon, et j'arrivai au Palais-Royal dans les premiers jours de l'automne, après une absence de cinq mois et demi.

CHAPITRE XX.

1778.

Madame de Potocka. — Le comte de Brostocki. — Comédies de moi jouées par mes filles. — Mot d'Horace Walpole. — Le vicomte de Ségur. — Le chevalier de Boufflers. — Je retrouve mademoiselle de Mars. — Mon frère. — Son mariage avec mademoiselle de Raffettau. — Le jeune ménage loge chez madame de Montesson. — Ordre de la Persévérance. — Devises. — L'abbé Raynal. — M. de Voltaire vient à Paris.

M. de Genlis, peu de jours après mon arrivée, me dit que, le gouvernement de l'île Saint-Domingue étant vacant, il désirait l'obtenir, ce qui serait facile, ajouta-t-il, parce que le ministre de la marine, M. de Boines, étant très-favorablement disposé pour lui, il ne s'agissait que d'engager madame de Lamballe à faire demander ce gouvernement par la reine. Je déclarai à M. de Genlis que je ne consentirais point à solliciter pour lui un tel éloignement, à moins de le suivre. Il combattit cette résolution, mais en vain; il ne m'est jamais arrivé, après avoir annoncé un dessein extraordinaire et pénible; de m'en être dédite. Il fut convenu que j'irais à Saint-Domingue. Madame de Lamballe parla à la reine et obtint ce que nous désirions. La chose paraissait tellement sûre, que nous commandâmes ce qu'il faut d'argenterie et de linge pour une grande représentation; mais tout à coup l'affaire manqua, parce que M. de Boines fut subitement renvoyé, et M. de Sartine lui succéda : il était ennemi personnel de M. de Genlis. A dire la vérité, je ne m'en affligeai pas; mais j'ai beaucoup regretté depuis ce grand et long voyage, qui m'aurait instruite, qui aurait fait beaucoup d'honneur à mon caractère, et qui par la suite m'aurait épargné bien des embarras et bien des peines.

En revenant de Suisse, j'avais trouvé à Paris madame de Potocka, qui ne comptait passer que deux ou trois mois en France, et qui y resta beaucoup plus de temps; afin de ne la point quitter, je m'étais arrangée pour n'être pas obligée d'aller au voyage de la cour à Fontainebleau. J'allai avec elle, ma mère, mes enfants, M. de Genlis, le comte de Brostocki, un jeune Polonais parent de madame de Potocka, et M. de Sauvigny, passer tout son temps, c'est-à-dire six semaines, à Versailles, où nous nous établîmes dans les appartements du Palais-Royal; on appelait ainsi les logements de M. le duc d'Orléans, de M. le duc et de madame la duchesse de Chartres, dans l'intérieur du château, et ceux de ses dames dont on ne permit de disposer durant tout le voyage de Fontainebleau. Nous vîmes dans le plus grand détail tout l'intérieur du château, et même les petits appartements particuliers des princes de la famille royale. Nous menâmes là une vie délicieuse; M. de Genlis y fit une quantité de charmants dessins à la plume et plusieurs jolies chansons. M. de Sauvigny nous lut des scènes d'une

tragédie à laquelle il travaillait; j'y commençai à donner des leçons suivies à ma fille aînée, Caroline, qui avait dix ans, et dont l'intelligence était étonnante pour son âge. Elle avait une beauté si extraordinaire, elle était si aimable, que, sans aucune façon de parler, le comte de Brostocki, qui avait vingt-quatre ans, en devint véritablement amoureux, et six mois après il me la demanda sérieusement en mariage.

Madame de Potocka me donna beaucoup de distractions pendant tout l'hiver, car elle voulut voir tout ce que Paris renferme de curieux en monuments, établissements publics, manufactures et même cabinets particuliers de curiosités, d'histoire naturelle et de tableaux. Nous fîmes aussi un cours de physique chez M. Sigault de la Fond, et tout de suite après un cours de chimie appliquée aux arts chez M. Mittouart; nous fîmes celui-là en société particulière, composée de vingt-cinq personnes, parmi lesquelles se trouvaient mesdames d'Harville, de Jumilhac, de Chastenet, de Melette, d'Arcambal, de Meulan, et MM. le chevalier de Cossé, le vicomte de Gand, le chevalier de Chastellux, M. Guibert, le comte de Custines, M. de Genlis et quelques autres. Je crois avoir déjà dit que j'avais, deux ou trois ans avant, engagé madame la duchesse de Chartres à nous donner au Palais-Royal trois fois la semaine après le dîner la récréation d'un cours d'histoire naturelle, qui ne récréa que moi, car seule j'en profitai, parce que le bon M. de Bomare venait de temps en temps me donner des leçons dans ma chambre; il me fit présent d'une clef par ordre de matières de son Dictionnaire, que j'étudiai avec beaucoup d'attention. Tous ces cours ne me rendirent point savante; mais ils me donnèrent des notions générales qui par la suite ont rendu mes lectures plus agréables, mes voyages plus instructifs, et qui même m'ont été utiles dans mes études littéraires.

J'avais fait, pendant mon séjour à Spa, et tout de suite après mon retour, plusieurs petites comédies pour mes filles; les trois premières furent Agar dans le désert, les Flacons et la Colombe. Je les leur fis jouer sur un petit théâtre de société qu'on nous prêta. J'invitai à ce petit spectacle environ soixante personnes. Le succès de ces deux pièces fut prodigieux. Pulchérie, ma seconde fille, avait dans ce genre un talent merveilleux. A peine âgée de huit ans, elle fit fondre en larmes tous les spectateurs dans le rôle d'Agar, et elle montra autant de talent dans le comique. Mademoiselle Sainval l'aînée, de la Comédie-Française, lui donnait des leçons dans le genre tragique, et je me chargeais de lui faire jouer les rôles comiques; elle excella également dans les uns et dans les autres. Elle n'avait pas la beauté, l'éclat, la régularité de sa sœur; mais son visage était charmant, rempli d'expression, et le son de sa voix allait au cœur. La fille de madame de Jumilhac joua le rôle d'Ismaël, ma fille aînée celui de l'Ange; elle en avait tellement la figure, que lorsqu'elle parut il y eut une exclamation générale dans la salle, et elle fut applaudie pendant plus de cinq ou six minutes. Ce succès m'encouragea, et tout de suite je me mis à faire pour elles deux autres pièces plus longues, les Dangers du monde et la Curieuse. J'eus tant de demandes pour ce spectacle, qu'il fallut chercher une salle beaucoup plus grande. Enfin on en trouva une plus vaste que je ne désirais : elle contenait cinq cents personnes; elle appartenait à une société bourgeoise, qui me la prêta avec la grâce la plus obligeante; je lui donnai une centaine de billets, et le reste de la salle fut rempli de toutes les personnes que je connaissais et de beaucoup d'autres avec lesquelles je n'avais aucune liaison. Pulchérie, dans la Curieuse, parut encore au-dessus de tout ce qu'on avait déjà dit d'elle dans la société; et ma fille aînée, dans les Dangers du monde, joua le rôle de la vicomtesse avec un charme inexprimable; sa sœur eut le même succès dans le rôle de la marquise. Les spectateurs demandèrent à grands cris l'auteur, qui ne parut point, et une seconde représentation, que j'accordai, en l'indiquant à la quinzaine. Dans cet intervalle, il me fut demandé une quantité de billets qu'il m'était impossible d'accorder, entre autres à un jeune homme très-aimable, que je connaissais à peine dans ce temps-là : c'était le marquis de Saint-Blancard; mais il y vint à mon insu, déguisé en garçon de théâtre. Le succès de ces représentations alla jusqu'à un tel enthousiasme, que le chevalier de Chastellux, qui m'aimait beaucoup à cette époque, en fut effrayé pour moi. Après la pièce, la toile étant baissée, il accourut à moi; il avait les yeux pleins de larmes, il m'embrassa avec la plus vive émotion : « Ce jour est beau, me dit-il, mais il annonce des orages qui me font trembler pour vous. » Il avait raison. Je ne partageai point son effroi; la vanité de mère et d'auteur m'empêchait de pénétrer dans l'avenir. Je fis en quinze jours Zémire et Azor, ou la Belle et la Bête, qui fut jouée dans le cours de l'hiver, avec l'Enfant gâté. Toutes ces pièces eurent le même succès, excitèrent le même enthousiasme, mais pas une de mes compagnes du Palais-Royal ne me demanda d'y venir. Ce qu'il y a de plus étonnant, c'est que madame de Montesson et M. le duc d'Orléans ne me demandèrent pas de voir une représentation. Cependant je n'étais nullement brouillée avec ma tante, et j'avais même la complaisance de jouer assez souvent des proverbes chez elle. Le chevalier de Chastellux fit de fort jolis vers sur ces petits spectacles; M. de la Harpe en fit de charmants qui se trouvent dans sa correspondance avec le grand-duc de Russie. Je reçus des billets remplis d'éloges de d'Alembert et de M. de Marmontel. Outre toutes ces pièces, je lis encore le Bailli, pièce tout à fait comique, dans laquelle Pulchérie, qui joua le bailli, fut ravissante. Cette pièce, qui fit rire aux éclats, ne se trouve point dans le Théâtre d'éducation. Elle a été perdue d'une manière singulière. Je ne l'avais pas fait copier; je donnai mon manuscrit au souffleur, que l'on appela sur le théâtre après la représentation pour lui dire un mot; il laissa la pièce dans son trou, quand il y retourna il ne la retrouva plus. Toutes les recherches possibles furent inutiles; elle a été perdue sans qu'on ait jamais pu deviner qui l'avait volée. Je fis encore dans ce même hiver l'Ile heureuse, mais elle ne fut jouée qu'en très-petite société. Madame de Potocka et moi nous jouâmes les deux rôles de fées dans cette pièce, à laquelle nous joignîmes les Flacons, où nous jouâmes aussi, madame de Potocka la fée, et moi la mère. Ces représentations se prolongèrent jusqu'à l'été de 1777, de sorte qu'elles durèrent sans interruption huit mois. Je comptais nullement faire imprimer ces pièces, quoique je fusse déjà depuis deux ans auteur imprimé, mais non sous mon nom. M. de Sauvigny, qui travaillait à un ouvrage intitulé le Parnasse des dames, me conjura avec tant d'instances de lui donner, pour insérer dans cet ouvrage, trois comédies que j'avais faites et qu'il connaissait, que je cédai à ses prières, à condition qu'il me garderait le plus inviolable secret. Il les donna sous le titre de Pièces d'une jeune dame. Ces pièces étaient : les Fausses délicatesses, dont j'ai déjà parlé, la Mère rivale, et l'Amant anonyme, que je fis en quinze jours à Villers-Cotterets.

J'avais passé un hiver très-brillant; mes succès m'avaient mise fort à la mode, je reçus des quantités d'invitations de souper, que je refusai toutes, ainsi que les nouvelles connaissances; mais j'en ai fait plusieurs agréables à madame de Potocka, qui eut de grands succès dans le monde par sa beauté, sa grâce et son esprit. Elle venait à presque tous les grands soupers du Palais-Royal : elle vit là successivement toutes les personnes de la cour; elle les jugeait comme une Française spirituelle. Parmi les jeunes femmes, celles qui lui parurent les plus remarquables furent madame la princesse d'Hénin; la vicomtesse de Laval, d'une figure à la fois douce et piquante, et sa conversation ressemblait à son joli visage; madame la princesse de Poix, dont j'ai déjà parlé; la duchesse de Polignac, favorite de la reine. Celle-ci avait peu d'esprit; mais il faut en avoir un très-bon pour conserver un tel maintien dans une telle situation, et pour avoir su se maintenir dans la plus haute faveur, sans enivrement et sans se faire d'ennemis. J'ai souvent causé avec elle, je l'ai toujours trouvée fort aimable. Madame de Châlons, sa cousine et son amie, sœur de M. d'Andlau, neveu de mon beau-père, avait une belle figure; elle était aimable et très-spirituelle. Madame d'Andlau, sa belle-sœur, fille de M. Helvétius, aurait été fort jolie si elle n'avait pas eu un œil défectueux; mais elle ne voyait point; elle avait de l'amabilité, de la grâce, d'excellents sentiments et des principes tout à fait opposés à ceux que son père a montrés dans ses ouvrages. Elle a eu le mérite de donner une éducation parfaite à ses deux filles, qui sont également aimables et intéressantes[1]. Madame de Sabran, aujourd'hui madame de Boufflers, était des plus charmantes que j'aie connues, par la figure, l'élégance, l'esprit et les talents; elle dansait d'une manière remarquable, peignait comme un ange, faisait de jolis vers, était d'une douceur et d'une bonté parfaites. Madame de Potocka fut souvent invitée aux petits soupers du Palais-Royal. Les personnes non attachées au Palais-Royal qui venaient le plus souvent à ces petits soupers étaient mesdames de Beauvau, de Boufflers, de Luxembourg, de Ségur, mère et belle-fille; la baronne de Talleyrand, la marquise de Fleury, amies intimes de madame la duchesse de Chartres. Le baron de Talleyrand était d'une très-belle figure; il ne manquait pas d'esprit, mais il était lourd dans sa conversation et peu aimable. Sa femme avait de la gentillesse dans la taille et quelque chose de vieillot dans le visage; ses manières et son ton manquaient de noblesse : il y avait à la fois dans sa conversation du commérage et de l'insipidité; mais elle a eu une conduite irréprochable : elle a été également bonne épouse et bonne mère. La marquise de Fleury avait un beau visage et des yeux admirables, quoiqu'elle eût la vue très-basse et qu'elle ne les perdit depuis. Elle était bonne, spirituelle et naturelle. J'ai été fort liée avec elle, et jusqu'à sa mort. A propos d'elle je veux faire une calomnie tout à fait absurde : dans je ne sais quel Souvenir imprimé, on dit que M. le duc de Chartres avait écrit sur des tablettes les noms, posés sur des colonnes différentes, de toutes les jeunes femmes qui venaient au Palais-Royal, avec ces indications, les Jolies, les Agréables et les Abominables, et que dans cette dernière colonne il y avait mis madame de Fleury, que le sot et ne le lui pardonna jamais. Il n'y a pas à tout cela la moindre vérité : madame de Fleury était fort jolie; M. le duc de Chartres l'aimait tellement, qu'il l'appelait sa sœur : elle l'appelait aussi son frère; elle a toujours été intimement liée avec lui et lui a montré constamment la plus vive amitié. On la loua trop sur son naturel : elle finit par mettre de la prétention à cet

[1] mesdames de Rosambo et d'Orglande.

agrément qui en donne tant à tous les autres, et alors elle en perdit le charme par les singularités les plus bizarres.

Un Anglais fit d'elle une excellente critique. M. Horace Walpole soupait avec elle pour la première fois en nombreuse compagnie, et voyant tout le monde occupé d'elle et rire de ses folies, dit à l'oreille de son voisin : « Elle est fort drôle ici, mais que fait-on de cela à la maison? »

Le vicomte de Ségur venait aussi, mais rarement, à ces soupers. Il avait une jolie figure, avec une affectation d'indolence qui rendait ridicules à mes yeux son maintien et sa manière de parler.

Il a conservé son affectation jusqu'aux derniers jours de sa vie, et si sa réputation d'homme spirituel n'avait été établie par un assez grand nombre d'ouvrages agréables, ces airs de jeunesse dans un âge déjà mûr l'auraient fait passer pour un homme très-médiocre. Je n'ai pas vu dans le monde, sans exception, une fatuité aussi peu déguisée, et par conséquent de plus mauvais goût; son esprit n'était que du jargon, sa réputation d'agrément qu'une mode; son frère avait beaucoup plus de mérite et d'esprit. Je n'ai pas eu l'occasion de connaître son caractère, mais j'en ai entendu conter des traits qui font honneur à son cœur.

Le chevalier de Boufflers, si célèbre par son esprit, qui me montra d'abord que de la grâce et de la légèreté dans de fort jolis vers, mais qui avait autant de solidité que d'agrément, se moqua longtemps de la sensibilité et fit l'éloge de l'inconstance. Cependant il a prouvé qu'il était profondément sensible, et que le mérite uni à la grâce pouvait le fixer. Il a épuisé dans sa première jeunesse tout ce que la légèreté, la plaisanterie ont de piquant; il a réservé la raison pour l'âge mûr : c'est lui donner toute l'autorité qu'elle peut avoir. J'ai déjà parlé de M. de Vaudreuil et de quelques autres, je vais reprendre le fil de ma narration.

Je fis dans ce temps une rencontre qui me combla de joie. Un matin que je me promenais au Palais-Royal, j'aperçus une femme de trente-sept ou trente-huit ans qui se promenait avec une très-jeune personne, et qui me regardait avec une attention et une expression qui me frappèrent. Je l'examinai de mon côté, et tout à coup je tressaillis et je m'écrie : « C'est mademoiselle de Mars! » Elle vint à moi, me prit par la main qu'elle serra fortement en me disant d'une voix entrecoupée : « Coutenonsnous ici. A quelle heure pourrais-je vous revoir demain? — A toute heure de la matinée, » répondis-je. A ces mots elle s'éloigna précipitamment, me laissant dans un si grand trouble que je rentrai surle-champ chez moi. Pendant toute la journée je ne pensai qu'à elle, je ne fermai pas l'œil de la nuit, et je me levai de grand matin. Elle ne vint qu'à dix heures; aussitôt que je l'entendis, je cours à elle, je me jetai à son cou en fondant en larmes et sans pouvoir proférer une seule parole. Cette excellente personne partagea toute ma joie, elle déjeuna avec moi, et nous causâmes jusqu'à une heure après midi. Nous ne parlâmes presque que du château de Saint-Aubin et de mon enfance. Elle me conta seulement qu'elle était depuis très-peu de temps gouvernante des enfants de madame de Voyer; mais que, le caractère de cette dernière lui convenant peu, elle ne comptait pas y rester longtemps. En effet, elle fut placée peu de temps après pour ses talents chez madame la princesse Louise de Condé. Le secrétaire de M. de Voyer, qui s'était assuré un sort indépendant et qui avait assez de mérite pour apprécier celui de mademoiselle de Mars, l'épousa et l'emmena en province. Mais pendant tout le temps qu'elle resta chez madame de Voyer, je la vis presque tous les jours. Elle vint plusieurs fois à nos petits spectacles, et elle s'appelait encore délices le temps où elle m'avait vue jouer Iphigénie et Zaïre, à l'âge de mes filles et dans sa jeune enfance.

Au milieu de beaucoup d'inquiétudes de tous genres, j'en avais une qui me tourmentait cruellement, je veux parler sur le sort de mon frère, car ma tante, qui ne le connaissait que pour l'avoir aperçu quelquefois au jour de l'an, ne faisait rien du tout pour lui. Il était plus jeune que moi de quinze mois; sa figure était alors jolie, et ses manières douces, modestes et naturelles. Mon frère est avec beaucoup de génie pour la géométrie, qu'il a appliquée avec de grands succès à la mécanique : il a d'ailleurs infiniment d'esprit. Il avait pour la poésie un talent naturel très-agréable et beaucoup de goût pour les arts, surtout pour la musique; il savait parfaitement la composition, et il a fait de charmantes romances. Son caractère est d'une extrême douceur, qui par la suite a quelquefois dégénéré en faiblesse; mais il est impossible d'avoir plus de bonté, de meilleurs sentiments et une plus belle âme. Nous nous aimions tendrement, et depuis notre première enfance, sans qu'il y ait eu jamais entre nous l'apparence du refroidissement ou un seul mot de discussion. Je songeais sans cesse à lui faire faire un bon mariage; j'avais déjà, après bien des peines, échoué trois fois dans cette entreprise; enfin on me donna l'idée de lui faire épouser mademoiselle de Raffettau, jeune personne d'une grande naissance, et j'en vins à bout par le crédit qu'on me supposait au Palais-Royal et la puissante protection qu'on devait naturellement attendre de madame de Montesson. Cependant, malgré toutes mes instances, elle ne fit pas la moindre chose pour ce mariage, qui ne se serait pas fait si je n'avais pris l'engagement de loger et de nourrir les nouveaux mariés. Il fallait pour cela l'approbation de M. de Genlis, et même un grand sacrifice de sa part, car je ne pouvais les loger que dans son appartement, qui tenait au mien. M. de Genlis, avec une bonté parfaite, leur céda ce logement tout meublé, tout arrangé, et en loua un pour lui sur le jardin du Palais-Royal, mais hors du palais. Mademoiselle de Raffettau avait perdu sa mère à l'âge de douze ans; elle en avait dix-huit; elle était au couvent de Panthemont avec une gouvernante, qui n'avait point d'instruction, mais qui cependant lui donna tout l'essentiel d'une éducation parfaite : la piété, la charité et toutes les qualités les plus attachantes du caractère. Je ne citerai qu'un trait des leçons de morale qu'elle lui donnait, il fera juger de la perfection de son éducation. Feu madame de Raffettau prenait soin d'une pauvre femme paralytique; à sa mort, sa fille s'en chargea, sa gouvernante la faisait venir une fois par semaine en chaise à porteurs au couvent. On la recevait au parloir extérieur, où la gouvernante et son élève se trouvaient ce jour-là; comme la pauvre femme ne pouvait pas se servir de ses mains, mademoiselle de Raffettau la peignait, lui lavait les pieds et lui coupait les ongles; lorsque la gouvernante n'était pas contente de son élève, elle la privait du bonheur d'exercer ces pieux devoirs de charité et les remplissait elle-même; cette pénitence fut la seule que mademoiselle de Raffettau reçut et qui lui causait la plus vive affliction.

Ce fait suffit seul à l'éloge de la gouvernante et de l'élève. Il y a loin de cette pensée sublime de bonté à l'idée de priver une jeune personne du plaisir de porter une jolie parure. Cette excellente institutrice n'avait jamais été qu'une femme de chambre de madame de Raffettau; on trouverait difficilement aujourd'hui parmi le peuple une femme pensant ainsi : c'est qu'alors il y avait encore beaucoup de religion dans la classe du peuple. Mademoiselle de Raffettau était petite, mais charmante; son visage était également agréable et régulier. Je n'ai vu qu'à madame de Louvois des mains aussi parfaites et d'aussi jolis pieds; elle était d'une adresse de fée : personne ne brodait comme elle. Sa gouvernante lui avait donné un maître de musique, elle avait une voix admirable et chantait comme un ange. Pour tout présent de noces, madame de Montesson lui donna une montre de dix louis; je lui donnai sa corbeille de mariage, dans laquelle je mis une partie de mes plus jolis bijoux; madame de Montesson donna le repas de noces, où je menai la nouvelle mariée, qui eut le plus grand succès par sa figure et ses manières; je la menai aussi faire toutes les visites de noces, je la présentai à la cour et chez les princes; enfin je lui tins lieu de mère, et ce fut de grand cœur, car je pris pour elle la plus vive tendresse; elle avait de l'esprit naturel, elle y fit une douceur remplie de charmes. Elle n'était jamais un seul instant oisive. Je lui donnai des leçons d'orthographe, elle y fit des progrès étonnants en peu de temps; elle s'appliquait aussi beaucoup à perfectionner son écriture, qu'elle rendit très-jolie; le but de cette étude était de se mettre en état de copier les mémoires sur différents sujets que mon frère faisait sans cesse; elle en vint promptement à bout, elle devint son meilleur copiste, et même elle copiait sans faute des mémoires sur les sciences; où se trouvait un nombre infini de figures géométriques. Elle ne resta chez moi que dix mois; elle eut tant de succès dans le monde, elle intéressa si vivement tous ceux qui la connaissaient, que madame de Montesson, voyant combien l'on trouvait extraordinaire qu'avec sa fortune ce ne fût pas elle qui se fût chargée de la loger, se décida enfin à la prendre chez elle avec mon frère.

Ce fut Monsigny qui la détermina à prendre ce grand parti. Cet excellent homme, qui mettait constamment un plus vif intérêt à tout ce qui me touchait, avait autant d'esprit et de finesse que de bonhomie; il connaissait parfaitement le caractère et l'égoïsme de madame de Montesson; il lui conta avec une grande apparence de simplicité tous les détails qui pouvaient prouver si vraie que ma belle-sœur avait pour moi, et combien notre attachement mutuel nous faisait honneur dans le monde. Le résultat de ces récits fut que madame de Montesson l'emmena d'abord à Saint-Assise et ensuite la garda pour toujours. Ils me quittèrent au bout de dix mois, et ce ne fut pas sans regret de part et d'autre. Je conservai toujours avec ma belle-sœur la liaison la plus intime et qui a duré jusqu'à sa mort. Quand elle me quitta, M. de Genlis ne reprit point son appartement; il le céda à ma mère et à mes enfants, afin que j'eusse la possibilité de donner moi-même des leçons suivies à mes filles.

Madame de Potocka passa deux ans à Paris. Nous reprîmes nos petits spectacles l'année d'ensuite, et ce fut vers le milieu de cet hiver que j'eus l'idée d'établir un ordre que j'appelai l'ordre de la Persévérance. Je ne pris pour confidents que madame de Potocka et M. de Brostocki, qui soutinrent dans le monde que cet ordre avait existé anciennement en Pologne. Tout le monde le crut; voici comment : Le roi de Pologne m'avait envoyé son portrait avec une lettre dans laquelle il me demandait le mien, et me remerciant de toutes les grâces que j'avais pour les Polonais; car, en effet, toutes les dames polonaises qui arrivaient à Paris venaient d'abord chez moi. Je me chargeais de les présenter au Palais-Royal et de leur rendre tous les petits services de société qu'on peut rendre à des étrangers. J'envoyai mon portrait au roi de Pologne en le mettant dans la confidence de notre ordre de la Persévérance. Il eut la bonté de m'écrire une lettre

charmante, faite pour être montrée, dans laquelle il me remerciait de faire revivre cet ordre jadis fondé en Pologne. Cette lettre était écrite de sa main et signée. Je la montrai à tout le monde, et personne ne douta de l'histoire que nous avions composée. Je dis que je tenais les statuts de madame de Potocka et de M. de Brostocki, et que je les avais seulement rédigés. Je pris pour composer cet ordre une partie des plus jolis costumes de l'ancienne chevalerie, et j'y ajoutai mille choses romanesques de mon invention et plusieurs costumes académiques. On n'était reçu qu'au scrutin; on subissait des épreuves, mais toutes spirituelles; il fallait deviner des énigmes que j'avais composées et répondre à des questions morales que faisait le président. Ensuite on lisait ou l'on débitait un discours qui devait être l'éloge d'une vertu, à son choix. Le président répondait par une petite exhortation morale et faisait prêter le serment, qui était à la fois religieux, patriotique et chevaleresque. Je n'avais pas oublié d'y faire promettre de défendre en toute occasion la faiblesse et l'innocence opprimées, et de mettre au jour toutes les belles actions que l'on pourrait découvrir. J'avais même fondé un prix pour cette dernière chose. Tout chevalier et toute dame qui avaient apporté à l'assemblée la découverte de trois belles actions bien constatées et jugées telles à la pluralité des voix recevait une médaille d'or du prix de cent vingt livres; mais il fallait que ces actions n'eussent été faites ni par un parent, ni par un ami de la personne qui les déclarait, ni par un membre de l'assemblée. La médaille représentait d'un côté une couronne de laurier et d'immortelles avec ce mot : Persévérance, et de l'autre ces paroles : Prix de vertu. Il y a eu en tout quatre médailles de données : j'en ai eu une, et en outre, quand nous avons été au nombre de cinquante, j'en ai décerné une pour récompense des services que j'avais rendus à l'ordre. Chaque chevalier et chaque dame étaient obligés de prendre une devise. Chaque chevalier se choisissait un frère d'armes et chaque dame une amie. Pour ne point causer de jalousie parmi mes amies, ma sœur devait être la prendre pour la mienne. Les dames, à volonté, prenaient ou ne prenaient pas un chevalier; et lorsqu'on en prit, il fut toujours choisi de manière à ne pas donner de malignes interprétations. Mon frère et M. d'Osmont, neveu de celui du Palais-Royal, furent les premiers chevaliers que nous reçûmes. Mon frère prit M. d'Osmont pour frère d'armes. Notre troisième chevalier fut le duc de Lauzun, et les premières dames, ma mère, mesdames d'Harville, de Jumilhac, et mes deux belles-sœurs. Notre premier président fut le marquis de Seignelai. Quand nous fûmes une quinzaine, M. de Lauzun nous donna dans une maison qu'il avait hors des barrières, au milieu d'un jardin, une tente qu'il avait fait faire exprès pour nous, qui nous servit à nos assemblées, qui se tenaient tous les quinze jours. Cette tente était vaste, superbe, richement décorée en dedans. Chacun des membres de l'ordre était obligé de donner un petit tableau d'une mesure convenue, bien peint et bien encadré et représentant sa devise[1], et que l'on plaçait dans l'intérieur de la tente, nommée le Temple de l'honneur. Les femmes avaient un uniforme gris de lin; les hommes portaient une écharpe de la même couleur brodée en argent. On donnait aux chevaliers que l'on recevait un anneau d'or qui portait en émail les lettres initiales de la devise de l'ordre. Voici cette devise :

> Candeur et loyauté, courage et bienfaisance,
> Vertu, bonté, persévérance.

Je me promenais un matin au Palais-Royal, j'y trouvai M. de Ruihière; je l'avais prié de se charger d'une lettre pour l'Amérique. Il me dit qu'il l'avait donnée au comte de Palouski qui partait. — Il avait des droits, ajouta M. de Ruihière, pour être choisi de préférence par vous. — Pourquoi? — N'êtes-vous pas dame de la Persévérance? — Oui, eh bien? — Mais c'est que le comte de Palouski est fils du fondateur de votre ordre. A ces mots, je souris et je dis : — Cela ne se peut pas, car notre ordre est du temps des croisades. — Eh! mon Dieu! à qui dites-vous cela? je le sais bien, me déclara-t-il, et quoique je ne sois pas chevalier de la Persévérance, je suis un peu instruit sur ce point : j'ai été longtemps en Pologne, j'ai écrit l'histoire des dernières révolutions; j'ai donc fait beaucoup de recherches, et je savais tout ce qu'on peut savoir sur l'ordre de la Persévérance bien des années avant qu'on en connût ici l'existence. — En effet, c'est savoir l'impossible. Je serais charmée que vous voulussiez bien entrer dans quelques détails à cet égard. — De tout mon cœur. Alors je pris une chaise pour écouter avec plus d'attention une chose si curieuse, et M. de Ruihière s'asseyant et reprenant la parole : « Je me suis donc servi d'un terme impropre, dit-il, en appelant le comte de Palouski fondateur; mais il est le restaurateur de cet ordre tombé dans l'oubli; il l'a fait revivre en armant un nombre prodigieux de chevaliers, dont en quelque sorte il est le chef. A sa mort, son fils s'est trouvé à la tête de ce parti et opposé au roi, ce qui a réellement formé une ligue très-redoutable contre le prince; alors le roi fit dans cette occasion ce que fit jadis Henri III : il a déclaré

[1] M. le comte d'Estaing, frère d'armes de M. de Genlis, un de nos chevaliers, prit une jolie devise : un bouquet de lis et de roses, et pour âme : Tout pour eux, tout pour elles; — mon frère, un vaisseau à pleines voiles avec ces mots : Un peu de vent, et j'irai loin.

le chef de la ligue qu'il craignait. Il a fait à la hâte un nombre étonnant de réceptions; les chevaliers du parti de Palouski ont déserté, et le roi les a incorporés avec les siens, chose d'autant plus utile au parti du roi qu'elle pouvait se faire sans éclat, puisque tout est mystérieux dans cet ordre; car par les statuts les assemblées et les cérémonies doivent être secrètes et les chevaliers ne portent aucune marque distinctive. Ce coup de politique est très-fin et très-bien combiné, et il me donne du roi de Pologne une idée bien supérieure à celle qu'on en a communément : mais c'est que personne ne connaît ces détails. Enfin donc, Palouski se trouve maintenant seul et proscrit, et passe aux insurgents; voilà son histoire. — Elle est singulière, répondis-je; je l'ignorais, quoique je le connaisse un peu : je sais qu'il était le chef de la conjuration et à la tête de ceux qui ont arrêté le roi; mais tous les détails relatifs à l'ordre de la *Persévérance* m'étaient alors absolument inconnus. — Il est plaisant que ce soit un profane qui les apprenne à une initiée. — Oh! oui, très-plaisant!... mais du moins je sais de plus que vous le détail des cérémonies. — Point du tout; ne vous en flattez pas : je sais qu'elles sont très-belles, très-guerrières, et faites pour inspirer l'enthousiasme, surtout dans les temps de trouble. — Enfin rien ne doit vous être caché. — Oh! quand on écrit l'histoire, et l'histoire moderne, on est obligé de faire tant de recherches, qu'il faut bien découvrir les choses les plus obscures et les plus secrètes.

Voilà notre entretien. Je n'ai pas exagéré d'un mot, et j'ai écrit sur-le-champ, afin que ce récit fût fidèle. Que serait devenu cet homme, cet *historien*, si je lui eusse dit que c'était moi qui avais inventé tout cela et que cet ordre n'exista jamais que dans ma tête?

Nous eûmes une infinité de demandes, et nous fîmes en peu de temps un grand nombre de réceptions. Cet empressement nous flatta d'autant plus que nous n'avions à nos assemblées ni danse; ni musique, ni rafraîchissements, et que chaque séance se terminait par une quête pour les pauvres; voilà son histoire. Lorsqu'une ou plusieurs quêtes avaient produit une somme de six cents francs, on nommait un chevalier et une dame que l'on chargeait de s'informer des pauvres qui pouvaient mériter ce secours, et le chevalier et la dame promettaient d'aller ensemble visiter ces pauvres pour vérifier les informations, afin de décider ensuite à qui les secours seraient donnés en tout ou en partie. Ceci produisait le bien de plus que le chevalier et la dame donnaient toujours quelques petits secours aux pauvres qu'ils avaient vus et qu'ils ne choisissaient pas; en outre, ils étaient obligés d'écrire avec le plus grand détail le journal de ce qu'ils avaient fait à cet égard et les noms et l'adresse des pauvres auxquels l'aumône avait été distribuée. A l'assemblée d'ensuite, le journal était lu tout haut, signé et remis au président, qui le déposait dans nos archives.

Madame de Sabran, aujourd'hui madame de Boufflers, fut l'une de nos dames qui remplit avec le plus de zèle, d'intelligence et de bonté cette pieuse mission. Très-difficiles dans leur choix, nous étions cependant, au bout de peu de mois, quatre-vingt-dix. Cet ordre serait certainement devenu une institution sociale, utile et durable, si je n'avais pas été forcée de l'abandonner, au milieu de sa plus grande vogue, par mon voyage d'Italie et mon entrée à Belle-Chasse. Nous eûmes plusieurs cérémonies particulières fort agréables dont je ne parle point, parce que le détail en serait trop long, entre autres les initiations de l'adolescence. On y admettait les jeunes gens des deux sexes, de onze à douze ans, seulement comme spectateurs et sans voix. Je ne compte point les *initiés*, que nous avions au nombre de quatre-vingt-dix membres, dont j'ai déjà parlé. Nous avions aussi la cérémonie du *départ des guerriers*, quand nos chevaliers militaires partaient pour leurs régiments. Alors la dame du chevalier était obligée de lui promettre une écharpe brodée de sa main pour sa première belle action. Je donnai cette écharpe à M. de Rouffignac, suivant nos lois. Par un hasard singulier, il eut occasion de faire une très-belle action. En allant rejoindre son régiment, en passant près d'un bois, étant en chaise de poste, il entendit crier dans le bois au meurtre. Quoiqu'il fût seul, son domestique étant en avant, il fait arrêter la voiture, met l'épée à la main et se précipite dans le bois du côté d'où partaient les cris, en criant à haute voix, comme s'il eût appelé des compagnons qui le suivaient : ce qui fit aussitôt prendre la fuite aux assassins. M. de Rouffignac trouva un homme percé de mille coups, nageant dans son sang. Il le prit dans ses bras et le porta dans sa voiture. Il respirait encore. Il pouvait mourir en chemin, et M. de Rouffignac risquer d'avoir une horrible affaire criminelle. Arrivé à la poste, il l'y déposa, envoya chercher le chirurgien du lieu et le fit panser en sa présence. Cet homme fit sa déposition juridique et mourut une demi-heure après. M. de Rouffignac m'envoya toutes les preuves authentiques de cette aventure en m'écrivant pour me demander une écharpe, que je brodai avec tout le soin et toute la promptitude possibles, et que je me hâtai de lui envoyer.

On a dit, à ce sujet, dans ces derniers temps, et même dans ces mémoires, une fausseté si ridicule, qu'elle mérite à peine d'être réfutée : on a prétendu que la reine, charmée des récits qu'on lui faisait de nos cérémonies chevaleresques, avait voulu être de cet ordre, qu'elle nous l'avait fait demander et que nous l'avions *refusée*. Le fait est que, dans une de nos assemblées, quelqu'un nous dit que

la reine avait parlé avec éloge de cette association, et que peut-être il ne serait pas difficile de l'engager à s'en déclarer la grande maîtresse. Là-dessus plusieurs personnes observèrent que cet honneur serait ruineux pour nous, par les fréquents voyages qu'il exigerait nécessairement, et que d'ailleurs il nous ôterait toute espèce de liberté; ainsi on ne fit aucune démarche auprès de la reine, et la chose en resta là. J'ai conservé très-longtemps une copie des statuts de *cet ordre*, que j'avais composés, comme je l'ai déjà dit : un jour, à Belle-Chasse, le duc de Lauzun me demanda instamment de les lui prêter; il les donna à madame la marquise de Coigny, qui les garda de mon consentement.

Ce fut pendant que j'étais au Palais-Royal que l'abbé Raynal acheva son grand ouvrage sur le *commerce des Européens dans les deux Indes*. Cet ouvrage, qui n'eût alors que trop de partisans, me parut, sous tous les rapports, une véritable monstruosité. Je ne concevais pas qu'un prêtre eût l'effronterie et le mauvais goût d'insérer dans un ouvrage historique les détails les plus licencieux, les impiétés les plus révoltantes, les sentiments les plus séditieux; d'ailleurs je trouvai dans ce mauvais livre le style le plus inégal et une quantité de morceaux véritablement ridicules par la boursouflure, l'emphase et le galimatias; on nous a bien accoutumés à toutes ces choses depuis; mais, malgré les verbiages inintelligibles qui se trouvent dans les œuvres de Diderot, on n'avait pas encore pris l'habitude de cette manière extravagante d'écrire. J'allais quelquefois aux séances académiques, et je trouvais toujours dans les discours quelque chose de ridicule, ce qui faisait dire à M. de Schomberg que j'avais le caractère le plus doux et l'esprit le plus frondeur qu'il eût jamais connu.

Outre le sacrifice des spectacles, j'avais fait encore à l'étude et aux talents celui des bals dansants; quoique j'aimasse assez la danse, j'y renonçai à vingt-cinq ans et sans retour. Il était impossible d'aller aux bals de Paris sans aller au moins tous les quinze jours à ceux de la cour. Il fallait coucher deux nuits à Versailles, c'était une grande perte de temps, et j'en gagnai beaucoup par ce sacrifice. Peu d'années après, je ne concevais plus que c'en eût été un, et je possède encore ce qu'il m'a valu. Toutes les sages privations que l'on s'impose dans la jeunesse, c'est-à-dire durant le court espace d'un bien petit nombre d'années, préparent des ressources certaines et les plus douces jouissances pour les trois quarts de la vie. Voltaire a dit :

> Qui n'a pas l'esprit de son âge
> De son âge a tout le malheur.

Cependant l'esprit raisonnable est bon à tous les âges, et dans la jeunesse il peut mener à tout. Il est alors si distingué, si frappant, si méritoire!...

Pendant que j'étais au Palais-Royal, M. de Voltaire vint et mourut à Paris; comme il m'avait reçue à Ferney et qu'il vint se faire inscrire chez moi, j'allai le voir trois ou quatre fois; il me reçut avec beaucoup de grâce, mais je le trouvai si abattu et si cassé, que je vis bien que sa fin était prochaine. Quelque temps après, j'eus une liaison assez intime avec M. Gibbon, auteur de la *Chute de l'empire romain*, ouvrage anglais que nos philosophes ont beaucoup loué parce qu'il renferme de très-mauvais principes, mais qui est à tous égards un mauvais ouvrage, très-diffus, sans vues nouvelles et fort ennuyeux. M. de Schomberg, qui était intimement lié avec d'Alembert, me l'avait amené deux ou trois fois et m'apportait régulièrement de sa part tous ses éloges académiques, à mesure qu'il les faisait imprimer; il m'arriva à ce sujet une plaisante méprise. Un jour que je n'étais pas chez moi, il laissa l'éloge, sans nom d'auteur, de la Condamine; je ne doutai point que cet éloge ne fût, comme le précédent, de d'Alembert; je le lus sur-le-champ, il me plut infiniment plus que tous les autres. J'écrivis le soir même un petit billet à d'Alembert pour le remercier, dans lequel je lui disais que je trouvais cet éloge au-dessus de tous ceux qu'il avait faits, et sans comparaison le meilleur, et j'envoyai aussitôt ce billet. Le lendemain M. de Schomberg vint me gronder avec beaucoup d'amertume, et m'apprit que cet éloge était de M. de Condorcet. D'Alembert ne m'a jamais pardonné cette méprise aussi peu flatteur pour lui.

L'empereur d'Allemagne, frère de la reine de France, vint à Paris; il y réussit beaucoup par sa politesse, ses manières, ses connaissances en tous genres et son désir de les accroître; l'étiquette l'empêcha d'aller chez les princes du sang. J'avais grande envie de le rencontrer, et, me doutant bien qu'il aurait la curiosité de voir la collection des tableaux du Palais-Royal, je chargeai le garçon d'appartements qui me montrait aux étrangers de m'avertir quand il viendrait; ce qu'il fit en effet. Il était midi, je descendis aussitôt, et je trouvai l'empereur dans la galerie; il était si vaste qu'un petit pas de moi, je traversai lentement la galerie. Mon intention était de m'en aller par la petite porte qui était au bout. L'empereur questionna tout bas le garçon d'appartements; et, en apprenant que j'étais une des dames de madame la duchesse de Chartres, il vint de suite à moi, et avec la politesse la plus aimable il entra en conversation; je lui expliquai tous les tableaux dont je connaissais non-seulement les peintres, mais les anecdotes et les généalogies, c'est-à-dire dans quelles mains ils avaient successivement passé. L'empereur parut prendre le plus vif intérêt à cette conversation; il me remerciait à toutes les minutes ; nous passâmes ainsi deux heures. Il était véritablement connaisseur en tableaux, il nommait presque tous les grands maîtres sans se tromper. Sa figure était fort agréable ; il ressemblait, en jeune et en très-beau, à M. le prince de Condé. L'empereur eut la politesse de se faire inscrire le lendemain chez moi, sous son nom de voyageur.

CHAPITRE XXI.
1779.

Je vais aux Porcherons. — Madame la duchesse de Chartres part pour l'Italie. — Notre voyage. — Bouillon d'ours. — La Corniche. — Une folle. — Venise. — Rome. — Le cardinal de Bernis. — Naples.

M. le duc de Chartres désirait avec passion la survivance de la place de grand amiral, que possédait son beau-père, M. le duc de Penthièvre ; dans cette idée, il voulut faire une campagne de mer, chose

La duchesse d'Ursel..... offrit à nos regards la plus appétissante cuisinière que l'on verra jamais.

que n'avait jamais faite son beau-père ; il devait aller s'embarquer à Toulon, et j'engageai madame la duchesse de Chartres à faire le voyage jusque-là ; je lui inspirai même le désir de faire le voyage d'Italie.

Madame de Potocka disant devant M. de Genlis que je lui avais fait voir tout Paris, mon mari lui répondit que j'avais oublié une chose très-curieuse, *la guinguette*, et il nous proposa de nous mener le lendemain, après souper, *au Grand Vainqueur*, la plus belle guinguette des Porcherons ; nous acceptâmes, et l'on convint que nous irions tous déguisés, madame de Potocka et moi en cuisinières, M. de Maisonneuve, un chambellan du roi de Pologne et M. de Genlis, en domestiques à livrée. Le lendemain madame de Potocka et moi nous soupâmes au Palais-Royal, et ce soir-là excessivement parée, avec une robe d'or et une énorme quantité de diamants ; à onze heures, M. de Genlis s'approche de moi pour lui rappeler très-gravement qu'il était temps de se disposer à aller aux Porcherons ; cette invitation me fit éclater de rire, parce qu'elle s'adressait à la figure la plus majestueuse que j'aie jamais vue. Nous montâmes dans mon appartement pour nous habiller, ce qui se fit chez ma mère, qui était sans lit et qui voulait voir nos déguisements.

M. de Maisonneuve s'était fait excuser le matin : comme il nous fallait deux hommes, nous le remplaçâmes par M. Gillier, et tous les quatre nous partîmes à onze heures et demie. J'eus les plus grands succès au Grand Vainqueur, où nous trouvâmes une très-nombreuse assemblée ; j'y fis tout de suite la conquête du coureur de M. le marquis de Brancas, qui en servant son maître avait dû me voir vingt fois à table ; mais il ne me reconnut nullement.

Je commençai par danser, avec toute la niaiserie villageoise, un

menuet avec le coureur, et ensuite une contredanse. Pendant ce temps M. Gillier nous commandait une salade et des pigeons à la crapaudine, *pour nous rafraîchir*. Nous nous établîmes à une petite table, où la gaieté folle de M. de Genlis et *sa galanterie*, partagée entre madame de Potocka et moi, nous faisaient rire aux éclats ; il y avait toujours dans sa gaieté quelque chose de si original et de si agréable, et en même temps de si spirituel, qu'il aurait amusé les personnes les plus moroses. Une scène très-inattendue vint mettre le comble à notre gaieté : il était fort commun d'entrer en chantant à la guinguette, et tout à coup nous entendîmes chanter à tue-tête cette chanson :

> Lison dormait dans un bocage,
> Un bras par-ci, un bras par-là, etc.

Nous regardâmes du côté de la porte, et nous vîmes deux personnes qui entraient en chantant ces paroles, et en dansant, l'une vêtue en servante et l'autre avec l'habit de livrée d'un de mes gens. Je les reconnus à l'instant, je me lève, et je vais en courant me jeter au cou de la servante : c'était ma mère, à laquelle M. de Maisonneuve donnait le bras ; elle avait concerté avec lui cette partie : c'est pourquoi il n'était point venu avec nous. Notre joie et notre reconnaissance furent extrêmes : il y avait en effet bien de la grâce et bien de la bonté dans cette plaisanterie d'une personne de l'âge de ma mère. Elle s'établit à notre table avec son compagnon ; elle et M. de Genlis firent tout l'agrément de cette soirée, l'une des plus gaies et des plus charmantes que j'aie passées dans ma vie.

Madame la duchesse de Chartres, en partant pour l'Italie, n'emmena que la jeune comtesse de Rully, M. de Genlis, un écuyer et moi, deux femmes de chambre, un valet de chambre et trois valets de pied. Nous traversâmes toutes les provinces méridionales, ne nous arrêtant que pour voir les fêtes charmantes que l'on donnait au prince et à la princesse. Les plus belles furent à Bordeaux.

M. le duc de Chartres posa dans cette ville la première pierre de la salle de comédie, qui a été faite par M. Louis, et l'une des plus belles de France. Cette cérémonie se fit la nuit, nous y assistâmes. Tous les francs-maçons, dont M. le duc de Chartres était le grand maître, s'y trouvèrent ; il y eut de la musique et une illumination. Nous eûmes beaucoup de fêtes dans toutes les villes. Je vis à Marseille pour la première fois des galères, bâtiments qui offrent une triste idée (celle des forçats), mais qui ont beaucoup d'élégance ; enfin nous arrivâmes à Toulon, où les fêtes recommencèrent et durèrent dix jours ; la plus belle de toutes fut celle que donna la marine : nous y vîmes, entre autres, un très-beau spectacle, des joutes sur la mer. Enfin ce voyage fut un enchantement continuel. Que dut penser, dix-sept ou dix-huit ans après, l'infortuné prince, objet de tant d'hommages, lorsqu'il traversa cette même route, déchu de son rang, dépouillé, prisonnier et proscrit !... M. le duc de Chartres s'embarqua pour faire sa campagne de mer, et nous fîmes le coup de tête, concerté avec lui, d'aller, sans permission de la cour, en Italie. Madame la duchesse de Chartres, lorsque nous fûmes à Antibes, écrivit au roi une lettre d'excuses, assurant que ce voyage n'avait point été prémédité, et donnant pour excuse le désir de voir son grand-père, le duc de Modène. Nous fîmes à Antibes les rencontres les plus agréables ; nous y retrouvâmes M. de Rouffignac ; nous avions déjà eu avec lui une rencontre singulière à Angers, où il avait une maison. Je lui avais envoyé un courrier pour lui dire que nous passerions dans cette ville entre onze heures et minuit, que nous nous arrêterions un moment à sa porte, et que nous espérions qu'il aurait la galanterie *chevaleresque* et *romanesque* de nous donner à chacune une tasse de bon bouillon : ce qui me plairait d'autant plus que cette manière de s'occuper de la *dame* de ses pensées n'était pas commune. En effet, en m'accordant ce que je désirais, il trouva le moyen de faire une chose très-extraordinaire : il avait chez lui un ours apprivoisé, il avait entendu dire que rien au monde n'était meilleur que du bouillon d'ours ; il fit tuer son ours, dont on fit du bouillon, qu'il nous donna en passant. Ce bouillon était fort rouge, mais je n'en ai jamais pris d'aussi bon.

Nous arrivâmes à Nice, séjour délicieux ; nous y passâmes six jours, pendant lesquels je fis de longues promenades sur les montagnes fleuries et parfumées qui l'entourent et sur les bords de la mer. Apprenant là que l'on pouvait aller à Gênes par terre, en chaise à porteurs, nous prîmes tout à coup la résolution de faire ce périlleux voyage dont le nom seul est effrayant, puisque ce chemin s'appelle très-justement la Corniche.

J'envoyai chercher l'homme qui nous louait des mulets (pour l'ambassadeur, M. de Genlis, etc.). Je voulais le questionner sur les dangers de la route. Madame de Rully fut présente à cet entretien. Cet homme, après m'avoir attentivement écoutée, me répondit en propres termes : « Je ne suis point inquiet pour vous, mesdames ; mais, à dire la vérité, je crains un peu pour mes mulets, parce que l'an passé j'en perdis deux, qui furent écrasés par de gros morceaux de roches qui tombèrent sur eux, car il s'en détache souvent de la montagne. » Cette manière de nous tranquilliser ne nous rassura pas beaucoup ; mais cependant elle nous fit rire, et nous partîmes.

Avant de quitter Nice je dois dire que la mode d'envoyer les poitrinaires dans ce lieu est étrange et pernicieuse. L'air de Nice est en effet très-pur; mais il est si vif qu'il ne convient nullement aux poitrines délicates. La pulmonie est le seul mal qui y soit commun, et alors les médecins de Nice s'empressent d'envoyer leurs malades aux environs de Lyon.

En sortant de Nice, cette route est parfaitement bien nommée *la Corniche*; c'est en effet presque toujours une vraie corniche, en beaucoup d'endroits si étroite qu'une personne y peut à peine passer : d'un côté, d'énormes rochers forment une espèce de muraille qui paraît s'élever jusqu'aux cieux, et de l'autre on se trouve exactement sur le bord de précipices de cinq cents pieds, au fond desquels la mer, se brisant contre des écueils, produit un bruit aussi triste qu'effrayant. Dans tous les passages véritablement dangereux nous avons mis pied à terre, et on nous les a fait passer en nous tenant le bras. Depuis Monaco jusqu'à Manton l'on respire : le chemin est très-beau. Cette dernière ville est agréable; elle est située sur le bord de la

Monsieur Gillier.

mer, et l'on y trouve quantité de citronniers et d'orangers dont l'air est embaumé. Après Manton le chemin redevient effroyable; cependant nous commençons à nous y accoutumer, et la vue d'une prodigieuse quantité de jolies cascades naturelles nous charmait tellement, qu'elle nous faisait oublier presque les précipices. Enfin , à sept heures, la nuit tombante nous a forcés d'arrêter et de coucher à l'Hospitaletta, le plus affreux gîte où l'on ait jamais donné l'hospitalité.

Ce voyage, le plus dangereux et en même temps le plus curieux que l'on puisse faire, se passa très-gaiement et sans accident; il dura six jours pour faire quarante lieues. L'horreur des précipices me fit faire plus des trois quarts du chemin à pied sur des cailloux et des roches coupantes. J'arrivai à Gênes avec les pieds enflés et pleins de cloches, mais en très-bonne santé. Nous avons tant de voyages d'Italie, que je ne ferai point le détail du nôtre; je ne parlerai que de ce qui nous était personnel. L'ambassadeur vint avec nous jusqu'à Reggio, où il resta huit jours. Nous étions là dans les États du duc de Modène, grand-père de madame la duchesse de Chartres. L'aspect de la Lombardie est aussi riant qu'agréable; les arbres y ont fort peu d'élévation, mais la verdure en est charmante, ils sont tous réunis par de belles guirlandes de pampre [1]. L'ensemble forme un coup d'œil si ravissant, que madame la duchesse s'écria naïvement que son *grand-père était trop aimable!* Elle crut, dans le premier moment, que ces ornements que nous admirions faisaient partie d'une fête qu'il lui donnait. Le duc de Modène reçut madame la duchesse de Chartres avec beaucoup de joie et de tendresse. Ce prince, rempli de bonté, était alors âgé de quatre-vingts ans; il était aveugle et il avait la plus étrange figure. Il se faisait mettre du rouge et du blanc et

[1] Cette manière de cultiver la vigne en Italie est d'une grande antiquité, elle a été décrite par Virgile.

peindre les sourcils; son nez était d'une longueur démesurée : je n'ai point vu d'aspect aussi surprenant que le sien. La cour était composée de ses sœurs, beaucoup moins âgées que lui. Ces deux princesses n'avaient jamais été mariées; elles étaient bonnes, obligeantes et pieuses. Notre séjour à cette cour se passa en fêtes continuelles.

Le surlendemain de mon arrivée à Modène je passai une partie de la nuit à un bal de la cour; le lendemain ma femme de chambre, qui avait eu l'ordre de ne m'éveiller qu'à midi, descendit de bonne heure et me laissa seule à mon étage, que mon appartement remplissait tout entier. A neuf heures j'entendis ouvrir une porte, et je vis une grosse et grande servante qui s'avança vers mon lit; je lui criai en italien que je voulais dormir encore; elle se mit à faire des éclats de rire immodérés, et tout à coup, s'élançant vers mon lit, elle se saisit de mon oreiller qu'elle m'appliqua sur le visage. Alors je conçus que j'étais aux prises avec une folle. Le danger me donna un courage surnaturel; le lit n'avait point de sonnette, d'ailleurs ma femme de chambre était descendue et je me trouvais seule à cet étage; je me glissai à terre de l'autre côté de mon lit avec l'intention de gagner la porte, que la folle heureusement avait laissée ouverte; mais elle vint à moi pour me barrer le chemin et pour me saisir. Comme je marchais très-maladroitement sans talons et les pieds nus, je vis que je n'éviterais pas la folle, qui tendait deux grands bras horriblement robustes, prêts à m'atteindre... Cependant sa marche était chancelante comme celle d'une personne ivre, et elle riait toujours à gorge déployée. Je conçus l'espoir de la terrasser pendant que ses rires convulsifs devaient lui ôter toute sa force, et je l'attendis, sinon de pied ferme, du moins avec une volonté très-déterminée. Quand elle fut tout près de moi, je lui appliquai sur la poitrine le premier coup de poing que j'aie donné de ma vie; elle tomba sur-le-champ avec un bruit qui fit retentir toute la chambre. Après cette éclatante victoire

A ces mots, il le prit dans ses bras. Saint-Jean eut beau se débattre...

je m'échappai, je courus sur l'escalier appelant à grands cris à mon aide. Ma femme de chambre, deux valets de pied et un valet de chambre de madame la duchesse de Chartres accoururent. Je les envoyai prendre ma folle , et je restai sur l'escalier enveloppée dans la robe de ma femme de chambre. On trouva la folle étendue sur le plancher et riant toujours; mais cette surprenante gaieté s'évanouit quand on voulut l'emmener : elle se débattit avec fureur, donna beaucoup de coups de pied, fit un grand nombre d'égratignures. Cependant, après un combat violent, on parvint à l'emporter. Cette fille, âgée de vingt-huit ans et servante dans le palais depuis plus de dix ans, n'avait perdu la raison que depuis deux ou trois jours, et aucun de ses camarades ne s'en était aperçu. Néanmoins ma jeune compagne, la comtesse de Rully, aurait pu nous le savoir; mais elle n'en fit rien, par une naïveté qui mérite d'être rapportée. Madame de Rully avait alors quinze ans; elle était encore plus enfant que son âge; et quoiqu'elle eût de l'esprit naturel, elle était d'une ignorance et d'une simplicité extrême. Dans les commencements de notre voyage tous les usages différents des nôtres lui causaient une surprise qui souvent dégénérait en moquerie. Je la sermonnais sans cesse là dessus : enfin mes représentations lui firent une impression que surpassa beaucoup mon attente. La veille au soir de mon aventure, la servante, déjà folle, entra dans sa chambre; madame de Rully se coiffait pour le bal, la servante prit le pot à l'eau et le lui répandit sur la tête. Madame de Rully, accoutumée aux choses extraordinaires, crut que c'était l'usage des servantes de Reggio de se conduire ainsi. Sa femme de chambre se fâcha; elle lui imposa silence en lui disant gravement qu'il ne fallait pas choquer les étrangers en paraissant blâmer leurs coutumes. Elle fut s'enfermer dans un cabinet pour se sécher, pour recommencer et achever sa toilette, et elle ne nous dit pas un mot de cet étrange accident; mais elle nous le conta après mon exploit, quand la servante fut déclarée folle.

Madame la duchesse de Chartres obtenait de très-grands succès: elle était trouvée généralement charmante par la noblesse de son ton, de ses manières, sa douceur, son affabilité, l'intérêt de ses questions et la justesse de ses observations et de ses réponses. Nous devions de Modène aller à Mantoue, qui appartenait à l'archiduc Ferdinand.

Nous arrivâmes à Mantoue à la nuit; les fossés de la ville étaient remplis de ces scarabées brillants que j'avais déjà vus sur la corniche de Gênes; mais, dans ces fossés, leur énorme quantité et leur vol en tous sens faisaient un effet charmant qui éclairait les herbages des fossés. On en prit un, qu'on nous donna dans la voiture; et mis dans un cornet de papier, il éclairait assez pour que l'on pût lire à cette clarté l'écriture d'un billet que l'on mit tout près de lui. Nous logeâmes, à Mantoue, dans le beau palais de l'archiduc; nous ne fûmes reçus que par les domestiques, mais qui nous servirent avec tout le zèle imaginable. Tous les appartements étaient tellement éclairés, qu'on y voyait les beaux tableaux comme en plein jour. On servit un magnifique souper, pendant lequel il y eut de la musique dans la pièce voisine. Le plaisir de jouir de toutes ces choses, sans l'ennui de la représentation, des toilettes, de la cérémonie et des compliments, nous charma tous. M. de Genlis, toujours si aimable par sa gaieté et ses saillies, fit par particulièrement à Mantoue, en moquerie des souvenirs des voyageurs emphatiques et pédants, il affecta de ne penser qu'à Virgile. Il fit mille citations de l'Énéide, et à tout moment il s'écriait : O Virgile !... ô cygne de Mantoue !... et avec un ton et des mines qui nous faisaient rire aux éclats.

L'arrivée de Venise ne me parut pas aussi surprenante qu'on me l'avait dit; celle de Rotterdam, même au milieu des eaux, avec ses ponts-levis attachés avec des chaînes, ses arbres et sa forêt de mâts, m'avait paru beaucoup plus singulier et plus jolie; mais tous les détails de Venise sont surprenants. La ville, presque toute bâtie par Palladio, est d'une très-belle architecture, mais noircie par le temps : elle est d'un aspect fort triste; les canaux sont noirs aussi, à cause de leur profondeur : les gondoles sont aussi toutes noires : elles ressemblent à des cercueils flottant sur des fleuves d'encre. Comme il n'y a point de gens de pied, on n'entend pas un cri de rue, pas un bruit de voiture : là tout est morne et silencieux; on croit être dans une ville enchantée par une méchante fée. Si on laisse tomber quelque chose par sa fenêtre, cette chose est perdue pour jamais : ce qui m'arriva un matin. Je perdis ainsi un charmant cachet. Nous logeâmes chez le baron de Zugmantel, originaire de Suisse et notre ambassadeur à Venise, un excellent homme, et qui n'épargna rien pour rendre à madame la duchesse de Chartres le séjour de Venise agréable; mais, à Venise, les défiances publiques du sénat ne permettaient à aucun noble vénitien d'aller chez l'ambassadeur : tout le corps diplomatique était réduit à la seule société de ses membres. Nous vîmes avec détail tout ce que Venise renferme de curieux.

Nous y vîmes la fameuse fête du Bucentaure, qui avait été retardée à cause du mauvais temps. Elle s'appelait ainsi parce que c'était le nom du superbe vaisseau tout doré dans lequel le doge, accompagné du sénat, avec leurs longues toges de cérémonie, épousait la mer Adriatique. Le doge et le sénat se rendaient d'abord à l'église Saint-Georges pour y entendre l'office divin; ensuite il s'embarquait dans le Bucentaure, où il s'asseyait avec tout le sénat, que l'on voyait parfaitement à travers les glaces de ce bâtiment. Venise entière, dans des gondoles, le suivait. Les seules gondoles des ambassadeurs étaient de couleur et très-magnifiques. Après une petite navigation, le doge ouvrait une petite porte de glace, tirait de son doigt un anneau d'or qu'il élevait en l'air, et qu'ensuite il jetait dans la mer en s'écriant à haute voix qu'il l'épousait. Outre le temps du carnaval, il y avait à Venise plusieurs époques où l'on ne sortait qu'en masque; et nous nous trouvâmes à une de ces époques : ce qui nous enchanta.

Les gondoliers de cette ville étaient fort remarquables par leur probité et leur goût pour la musique. Ils avaient leurs entrées à l'Opéra, ce qui leur avait donné de père en fils un tel goût de chant et de poésie, que d'oreille ils mettaient en chant les stances de la Jérusalem délivrée; et, parmi ces compositions, il s'en trouvait toujours de si jolies, que tous les ans on en faisait graver quelques-unes sous le titre de Barcaroles. On allait souvent les entendre chanter les soirs. Ils chantaient, ou en partie, ou tour à tour, en se répondant, et tou-

jours avec un agrément infini. Je ne me flatte pas que nos fiacres nous procurent un jour le plaisir de les entendre mettre en musique et chanter les odes de Rousseau.

Comme on l'imagine bien, la ville qui me fit voir le plus d'enthousiasme fut Rome. Le cardinal de Bernis, auquel j'avais annoncé l'arrivée de madame la duchesse de Chartres, envoya au-devant d'elle jusqu'à Terni son neveu, le chevalier de Bernis, avec deux voitures, dont l'une magnifique pour la conduire à Rome, et l'autre chargée d'un excellent dîner. Nous nous étions arrêtés à Terni, pour voir la fameuse et admirable cascade de cinq cents pieds de haut; nous y étions lorsque le chevalier arriva; il vint nous y rejoindre; nous allâmes ensuite à l'auberge pour dîner. En sortant de table nous partîmes pour Rome, où nous entrâmes par la porte du Peuple; mon émotion était si grande, que dans mon enthousiasme j'embrassai tout ce qui était dans la voiture, et sans que je m'en aperçusse, mon visage était couvert de larmes. Les plaisanteries de M. de Genlis changèrent tout à coup mes dispositions : je me mis à dire mille folies, je n'avais réellement pas ma tête. Le cardinal nous reçut avec une grâce dont rien ne peut donner l'idée. Il avait alors soixante-six ans, une très-bonne santé et un visage d'une grande fraîcheur : il y avait en lui un mélange de bonhomie et de finesse, de noblesse et de simplicité, qui le rendait l'homme le plus aimable que j'aie jamais connu. Je n'ai point vu de magnificence surpasser la sienne; nous logions chez lui, il nourrissait nos femmes et nos valets de chambre; leur table était servie comme la sienne, et avec un luxe surtout superbe. Il me donna un très-beau logement; tous les matins, après mon déjeuner, on apportait dans ma chambre un immense plateau chargé de glaces, et de petits pots de blanc-manger que l'on renouvelait deux ou trois fois par jour. Il se mettait tous les jours à table entre madame la duchesse de Chartres et moi. Les dîners, de la meilleure chère, rassemblaient la meilleure compagnie et tout ce qu'il y avait d'illustres étrangers. Le cardinal en faisait les honneurs d'une manière inimitable. Je me baignais beaucoup à Rome, et toujours les soirs; et, aussitôt que j'étais dans le bain, on m'avertissait le cardinal, qui venait avec son neveu causer trois quarts d'heure avec moi. Il me contais une infinité d'anecdotes qui me charmèrent : il me dit qu'à quarante-trois ans il n'avait aucune dignité ecclésiastique, aucune fortune et beaucoup de dettes, et qu'à quarante-cinq sa fortune était faite. Il me conta que lorsqu'il fut disgracié il dit à ses amis : Ne faites point l'apologie de mon esprit et de mes talents : vous seriez suspects, et vous ne me serviriez pas; mais vous avez le droit de prendre le parti de mon caractère et de mon cœur, défendez-les. Il me conta aussi beaucoup de traits intéressants du pape Ganganelli : c'était un saint et un homme d'un esprit supérieur. Je lui parlai des mœurs de Rome; il me dit qu'elles n'étaient pas bonnes parmi les grands, mais qu'au moins dans cette classe même il n'y avait point d'athéisme, qu'il y subsistait toujours un fond de religion, où l'on revenait sincèrement quand les passions étaient passées; il ajouta que parmi le peuple les mœurs étaient en général très-pures et l'adultère la chose du monde la plus rare, mais que les hommes du peuple étaient d'une violence ouïe : ce qu'il attribuait en grande partie à la chaleur du climat, car les meurtres étaient surtout fréquents au mois d'août. On assassinait non pour voler, ni par vengeance préméditée, mais dans des accès de colère. Les rues de Rome n'étaient point alors éclairées pendant l'été; on s'y promenait toute la nuit, et il est très-remarquable qu'il n'y avait alors ni meurtres ni vols. Comme j'en demandais la raison au cardinal, il me répondit en riant que je lui demandais la une confidence, mais qu'il voulait bien me la faire. Il me dit que l'on pensait assez généralement que les cardinaux déguisés allaient fréquemment la nuit dans les rues, et que le peuple, très-persuadé avec raison que le meurtre d'un prêtre est le plus grand des crimes, dans la crainte de tuer un cardinal déguisé, n'attaquait personne.

Ce respect du peuple de Rome pour les ecclésiastiques n'est plus partagé par les habitants de la campagne. Les bandes de brigands, si communes dans l'État de l'Église et dans le royaume de Naples, n'épargnent pas plus la vie des prêtres que celle des autres citoyens; il est même beaucoup de ces brigands dont la fureur est particulièrement redoutable aux personnes revêtues de l'habit ecclésiastique. Matera, brigand fameux de la Terre de Labour, n'a jamais fait grâce à un seul prêtre tombé entre ses mains; il les poignardait avec un plaisir barbare. Le nombre de ceux qu'il a fait périr est très-considérable.

Outre les courses que je faisais avec madame la duchesse de Chartres, j'en fis plusieurs particulières avec le chevalier de Bernis, ce que je pouvais faire très-convenablement, car le chevalier avait plus de cinquante ans. Nous allâmes ainsi voir plusieurs ruines au clair de lune, entre autres le Colisée, le plus admirable de toutes. Je voulus monter la Scala santa : c'est un escalier transporté de Jérusalem à Rome, suivant la tradition, et que Notre-Seigneur descendit le jour de sa passion. Il est entièrement revêtu de cuivre, les marches en sont très-hautes; il n'est permis de le monter qu'à genoux, on ne le descend point. On trouve au haut de cet escalier un petit palier, au fond duquel est une porte par où l'on sort : on fait communément cette dévotion la nuit. J'y allai à minuit avec le chevalier de Bernis, et nous montâmes la Scala santa. Beaucoup d'indulgences sont attachées à cette dévotion. Je fus édifiée de la quantité de personnes, hommes et femmes, qui montaient cet escalier, et avec une agilité qui prouvait qu'elles en avaient l'habitude; mais les gémissements sourds du chevalier de Bernis m'édifièrent beaucoup moins : il était derrière moi et me suivait lentement, toujours à une distance de quatre ou cinq marches; il avait une peine infinie à gravir à genoux ces marches très-hautes et revêtues de cuivre; d'ailleurs il avait la goutte, cet exercice lui causait des douleurs assez vives. Parvenu au sommet de l'escalier, il boitait, ce qui nous obligea d'abréger nos courses nocturnes.

Je reçus aussi plusieurs fois les bénédictions du pape, et j'allai presque tous les jours admirer et prier à Saint-Pierre. Je n'ai vu dans ma vie que deux choses qui surpassassent tout ce que mon imagination avait pu me représenter : la mer et Saint-Pierre de Rome. Le cardinal de Bernis me donna un beau chapelet de lapis-lazuli, que j'ai donné depuis à mon élève, aujourd'hui M. le duc d'Orléans[1]. Nous vîmes à Rome l'une des plus belles cérémonies religieuses, la Fête-Dieu ; nous y vîmes aussi, en revenant de Naples, la fête de saint Pierre : nous y étions dans une tribune avec le duc de Glocester, qui, quoique protestant, était vivement ému de cette pompe religieuse; ce prince était plein de bonté, d'affabilité; il aimait les arts, et s'y connaissait. Le jour de la Saint-Pierre, il y avait dans l'église dix-huit orgues jouant ensemble, qui ne produisaient que l'effet d'un bon orgue dans une église ordinaire. Il semble qu'on n'a jamais vu honorer Dieu quand on n'a pas assisté au service divin dans ce temple admirable. Je crois que l'athée même y serait ému, s'il ne s'y convertissait pas.

Nous fûmes encore témoins à Rome de l'entrée solennelle du connétable Colone et du tribut de la cavale, que la cour de Naples envoyait au pape; un nombreux cortège conduisait cette cavale superbement enharnachée: elle entrait dans l'église Saint-Pierre, et c'est là qu'elle était offerte au pape; cette cérémonie bizarre, qui durait depuis si longtemps, fut abolie deux ans après. Enfin, dans notre second voyage à Rome, nous vîmes les belles illuminations de la fête Saint-Pierre, le feu d'artifice du château Saint-Ange et la célèbre illumination de la plus belle coupole de l'univers.

Le cardinal de Bernis donna à madame la duchesse de Chartres de magnifiques conversations, c'est-à-dire des assemblées de deux ou trois mille personnes. On l'appelait le roi de Rome, et il l'était en effet par sa magnificence et la considération dont il jouissait. Je vis à Rome le fameux Winckelmann, qui était bibliothécaire du cardinal Albani et gardien de son beau cabinet, qui nous allumes voir à la villa Albani. Winckelmann me montra un bas-relief antique représentant une satyresse, seul monument antique, me dit-il, où l'on ait trouvé cette figure. Le cardinal Albani, qui avait les plus belles collections de l'Italie, était si passionné pour toutes ces choses antiques, que lorsqu'on ne voulait pas les lui vendre il les volait; il a fait dans ce genre une action inouïe, qui m'a été contée par le cardinal de Bernis, dix autres personnes et la victime de cette action, qui était le prince de Palestrine de la maison de Colone, âgé alors de soixante-douze ans, et que le cardinal de Bernis avait fait prendre pour mon cavaliere servante. Voici le fait : le prince de Palestrine avait ou dans le jardin de sa maison de campagne un superbe obélisque antique, qu'il refusa de vendre au cardinal Albani, qui voulait à tout prix en faire l'acquisition. Peu de temps après, le prince fit un voyage : alors le cardinal envoya dans la nuit quatre mille hommes qui entrèrent de force dans le jardin, enlevèrent l'obélisque, l'apportèrent, et il le mit dans son jardin à la villa Albani. Comme le cardinal était excessivement puissant, le prince n'osa pas lui intenter un procès, et il prit la chose en plaisantant. Il le félicita sur cet exploit extraordinaire et ne se brouilla point avec lui. En nous promenant dans les jardins Albani, le prince me montra ce fameux obélisque. Le prince de Palestrine était père de la duchesse de Cerifalco, qui passa neuf ans dans un souterrain, et dont j'ai conté l'étonnante histoire dans mon épisode d'Adèle et Théodore[2]. Le prince donna une fête à madame la duchesse de Chartres : la duchesse y vint par respect pour une princesse de la maison de Bourbon, car elle vivait dans la plus grande retraite, étant sujette depuis ses malheurs à tomber du haut mal; elle ne resta qu'un quart d'heure à cette fête, j'allai ensuite à côté d'elle pour la contempler à mon aise. Quoiqu'elle n'eût que quarante-six ans, elle paraissait en avoir soixante-dix; elle n'avait plus de traces de beauté, mais son maintien me frappa, et je l'ai dépeinte d'après nature, elle avait la tête et les yeux baissés, et de temps en temps de petits tressaillements. Le prince me conta toute son histoire, dont j'ai mis beaucoup de détails dans mon épisode. Cette malheureuse princesse était d'une douceur et d'une piété d'ange. Elle a toujours ignoré, et l'on n'a jamais su pourquoi son barbare époux l'avait enfermée dans ce souterrain. La religion, toute à tout, lui sauva la vie; car ce monstre, qui en avait conservé quelques sentiments, n'osa pas l'empoisonner; et lorsqu'il fut lui-même à l'article de la mort, il confia à un valet de chambre que, pour des

raisons de famille, il avait enfermé dans un souterrain une femme coupable et folle. Il ne dit point que ce fût la sienne, que l'on croyait morte depuis neuf ans. Le valet de chambre, qui reçut une clef du souterrain pour secourir l'infortunée, qui depuis deux jours manquait de nourriture, frappa inutilement au tour; elle ne vint point recevoir son pain et son eau, elle était évanouie : le valet de chambre entra, la secourut, la reconnut; le valet de chambre sortit, lui laissa la clef du souterrain, et, obligé de rester auprès du duc, il envoya à Rome un courrier au prince de Palestrine, avec un billet de la duchesse, qui dans quatre lignes et demie lui apprenait son existence et l'appelait à son secours. Le prince, suivi de tous les hommes de sa famille, alla se jeter aux pieds du roi de Naples et lui conter cette histoire. Le roi lui donna un régiment pour l'escorter au château du duc dans le cas où la force serait nécessaire. Quand le prince de Palestrine y arriva, le duc vivait encore : on lui apprit de la part du prince que son crime était connu et qu'on allait délivrer sa victime; le duc expira peu d'heures après. Le prince avait précieusement conservé le billet de sa fille; à mon instante prière, il me le montra; je ne pouvais me lasser de contempler ce petit morceau de papier; l'écriture, les paroles, les mots, auxquels il manquait presque toutes les dernières syllabes, tout était précieux à mes yeux.

Une remarque singulière et qu'à ma connaissance on n'a pas faite, c'est que dans des pertes de mémoire sans altération de la raison ce sont toujours les dernières syllabes des mots qu'on oublie. Ce fut ainsi que John Selkirk, matelot anglais retrouvé au bout de vingt-cinq ans dans une île déserte, parlait toujours fort bien anglais, à l'exception des dernières syllabes de chaque mot, qu'il avait oubliées. J'ai observé le même phénomène dans une personne jeune encore, mais aveugle depuis quatorze ans, à laquelle, comme je le dirai par la suite, je rendis la faculté d'écrire.

Notre séjour à Naples fut aussi agréable que celui de Rome. En traversant les marais Pontins, nous rencontrâmes les ermites, dont j'ai fait une nouvelle intitulée les Ermites des marais Pontins.

Nous logeâmes à Naples chez l'ambassadeur, qui donna aussi des fêtes charmantes à madame la duchesse de Chartres. Nous fûmes présentées à la cour, et le sujet une aventure qui montrera comment la police était faite à Naples. Nous arrivâmes à midi, et en passant dans la rue de Tolède, rue qui est aussi peuplée que la rue Saint-Honoré, on nous vola deux porte-manteaux qui contenaient des habits de livrée de nos gens et tous nos paniers de robes parées. Comme nos courriers étaient en avant, nous ne nous en aperçûmes point, et les passants de la rue, trouvant apparemment cette action fort simple, ne nous donnèrent pas le moindre avertissement. Nous fûmes fort embarrassées, parce que nous avions besoin de nos paniers pour être présentées le lendemain matin. L'ambassadeur en emprunta pour nous à des dames de sa connaissance; mais ces paniers étaient beaucoup plus grands que les nôtres, de sorte que nos robes se trouvèrent très-raccourcies, et nous parûmes à la cour fort ridiculement habillées. L'ambassadeur conta notre aventure; on en rit beaucoup, et le roi dit à l'ambassadeur qu'il nous ferait restituer nos paniers, et qu'il fallait qu'il s'adressât pour cela de sa part à un homme de justice qu'il lui nomma, et qu'il lui dît qu'il fît venir le chef de cette bande de filous, qu'il connaissait fort bien, et qu'il lui ordonnât au nom du roi de rendre ces paniers. Tout cela fut exécuté; on nous rendit nos paniers, et gratuitement; mais, comme il n'y avait point d'ordre du roi pour les habits de livrée, on nous déclara que pour les ravoir il fallait les payer : ce que nous fîmes. Il résulte de ceci que ces voleurs étaient tolérés par le gouvernement, auquel ils devaient une rétribution.

Ce que je trouvai de fort étrange à Naples, c'est que le roi donnait sa main à baiser à toutes les dames : ce qui ne s'est jamais vu en France; mais en allant dîner il les faisait toutes passer devant lui, galanterie qui ne nous n'avaient pas. Nous dînâmes deux fois chez la reine. Cette princesse ressemblait beaucoup à la reine de France; elle avait moins d'éclat et de noblesse, mais sa physionomie était extrêmement douce, ses manières étaient remplies de grâce, elle avait des talents, de l'esprit et de l'instruction, aimait beaucoup la musique, chantait agréablement l'italien. Nous la vîmes deux ou trois fois dans son intérieur donner des leçons aux princesses ses filles. Elle leur expliquait des livres d'histoire en estampes, et parfaitement bien. Nous vîmes chez elle le petit prince royal, qui était encore. Sa nourrice était une paysanne de la Calabre. La reine avait voulu qu'elle conservât son costume de paysanne, ce que je trouvai de fort bon goût. L'enfant était si accoutumé à être dans les bras de sa mère, que lorsqu'elle faisait semblant de s'en aller de la chambre, il pleurait : ce qui prouve combien elle passait de temps dans son intérieur avec ses enfants.

Le roi était très-bon et très-affable; il poussait à un tel point cette affabilité, que lorsqu'il allait à cheval se promener aux environs de Naples, il lui fallait un temps énorme pour traverser la ville, parce qu'il n'allait qu'au petit pas et s'arrêtait sans cesse, afin de donner au peuple le temps d'arriver jusqu'à lui, de lui parler, de lui baiser la main, qu'il présentait à tous ceux qui l'approchaient. Il avait reçu une éducation si négligée, qu'il ne savait pas alors parfaitement l'italien; il ne parlait que le napolitain : c'est pourquoi tous les opéra comiques, genre de spectacle qu'il aimait particulièrement, étaient à Naples en langage napolitain.

Je vis à Naples une chose qui m'intéressa vivement : ce fut le *déroulement des manuscrits brûlés*; l'inventeur de cette opération ingénieuse et lente la fit devant nous, mais il n'avait pas d'élèves et ce travail si curieux n'avançait point. Il déroulait dans ce moment un ouvrage sur la musique.

La beauté du climat de Naples est incomparable, ainsi que celle de son port, de ses sites et de ses environs, si curieux d'ailleurs par tant de merveilles de la nature et que nous vîmes toutes avec détail. Nous allâmes souvent dans la maison de campagne de la princesse de Francaville; nous vîmes dans son jardin des ananas en pleine terre, nous en mangeâmes, nous les trouvâmes délicieux, et M. de Genlis nous dit qu'ils étaient aussi bons que ceux des Indes. Il fallait avoir une assiette creuse lorsqu'on les coupait, et cette assiette se remplissait de jus. Cependant la princesse de Francaville était la seule qui en eût ; personne d'ailleurs ne les cultivait, le roi même n'en avait pas.

Nous ne montâmes point le Vésuve, parce que dans ce moment il jetait beaucoup d'étincelles et lançait des pierres. Nous vîmes avec admiration la belle ville antique découverte à Portici et la grotte de Pausilippe. Une des choses qui me charmèrent le plus furent les guirlandes de vigne qui, partout dans la campagne, unissent les arbres les uns aux autres. Nous avions déjà vu cette manière de cultiver la vigne dans la Lombardie; mais dans ce dernier pays les arbres sont petits, et dans les environs de Naples ils sont tous majestueux et de la plus grande élévation.

La veille de notre départ, nous allâmes à la fameuse chartreuse de Saint-Martin, où les femmes n'entrent jamais. Madame la duchesse de Chartres avait un bref du pape pour y entrer avec toute sa suite. On voit dans ce monastère le fameux crucifix de Michel-Ange, dont l'admirable vérité d'expression a fait dire sérieusement que Michel-Ange avait eu la barbarie de le peindre d'après un homme qu'il avait fait secrètement crucifier dans son atelier : calomnie absurde autant qu'atroce, qui n'aura d'abord été qu'une exagération d'éloge, et qui est devenue ensuite un conte populaire, mais démenti par la vie entière de l'artiste et par l'impossibilité du fait.

Nous quittâmes Naples enchantées de la ville, des environs, de la cour et de notre ambassadeur, qui avait donné à la princesse des fêtes charmantes. Nous avons encore séjourné dans une cour, à Parme. L'infant, élève du philosophe Condillac, était cependant d'une très-grande piété; nous fûmes frappées de sa ressemblance avec madame la duchesse de Chartres, dont il avait d'ailleurs la bonté et l'aimable caractère. L'infante, sœur de la reine de France, était une princesse fort extraordinaire : on contait d'elle un nombre infini d'histoires que je passerai sous silence, parce qu'elles pouvaient être fausses ou du moins très-exagérées; mais il est certain qu'elle n'aimait que la chasse et qu'elle passait la plus grande partie de sa vie à cheval dans les bois.

CHAPITRE XXII.

1779.

Nous revînmes en France par Turin. Nous restâmes à cette cour huit ou dix jours; nous y revîmes avec un grand intérêt madame Clotilde, épouse du prince de Piémont : cette princesse, douée de toutes les vertus, était unie à un prince digne d'elle par sa piété, sa bienfaisance et sa vie exemplaire. Nous passâmes le mont Cenis, qui à cette époque était couvert de fleurs coupées par des cascades et des torrents : il est impossible de donner une idée de ce coup d'œil enchanteur; on ne pouvait traverser alors que dans une chaise à porteurs, et ce chemin, tout difficile et tout dangereux qu'il était, immortalisa le roi qui l'avait fait faire. Nous lûmes l'inscription qui disait que ce prince avait donné *ce libre chemin de commerce aux peuples*. Ainsi l'on doit de plus grands éloges à Napoléon, qui a fait de ce même passage un véritable et superbe chemin, que l'on traverse en voiture. Je n'ai point parlé de Florence, où la cour n'était pas, et de plusieurs autres villes où nous avons séjourné; mais, comme musicienne, je dois faire un article à part sur les opéras italiens. Un hasard singulier nous fit voir dans ce genre une chose unique : il y avait dans la petite ville de Forli un particulier très-riche et passionné pour la musique, qui avait fait à ses frais une vaste salle de spectacle en bois, et qui imagina de profiter de la saison de l'été, où tous les grands musiciens ont des congés et voyagent, pour les rassembler à Forli et leur faire jouer un opéra. Non-seulement les acteurs étaient les plus fameux de ce temps, mais l'orchestre était composé de tous les plus grands musiciens de l'Italie : cette nouveauté avait attiré un tel concours d'étrangers, que la ville était environnée de tentes pour en loger une partie. Nous arrivâmes la

veille d'une représentation, nous eûmes beaucoup de peine à trouver un mauvais logement que l'on nous céda, et nous y restâmes pour voir la représentation, parce que le maître de la fête donna ses loges à la princesse. On joua *Artaxerce*. Le célèbre Pacherotti joua et chanta divinement le premier rôle; il avait vingt-cinq ans et une charmante figure. Je n'ai rien vu d'aussi parfait que cette représentation.

Rentrées en France, nous passâmes par Lyon, où nous nous arrêtâmes pour voir les manufactures. Nous allâmes à Châlons, où nous couchâmes chez la belle-mère de madame de Rully. Nous vîmes là une chose extraordinaire; nous y dînâmes avec une abbesse de chanoinesses (ayant fait des vœux), qui avait été mariée et avait des enfants. Étant veuve et ayant eu le malheur à la chasse de tuer involontairement un garde, elle s'était fait chanoinesse. Il y avait à ce même dîner un prêtre de la famille de Tressan qui dans sa jeunesse avait servi et mérité la croix de Saint-Louis qu'il portait; il avait été marié, ses deux enfants étaient à dîner.

Toutes nos lettres de Paris nous annonçaient que la princesse serait exilée en arrivant, pour avoir fait ce voyage sans permission. J'aimais tant l'Italie, que j'aurais été charmée de souffrir pour elle une petite persécution; mais il n'y eut point d'exil. Nous allâmes sur-le-champ à la cour. Madame la duchesse de Chartres fut reçue sèchement; toute la disgrâce se borna à cela, et très-peu de temps après on n'eut plus l'air de penser à notre escapade.

La campagne de mer de M. le duc de Chartres dura deux mois : il revint, et avec l'approbation unanime du public. M. le duc de Chartres fit encore une campagne de mer, et qui en fut une de guerre; il s'y conduisit avec la plus grande bravoure. À son retour, madame la duchesse de Chartres alla au-devant de lui jusqu'à Mortagne. Je la suivis, la marquise de Fleury fut aussi de ce voyage, qui fut un véritable triomphe. Rien ne peut donner l'idée de l'enthousiasme que l'on montra pour ce prince, durant toute cette route, et qui fut le même à Paris. Il se manifesta aux spectacles d'une manière véritablement passionnée; mais ce triomphe fut bientôt souillé par l'envie et la calomnie !... et ces premiers jours si brillants ont flétri sa vie entière. Dans ce beau moment, son âme s'ouvrit et se livra à tous les sentiments élevés et généreux; mais l'envie, la calomnie, l'injustice le révoltèrent, l'aigrirent profondément. Il se dit que la gloire avait besoin de bonheur et d'appui; il le dédaigna, il y renonça. Ce dépit funeste eut la plus malheureuse influence sur son caractère et sur sa destinée. Si l'on eût été équitable pour lui, il n'aurait jamais souillé un nom cher à la France et une grande renommée.

Je reviens à mon récit, que j'ai laissé à l'époque de notre retour d'Italie. Madame la duchesse de Chartres devint grosse aussitôt après le retour de M. le duc de Chartres. Elle avait déjà deux garçons : l'aîné s'appelait duc de Valois.

J'ai oublié de parler d'un voyage aux eaux de Forges. Je vais réparer cette omission, et en même temps je conterai un trait de superstition auquel le hasard le plus extraordinaire donna toutes les apparences du merveilleux. Deux ou trois jours avant mon départ pour Forges, madame la comtesse de Mérode, qui n'était point veuve encore et dont le mari se portait fort bien, m'écrivit pour me conjurer d'aller consulter un devin célèbre à Bruxelles (dont à Paris nous ignorions l'existence), qui demeurait dans le faubourg Saint-Marceau et qui se nommait l'Éveillé. Comme j'ai autant de mépris que d'aversion pour les devins, je ne fus nullement tentée de faire cette commission; mais, pour ne pas désobliger mon amie, je pris un parti qui me parut plaisant : je lui écrivis que j'avais été présenter son horoscope au célèbre l'Éveillé, et que je lui envoyais sa réponse, qui était conçue en ces termes : *La personne qui veut connaître ses destins fera faire un anneau de plomb, qu'elle portera pendant trois jours au petit doigt gauche; ensuite elle mettra cet anneau dans un verre d'eau de fontaine, qu'elle exposera durant trois nuits au clair de lune; au bout de ce temps elle aura un songe prophétique qui lui annoncera son sort futur.* J'envoyai ce bel écrit, qui parut très-solennel, et fut fort exactement ponctuellement. Le lendemain du jour où l'on retira l'anneau du verre d'eau, madame de Mérode la nuit suivante eut un songe, dans lequel elle se vit en grand deuil enfermée dans une chambre tendue de gris. Comme elle considérait avec saisissement cette lugubre représentation, elle vit tout à coup une porte s'ouvrir et M. le comte de Lannoy paraître, qui vint se précipiter à ses pieds et solliciter son pardon, car elle était brouillée avec lui depuis deux ans !... Dans ce moment elle se réveilla... Le jour même elle m'écrivit le détail de ce rêve, que je montrai à cinq ou six personnes qui avaient vu mon ordonnance magique. On conçoit facilement que l'imagination frappée ait pu produire ce rêve; mais voici le hasard merveilleux : c'est que huit jours après M. de Mérode, en parfaite santé, alla à la chasse, s'y échauffa, et tout en sueur but de l'eau très-fraîche d'une fontaine, ce qui lui donna une fluxion de poitrine, dont il mourut le septième jour. Quand je revis depuis madame de Lannoy remariée et me reparlant en secret avec admiration de la miraculeuse prédiction de l'Éveillé, je fus bien tentée de lui déclarer la vérité; mais je vis, à n'en pouvoir douter, que rien ne pourrait l'en dissuader. Je me suis toujours reproché cette plaisanterie : mon intention avait été de déjouer à ses yeux la superstition, et au lieu de cela je la confirmai dans ses folies.

Nous fîmes le voyage de Forges avant la naissance de M. le duc de Valois.

En nous promenant en calèche dans la forêt, nous aperçûmes une cabane si basse, qu'un enfant de cinq ans pouvait à peine s'y tenir debout. A notre grand étonnement, nous en vîmes sortir une femme sur ses genoux, suivie de plusieurs petits enfants. Madame la duchesse de Chartres fit arrêter la voiture; on questionne la femme, qui nous apprend qu'il y avait dans cette cabane son mari paralytique, et que c'était là leur demeure. Nous demandâmes pourquoi cette cabane était si peu élevée, elle nous répondit que son mari, qui alors n'était pas impotent, l'avait bâtie ainsi avec elle pour ne pas se fatiguer en les élevant plus haut, et parce qu'ils n'avaient pas songé qu'ils ne pourraient pas s'y tenir debout. Toutes ses réponses étaient de cette simplicité; ils vivaient de fruits sauvages, de pain bis et de pommes de terre qu'on leur donnait à l'abbaye de Bolbec, tout près de là, et que la femme allait chercher tous les dimanches. J'entrai à genoux dans la cabane, j'y trouvai le mari couché sur un lit de feuilles : la piété, la patience, la douceur de ce couple infortuné égalaient leur simplicité. Leurs enfants, presque nus, étaient jolis et bien portants. La princesse donna à la femme un louis; la femme la regarda et dit qu'elle ne connaissait pas cela, qu'elle aimerait mieux un sou. Madame la duchesse de Chartres sur-le-champ promit de leur faire bâtir une maison; elle me chargea de tous les détails de cette bonne action. Je la suppliai de me permettre d'habiller, pour mon compte, la femme et les enfants; je les fis tous venir à Forges. Dès le lendemain on les logea, on les habilla et on les nourrit, et je remis le mari entre les mains du médecin des eaux. Pendant ce temps on bâtissait leur chaumière. Quand elle fut achevée, tous les ouvriers, d'un accord unanime, refusèrent toute espèce de salaire; pas un seul ne voulut prendre une obole. Voilà dans tout ceci l'action qui est au-dessus de tout éloge. Cela se passa dix-sept ou dix-huit ans avant la révolution. Nous meublâmes la maison, et nous fîmes planter le jardin avec délices. On donna à la pauvre famille huit poules, une chèvre, une brebis et un mouton; on les y installa la surveille de notre départ. Ce qui fit le plus plaisir à la femme, ce fut de trouver dans son armoire le linge de ménage et une énorme provision de lin pour filer. Jusqu'à la révolution ces bonnes gens ont envoyé tous les ans leur offrande à leur bienfaitrice.

Une aventure qui a eu beaucoup d'éclat m'arriva dans le même temps. Un soir mademoiselle Victoire, ma femme de chambre, qui avait un très-bon cœur, vint tout émue me dire qu'un grand monsieur, d'environ cinquante-six ans et décoré de la croix de Saint-Louis, me suppliait de lui accorder une audience de quelques minutes, qu'elle l'avait refusé, et qu'alors il lui avait confié qu'il serait arrêté et conduit en prison s'il ne trouvait pas dans le Palais-Royal un asile pour quelques jours. Ce récit me parut bizarre, mais cependant me toucha; je me décidai à voir cet inconnu, en présence de ma femme de chambre. Cet homme était le chevalier de Queissat, l'aîné de tous ses frères; il entra, et sa noble physionomie me toucha vivement. Il me conta en peu de mots sa malheureuse histoire contre Damade, négociant de Bordeaux. Il faut convenir que ce temps les militaires dans les villes de province étaient excessivement insolents pour les négociants, et je n'ai point été sous le gouvernement militaire et victorieux que nous avons vu. La raison de cela, c'est qu'autrefois tous les officiers étaient ou prétendaient être gentilshommes, et affectaient le plus grand mépris pour la classe roturière des négociants, qui, de leur côté, enorgueillis de leurs richesses, montraient beaucoup de dédain de la pauvreté des gentilshommes de province et des militaires dénués de fortune; mais d'ailleurs ces mêmes gentilshommes avaient de l'obligeance et de l'affabilité pour la simple bourgeoisie et pour le peuple des villes où ils étaient en garnison, en général ils y étaient aimés et considérés. Au reste, dans l'affaire de MM. de Queissat, qui a été connue de tout le monde, puisqu'elle a été plaidée publiquement au parlement, le chevalier de Queissat, l'aîné des frères dont je viens de parler, n'eut aucun tort; et cependant, par une injustice criante, il fut condamné solidairement avec ses frères. Voici le fait en deux mots : M. Damade, négociant, passa un matin dans la rue devant la porte de la maison de MM. de Queissat; deux des frères étaient sur le pas de la porte. M. Damade, qui les haïssait depuis longtemps, leur dit en passant une injure grossière; une vive dispute s'ensuivit. Un des frères rentre dans la maison, en revient avec un pistolet, le tire sur M. Damade et lui casse le bras. Cette indigne action est sans excuse; mais elle était le crime d'un seul. Le peuple s'attroupa; le chevalier de Queissat, qui n'avait point encore paru, survint au bruit, et fit rentrer ses frères dans la maison, dont il ferma la porte. Voilà toute la part qu'il eut à cette affaire, ce qui n'a été nié de personne. D'ailleurs il avait servi pendant la guerre avec la plus grande distinction; il avait même fait plusieurs actions d'éclat; sa conduite était irréprochable, et il était généralement estimé. Je ne pus lui offrir que de partager la chambre d'un de mes gens, où il resta caché deux jours et deux nuits; ensuite il en sortit un soir pour aller se réfugier chez un ami, où il resta jusqu'au moment où il fut condamné. Il avait choisi pour avocat le cé-

lèbre et vertueux Gerbier, qui vint chez moi pour me conter toute l'affaire; il fit un mémoire qu'il vint me lire à mesure. Je me chargeai de solliciter les juges, ce que je fis avec tout le zèle possible; mais, aussitôt que la procédure fut commencée, les trois frères furent mis en prison au Fort-l'Évêque et obligés d'y rester jusqu'à la décision du procès.

J'allais les voir de temps en temps en prison et leur porter des pâtisseries et des sucreries; mon intérêt était uniquement dirigé sur l'aîné, qui en était digne à tous égards. Dans une de mes visites je rencontrai dans la prison dont c'était un jeune homme justement célèbre depuis : c'était M. Garat [1]. Etant du pays de MM. de Queissat et les connaissant personnellement, il prenait à leur sort le plus vif intérêt; il me dit beaucoup de choses obligeantes sur ce que je faisais pour eux; sa figure était douce et spirituelle; il me laissa une impression très-agréable de sa conversation et de sa conversation, et peu de temps après je lus avec un plaisir particulier son premier éloge, qui était, je crois, celui du chancelier de l'Hôpital. Ce discours eut beaucoup de succès, et le mérita.

MM. de Queissat, tandis qu'ils étaient en prison, eurent pour moi une attention si aimable, que je ne puis la passer sous silence : ils surent, je ne sais comment, que je m'appelais Félicité de mon nom de baptême; ils eurent l'idée singulière d'apprendre à faire des fleurs pour m'offrir un bouquet de leur ouvrage. En effet, deux mois après, le 10 juillet, ils me donnèrent un gros et superbe bouquet, que je reçus avec beaucoup d'attendrissement en pensant que c'étaient des mains si belliqueuses qui n'avaient pas dédaigné de consacrer tant d'heures à un travail si frivole.

Après beaucoup de temps et de sollicitations inutiles, MM. de Queissat furent jugés et condamnés tous les trois à payer, en forme de dédommagement, à M. Damade la somme de soixante-quinze mille francs, ou à rester en prison toute leur vie. Comme ils ne possédaient chacun qu'une petite légitime aux trois quarts mangée, et qu'ils n'auraient pas pu payer à eux trois dix mille francs, la prison perpétuelle paraissait inévitable. Nous appelâmes au conseil. Gerbier, qui était très-fatigué et malade dans ce moment, me fit faire presque en entier le mémoire; il en fut si content, qu'il me dit que je savais l'affaire aussi bien qu'un avocat. Cependant, malgré mon éloquent mémoire, le jugement du parlement fut confirmé au conseil, et par conséquent la cause perdue sans retour. Mon chagrin en fut extrême, car je m'étais sincèrement attachée au chevalier de Queissat. J'avais reçu quelques jours auparavant une lettre au nom de la ville de Castillon, où le chevalier était né; cette lettre, qui contenait plus de deux cents signatures, me remerciait dans les termes les plus honorables de l'intérêt si vif dont depuis cinq mois je donnais tant de preuves au chevalier de Queissat. Gerbier, qui avait la plus belle âme du monde, était dans une véritable affliction. Il lui vint tout à coup une idée qu'il me communiqua sur-le-champ : il avait assisté à plusieurs représentations de mes petits spectacles, et il en était enthousiasmé; il me proposa de faire imprimer ces pièces, en faisant annoncer dans les papiers que ce serait au profit de MM. de Queissat, et pour faire partie de la somme qu'ils étaient condamnés à payer. Il fallait, pour cela, la permission de M. de Genlis; il me l'accorda et il fut même l'éditeur de l'ouvrage, qu'il donna à imprimer à MM. Panckoucke. Toutes les pièces recueillies que j'avais faites jusqu'alors formèrent un gros volume in-octavo : on en tira un nombre immense d'exemplaires. Je n'en donnai pas un seul : mais ils furent tous enlevés en moins de cinq ou six jours. On déposait à mesure l'argent chez le notaire de Gerbier. La famille royale honora la publication de cet ouvrage par une munificence que dans tous les temps on lui a toujours vue pour les actions qui avaient un but bienfaisant.

M. le duc et madame la duchesse de Chartres donnèrent cent louis pour deux exemplaires; M. le prince de Condé donna aussi cinquante louis pour le sien; M. le baron de Viomenil donna cent écus. Nul militaire n'en paya le prix simple. Je n'oublierai point un Russe, nommé le comte de Jardini, que je ne connaissais point du tout, qui vint me voir à ce sujet et m'apporter mille écus pour un exemplaire. Après l'avoir remercié avec effusion de cœur, je l'envoyai chez le notaire de Gerbier, auquel il porta sur-le-champ cette somme. Enfin, tous les frais prélevés, qui par parenthèse montèrent à onze mille francs, il s'en trouva net quarante-six mille. Alors Gerbier négocia avec M. Damade, qui se contenta de cette somme et donna son désistement, qui rendait à MM. de Queissat leur entière liberté. Tout ceci, le procès, le jugement, l'appel, l'impression de mon ouvrage, l'arrangement avec M. Damade, dura plus de dix-huit mois. Pendant ce temps, voici ce qui se passa au Palais-Royal et les changements qui survinrent dans ma situation. Madame la duchesse de Chartres accoucha de deux jumelles; il était depuis longtemps convenu entre nous que, si elle avait une fille, j'en serais la gouvernante, et qu'au lieu de m'en charger lorsque la princesse aurait quatorze ou quinze ans, je la prendrais au berceau. Jusque-là les princesses du sang n'avaient été élevées dans leur enfance que par une sous-gouvernante. Je ne voulais pas perdre ce temps si précieux pour l'éducation, car les premières impressions forment la base de tout ce qu'on peut

---

[1] Depuis sénateur. Il était oncle du célèbre chanteur de ce nom.

faire de bien par la suite. J'étais décidée, d'avance aussi, à ne point élever la princesse au Palais-Royal, mais à me mettre dans un couvent avec elle. Ce sacrifice était grand à mon âge. J'avais tant d'attachement pour M. le duc et pour madame la duchesse de Chartres, j'étais si dégoûtée du monde, c'est-à-dire du Palais-Royal, où j'avais éprouvé tant d'injustice, d'ingratitude et de méchanceté, j'avais un tel goût pour la culture des arts et pour l'étude, que cette résolution ne me coûtait pas. Tous ces projets furent secrets entre madame la duchesse de Chartres et moi. Notre séparation lui faisait beaucoup de peine; mais elle en sentait tout l'avantage. Elle se promettait bien de venir passer avec moi une partie de ses journées. Elle désirait avec passion une fille; elle me confia qu'elle l'avait demandée à Dieu dans toutes les églises d'Italie. Ainsi, sa joie fut extrême en mettant au monde ces deux petites princesses. J'eus beaucoup d'inquiétude dans les premiers jours de leur existence: elles étaient d'une faiblesse extrême. Il y avait une particularité très-extraordinaire dans leur état: elles vinrent au monde toutes les deux avec les pieds noirâtres, comme meurtris, et sentant excessivement mauvais, ce qui dura plusieurs jours; mais peu à peu cette espèce de putréfaction partielle se dissipa. On les confia aux soins de madame de Rochambeau, et elles restèrent au Palais-Royal jusqu'au moment où je devais les prendre, sans déclarer que je dusse m'en charger. Pendant ce temps, on bâtissait notre pavillon de Belle-Chasse. Je faisais mon service comme à l'ordinaire, et je recevais toujours du monde chez moi tous les samedis.

Quand je publiai mon premier volume du *Théâtre d'éducation*, ce volume libérateur de MM. de Queissat, il y eut pour moi un enthousiasme général et dans la société et parmi les littérateurs. Les lettres, les vers se multiplièrent. Un nombre infini de personnes demanda à me voir, entre autres M. de la Harpe. Tous les journalistes, sans exception, louèrent à l'excès cet ouvrage et sans aucun mélange de critique. L'impératrice de Russie le fit traduire avec le russe en regard. L'électrice de Saxe me fit l'honneur de m'écrire pour me *demander mon amitié*, c'étaient ses propres expressions. Sa lettre était signée: *Votre Amélie*. Quand j'allai faire ma cour à Versailles, le roi et toutes les princesses me dirent un mot obligeant sur cet ouvrage. Enfin, jamais on n'est entré dans la carrière des lettres avec plus d'éclat et de bonheur.

J'allais tous les jours passer une heure dans l'appartement des petites princesses, que j'aimais déjà passionnément; je cultivais mon esprit, ma mémoire et mes talents avec une nouvelle ardeur, en pensant que toutes ces choses leur seraient utiles ainsi qu'à mes filles. Enfin, je moment arriva où j'allais me séparer du monde et entrer dans un couvent. J'avais trente et un ans (1777), une santé parfaite. Depuis un an je ne mettais plus de rouge. Il est assez singulier qu'ayant toujours eu des sentiments religieux, tous les sacrifices de *dévote* que j'ai faits ne m'aient point été inspirés par la religion, et c'est une chose dont je m'afflige. Voici comment je quittai le rouge à trente ans. Étant à Villers-Cotterets dans ma jeunesse, à l'âge de vingt et un à vingt-deux ans, on parla des vieilles femmes qui mettaient toujours du rouge et on les critiqua; je dis que je ne pouvais pas concevoir comment quitter le rouge était un sacrifice. On eut l'air de croire que je n'y pensais pas cela; je me piquai et je dis que, pour moi, j'étais décidée à le quitter à trente ans. On se récria, et surtout M. le duc de Chartres. Je lui offris de parier une discrétion que je quitterais le rouge le 25 janvier 1776, et il tint parole. On n'oublia pas cette singulière gageure, parce qu'elle fut rappelée plusieurs fois dans l'espace de dix ans. Une quinzaine de jours avant l'époque de mes trente ans; je dis à M. le duc de Chartres que le prenais de songer à ma discrétion, et le 25 janvier je trouvai dans mon cabinet une poupée de grandeur naturelle, assise devant mon bureau, une plume à la main, et coiffée avec des millions de plumes. Sur mon bureau était d'un côté une rame de superbe papier, et de l'autre trente-deux livres in-octavo blancs, reliés en maroquin vert, et vingt-quatre très-petits reliés en maroquin rouge. Aux pieds de la poupée était un carton rempli de petits papiers à billets, d'enveloppes, de cire à cacheter, de poudre d'or et d'argent, avec un canif, des ciseaux, une règle, un compas, etc.; ce présent m'enchanta. Je n'ai jamais mis de rouge depuis.

Je dois rendre hommage ici à la bienfaisance du baron de Viomémil; il s'intéressait vivement au chevalier de Queissat, et comme en sortant de prison lui et ses frères se trouvaient sans état, il les plaça suivant leur grade dans son régiment, qui était en Corse, et il donna douze mille francs pour tous les frais de leur équipement et de leur voyage: il eut la grâce pour moi de me charger de le leur annoncer quand j'irais les tirer de prison. Mais je fis participer à cette grâce M. Gerbier, qui dans toute cette affaire eut beaucoup plus de mérite que moi, car je consentis, seulement à sa prière, à l'impression de ce volume; et lorsque tous frais faits le recueil eut produit quarante-sept mille francs, je voulus sur cette somme, non-seulement payer à M. Gerbier ses honoraires, mais plusieurs débours qu'il avait faits de sa poche; il refusa tout avec une générosité bien peu commune. Ainsi l'on doit le regarder comme le bienfaiteur principal de MM. de Queissat.

Enfin, le jour même de mon entrée à Belle-Chasse, j'eus la joie

inexprimable d'aller avec Gerbier retirer de prison MM. de Queissat, et de leur annoncer en même temps ce que M. de Viomémil faisait pour eux. Je n'ai rien vu dans ma vie de touchant et de noble comme la reconnaissance du chevalier et le bonheur de tous les trois. Ils avaient un quatrième frère, qui n'était point mêlé dans leur malheureuse affaire, qui était à Paris, et que j'avais vu sans cesse pour le charger de commissions pour eux; il était présent à cette scène. Je les conduisis tous chez Gerbier, d'où ils devaient aller remercier le baron de Viomémil; et je les invitai tous les quatre, ainsi que Gerbier, à dîner à Belle-Chasse le jour même.

CHAPITRE XXIII.
1779.

J'entrai à Belle-Chasse à midi dans le pavillon charmant bâti au milieu du jardin et sur mes plans. Ce pavillon communiquait au couvent par un long berceau de treillage recouvert de toile cirée et chargé de vigne. Toute la communauté, conduite par la prieure, vint recevoir mes petites princesses à la grande porte du couvent; nous les conduisîmes à l'église, ensuite nous allâmes nous établir dans notre jolie maison.

Je sentis une grande joie en entrant dans ce paisible asile, où j'allais exercer un si doux empire; je pensai que je pourrais me livrer à mes véritables goûts, et que je ne serais plus en butte à la méchanceté qui m'avait causé tant de chagrins. Je ne fus pas fort tranquille les premiers jours, parce que la curiosité attira à Belle-Chasse toutes les personnes du Palais-Royal et tout ce que je connaissais d'ailleurs. Tout le monde fut enchanté de mon établissement, qui était en effet charmant. Dans ma chambre à coucher une grande alcôve, dont mon lit n'occupait que la moitié; il s'y trouvait un passage qui donnait dans la chambre des princesses, à côté de la mienne, et dont je n'étais séparée que par une porte de glaces sans tain et sans rideau, de sorte que je pouvais voir de mon lit tout ce qui se passait chez elles. Une des pièces de l'appartement contenait dans ses armoires de glace tout mon cabinet d'histoire naturelle; je n'avais emporté du Palais-Royal que cela et mon bureau. J'ai été la première femme qui ait eu un bureau.

On me conserva mon logement au Palais-Royal, parce qu'il était destiné à ma fille aînée, à laquelle une belle place était promise pour son mariage; il était meublé magnifiquement, tapissé en damas bleu avec des baguettes dorées de la plus grande beauté; il contenait pour dix-huit mille francs de glaces; je n'en ôtai rien, et je ne fis meubler à Belle-Chasse avec une extrême simplicité, parce que, suivant l'usage de la maison, quand l'éducation finie les meubles appartenaient à la gouvernante. Les appointements de gouvernante étaient de six mille francs; mais comme je prenais les princesses au maillot, M. le duc de Chartres m'en offrit douze; je le refusai; je me contentai de six mille francs, ne voulant point que l'on pût croire que je m'en étais chargée si jeunes par un motif d'intérêt. On a beaucoup accusé M. le duc de Chartres d'être avare, et c'était une injustice; je l'ai vu payer deux fois de fort bonne grâce les dettes de madame la duchesse de Chartres, et donner fort libéralement l'argent nécessaire pour son voyage d'Italie, pour celui de Hollande et pour l'éducation de ses enfants; je l'ai vu faire des actions particulières très-généreuses: j'en veux citer trois traits, et j'en pourrais citer beaucoup d'autres. Le chevalier de Barbantane, qu'il ne connaissait point, était en Allemagne attaché au duc de Deux-Ponts; quand ce prince mourut, le chevalier se trouva sans place et sans fortune; M. le duc de Chartres me vint affligée de sa situation, et de lui-même, sans nulle espèce de sollicitation de ma part, me dit de lui écrire pour l'engager à recevoir de lui une pension de quatre mille francs; le chevalier eut la délicatesse de la refuser, parce qu'il n'y avait aucun droit; mais comme cette délicatesse n'était pas commune, M. le duc de Chartres ne s'attendait certainement pas à ce refus. J'étais encore au Palais-Royal lorsque M. le duc de Chartres eut le malheur de blesser à la chasse à tirer son coureur, et sans qu'il y eût de sa faute: ce coureur était couché dans un fossé sans que M. le duc de Chartres pût le savoir; une perdrix sortit de ce fossé, M. le duc de Chartres tira au moment où son coureur se soulevait; il reçut le coup dans la tête; le fusil n'était chargé qu'à plomb, mais il fut grièvement blessé. M. le duc de Chartres désespéré le prit dans ses bras, le porta dans sa voiture et le conduisit sur-le-champ à Paris chez un des meilleurs chirurgiens; le coureur guérit; nous l'avons vu même reprendre son service, mais il était visiblement détruit, et il mourut au bout de huit mois. M. le duc de Chartres fit à sa veuve une pension viagère de quinze cents francs, reversible sur la tête de sa fille unique âgée de douze ou treize ans; et comme cette femme avait une fort mauvaise conduite, il ôta de ses mains cette enfant qui était fort jolie; il la mit dans un couvent cloîtré, et il paya à part sa pension, outre celle de quinze cents francs. Elle resta cinq ans dans ce couvent; ensuite M. le duc de Chartres lui donna un trousseau, de l'argent comptant, et la maria.

J'ai conduit la maison de Belle-Chasse et l'éducation des princesses et des princes leurs frères avec une économie remarquable et qui a été citée; mon premier principe était d'y avoir l'œil, de compter tous les jours et de savoir le prix des choses, et surtout les doses de comestibles donnés chaque jour à la cuisine pour les repas. Les doses ne changent jamais, et c'est là-dessus principalement qu'on est friponné ou qu'il y a du gaspillage, quand on n'y fait pas une extrême attention. Je savais donc ce qu'il fallait donner de vermicelle ou de riz pour un potage de quatre, huit, douze personnes, etc.; car il suffit de savoir ce qu'il en faut pour une ou deux. J'avais fait la même combinaison pour le sucre des compotes, des crêmes, etc., pour l'huile, le beurre, le laitage, etc. Enfin, j'envoyais secrètement toutes les semaines à la halle un homme dont je connaissais la scrupuleuse et délicate probité: il s'informait du prix courant de toutes les denrées, et il me rapportait le détail par écrit. Pour se soustraire à la redoutable inimitié des cuisiniers, il m'avait fait promettre le plus profond secret, que j'ai si fidèlement gardé, que jamais on ne s'est douté de notre intelligence à cet égard. Cet homme était un valet de chambre de Mademoiselle, il s'appelait Horain. J'aime à le nommer, parce que je lui ai dû en très-grande partie l'économie tant louée de la maison de Belle-Chasse, et la réputation de bonne ménagère, qu'on accorde avec tant de répugnance aux femmes qui aiment la lecture et qui cultivent la littérature et les arts.

J'entre dans ce minutieux détail: 1° parce qu'il tient fort peu de place dans ces mémoires; 2° parce que c'est un devoir pour moi de ne rien omettre à cet égard, puisque je m'étais chargée de la dépense, la seule probité m'imposait la loi de ne négliger aucun des moyens de la bien conduire. Je n'ai jamais voulu me charger de l'argent pour la dépense: un trésorier payait sur mes mémoires arrêtés; c'est encore une règle que j'avais établie. On lit avec plaisir dans les Lettres et les Mémoires de madame de Maintenon les conseils de ménage qu'elle donne sans cesse à son frère et à sa jeune belle-sœur, leur prescrivant ce qu'ils doivent se faire servir à leur dîner, les instruisant du prix des comestibles, etc. Cette bonhomie et ces petits soins plaisent dans une personne qui vivait dans un si grand monde; mais ce n'était point pour elle un devoir: ainsi, j'espère qu'on me pardonnera cette courte digression. Mon second principe était d'engager mes élèves à donner avec magnificence dans toutes les occasions, mais de ne les faire acheter et payer que comme des particuliers; et mon troisième, de ne me servir personnellement d'aucun de leurs marchands ou fournisseurs. M. le duc de Chartres applaudit à cette économie, mais ne la demandait point; et quand je lui ai proposé pour l'avantage de cette éducation des dépenses tout à fait inusitées, il les a toujours faites, non-seulement sans opposition, mais avec empressement et plaisir, comme, par exemple, tous les joujoux instructifs, les palais d'architecture se démontant, et qui ont coûté si cher; et tant d'autres choses de ce genre, et enfin l'acquisition de la belle terre de Saint-Leu, celle du château de la Motte, seulement pour leur faire connaître la mer, nos courses, nos voyages dans l'intérieur de la France, etc. J'avais tâché de rendre utile à l'éducation jusqu'à l'ameublement de Belle-Chasse. La tapisserie de la chambre des princesses représentait peints sur toile à l'huile, sur un fond bleu, les médaillons en grisaille, d'après les médailles, des bustes des sept rois de Rome, des empereurs et des impératrices jusqu'à Constantin le Grand. Les dessus de porte représentaient des traits particuliers de la même histoire; à chaque médaillon se trouvaient la date et le nom des personnages. Deux grands paravents représentaient les rois de France; les écrans tirés, les écrans de main et les dessus de la porte de la salle à manger représentaient des traits mythologiques. Tout l'escalier était recouvert de cartes de géographie que l'on pouvait détacher pour les leçons; j'avais mis les cartes du Midi dans le bas de l'escalier, et celle du Nord dans le haut. J'ai détaillé toutes ces choses dans Adèle et Théodore. Enfin, j'avais fait graver en lettres d'or, au-dessus de la porte grillée qui nous renfermait, ces paroles d'Addison tirées du Spectateur anglais: « True happiness is » of a retired nature and an enemy to pomp and noise »

M. de Schomberg venait souvent me voir, il m'amena d'Alembert, pour lequel je n'avais aucun penchant naturel. Sa figure ignoble et sa voix aigre et fausset me déplaisaient. Il était dans la conversation âcre, bouffon, burlesque et caustique; je ne le reçus que par complaisance pour M. de Schomberg.

Je donnai successivement, dans les dix premiers mois de mon séjour à Belle-Chasse, mes autres volumes du Théâtre d'éducation dont les journaux parlèrent avec les mêmes éloges. A propos de celui des pièces tirées de l'Écriture sainte, d'Alembert, en présence de M. de Schomberg, me dit amicalement qu'il me conseillait de ne jamais parler à l'avenir de la religion, parce que cette mode était passée; qu'il fallait employer ma belle imagination sur des sujets seulement

_____
[1] Ce furent les premiers qui se firent.

moraux (on savait que je travaillais à Adèle et Théodore); et qu'alors je serais sûre d'obtenir les suffrages les plus éclatants, et que lui par exemple proposerait à l'Académie de créer quatre places de femmes, afin de me mettre à leur tête; et qu'il était certain d'obtenir cette grâce qui me couvrirait de gloire, et parce que le public penserait bien que l'on n'aurait nommé les trois autres que pour avoir le droit de me faire cette faveur, en diminuant en peu l'envie qu'elle exciterait. Je lui demandai quelles seraient mes trois compagnes. Il me nomma mesdames de Montesson, d'Angevilliers et d'Houdetot. Je répondis qu'il m'était impossible de séparer la religion de la morale, et que je n'aurais aucune espèce de talent si je voulais la priver d'une telle base; que non-seulement je parlerais sans cesse de la religion, mais que je combattrais de tous mes faibles moyens la fausse philosophie qui l'attaque et la calomnie. Il me répondit avec colère et dédain que je m'en repentirais. Il ajouta du ton le plus ironique et le plus amer que la grâce pourrait être de mon côté, mais que la force n'y serait pas. Je répondis qu'avec la raison, la droiture et la persévérance on est toujours fort. La dispute devint très-piquante de part et d'autre, malgré tous les efforts de M. de Schomberg pour nous adoucir et nous concilier. D'Alembert s'en alla furieux contre moi; depuis ce jour-là je ne l'ai plus revu. Tel a été le commencement de ma brouillerie avec les philosophes.

J'ai oublié de dire que, parmi les lettres de compliments sans nombre que je reçus au Palais-Royal sur le premier volume du Théâtre d'éducation, j'en reçus une de madame d'Épinay que je ne connaissais pas du tout. C'était alors une femme de cinquante ans, très-infirme et qui ne sortait point; elle me demandait avec instance d'aller la voir. Sa lettre était aimable, je me décidai à lui faire une visite; elle me reçut si bien, que je promis d'y retourner. M. Grimm logeait chez elle et il était toujours en tiers avec nous. Je l'avais déjà vu à Venise, et, sans le trouver aimable, sa conversation me plaisait parce qu'il avait beaucoup voyagé et qu'il répondait avec complaisance à toutes mes questions. Madame d'Épinay n'avait jamais dû être jolie, ses manières manquaient absolument de noblesse; il y avait du commérage dans son ton, mais elle était naturelle, obligeante; elle n'avait nulle pédanterie; son esprit me parut commun et son instruction fort bornée. Je rencontrai chez elle madame d'Houdetot, bien moins belle encore, mais beaucoup plus spirituelle qu'elle; je la regardai avec curiosité parce que j'avais lu dans les Confessions de J.-J. Rousseau qu'il avait été passionnément amoureux d'elle[1]: cependant elle était extrêmement louche et ses traits d'ailleurs n'étaient pas beaux. Elle me fit beaucoup d'avances et d'invitations d'aller chez elle; elle vint chez moi, et je lui rendis sa visite à l'heure où je savais que je trouverais rassemblée chez son salon toute sa société de beaux esprits. J'y vis pour la première fois M. de Saint-Lambert; je restai là une heure et demie, fort silencieuse et fort appliquée à écouter. La conversation manquait d'agrément, parce que chacun n'était occupé que du désir d'y briller. C'était le second bureau d'esprit que je voyais, et je ne le trouvai pas plus amusant que celui de madame Geoffrin; j'en vis, étant à Belle-Chasse, un troisième qui me plut davantage. Madame du Deffant était parente de MM. de Genlis; mais comme elle avait eu dans sa jeunesse et dans son âge mûr une conduite très-philosophique, madame de Puisieux m'avait défendu de la voir: c'était de sa part une vieille rancune de scandale que les quatre-vingt-quatre ans de madame du Deffant auraient dû lui ôter. Madame du Deffant m'écrivit les plus aimables billets pour m'engager à l'aller voir, et j'en obtins la permission de madame de Puisieux.

Je n'avais nulle envie de connaître madame du Deffant. Je me la représentais apprêtée, pédante, précieuse. J'étais surtout effrayée de l'idée que je la trouverais au milieu d'un cercle de philosophes. J'imaginais qu'étant, ainsi en force ils parleraient et disserteraient avec ce ton emphatique qu'ils prennent tour à tour dans leurs écrits, et je sentais que je ferais triste figure dans cette étrange assemblée, présidée par une sibylle enthousiaste de toutes déclamations, et qu'il était impossible de contredire ouvertement, puisque, aveugle et octogénaire, elle était doublement respectable par la vieillesse et par le malheur. Enfin je pris une courageuse résolution: je me rendis le soir même à Saint-Joseph, chez madame du Deffant. Il y avait assez de monde chez elle, et j'aperçus avec plaisir deux ou trois hommes de ma connaissance. Madame du Deffant me reçut à bras ouverts, et je fus agréablement surprise en lui trouvant beaucoup de naturel et l'air de la bonhomie. C'était une petite femme maigre, pâle, blanche, qui n'a jamais dû être belle parce qu'elle avait la tête trop grosse et les traits trop grands pour sa taille. Cependant elle ne paraissait pas

_____
[1] Je l'aurais jugée beaucoup plus défavorablement si j'avais pu connaître les indignes mémoires que l'on a publiés depuis sous son nom; il règne dans cette ignoble production la plus dégoûtante perversité, parce qu'elle y est naïve et froide. Je crois d'ailleurs que l'auteur, qui n'a nuls principes, ne se fit aucun scrupule d'altérer et de dénaturer souvent les faits: elle avait à se plaindre de Rousseau et de Duclos, et je suis persuadée qu'elle exagère beaucoup leurs torts avec elle.

Au reste, il ne faut pas juger les mœurs de ce temps par le tableau hideux qu'elle présente; madame d'Épinay n'a peint qu'une très-petite société, composée en général de personnes de très-mauvaise compagnie; sa jeunesse, sa conduite et ses liaisons l'ont toujours empêchée d'être admise dans la bonne.

aussi âgée qu'elle l'était en effet. Lorsqu'elle ne s'animait pas en causant, on voyait sur son visage l'expression d'une morne tristesse ; en même temps on remarquait sur sa physionomie et dans toute sa personne une sorte d'immobilité qui avait quelque chose de très-frappant. Quand on lui plaisait, elle était accueillante ; elle avait même des manières très-affectueuses. Les personnes incapables d'aimer ne connaissent pas la différence infinie qui se trouve entre la bienveillance et l'amitié ; un goût est pour elles un attachement : elles croient aimer dès qu'elles ont envie de plaire et qu'on les amuse. Cette erreur, qui avait les femmes dans leur jeunesse, leur donne dans l'âge avancé toutes les apparences de l'affectation et de la fausseté. Il est vrai que ces démonstrations de tendresse ne signifient rien de ce qu'elles semblent exprimer, mais presque toujours elles sont prodiguées de bonne foi.

On ne parla chez madame du Deffant ni de philosophie ni même de littérature ; la compagnie était composée de gens de différents

Madame de Montolieu.

états ; les beaux esprits s'y trouvaient en petit nombre, et ceux qui vont dans le monde y sont communément aimables quand ils n'y dominent pas. Madame du Deffant causait avec agrément ; bien différente de l'idée que je m'étais faite d'elle, jamais elle ne montrait de prétentions à l'esprit ; il était impossible d'avoir un ton moins tranchant ; ayant très-peu réfléchi, elle n'était dominée que par la seule habitude, Elle eut, dit-on, sans aucun système, une conduite très-philosophique dans sa jeunesse. On était alors si peu éclairé, que madame du Deffant fut longtemps sinon bannie de la société, du moins traitée avec cette sécheresse qui doit engager à s'en exiler soi-même. Trente ans après, la lumière commençant à se répandre, madame du Deffant crut se rétablir dans le monde en adoptant des principes qui la justifiaient. La philosophie sauvait l'humiliation de rougir du passé ; il était agréable de pouvoir tout à coup regarder en arrière non-seulement sans regret et sans honte, mais avec une satisfaction et une sorte d'orgueil ; et au lieu d'avouer qu'on s'était conduit avec beaucoup d'imprudence et d'étourderie, de pouvoir se vanter d'avoir été, par une heureuse inspiration, disciple des philosophes à naître ; et enfin, il était beau d'avoir le droit de dire à tous les grands et célèbres moralistes du jour : « Ce que vous prêchez, je l'ai fait avant que vous eussiez instruit l'univers. »

Madame du Deffant, n'ayant de sa vie médité une opinion, au fond de l'âme n'en avait point ; elle n'était pas même sceptique. Pour douter, pour balancer, il faut du moins superficiellement comparé et fait quelque examen ; et c'est une peine qu'elle n'avait jamais voulu prendre. Elle se peignait très-bien elle-même en disant qu'elle laissait flotter son esprit dans le vague. Triste situation à tous les âges, surtout à quatre-vingts ans !... Cette paresse d'esprit et cette insouciance lui donnaient dans la conversation tout l'agrément de la douceur. Elle ne disputait point ; elle était si peu attachée au sentiment

qu'elle énonçait, qu'elle ne le soutenait jamais qu'avec une sorte de distraction. Il était presque impossible de la contredire ; elle n'écoutait pas ou elle paraissait céder, et elle se hâtait de parler d'autre chose. Elle me fit promettre de revenir la voir à l'heure où, sortie de son lit, elle achevait de s'habiller ; elle était alors toujours seule, c'est-à-dire entre trois et quatre heures après-midi, car elle avait depuis longtemps perdu le sommeil. On lui faisait la lecture durant la nuit, et elle ne s'endormait jamais avant le jour. J'y retournai le surlendemain. Je la trouvai dans son fauteuil, un valet de chambre assis à côté d'elle lui lisait tout haut un roman. Le roman l'ennuyait et elle parut charmée de ma visite : je restai deux ou trois heures avec elle et j'écoutais presque toujours. Elle me parla de l'ancien temps, de la cour de madame la duchesse du Maine, de Chaulieu, du marquis de Lafare, de l'ingénieux Lamothe ; de madame de Staal, dont j'aime tant l'esprit, et elle me promit de me montrer une autre fois plusieurs petits manuscrits et beaucoup de lettres de l'impératrice de Russie. Madame du Deffant, au moyen d'une petite machine très-simple, écrivait fort bien et se passait de secrétaire : son écriture était grosse mais très-lisible. Les jours suivants elle me fit lire par son valet de chambre plusieurs petits morceaux de sa composition, des allégories et des portraits : c'était le goût du siècle dernier parmi les personnes spirituelles de la société. Ces portraits, tous faits avec l'intention de plaire et de flatter, sont assez insipides ; le plus joli que madame du Deffant ait écrit est celui de madame de Mirepoix, fait aussi, mais en vers et d'une manière très-agréable, par le président Hénault. J'avais beaucoup plus de curiosité de connaître les lettres de l'impératrice, mais elles ne contiennent que des allusions et des plaisanteries de société, la plupart sur M. Grimm. Pour me les faire comprendre, madame du Deffant était obligée d'arrêter à chaque ligne le lecteur et de m'expliquer les à-propos. Ces lettres sont véritablement surprenantes par leur longueur et leur extrême frivolité ;

C'est un Corrégel

il serait curieux de les voir rassemblées avec celles que la même princesse écrivait à M. de Buffon, et qui montrent tant d'esprit et des connaissances si étendues.

On m'avait dit que madame du Deffant était méchante : c'est ce que je n'ai jamais remarqué ; elle n'était pas même médisante. Il y avait dans son caractère tant de faiblesse, d'insouciance et de légéreté, qu'un sentiment vif ne pouvait l'agiter longtemps : elle n'était pas plus capable de haïr que d'aimer. Brouillée avec d'Alembert, elle me parla de ses démêlés avec lui, mais sans aigreur et sans ressentiment : c'était un simple récit et non des plaintes. Son cœur avait bien vieilli, la philosophie l'avait tout à fait desséché et son esprit n'avait point mûri : il était plus jeune qu'il n'aurait dû l'être quand elle n'aurait eu que vingt-cinq ans. Elle avait craint confusément toute sa vie de réfléchir ; cette crainte devenue de la terreur lui donnait une véritable aversion pour tout ce qui était solide ; elle était accablée de vapeurs, et d'une tristesse invincible, et elle redoutait mortellement les conversations sérieuses ; elle les repoussait même avec sécheresse ; il fallait pour lui plaire ne l'entretenir que de bagatelles. Tout ce qui ressemblait à la raison lui faisait peur ; c'était une chose extraordinaire de voir une personne de cet âge, infirme, souffrante, mélancolique, exiger des autres une éternelle gaieté qu'elle ne paraissait jamais partager, car elle ne jouait rien. La perte de la vue ne l'affectait pas du tout ; elle me dit qu'elle aimait mieux être aveugle que d'avoir un rhumatisme douloureux. Quand elle perdit la vue, ce fut sans un violent chagrin, parce qu'elle conserva pendant plus de cinq ans l'espoir de la recouvrer ; et lorsqu'après avoir consulté tous les charlatans du monde, elle eut épuisé vainement tous les remèdes, elle prit facilement son parti sur son état ; elle y était parfaitement accoutumée. Ce n'était pas là ce qui l'attristait : elle écartait avec peine de funestes idées inspirées par l'âge et par les souffrances. Un jour je me hasardai de lui parler de la mort religieuse du président Hénault. Elle m'interrompit, et avec un ton ironique et un sourire forcé : « Est-ce un sermon que vous me préparez là ? » dit-elle. Je me mis à rire en l'assurant que j'aimais beaucoup mieux l'écouter que prêcher. Elle n'avait point de religion ; mais elle n'était point impie et, malgré tout le pouvoir d'une longue habitude, elle n'était point philosophe. Son existence, comme celle de tant d'autres, n'a dépendu que de ses liaisons ; on sentait que si elle eût vécu avec des gens religieux elle eût été dévote ; et ses derniers jours que l'ennui consumait, que la crainte empoisonnait, auraient été paisibles, sereins, et se seraient écoulés doucement.

M. de la Harpe, qui était déjà venu chez moi sur la fin de mon séjour au Palais-Royal, revenait assidûment à Belle-Chasse. Il avait de la morgue dans son maintien, de la pédanterie dans son ton ; mais je n'en trouvais point encore dans son entretien. Quand il était à son aise, il avait même de la gaieté et se moquait agréablement de l'affectation. Il se passionna tellement pour moi, que je fus obligée de réprimer sérieusement son enthousiasme. La même chose m'était arrivée avec M. de Sauvigny : au bout de quatorze ans de connaissance et d'amitié, j'avais été obligée de me brouiller avec lui sans retour, dix-huit mois avant de quitter le Palais-Royal. Cela n'alla point jusque-là avec M. de la Harpe ; j'avais été beaucoup moins surprise de ses déclarations, parce que j'avais connu promptement l'excès de sa suffisance et de ses prétentions. La chose tourna d'une manière romanesque et dans le grand genre. M. de la Harpe m'écrivit qu'il allait voyager pour se guérir d'une passion malheureuse. Il alla à Lyon, où il avait vraisemblablement des affaires ; de là il m'écrivit plusieurs lettres sentimentales ; il m'envoya des vers charmants sur la mélancolie, qu'il avait faits pour moi, qui peignaient, disait-il, la situation de son esprit et de son cœur.

Je vis aussi dans ce temps M. de Monthion, chancelier de Monsieur, comte d'Artois, homme de beaucoup d'esprit, et du caractère le plus aimable. Il existe encore au moment où j'écris, et par sa conversation, son instruction et sa prodigieuse mémoire il est certainement l'un des plus intéressants vieillards de ce siècle [1].

Je menais à Belle-Chasse une vie délicieuse ; par ma place, j'étais heureusement dispensée de l'ennui mortel d'aller faire des visites ; je n'en faisais uniquement qu'à madame de Puisieux ; ces visites étaient courtes et rares, parce qu'elle venait très-souvent chez moi, les soirs depuis huit heures jusqu'à dix, où notre grille se fermait :

[1] J'écrivais ceci sur la fin de 1820 ; il mourut peu de mois après.

cette grille ne pouvait être ouverte que par une religieuse ; nous en avions deux que l'on changeait toutes les semaines, et qui se tenaient dans une petite chambre faite pour elles au bas de notre escalier intérieur. Les hommes entraient dans notre pavillon, c'était un droit de princesse du sang ; mais ils ne pouvaient entrer que là. Il ne leur était pas permis d'aller dans le jardin, et, comme je l'ai dit, ils étaient obligés de sortir à dix heures au plus tard. Quand on voulait entrer, on sonnait à la grille, et les religieuses rabattant leurs voiles allaient ouvrir : en outre nous avions un tour posé à côté de la grille, dans lequel on mettait nos paquets, nos lettres et les plats de nos repas ; une sonnette donnant dans nos antichambres avertissait les domestiques d'aller chercher ces différentes choses. Les valets de chambre, les valets de pied et nos domestiques se tenaient le jour dans nos antichambres ; mais ils sortaient tous les soirs à dix heures pour aller se coucher dans leurs chambres qui étaient, ainsi que les offices et les cuisines, dans le corridor extérieur. Enfin nous avions un parloir où les femmes de chambre, et moi quelquefois, nous allions recevoir des visites d'affaires. Ainsi aucun homme ne couchait dans notre pavillon, et les religieuses en s'en allant emportaient les clefs de notre grille. Si passé dix heures on avait une commission à donner, on sonnait les domestiques, qui la recevaient du parloir et qui avaient les clefs de la porte donnant sur la rue. Si l'on eût eu besoin d'un médecin, pendant qu'un domestique aurait été le chercher, nous aurions fait réveiller une religieuse par une de nos femmes.

Je recevais tous les samedis toutes les personnes de ma connaissance depuis six heures jusqu'à neuf et demie, et tous les soirs mes amis intimes depuis huit jusqu'à dix. M. de Genlis, mon frère, mes belles-sœurs, M. le duc et madame la duchesse de Chartres, et trois ou quatre personnes formaient cette liste. M. le duc de Penthièvre venait cinq ou six fois dans l'année voir ses petites-filles, et dès qu'elles ont pu s'amuser des joujoux, il leur en envoyait de charmants. M. le duc d'Orléans et madame de Montesson n'ont jamais mis le pied à Belle-Chasse, et M. le duc d'Orléans n'a jamais envoyé d'étrennes à ses petites-filles. Je n'allais chez madame de Montesson qu'au jour de l'an ; je lui menais mes deux filles : la

Je fus étrangement surprise de le voir mettre ses pieds sur la table.

visite était courte, car nous étions reçues avec une grande sécheresse.

Les plus heureuses années de ma vie ont été celles que j'ai passées aux châteaux de Saint-Aubin, de Genlis et de Sillery, et à Belle-Chasse. Il ne faut pas se plaindre du sort, lorsqu'on peut dans sa vie compter plus de vingt-cinq ans de bonheur.

J'avais obtenu la permission d'avoir à Belle-Chasse ma mère et mes enfants avec moi : la satisfaction inexprimable de soigner ma mère, de prévenir tous ses désirs et de la rendre heureuse, fut ma plus douce occupation. Je vais ici me vanter d'un trait de respect filial, parce que j'ose dire qu'il pourra servir d'exemple à plus d'une jeune personne. Ma mère avait un esprit supérieur ; elle était bonne, compatissante, généreuse ; elle m'aimait : sa conversation était délicieuse, mais elle avait une grande inégalité d'humeur, et elle se laissait entièrement dominer par une femme de chambre qui la servait depuis vingt-deux ans ; cette femme, qui s'appelait madame Dufresne, était artificieuse, menteuse, tracassière et méchante au dernier excès. Ma mère la croyait un ange, parce qu'elle était fine, flatteuse, insinuante et très-attentive. J'avais signifié à tous les domestiques que je n'écouterais jamais une plainte contre madame Dufresne, et que je lui donnerais toujours raison contre tous les domestiques. Il est résulté de cet ordre que, malgré tout son esprit de tracasserie, elle n'en a pas fait une seule dans la maison pendant tout le temps que j'ai été à Belle-Chasse, parce que les domestiques, qui avaient un grand intérêt à lui plaire, lui faisaient une cour assidue, lui passaient son commérage et son exigence, et vivaient parfaitement bien avec elle. Au reste, elle était très-fidèle, et dans plusieurs détails elle se rendit utile à la maison. Pour la disposer en ma faveur, je lui faisais sans cesse des présents ; mais malgré tous mes soins je ne pus éviter de tomber dans sa disgrâce. Il y avait à Belle-Chasse une chanoinesse de vingt-sept ou vingt-huit ans, pensionnaire en chambre ; elle s'appelait madame la comtesse Depin : elle était charmante de figure et d'esprit, j'étais fort liée avec elle. Malheureusement elle avait un chien qui se battit avec le chien hargneux de madame Dufresne, et qui remporta la victoire. Madame Dufresne outrée dit beaucoup d'injures à madame Depin ; je pris parti pour mon amie, et madame Dufresne en conçut contre moi une telle rancune, et fit à ma mère de si violentes plaintes, que ma mère me fit appeler pour me déclarer que si je n'allais pas sur-le-champ faire des excuses à madame Dufresne, elle quitterait Belle-Chasse : je lui répondis seulement que j'allais lui obéir. En effet, j'allai prendre mes deux filles, dont l'aînée avait treize ans ; je les instruisis de ce que ma mère exigeait de moi, et les tenant par la main je les menai chez madame Dufresne, à laquelle je fis mes excuses de la meilleure grâce du monde, et sans la plus légère nuance d'ironie. J'articulai même le mot pardon, je l'embrassai très-cordialement, et je la quittai charmée d'avoir donné à mes filles cet exemple de soumission filiale. Pour sceller cette réconciliation, je donnai le lendemain à madame Dufresne un beau gobelet d'argent ; elle fut très-satisfaite de moi, et ma mère m'en remercia avec tendresse. Depuis ce moment, nous avons toujours vécu en parfaite intelligence.

Pour éviter des dépenses inutiles, j'avais décidé qu'aucun de mes amis ne dînerait à Belle-Chasse, à l'exception de mon mari, de mon frère et de mes deux belles-sœurs ; mais ils y dînaient rarement.

La beauté extraordinaire de ma fille aînée, ses talents surprenants pour son âge et son charmant caractère, ma place de dame restée vacante et qu'elle devait avoir, et enfin un régiment promis à celui qu'elle épouserait, me la faisaient dès lors demander par beaucoup de personnes. Je n'avais nulle envie de la marier si jeune, et j'attachais un grand intérêt à finir son éducation ; elle était déjà bonne musicienne, elle jouait d'une manière surprenante du clavecin, et pour le moins aussi bien de la harpe que je lui avais seule enseignée avec la méthode que j'ai inventée d'exercer séparément les deux mains par des passages contenant successivement toutes les difficultés. Je l'avais commencée à neuf ans, et à treize elle jouait sur la harpe avec une très-belle exécution les pièces de clavecin les plus difficiles ; elle dessinait la figure d'une manière charmante, et d'après nature ; peu de temps après elle a peint avec perfection dans tous les genres, en miniature et à l'huile ; elle a eu les mêmes succès pour le clavecin, et surtout pour la harpe. Je n'ai vu personne danser aussi bien qu'elle. Outre ces talents agréables et brillants, elle a beaucoup d'instruction et de solidité dans l'esprit ; par la suite elle étudia la chimie, et en faisant des expériences elle découvrit un sel qui a porté son nom. Sa sœur, remplie de bonnes qualités, de gentillesse, de finesse et d'esprit, avait moins d'aptitude pour les arts, à l'exception du dessin dans lequel, ainsi que dans la peinture, elle excelle aujourd'hui dans plusieurs genres ; mais la nature lui avait refusé de grandes dispositions pour la musique. Ma famille était cependant très-musicale : mon père, ma mère, ma tante, mon frère, mon mari, ma fille aînée et moi, nous étions bien organisés pour la musique.

Je dirai ici en passant que pour la musique on ne forcera jamais la nature, à moins d'une constante application : j'ai donné à ma fille Pulchérie les meilleurs maîtres, Charpentier pour le clavecin, Piccini pour le chant, moi pour la harpe, et en outre un répétiteur ; elle a eu dans les deux dernières années de son éducation jusqu'à dix-huit louis par mois, et je n'ai jamais pu lui donner un talent musical ; sa sœur ne m'a pas coûté le quart, et elle en avait de supérieurs : il est bien regrettable d'avoir employé inutilement un temps si considérable, qu'on aurait pu donner à l'acquisition de connaissances solides. Cependant je ne négligeai point de lui apprendre l'histoire et les différentes choses qui peuvent orner l'esprit : elle apprit aussi avec succès l'anglais et l'italien ; mais en sacrifiant la musique, j'aurais pu lui donner une instruction véritablement extraordinaire.

Mais elle tenait de la nature, ce qui vaut mille fois mieux que les talents les plus brillants, une âme noble, désintéressée, et la sensibilité la plus touchante ; je n'en citerai qu'un trait, qui pourra seul en donner l'idée. Elle avait quinze ans, nous étions à Belle-Chasse, je savais qu'elle prenait soin d'une pauvre vieille femme qui logeait dans notre rue, et je croyais que ce soin se bornait à lui donner la plus grande partie de ses petits menus plaisirs et de l'argent que lui donnaient, à sa fête et au jour de l'an, son père et mon beau-frère. Nous étions en hiver, et le froid était excessivement rigoureux. Comme j'avais réglé à Belle-Chasse toute espèce de dépense, j'avais

décidé qu'on ne porterait dans sa chambre, pour toute la matinée, que trois bûches, et je m'aperçus que tous les matins en descendant chez moi elle avait un air frileux que je ne lui avais jamais vu : elle grelottait, se mettait dans le feu, se brûlait, etc. J'avais beau la gronder, elle ne répondait rien et recommençait le lendemain, ce qui dura plus de six semaines ; enfin mon fidèle Horain, qui avait toujours l'œil aux intérêts de la maison, vint m'avertir qu'il avait découvert qu'un marmiton nommé Albinori emportait de Belle-Chasse tous les matins, de très-bonne heure, une certaine quantité de bois, et que, depuis un an, il avait refusé insolemment d'entrer en explication ; je fis venir Albinori, je le questionnai avec une grande sévérité, ce qui ne l'effraya pas du tout : il me déclara qu'il n'avait agi ainsi que par l'ordre de mademoiselle de Genlis (on appelait ainsi madame de Valence depuis le mariage de sa sœur), qui se passait de feu depuis deux mois pour donner tout son bois à sa vieille femme ; et Albinori, qui me fit cette confidence avec tout l'orgueil d'un ambassadeur chargé d'une mission honorable, me recommanda de n'en rien dire à mademoiselle de Genlis, parce qu'elle lui avait fait promettre le plus grand secret. On peut juger du plaisir inexprimable que me causa cette découverte ! J'envoyai une voie de bois à la vieille femme à condition que Pulchérie garderait ses trois bûches, souffrir physiquement pour faire le bien est certainement la charité la plus rare, la plus touchante : aussi dans les premiers jours de la restitution de ses bûches, Pulchérie me dit un mot charmant. Comme je lui demandais si elle n'était pas bien satisfaite de trouver du feu en se levant, elle me répondit qu'elle avait perdu l'habitude d'aimer le chaud dans sa chambre. Elle a conservé ses sentiments admirables, elle est la mère la plus tendre et la plus parfaite, ses filles lui doivent une éducation qui ne laisse rien à désirer, car on n'en peut rien attribuer à madame Campan [1], qui ne les a eues en pension que quatre mois ; ces éducations, qui ont formé deux personnes, j'ose le dire, si accomplies par la culture de l'esprit, les talents, l'instruction, la pureté de conduite, sont entièrement l'ouvrage de madame de Valence.

Je suis la première institutrice de princes, en France, qui ait imaginé d'imiter l'excellente coutume, pratiquée dans les pays étrangers, d'apprendre aux enfants les langues vivantes par l'usage. Je donnai à mes jeunes princesses une femme de chambre anglaise, et une autre qui savait parfaitement l'italien, de sorte qu'à cinq ans elles entendaient trois langues, et parlaient parfaitement bien anglais et français. Il est vrai que, pour perfectionner l'italien, je leur donnai, j'avais imaginé de mettre une petite Anglaise à peu près de leur âge auprès d'elles. On m'amena d'abord une petite fille qui était à Paris, mais je la trouvai si désagréable que je n'en voulus point. Alors M. le duc de Chartres écrivit à Londres, pour charger une personne de sa connaissance, M. Forth, de lui envoyer une jolie petite Anglaise de cinq ou six ans, après l'avoir fait inoculer ; cela fut un peu long, parce que M. Forth en prit d'abord une qui, examinée par des médecins, fut déclarée atteinte d'une grande disposition aux écrouelles ; un mois après, il en trouva une autre qu'il fit inoculer ; il la confia à un marchand de chevaux, nommé Saint-Denis, chargé par M. le duc de Chartres de lui acheter un beau cheval anglais : il annonça à M. le duc de Chartres cet envoi dans ces termes :

« J'ai l'honneur d'envoyer à Votre Altesse Sérénissime la plus jolie jument et la plus jolie petite fille d'Angleterre. »

Cette enfant était en effet ravissante par sa grâce, ses manières, sa douceur et sa figure. Son visage ressemblait beaucoup, mais en beau, à la duchesse de Polignac ; elle a eu de mieux qu'elle une jolie taille, un joli front et une expression plus angélique encore : elle s'appelait Nancy Syms, je la nommai Paméla ; elle ne savait pas un mot de français, et en jouant avec les petites princesses, elle contribua beaucoup à les familiariser avec la langue anglaise.

Quoique ma fille aînée n'eût que quatorze ans, je me décidai enfin à la marier. Le choix de M. de Genlis se fixa sur un Belge, M. le marquis de Becelaer de Lawoestine : il avait vingt ans, une figure charmante, aussi agréable que régulière, une grande naissance ; il était fils unique ; son père possédait une terre de soixante mille livres de rente auprès de Bruxelles ; enfin M. de Lawoestine devait hériter de la grandesse après la mort de madame la princesse de Ghistelle, sa tante, qui avait cinquante ans et qui n'avait point d'enfants. Le père de M. de Lawoestine était fort avare, et ne voulut donner que six mille francs ; mais M. de Genlis donna à son gendre sa place de capitaine des gardes, mon logement tout meublé du Palais-Royal ; ce qui, joint à la place de dame de ma fille et à l'assurance d'être très-riche un jour, leur formait un sort très-convenable. Je donnai le trousseau de ma fille une quantité de belles robes en pièces, que j'amassais depuis dix ans avec ce dessein ; en outre j'avais une très-grande quantité de porcelaine et de vermeil : j'en fis un partage à peu près égal entre elle et sa sœur, sans me réserver une seule tasse. Je mis sur-le-champ Pulchérie en possession de son lot, que je fis porter dans sa chambre. Je fis acheter pour moi un cabaret de terre de pipe ; on ne m'a jamais vue depuis à Belle-Chasse sortir de cette simplicité. Enfin je donnai à ma fille aînée se

[1] Une de mes petites-filles, madame la comtesse Gérard, tient d'elle cette disposi... ; elle peint d'une manière très-remarquable les fleurs et le paysage à l'hu...

[1] Je crois que mes cousines passèrent plusieurs années chez madame Campan. Leurs vacances se passaient à Romainville chez madame de Montesson. G. D.

que j'avais de plus beau en diamants et en bijoux, de très-beaux bracelets entre autres, et un papillon de diamants ; je donnai tout le reste à sa sœur : j'avais trente-trois ans ; j'aurais fait, sans aucun effort, les mêmes sacrifices à vingt. Huit jours avant le mariage, on m'apporta, de la part de M. le duc et de madame la duchesse de Chartres, de magnifiques bracelets et une superbe aigrette de diamants, présent de noce pour ma fille. Ces présents étaient d'usage au Palais-Royal ; mais je les refusai positivement, ne voulant pas en recevoir plus que ma fille que je n'avais reçu pour moi-même ; mais j'acceptai une bonté particulière du prince et de la princesse, parce que c'était une distinction : ils donnèrent au Palais-Royal le repas de noces. Ma fille fut mariée à midi dans la chapelle du Palais-Royal. M. le maréchal prince de Soubise, parent de M. de Lawoestine, lui tint lieu de père dans cette cérémonie. Tous les parents de M. de Lawoestine, ceux de M. de Genlis et les miens, qui étaient à Paris, furent invités au repas : nous étions en tout trente-quatre. Le soir je donnai à Belle-Chasse un petit ambigu, à mes amis intimes ; ensuite les portes de Belle-Chasse se fermèrent, et le marié me laissa sa femme, qui resta encore avec moi deux ans. M. de Lawoestine avait reçu une éducation très-négligée ; mais il avait de l'esprit naturel, un fort bon caractère et un excellent cœur, et, à vingt ans, tout se répare avec cela ; il a toujours eu beaucoup d'amitié pour moi, j'en conserve une fort tendre pour lui.

Ma tranquillité fut troublée par un triste événement, qui me causa une vive affliction. L'aînée des deux petites princesses, mademoiselle d'Orléans, prit la rougeole ; comme il fallait séparer d'elle sa sœur, j'offris à madame la duchesse de Chartres, ou de l'emmener à Saint-Cloud, ou de rester à Belle-Chasse avec la malade. Madame la duchesse de Chartres, quoiqu'elle n'eût point eu la rougeole, voulut soigner la malade : toutes mes représentations ne purent l'en empêcher ; alors j'allai Saint-Cloud avec l'autre princesse, qui n'eut point cette maladie ; l'autre allait fort bien ; mais le neuvième jour le médecin, M. Barthès (M. Tronchin était mort), jugea tout à fait à propos que l'on pouvait transporter la princesse au Palais-Royal : il faisait froid, ce transport causa une rechute à l'enfant, qui mourut au bout de six jours ; madame la duchesse de Chartres prit la rougeole, qui fut très-bénigne et à Belle-Chasse très-heureuse. La princesse qui me restait prit le nom d'Orléans, elle avait eu jusqu'alors celui de Chartres : elle était âgée de cinq ans. Rien ne peut exprimer la douleur qu'éprouva cette enfant de la mort de sa sœur, et qu'elle conserva pendant plus de deux ans, avec des redoublements causés par différents souvenirs qui lui rappelaient sa sœur. Jamais douleur d'un âge raisonnable n'a été plus vive et plus délicate ; elle la contraignait devant moi, pour ne pas m'affliger. Souvent, dans la chambre, me tournant le dos et paraissant jouer, elle pleurait en silence. Il fallut faire disparaître tous les joujoux qui avaient servi à sa sœur, et lui en donner d'autres qui n'eussent aucune ressemblance avec ceux-là. Enfin elle annonça dès lors l'âme si sensible qu'on lui a vue depuis.

Cependant M. le duc de Chartres s'occupait vivement du soin de donner un gouverneur à ses fils. L'aîné, qu'on appelait M. le duc de Valois, avait près de huit ans. Ils avaient un sous-gouverneur, nommé le chevalier de Bonnard, qui me devait sa place, et que j'avais proposé, à la recommandation de M. de Buffon. Le chevalier de Bonnard ne manquait pas d'esprit : il faisait d'assez jolis vers ; mais, ayant passé sa vie en province, et n'étant pas né avec le bon goût qui peut rectifier promptement les habitudes, il avait un mauvais ton. C'est lui qui fit une épître à ses fils, avec ce titre :

« A Bonbon, mon fils, qui m'avait envoyé le jour de ma fête un
» bouquet de lis et de roses, avec des baisers tout par-dessus. »

Un soir que M. le duc de Chartres vint comme à l'ordinaire, entre huit et neuf heures, à Belle-Chasse ; il me trouva seul et il me dit sur-le-champ qu'il n'avait plus de temps à perdre pour nommer un gouverneur, parce que sans cela ses enfants auraient le ton de garçons de boutique ; et il me conta que, le matin, M. le duc de Valois lui avait dit qu'il avait bien tambouriné à sa porte, et que, dans le même entretien, il avait ajouté, en parlant de ses promenades à Saint-Cloud, qu'on y était bien tourmenté par la parenté, ce qui signifiait, par les insectes appelés cousins. Voilà les choses importantes qui décidèrent M. le duc de Chartres à ne plus différer la nomination d'un gouverneur. Il me consulta sur le choix : il lui proposai M. de Schomberg ; il le refusa, en disant qu'il rendrait ses enfants pédants ; je proposai le chevalier de Durfort, il dit qu'il leur donnerait de l'exagération et de l'emphase ; je parlai de M. Thiars, M. le duc de Chartres répondit qu'il était trop léger et qu'il ne s'en occuperait pas du tout. Alors je me mis à rire, et je lui dis : « Eh bien, moi ! — Pourquoi pas ? » reprit-il sérieusement. Je proteste que je n'avais cru faire qu'une plaisanterie, et que, dans nos conversations précédentes, rien n'avait jamais dû me préparer à une idée aussi singulière ; mais l'air et le ton de M. le duc de Chartres me frappèrent vivement ; je vis la possibilité d'une chose extraordinaire et glorieuse, et je désirai qu'elle pût avoir lieu. Je lui dis franchement ma pensée. M. le duc de Chartres parut charmé et me dit : « Voilà qui est fait, vous serez leur gouverneur. » Ce furent ses propres paroles. Il me quitta, en m'annonçant qu'il viendrait le lendemain de très-bonne heure : il vint en effet à huit heures, nous décidâmes tous les

arrangements ; il fut convenu que l'on conserverait M. de Bonnard et l'abbé Guyot, précepteur qui avait aussi été placé à ma recommandation ; que ces messieurs amèneraient les princes tous les matins à Belle-Chasse, à midi, et les remèneraient à dix heures du soir ; que l'on achèterait une maison de campagne, pour y passer tous les ans huit mois, et que je serais maîtresse absolue de leur éducation. Sachant que je donnerais moi-même les leçons d'histoire, de mythologie, de littérature, etc., ce que ne faisaient jamais les gouverneurs, ce qui joint aux leçons que je donnais à mademoiselle d'Orléans ne me laisserait pas un instant de liberté, M. le duc de Chartres m'offrit vingt mille francs : je lui répondis qu'un tel engagement et de tels soins ne pouvaient être payés que par l'amitié ; il insista vainement, je refusai positivement. J'ai donc fait gratuitement cette éducation de trois princes ; c'est un fait universellement reconnu et qui n'a jamais été contesté : je l'ai consigné dans les Leçons d'une Gouvernante, que je fis imprimer au commencement de l'année 1790, sous les yeux de M. le duc et de madame la duchesse d'Orléans, qui dans tous les temps n'ont jamais nié cette vérité. L'usage du Palais-Royal était de donner douze mille francs aux gouverneurs, un appartement, et à la fin de l'éducation le roi leur donnait le cordon bleu ; c'était le traitement qu'avait eu M. le comte de Pont, qui n'avait élevé qu'un seul prince et qui n'avait pas donné une seule leçon ; c'est pourquoi, au lieu de douze, M. le duc de Chartres m'offrit vingt mille francs, que je refusai sans hésiter, ainsi que toute espèce de traitement d'argent. Outre que je trouvais un grand bonheur à lui donner cette preuve de dévouement, la confiance qu'il me montrait dans cette occasion était si extraordinaire et si honorable, qu'il me semblait qu'un traitement d'argent en aurait ôté pour moi toute la gloire. Madame la duchesse de Chartres vit avec une joie extrême que je me chargeais de tous ses enfants. M. le duc de Chartres, avant de le déclarer publiquement, alla à Versailles en faire part au roi ; nous imaginions qu'il blâmerait cette singularité ; tout au contraire, il approuva de premier mouvement en lui disant : Vous faites très-bien, et je le trouve bon ; alors la chose fut déclarée. Tous les hommes du Palais-Royal, qui prétendaient à la place de gouverneur, en furent outrés, à l'exception de M. de Schomberg, qui se conduisit pour moi d'une manière charmante, et qui resta mon ami ; mais particulièrement le chevalier de Durfort et M. de Thiars prirent contre moi une animosité que rien n'a pu affaiblir depuis. Cet événement ne produisit pas dans le monde autant de surprise et de déclamations que je l'avais craint ; je puis dire avec vérité qu'en général la chose fut approuvée.

CHAPITRE XXIV.
1780.

Je donnai à cette époque Adèle et Théodore, dont la première édition fut enlevée en moins de huit jours. Cet ouvrage, en m'assurant le suffrage du public, m'attira la haine irréconciliable de tous les prétendus philosophes et de leurs partisans. Le chevalier de Bonnard, qui me devait sa place, et qui jusqu'alors m'avait montré le plus grand attachement, fut désespéré : il sentit qu'avec moi l'honneur de l'éducation ne lui serait pas déféré, qu'il faudrait suivre mes idées et non les siennes ; il lui parut très-humiliant d'obéir à une femme : d'ailleurs il était accoutumé à passer toute la belle saison à Saint-Cloud, où il recevait tous ses amis : il allait perdre tous ces agréments ; il ne put y contenir, ni cacher son dépit mortel. J'ai toujours eu la crédulité de compter sur l'amitié qu'on m'a promise ; sa colère et son mécontentement me surprirent et m'affligèrent. Il dit qu'il donnerait la démission de sa place ; alors je lui répondis que je le priais d'y réfléchir ; que s'il restait il trouverait toujours en moi une amie ; que je pourrais par la suite lui devenir d'autant plus utile que, ne voulant rien pour moi, je m'en occuperais davantage du sort de ceux qui seraient attachés à l'éducation, et que j'aurais plus qu'un autre le droit de demander des grâces pour eux ; mais qu'enfin, s'il voulait quitter, je demanderais pour lui le traitement que l'on accordait ordinairement aux sous-gouverneurs qui avaient entièrement fini l'éducation. Il n'y était que depuis dix-huit mois, M. le duc de Valois n'avait que huit ans. M. de Bonnard quitta, et il eut le traitement que je lui avais annoncé ; c'est une chose sans exemple. Loin d'en être reconnaissant, il devint et est resté jusqu'à sa mort mon plus ardent ennemi. M. de Buffon, que je fis juge de toute cette affaire, me rendit une pleine justice : il loua hautement la noblesse de mes procédés ; son amitié pour moi s'en accrut. Il dit et répéta publiquement que l'ingratitude de M. de Bonnard était inexcusable, et que d'ailleurs il ne concevait pas qu'il n'eût pas mieux aimé se trouver sous les ordres d'une amie, qui était la personne du monde qui pouvait le mieux di-

6.

riger, que d'obéir à un gouverneur qui n'aurait eu ni talents, ni instruction. L'abbé Guyot resta, mais avec beaucoup d'humeur; ce qui lui fit prendre une haine secrète contre moi, qu'il a toujours gardée.

Les choses extraordinaires, et même les plus glorieuses, sont si peu faites pour les femmes, qu'elles exposent toujours le repos de leur vie. Elles sont nées pour un bonheur obscur; elles ont tort de s'en plaindre, car c'est le plus pur et le plus durable.

A la place de M. de Bonnard, je nommai M. Lebrun, qui avait été pendant plusieurs années secrétaire de M. de Genlis. C'était un homme sage et honnête; il avait fait un voyage en Amérique avec M. du Coudray; il avait fort peu d'instruction en histoire et en littérature, mais il savait bien les mathématiques. Il avait des manières fort décentes, des mœurs parfaites, un caractère flegmatique et doux. M. l'abbé Guyot avait une instruction très-superficielle et des prétentions à l'esprit qui lui donnaient de la pédanterie; il avait l'habitude de répéter continuellement cette phrase : Si j'ose m'exprimer ainsi; et c'était toujours pour dire la chose du monde la moins hardie, la plus commune et la mieux connue. Plusieurs années auparavant il avait été en Russie, chargé d'affaires par intérim, pendant quelques mois. Il avait attaché une telle importance à cet honneur, il affectait de paraître si occupé de cet emploi de chargé d'affaires, que l'impératrice, en parlant de lui, ne l'appelait jamais que M. le surchargé.

Je convins avec M. Lebrun que, les matins au Palais-Royal, les princes, levés à sept heures, prendraient avec M. l'abbé leur leçon de latin et leur instruction religieuse, et celle de calcul avec M. Lebrun, qui ensuite les amènerait à Belle-Chasse à onze heures. L'abbé et M. Lebrun y restaient, ou à leur choix, s'en allaient et revenaient pour le dîner à deux heures. Après le dîner ils étaient maîtres d'aller où ils voulaient; je me chargeais toute seule du reste de la journée, jusqu'à neuf heures : ces messieurs revenaient pour le souper et emmenaient les princes à trois heures. Je priai M. Lebrun de faire un journal détaillé de la matinée des princes jusqu'à onze heures, en laissant une marge pour mes observations. J'écrivis les premières pages de ce journal. Ces pages contenaient des instructions particulières pour M. Lebrun, sur l'éducation des princes. M. Lebrun m'apportait tous les matins ce journal, je le lisais sur-le-champ; je grondais ou je louais, je punissais ou je récompensais les princes, en conséquence de cette leçon. Dans le cours de la journée, j'écrivais à la marge mes observations, et le soir je rendais le journal à M. Lebrun, qui me le rapportait le lendemain. A la fin de l'année, ces cahiers formaient un bon volume, je les gardais tous; ce qui a formé autant de volumes que d'années. En outre, je faisais un journal particulier de tout ce qui se passait entre les enfants et moi, j'y joignais mes exhortations; tous les soirs, je leur lisais le détail de la journée et je leur faisais signer à tous; ainsi je pouvais rendre compte de leur éducation minute par minute. J'avais pensé que ces journaux auraient un grand intérêt pour M. le duc et madame la duchesse de Chartres; mais ils n'ont jamais voulu les lire, disant qu'ils s'en rapportaient entièrement à moi. Ils ont été continués, avec la plus scrupuleuse exactitude, jusqu'à la fin de l'éducation; ils sont aujourd'hui entre les mains de M. le duc d'Orléans, à qui je les ai tous remis. J'ai cité beaucoup de fragments dans mes Leçons d'une Gouvernante, que je publiai étant encore en France, en 1790.

M. le duc de Valois, qui, comme je l'ai dit, avait huit ans, était d'une inapplication inouïe. Je commençai par leur faire des lectures d'histoire; M. le duc de Valois n'écoutait pas, s'étendait, bâillait, et je fus étrangement surprise, à la première lecture, de le voir se coucher sur le canapé sur lequel nous étions assis, et mettre ses pieds sur la table qui était devant nous. Pour faire connaissance ensemble, je le mis sur-le-champ en pénitence; je lui fis si bien entendre raison, qu'il ne m'en sut aucun mauvais gré: il avait un bon sens naturel, qui dès les premiers jours me frappa; il aimait la raison comme tous les autres enfants aiment les contes frivoles; dès qu'on la lui présentait à propos et avec clarté, il l'écoutait avec intérêt: il s'attacha passionnément à moi, parce qu'il me trouva toujours conséquente et raisonnable. Il fallut le défaire d'une quantité de mauvaises locutions et d'une infinité de manières ridicules; il craignait les chiens : aussi M. de Bonnard avait-il eu l'attention, dans ses promenades au bois de Boulogne, de faire marcher en avant deux valets de pied, pour chasser tous les chiens qui pouvaient se trouver sur la route que monseigneur devait parcourir. Je n'eus besoin que d'une seule conversation pour faire sentir à M. le duc de Valois la sottise de cette pusillanimité; il m'écouta attentivement, m'embrassa et me demanda un chien : je lui en donnai un; il vainquit sur-le-champ sa répugnance, qui était devenue très-réelle : depuis ce jour, il n'a pas donné le moindre marque d'aversion pour les chiens. Il avait aussi horreur de l'odeur du vinaigre, manie que je lui fis perdre aussi facilement que son antipathie pour les chiens. Je reconnus promptement qu'il avait une mémoire véritablement étonnante; je me flatte d'avoir su développer et cultiver en lui le beau don de la nature. Je pris pour second valet de chambre à Belle-Chasse un musicien allemand, qui jouait du piano et qui en outre savait parfaitement la langue par principes; ce fut lui qui enseigna l'allemand à M. le duc de Valois, qui en a toujours pris toutes les leçons sous mes yeux et dans ma chambre. Je lui donnai un valet de chambre italien, avec ordre de

ne lui jamais parler que dans cette langue, ainsi qu'au prince son frère; enfin je lui donnai un maître de langue anglaise, dont il prit aussi les leçons dans ma chambre, ainsi que toutes celles qu'il a prises à Belle-Chasse, à l'exception du dessin : on dessinait le soir dans le salon, à la lampe. Peu de temps après, mon frère perdit son angélique femme; elle mourut à Nice, où mon frère et ma mère la conduisirent. J'ai déjà dit qu'en mourant elle me légua la bonne femme Busca, dont elle prenait soin depuis l'âge de treize ans; elle laissa un fils unique nommé César, qui avait cinq ans; je me chargeai de lui : il a été élevé avec les princes, et il fut l'un des meilleurs sujets qui ait jamais existé.

M. le duc de Chartres acheta Saint-Leu, maison charmante où nous avons passé tous les ans toute la belle saison, c'est-à-dire huit mois de l'année. Je fis faire dans le beau parc de cette maison, un petit jardin pour chacun de mes élèves; ils y travaillèrent et le plantèrent eux-mêmes. J'avais pris un jardinier allemand, qui ne leur parlait que dans sa langue : il les suivait à leurs promenades du matin avec le valet de chambre allemand, et l'on ne parlait qu'allemand à ces promenades; à celles du soir on ne parlait qu'anglais, ainsi qu'au dîner; on soupait en italien. Je pris pour aumônier, à la recommandation de M. Doria, nonce du pape, l'abbé Maristini, son parent, âgé de vingt-huit ans, qui avait été fort bien élevé et qui connaissait parfaitement la littérature de son pays; il donnait tous les jours aux princes une leçon d'italien dans ma chambre. J'attachai en outre à leur éducation un pharmacien, nommé M. Alyon, bon botaniste et excellent chimiste. Il suivait les princes à toutes leurs promenades, pour leur faire cueillir des plantes et leur apprendre la botanique; en outre il nous faisait tous les étés un cours de chimie, où j'assistais régulièrement; enfin j'attachai encore à leur éducation un Polonais, nommé M. Merys, qui avait le plus grand talent pour le dessin et pour peindre les sujets à la gouache. J'imaginai de lui faire faire une lanterne magique historique; il la peignit sur verre et il fit, sur mes descriptions par écrit, l'histoire sainte, l'histoire ancienne, l'histoire romaine, celle de la Chine et du Japon; on n'a rien vu de plus charmant que cette lanterne magique : tous mes élèves la montraient tour à tour, une fois par semaine.

Dans la première année de mon entrée à Belle-Chasse, je fis venir de Bourgogne ma nièce, Henriette de Sercey, qui était orpheline et créole : elle a été élevée à Belle-Chasse par les soins de ma mère et les miens; elle avait neuf ans quand je la pris.

J'inventai pour mes élèves un jeu qui a fait leurs délices et qui m'a beaucoup amusé moi-même. Je leur fis mettre en action et jouer dans le château et dans le jardin, suivant les scènes, les voyages les plus célèbres détaillés dans le Recueil des voyages, extraits de l'abbé Prévost par M. de la Harpe. Tout le monde dans la maison avait un rôle dans ces espèces de représentations : j'y ai joué moi-même; nous avions des chevaux frais pour les cavalcades; la belle rivière du parc nous figurait la mer, une suite de jolis petits bateaux formait nos flottes; nous avions un magasin de costumes. Les plus beaux voyages que nous avons joués furent ceux de Vasco de Gama et de Snelgrave. Je fis faire en outre un petit théâtre portatif, que l'on plaçait dans la grande salle à manger, et sur lequel on exécutait des tableaux historiques; je donnais les sujets, et, la toile baissée, M. Merys groupait les acteurs, qui étaient communément les enfants; ensuite, ceux qui ne jouaient pas étaient obligés de deviner le sujet, soit historique, soit mythologique. On faisait ainsi dans la soirée une douzaine de tableaux. Le célèbre David, qui venait souvent à Saint-Leu, trouvait ce jeu charmant. Je fis bâtir une véritable salle de comédie : le théâtre était d'une très-jolie proportion; le fond s'ouvrait et laissait voir, quand on le voulait, une longue allée du jardin tout illuminée et ornée de guirlandes de fleurs.

L'hiver, à Paris, j'avais rendu tous les moments utiles; j'avais mis un tour dans une antichambre, et aux récréations, tous les enfants, ainsi que moi, nous apprenions à tourner. J'appris avec eux ainsi successivement tous les métiers auxquels on peut travailler sans force : ceux de gainier, de vannier. Nous avons fait des lacets, des rubans, de la gaze, du cartonnage, des plans en relief, des fleurs artificielles, des grillages de bibliothèque en laiton, tous les ouvrages imaginables en cheveux; enfin, pour les garçons, la menuiserie. M. le duc de Valois surpassa tous les autres : avec la seule aide de M. le duc de Montpensier, son frère, il fit, pour l'ameublement d'une pauvre paysanne de Saint-Leu dont il prenait soin, une grande armoire et une table à tiroir, aussi bien travaillées que si elles eussent été faites par le meilleur menuisier. Toutes ces choses ne prenaient point sur leurs études : c'était leur unique amusement, et jamais enfants ne se sont trouvés si heureux durant leur éducation. Outre leur palais des cinq ordres d'architecture, qu'ils montaient et démontaient, et leur avais fait faire, dans les mêmes proportions et avec la même perfection, les outils et tous les ustensiles qui servent aux arts et métiers : l'intérieur d'un laboratoire avec les cornues, les creusets, les alambics, etc., l'intérieur d'un cabinet de physique et tous les outils d'ouvriers parfaitement exécutés en miniature avec une précision admirable. Après l'éducation ils furent déposés et exposés aux regards des curieux dans la galerie du Palais-Royal; ils ont passé depuis dans les salles du Louvre, où je les ai vus sous le règne impérial. J'étais très-fière de voir le public admirer les joujoux que j'avais jadis inventés pour mes élèves.

J'imaginai la gymnastique pour eux. Tous les soirs, à Paris ou à la campagne, deux heures avant la leçon de dessin, ils se rassemblaient tous dans ma chambre et se plaçaient en demi-cercle vis-à-vis de moi; alors nous commencions une lecture, tout haut, d'histoire, de mythologie, d'histoire naturelle.

Je louai une loge à la Comédie-Française, pour leur faire voir la représentation de nos plus belles pièces de théâtre. Je les y menais à peu près tous les huit jours (excepté dans le carême) en choisissant les pièces, afin de ne leur faire voir que celles dont ils pouvaient retirer quelque fruit. Lorsque la petite pièce était licencieuse ou immorale, nous n'y restions point. Quoique je fusse encore jeune, je n'allais plus au spectacle; mais il me sembla que n'y point mener mes élèves serait une critique indirecte de leurs parents, qui avaient des loges à l'Opéra et à la Comédie; d'ailleurs j'avais été très-frappée de l'austérité outrée de l'éducation de M. le prince de Lamballe, rigorisme qui eut de si funestes suites, comme tout le monde sait. Je pensai aussi que les princes du sang, faits pour la représentation et pour protéger les arts, devaient naturellement assister quelquefois à ces représentations théâtrales et savoir les juger.

Tous les samedis nous recevions du monde à Belle-Chasse; ce que j'avais établi pour former les princes à la politesse.

Quand mademoiselle d'Orléans eut atteint l'âge de sept ans, nous eûmes de la musique tous les samedis soir.

J'établis plusieurs prix pour les enfants, mais seulement ceux qui ne peuvent exalter l'amour-propre: les prix d'application, de douceur, de bonté et de dessin. Pour ce dernier prix, c'était M. David qui en était le juge. Tous les ans au jour de l'an, nous étalions dans le salon tous les ouvrages que nous avions faits dans le courant de l'année; on formait de petites boutiques charmantes que l'on distribuait ensuite à ses amis. Les dessins des enfants qui avaient remporté les prix y étaient étalés avec de beaux cadres.

La critique du monde dans *Adèle et Théodore* me fit beaucoup d'ennemis, parce qu'elle était vraie, piquante et sans exagération. Toutes les *pamphleuses* se déchaînèrent contre moi. J'avais le droit de les critiquer; car, malgré l'universalité de la mode, je n'avais jamais voulu parfiler. Au lieu d'user de cette manière de marchander les galons à tous les hommes pour en tirer l'or et le vendre [1], il eût été plus simple d'épargner la façon et de demander de l'argent!...

Lorsque l'aîné de mes élèves eut atteint sa douzième année, comme il n'était qu'ondoyé, il fut, suivant l'étiquette d'alors pour les princes du sang, baptisé avec un grand cérémonial dans la chapelle de Versailles. Il était d'usage qu'à chaque baptême de prince ou de princesse du sang, le roi donnât au gouverneur ou à la gouvernante du prince ou de la princesse la somme de douze mille francs, payables au trésor royal sur une ordonnance signée du roi. Ce prince avait approuvé que je tinsse lieu de gouverneur et que j'en exerçasse toutes les fonctions; mais je ne pouvais en avoir le titre et le rang. J'avais été présentée de nouveau à la cour comme gouvernante de mademoiselle d'Orléans; mais quand je me chargeai de ses frères, je n'avais pu l'être comme *gouverneur*: ainsi tout le monde pensa que je n'aurais point la somme de douze mille francs de gouverneur pour le baptême. On sait que pour moi je n'ai jamais attaché le moindre prix à l'argent; mais je désirai vivement cette somme, parce qu'il était également honorable et singulier de l'obtenir en cette qualité. M. le duc de Chartres n'avait nulle envie de la solliciter; il voulut me persuader que cette demande serait ridicule, je n'en crus rien, et, à force d'importunités, je le décidai à la demander au roi, qui l'accorda sans faire la moindre difficulté. Je fus charmée de recevoir cette somme, dont je distribuai sur-le-champ la moitié aux personnes de l'éducation qui étaient sous mes ordres. Je reçus de même ces douze mille francs au baptême de M. le duc de Montpensier, que je partageai de même; chose qu'aucun gouverneur et nulle gouvernante n'avaient faite avant moi.

Dans ce temps, M. le duc d'Orléans mourut à Sainte-Assise. M. le duc de Chartres prit le nom d'*Orléans*, et l'aîné de mes élèves celui de Chartres. Ma tante revint à Paris; j'obtins de M. le duc d'Orléans la permission de lui mener sur-le-champ les princes et Mademoiselle, quoiqu'elle ne vînt jamais les voir à Belle-Chasse. M. le duc d'Orléans y alla six jours et se conduisit pour elle de la manière la plus parfaite. Elle me reçut personnellement avec amitié, ce qui a duré depuis cette époque jusqu'à mon départ de France. Le roi fit défendre à ma tante de draper et de mettre ses gens en deuil. Alors elle prit le parti de s'établir au couvent de l'Assomption, pendant toute l'année de son veuvage.

[1] On demandait à tous les hommes de sa connaissance leurs vieilles épaulettes d'or, leurs vieux nœuds d'épée d'or, leurs vieux galons d'or, etc., que l'on enlevait ainsi à leurs valets de chambre, et l'on parfilait toutes ces choses, c'est-à-dire qu'on séparait l'or de la soie pour le vendre ensuite à son profit. En outre on recevait aux étrennes des bobines d'or, ou de petits meubles couverts d'or que de même on parfilait et que l'on vendait. Communément une habile parfileuse gagnait à cet étrange métier cent louis par an...

J'ai dit que les années les plus heureuses de ma vie s'écoulèrent à Belle-Chasse, ce qui est exactement vrai des huit ou neuf premières années que j'y passai. Les quatre ou cinq dernières, quoique plus brillantes, par le superbe héritage de madame la maréchale d'Étrée, la belle place qu'obtint mon frère, et le succès non contesté de l'éducation que je dirigeais; ces cinq années, dis-je, furent empoisonnées pour moi par les pertes les plus douloureuses. La première fut celle de madame de Puisieux, qui mourut subitement d'une attaque d'apoplexie foudroyante. Je regrettai du fond de l'âme cette bienfaitrice chérie, cette seconde mère, que j'aimais également d'inclination et par reconnaissance. Elle me laissa par testament un diamant de dix mille francs, ainsi qu'à ses nièces, mais me désigna sous ce titre touchant: *La comtesse de Genlis, mon amie*.

A cette époque j'éprouvai le plus grand malheur de ma vie: je perdis ma fille aînée en couches à vingt et un ans. Après avoir passé cinq ans dans le plus grand monde, sans guide, sans mentor, avec une éclatante beauté, des talents ravissants, l'esprit le plus distingué, et sans avoir jamais donné lieu à la plus légère médisance contre elle, elle était aussi universellement aimée que si elle n'eût été que bonne et médiocre; avec une gaieté charmante, elle avait la raison d'une personne de quarante ans. Elle mourut, comme elle avait vécu, avec le calme et la foi d'un ange; j'allai la veiller les trois dernières nuits de son existence, elle expira dans mes bras: une heure et demie avant, elle avait perdu la parole et la connaissance, cependant elle me serrait encore la main; on voulut lui donner des gouttes d'éther; elle se rappela machinalement que je craignais cette odeur, car elle repoussa la cuiller en me regardant. Malgré ma douleur, dont ma santé se ressentait cruellement, trois jours après sa mort, je recommençai à donner mes leçons à mes élèves. M. de Lawoestine m'apporta le surlendemain de petites tablettes, qu'elle portait toujours dans sa poche; il y avait deux ou trois pages de son écriture, les deux dernières écrites peu de jours avant sa malheureuse couche. En voici une qui fera connaître son caractère et le genre de son esprit naturellement disposé à la plaisanterie.

Elle avait formé une colonne au haut de laquelle elle avait écrit ce titre: *Calcul des infidélités de mon mari pendant les cinq années de notre mariage*. Elle les comptait, année par année; ensuite elle mettait le total, qui se montait à vingt et un. Après cela elle disait: *Voyons un peu les miennes*. Elle avait mis zéro à chaque année; ce qui était terminé par ces paroles: *Total, satisfaction*. Et elle aimait véritablement son mari! Il y a dans cette plaisanterie une grâce, une pureté, une véritable philosophie, qui ont quelque chose de sublime. Elle fut regrettée dans la société, comme je n'ai vu aucune jeune personne l'être. Je n'oublierai point que le roi [2] même en fut douloureusement frappé; il mit ses deux mains sur ses yeux en s'écriant: « C'est affreux! » C'est qu'elle la reine avait dit qu'elle avait le visage de Vénus et la taille de Diane. Ce mot était joli parce qu'il le peignait réellement.

Le chagrin altéra tellement ma santé, que les médecins m'ordonnèrent d'aller à Spa; mais je ne le voulus pas, pour ne point quitter mes élèves; alors M. le duc et madame la duchesse d'Orléans, que je nomme ainsi parce que le grand-père de mes élèves était mort, décidèrent qu'ils iraient avec moi et tous les enfants. Je fus touchée, comme je devais l'être, de cette preuve d'amitié et de bonté. Le voyage de Spa fut très-brillant.

On nous proposa d'aller au sommet d'une haute montagne où se trouve situé le vieux château de Franchimont, parce qu'on découvre de là une vue ravissante et la plus riante, nous dit-on, de Spa; on nous apprit en même temps que le château renfermait plusieurs prisonniers pour dettes. Là-dessus M. le duc de Chartres s'écria de premier mouvement que, « puisqu'il y avait des prisonniers dans le château, la belle vue ne lui paraîtrait nullement *riante*, » et sur-le-champ il proposa de faire une souscription pour les délivrer. J'approuvai fort cette idée, et, grâce aux soins et au zèle ardent de M. le duc de Chartres, la souscription fut bientôt remplie et les prisonniers sortirent du château; alors nous nous rendîmes à cette montagne, et parvenus au sommet, M. le duc de Chartres, en jetant les yeux sur la prison vide et les tournant ensuite sur une campagne immense, dit avec une touchante expression: « A présent je conviens que cette vue est en effet aussi *riante* qu'elle est admirable! »

Je retrouvai à ces eaux le chevalier de Chastellux, qui, devenu amoureux d'une Irlandaise qu'il a épousée depuis et qui n'avait rien, lui n'ayant que du viager, vint me trouver, quoique brouillé avec moi depuis la publication d'*Adèle et Théodore*, pour me dire que, quoique j'eusse à me plaindre de lui, il venait avec confiance me demander de le servir dans une chose d'où dépendait le bonheur de sa vie. Cette manière a toujours été sûre avec moi. Je fis avec le plus grand zèle ce qu'il désirait; j'obtins la promesse d'une place pour celle qu'il épouserait, et ce ne fut assurément pas sans peine, car M. le duc d'Orléans ne le voulait pas et fit beaucoup de résistance à ce sujet. Enfin je l'emportai; le chevalier, qui prit le titre de marquis, épousa miss Plunket, au grand déplaisir de sa famille. Je me chargeai de tous les soins relatifs à ce mariage, des achats pour le

[2] L'infortuné Louis XVI.

trousseau et des présentations partout. Je l'introduisis dans le monde, où l'on était extrêmement prévenu contre elle. Cependant, malgré tous les chagrins que m'a causés madame de Chastellux, je conviendrai, avec mon impartialité ordinaire, qu'elle était aimable, spirituelle, qu'elle avait même d'excellentes qualités; qu'elle était bonne mère et qu'elle rendit heureux le chevalier de Chastellux pendant le temps de son union avec lui. Le marquis de Chastellux fut infiniment sensible à tous ces procédés; mais il mourut quelques mois après son mariage. Madame de Chastellux ne songea qu'à m'ôter l'amitié de madame la duchesse d'Orléans, afin de me supplanter auprès d'elle. La révolution lui en fournit des moyens faciles.

Dans ce même voyage nous passâmes trois jours à Givet, où M. de Valence donna une charmante fête à madame la duchesse d'Orléans. On y chanta de fort jolis couplets pour elle, et ses enfants. Le lendemain M. de Valence donna aussi à mes élèves, avec son régiment, des fêtes militaires également ingénieuses et magnifiques, entre autres l'attaque, la défense et l'embrasement d'un fort simulé, placé sur le sommet d'une montagne, etc. Après la prise du fort, le militaire qui commandait les assaillants vint présenter à M. le duc de Chartres son épée victorieuse. M. le duc de Chartres la lui rendit en lui disant : « Elle est en de trop bonnes mains pour que je puisse la recevoir. » Ce mot obligeant eut d'autant plus de succès qu'on n'avait pu le conseiller.

De Givet M. le duc et madame la duchesse d'Orléans voulurent bien revenir à Paris par Sillery, où ils restèrent au château une quinzaine de jours avec beaucoup d'autres personnes que M. de Sillery invita. Il donna de superbes fêtes à madame la duchesse d'Orléans : il avait déjà fort embelli Sillery, où il avait fait une chose unique sur les étangs, qui sont plus beaux qu'ailleurs, parce qu'une rivière les traverse. M. de Genlis y avait fait faire autant de petites îles que j'avais d'élèves; mais elles aboutissaient toutes par des ponts charmants à une grande île qui portait mon nom.

CHAPITRE XXV.

1780.

Mademoiselle d'Orléans fait sa première communion. — Voyage à la Trappe. — J'entre dans le couvent. — Les religieux. — Erreur sur leur genre de vie. — Leurs lois intérieures. — Navarre. — Temple de l'Amour. — Blénheim. — Saint-Valery. — Baptême d'un vaisseau. — Le mont Saint-Michel. — La cage de fer. — M. le duc de Chartres donne le premier coup de marteau pour l'abattre. — Tradition sur le mont Saint-Michel. — Saint-Malo. — Pouvoir de l'industrie. — Démolition de la Bastille.

L'année suivante, M. le duc d'Orléans acheta la terre de la Mothe, sur le bord de la mer; nous allâmes y passer six mois. L'on nous apportait successivement chaque matin tous les coquillages et poissons de mer que nous voulions voir vivants. Mes élèves y acquirent toutes les connaissances locales qu'on pouvait y prendre.

Mademoiselle était si pieuse, si raisonnable, si instruite de la religion, que je lui fis faire sa première communion à onze ans. Quelque temps auparavant nous fîmes ensemble le voyage de la Trappe. Les princesses du sang avaient, par leur naissance et comme descendantes de saint Louis, le droit d'entrer dans tous les couvents d'hommes les plus austères; mais jusque-là, lorsqu'elles avaient usé de ce droit, elles y étaient entrées ou ensemble, ou seules de femmes, avec leurs pères ou leurs maris; ainsi, jusqu'à cette époque, nulle particulière sans exception n'était entrée dans l'intérieur du couvent de la Trappe. J'eus la prétention d'y entrer et j'y réussis. Je représentai qu'une gouvernante était inséparable de son élève, à moins qu'elle ne la remît à sa mère; mais que, me trouvant seule avec Mademoiselle, refuser de me laisser entrer avec elle, c'était le refuser elle-même, puisque je ne pouvais m'en séparer. On assembla le chapitre pour délibérer sur cette question, et le résultat fut tel que je le désirais. On me laissa entrer avec ma jeune princesse, et de ce moment on me traita avec la plus grande obligeance. D'abord, nous entendîmes la lecture qui se faisait dans un cloître; tous les pères assis; c'était une espèce de sermon français; j'en ai retenu ce passage : « Fuyez loin de nous, vaines et trompeuses voluptés; c'est ici qu'on nous méprise ou qu'on vous subjugue! » Le recueillement de ces religieux avait quelque chose de frappant et de touchant. Après la lecture nous allâmes dans un salon où l'ancien prieur et l'abbé actuel nous tinrent compagnie. Au bout de trois quarts d'heure on nous mena au chœur; ce chœur était assez beau. Tous ces religieux chantaient avec une piété d'ange et de temps en temps se prosternant et restant ainsi dans un profond silence, jusqu'à ce qu'un coup de marteau leur donnât le signal de se relever; la majesté simple de l'église, toute cette réunion, me causaient une espèce de saisissement inexprimable. Après l'office nous sortîmes; on nous conduisit au pied d'un grand escalier qui menait aux cellules; là, on nous fit arrêter : l'abbé, au bas de l'escalier, un rameau à la main, bénissait l'un après l'autre les religieux qui défilaient tous devant lui en s'inclinant profondément; ensuite ils montaient l'escalier pour s'aller coucher. Cette cérémonie finie, on nous reconduisit dans le salon où nous soupâmes,

et dans lequel nous restâmes à causer jusqu'à dix heures avec les pères. Nous vîmes dans une chambre voisine le portrait de M. de Rancé, beau tableau peint par Rigaud. M. de Rancé représenté écrivant. Ses traits étaient réguliers, sa physionomie fine et spirituelle; il ressemblait d'une manière frappante à M. de Sillery [1], à l'exception qu'il n'avait pas une si belle carnation. Je n'aurais jamais imaginé que le réformateur de la Trappe eût une telle figure. On trouvait encore dans l'appartement de M. le duc de Penthièvre un bon tableau que M. de Rancé rapporta de Rome, et qui représentait saint Bernard mourant.

Le lendemain après la messe nous allâmes au réfectoire voir dîner les pères. Il n'y avait point de nappe sur leur table; ils avaient chacun une serviette, leurs assiettes étaient d'étain, leurs couverts de buis; on leur servait à chacun une écuelle de soupe, un plat de légumes, deux ou trois pommes crues, un gros morceau de bon pain, un pot d'eau et un pot de bière. Un lecteur dans une chaire élevée faisait la lecture pendant leur repas. Ensuite ce lecteur, qui était un des pères, dînait avec les domestiques; chacun des pères est lecteur à son tour; les pères étaient servis par des pères qui dînaient après, ainsi que le lecteur. Les frères convers dînaient en même temps dans une salle à côté, qui n'était séparée de l'autre que par une arcade sans porte, de manière qu'on les voyait de la salle des pères; ils étaient servis par leurs confrères les frères convers [2]. De là nous allâmes à la bibliothèque; nous nous rendîmes dans la chapelle, où se trouve le tombeau de M. de Rancé. Les cellules étaient très-petites : elles contenaient une paillasse, une table de bois et un crucifix. Nous vîmes travailler les pères dans les jardins. Nous visitâmes l'apothicairerie, qui était grande et bien fournie; il y avait auprès un joli jardin botanique, rempli de plantes usuelles.

A présent je vais écrire tout ce que j'ai recueilli de la conversation des pères : 1° L'histoire du comte de Comminges est une fable, ainsi que les choses suivantes : qu'ils travaillent tous les jours à creuser leur tombe; qu'ils font et défont des montagnes pour s'occuper; qu'ils se disent en se rencontrant, Il faut mourir; qu'ils portent sur leur cœur une pelote garnie de piquants, etc. Toutes ces choses sont absolument fausses. Ils font maigre perpétuel; ne mangent jamais de poisson ni de sucre, ni œufs, ni huile, ni beurre, excepté un peu d'huile dans leurs salades. Le vinaigre leur est permis, ainsi que le lait; ce dernier aliment leur est interdit dans le carême. Ils ne boivent jamais de vin; mais en voyage et hors de la Trappe ils peuvent boire et manger du poisson et du beurre; pour la propreté de la maison ils peuvent sortir et voyager. Leur habit, ainsi que celui des chartreux, est tout blanc; ils ont la tête et la barbe rasées et un grand capuchon qu'ils mettent à volonté. Ils couchent toujours tout habillés; ils portent la chemise de laine, mais point de cilice; ainsi toutes les mortifications de ce genre leur sont défendues par leur règle. On n'est reçu chez eux qu'à vingt ans, c'est-à-dire admis au noviciat, qui est d'un an. Il n'y a que des infirmes qui fassent de petits ouvrages, tels que des chapelets, des cuillers de buis; et l'hiver ils travaillent encore au jardin; et puis font le travail de la maison, écossent les pois, préparent des légumes, serrent leurs grains, etc. Ces travaux se font toujours en commun. En comptant les pères et les frères convers, il y avait environ cent vingt religieux. Ils étaient soixante pères; dans ce grand nombre il n'y avait que dix-huit prêtres; les autres, engagés de même par des vœux irrévocables, ne disaient point la messe et n'étaient point dans les ordres sacrés, par un sentiment d'humilité, pensant qu'ils ne sont ni assez bons ni assez vertueux pour pouvoir célébrer les saints mystères. L'abbé était élu pour sa vie et nommé par la cour d'après le suffrage des religieux, suffrage qui se donnait par la voie du scrutin et qu'on envoyait cacheté à la cour. Il y avait trois pères hôteliers pour recevoir les étrangers et les pauvres qui se présentaient. Par leur institution et des fondations particulières de personnes pieuses, ils avaient assez de fonds pour donner à tous les pauvres voyageurs l'hospitalité pendant trois jours. Quand les logements de la maison étaient remplis, ils les défrayaient à l'auberge; si durant ces trois jours les pauvres voyageurs tombaient malades, ils les soignaient jusqu'à parfaite guérison; par chirurgien les visitait et leur donnait des drogues de l'apothicairerie de la maison; les religieux allaient les voir aussi, pansaient leurs plaies, etc., etc. Si les pauvres voyageurs manquaient d'argent pour continuer leur route, les religieux donnaient ce qui était nécessaire pour se rendre au lieu où ils

---

[1] M. de Genlis s'appelait alors le marquis de Sillery.

[2] L'établissement des frères convers, si contraire à l'humilité chrétienne, ne se conçoit pas, surtout dans les ordres austères. Par exemple, à la Trappe, où les travaux sont également partagés entre tous les individus, les frères convers n'y servaient donc les pères; d'où venait donc cette distinction de salle et de nom? Ce n'était point parce que les frères n'étaient pas prêtres, car la plus grande partie des pères n'avaient point ce caractère. La raison fait aimer l'égalité, la religion la commande; c'était une étrange contradiction de voir un religieux prosterné le front dans la poussière, et qui cependant dédaignait de manger son pain bis et ses fèves à côté de quelques-uns de ses frères aussi vertueux et aussi pieux que lui. Cette institution n'était pas très-ancienne : le saint Guibert qui les institua vers l'an 1072, mais sans établir ces distinctions orgueilleuses; j'ignore le nom de celui qui les réduisit à la condition de valets, mais il est à présumer que ce fut un moine gentilhomme.

voulaient aller. Il n'y avait point de jour où il ne passât de ces pauvres voyageurs, entre autres beaucoup de soldats. Il est arrivé souvent que la reconnaissance et l'admiration que doivent inspirer tant de charité ont fixé parmi eux des gens qui en étaient l'objet. En effet , qui cherche la vertu dans toute sa perfection ne la trouvera que là, sous une forme peut-être trop austère, mais si vraie, si sublime, qu'il n'est pas étonnant qu'une tête susceptible d'enthousiasme se décide à ce grand sacrifice. En outre, ils secouraient et soignaient tous les pauvres des environs à plusieurs lieues à la ronde. Je questionnai beaucoup de paysans, qui me parlèrent d'eux avec le respect et la vénération qu'on aurait pour des anges qui daigneraient se manifester à nous. Quels sont les particuliers qui, avec les mêmes revenus, auraient pu faire autant de bien et par leurs exemples et par leurs charités? Où trouvera-t-on de telles vertus, si la religion ne les inspire? Ils ne recevaient jamais parmi eux les veufs dont les enfants n'étaient pas établis, quelque âge qu'eussent ces enfants, s'ils n'avaient pas un état qui assurât solidement leur existence; ils pensaient qu'un père ne peut alors disposer de sa liberté et qu'il doit tout entier à ses enfants. Lorsqu'ils ont fait profession, ils renoncent à toute espèce de correspondance par lettres avec qui que ce soit. Ils ne reçoivent jamais de visites de leurs parents, à l'exception de père et mère, pourvu que ce soit rarement. Il leur est expressément défendu de témoigner l'ombre de la préférence à un de leurs confrères, devant tous s'aimer également. Si l'un d'eux s'apercevait qu'un de ses frères eût quelque amitié particulière pour lui, il était obligé, lorsqu'ils sont tous rassemblés, de demander la permission de parler à leur tour, de l'en accuser publiquement. Dans ce cas, les supérieurs imposent une pénitence à l'accusé, qui ne doit jamais répondre pour chercher à s'excuser ou se justifier, alors même qu'il se croirait accusé à tort. Il doit penser que, lorsque son frère l'accuse, il faut qu'il y ait donné lieu de quelque manière dont il peut ne pas se souvenir, et qu'enfin, dans tous les cas, il ne saurait hésiter à sacrifier son amour-propre à l'obéissance due à la règle. Dans ce cas et dans tous les autres où un religieux remarque un de ses frères en faute, de quelque genre que soit la faute , il doit l'en accuser publiquement, comme je l'ai dit, et toujours l'accusé doit rester muet et se soumettre avec résignation à la pénitence imposée; s'il lui échappait un seul mot pour se défendre, tous les religieux se mettraient à genoux pour demander pardon à Dieu de son orgueil; mais c'est une chose qui n'arrivait jamais qu'aux novices et aux nouveaux profès, et encore très-rarement. Ce fut le frère Prosper, religieux de vingt-huit ans, et depuis huit ans à la Trappe, qui me conta ce détail.

Ce frère Prosper avait une physionomie pleine d'esprit et une candeur remarquable. Je l'ai prié de me dire naturellement si parmi ses frères il n'en connaissait pas un au fond de son cœur qui eût plus d'amitié pour lui que pour les autres. « Un seul, m'a-t-il répondu, non en vérité, j'en pourrais plutôt nommer douze qu'un seul. » Cette réponse est jolie et prouve quelle tendre union régnait entre eux. Au reste, il m'a assuré que ses remarques sur cette douzaine ne méritaient pas d'accusation , parce qu'elles n'avaient pour objet que des premiers mouvements absolument involontaires : « Par exemple, a-t-il dit, nous connaissons ceux qui nous aiment le mieux à mille petites choses purement machinales; dans nos travaux nous devons tous secourir avec zèle si l'un de nous est trop chargé, s'il tombe, etc., etc., nous devons voler à son secours; mais dans ce cas il y a toujours douze ou quinze religieux qui courent avec plus de promptitude, et l'on connaît dans ces occasions qui se répètent souvent ceux qui nous aiment le mieux. Mais Dieu ne condamne pas ces inclinations naturelles, il ne désapprouve pas que nous aimions davantage au fond du cœur ceux qui nous paraissent les plus vertueux, pourvu que nous ne le témoignions pas de manière à blesser les autres en montrant une préférence, une estime particulière, qui seraient des fautes graves contre la charité générale et qui altéreraient cette union universelle qui doit exister entre nous. »

Quand un religieux malade est condamné à n'avoir plus que quelques heures à vivre, on lui déclare qu'il doit recevoir l'extrême-onction; alors on le transporte à l'église, et c'est toujours là qu'il la reçoit; ensuite on le reporte dans son lit. Lorsqu'il touche à ses derniers moments, on sonne une cloche qui annonce à toute la maison qu'un des frères est à l'agonie; tous les religieux se rassemblent autour du mourant, que l'on couche sur la cendre, et l'on fait tout haut des prières pour lui. Cette description fait frémir des gens du monde; cependant l'on doit concevoir qu'à la Trappe l'appareil de la mort et les solennités religieuses qui l'accompagnent ne sont qu'augustes et consolantes; ce ne sont pour eux que les avant-coureurs d'un grand triomphe et d'un bonheur suprême. « La vie frugale et laborieuse que nous menons, nous dit le père Théodore, nous exempte des maladies violentes et putrides. Je n'ai jamais vu ici de maladies épidémiques, même durant le temps qu'elles régnaient dans le pays. Nous ne connaissons guère que les maladies de poitrine, causées par les chants de l'Église et par la loi qui nous oblige à nous relever la nuit. Quand on est constitué de manière à supporter ce danger et qu'on a passé trente ans, si notre complexion nous le permet, et que la vieillesse y est saine et vigoureuse; aussi ordinairement nous mourons avec toutes nos facultés. Depuis cinquante ans que je

suis ici, je n'ai presque vu mourir que des religieux qui avaient toute leur connaissance et toute leur raison. Comme nous ne vivons que pour mourir avec sécurité, le moment ici n'a rien de terrible; au contraire, quand nous assistons un de nos frères à la mort, il n'y a pas un de nous qui n'envie la couronne qu'il va recevoir et qui ne voulût être à sa place. Ce n'est pas que la vie nous soit odieuse, nous nous croyons aussi heureux qu'on peut l'être sur la terre; mais nous éprouvons en mourant toute la joie que les plus douces et les plus hautes espérances peuvent donner. Je n'ai point vu de religieux qui n'ait reçu non-seulement sans crainte, mais avec une extrême satisfaction l'annonce d'une mort prochaine; j'en ai même vu beaucoup que cette annonce a tellement ranimés, que leurs forces et leur vie en ont été prolongées d'une manière miraculeuse; presque tous ont dans ces derniers moments une vivacité, un feu et une éloquence qui paraissent surnaturelles. Il y a peu de temps qu'un religieux auquel on annonça qu'il n'avait pas un jour à vivre fut tellement ranimé par cette parole, qu'il nous dit qu'il sentait qu'il aurait la force d'aller à l'église recevoir l'extrême-onction sans être porté. En effet, quoique jusqu'à ce moment il eût été d'une faiblesse excessive, il se leva, marcha, traversa la maison, descendit les escaliers, alla à l'église, en revint, et au grand étonnement du chirurgien vécut encore deux mois. »

Ce même père Théodore qui nous a fait ce récit est l'ancien abbé: il avait vécu dans le monde avant d'embrasser cet état; il avait trente ans lorsqu'il entra à la Trappe; il avait quatre-vingts ans passés, beaucoup d'embonpoint, des dents, une très-belle teint et une fraîcheur réellement étonnante; ses couleurs étaient du plus beau rouge que j'aie jamais vu sur aucune joue. Il avait infiniment d'esprit, une politesse extraordinaire et une mémoire non moins surprenante : il n'avait rien oublié de ce qu'il avait lu d'intéressant avant de venir à la Trappe; il cita plusieurs traits d'histoire et une quantité de passages de la Bruyère qu'il savait encore par cœur : il nous conta plusieurs histoires intéressantes, entre autres celle-ci : « Il y a quelques années, un jeune homme bien né, riche, d'une jolie figure, fils unique d'une mère tendre, entraîné par une vocation qu'il avait depuis l'âge de raison, vint ici, de l'aveu de sa mère, se présenter pour être reçu ; on l'admit au noviciat. L'année du noviciat n'était pas encore tout à fait écoulée lorsque sa mère, se repentant du consentement qu'il lui avait arraché, arriva tout à coup à la Trappe; elle demanda son fils, qui alla le recevoir conduit par le père Théodore. L'entretien fut très-long, c'est-à-dire le discours de la mère, qui conjurait son fils de revenir avec elle, en assurant qu'elle le désirait surtout pour le bonheur de son fils. Ce dernier l'écoutait en silence sans l'interrompre; quand elle eut fini de parler, « Ma mère, lui dit-il, daignerez-vous répondre à une question que j'oserai vous faire? Supposons que je vous eusse quittée pour aller m'établir loin de vous dans un pays étranger où il vous serait impossible de venir; supposons que j'eusse fait une grande fortune, que j'y eusse acquis de grands établissements et des dignités éclatantes, et qu'il ne me fût permis de retourner vers vous qu'en renonçant à tous ces avantages, exigeriez-vous de moi ce sacrifice? — Non certainement, s'écria sa mère, je ne veux que votre bonheur. — Eh bien, ma mère! reprit le jeune homme, c'est ici que je suis cet homme heureux, ou pour mieux dire je suis mille fois plus heureux que ne peuvent le rendre tous les honneurs et toutes les richesses de l'univers, et enfin mon bonheur est d'autant plus grand que l'inconstance de la fortune ne saurait me le ravir, et que la mort même, loin d'en être le terme suprême, doit le rendre suprême et m'assurer éternellement; voyez donc l'étendue du sacrifice que vous me demandez. » A ces mots la mère se leva, embrassa son fils en pleurant et partit. » Je pourrais citer bien d'autres traits de ce genre que j'ai recueillis du père Théodore, de l'abbé actuel et des trois hôteliers. Ces cinq religieux, avec lesquels je causai tant, étaient tous également obligeants; ils répondaient d'un air ouvert à toutes les questions; mais dès qu'on cessait de les questionner, ils rentraient en eux-mêmes, baissaient les yeux et la tête, tombaient dans une espèce de méditation si profonde, que je suis persuadée qu'ils se croyaient seuls absolument avec Dieu, et cela sans nulle espèce d'affectation, mais au contraire avec un naturel très-frappant. Dès qu'on leur parlait, ils sortaient de cette rêverie, reprenant un visage obligeant et riant, ce qui durait tant qu'on les interrogeait. Ils observaient entre eux, à l'exception des supérieurs et des hôteliers, un silence éternel; mais ils pouvaient toujours à de certaines heures parler aux supérieurs quand ils avaient quelques demandes à leur faire; du reste, dans leurs travaux, ils s'exprimaient entre eux par signes. Il y a tel religieux qui n'a parlé depuis beaucoup d'années que pour se confesser, pour lire et pour chanter les louanges de Dieu. Les hôteliers suivent comme les autres la loi du silence dans l'intérieur de la maison et ne parlent qu'aux étrangers.

Il n'y avait pas un seul miroir à la Trappe, ni dans l'intérieur, ni dans les appartements extérieurs. Beaucoup de religieux avaient absolument oublié leur figure. Comme ils travaillent non-seulement dans leurs jardins, mais dehors, leurs portes du côté des jardins sont toutes grandes ouvertes, de manière que si un religieux voulait se sauver, il en a toute liberté: dans ce cas, personne ne l'en empêcher et encore moins le poursuivre et à le ramener quand on s'aperçoit de sa fuite; au contraire, ils se trouvent heureux d'être débarrassés d'un mauvais sujet ; mais la règle les oblige à le recevoir s'il revient, et leur prescrit d'imposer pour pénitence au coupable de rester enfermé autant de temps qu'il a passé absent, et de vivre avec du pain et de l'eau. Cependant l'abbé a le droit d'abréger autant qu'il veut ce temps d'expiation, ce qu'il fait toujours si le coupable témoigne du repentir; dans ce cas, quand l'absence aurait été de dix ans, on ne laisse jamais le coupable enfermé plus d'un an. Lorsqu'un homme se présente pour être reçu, ou lui fait le détail le plus circonstancié de toutes les austérités ; en outre, on l'assure que, quelque robuste que puisse être sa constitution, il est très-vraisemblable qu'il n'y résistera pas et qu'il succombera au bout de deux ou trois ans, et c'est après ces avertissements qu'on entre à la Trappe. Ils ne reçoivent jamais que des hommes grands, forts et bien constitués; aussi ai-je été frappée de la figure de tous ces religieux, qui sont en général d'une très-grande taille. Ils avaient depuis plusieurs années un chirurgien fort habile et jeune encore, qui s'était fixé à la Trappe par affection pour les pères, et qui vivait comme eux de leurs portions et suivait tous leurs offices quand ses occupations le lui permettaient ; il exerçait gratis la médecine pour les pauvres et faisait souvent dix ou douze lieues à pied pour les aller soigner. Il nous disait qu'il était impossible de vivre avec ces pères sans avoir le désir de les imiter, et qu'il ne les quitterait pas quand on lui offrirait toutes les fortunes du monde. Ces religieux avaient toute l'indulgence qui caractérise la véritable vertu : ils me content qu'un jour une femme déguisée en homme entra avec son mari, mais qu'elle ne vit rien, parce qu'on la reconnut sur-le-champ et qu'on la fit sortir. Je me récriais sur cette profanation, qui est un cas réservé et qui fait encourir l'excommunication ; mais ils l'excusèrent très-naturellement en disant qu'elle était bien jeune, qu'elle n'avait sûrement pas senti la conséquence de cette action, et qu'à l'égard de son mari, on concevait qu'un mari pût avoir cette condescendance condamnable pour une femme qu'il aimait.

Ceux qui voyagent vont bien loin pour étudier les hommes, pour chercher à connaître ce que peuvent sur les esprits les institutions, les exemples, les lois, l'autorité, etc. ; voilà bien près de nous des mœurs beaucoup plus austères que celles des anciens Lacédémoniens, des vertus infiniment plus sublimes que celles de ces sages de l'antiquité si fameux et si vantés; enfin, une petite république où toutes les passions dangereuses sont anéanties, où toutes les vertus sont portées à un degré de perfection qui semble au-dessus de la nature. Est-ce donc là un tableau indigne de l'observation d'un véritable philosophe? Doit-on quitter cette enceinte respectable en disant : *Ce sont là des fous!* Avant de décider ainsi, commencez par me prouver que vous êtes sage; prouvez-moi du moins que vous êtes conséquent, que vous avez des principes, quels qu'ils soient, et que vous y conformez vos mœurs. Vous croyez qu'on doit céder aux penchants

Un lecteur dans une chaire élevée au couvent de la Trappe.

que la nature nous donne, que c'est ainsi seulement qu'on peut être heureux; et pourquoi donc vous plaignez-vous sans cesse? pourquoi donc le bonheur vous fuit-il ou vous échappe-t-il toujours? pourquoi la paix de l'âme n'est-elle pour vous qu'un bien chimérique?

De la Trappe nous allâmes à Conches, et de Conches à Navarre, qui en était à cinq lieues.

Je crois que les jardins de Navarre étaient à cette époque, sans aucune comparaison, ce qu'il y avait dans ce genre de plus beau et de plus agréable en France ; ils me paraissaient infiniment supérieurs à ceux de Chantilly; ils étaient immenses et réunis à une vaste et superbe forêt. Les eaux y étaient admirables; une belle et large rivière naturelle traversait les jardins et y formait des ruisseaux, des cascades qui allaient, nuit et jour et dans tous les temps. La beauté merveilleuse des ombrages et des eaux, cette majestueuse forêt qui entoure de toutes parts et couronne les jardins, la profusion des fleurs, l'énorme quantité d'arbres et d'arbustes rares, la magnificence des fabriques, la variété des sites, le bon goût et l'extrême noblesse qui régnaient en général dans la distribution et le plan, la vaste étendue de ces jardins, rendaient ce lieu véritablement digne d'exciter la curiosité des amateurs des arts et des étrangers. En nous trouvant dans ce lieu enchanté, nous fûmes frappés d'une réflexion qui nous offrait un contraste singulier : il nous parut bizarre de nous trouver tout à coup dans le *Temple de l'Amour*, en nous rappelant que la veille, à la même heure, nous avions été dans la cellule d'un père de la Trappe. Il y avait dans ces délicieux jardins plusieurs choses de mauvais goût, mais c'étaient de légers défauts parmi des beautés sans nombre et du plus grand genre. Par exemple, la grotte ne présentait qu'une grande masse, très-lourde et d'une vilaine forme, ce qui nous parut d'autant plus fâcheux qu'elle était très en vue et dans une situation ravissante ; j'aurais voulu, à la place de ce mauvais rocher, un beau *Temple de la Gloire*, dans lequel on eût trouvé pour principal ornement l'épée de M. de Turenne[1] suspendue à la voûte; j'aurais voulu encore, que la statue de ce grand homme eût décoré le fond du temple, et que des bas-reliefs eussent représenté ses victoires. En Angleterre, toutes les fabriques de Blenheim sont des monuments glorieux qui retracent les exploits du duc de Marlborough[2] ; les jardins de Navarre, aussi beaux que ceux de Blenheim, pouvaient encore avoir cet intérêt si noble de rappeler à chaque pas la gloire d'un héros, celle de nos armées et des époques glorieuses à la France. Au lieu de cela, on s'était contenté d'élever dans le jardin un petit tombeau de gazon au cheval de bataille de M. de Turenne. Sur cette tombe mesquine, la Pie (cette jument célèbre) est représentée en petit, en bronze; aux quatre coins de la tombe sont des urnes de porphyre; le tout ressemblait, comme le remarqua Paméla, à une garniture de cheminée.

Il était expressément défendu de cueillir des fleurs dans ces jardins et d'y tuer aucun gibier et aucun oiseau. Les oiseaux y étaient en plus grand nombre et plus apprivoisés qu'ailleurs, aussi ce jardin avait-il un éclat et une fraîcheur remarquables. Je n'ai jamais vu tant de roses et de fleurs, entendu tant de chants et de ramages d'oiseaux, tant de murmures de torrents et de cascades.

Nous fîmes, le mois d'août suivant, un voyage à Saint-Valery, à cinq lieues de Lamothe. Après avoir dîné dans une auberge sur le bord de la mer, on nous conduisait sur un vaisseau neuf qui n'était pas encore nommé. On désira que M. le duc de Chartres lui donnât son nom et qu'il en fût sur-le-champ le parrain. J'y consentis avec d'autant plus de plaisir que je n'avais jamais vu cette cérémonie. Il y avait sur le gaillard d'arrière une table couverte d'une nappe garnie de dentelle, et sur cette table un bénitier et des assiettes contenant du sel et du blé. Des prêtres, en habits sacerdotaux, entouraient la table. M. le duc de Chartres et Mademoiselle furent le parrain et marraine. Le curé leur fit un discours touchant, après quoi les prêtres ont chanté leurs prières. Ensuite le curé bénit le vaisseau. Il fit le tour en répandant du sel et du blé, symboles de l'abondance, Il me semble que cette bénédiction d'un vaisseau neuf, prêt à partir pour une longue et périlleuse navigation, est en effet un très-beau sujet de discours adressé à un jeune prince. On expliqua à mes élèves avec le plus grand détail la manœuvre d'un vaisseau. Nous visitâmes aussi le chantier, où nous vîmes deux bâtiments en construction.

Nous visitâmes un village très-singulier, à trois petites lieues de Lamothe, nommé Cayeu. Il est sur le bord de la mer et composé d'environ huit cents maisons. Le bord de la mer est la très-élevé, et n'est formé que par du sable excessivement fin, que le vent y porte du rivage. Il en résulte que, le vent repoussant ce même sable de ce bord escarpé très au loin, il couvre en totalité non-seulement tout l'espace occupé par le village, mais encore une grande étendue par delà; de manière qu'en marchant dans ce triste lieu on enfonce dans le sable jusqu'au-dessus de la cheville du pied et que dans cette

---

[1] Navarre appartenait alors aux descendants de Turenne. Lorsque l'impératrice l'habitait, on eût pu trouver simple aussi qu'il s'y trouvât un *temple de la gloire*; ce magnifique domaine était destiné à rappeler nos plus beaux souvenirs historiques, et cependant il n'en reste rien. G. D.

[2] Il avait créé ces admirables jardins, visités par tous les voyageurs. G. D.

vaste étendue il ne peut croître ni un arbre, ni un buisson, ni un seul brin d'herbe ou de mousse. On se croit là transporté dans les déserts arides et brûlants de l'Afrique; et lorsque le vent est violent, ce qui est fréquent sur les côtes de la mer, le sable s'élève dans les airs en épais tourbillons et couvre entièrement ce malheureux village. Mais la pêche et par conséquent une subsistance assurée retiennent là ces infortunés habitants, malgré tant de calamités et malgré la privation de la verdure, des fruits, des légumes, de l'eau douce et de tout ce que la nature offre partout aux paysans les plus pauvres. Leur situation nous parut d'autant plus affreuse, qu'à cinq cents pas du terrain qu'ils occupent on trouve des prairies et des champs cultivés, et qu'ils ont ainsi sous les yeux un objet de comparaison bien affligeant pour eux. Je n'ai rien vu qui m'ait autant attristée que l'aspect de ce village.

Le mont Saint-Michel.

De Lamothe nous allâmes au Havre-de-Grâce, où nous visitâmes les arsenaux et ensuite la jetée. Nous y vîmes un horrible monument de la cupidité et de l'iniquité des hommes; c'était un gros vaisseau très-lourd, qu'on appelle un *négrier*, bâtiment destiné à faire la traite des nègres; il était très-massif, parce qu'il était plein de cachots faits pour renfermer les malheureux nègres.

Du Havre nous rendîmes à Pontorson, où nous changeâmes de chevaux pour aller au mont Saint-Michel. Il n'y a que trois lieues; mais pendant plus d'une lieue les chemins étaient excessivement mauvais. Nous fûmes obligés d'en faire la plus grande partie à pied. Pour arriver au mont Saint-Michel dans de certains temps et le plus communément, il faut saisir l'heure de la marée, où la mer abandonne cette plage; mais, dans le moment où nous étions en marche, la mer s'était retirée depuis quelques heures. Nous arrivâmes à la nuit tout à fait fermée; c'était un spectacle surprenant que les approches de ce fort au milieu de la nuit sur cette plage sablonneuse et nue, avec des guides portant des flambeaux et poussant des cris horribles pour nous faire éviter des trous profonds et des endroits dangereux, de manière qu'il fallait faire mille et mille détours avant d'arriver. On voyait de très-près ce fort, qui était tout illuminé dans l'attente des princes; on croyait qu'on y touchait, et l'on tournait toujours sans l'atteindre. Nous entendions un bruit lugubre de cloches qu'on sonnait en honneur des princes, et cette triste mélodie ajoutait beaucoup à l'impression mélancolique que nous causaient tous ces objets nouveaux.

Son élévation est prodigieuse, on ne peut s'en faire une idée. Son aspect est très-imposant par ses tours, ses fortifications et son architecture gothique, qui le rend plus vénérable. Nous entrâmes d'abord dans une citadelle où des gens du lieu, habillés en soldats et avec des fusils, attendaient mes élèves. On n'envoyait dans cette forteresse des troupes qu'en temps de guerre; mais, en temps de paix, c'était le prieur qui était *commandant* du fort. Après avoir passé la citadelle,

nous entrâmes dans la ville, qui était très-petite et fort pauvre: c'est une longue rue extrêmement étroite, qui va toujours en montant et en tournant, et dans laquelle on ne peut aller qu'à pied. Tout le monde avait éclairé sa maison et était sur le pas de sa porte. Après avoir ainsi grimpé pendant une demi-heure, escortés de tous les religieux et des gens qui portaient des lanternes, nous quittâmes la ville, et nous trouvâmes des escaliers très-roides et très-hauts tout couverts de mousse et de ronces; il fallut monter environ quatre cents marches. De temps en temps on trouvait des repos, c'est-à-dire de petites esplanades remplies d'herbages et de ronces, et allant toujours en montant. Cette *grimpade* est la chose la plus fatigante qu'on puisse imaginer; nous étions tous en nage, quoiqu'il ne fît pas chaud. Enfin nous entrâmes dans une vaste église, dont le chœur était très-beau et d'une grande noblesse: nous étions alors dans le couvent. Après avoir traversé l'église, il fallut encore monter un escalier qui nous conduisit aux appartements, qui sont grands et propres. Au-dessus de ces logements il y avait encore quatre cents marches, qui menaient à un belvédère placé au sommet de ce fort. L'air y était très-vif, mais sain; on buvait de l'eau de citerne, qui n'était pas mauvaise. L'hiver y est extrêmement rigoureux et commence avec l'automne; il n'y fait jamais bien chaud. Quelques maisons de la ville ont de très-petits jardins, et quelques habitants possèdent des vaches; mais les religieux étaient obligés de prendre ailleurs leurs provisions, même du pain, parce qu'à cause de la cherté du bois on n'en faisait point au mont Saint-Michel; on le faisait venir de Pontorson. On n'a du poisson sur cette plage que très-rarement et par hasard: ainsi, au milieu de la mer, on est encore obligé de l'acheter. Les religieux avaient à une lieue et demie du fort une maison de campagne avec un superbe jardin qui les fournissait de légumes. Ils étaient douze religieux et ne recevaient point de novices. Il me parut qu'en général ils cherchaient autant qu'ils le pouvaient à adoucir le sort des prisonniers. Ils nous

Ensuite les charpentiers en abattirent la porte et plusieurs pièces de bois.

assurèrent qu'ils ne les renfermaient point, à moins d'ordres très-positifs du roi et détaillés sur ce point, et que même très-communément ils les menaient promener aux environs.

Je les questionnai sur la fameuse *cage de fer*; ils m'apprirent qu'elle n'était point de fer, mais de bois, formée avec d'énormes bûches laissant entre elles des intervalles à jour de la largeur de trois à quatre doigts. Il y avait environ quinze ans qu'on n'y avait mis de prisonniers à demeure, car on y en mettait assez souvent (*quand ils étaient méchants*, me dit-on), pour vingt-quatre heures ou deux jours, quoique ce lieu fût horriblement humide et malsain, et qu'il y eût une autre prison aussi forte, mais plus saine. Là-dessus je témoignai ma surprise. Le prieur me répondit que son intention était de détruire un jour ce monument de cruauté. Alors Mademoiselle et ses frères s'écrièrent qu'ils auraient une joie extrême de le voir détruire en leur présence. A ces mots, le prieur nous dit qu'il *était le maître de* l'anéantir, parce que monseigneur le comte d'Artois [1], ayant passé quelques mois avant nous au mont Saint-Michel, en avait positivement ordonné la démolition; le prieur ajouta que diverses raisons l'avaient forcé de différer, mais qu'il allait accorder aux princes cette satisfaction le lendemain matin, et que ce serait certainement la plus belle fête qu'on leur eût jamais donnée.

Quelques heures avant notre départ du mont Saint-Michel, le prieur, suivi des religieux, de deux charpentiers, d'un des suisses du château et de la plus grande partie des prisonniers (nous avions désiré qu'ils vinssent avec nous), nous conduisit au lieu qui renfermait cette terrible cage. Pour y arriver on était obligé de traverser des souterrains si obscurs, qu'il y fallait des flambeaux, et, après avoir descendu beaucoup d'escaliers, on parvenait à une affreuse cave où était l'abominable cage, d'une petitesse extrême et posée sur un terrain humide où l'on voyait ruisseler l'eau. J'y entrai avec un sentiment d'horreur et d'indignation, tempéré par la douce pensée que du moins, grâce à mes élèves, aucun infortuné désormais n'y réfléchirait douloureusement sur ses maux et sur la méchanceté des hommes. M. le duc de Chartres, avec l'expression la plus touchante et une force au-dessus de son âge, donna le premier coup de hache à la cage; ensuite les charpentiers en abattirent le porte et plusieurs pièces de bois. Je n'ai rien vu de plus attendrissant que les transports, les acclamations et les applaudissements des prisonniers pendant cette exécution. C'était sûrement la première fois que ces voûtes retentissaient de cris de joie. Au milieu de tout ce tumulte, je fus frappée de la figure triste et consternée du suisse du château, qui considérait ce spectacle avec le plus grand chagrin. Je fis part de ma remarque au prieur, qui me dit que cet homme regrettait cette cage, parce qu'il la faisait voir aux étrangers. M. le duc de Chartres donna dix louis à ce suisse en lui disant qu'au lieu de montrer à l'avenir la cage aux voyageurs il leur montrerait la place qu'elle occupait, et que cette vue leur serait sûrement plus agréable... Après la messe, nous parcourûmes toute la maison; nous vîmes une énorme roue au moyen de laquelle avec des câbles on montait par une fenêtre les grosses provisions du château; on attachait ces provisions sur la grève avec des câbles qui tiennent à cette grande roue posée dans l'intérieur du fort à une ouverture de fenêtre, et la roue en tournant hisse et enlève tout ce qui est attaché au câble. De là nous allâmes nous promener sur les terrasses ou parapets, qui sont excessivement élevés. De ce lieu la vue est admirable de tous côtés : on voit le mont Tomblaine, qui est plus grand que le mont Saint-Michel et qu'in'est point habité. Il est couvert de bons lapins et à trois quarts de lieue du mont Saint-Michel, ce qui semble incroyable; car, comme il est isolé dans la mer ainsi que le premier mont, et qu'on n'a point aux environs d'objet de comparaison qui puisse faire juger de sa grandeur, il nous paraissait d'une petitesse extrême à cent pas de nous. Ensuite nous vîmes ce qu'on appelle la salle des Chevaliers, qui est vaste et belle, et soutenue par des colonnes; elle tire son nom de l'usage qu'avaient les chevaliers de Saint-Michel d'aller s'y réunir. La bibliothèque était fort médiocre; ce qui me fit de la peine en songeant combien une bonne collection de livres serait utile et même nécessaire à des prisonniers.

La tradition superstitieuse rapportait que saint Michel avait fait des miracles habités par des ermites; qu'ensuite le saint ordonna d'y bâtir, et que ce mont s'appela d'abord mont de Tombe, à cause de sa tombe. Les anciens ducs de Normandie et d'autres princes firent des pèlerinages à ce mont et des présents que nous vîmes dans le trésor de l'église. On y faisait encore des pèlerinages, et on nous chargea de médailles et de petites coquilles d'argent comme on en donne aux pèlerins. Nous obtînmes pour plusieurs prisonniers une permission qu'ils désiraient ardemment, celle de nous suivre jusqu'au bas du château. Il y en avait un qui, enfermé depuis quinze mois, n'avait pas eu jusqu'à ce jour la liberté de sortir du haut du fort; lorsqu'il se trouva hors du couvent sur la petite esplanade, et surtout lorsqu'il eut aperçu l'herbe qui couvre les marches de l'escalier, il éprouva un mouvement de joie et d'attendrissement impossible à dépeindre : il me donnait le bras, et à chaque pas que nous faisions il s'écriait avec transport : Oh! quel bonheur de marcher sur l'herbe!

Je fus charmée d'avoir vu ce lieu si triste mais singulier, ce château qui tantôt des religieux, rejeté tour à tour par la mer et par la terre; car ce mont est pendant une partie du jour une île isolée au milieu des flots, et pendant l'autre partie il se trouve posé sur une vaste étendue de sable aride.

En quittant le mont Saint-Michel, nous passâmes à Saint-Malo, où nous vîmes un exemple très-singulier de ce que peut l'activité réunie à l'industrie. Il y avait dans cette ville autrefois un apparavant un négociant, nommé Dubois, qui le ruina; n'ayant plus rien au monde, il se disposait à passer aux Indes, lorsqu'on croyait perdu entra dans le port. Dubois avait des intérêts sur ce bâtiment, qui avait gagné des richesses immenses, et qui rapportait à Dubois six cent mille livres; avec cette somme il fit d'autres entreprises qui prospérèrent. Alors il obtint la permission de construire un port à ses frais

à une petite lieue de Saint-Malo, dans un endroit nommé Montmarin. Ce port était achevé et était en petit exactement semblable à celui de Brest. Dubois fit bâtir là un joli château qu'il habitait, et il se mit à construire des vaisseaux qu'il vendait, de manière que cette portion de terre, conquise par le travail et l'industrie, était devenue la propriété de Dubois et une espèce de république fondée et gouvernée par lui. On trouvait à Montmarin une multitude d'ouvriers, parce que tout s'y fabriquait, cordages, câbles, voitures, charpenterie, etc. Dubois prêtait de l'argent aux armateurs; mais dans ce cas il exigeait pour gage et sûreté des vaisseaux qu'il mettait dans son port. Il en a six de cette sorte dans ce moment, avec des pavillons de diverses nations. Cet homme singulier était très-hospitalier, et recevait à merveille les étrangers et tous ceux qui allaient le voir.

Depuis longtemps la révolution se préparait, elle était inévitable; le respect pour la monarchie était tout à fait détruit, et il était de bon air de braver en tout la cour et de se moquer d'elle. On n'allait faire sa cour à Versailles qu'en se plaignant et en gémissant; on répétait que rien n'était ennuyeux comme Versailles et la cour, et tout ce que la cour approuvait était désapprouvé par le public; les pièces de théâtre applaudies à Fontainebleau étaient communément sifflées à Paris. Un ministre disgracié était sûr de la faveur du public, et s'il était exilé, tout le monde s'empressait de l'aller voir, non par véritable grandeur d'âme, mais pour suivre cette mode de dénigrer et de blâmer tout ce que faisait la cour. Les finances étaient en fort mauvais état; on imagina pour y remédier d'assembler les états généraux. Il n'y a rien de pis que de demander des conseils en demandant de l'argent, car on reçoit toujours alors des conditions fort dures. Quelques personnes de la société prévirent des troubles et des orages, mais en général la sécurité alla jusqu'à l'extravagance. M. le duc d'Orléans et M. de Lauzun un soir chez moi (l'assemblée des notables était déjà réunie), je dis que j'espérais que ces assemblées réformeraient beaucoup d'abus; M. le duc d'Orléans prit la parole et soutint qu'on ne supprimerait seulement pas les lettres de cachet; M. de Lauzun et moi nous soutînmes le contraire : un pari s'engagea entre M. le duc d'Orléans et M. de Lauzun; ils l'écrivirent et m'en firent dépositaire; je l'ai gardé pendant plus de quinze ans. Ils parièrent cinquante louis. Et M. le duc d'Orléans soutenait, comme je l'ai déjà dit, contre l'opinion contraire de M. de Lauzun, que l'assemblée des états ne produirait la réforme d'aucun abus, pas même celui des lettres de cachet. J'ai montré cet écrit successivement à plus de cinquante personnes, et les idées de M. le duc d'Orléans étaient celles de presque tous les gens de la société. On regardait une révolution comme une chose impossible. Cette sécurité a été bien funeste, elle a empêché de prendre les précautions qui auraient pu la prévenir.

Le désir de faire tout voir à mes élèves (ce qui dans cette occasion m'entraîna dans une démarche imprudente) m'engagea à revenir de Saint-Leu passer quelques heures à Paris, pour voir du jardin de Beaumarchais tout le peuple de Paris se relayer pour abattre et démolir la Bastille. Il est impossible de se faire une idée de ce spectacle; il faut l'avoir vu pour se le représenter tel qu'il était : ce redoutable fort était couvert d'hommes, de femmes et d'enfants travaillant avec une ardeur inouïe, et jusque sur les parties les plus élevées du bâtiment et des tours. Le nombre étonnant d'ouvriers volontaires, leur activité, leur enthousiasme, le plaisir de voir tomber ce monument affreux du despotisme [1], mais les mains vengeresses, qui semblaient être celles de la Providence, et qui anéantissaient avec tant de rapidité l'ouvrage de plusieurs siècles, tout ce spectacle parlait également à l'imagination et au cœur. Personne n'a été plus épouvanté que moi des excès commis à la prise de la Bastille; mais comme aussi j'ai été témoin pendant plus de vingt ans des emprisonnements arbitraires, comme je n'avais jamais jeté les yeux sans frémir sur cette citadelle, j'avoue que sa démolition m'a causé l'émotion et la joie la plus vive. J'eus aussi la curiosité de voir le club des Cordeliers; j'en ai fait la description la plus fidèle dans les Parvenus.

CHAPITRE XXVI.

1789.

Club des Cordeliers. — Joli mot à ce sujet. — On forme la maison du duc de Chartres. — MM. de la Harpe, Marmontel, Gaillard, Bernardin de Saint-Pierre. — Palissot. — Son ingratitude. — Chénier. — Azémire. — Motif de la haine de Chénier contre moi. — Madame Necker. — Sa fille. — Préparation à la conversation. — M. Necker. — J'apprends le grec. — Je marie Pulchérie. — Mon frère nommé chancelier en 1785. — M. de Genlis hérite de la maréchale d'Estrée.

Dans ces premiers temps de la révolution, l'aîné de mes élèves eut un premier mouvement de générosité et de grandeur d'âme que je ne puis passer sous silence : il apprit en ma présence qu'un décret venait d'annuler les droits d'aînesse; aussitôt il embrassa M. le duc

[1] Sa Majesté Charles X.

[1] On sait que la plupart de ces emprisonnements avaient lieu sans que le roi en eût connaissance.

de Montpensier, en s'écriant : « Ah! que cela me fait plaisir! » Il fut reçu au club des Jacobins par la volonté de M. le duc d'Orléans, et non assurément par la mienne, et cependant il faut se rappeler que cette société n'était nullement alors ce qu'elle a été depuis : néanmoins ses sentiments étaient déjà fort exagérés; je l'avais fait recevoir un an auparavant de la Société philanthropique, dont M. de Charost était le président; mais comme je viens de le dire, je ne l'ai point fait recevoir de celle des Jacobins. Cependant ce fut là le prétexte qu'on employa pour éloigner de moi madame la duchesse d'Orléans.

Dès que M. le duc de Chartres eut atteint sa dix-septième année, M. le duc d'Orléans me déclara que son éducation était finie, et l'on forma sa maison.

Voici les hommes distingués que j'avais attachés à son éducation, et qui le restèrent à sa personne : M. Pieyre, dont le mérite seul et les talents m'engagèrent uniquement à demander une place pour lui, qu'il n'avait point sollicitée, et je ne le connaissais pas personnellement, mais nous avions été à la première représentation de sa pièce intitulée l'*École des pères*; et j'estime pour l'ouvrage m'en donna une telle pour l'auteur, qui était alors fort jeune, que je désirai vivement qu'il fût attaché à mon élève, non comme instituteur, mais en qualité de secrétaire des commandements; M. Merys, dont j'ai déjà parlé, un parent de M. de Bonnard nommé M. de Broval, MM. de Grave et Saint-Blancard, et M. d'Avrey.

Quelques années avant la révolution, j'eus beaucoup de rapports avec trois hommes de lettres célèbres. Quand le vieux duc d'Orléans mourut, j'approuvai sincèrement le prince son fils, qui se détermina à faire une action qui a été justement louée. Son père faisait des pensions à quelques savants; chaque pension était de six cents francs; M. le duc d'Orléans déclara de lui-même qu'il les continuerait; mais je l'engageai à donner de plus les mêmes pensions à un même nombre de gens de lettres : alors il me chargea de lui désigner ceux auxquels je croyais le plus de talents. Je lui nommai sur-le-champ MM. de la Harpe et Marmontel, devenus mes ennemis; je lui indiquai ensuite M. Palissot, que je ne connaissais pas du tout, mais qui avait le mérite à mes yeux, celui d'être antiphilosophe; M. Gaillard et M. Bernardin de Saint-Pierre, qui venait de donner son bel ouvrage intitulé les *Études de la nature*. M. le duc d'Orléans me chargea d'annoncer à ces messieurs avec les formes les plus convenables pour eux cette décision; ce que je fis, et ce qui fut très-bien reçu. J'avais été enchantée des *Études de la nature*; je le témoignai à M. de Buffon, qui n'a jamais trouvé injuste que pour cet ouvrage, ce qui m'ôta pas mon opinion. M. de Saint-Pierre était alors dans la plus grande pauvreté; cette pension lui fit une utilité inexprimable, et il m'écrivit pour me témoigner la plus vive reconnaissance. Je savais qu'il avait un petit jardin, et je lui envoyai de la part de mes élèves six beaux orangers et une trentaine de pots de fleurs, et je menai M. le duc de Chartres et ses frères lui faire une visite. Il n'a participé à aucune cruauté de la révolution; mais pour un homme qui avait toujours montré des principes religieux, il s'est conduit très-lâchement en acceptant sous Robespierre une place de professeur de l'instruction publique, puisque la religion était absolument bannie de l'éducation et de l'instruction. Le meilleur ouvrage de M. de Saint-Pierre est les *Études de la nature*. Son petit roman de *Paul et Virginie* est rempli de détails charmants.

Les autres gens de lettres avec lesquels je fis connaissance à la mort du vieux duc d'Orléans furent M. Palissot, auquel, outre la pension de M. le duc d'Orléans, j'en avais fait avoir une de M. de Calonne; je me brouillai même pour cela avec ce ministre, parce qu'après m'en avoir promis une par écrit de deux mille francs, ce que j'avais annoncé à M. Palissot, il voulut ensuite ne la donner que de mille, ce qui me mit tellement en colère, que j'écrivis à M. de Calonne que, s'il ne tenait pas sa promesse, je ferais imprimer sa lettre. M. de Calonne donna la pension de deux mille francs, mais devint mon ennemi. Je ne vis M. Palissot qu'après avoir fait toutes ces choses : il m'avait écrit des lettres remplies d'éloges passionnés qui ne m'avaient pas plu, parce qu'il me parut peu délicat de me louer ainsi, quand je sollicitais une pension pour lui. Enfin il vint pour me remercier; je le trouvai aimable et causant; mais il avait déjà cinquante-huit ans; il m'amusa beaucoup en me contant une infinité d'anecdotes scandaleuses contre les philosophes. Il fit un très-grand éloge de mes ouvrages dans un livre qu'il publia dans ce temps; et depuis, quand j'ai été proscrite et qu'il resta en France, il publia une nouvelle édition de son ouvrage dans laquelle il rétracta tous les éloges qu'il m'avait prodigués, en disant dans cet article qu'il n'avait loué mes ouvrages dans ce temps que *par reconnaissance*, parce qu'alors je lui avais rendu de grands services.

Je ne crois pas que jamais la bassesse et l'ingratitude aient osé se montrer aussi naïvement. Quand je rentrai en France, je le trouvai au nombre de mes plus ardents ennemis. Dans le temps de notre liaison, il protégeait un jeune poète très-inconnu alors : c'était M. Chénier. M. Palissot me demanda de me le présenter pour entendre la lecture d'une tragédie qu'il venait de finir; j'y consentis. Cette pièce, intitulée *Azémire* et pillée de cinq à six autres tragédies, surtout de *Zaïre*, était détestable; je tâchai inutilement de le détourner

de la faire jouer. Palissot la trouvait admirable, et son avis prévalut. M. Chénier voulut d'abord la faire jouer à Fontainebleau, où était la cour : il me demanda d'obtenir cette grâce de M. le duc d'Aumont, premier gentilhomme de la chambre, de qui cela dépendait. J'écrivis à M. le duc d'Aumont, qui me fit une réponse très-polie dans laquelle il demandait qu'on lui confiât la pièce pour la lire, ce qui déplut beaucoup à M. Chénier, qui me dit qu'il était impossible qu'un premier gentilhomme de la chambre pût avoir en littérature le sens commun. Cependant il envoya son manuscrit à M. le duc d'Aumont, avec une lettre remplie d'éloges *sur son esprit et sur son goût*. M. le duc d'Aumont, après avoir lu cette tragédie, me la renvoya en m'écrivant qu'il croyait impossible qu'elle réussît; que cependant si je persistais dans ma sollicitation, il la ferait jouer à Fontainebleau, mais qu'il me conjurait de la relire avec attention et qu'il *osait croire* que je serais de son avis. Je ne pus me dispenser de montrer cette lettre à M. Chénier; sa fureur fut inexprimable : il débita un torrent d'injures contre M. le duc d'Aumont, sur les gentilshommes de la chambre et en général sur les grands seigneurs de la cour; c'est pourquoi au commencement de la révolution il fit paraître un pamphlet dans lequel il disait, en propres termes, que tous les seigneurs de la cour étaient des *valets* et les *dames* des *servantes*. Cependant M. le duc d'Aumont avait fort bien jugé : à ma sollicitation réitérée, il fit jouer *Azémire*, qui n'alla pas jusqu'à la fin. M. Chénier et M. Palissot dirent qu'ils en étaient charmés, parce que cela prouvait qu'elle était bonne, et que cette injustice de la cour la ferait applaudir davantage à Paris. En général, cela était vrai; mais la pièce était si mauvaise, que pour cette fois le public fut de l'avis de la cour; elle fut sifflée à Paris et ne reparut plus. M. Chénier me fit aussi une petite comédie intitulée *Page* [1].

Il fit des couplets très-galants pour ma fête, et à un petit spectacle de cette fête, placé auprès de moi et me parlant tout bas, sa galanterie devint de si mauvais ton et les expressions de ce qu'il appelait *son admiration passionnée* si impertinentes, que je fus obligée de la réprimer par toute la sévérité du dédain qu'on peut montrer. Furieux, il me fit cette réponse, à laquelle je ne change rien : « *Vous avez raison, je ne suis ni un grand seigneur ni un duc*. » En effet, lui répliquai-je, il n'y en a point d'assez mal élevés pour s'exprimer avec si peu de délicatesse, » et je lui tournai le dos. De ce moment, il me jura une haine éternelle, mais il la dissimula jusqu'à la révolution : il continua à venir chez moi; j'eus l'air d'avoir parfaitement oublié la petite scène dont je viens de rendre compte.

Lorsqu'au commencement de la révolution il fit paraître son pamphlet, et qui était d'un bout à l'autre grossièrement insultant pour la noblesse, je lui fis fermer ma porte : il revint trois fois, mais sans entrer, et je ne l'ai pas revu depuis. Quand il donna son *Charles IX*, je fus très-curieuse de voir cette pièce, dans laquelle il a si indignement calomnié les personnages historiques, entre autres le cardinal de Lorraine, qui fait jurer sur la sainte hostie que l'on commettra les assassinats qu'il ordonne! Ce crime extravagant, de l'invention de M. Chénier, fit tout le succès de la pièce. Il est permis dans les tragédies, les poèmes et les romans, d'embellir les personnages historiques que l'on met en scène; mais il ne l'est pas de leur attribuer des forfaits qu'ils n'ont pas commis. Je menai mes élèves à la première représentation de cette pièce; comme ce n'était pas le jour de notre loge, j'en avais loué une qui était fort en vue; à la scène exécrable du serment, je me levai et j'emmenai mes élèves; cette action ne pouvait manquer d'être fort remarquée; on en parla beaucoup; elle mit le comble à la haine envenimée que me portait M. Chénier et qu'il a conservée dans toute son énergie.

Il a eu le tort beaucoup plus grand de laisser périr son malheureux frère, qu'il aurait pu sauver, en employant tout son crédit durant le règne de la Terreur. On a même dit généralement qu'il avait participé à sa condamnation; ce que je ne puis croire; mais cette odieuse imputation fut accréditée par son silence dans ce temps, car il aurait pu alors sans danger s'en justifier hautement. Cette horrible exagération d'une mauvaise action donna lieu à une anecdote très-vraie et très-curieuse. La célèbre actrice mademoiselle Dumesnil existait encore à cette époque, mais elle était très-vieille et très-infirme; M. Chénier ne l'avait jamais vue, et sans se faire annoncer il se rendit un matin chez elle; il la trouva dans son lit et si souffrante, qu'elle ne répondit rien à tout ce qu'il lui dit d'obligeant; cependant M. Chénier la conjura de lui dire uniquement un vers, un seul vers de tragédie, afin, ajouta-t-il, qu'il pût se vanter de l'avoir entendue déclamer, et mademoiselle Dumesnil, faisant un effort sur elle-même, lui adressa ce vers de l'un de ses plus beaux rôles :

Approchez-vous, Néron, et prenez votre place.

Ce ne fut qu'à Belle-Chasse que j'eus des liaisons avec madame Necker, et, avant la révolution, elle me prévint, m'écrivit les lettres les plus obligeantes et vint me voir : elle m'amena sa fille, qui n'était point encore mariée et qui avait seize ans. Cette jeune personne n'était pas jolie, mais elle était très-animée et parlait beaucoup trop, mais avec esprit. Je me souviens que je fis une lecture à ma-

[1] Elle n'eut aucun succès.

dame Necker d'une de mes pièces du *Théâtre des jeunes personnes*, celle qui a pour titre *Zélie ou l'Ingénue*, que je n'avais point encore fait imprimer, dont la traduction anglaise a été depuis jouée très-souvent à Londres, et dont M. de Tressan fit un roman qu'il me dédia. Je lus donc cette pièce à madame Necker, sa fille était en tiers avec nous. Je ne puis exprimer l'enthousiasme et les démonstrations de cette jeune personne pendant cette lecture; elle m'étonna sans me plaire; elle pleurait, faisait des exclamations à chaque page, me baisait les mains à toutes minutes; elle m'embarrassa beaucoup. J'étais loin d'imaginer que cette même personne serait un jour mon ennemie. Madame Necker l'avait fort mal élevée en lui laissant passer dans son salon les trois quarts de ses journées avec la foule des beaux esprits de ce temps qui tous entouraient mademoiselle Necker; et, tandis que sa mère s'occupait des autres personnes et surtout des femmes qui venaient la voir, les beaux esprits dissertaient avec mademoiselle Necker sur les passions et sur l'amour. La solitude de sa chambre et de bons livres auraient mieux valu pour elle. Elle apprit à parler vite et beaucoup sans réfléchir, et c'est ainsi qu'elle a écrit. Elle eut fort peu d'instruction, n'approfondit rien; elle a mis dans ses ouvrages non le résultat de souvenirs de bonnes lectures, mais un nombre infini de réminiscences, de conversations incohérentes. Madame Necker était une personne vertueuse, calme, sèche et compassée, sans imagination; elle avait pris de ses liaisons avec M. Thomas un langage emphatique qui contrastait singulièrement avec la froideur de ses sentiments et de ses manières; elle était étudiée en tout; elle se composait un rôle pour toutes les situations, pour le monde et pour le commerce intime de la vie; elle le dit elle-même dans ses Souvenirs. Elle y donne des règles sur la manière dont on doit causer tête à tête avec son amant. Au reste, avec ces préparations, elle était toujours égale, obligeante et même ne calculant que sur l'amour-propre des autres, elle était constamment louangeuse à l'excès. Voici une anecdote curieuse sur madame Necker, que je tiens de l'homme du monde le plus incapable de faire un mensonge, le marquis de Chastellux. « Dînant chez madame Necker, il arriva le premier et de si bonne heure, que la maîtresse de la maison n'était pas encore dans le salon. En se promenant tout seul, il aperçut à terre, sous le fauteuil de madame Necker, un petit livre; il le ramassa et l'ouvrit; c'était un petit livre blanc qui contenait quelques pages de l'écriture de madame Necker. Il n'aurait certainement pas lu une lettre; mais croyant ne trouver que quelques pensées spirituelles, il lut sans scrupule : c'était la préparation du dîner de ce jour, auquel il était invité; madame Necker l'avait écrite la veille; il y trouva tout ce qu'elle devait dire aux personnes invitées les plus remarquables : son article y était et conçu dans ces termes : *Je parlerai au chevalier de Chastellux de la Félicité publique [1] et d'Agathe [2].*

Madame Necker disait ensuite qu'elle parlerait à madame d'Angevillers sur l'*amour*, et qu'elle élèverait une *discussion littéraire* entre MM. Marmontel et de Guibert. Il y avait encore d'autres préparations que j'ai oubliées. Après avoir lu ce petit livre, M. de Chastellux s'empressa de le remettre sous le fauteuil. Un instant après, un valet de chambre vint dire que madame Necker avait oublié dans le salon ses tablettes; il les chercha et les lui porta. Ce dîner fut charmant pour M. de Chastellux, parce qu'il eut le plaisir d'entendre madame Necker dire, mot à mot, tout ce qu'elle avait écrit sur ses tablettes.

M. Necker, qui a mis tant de pompe et de morgue dans ses écrits, avait beaucoup plus de naturel dans sa conversation. Il devait à sa figure courte, massive et commune, un air de bonhomie qui, joint à une conversation spirituelle et en général un peu caustique, lui donnait quelque chose d'original. Il avait beaucoup d'esprit, et il aurait été bon écrivain s'il ne se fût pas formé à l'école emphatique de M. Thomas. La noblesse naturelle de ses sentiments l'aurait rendu l'homme le plus distingué si elle n'eût pas été ternie par l'ostentation et par tous les ridicules que peuvent donner un orgueil et des prétentions sans mesure. J'ai dîné deux fois chez madame Necker; elle venait souvent à Belle-Chasse. Je n'ai jamais demandé un seul service à M. Necker, mais je me passionnai pour son *Compte rendu*, et lorsque M. Necker fut exilé, avec ordre de ne s'établir qu'à quarante lieues de Paris au plus près, M. de Sillery m'autorisa à lui offrir, pour un an, la terre de Sillery. Il ne l'accepta point, parce qu'il obtint la permission de se fixer à Saint-Ouen; mais cette offre valait bien un souvenir. Lorsque depuis j'ai été fugitive en Suisse, je n'écrivis point à madame Necker; néanmoins elle ne pouvait ignorer ma situation, et à sa place j'aurais cru devoir quelques marques d'intérêt à une personne qui m'en avait donné une si peu équivoque.

J'ai beaucoup critiqué madame de Staël, sa fille, dans mes ouvrages, mais uniquement sur des principes qu'elle a jugés elle-même répréhensibles, puisqu'elle en a fait depuis une sincère abjuration; mais, loin d'avoir jamais attaqué sa personne et ses talents, j'ai toujours trouvé un grand plaisir à lui rendre une entière justice, et même à conter plusieurs traits de sa vie qui n'étaient pas connus, et qui honorent également son âme et son caractère.

J'éprouvai à Belle-Chasse durant l'éducation, comme je l'ai dit,

[1] *La Félicité publique*, ouvrage du chevalier de Chastellux.
[2] Une jolie comédie de lui, qui n'a jamais été imprimée.

une suite de contrariétés; mais j'étais parfaitement heureuse dans toutes les choses essentielles : mes élèves étaient dociles et charmants, leur éducation était généralement admirée, leurs progrès me récompensaient de tous mes soins. Je désirais que les princes apprissent le grec. Ils n'en avaient nulle envie, et je ne voulais pas les y forcer. Je pris un maître pour moi; ils me virent avec admiration lire les caractères grecs. J'affectai un grand enthousiasme pour le grec, et au bout de six semaines ils me demandèrent un maître. Alors j'attachai à leur éducation un excellent helléniste et un homme aussi vertueux qu'instruit, M. Le Coupey. J'en restai à mes racines grecques, qui m'ont servi pour la botanique et pour la connaissance des étymologies des mots de notre langue. Mes élèves apprirent parfaitement le grec, et dans ma chambre.

Ce fut à Belle-Chasse que m'arrivèrent les événements les plus brillants de ma vie, les mariages de mes deux filles. Ce fut madame de Pont, intendante de Moulins, une de mes amies, qui me donna l'idée du mariage de la seconde [1]. M. de Genlis n'avait point encore hérité de madame la maréchale d'Etrée; ses dettes l'avaient forcé de vendre la terre de Sissy. Les grâces que j'avais obtenues au Palais-Royal pour le mariage de ma fille aînée m'ôtaient la possibilité d'en demander de nouvelles pour celui de la seconde. Ainsi, je ne pouvais espérer de lui faire faire un bon mariage, et c'était pour moi le sujet d'une inquiétude continuelle. Madame de Pont me conseilla de profiter de l'amitié que madame de Montesson avait pour M. le vicomte de Valence, qui l'engagerait facilement à lui donner ma fille en mariage et à la doter. Madame de Pont se chargea de lui en parler; et, comme elle l'avait prévu, ma tante, qui n'aurait pas fait la moindre chose pour toute autre mariage, fit pour celui-ci au delà de tout ce que nous avions imaginé. Il fut convenu qu'elle prendrait ma fille chez elle. Pulchérie fut mariée par l'évêque de Cominge, dans la chapelle de la maison de ma tante, et quelques jours après elle l'emmena à sa terre de Sainte-Assise. M. de Valence avait vingt-neuf ans, ma fille en avait dix-sept; sa figure était charmante, son cœur excellent, ses principes aussi purs que son âme. Elle avait de l'instruction, des talents; elle peignait la fleur, la miniature, faisait des camées charmants; elle lisait tout haut, avec une perfection rare, la prose et les vers; il y avait dans son esprit un mélange de finesse et de délicatesse qui lui a donné par la suite un charme particulier dans la société; enfin, corrigée de l'excès de vivacité qu'elle avait montré dans son enfance, elle était devenue aussi douce, aussi facile à vivre qu'elle était naturellement bonne, obligeante et sensible. Voilà ce qu'elle était quand je me séparai d'elle, et ce qu'elle est toujours à cet âge.

J'avouerai avec la sincérité que je me suis promis d'avoir toujours dans cet ouvrage que mon ambition me fit alors fonder dans cette occasion sur ma prévoyance et sur mes lumières; en principe, le motif qui me décida aurait dû m'empêcher de songer à cette alliance. Ce qu'on disait des sentiments de madame de Montesson pour M. de Valence n'était sans doute pas vrai; mais tout ce qu'elle faisait pour lui était si extraordinaire, que le monde fut confirmé dans ses conjectures à cet égard, et l'on fut universellement persuadé qu'elle ne faisait ce mariage que pour saisir le seul moyen d'attacher à jamais auprès de sa personne celui qu'elle aimait. C'était déjà un grand scandale, et je n'aurais pas dû le donner. J'aurais dû me dire que madame de Montesson, très-incapable par elle-même d'être un bon mentor, aurait de plus dans cette situation l'inconvénient de ne pouvoir jamais aimer véritablement ma fille, et que d'ailleurs j'agirais contre toute idée morale en profitant d'un sentiment que l'on jugeait coupable, quelque platonique qu'il pût être, pour satisfaire des vues ambitieuses; mais je me rassurai, sans m'abuser entièrement, en disant que peut-être cette liaison de ma tante n'avait rien de criminel; que d'ailleurs, en supposant que M. de Valence eût été l'amant de madame de Montesson, âgée alors de quarante-sept ans, il cesserait certainement de l'être en épousant une personne charmante de dix-sept ans, et qu'enfin ma fille ayant une grande confiance en moi, je pourrais lui donner tous les conseils utiles à son bonheur. Enfin, mon ambition en ceci n'avait que relative, je ne me le reprochais pas; je n'ai jamais eu d'ambition personnelle pour moi, car je n'appelle pas ambition le désir de se distinguer, sans brigue et sans cabale, par les talents et le mérite, mais j'ai constamment méprisé pour moi la fortune. En même temps j'ai toujours été ambitieuse pour ceux que j'ai aimés; c'est une manière moins répréhensible de l'être, mais elle est toujours blâmable, et surtout quand il s'agit du bonheur de ses enfants. Je dois ajouter ici, comme mère et comme écrivain parfaitement véridique, que ma fille porta à son début dans le monde les sentiments et les principes les plus parfaits : elle donna promptement après son mariage une preuve de la générosité de son âme. M. de Valence fit une perte considérable au jeu, et pour l'empêcher de recourir à madame de Montesson, comme il l'avait déjà fait tant de fois, elle lui donna d'elle-même tous ses diamants : elle en avait reçu à son mariage de fort beaux de M. le duc d'Orléans. M. de Valence les vendit et paya sa dette, et jamais depuis madame de Va-

[1] J'ai dit, dans les *Mémoires sur l'impératrice Joséphine*, que c'était mon père qui eut l'idée de ce mariage, pour lequel il fit de grands sacrifices. J'ai une lettre de madame de Valence, qui me donne à ce sujet de grands détails. G. D.

lence n'a demandé cette somme, qui ne lui a point été rendue. Je pourrais citer d'elle une infinité de traits aussi généreux.

Je dois ici réfuter une histoire très-scandaleuse et très-fausse qu'on fit dans le temps sur madame de Montesson au sujet du mariage de ma fille; cette calomnie fut généralement répandue, on la trouve imprimée dans plusieurs libelles : la voici. On conta qu'un jour M. le duc d'Orléans, que l'on croyait absent, entra inopinément dans le cabinet de ma tante et trouva M. de Valence à ses pieds; et que ma tante, sans s'émouvoir et avec une présence d'esprit *admirable*, dit au prince en montrant M. de Valence : « Il me demande instamment, comme vous voyez, la main de ma nièce. » On prétendit que cet incident fut la seule cause du mariage de ma fille; je puis certifier que cette anecdote est de pure invention et dénuée de tout fondement.

À la mort du vieux duc d'Orléans, je demandai au prince son fils, pour mon frère, la plus belle place du Palais-Royal, celle de chancelier; et j'y étais autorisée par le service immense que mon frère lui avait rendu. Deux ans avant la mort du vieux duc d'Orléans, M. le duc de Chartres se trouva dans un tel embarras d'affaires, que je le vis au désespoir, parce que ses gens d'affaires lui avaient dit qu'il ne pouvait éviter de faire banqueroute à ses créanciers. Dans cette extrémité, je lui proposai de consulter mon frère, qui, par une heureuse spéculation, empêcha la banqueroute, paya toutes les dettes, donna de l'argent comptant. Tout cela fut imaginé, arrêté et conclu avec une extrême promptitude; mon frère refusa tout salaire, toute récompense, et se borna à demander vaguement la protection du prince; ainsi la place de chancelier lui était bien due. Enfin mon frère eut cette place, et, par l'opération des boutiques du Palais-Royal, il augmenta considérablement les revenus de M. le duc d'Orléans; car tout, pendant le temps de son administration, il arrangea ses affaires avec autant d'intelligence et de talent que de probité.

Ce fut encore à Belle-Chasse, que M. de Genlis, après le mariage de sa seconde fille, hérita de madame la maréchale d'Etrée. Tout le monde croyait, et nous ne doutions pas, malgré la dernière volonté de son père, la maréchale d'Etrée ne laissait tout son bien à mon beau-frère, qui lui faisait, avec ma belle-sœur, la cour la plus assidue, tandis que M. de Genlis et moi ne la voyions très-rarement. Elle mourut subitement d'apoplexie, comme toutes les personnes du nom de Louvois. On ne trouva point d'abord de testament; alors la succession eût été partagée entre des collatéraux, ce que l'on crut pendant trois jours. Durant ce temps on faisait publiquement l'inventaire des meubles, on allait vendre un grand secrétaire, lorsque l'acquéreur, en l'examinant et le touchant, fit partir un ressort qui découvrit un petit recoin dans lequel on vit un portefeuille de velours bleu brodé d'or. On ouvrit le portefeuille, et l'on y trouva le testament qui instituait M. de Genlis légataire universel; on l'envoya chercher pour lui apprendre cet événement, et il vint sur-le-champ s'instruire à Belle-Chasse. Se trouvant tout à coup possesseur de plus de cent mille livres de rente, sans compter les bijoux, les diamants et le mobilier, il m'offrit et me pressa de quitter Belle-Chasse et de reprendre ma place naturelle, qui était avec lui. C'était mon devoir, mais je voulais finir ce que j'avais commencé; j'étais attachée à mes élèves, et il me paraissait ignoble de les quitter parce que je devenais riche; mon amour-propre ne supportait pas l'idée qu'un gouverneur et une gouvernante, en terminant leur éducation, m'en enlèveraient tout l'honneur. Ainsi, malgré les instances de M. de Genlis, je persistai dans une résolution qui m'a coûté bien cher. Si j'eusse rempli mon véritable devoir, qui était de me réunir à lui, surtout quand il me le demandait et désirait si vivement, j'aurais pu facilement par la suite l'engager à quitter la France quand je la quittai moi-même; il pouvait à cette époque, sans aucune difficulté, emporter au moins une centaine de mille francs; nous aurions vécu paisiblement dans les pays étrangers, et il n'aurait pas péri sur un échafaud! Cette pensée terrible est pour moi la cause d'un remords éternel : depuis sa mort elle ne m'a jamais quittée.

M. de Genlis fit sur-le-champ un digne emploi de sa fortune inattendue, et assura à son frère, qui était ruiné, quinze mille livres de rente réversibles sur la tête de sa femme, et qui étaient si bien assurées, que l'un et l'autre en ont joui jusqu'à leur mort; ce qui était d'autant plus louable, de la part de M. de Genlis, que jamais son frère avant sa ruine ne lui avait rendu un service d'argent, et que même pendant les trois années que nous avons passées à Genlis mon mari lui paya une pension. Peu de temps après son héritage, M. de Genlis prit le nom de marquis de Sillery.

CHAPITRE XXVII.

1788.

Voyage en Angleterre. — Ma mère me remplace. — MM. Fox, Shéridan, Hayley, lord Mansfield; lady Hume. — Le prince de Galles. — Oxford. — Windsor. — M. Duluc, lecteur de la reine. — Jardins de Kew. — Les deux amies de Langollen.

J'avais toujours eu un désir passionné de faire un petit voyage en

Angleterre. Enfin j'y cédai un peu avant la révolution. C'est la seule fois que je me sois séparée de mes élèves durant leur éducation, et ce ne fut que pour six semaines. Je les laissai tous à Saint-Leu. Ma mère voulut bien me remplacer auprès de Mademoiselle. M. Lebrun et M. l'abbé Guyot me remplacèrent auprès des princes. Mon voyage en Angleterre fut excessivement brillant. Nulle femme ne pouvait entrer dans la chambre des communes. Cette chambre, par un arrêté particulier, m'accorda la permission d'assister à une séance. Je n'eus pas la permission d'y mener avec moi une autre femme. Ce fut milord Inchiquin qui m'y conduisit. On ne jouait point la tragédie l'été; on donna pour moi une représentation d'*Hamlet*. Le récit de toutes ces choses fut mis dans tous les papiers anglais, avec les réflexions les plus obligeantes pour moi. On inséra aussi dans ces papiers une infinité de vers faits pour moi, entre autres une belle ode par M. Hayley, et qui se trouve dans ses œuvres. Je reçus des marques d'intérêt et d'estime des personnages les plus distingués de l'Angleterre, entre autres de MM. Fox, Sheridan, Hayley, lord Mansfield, lady Stormont, la duchesse de Devonshire, M. Swinburne, MM. Paradice et Planta, directeurs du Muséum; le chevalier et lady Hume, M. Burke, lady Harcourt, M. et mademoiselle Wilkes, miss Burney, auteur de *Cecilia*; lord William Gordon, etc., etc., toutes personnes avec lesquelles je n'avais jamais eu le moindre rapport avant mon voyage. Je ne fis point mettre toutes ces choses dans nos papiers français; je ne les mandai même pas à mes amis; je me contentai de les écrire dans mon journal. Il est vrai que je fus, dans ce voyage, tellement livrée à la société, que j'écrivis bien peu de lettres; toutes mes heures étaient employées en courses, en visites et en fêtes. Le prince de Galles, dont toute la maison était partie pour Britelstone[1], eut la bonté de m'envoyer lord Gordon, que je ne connaissais pas, pour m'inviter, chez ce même lord Gordon, à une fête qu'il ne pouvait me donner chez lui. J'y allai. La fête fut charmante et le prince rempli de grâce pour moi. Il avait alors une très-belle figure et le sourire le plus agréable que j'aie jamais vu, chose qui a toujours eu pour moi un charme particulier. Le fameux M. Burke, que je ne connaissais que de réputation, quitta sa maison de campagne pour venir me prendre à Londres, en m'offrant de me mener voir l'université d'Oxford, en m'arrêtant trois jours à sa maison de campagne, qui était sur la route. J'y consentis. Dans cette course, nous nous arrêtâmes d'abord chez la duchesse de Portland, qui se trouvait sur notre chemin. C'est elle qui jadis avait donné un asile à Jean-Jacques Rousseau, qui ensuite se brouilla très-injustement avec elle.

Au moment où nous arrivâmes, on nous apprit que la duchesse était à la mort. Elle mourut dans la nuit; mais on nous ouvrit son parc, où nous nous promenâmes trois heures : il était superbe. On y trouve une chose très-curieuse, les restes de fortifications très-bien conservées d'un camp danois. Je passai trois jours très-agréables chez M. Burke. Je vis là M. Windham, qui a été si célèbre depuis; il était de la société la plus douce et la plus aimable. J'y vis aussi le chevalier Reinolds, le meilleur peintre de portraits de l'Angleterre. M. Burke me conduisit à Oxford, où nous passâmes deux jours. J'admirai dans la chapelle du Christ les beaux vitraux peints nouvellement par Reinolds; il y avait représenté l'Espérance d'une manière ingénieuse : elle était vue par derrière, la tête élevée vers les cieux et les bras tendus vers des nuages. Il y a un vague dans cette idée qui convient parfaitement au sujet.

De retour à Londres, je reçus un message de la reine, qui m'envoya M. Duluc[2], son lecteur, pour m'inviter à aller à Windsor, où elle passait l'été; c'était une fort grande distinction, car elle n'y recevait jamais d'étrangers. Je dînai à Windsor chez madame de Lafite, sous-gouvernante des princesses, avec laquelle j'avais eu un commerce de lettres, parce qu'elle m'avait envoyé un petit ouvrage d'elle (des *Entretiens d'une Gouvernante avec ses élèves*) dont, à sa prière, j'ai été l'éditeur et auquel j'ai fait une préface. J'eus une audience particulière de plus de deux heures chez la reine; il ne s'y trouva que les princesses, ses filles, et sa dame d'honneur, lady Pembroke, qui me présenta et que j'avais beaucoup vue jadis à l'Ile-Adam. La conversation fut très-animée. Je trouvai la reine également obligeante et spirituelle; je fus surtout charmée de la princesse royale, qui a été depuis reine de Wurtemberg. La reine eut la bonté de

[1] Que l'on prononce et que souvent même on écrit Brighton.

[2] Auteur de plusieurs ouvrages scientifiques très-estimés; on sait qu'en général la place de lecteur chez les princes n'est guère qu'un titre honorifique, mais la reine d'Angleterre avait beaucoup d'instruction, elle aimait véritablement la lecture, de sorte qu'à Windsor, où cette princesse vivait sans représentation, M. Duluc lisait tous les jours pour faire une lecture de trois ou quatre heures; il trouvait toujours la reine seule dans son cabinet, et il lisait tandis qu'elle brodait ou travaillait à une tapisserie. Mais ce qui est remarquable, c'est l'extravagante sévérité de l'étiquette dans un pays où l'on a tant disputé sur la liberté et les droits de l'homme. M. Duluc m'a conté qu'il avait toujours fait ses lectures tête à tête avec la reine, sans avoir jamais eu la permission de s'asseoir; il était constamment debout, immobile à sa place, et lisant à haute voix pendant trois ou quatre heures, comme je l'ai déjà dit, la reine écoutait et brodait tranquillement, sans faire la plus légère attention à la situation pénible de son malheureux lecteur. Jamais nos princes n'ont donné l'exemple de cet étrange oubli de la bonté et de l'humanité.

[1] En prenant sur le jardin du Palais-Royal pour bâtir les boutiques dans les galeries qu'on y voit aujourd'hui : ce qui valut des sommes immenses.

m'envoyer une corbeille remplie de superbes ananas; et, sachant que j'aimais la botanique, elle me fit dire qu'elle avait fait donner l'ordre à M. Iton, jardinier de ses jardins de Kew, de me laisser cueillir toutes les plantes que je voudrais mettre dans mon herbier, et de me donner toutes les graines que je pourrais désirer. Je n'ai point vu de jardin de plantes aussi charmant que celui de Kew; toutes les plantes aquatiques y sont dans de grandes pièces d'eau, les plantes saxatiles y sont placées parmi des rochers. Outre cet arrangement forme un coup d'œil très-pittoresque, il donne aux plantes toute la vigueur et toute la beauté qu'elles peuvent avoir en les plaçant dans les lieux qui leur conviennent. Je fis dans ce voyage la conquête de la rose mousseuse.

Lord Mausfield[1], grand juge d'Angleterre, m'écrivit pour me demander à me voir. Je reçus avec plaisir ce respectable vieillard, rempli d'esprit et d'instruction. Je ne sais comment il apprit que le 10 juillet était le jour de ma fête; il m'envoya une corbeille remplie de roses mousseuses; je n'en avais jamais vu. Cette belle fleur m'enchanta, et quand je partis, il m'en donna une caisse un rosier tout entier, que j'apportai à Paris, et qui a été le premier qu'on y ait vu[2]. Je fis une course à Blenheim, la duchesse de Marlborough y était. Comme je ne la connaissais pas du tout, je ne demandai point à la voir; on ne me demanda pas mon nom, et je parcourus le château et le parc sans être connue; mais, en m'en allant, on m'apporta un grand registre sur lequel on me pria d'écrire mon nom; je partis aussitôt après. La duchesse, à qui on porta le registre, certaine que je m'arrêterais à *Turn-Pike*, m'envoya un valet de chambre, porteur d'une immense corbeille pleine d'ananas, pour le moins aussi beaux que ceux de Windsor. J'offris une guinée au valet de chambre qui la refusa en me disant : « *Madame, vous pouvez pas l'accepter, je suis Français.* » Ce mot me fit sentir combien j'étais moi-même Française aussi.

Je vis avec un grand détail tout ce qu'il y a de curieux à Londres et dans ses environs. M. Horace Walpole, l'ami si intime de madame du Deffant, me donna à déjeuner dans son prieuré gothique. On me donna une fête dans les jardins du poëte Waller, dans la partie déserte où se trouvent des précipices d'une profondeur effrayante; au fond d'un de ces précipices, on voit un pont rompu, une statue antique mutilée et si belle, que le chevalier Reinolds avait offert, pour l'obtenir, douze mille francs et un bon tableau de lui, et on refusa ce marché.

Puisque je parle des choses curieuses qui se trouvent en Angleterre, afin de rassembler les principales, je vais donner ici le détail de celles qui m'ont le plus frappée dans mes deux voyages, et je commencerai par conter l'histoire des deux amies de Langollen, que je n'ai connue qu'à mon second voyage fait avec mademoiselle d'Orléans. Nous étions à Bury, où nous rassemblions presque tous les jours une petite société bien choisie. Un soir la conversation tomba sur l'amitié, et je dis que je ferais volontiers un grand voyage pour voir deux personnes unies depuis longtemps par un véritable amitié. « Eh bien, madame, reprit M. Stuart, allez à Langollen, vous verrez là le modèle d'une amitié parfaite; et ce tableau vous plaira d'autant plus qu'il vous sera offert par deux femmes jeunes et charmantes sous tous les rapports. Voulez-vous savoir l'histoire de lady Éléonore Butler, sœur du fameux orateur du parlement d'Irlande? » — « J'en serais charmée. » — « Je vais vous la raconter.

» Lady Éléonore Butler, âgée aujourd'hui d'environ vingt-huit » ans (1788), naquit à Dublin. Orpheline au berceau, riche héritière » et jolie, elle fut recherchée par les meilleurs partis d'Ir» lande; mais elle annonça de bonne heure une grande répugnance à » se donner un maître. Le goût d'indépendance qu'elle ne dissimula » jamais ne fit aucun tort à sa réputation, sa conduite a toujours été » parfaite : nulle autre femme n'eut plus distinguée qu'elle par la douceur, » la modestie et par toutes les vertus qui embellissent son sexe. Dès » sa première enfance elle se lia de la tendre amitié avec miss » Ponsomby, par un hasard qui frappa leur imagination, elles étaient » nées à Dublin dans la même journée, le même jour, et elles devin» rent orphelines à la même époque. Il leur fut aisé de se persuader » que le ciel les avait formées l'une pour l'autre, c'est-à-dire pour » se consacrer mutuellement leur existence, afin de faire ensemble » le voyage de la vie au sein de la paix, d'une confiance intime et » d'une douce indépendance. Leur sensibilité devait réaliser cette » illusion. Leur amitié s'accrut tellement avec l'âge, qu'à dix-sept » ans elles se promirent de conserver toujours leur liberté et de » se séparer jamais. Elles formèrent dès lors le projet de se retirer » du monde et de se fixer pour toujours dans une profonde solitude. » Ayant entendu parler des sites charmants de la principauté de Gal» les, elles s'échappèrent secrètement pour aller choisir leur retraite. » Elles allèrent à Langollen et trouvèrent là sur le sommet d'une » montagne une petite chaumière isolée, dont la situation leur parut » délicieuse. Ce fut là qu'elles résolurent de s'établir. Cependant les

[1] Il avait ou des liaisons intimes avec Pope, et l'on voyait chez lui plusieurs portraits de ce poëte célèbre.

[2] Et que je donnai au fameux fleuriste Descemet.

tuteurs des jeunes fugitives envoyèrent sur leurs traces, et on les » ramena à Dublin. Elles annoncèrent qu'elles retourneraient sur » leur montagne aussitôt qu'elles auraient atteint leur majorité. En » effet, à vingt et un ans, malgré les prières et les représentations de » leurs parents et de leurs amis, elles quittèrent sans retour l'Ir» lande et volèrent à Langollen. Miss Ponsomby n'est pas riche; mais » lady Éléonore possède une fortune considérable; elle acheta la pe» tite cabane de paysans et la propriété de la montagne; elle fit bâtir » là une chaumière, très-simple en apparence, mais dont l'intérieur » est de la plus grande élégance. Sur la plate-forme de la montagne » on a formé autour de la maison une cour et un jardin de fleurs; » une haie de rosiers est la seule clôture de cette habitation champê» tre. Un chemin commode pour les voitures, et dont l'art adoucit » la pente rapide, fut pratiqué dans la montagne; on conserva sur » cette montagne quelques sapins antiques d'une élévation prodi» gieuse; on y planta des arbres fruitiers et surtout une grande quan» tité de cerisiers, qui donnent les plus belles et les meilleures ceri» ses de l'Angleterre. Les deux amies possèdent encore au pied de » la montagne une prairie pour leurs troupeaux, une belle ferme et » un jardin potager. Ces deux personnes extraordinaires, ayant l'une » et l'autre l'esprit le plus cultivé et des talents charmants, sont dans » cette solitude depuis sept ans sans avoir jamais découché une seule » fois. Cependant elles ne sont point sauvages; elles vont quelquefois » en visite dans les châteaux voisins, et elles reçoivent avec autant » de grâce que de politesse les voyageurs qui passent en Irlande ou » qui en reviennent, et qui leur sont recommandés par leurs ancien» nes amies. »

Il fut décidé dans la même soirée que nous partirions incessamment pour Langollen.

Ce village n'a pas la riche apparence des autres villages de l'Angleterre, mais rien n'égale la propreté de l'intérieur des maisons, et c'est là parmi les paysans la véritable preuve de l'aisance. Langollen, entourée d'ombrages et de prairies délicieuses par la richesse de leur verdure, est situé au pied de la montagne des deux amies, qui forme là une majestueuse pyramide d'arbres et de fleurs. Nous arrivâmes à la chaumière une heure avant le coucher du soleil. Les deux amies avaient reçu le matin par un courrier la lettre qui m'avait été donnée pour elles. Nous fûmes accueillis avec une grâce, une cordialité, un charme de bonté dont il serait impossible de donner l'idée. Je ne me lassais point de contempler ces deux personnes si intéressantes par leur union, et le genre de vie. Je ne vis rien en elles de cette vanité qui jouit de la surprise des autres. Elles s'aimaient, et elles étaient là avec une simplicité, que l'étonnement se changeait bientôt en attendrissement. Tout était vrai, tout était naturel dans leurs manières dans leurs discours : une chose bien singulière, c'est qu'étant depuis tant d'années dans une retraite profonde, elles parlaient français avec autant de facilité que de pureté. Je fus aussi très-frappée du peu de rapports qui se trouvent entre elles. Lady Éléonore avait un charmant visage, éclatant de fraîcheur et de santé; tout en elle annonçait la vivacité et la gaîté la plus franche. Miss Ponsomby avait une belle figure pâle et mélancolique. Il semblait que l'une était née dans cette solitude, tant elle y était à son aise; car on voyait à son air dégagé qu'elle n'avait pas conservé le moindre souvenir du monde et de ses vains plaisirs; l'autre, pensive et recueillie, avait trop de candeur et d'innocence pour que l'on pût imaginer que le repentir l'avait conduite dans le désert; mais on aurait cru qu'elle y conservait quelques regrets douloureux. Toutes les deux avaient la politesse la plus noble et l'esprit le mieux cultivé. Une très-belle bibliothèque, composée d'excellents livres anglais, français et italiens, était pour elles une source inépuisable d'amusements et d'occupations variées et solides; car la lecture n'est véritablement profitable que lorsqu'on a le temps de relire. L'intérieur de la maison était ravissant par la juste proportion et la distribution des pièces, l'élégance des ornements et des meubles, et la vue admirable qu'on découvre de toutes les fenêtres. Le salon était décoré de paysages charmants, dessinés et peints d'après nature par miss Ponsomby. Lady Éléonore était très-bonne musicienne; l'une et l'autre avaient rempli leur habitation solitaire de broderies d'un travail merveilleux. Miss Ponsomby, qui possédait la plus belle écriture que j'aie jamais vue, avait fait des recueils de morceaux choisis en vers et en prose, écrits de sa main, et ornés de vignettes et d'arabesques du meilleur goût, ce qui formait la collection la plus précieuse. Ainsi les arts étaient cultivés là avec autant de succès que de modestie : on en admirait les fruits et les productions avec un sentiment qu'on n'éprouvait point ailleurs. On était charmé de voir que tant de mérite était dans ce paisible séjour à l'abri de la satire et de l'envie, et que des talents sans ostentation n'ont pas orgueil d'avoir, jamais désiré que le suffrage de l'amitié! Cette soirée fut un enchantement pour moi, aucune réflexion fâcheuse n'en troubla la douceur. J'allai me coucher : mais j'avais la tête si remplie de tout ce que je venais de voir et d'entendre, que mes pensées me tinrent longtemps lieu de sommeil. Enfin, j'allais m'endormir lorsque les sons les plus mélodieux me réveillèrent. Très-surprise, j'écoute : ce n'était point de la musique, c'était une mélodie vague et céleste qui pénétrait jusqu'au fond de l'âme. A force d'attention, je connus qu'un vent assez violent, qui venait de s'élever, la produisait. Mon oreille distinguait dans le lointain le bruit et le sifflement ordinaires causés par un orage; mais les vents, changeant de nature en approchant de cet asile de la paix et de l'amitié, ne formaient plus, lorsqu'ils frappaient ses arbres et ses murs, qu'une harmonie enchanteresse. J'étais fort disposée à croire aux prodiges. Tout à coup la tempête se calma, les sons harmonieux parurent être emportés avec les vents qui s'éloignaient. Il me semble que ce concert céleste se perdait dans les nuages, je croyais en élevant la tête vers les cieux en mieux recueillir les derniers accords; j'écoutais avec saisissement, et comme sainte Cécile, si j'eusse tenu ma harpe, je l'aurais laissée échapper de mes mains, et toute musique terrestre m'eût paru insipide dans ce moment.

Le lendemain matin tout ce mystère fut éclairci. En ouvrant ma fenêtre je trouvai sur le balcon une espèce d'instrument qui m'était inconnu, que l'on appelle en Angleterre une *eolian harp*, une harpe éolienne, instrument inventé pour rendre harmonieux le vent, qui, lorsqu'il frappe ses instruments, produit en effet des sons ravissants. Il est assez naturel qu'un tel instrument ait été inventé dans une île orageuse, au sein des tempêtes dont il adoucit la tristesse.

J'éprouvai dans cette journée des impressions bien différentes de celles qui m'avaient causé tant d'enthousiasme la veille. La réflexion et la raison dissipèrent toutes les illusions qui m'avaient fait envier le sort des deux amies. Je les trouvais toujours aussi aimables, aussi intéressantes; mais je sentais qu'il fallait plutôt les plaindre que les admirer. Sur cette terre, où tout nous échappe successivement, il faut conserver plusieurs liens ou les rompre tous, pour se donner sans réserve à l'Être éternel, qui peut seul réaliser nos espérances et fixer notre cœur incertain.

Dans l'état naturel de société, les affections de famille forment dans le cours de la vie une succession nécessaire de consolations: un époux console de la perte d'une mère; par la suite la main d'un enfant chéri essuiera d'autres larmes, un frère partage nos chagrins domestiques, un ami fidèle dédommage de la trahison d'un faux ami. Cultivons donc toutes nos relations. Ah! dans cette carrière pénible que nous devons parcourir, ne rejetons aucun de nos appuis naturels: si l'un nous manque, un autre au moins soutiendra notre faiblesse!

Ces idées firent une telle impression sur mon esprit, que je ne vis plus dans les deux amies que des victimes imprudentes de la plus dangereuse exaltation de tête et de sensibilité. Après un tel état et de tels engagements, elles étaient pour jamais enchaînées sur cette montagne!... Mais, que leur avenir est effrayant! si l'une devait survivre à l'autre, quel aide comme sans consolation se trouver seule chargée du soin sacré de lui rendre les derniers devoirs, d'ordonner ses funérailles!... ou si toutes les deux, devenant infirmes en même temps, privées de l'ouïe et de la vue, passaient les dernières années de leur vie sans se voir, sans s'entendre, sans pouvoir se soigner mutuellement, ensemble et séparées, puisqu'elles ne pourraient plus exister l'une pour l'autre! situation bizarre autant que déplorable, et dont la constance de l'amitié ne pourrait qu'aggraver l'horreur! aux yeux des gens du monde, le sort d'une carmélite doit paraître moins à plaindre.

Les religieuses seules peuvent se passer de famille, elles sont entièrement dévouées à Dieu; d'ailleurs elles ont des compagnes de tout âge, et leur vieillesse s'écoule en paix, sous la protection active et généreuse de la charité chrétienne.

Je ne dois pas quitter Langollen sans parler des mœurs admirables des habitants de cette petite de la principauté de Galles: les deux amies nous content que leur probité est si reconnue, que très-souvent quittant leurs montagnes pour faire une promenade aux environs, elles laissaient la clef à leur chaumière, sans que jamais on leur ait dérobé la moindre chose; et cependant elles avaient une argenterie considérable et une infinité de petits meubles précieux qu'on aurait pu facilement emporter. On retrouvait aussi dans les auberges de Langollen toute la propreté anglaise.

Je vis dans le second voyage la charmante ville de Bury. Le cimetière de cette ville est surtout remarquable par la beauté des monuments antiques dont il est entouré; on me conta que ce cimetière est le lieu de rendez-vous des amants, pendant le printemps et l'été, ils s'y réunissent le soir au clair de la lune... Il me semble qu'il n'y a qu'un amour légitime, profond et pur, qui puisse s'exprimer dans un tel lieu. Le vice, ou un sentiment léger formé par le caprice, ne se plairait point parmi ces tombeaux, ces ruines, et l'ombrage des cyprès. Là on ne saurait prononcer avec légèreté et sans y penser le serment d'aimer jusqu'à la mort!

Le gendre de Richardson existait encore, il s'appelait M. Bridget;

[1] Cette harpe n'est pas comme la nôtre. Les cordes sont de laiton, elle en a deux rangs placés de manière que la basse se trouve vis-à-vis le dessus. Nous entendîmes à notre auberge un vieux pâtre qui vint se jouer devant nous et qui nous fit grand plaisir, car il en joue fort agréablement. Son genre de musique était singulier, mais chantant. Quoique ces harpes n'aient que de pédales, elles sont beaucoup moins bornées que les petites harpes dont on joue dans les rues en Allemagne et en France.

---

c'était un savant de l'Académie royale de Londres, il était fort sauvage; mais comme il possédait un portrait original de Richardson, j'eus grande envie de le voir. Je lui écrivis pour lui demander la permission d'aller chez lui, il eut la politesse de venir me prendre. Je parcourus sa maison avec le plus grand intérêt, j'y vis le portrait de grandeur naturelle et à l'huile de Richardson: il était blond, d'une petite taille, un peu gros; sa physionomie et ses yeux étaient remplis de douceur. Le chevalier Reinolds m'avait fait voir un portrait original en miniature de Milton, qui avait une figure dans le genre de celle de Richardson, sur le banc de Richardson; le bras droit de ce banc s'ouvrait et renfermait une écritoire: il composait et écrivait là une partie de la matinée.

Je lus beaucoup d'ouvrages anglais, et je fus frappée du mépris ridicule que les écrivains de ce pays affectent pour les autres nations. Ce manque de dignité et de bienséance en est un aussi de grandeur et de goût. Avec quelle injustice ils ont jugé notre littérature en pillant et copiant nos écrivains! Dryden, dans sa tragédie de la *Mort d'Antoine et de Cléopâtre*, déchire tous nos poètes; il prétend que nos auteurs dramatiques ont une délicatesse ridicule, il ajoute: « Leurs » héros sont les gens les plus civils qui respirent; mais leur bonne » éducation s'étend rarement jusqu'à un mot de bon sens; tout leur » esprit est dans leurs *cérémonies*; ils manquent du génie qui anime » notre théâtre, et par conséquent il est indispensable, puisqu'ils » ne peuvent plaire, que, du moins ils prennent garde d'offenser. » Mais comme l'homme le plus poli dans la société est communément » le plus stupide, ainsi ces auteurs nous endormiront tant qu'ils » craindront de blesser les bonnes mœurs en nous faisant pleurer ou » rire. »

Dans tout ceci, nulle exception pour Corneille et Racine. Au contraire, Dryden dit simplement que les pièces de Corneille sont froides et mauvaises; que celles de Racine sont fades et sans génie. Il se moque surtout de la tragédie de *Phèdre* et de la sottise d'Hippolyte, qui ne dit pas nettement à son père que *Phèdre* a voulu le corrompre (j'adoucis le mot qu'il emploie).

Enfin je retournai en France, mon passage fut très-orageux; j'éprouvai une des plus terribles tempêtes que l'on ait vues dans ce détroit. J'arrivai à Saint-Leu au bout de six semaines d'absence; la joie de mes élèves fut extrême, ainsi que la mienne.

Peu de temps après mon premier voyage, le mariage de Mademoiselle avec M. le duc d'Angoulême fut arrêté; nous allâmes à Versailles, où elle fut baptisée. L'entrevue avec M. le duc d'Angoulême se fit ensuite. De ce moment, on parla publiquement de ce mariage. Les paroles données, on décida que le mariage se ferait aussitôt que le jeune prince aurait l'âge fixé par la loi, il lui manquait trois mois. On désigna les dames qui seraient attachées à la princesse; je fus consultée là-dessus avec beaucoup de bonté, et l'on me chargea de nommer quelques places subalternes et de choisir deux femmes de chambre de plus, qu'il fallait donner à la princesse; Monsieur[1] daigna m'écrire de sa main pour me *recommander* (ce fut son expression) une femme qui avait été attachée à son éducation et pour laquelle il désirait une place de femme de chambre auprès de la future duchesse d'Angoulême. Ainsi je puis dire aujourd'hui avec vérité qu'un de nos rois m'a fait l'honneur de m'écrire une *lettre de sollicitation*. La révolution, qui survint soudainement dans ce temps, renversa tous ces projets, ainsi que tant d'autres. Le court espace de quelques mois suffit pour anéantir les espérances les mieux fondées, ainsi que les sécurités les plus raisonnablement établies, et pour ouvrir un champ sans limites aux ambitions les plus inattendues et les plus démesurées.

CHAPITRE XXVIII.

1789.

La révolution éclate. — M. Giroux. — Couronne civique. — Grand danger que nous courons. — Partie de quatre coins. — Mort de ma mère. — Anneaux donnés. — Étrange proposition de M. le duc d'Orléans. — Changement de madame la duchesse d'Orléans à mon égard. — J'offre ma démission. — Elle est refusée. — Chagrins que j'éprouve. — Madame la duchesse d'Orléans demande sa séparation. — Je pars. — Mademoiselle d'Orléans tombe malade. — M. le duc d'Orléans part pour l'Angleterre. — Barrère. — Pétion. — Il me conduit à Londres. — M. de Beauharnais.

La révolution éclata le 9 juillet; c'était la veille de ma fête, que l'on célébrait à Saint-Leu par de charmants spectacles. Un peintre, nommé Giroux, jouait dans une pantomime le rôle de Polyphème; nous apprîmes les premiers mouvements de Paris pendant nos spectacles. M. Giroux, très-curieux de voir ce qui se passait, aussitôt qu'il eut joué son rôle, se précipita dans un cabriolet et partit à toute bride pour Paris, sans avoir le temps de se déshabiller; son costume et son œil peint au milieu du front causèrent un tel étonnement, qu'il fut arrêté aux barrières et conduit dans un corps de garde, où il resta plus de deux heures; on le questionna avec beau-

[1] Depuis Louis XVIII.

coup de défiance et de sévérité sur les causes de ce singulier travestissement.

M. le duc de Chartres, quelque temps après la révolution, alla à son régiment, qui était à Vendôme ; il y fit une action de courage et d'humanité qui lui valut une *couronne civique* que lui donna solennellement la ville. Il s'était baigné à midi dans la rivière ; comme il se rhabillait sur le rivage, un homme, qui était encore dans la rivière, saisi d'une crampe violente à la jambe, cria au secours ; M. le duc de Chartres s'élança dans l'eau, alla à lui, le saisit par les cheveux, au moment où il s'évanouissait, et eut le bonheur de le sauver et de le déposer sur le rivage. Cet homme, qui était un employé dans les douanes ; il vint le lendemain chez M. le duc de Chartres, avec sa femme et cinq petits enfants, qui se jetèrent à ses pieds pour le remercier. Cette aventure, qui s'était passée en plein jour et devant une multitude de témoins, fit un grand honneur à M. le duc de Chartres. Il m'envoya dans une lettre une feuille de chêne de sa couronne civi-

Lady Eléonore et miss Ponsomby.

que, que je conservai précieusement, que j'ai mise depuis dans mon livre de souvenirs , et que j'ai encore. Dans la lettre qui contenait cet envoi ; il me remerciait de la manière la plus touchante de lui avoir fait apprendre à nager.

Une aventure qui m'arriva porta au comble le désir que j'avais de quitter la France : nous allions en calèche à quatre heures , Mademoiselle, M. le comte de Beaujolais, ma nièce Henriette de Sercey , Paméla et moi, voir une maison de campagne à quatre lieues de Paris ; nous passâmes par le village de Colombes ; c'était malheureusement un jour de foire ; il y avait dans ce village une multitude de peuple des environs ; comme nous traversions ce village, le peuple s'attroupa autour de notre calèche, se mit dans la tête que j'étais la reine, avec Madame et M. le Dauphin, qui se sauvaient de Paris ; ils nous arrêtèrent, nous firent descendre de la voiture, dont ils s'emparèrent, ainsi que du cocher et de nos gens. Dans ce désordre, le commandant de la garde nationale (un jeune homme fort bien né, nommé M. Baudry) vint à notre secours, harangua le peuple, qu'il ne put dissuader, mais le décida à permettre qu'il nous conduisit dans sa maison (qui était à deux pas de là), en donnant sa parole de nous y retenir prisonniers, jusqu'à ce que tout fût parfaitement éclairci. A travers une foule immense, il nous mena dans sa maison ; et, durant ce court trajet, nous entendîmes un grand nombre de voix crier avec fureur qu'il fallait nous mettre *à la lanterne*. Enfin nous entrâmes dans la maison ; mais un quart d'heure après, quatre mille personnes de la populace en assiégèrent les portes, les forcèrent et entrèrent avec un tumulte affreux. M. Baudry fit, avec beaucoup de courage et d'humanité, tous ses efforts pour les calmer : nous étions dans le jardin et, comme j'entendis qu'ils allaient y arriver, je dis à mes élèves de jouer sur-le-champ aux quatre coins avec moi. En effet une foule effrayante d'hommes et de femmes se précipita dans le jardin ; ils

furent très-- surpris de nous y voir jouer aux quatre coins. Nous cessâmes aussitôt le jeu, et je m'avançai vers eux avec le calme le plus grand ; je leur dis que j'étais la femme d'un de leurs députés, que j'allais écrire un mot à Paris, que je les priais d'y envoyer un courrier pour éclaircir la chose. Ils m'écoutèrent ; ensuite ils s'écrièrent que *tout ça était des menteries*, que je voulais écrire pour avoir *un renfort* ; ils conclurent que, si quelqu'un était osé pour aller à Paris , ils le mettraient à la lanterne à son retour. M. Baudry prit aussi la parole et leur parla parfaitement, mais en vain. Pendant ce débat, je prenais du tabac et j'avais ma boîte ouverte ; dans un moment où je proposais de nous donner une garde de dix ou douze hommes et de nous laisser tranquilles jusqu'au lendemain, un vilain paysan, ivre-mort, le plus sale et le plus dégoûtant que j'aie jamais vu , vint prendre une prise de tabac dans ma tabatière ; je jetai le reste du tabac , et je continuai froidement mon discours. Cette action les étonna et fit sur eux le meilleur effet ; plusieurs d'entre eux dirent que, si j'étais la reine , je ne serais pas si tranquille. Au milieu de cette scène, un homme qui était dans la foule, saisissant le moment où tout le monde parlait à la fois, s'approcha de moi et me dit à l'oreille : *Je suis un ancien garde de Sillery ; soyez tranquille, je vais à Paris*. Ces paroles me remirent un peu de baume dans le sang.

Enfin tous ces paysans consentirent à s'en aller, mais en nous donnant une garde de douze hommes armés, la baïonnette au bout du fusil, qui nous suivaient partout ; la plus grande partie de cette populace était ivre, elle resta dans la rue et se répandit tout autour de la maison, de sorte qu'il nous était impossible de nous échapper : à huit heures du soir , le maire du village vint pour m'interroger, et afin de me paraître plus imposant ; il avait mis son écharpe tricolore ; il me demanda gravement *de lui délivrer* tous les papiers que j'avais dans mes poches ; je lui donnai quatre ou cinq lettres ; comme il en

Le peuple s'attroupa autour de notre calèche.

examinait attentivement les cachets, je le pressai de les ouvrir : il me répondit d'un ton brusque qu'il ne savait pas lire , néanmoins il refusa de me rendre mes lettres. Nous passâmes la nuit tout entière dans cette situation ; les paysans qui nous assiégeaient s'endormirent dans les rues, ils cuvèrent leur vin et se réveillèrent avec un peu de raison. A cinq heures du matin, l'ancien garde de Sillery revint de Paris ; il avait été à la municipalité et rapportait l'ordre de nous laisser aller. Le bon garde-chasse avait été bien sûr que la défense d'aller à Paris serait totalement oubliée quand l'ivresse serait passée. En effet, personne ne s'en ressouvint ; on reconnut unanimement que je n'étais pas la reine, et on passa de l'emportement et de la colère à un repentir qui porta une grande partie de ce peuple à vouloir nous reconduire *en triomphe* à Paris ; ce qui aurait fait une histoire épouvantable dans les journaux. Il fallut toute mon éloquence pour les dissuader de nous rendre ce funeste honneur ; enfin j'en vins à bout ; nous partîmes, je n'arrivai qu'à six heures et demie à

Belle-Chasse, bien fatiguée ; mais cependant je ne fus point malade, malgré tout l'effroi intérieur que cette scène m'avait causé.

Peu de temps après, j'éprouvai la plus déchirante douleur que l'on puisse ressentir : je perdis ma mère ; je la soignai pendant trois jours et trois nuits sans une coucher une minute et sans la quitter un seul instant. Mes élèves d'eux-mêmes voulurent aller à son convoi ; ils l'aimaient, et ils partagèrent ma douleur de la manière la plus touchante.

Madame la duchesse d'Orléans m'avait donné, au commencement de 1789, un anneau émaillé, avec ces mots tracés dessus : *Vous savez combien vous m'aimez, mais vous ne pouvez savoir comme je vous aime* ; l'anneau portait seulement en petits diamants les lettres initiales de chacun des mots de cette phrase. En reconnaissance, je lui donnai un anneau émaillé figurant un ruban avec un nœud, et sur la partie qui n'était pas nouée ces mots étaient tracés : *Impossible à dénouer* [1].

J'eus dans ce temps toutes les espèces de mécontentements : M. le duc d'Orléans me fit la proposition la plus étrange : il me dit que M. le vicomte de Ségur lui avait demandé une place de secrétaire des commandements auprès de M. le duc de Chartres pour M. de Laclos, auteur des *Liaisons dangereuses* ; je restai confondue. Après un moment de silence, je lui répondis que, s'il donnait cette place à un tel homme, je quitterais le lendemain l'éducation de ses enfants. La place ne fut point donnée, mais il avait vu plusieurs fois M. de Laclos, qui lui avait plu : il forma ainsi de lui une liaison intime ; il le consulta sur beaucoup de choses importantes pendant la révolution ; on a vu les suites de cette confiance.

Le triste changement de madame la duchesse d'Orléans pour moi, après vingt ans de son amitié la plus tendre et de la confiance la plus intime, devint, tel que je pria enfin le parti de me retirer. Ce changement fut préparé depuis le veuvage de madame de Chastollux ; la révolution seulement l'augmenta, et surtout y servit de prétexte.

Je ne voulus point consigner ces faits dans mon *Journal d'éducation*, afin que mes élèves n'en eussent point connaissance et qu'ils ne pussent altérer en rien les sentiments que je leur désirais pour leur vertueuse mère. Ils n'ont connu de la conduite de madame la duchesse d'Orléans, depuis notre rupture, que ce que je n'ai pu leur cacher, c'est-à-dire que les choses dont ils ont été témoins. Ils ont donc ignoré les détails suivants jusqu'au mois de 1791. Je ne leur parlai ni directement ni indirectement des démarches que je faisais pour ramener madame la duchesse d'Orléans. Non-seulement je leur cachais ces tentatives infructueuses ; mais, afin de diminuer à leurs yeux l'injustice accablante de madame la duchesse d'Orléans à mon égard, je leur répétais mille fois que *je me reconnaissais un tort* ; celui de n'avoir pas fait auprès d'elle les démarches qui auraient pu l'éclairer et la ramener ; que je la chérissais toujours, parce que j'étais sûre que rien ne pouvait changer le fond de son cœur ; mais que j'avais une certaine roideur de caractère qui ne me permettait pas d'employer les moyens qui peuvent produire un rapprochement ; qu'enfin, lorsqu'elle s'éloigne de moi, je ne sais que gémir en secret et sinon m'éloigner aussi, du moins rester immobile à la place que l'on m'assigne : c'est ainsi que j'atténuais à leurs yeux des procédés inconcevables aux miens : voilà le seul artifice que j'aie employé avec eux ; mais quand, malgré la prévention cruelle dont j'étais

l'objet, je leur faisais l'éloge de la vertu, de la bonté naturelle et du caractère si attachant et si aimable de madame la duchesse d'Orléans, je ne remplissais qu'un devoir : je rendais justice à la vérité ; je contais ce que j'ai vu pendant dix-huit ans et ce qui a existé toujours. On peut aigrir et tourmenter un cœur sensible et vertueux ; on peut y jeter d'injustes défiances, mais on ne l'endurcit point, on ne le change point. Vouloir éloigner une mère de ses enfants est un dessein bien noir, et c'est de plus une idée bien absurde quand cette mère était madame la duchesse d'Orléans.

Le 10 de septembre 1790, j'écrivis à M. le duc d'Orléans la lettre suivante :

« Ce triste moment que je prévois depuis plus d'un an est enfin arrivé. Je suis absolument forcée de vous demander ma démission, à moins (ce que je ne crois pas) que sous trois jours on ne m'accorde la réparation que je mérite. Vous savez où en étaient les choses, c'est ce que vous avez vu de vos yeux ; vous savez si j'ai eu de la douceur, de la patience et de la modération ; mais enfin, on veut me pousser à un parti qui déchire mon cœur, et que je ne puis m'empêcher de prendre. Je ne vous ai point dit, il y a quelques jours, que madame la duchesse d'Orléans est venue voir Mademoiselle dans l'après-midi, ce qu'elle ne fait pas ordinairement ; au bout de deux minutes, elle lui a dit devant mademoiselle Rime qu'elle voudrait voir ses fils, et lui a demandé où ils étaient. Mademoiselle a répondu qu'*ils étaient comme à l'ordinaire à cette heure*, avec moi. *Dans ce cas*, a repris madame la duchesse d'Orléans, *je ne les verrai pas* ; cela est fort clair et dit à haute voix à Mademoiselle et devant une femme de chambre... Cependant j'étais décidée à ne vous point parler de cela, ainsi que de bien d'autres choses. Mais vous savez que madame la duchesse d'Orléans avait dit à ses enfants, devant toute l'Académie [2], qu'elle les recevrait dimanche à dîner [3]. Ce matin, à dix heures et demie, à mon réveil, Mademoiselle est venue se jeter dans mes bras tout en larmes, en me disant que madame sa mère était venue à neuf heures lui dire que des raisons très-fortes l'empêchaient de la recevoir chez elle ; qu'elle ne pouvait lui dire ces raisons, parce qu'elle n'avait pas mérité sa confiance ; mais qu'elle espérait que ces raisons cesseraient bientôt, et qu'alors elle lui expliquerait cela. Ceci a été accompagné de plusieurs questions, entre autres celle-ci : *Mais est-il vrai que vous aimiez tant madame de Sillery ? Il faudrait*, a répondu Mademoiselle, *que je fusse bien ingrate pour ne la pas aimer de toute mon âme*, etc. M. le duc de Chartres et son frère ont eu de leur côté la même scène. Il résulte de tout ceci que maintenant il est bien prouvé à vos enfants que leur mère me déteste et désapprouve publiquement la confiance que vous avez mise en moi, et qu'elle y avait mise elle-même à cet égard ; qu'ainsi vous n'agissez plus de concert avec elle, et que vous êtes ouvertement divisés d'opinion et de sentiments. Ajoutez à ceci qu'ils n'aperçoivent madame la duchesse d'Orléans que des minutes ; qu'ils en sont traités avec une extrême froideur ; qu'ils voient que je leur suis entièrement consacrée ; qu'ils pensent que de tels soins devraient inspirer de la reconnaissance à une mère ; que d'ailleurs, malgré tous les procédés que j'ai éprouvés, et dont ils ont été témoins, je ne leur parle d'elle que pour vanter sa vertu, et pour les exhorter de toutes les manières à la chérir. Certainement ils ne me

Cependant nous poursuivions avec une extrême vitesse cette route inconnue.]

[1] Tous mes élèves, mes amis, ma mère, mon mari, mon frère, mes filles, me donnèrent chacun un anneau avec une devise ; voici celle de M. le duc de Chartres (il avait alors dix-sept ans) : *Qu'aurais-je été sans vous ?...*

[2] C'était l'étude du dessin que nous appelions ainsi.

[3] Chaque année, aussitôt après le retour de la campagne, les enfants allaient dîner une fois par semaine chez elle, quelquefois menés par moi, et le plus souvent sans moi.

donneront pas tort, et il est impossible qu'une telle conduite ne finisse pas par les aigrir profondément. Je ne puis, dans une semblable position, rester chargée dans ma place ; ainsi, mon parti est irrévocablement pris, et le voici : ayez la bonté de déclarer madame la duchesse d'Orléans à l'autoriser de dire à ses enfants, sous trois jours, que j'ai été lui demander une explication au Palais-Royal ; qu'on m'avait fait auprès d'elle des tracasseries dont je me suis pleinement justifiée, qu'elle a repris pour moi toute sa bonté, et que cela soit suivi d'une manière décente de vivre avec moi, etc. Et alors je resterai, j'oublierai tout, et il ne m'en coûtera rien de lui donner toutes les preuves du monde de respect et d'attachement ; car, malgré ses injustices envers moi, qui lui sont inspirées par des méchants qui abusent cruellement de la facilité de son caractère, je rendrai toujours justice à sa vertu, au fonds de bonté qui est dans son âme, et j'excuse sans peine une conduite dont je suis bien sûre qu'elle ne sent pas les conséquences ; enfin je vous conjure d'obtenir sans délai ce que je vous demande ; mais, si cela n'est pas possible, recevez, je vous le répète, ma démission. Je puis tout faire pour vos enfants (et je l'ai prouvé), à l'exception de m'avilir, et c'est ce que je ferais en restant ici dans l'état où sont les choses.

» De Belle-Chasse, ce vendredi, 10 septembre 1790. »

M. le duc d'Orléans ne voulut point recevoir ma démission, et me promit de faire sous peu de jours ce que je désirais. Pendant cet intervalle, Mademoiselle, qui d'après toutes les choses dont elle était témoin craignait depuis longtemps que je prisse enfin le parti de me retirer, me voyant fort triste et très-agitée, pénétra facilement mon dessein ; mais elle crut devoir ne m'en pas parler, et cette contrainte la mit dans un état affreux : elle s'évanouit un jour dans le jardin de Belle-Chasse ; les personnes qui étaient avec elle la rapportèrent sans connaissance ; j'accourus et je la trouvai dans les convulsions les plus effrayantes ; en ouvrant les yeux et en me voyant elle fondit en larmes ; cette scène, qui ne s'effacera jamais de mon souvenir, amena une explication dans laquelle je pris l'engagement formel de terminer son éducation, c'est-à-dire de ne la point quitter volontairement, enfin de ne jamais demander ma démission. Ce nouvel engagement me fit désirer plus que jamais le retour des bontés de madame la duchesse d'Orléans ; ayant naturellement une extrême répugnance à me plaindre, je l'avais parlé à M. le duc d'Orléans que très-vaguement de ma situation, et avec une douceur qui ne devait pas lui persuader que j'en fusse le moins du monde aigrie. Il m'avait répondu que madame la duchesse d'Orléans était loin de montrer à cet égard la modération ; que ses nouveaux amis étaient parvenus à changer entièrement son caractère ; mais qu'il lui était absolument impossible d'articuler contre moi un seul fait positif, et d'alléguer sur cette aversion subite et violente un seul motif qui eût le moindre fondement. M. le duc d'Orléans pensait bien qu'au fond la haine de la constitution nouvelle était une des principales causes de celle qu'avaient pour moi les amis de madame la duchesse d'Orléans ; mais il croyait aussi qu'elle n'oserait jamais déclarer ouvertement ce motif, puisque ses sentiments à cet égard étaient ceux de M. le duc d'Orléans, et qu'elle ne pouvait pas concevoir l'espérance qu'un père pût consentir à faire élever ses enfants dans des opinions absolument contraires aux siennes et de plus contraires à son serment, à la constitution et aux lois établies.

Cependant j'instruisis M. le duc d'Orléans de l'engagement que j'avais pris avec Mademoiselle. J'ajoutai que je désirais en rendre compte à madame la duchesse d'Orléans et saisir cette occasion de m'expliquer avec elle. J'écrivis une lettre à Son Altesse, je la lus à M. le duc d'Orléans ; ensuite il se chargea de la remettre lui-même, de la faire lire devant lui, ainsi que plusieurs passages de mon Journal d'éducation que je lui confiai. Tout cela fut exécuté. On en va voir le succès :

Madame la duchesse d'Orléans vint me voir et me parla de ma dernière lettre avec bonté et affection ; enfin je la retrouvai ce qu'elle était naturellement, quand elle ne consultait que son cœur, rempli de bonté, de douceur et de sensibilité. En me quittant, elle parut attendrie ; mais elle confia sans doute l'impression qu'avaient produite sur son âme ma dernière lettre et cet entretien, et je vis bientôt l'effet cruel des conseils perfides qu'elle recevait. Tout se passa parfaitement pendant quinze jours. Madame d'Orléans venait régulièrement prendre Mademoiselle tous les matins trois fois la semaine, la gardait cinq quarts d'heure ou une heure et demie, passait tout ce temps seule avec elle, et le comblait de caresses et des plus touchantes marques d'affection ; mais tout à coup ces tête-à-tête cessèrent : madame de Chastellux surtout et quelques autres personnes étaient toujours avec madame la duchesse d'Orléans, soit chez elle, soit en voiture, et Mademoiselle n'eut plus le bonheur de se trouver seule avec sa mère. J'avais laissé passer trois semaines sans aller dîner au Palais-Royal ; mais au bout de ce temps je priai Mademoiselle de prévenir madame la duchesse d'Orléans que j'aurais l'honneur de l'y conduire et d'y dîner le lendemain. Madame la duchesse d'Orléans répondit simplement que dans ce cas elle n'irait pas chez cher Mademoiselle, puisque je la menerais. Mais le lendemain, jour du dîner, elle me fit dire à deux heures après midi qu'elle ne dînerait pas chez elle, parce qu'il lui était survenu une affaire ; je ne soup-

connai point encore la vérité. M. le duc d'Orléans était à la campagne ; il revint et m'apprit avec beaucoup d'émotion et de mécontentement qu'il avait retrouvé madame la duchesse d'Orléans plus aigrie que jamais, sans qu'elle en eût pu dire la cause, mais qu'elle avait déclaré qu'elle ne pouvait se résoudre à me recevoir davantage chez elle. Ce procédé était d'autant plus inconcevable, que dans notre dernier rapprochement madame la duchesse d'Orléans avait donné sa parole de me recevoir à dîner quand il me conviendrait d'y mener ses enfants, et que d'ailleurs elle exprimait très-positivement dans un des billets que j'ai cités d'elle.

Le dimanche suivant, je laissai aller mes élèves sans moi au Palais-Royal, et depuis cette époque je n'y ai pas remis les pieds. Les traitements de ce genre se multiplièrent à l'infini : M. le duc d'Orléans donna à dîner à ses enfants à Mousseaux ; leur mère n'y voulut pas venir, parce que j'y étais. Elle venait toujours chercher Mademoiselle avec deux ou trois personnes dans sa voiture, la menait promener ou chez des marchands suivie de madame de Chastellux et d'autres personnes ; et Mademoiselle ne voyait que moi seule exclue de ces parties. Mademoiselle donna dans l'hiver non des bals, le peu d'étendue de son logement ne lui permettait pas, mais quatre goûters dansants ; M. le duc d'Orléans vint à tous ; madame la duchesse d'Orléans, malgré les prières de ses enfants, n'y voulut jamais paraître ; en un mot, les témoignages de sa haine devinrent si éclatants et si bizarres, qu'après avoir souffert et toléré avec une douceur et une patience inaltérables pendant si longtemps des injustices si étranges, M. le duc d'Orléans résolut enfin d'y mettre un terme. Il alla trouver un matin madame la duchesse d'Orléans, pour lui déclarer qu'il exigeait d'elle ce qu'elle avait constamment refusé à ses prières, c'est-à-dire une explication positive et détaillée avec moi ; et, dès le lendemain, madame la duchesse d'Orléans, après beaucoup de difficultés, y consentit et le promit formellement. Elle vint chez moi le lendemain matin à neuf heures ; je l'attendais avec la douce espérance que, puisqu'elle consentait à s'expliquer et à m'entendre, il me serait bien facile de la ramener ou du moins de lui faire comprendre les dangereuses conséquences du plan de conduite qu'on lui traçait. La porte s'ouvrit ; madame la duchesse d'Orléans parut, et à peine eus-je jeté les yeux sur elle, qu'une partie de mes espérances s'évanouit. Elle s'avança brusquement, s'assit, m'imposa silence, tira de sa poche un papier, et me disant du ton le plus impérieux qu'elle allait me déclarer ses intentions ; et aussitôt elle me lit à haute voix et avec une extrême volubilité la lecture de l'écrit du monde le plus surprenant. Madame la duchesse d'Orléans me signifiait dans cet écrit que, vu la différence de nos opinions, je n'avais d'autre parti à prendre, si j'étais honnête, que de me retirer sans délai ; que si je prenais ce parti, elle ne ferait point d'éclat, dirait dans le monde ce que je voudrais sur ma retraite, et assurerait aux deux jeunes personnes que j'élevais le sort que je méritais, à condition cependant qu'on m'en allant sur-le-champ je prendrais les précautions nécessaires pour que Mademoiselle n'en fût pas trop affligée, ce qui me serait bien facile en disant que j'allais en Angleterre prendre les eaux pour ma santé ; que j'y avais déjà fait un voyage il y a quelques années, et qu'ainsi Mademoiselle verrait mon départ sans peine ; mais que si je résistais, comme elle était au désespoir que ses enfants fussent entre mes mains, il n'y avait point d'éclat auquel je ne dusse m'attendre, et qu'elle ne me servait de sa vie, etc. Voilà l'extrait fidèle de ce discours, et voilà ce que madame la duchesse d'Orléans appelait une explication. Quand l'excès de ma surprise put me permettre de parler, je répondis qu'après une déclaration aussi positive, je n'avais en effet d'autre parti à prendre que celui de me retirer ; non que je pensasse que madame la duchesse d'Orléans eût le droit de m'y contraindre ; non que je fusse humiliée par sa colère, qui était injuste, ou par ses menaces que je ne redoutais point ; mais parce que l'autorité d'une mère, quoique restreinte par les lois, était sacrée à mes yeux ; que, quant à ses offres, un moment de réflexion lui ferait sentir que je ne pouvais que les dédaigner ; que je pouvais faire un sacrifice et non un marché ; qu'à l'égard de ce qui se dirait dans le monde, je n'avais qu'un désir à former : c'est que l'exacte vérité y fût bien connue. J'ajoutai qu'au reste mon respect pour madame la duchesse d'Orléans et la connaissance que j'avais de son caractère et sa délicatesse ne me permettaient pas de lui attribuer l'étrange écrit qu'elle venait de me lire, dont le style, les raisonnements et les sentiments étaient si peu dignes d'elle. Je terminai, en assurant madame la duchesse d'Orléans que je quitterais Belle-Chasse aussitôt que Mademoiselle aurait fait ses Pâques, parce que je pensais que la douleur que lui causerait ma retraite ne lui laisserait pas la liberté d'esprit nécessaire pour les bien faire après mon départ. Enfin je promis, non de dire à Mademoiselle que je la quitterais pour aller aux Eaux de Bristol, artifice qui n'aurait pu l'abuser un moment, mais de lui cacher son malheur et le mien, de partir secrètement et de prendre toutes les précautions possibles pour lui adoucir l'amertume de cette cruelle séparation. Cependant M. le duc d'Orléans attendait au Palais-Royal madame la duchesse d'Orléans ; il croyait, d'après la parole qu'il avait reçue d'elle, qu'elle s'expliquerait avec moi, et son étonnement fut égal au mien, lorsqu'elle lui déclara la vérité et lui montra l'écrit qu'elle m'avait lu et qu'elle n'avait pas voulu laisser entre mes mains.

Une telle démarche, faite à l'insu d'un mari et d'un père, devait en effet causer beaucoup de surprise, et la manière étrange dont l'écrit était conçu et rédigé n'était pas faite pour la diminuer. D'ailleurs, cette manière nouvelle de *lire* au lieu de *parler* dans un tête-à-tête est par elle-même assez bizarre. Le chagrin profond de M. le duc d'Orléans aurait augmenté le mien, s'il avait pu s'accroître, me voyant irrévocablement décidée à partir, le 26 avril, comme je l'avais annoncé à madame la duchesse d'Orléans, à moins qu'elle ne me demandât elle-même de rester : ce qu'assurément je n'espérais pas. M. le duc d'Orléans se flatta de pouvoir la décider à cette démarche, en lui représentant que jusqu'à ce moment elle avait eu la plus grande influence sur l'éducation de ses enfants; mais que si je les quittais elle n'en aurait aucune désormais, puisqu'en me forçant à me retirer, elle montrait avec éclat à ses enfants et au public des volontés et des opinions absolument opposées aux siennes; qu'elle aurait toujours la liberté de voir Mademoiselle à Belle-Chasse, tant qu'elle le voudrait; mais qu'elle ne la ferait plus sortir, ne l'emmènerait plus seule, parce qu'en lui laissant l'autorité qu'elle avait eue jusqu'alors, le public pourrait penser qu'il avait changé d'opinion, ou que du moins il consentait à ce que ses enfants en adoptassent d'autres. M. le duc d'Orléans fit valoir encore l'intérêt si touchant du bonheur, de la santé et de l'éducation de sa fille, qui perdrait ses talents, qui ne pourraient être perfectionnés à son âge, et qui ne se consolerait pas d'un malheur si imprévu, accompagné de circonstances si affligeantes. Il demandait ce qu'on lui dirait pour la consoler ou pour justifier de tels procédés. Madame la duchesse d'Orléans répondait qu'il fallait lui cacher la vérité, et lui dire que j'avais voulu, de mon propre mouvement, me retirer. M. le duc d'Orléans répliquait que ce serait me calomnier auprès d'elle, puisque je lui avais donné ma parole de ne point demander ma démission; qu'il ne souffrirait jamais ce mensonge, même quand j'y pourrais consentir, et qu'il lui dirait l'exacte vérité. Enfin M. le duc d'Orléans, pour dernière ressource, employa auprès de madame la duchesse d'Orléans M. le duc de Chartres, qu'il instruisit de tous les détails; le cœur de madame la duchesse d'Orléans, naturellement si bon et si sensible, fut vivement ému par les prières et les larmes de son fils; on craignit sans doute cet attendrissement, et on l'entraîna tout à coup loin de lui; elle partit subitement pour la ville d'Eu, suivie seulement de madame de Chastellux; alors le duc d'Orléans, envoyant un courrier, écrivit au véritable auteur de tant de troubles, à madame de Chastellux, pour lui déclarer que, n'attribuant qu'à ses conseils les procédés de madame la duchesse d'Orléans, il la priait de choisir une autre demeure que sa maison, et de lui faire remettre sous quinze jours les clefs de son appartement du Palais-Royal. Quel fut le résultat de cette démarche? *La demande en séparation*, faite par madame la duchesse d'Orléans.

Cependant, fidèle à la parole que j'avais donnée, j'eus le courage de cacher à Mademoiselle la douleur qui m'accablait. Le 26 avril, je la fis sortir sans moi, à huit heures du matin, et je partis... Mais, avant de quitter Belle-Chasse, j'écrivis trois lettres pour mademoiselle d'Orléans, en recommandant qu'on les lui remît successivement dans le cours de la journée, on lui disant chaque fois qu'on ne les lui donnerait que lorsqu'elle serait *calme* et *raisonnable*. Je convins avec M. le duc d'Orléans de lui laisser l'espoir, non que je puisse nourrir cette place, mais de nous revoir un jour, précaution que nous jugeâmes indispensable pour modérer l'excès de son saisissement et de sa douleur.

Voici quelques phrases de ces billets :

« Je vous autorise, chère enfant, à montrer sans exception toutes mes lettres à madame la duchesse d'Orléans. Vous ne devez point avoir de secret pour elle, et il n'y a rien dans mon cœur que je doive cacher. »

» Je me flatte que vous recevrez bien madame *Topin*, qui est si bonne et si estimable, et qui a tant d'amitié pour moi. Je suis sûre aussi que vous sentirez vivement le prix de l'amitié d'*Henriette*, et qu'elle adoucira vos peines [1]. J'emmène votre autre jeune amie; vous connaissez son excellent cœur; vous croyez bien que nous ne pourrons parler que de vous, que penser à vous... Hélas! nous aurons grand besoin l'une de l'autre; le même sentiment nous occupera uniquement : nous n'aurons qu'un entretien, et toujours mon Adèle sera entre nous deux. »

Mon projet était de voyager six semaines en Auvergne et en Franche-Comté, de revenir ensuite à Paris, à l'insu de Mademoiselle, d'y rester seulement un mois pour y faire imprimer sous mes yeux les *Leçons d'une gouvernante*, de partir après pour Sillery jusqu'aux approches de l'hiver, que je comptais passer en Angleterre, pays que mon goût particulier, la reconnaissance et l'amitié me rendaient également cher, et où j'espérais être plus heureuse qu'en France, si je pouvais trouver le bonheur loin de ma famille, de mes élèves et de ma patrie.

Je reçus de Clermont des lettres qui commençaient à m'inquiéter vivement sur l'état de mademoiselle d'Orléans; mais arrivée à Lyon, j'y trouvai des lettres si alarmantes, que je renonçai à mon voyage de

---

[1] J'étais convenue avec M. le duc d'Orléans de lui laisser ma nièce, dans ces premiers moments, mais seulement pour trois ou quatre mois.

Franche-Comté, et je pris la résolution de retourner sans délai à Paris; mais comptant toujours y rester cachée pour elle. A six lieues d'Auxerre, je rencontrai un courrier de M. le duc d'Orléans qui avait ordre d'aller à Besançon, où l'on me croyait arrivée; il me donna un paquet qui contenait des lettres de M. le duc d'Orléans, de M. de Sillery, de ma fille, de mes élèves, de M. Pieyre et de quelques autres personnes, qui toutes me mandaient que les évanouissements et les convulsions de Mademoiselle, loin de diminuer, s'*aggravaient tous les jours*, qu'elle dépérissait *à vue d'œil*, qu'enfin l'on craignait pour ses jours, pour peu que cet état affreux se prolongeât.

De toutes les autres lettres que renfermait ce paquet, je ne citerai qu'un fragment de celle de M. de Sillery; le voici :

« Vous voyez, par la lettre de M. le duc d'Orléans, combien il dé-
» sire votre retour et qu'il le regarde comme le seul moyen de pou-
» voir sauver son enfant : il faut qu'il ait senti le danger bien pres-
» sant, puisqu'il lui a confié toutes les démarches qu'il fait auprès de
» vous pour vous faire revenir, et que c'est le seul moyen de conso-
» lation que nous ayons pu lui procurer. M. le duc d'Orléans lui a
» formellement dit que votre retour ne dépendait que de vous seule,
» et je ne puis croire que vous puissiez hésiter un moment... Je n'ajoute
» rien aux marques de tendresse que tous vos enfants vous donnent
» en ce moment; la pauvre petite est ivre de bonheur d'imaginer
» qu'elle va vous revoir, car elle ne doute pas un moment que vous
» ne veniez la sauver de la mort ou d'un état cent fois pire... Reve-
» nez donc, tout ce que vous aime vous attend avec impatience, il ne
» peut être heureux qu'en vous revoyant. »

Comment aurais-je pu balancer à reprendre ma place auprès de Mademoiselle, quand je la savais dans cet état affreux, quand on venait lui donner espérance de mon prompt retour, et que M. le duc d'Orléans me mandait qu'*elle mourrait si ses espérances étaient trompées*; quand madame la duchesse d'Orléans restait constamment à cinquante-deux lieues d'elle, et chargeait expressément son père du soin de faire tout ce qui pouvait la consoler et lui rendre la santé? Personne ne peut concevoir que madame la duchesse d'Orléans, d'après des courriers qu'elle recevait sans cesse, d'après les détails effrayants faits par un médecin, enfin d'après les lettres touchantes de ses enfants, ne soit pas revenue auprès de sa fille; madame de Chastellux cherchait sans doute à lui persuader qu'on lui exagérait le danger de Mademoiselle; mais qu'en savait madame de Chastellux! Un père, des frères, un médecin et vingt autres témoins n'étaient-ils pas plus croyables?

Toutes ces personnes *affirmaient* que Mademoiselle était dans l'état le plus alarmant, et elles étaient auprès d'elle. Madame de Chastellux *conjecturait* que Mademoiselle n'était pas dangereusement malade : je revins et je trouvai effectivement ma chère élève dans un état qui me perça le cœur. Mes soins et ma tendresse lui rendirent bientôt la santé; mais rien ne me rendit la tranquillité que j'avais perdue. Le motif d'éloignement subit de madame la duchesse d'Orléans pour moi était évidemment la différence d'opinions politiques; mais je reconnais aujourd'hui que toutes ses craintes, qui me parurent alors si exagérées et même si injustes, n'étaient que trop fondées. Telles devaient être les suites inévitables des odieux principes répandus depuis un demi-siècle en Europe, et surtout en France, par la fausse philosophie. A la suite de tant d'efforts, des états généraux rassemblés, des millions d'innovations proposées, devaient tourner tout ce que l'on a vu. Mon indignation sur certains abus, qu'il était si facile de réformer, m'inspira une sorte d'enthousiasme pour le commencement d'une révolution dont je ne sentis aucune des conséquences, et qui me parut seulement pouvoir affermir la durée de la monarchie. L'imagination n'égara point madame la duchesse d'Orléans; elle ne s'abandonna point à des rêves romanesques; elle jugea mieux que moi, elle sut lire dans l'avenir. Cependant je n'avais jamais été plus loin que le roi lui-même : il avait pris le titre de *restaurateur de la monarchie française*. La reine répétait sans cesse (comme on peut le voir dans les papiers du temps), à toutes les députations qu'on lui faisait, qu'*elle devait son fils dans les principes de la révolution*, chose fort inutile à dire, si elle n'était pas vraie, 1° parce qu'on ne lui demandait pas sa profession de foi politique, et 2° parce que ce n'est pas une reine, qui n'est ni veuve ni régente, qui élève son fils. J'ai toujours pensé que, dans toutes ces protestations solennelles, le roi et la reine étaient de bonne foi : par un sentiment louable, puisqu'il était généreux, ils croyaient alors à la reconnaissance nationale! J'ignorais encore que les peuples ne sont reconnaissants que lorsqu'ils sont heureux et soumis.

Dans tous les temps, j'ai eu des principes monarchiques, et j'ai été attachée à la race royale, comme le prouvent tous mes ouvrages. Dans l'émigration, j'ai montré ces sentiments dans les *Chevaliers du Cygne*, dans les *Petits Émigrés*. Enfin, sous l'empire de Napoléon, j'ai remis Louis XIV à la mode dans la *Duchesse de la Vallière* et *Madame de Maintenon*. Sous ce règne, je n'ai pas perdu une occasion de louer les héros de l'ancien temps : dans *Mademoiselle de Clermont*, et 2° sur l'éloge du grand Condé; j'ai donné *Mademoiselle de la Fayette*, où tous les mêmes sentiments se retrouvent. Je fis les *Mémoires de Dangeau*; on ne me permit pas de les publier. M. le prince de Talleyrand, qui existe, en demanda vainement la permission plusieurs fois.

7.

Je commençai l'*Histoire de Henri le Grand*; mais j'eus la certitude qu'on ne me permettrait pas de l'imprimer : je l'achevai à la restauration, et j'ai eu le courage de la faire paraître au retour de Napoléon ; mais il est vrai que j'ai toujours haï le despotisme, les lettres de cachet, les emprisonnemens arbitraires et les droits de chasse. Voilà mes sentimens et toute ma politique, qui n'a jamais varié un seul moment. Depuis la révolution, j'ai publié, en France, que mes *Leçons d'une Gouvernante* et mes *Discours moraux*, qui en contiennent un contre la *suppression des couvents*. Il n'y a pas un mot dans tous les autres que j'eusse intérêt à désavouer aujourd'hui.

Arrivée à cette grande époque de la révolution, je n'ai nullement le projet de réfuter d'absurdes inculpations ; je n'attache aucun prix à l'opinion de ceux qui me jugent sur des libelles anonymes, au lieu de me juger sur des faits, sur des travaux si longs et sur des ouvrages peut-être fort médiocres, mais qui du moins montrent quelques connaissances et de bons principes. Ma conscience et l'examen de l'emploi de ma vie me donnent la douce certitude que l'on ne peut que me calomnier, et qu'il serait impossible de me noircir. Personne ne croira qu'une femme accusée d'être sauvage, qui enfin s'est enfermée à trente ans dans un couvent cloîtré, pour y achever l'éducation de ses filles et y commencer celle d'enfans encore au berceau ; qui, de ce moment renonçant entièrement à la cour, à la société, a passé treize ans à donner des leçons, et à composer vingt-deux volumes ; on ne croira pas, dis-je, qu'une telle personne ait été une intrigante. Je ne m'abaisse donc point à présenter une *justification* ; je n'en ai nul besoin, et, s'il était vrai qu'elle me fût nécessaire, je n'éprouverais aucun désir de la donner, car il est des injustices si révoltantes qu'elles ne peuvent inspirer que le dédain.

Pour réussir dans les affaires, il faut nécessairement, sinon de la fausseté, du moins une sorte de souplesse ; il faut savoir non-seulement ménager, mais gagner tous ceux qui peuvent être utiles ; il faut de la prudence, et au moins un *peu de dissimulation*; il faut, par-dessus tout, une inconcevable activité physique. Je n'ai aucune prudence, il m'est impossible de dissimuler, je ne puis me résoudre à quitter ma chambre, et jamais personne ne m'a parlé un quart d'heure d'affaires sans s'apercevoir que j'écoutais avec la plus extrême distraction. Il y a dans ce caractère des inconvéniens et une sorte de frivolité très-ridicule à mon âge ; mais je me suis trop occupée des autres pour avoir eu le temps de réfléchir et de travailler sur moi-même ; j'ai su corriger les défauts de mes élèves, et j'ai gardé tous les miens. Du moins ces défauts mêmes auraient-ils dû me mettre à l'abri des étranges calomnies qui me poursuivent depuis tant d'années !....

D'après ce caractère je pouvais aimer une révolution dans le gouvernement, si je la jugeais nécessaire au bonheur de la nation ; mais je devais craindre les mouvemens qui en sont inséparables. Aussi dès la convocation des états-généraux, prévoyant que le désordre des finances, le mécontentement général, produiraient beaucoup de troubles, je désirai m'éloigner et je déclarai publiquement que j'irais à Nice avec mes élèves. Leurs parens y consentirent, et il fut convenu que nous partirions au mois de septembre. Malheureusement je l'avais annoncé, et l'on censura tellement ce projet dans les papiers publics, il parut porter une telle atteinte à la fragile et funeste popularité de la maison d'Orléans, qu'il fallut y renoncer, du moins pour le moment. Sans doute, ayant élevé ces jeunes princes sans aucune espèce d'intérêt pécuniaire ; n'ayant jamais voulu recevoir d'appointement pour leur éducation ; possédant, par un héritage, une très-grande fortune depuis deux ans, j'aurais été parfaitement indépendante si je l'eusse voulu ; mais j'aimais ces enfans comme s'ils eussent été les miens : je ne pus me résoudre à les quitter.

Ce fut un véritable sacrifice ; je leur ai fait depuis de plus grands encore !

Cependant j'obtins la promesse qu'on me laisserait faire un voyage en Angleterre, aussitôt que la constitution serait finie ; on croyait alors que ce travail serait terminé sous peu de mois ; il fut beaucoup plus long. Malgré mes vives instances et le désir ardent que je conservais constamment de quitter la France, l'époque de mon départ se reculait toujours, sous divers prétextes ; mais enfin on nous promit positivement que nous partirions dans le cours de l'automne de 1790. En conséquence je fis tous mes préparatifs ; je me croyais à la surveille de notre départ, lorsqu'un soir M. de Valence vint chez moi pour me dire qu'il savait à n'en pouvoir douter que M. le duc d'Orléans partirait dans la nuit pour l'Angleterre. Il lui fut impossible de me persuader une chose aussi invraisemblable et aussi étrange ; mais rien n'était plus vrai : M. le duc d'Orléans partit à cinq heures du matin ; on me remit un billet de lui, dans lequel il me disait qu'il reviendrait au bout d'un mois, et il resta à Londres près d'un an !...

Ce voyage était inconcevable de toutes manières, et ne permettait plus à mes élèves de sortir de France. Le peuple, déjà mécontent du départ de leur père, avait l'œil sur eux et les aurait arrêtés si l'on eût voulu les emmener. Dans tout ceci je n'étais surprise que du procédé de M. le duc d'Orléans, qui manquait à ses promesses formelles ; et d'ailleurs je ne m'étonnais pas qu'il m'eût fait un mystère de ses projets personnels, et c'est un fait très-connu de ceux qui ont vécu avec lui que depuis la révolution il n'a demandé des conseils qu'à M. de Laclos et n'a eu de confiance qu'en lui. C'est encore un fait que je ne connaissais aucune des personnes qu'il s'était particulièrement attachées depuis la révolution : je n'ai de ma vie rencontré M. de Laclos et M. Sieyès, je n'ai jamais eu la moindre relation avec eux, et je ne les connais même pas de vue. Depuis la révolution je n'ai pas fait le moindre changement dans ma manière de vivre ; toujours consacrée aux mêmes travaux, aux mêmes études, à la même retraite, j'ai vécu depuis cette époque comme avant la révolution, passant cinq mois à Paris dans mon couvent, n'en sortant qu'avec mes élèves pour aller voir des cabinets de tableaux, d'histoire naturelle et des manufactures, ne voyant d'habitude chez moi que la famille de mes élèves et la mienne, et seulement depuis huit heures du soir, jusqu'à neuf heures et demie, heure où nos grilles se fermaient, ne voyant du monde que tous les huit jours et uniquement pendant les cinq mois d'hiver, car j'ai constamment passé le reste de l'année à la campagne avec mes élèves et tous toujours dans une absolue solitude. Je vais à présent rendre compte des nouvelles liaisons que je formai à cette époque.

Quelque temps auparavant une personne de ma connaissance me parla avec les plus grands éloges d'un jeune député qui arrivait du fond des provinces méridionales et, qui, me dit-on, *passionné* pour mes ouvrages, avait un vif désir de me connaître. Je pensai que, puisqu'il aimait mes ouvrages, il avait les principes qui donnent le goût, des mœurs et le respect pour la religion. On me confirma dans cette idée en m'apprenant qu'il était lui-même homme de lettres et auteur de deux ouvrages qui avaient concouru pour les prix proposés par l'Académie littéraire de Toulouse. Les deux ouvrages imprimés avec son nom, quoique publiés depuis deux ans, étaient très-peu connus à Paris. Je consentis à recevoir ce député ; c'était M. Barrère. Il était jeune, jouissait d'une très-bonne réputation, joignait à beaucoup d'esprit un caractère insinuant, un extérieur agréable et des manières à la fois nobles, douces et réservées. C'est le seul homme que j'aie vu arriver du fond de sa province avec un ton et des manières qui n'auraient jamais été déplacées dans le grand monde et à la cour. Il avait très-peu d'instruction ; mais sa conversation était toujours aimable et souvent attachante. Il montrait une extrême sensibilité, un goût passionné pour les arts, les talens et la vie champêtre ; ses inclinations douces et tendres, réunies à un genre d'esprit très-piquant, donnaient à son caractère, et à sa personne quelque chose d'intéressant et de véritablement original. Voilà ce qu'il me parut être et sans doute ce qu'il était alors ; la lâcheté seule en a fait un homme sanguinaire. Au reste, ma liaison avec lui (ainsi qu'avec les autres personnes que j'ai connues seulement depuis la révolution) ne fut jamais intime ; je ne le recevais qu'une fois par semaine, le dimanche, jour où je voyais du monde ; je ne lui ai écrit qu'une seule fois dans ma vie, pour lui demander quelques détails sur les mœurs des pâtres des Pyrénées. Il me répondit une lettre de trois pages, uniquement sur ce sujet ; il m'écrivit depuis une seule lettre, à la fin de mon séjour en Angleterre, pour m'engager à revenir. Il ajoutait dans cette lettre, que j'ai conservée, qu'il imaginait facilement que *les scènes terribles qui s'étaient passées à Paris causaient à ma sensibilité une terreur sans doute invincible ; qu'il ne me proposait point de revenir à Paris, mais qu'il m'offrait pour asile son habitation dans les Pyrénées, où je pourrais rester jusqu'à la fin des troubles, et je vivrais paisible dans la retraite et au milieu des pâtres, dont j'avais si bien peint les mœurs et les vertus patriarcales.*

Ma liaison avec Pétion fut du même genre : j'avoue que j'ai eu pour ce dernier une véritable estime, jusqu'à l'époque affreuse de la mort du roi ; mais je le voyais encore moins que les autres députés qui venaient chez moi, parce qu'il avait plus d'occupation. Je ne lui ai jamais écrit qu'une seule fois. Quand je partis pour l'Angleterre avec mademoiselle d'Orléans et deux autres jeunes personnes que j'ai élevées avec elle, je craignis vivement que notre départ n'excitât une sensation désagréable dans les provinces que nous devions traverser, surtout n'ayant point d'homme avec moi qui pût au besoin haranguer le peuple et les municipalités, si l'on nous arrêtait. Je communiquai cette crainte à Pétion, qui m'offrit de me conduire à Londres. Il était dans ce temps au plus haut point de sa popularité ; j'étais sûre qu'avec lui nous-serions à l'abri de tout événement fâcheux, ainsi j'acceptai son offre avec la plus grande joie. On était alors, à Paris, au moment de s'occuper de l'élection d'un nouveau maire ; on savait d'avance que Pétion serait élu à l'unanimité ; il m'avoua franchement lui-même qu'il, n'en doutait pas, mais qu'il était bien aise de s'éloigner de Paris dans cette conjoncture, afin qu'on ne pût l'accuser d'avoir intrigué, ce qui lui coûtait d'autant moins, ajouta-t-il, qu'il était irrévocablement décidé à refuser cette place. Comme j'avais cru démêler dans son caractère de l'irrésolution, et une bonhomie et une facilité qui allaient quelquefois jusqu'à la faiblesse, je lui répondis que je pensais qu'on le presserait si vivement, qu'il finirait par accepter ; là-dessus il me dit ces propres paroles : *Quelques instances que l'on puisse me faire, si j'accepte, je consens que vous me regardiez à jamais comme le plus méprisable de tous les hommes.* Il me répéta vingt fois cette phrase durant notre voyage. Quand j'appris qu'il avait accepté, je cessai d'estimer son caractère, mais je restai persuadée qu'il avait l'âme la plus droite, la plus honnête, et les principes les plus vertueux. Nous arrivâmes à Calais sans aucun incident remarquable ; je conduisis Pétion jusqu'à Londres ; il m'y quitta pendant le temps où je changeais de chevaux ; je lui fis mes adieux sans descendre de voiture, ne voulant pas m'arrêter à Londres ; il resta huit jours, et au bout de ce temps retourna à Paris. Nous ne nous écrivîmes point, car mes occupations particulières ne m'ont jamais permis d'entretenir des correspondances ; et, depuis que j'existe, des devoirs indispensables ou la tendresse de mère et d'institutrice ont pu seuls m'engager à écrire des lettres avec suite et exactitude.

Voilà toutes les relations que j'ai eues avec Pétion. Voici les noms des autres personnes avec lesquelles j'étais liée : je voyais souvent l'infortuné M. de Beauharnais (l'une des plus intéressantes victimes de Robespierre) ; mais je l'avais connu longtemps avant la révolution, ainsi que M. Mathieu de Montmorency et M. de Girardin. Je recevais encore chez moi très-rarement quelques gens de lettres, MM. de Volney, Grouvelle et Millin ; enfin je voyais plusieurs artistes, parmi lesquels était *David.* Je n'ai point à me justifier d'avoir reçu ce dernier ; alors il se bornait à être le premier peintre de l'Europe ; il n'était pas député, et je le connaissais depuis six ou sept ans ; cependant, près d'un an avant mon départ de France, nous eûmes ensemble quelques discussions qui nous brouillèrent, et je cessai totalement de le voir. Voici les motifs de notre brouille.

CHAPITRE XXIX.

1792.

David. — Je me brouille avec lui. — Brissot de Varville. — Je pars pour l'Angleterre. — Bath. — Bristol. — Le château de Stourbeed. — Tour d'Alfred le Grand. — Lettres anonymes. — M. Fox. — M. de Calonne. — M. Maret. — On nous égare. — Shéridan. — Son dévouement. — Son insouciance pour ses affaires. — Huissiers. — Valets de chambre. — Retour à Belle-Chasse. — Nous sommes déclarées émigrées, mademoiselle d'Orléans et moi. — Lord Fitz-Gérald. — Départ.

Louis XVI était encore sur le trône ; David fit une esquisse du *Serment du jeu de paume*, et par une inspiration, non divine, mais infernale, il y représente le château de Versailles frappé de la foudre. Je lui demandai raison de cette composition ; il répondit que cela signifiait la *destruction du despotisme.* Je lui répétai que cela paraissait signifier la *destruction de la famille royale.* Quelque temps après, je me moquai devant lui de la pompe de Voltaire, qui était en effet à la chose la plus inepte, la plus scandaleuse et la plus complétement ridicule qu'on ait vue à Paris avant les *fêtes de la Raison.* David avait composé le char de triomphe du cadavre de Voltaire ; il trouva mes critiques fort impertinentes, et dès ce moment il cessa de venir chez moi.

Quant à M. de Mirabeau, quoique j'eusse pour son talent oratoire, quand il parlait de tête, une admiration que l'impartialité ne pouvait lui refuser, je n'ai jamais voulu le recevoir chez moi : je l'ai rencontré deux fois dans la même maison, il me parut en effet aussi aimable qu'il était éloquent ; nous ne parlâmes que de littérature. Il m'écrivit une seule fois pour me demander de le recevoir et d'entendre la *lecture du plan d'un discours qu'il voulait faire sur l'adoption.* Je lui répondis pour le refuser en lui disant franchement qu'une liaison entre nous fournirait matière à mille calomnies ; je ne l'ai pas rencontré depuis, et je n'en ai plus entendu parler. Il ne me reste plus qu'à rendre compte de mes actions publiques.

J'allais quelquefois à l'Assemblée nationale, mais très-rarement, et je suis certainement de toutes les personnes de la société celle qu'on y a vue le moins souvent. J'ai été deux fois aux séances des Jacobins : elles n'étaient assurément pas alors ce qu'elles sont devenues depuis ; mais les orateurs m'en parurent extrêmement médiocres, et les principes exagérés et dangereux : je n'y retournai plus. La curiosité me fit aller une seule fois à l'une des séances publiques de la *Société fraternelle aux Cordeliers* : c'était un spectacle également original, effrayant et ridicule. Les femmes du peuple y parlaient, quoiqu'elles ne montassent pas à la tribune ; mais elles interrompaient fréquemment les orateurs et faisaient de longues dissertations sans sortir de leurs places, pour rappeler, disaient-elles, aux *vrais principes.* Les discours étaient risibles, mais les maximes faisaient frémir. On a dit que j'avais mené mademoiselle d'Orléans à cette séance, ce qui est de toute fausseté ; je ne l'ai pas même menée aux Jacobins.

On a prétendu que j'avais eu des liaisons avec Brissot, ce qui est absolument faux ; mais j'ai eu quelques rapports avec lui avant la révolution, voici le fait : depuis que j'écris, c'est-à-dire depuis que je suis auteur, les sentiments d'humanité répandus dans mes ouvrages ont donné souvent aux infortunés l'idée de s'adresser à moi, d'autant mieux qu'alors ma situation me procurait plusieurs moyens d'être utile, et qu'assurément je n'en négligeais jamais aucun. Environ trois ou quatre ans avant la révolution, Brissot, qui travaillait à je ne sais quelle gazette, fut mis à la Bastille ; je n'avais jamais entendu parler de lui, j'ignorais même qu'il fût auteur de cinq ou six gros volumes très-ignorés alors et très-médiocres que j'ai parcourus depuis. Il s'appelait dans ce temps M. *de Varville* ; il m'écrivit de la Bastille ; sa lettre et son malheur m'intéressèrent ; j'engageai M. le duc d'Orléans (qui n'était alors que duc de Chartres) à faire des démarches pour cet infortuné. M. le duc d'Orléans mit à cette affaire beaucoup de zèle et d'activité, et au bout de quinze jours Brissot recouvra sa liberté. Il vint me voir pour me remercier, et quelques jours après une nouvelle lettre de lui m'apprit qu'il était amoureux d'une des femmes de chambre de mademoiselle d'Orléans, nommée mademoiselle Dupont. J'aimais cette jeune personne, et je lui représentai qu'elle ferait une folie d'épouser un homme sans talent (c'était mon opinion) et qui n'avait nulle espèce de fortune ; mes conseils ne produisirent aucune impression, et je me chargeai, à la prière de mademoiselle Dupont, d'écrire à sa mère, qui vivait à Boulogne, pour lui demander son consentement au mariage de sa fille ; je promettais de solliciter un petit emploi pour M. de Varville. Le consentement fut donné, le mariage se fit sur-le-champ, et madame de Varville, quittant Belle-Chasse, partit aussitôt avec son mari pour l'Angleterre. Elle y resta jusqu'au moment où M. le duc de Chartres, par la mort du prince son père, devint duc d'Orléans. J'obtins alors un emploi de mille écus avec un logement à la chancellerie d'Orléans pour M. de Varville. Il vint me voir avec sa femme pour me remercier d'un sort qui surpassait son attente. Cette visite fut la dernière. Brissot, malgré les idées qu'il a développées depuis sur la *parfaite égalité* qui doit régner parmi les hommes, n'aimait peut-être pas à ramener sa femme dans une maison où elle avait été femme de chambre, et où elle avait mangé à l'office avec les mêmes domestiques qu'y trouvaient encore. Voilà du moins ce que l'étonnante ingratitude de Brissot envers moi m'a fait imaginer, car depuis ce moment je n'ai jamais reçu de lui ou de sa femme la plus légère preuve de souvenir et encore moins d'intérêt.

Depuis la fuite du roi à Varennes et son retour forcé à Paris, je brûlais de quitter la France, et M. le duc d'Orléans me le permit enfin. Les médecins ordonnèrent à Mademoiselle d'aller en Angleterre pour prendre les eaux de Bath. Nous partîmes en toute règle avec des passe-ports, qui exprimaient la permission de rester en Angleterre aussi longtemps que la santé de Mademoiselle l'exigerait. Nous partîmes le 14 octobre 1791. Nous arrivâmes à Calais le soir à la nuit, nous descendîmes à l'auberge de Dessaint. Un jeune homme très-bien mis, tenant deux bougies, vint nous éclairer pour nous conduire à notre appartement, il marchait devant nous ; aussitôt que nous fûmes entrées dans notre chambre, il posa les deux bougies sur une table et vint se jeter à mes pieds en s'écriant : « Reconnaissez Martin. » C'était un jeune homme dont voici l'histoire : il était fils de ce qu'on appelait un chasse-marée. Quelques mois avant mon premier voyage en Angleterre, comme il conduisait sa charrette chargée de marée, en descendant une montagne, un homme ivre-mort se trouva sur le chemin ; malgré tous les cris de Martin, qui ne pouvait pas arrêter son cheval, il ne se dérangea point ; il fut écrasé et tué sur la place : il y avait heureusement trois hommes sur le chemin qui furent témoins de cet événement. Martin, qui avait dix-sept ans, fut si effrayé de ce meurtre involontaire, qu'au lieu d'aller se mettre en prison, il ne rentra point dans Calais ; il s'embarqua et se sauva à Douvres. Il fut condamné par contumace. A mon premier passage, sa mère vint me demander de solliciter sa grâce quand je retournerais en France. Le maître de l'auberge, Dessaint, s'intéressait vivement à lui, et tout le monde m'assura qu'il était un excellent sujet. Je le vis en passant à Douvres, où il servait dans une auberge ; il avait une jolie figure, il me toucha vivement en me contant que son seul plaisir était de monter sur le haut des dunes pour apercevoir les côtes de France. De retour à Saint-Leu, je donnai à M. le duc d'Orléans un petit mémoire sur ce jeune homme, et le lendemain il m'apporta sa grâce en bonne forme. Dessaint le prit dans son auberge, et au bout de six mois il conçut pour lui une si grande amitié, qu'il le maria à sa nièce, qui était son unique héritière. Dessaint avait, au moins trois cent mille francs de bien. Ce jeune homme m'a donné toutes les preuves imaginables de sa reconnaissance. Au commencement de l'émigration il découvrit où j'étais, m'écrivit pour m'offrir de me passer gratuitement en Angleterre ; il m'a donné beaucoup d'autres preuves d'attachement. J'ai éprouvé tant d'ingratitude dans ma vie, que je me plais à recueillir dans ces mémoires tous les traits de reconnaissance dont j'ai été l'objet et le témoin.

Nous allâmes d'abord à Londres, dans la maison que M. le duc d'Orléans y avait achetée. Nous y passâmes une quinzaine de jours ; de là nous allâmes à Bath, où nous restâmes deux mois. Il y avait une excellente troupe de comédiens qui jouaient la tragédie et la comédie. Je louai une loge, et, pour nous bien familiariser avec la *langue parlée*, nous allions presque tous les jours au spectacle ; nous entendîmes parfaitement presque tout de suite la tragédie ; il n'en fut pas de même de la comédie : la vitesse du débit, les façons de parler familières et proverbiales et les fréquentes abréviations nous déroutaient continuellement. Mais nous portions toujours avec nous les pièces imprimées, où nous lisions ce que notre oreille ne nous faisait pas comprendre; et de cette manière, au bout de six semaines, nous entendions l'anglais comme les Anglais mêmes. De Bath nous allâmes à Bristol, et de Bristol chez le chevalier Hoare, dont le beau château à Stourhead est dans ces environs. Il y a dans le parc de ce château un monument bien vénérable : c'est la tour sur le haut de laquelle Alfred le Grand proclama la délivrance de l'Angleterre, que par ses éclatantes victoires il venait d'affranchir entièrement du joug des Danois. J'ai monté plus d'une fois toute seule sur le sommet de cette antique tour ; dans de longues rêveries j'aimais à deviner les nobles pensées qui, dans ce lieu même, avaient dû occuper le souverain légitime, le libérateur, le législateur de sa nation, de ce prince dont la vie fut aussi pure qu'héroïque et brillante, de ce triomphateur modeste et généreux, de ce poète justement célèbre, de ce saint sur un trône et dans les camps !..., enfin, de ce monarque qui reçut du ciel des talents aussi variés, un génie aussi vaste que son âme fut grande et magnanime!...

La fin de mon séjour en Angleterre fut troublée par les craintes les plus sinistres; l'esprit de parti donnait tout à craindre des ennemis de la maison d'Orléans; je recevais les lettres anonymes les plus effrayantes. J'en reçus entre autres une en anglais, dans laquelle on m'appelait *savage fury*.

Dans les derniers jours du mois de septembre 1792, étant encore à Bury, dans la province de Suffolk, je vis par les journaux français qu'un parti puissant formait les plus sinistres projets et voulait faire juger le roi et la reine. Je croyais que Pétion conservait toujours une grande popularité; je ne doutais point qu'il ne combattît avec force ces horribles desseins; mais j'avais moins de confiance en ses talents qu'en sa droiture. Il me vint à ce sujet quelques idées qui me parurent bonnes, et l'intérêt pressant de la justice et de l'humanité me décida à les lui communiquer. J'écrivis donc pour la première fois à Pétion, sur ce jugement du roi et de la reine, dont tous les papiers publics semblaient annoncer; ma lettre avait six pages. J'y prouvais qu'indépendamment de l'humanité, la seule politique prescrivait aux Français d'être non-seulement équitables dans cette occasion, mais généreux; comme il fallait des temps des citations de l'histoire romaine, je citais l'exemple des Romains, qui, en renonçant à la royauté, n'avaient ni massacré les Tarquins, ni confisqué leurs biens, ni attenté à leur liberté; je développais tous les avantages d'une conduite équitable, noble et généreuse, et tous les affreux inconvénients qui résulteraient nécessairement d'une conduite opposée. Quand cette lettre fut écrite, je n'osai la confier à la poste ; je n'avais aucun moyen particulier de la faire parvenir ; j'imaginai de l'envoyer à MM. Fox et Shéridan, certaine qu'ils en approuveraient les sentiments et qu'étant à Londres, ils pourraient par une occasion l'envoyer sûrement à Paris. Je connaissais à peine ces deux hommes si justement célèbres par leur génie, leurs talents et leurs vertus. Je ne les avais vus alors l'un et l'autre qu'une seule fois dans ma vie ; mais sur leur réputation je m'étais déjà adressée à eux pour des choses qui m'étaient purement personnelles, et dont je rendrai compte par la suite ; ils m'avaient répondu avec la bonté qui les caractérise, de sorte que je n'hésitai point à les charger de ma lettre pour Pétion ; je la leur envoyai ouverte, en les priant de la lire, et, s'ils approuvaient, de la cacheter et de la faire partir. M. Fox me répondit par le courrier d'ensuite ; il me mandait en français qu'il était enchanté de mon *excellent lettre* (ce furent ses expressions), et que je pouvais compter que Pétion la recevrait très-incessamment. Pétion ne me fit aucune réponse ; mais, très-peu de temps après, je vis ma lettre imprimée dans le *Patriote français* ; on en avait retranché quelques phrases; elle n'était point sous la forme de lettre ; mon nom et celui de Pétion n'étaient pas prononcés, mais un prétendu correspondant anonyme répétait d'ailleurs fort exactement tout ce que j'avais écrit, en prétendant qu'il avait entendu faire tous ces raisonnements à Londres à un *véritable ami de la liberté*. Avant d'envoyer cette lettre à M. Fox, je l'avais montrée à trois ou quatre personnes, de sorte qu'on la reconnut facilement dans le *Patriote français* : on sut bientôt que cet écrit était de moi ; on le traduisit, et ce qui me valut dès lors la haine du parti de Marat et de Robespierre. Il est évident, d'après ce que j'ai dit assurément très-incontestable, que je pensais alors (c'est-à-dire, si peu de temps avant la mort du roi) comme j'ai pensé toute ma vie ; car je montre aussi et les sentiments et la pusillanimité de Pétion. Il aurait voulu sauver le roi, mais il n'osait parler ; et, n'ayant pas le courage d'exprimer ouvertement ce qu'il approuvait dans ma lettre, il le faisait imprimer en se cachant.

Immédiatement après les massacres des prisons, au mois de septembre 1792, je reçus une étrange lettre de M. le duc d'Orléans, qui me mandait de revenir en France pour lui ramener sa fille ! Je lui répondis sur-le-champ que je n'en avais rien, parce qu'il serait absurde de choisir un tel moment pour l'y reconduire.

Cependant mes justes terreurs augmentaient tous les jours ; tout me prouvait qu'il y avait un complot formé pour enlever Mademoiselle ; j'ignore quel avantage on eût retiré de cette violence, mais il est certain qu'on a eu ce projet. Je me trouvais dans la situation la plus embarrassante ; les personnes que j'aurais pu consulter, M. Howard¹ et sir Charles Bunbury, étaient absentes; je pris le parti d'écrire à MM. Fox et Shéridan, pour leur exposer mon embarras, mes craintes, et leur demander des conseils. Ils me répondirent de manière à justifier toute la confiance que m'avait inspirée leur réputation. M. Shéridan poussa la bonté jusqu'à venir à Bury (cette ville est à vingt-huit lieues de Londres); il n'y passa que deux ou trois heures, n'y restant que le temps nécessaire pour me donner les avis qu'il jugea pouvoir m'être utiles; huit jours après cette entrevue, M. Howard revint, son amitié active et généreuse nous fut de la plus grande utilité; de nouvelles méchancetés avaient ranimé toutes mes terreurs. Je me décidai à quitter Bury et à me rendre à Londres, pour y attendre les dernières réponses de M. le duc d'Orléans. J'avais plusieurs raisons de craindre de traverser *sans escorte* les plaines désertes de Newmarket. M. Howard nous fit prendre à cet égard les précautions qui nous parurent nécessaires, et il eut la bonté de faire avec nous une partie du chemin. Je quittai Bury sur la fin d'octobre, et j'allai à Londres. Ayant de grandes raisons de me méfier du concierge de la maison de M. le duc d'Orléans, je passais les nuits dans une agitation continuelle. Un soir, M. de Rice, que j'avais connu à Spa, vint me voir : il m'avait écrit pour me demander un rendez-vous tête à tête. Sous prétexte d'un vif intérêt à ma situation, il me conseilla de passer en Amérique, où, disait-il, je serais *adorée*, et il m'offrit de faire tous les frais du voyage, et de me faire recevoir sur un vaisseau qui allait partir et dont le capitaine était son ami intime. Cette proposition me parut très-étrange ; je n'en témoignai rien, mais je la refusai positivement. Il me pressa d'accepter un asile dans une maison qu'il avait au bord de la mer, dans une de ses terres en Irlande : je refusai de même ; alors sa physionomie prit l'expression la plus effrayante ; il mit la main dans la poche de son gilet, où je vis, j'en suis sûre, très-distinctement la forme d'un pistolet. J'étais à cinq ou six pas de la cheminée, sans perdre une minute, je m'y élançai et je sonne; on vint aussitôt : M. de Rice se leva, il était fort rouge et il avait l'air d'être furieux; il sortit sur-le-champ, sans me regarder et sans me dire un seul mot. Quelques jours après, dans la soirée, j'entendis une chose très-surprenante : tous les soirs à Londres un crieur public annonçait la feuille des nouvelles du jour; mais il ne mêlait jamais à cette proclamation les noms des particuliers qui pouvaient être désignés dans la feuille. Un soir, j'entendis ce crieur public prononcer plusieurs fois très-distinctement le nom de M. de Calonne et le mien. Je fis acheter cette feuille pour la lire; il y avait sur moi un article aussi faux que détaillé, dans lequel on annonçait le départ de M. de Calonne, en ajoutant qu'il avait eu beaucoup de conférences particulières avec moi, et qu'entre autres, la veille, il avait passé toute la soirée chez moi. Je devinai facilement qu'on avait fait ce mensonge afin de me rendre suspecte en France, où l'on savait que je devais retourner incessamment. M. Shéridan voulut bien faire insérer le lendemain dans cette feuille la réfutation de ce fable dénuée de tout fondement, puisque non-seulement je n'ai pas vu de vue M. de Calonne, mais que je ne le connaissais même pas de vue. Je contai à M. Shéridan mon aventure avec M. de Rice, et il nous emmena chez lui à Isleworth. Nous y passâmes un mois de la manière la plus agréable. M. Shéridan, naturellement si aimable, le fut d'autant plus pour nous qu'il était passionnément amoureux de Paméla, et que, devenu veuf, il voulait l'épouser. Sa femme morte jeune avait été la plus belle et la plus charmante personne de l'Angleterre, et Paméla lui ressemblait de la manière la plus frappante. Madame Shéridan avait fort bien vécu avec son mari, jusqu'à l'époque où elle fit connaissance avec lord Édouard Fitz-Gérald ; ce dernier prit pour elle une violente passion qu'elle partagea. Le remords qu'elle en éprouva la conduisit au tombeau.

Dans les premiers jours de novembre, M. le duc d'Orléans m'envoya M. Maret, depuis duc de Bassano, et que je ne connaissais pas du tout. Il était chargé d'une procuration de M. le duc d'Orléans, qui m'autorisait à demander de lui remettre Mademoiselle, et je ne voulais pas consentir à la reconduire moi-même sur-le-champ en France. Je lui répondis fort sèchement que je l'instruirais de ma décision le lendemain matin, j'étais au désespoir, ou d'être obligée d'envoyer avec moi Mademoiselle en France, ou de l'y mener. Je consultai Shéridan : il me dit qu'il n'était pas *digne de moi* de ne pas remettre moi-même ce dépôt si cher entre les mains de celui qui me l'avait confié. Ces mots me suffirent. Il fut décidé que je reconduirais Mademoiselle, que je la remettrais à son père en lui donnant ma démission de gouvernante, et que je reviendrais à Londres. M. Shéridan me donna un de ses amis, M. Reed, pour nous accompagner et pour nous ramener. M. Maret, La surveille de notre départ, M. Shéridan fit en ma présence sa déclaration d'amour à Paméla, qui, touchée de sa grandeur et de son amabilité, accepta avec plaisir l'offre de sa main, et nous convînmes qu'il l'épouserait à notre retour de France, c'est-à-dire sous quinze jours. Je retournai à Londres, dans l'intention de partir le lendemain; M. Reed devait se rendre à Douvres de son côté. Nous partîmes en effet le lendemain pour retourner en France, le 20 octobre 1792. Il

¹ Depuis duc de Norfolk.

nous arriva une chose si extraordinaire que je ne dois pas la passer sous silence; mais je conterai le fait sans chercher à l'expliquer et sans y ajouter les réflexions que le lecteur impartial pourra facilement faire.

Nous partîmes à dix heures du matin dans deux voitures, l'une à six chevaux, et l'autre à quatre, dans laquelle étaient nos femmes. J'avais, deux mois auparavant, renvoyé à Paris quatre domestiques; de sorte que nous n'en avions plus qu'un Français et un autre de louage, qui devait nous conduire jusqu'à Douvres. Lorsque nous fûmes à un quart de lieue de Londres, le domestique français, qui n'avait fait la route de Douvres à Londres qu'une fois, crut s'apercevoir que nous n'étions point dans le chemin, et, sur son observation, je m'en aperçus aussi. Les postillons, interrogés, répondirent qu'ils avaient voulu éviter une petite montagne et qu'ils reprendraient incessamment la grande route. Au bout de trois quarts d'heure, voyant que nous parcourions un pays qui m'était tout à fait inconnu, je questionnai de nouveau le laquais de louage et le postillon; ils m'assurèrent encore que nous allions retrouver le chemin ordinaire : cependant nous poursuivions avec une extrême vitesse cette route inconnue; et remarquant que les postillons et le laquais de louage ne me répondaient qu'avec une certaine brièveté extraordinaire et paraissaient craindre surtout de s'arrêter, nous commençâmes à nous regarder avec un étonnement mêlé d'inquiétude; nous renouvelâmes nos questions, et l'on nous répondit pour cette fois qu'il était vrai qu'on s'était égaré, qu'on avait voulu nous le cacher jusqu'à ce qu'on eût reconnu un certain chemin de traverse qui conduisait à Dartfort (la première poste); mais que nous étions, depuis une heure et demie dans cette route, et que nous n'avions plus que deux milles [1] à faire pour arriver à Dartfort. Il nous parut bien étrange que l'on pût s'égarer sur le chemin de Londres à Douvres; mais la persuasion que nous n'étions plus qu'à une demi-lieue de Dartfort dissipa la crainte vague qui nous avait agitées un moment : enfin, près d'une heure s'était écoulée, et voyant que nous n'arrivions point à la poste, l'inquiétude nous saisit tout à coup avec une vivacité qui alla bientôt jusqu'à la terreur; nous étions dans cette perplexité, lorsqu'un nouvel incident, le plus extraordinaire de tous, mit le comble à notre effroi : deux hommes à pied, bien mis, qui passaient de mon côté, nous crièrent très-distinctement en français : *Mesdames, on vous trompe, on ne vous mène point à Douvres.* On peut juger de la surprise et de la frayeur que nous causèrent ces paroles, dans la disposition où nous étions déjà !... Nous avons trouvé plusieurs manières d'expliquer ce fait extraordinaire, il serait trop long de le détailler ici; mais voilà l'exacte vérité.

J'eus beaucoup de peine à faire arrêter les postillons devant un village qui se trouvait à notre gauche : malgré mes cris, ils allaient toujours. Cependant le domestique français (car l'autre ne s'en mêla pas) les força de s'arrêter. Alors je fis demander dans ce village à combien nous étions de Dartfort : qu'on juge de ma surprise, lorsqu'on me répondit que nous en étions à vingt-deux milles, c'est-à-dire à plus de sept lieues ! Je cachai mes soupçons, je pris un guide dans ce village, et je déclarai que je voulais retourner à Londres, puisque je me trouvais moins loin de cette ville que de Dartfort. Les postillons firent beaucoup de résistance à cette volonté, et même avec une extrême insolence; mais notre domestique français, fortifié du guide, les contraignit cependant à obéir. Comme nous revînmes que fort lentement, par la mauvaise volonté des postillons et par la lassitude des chevaux, nous arrivâmes à Londres à l'entrée de la nuit; je me fis conduire sur-le-champ chez M. Shéridan, qui fut extrêmement surpris de me revoir : je lui contai mon aventure; il pensa comme moi qu'il était impossible qu'elle fût l'effet du hasard; il envoya chercher un juge de paix pour interroger les postillons, que l'on faisait attendre sous prétexte de préparer leur compte. Ils attendirent; mais le laquais de louage disparut et ne revint pas. Les postillons furent juridiquement interrogés par le juge de paix, en présence de témoins : ils répondirent avec beaucoup d'embarras et avouèrent tous deux qu'un *gentleman* inconnu était venu le matin chez leur maître, les avait conduits dans un cabaret, et là les avait engagés à prendre le chemin où nous avions été, en leur donnant pour boire à cet effet, On les questionna longtemps, et l'on ne put tirer aucun autre aveu. M. Shéridan me dit que c'en était assez pour intenter un procès à ces hommes, mais que cela serait long et coûterait beaucoup d'argent. On renvoya les postillons, et nous ne poussâmes pas cette affaire plus loin, parce qu'il reçut des lettres anonymes à ce sujet qui l'effrayèrent. M. Shéridan, voyant l'effroi que m'inspirait la seule pensée de me remettre en route pour retourner à Douvres, me promit de nous y accompagner; mais il ajouta qu'ayant une affaire indispensable, il ne pourrait partir que dans quelques jours; il nous ramena à *Isleworth*, cette maison de campagne dont j'ai déjà parlé, qu'il avait auprès de Richemond, sur le bord de la Tamise.

M. Shéridan n'ayant pu terminer son affaire aussi promptement qu'il l'avait espéré, nous restâmes un mois dans cette retraite hospitalière, que la reconnaissance et l'amitié nous rendaient si agréable.

[1] Trois milles anglais font une lieue française.

Il me donna la preuve d'attachement de nous conduire lui-même jusqu'à Douvres. M. Reed vint aussi avec nous. Le temps était excessivement orageux, nous étions au mois de novembre. Nous passâmes deux jours à Douvres. Je savais que M. Shéridan avait des affaires à Londres, et malgré le mauvais temps je ne voulus pas le faire attendre davantage et je m'embarquai. M. Reed passa en France avec nous. Je me séparai avec attendrissement de M. Shéridan, qui lui-même versa des larmes en nous quittant. Cet homme, si célèbre par son esprit et ses talents, était l'un des plus aimables que j'aie connus. Il avait alors quarante-six ans, sa figure était ouverte et remplie d'expression; il avait conservé toute la gaieté de la jeunesse. Il était à la fois grand homme d'État, grand orateur, et le meilleur auteur comique du théâtre d'Angleterre. Il y avait dans son esprit de la solidité, de la saillie, de l'étendue, et dans son caractère, de la légèreté, de l'inconséquence et de la paresse; son cœur était excellent, sa société charmante; mais sa conduite fut remplie de désordres. Il passa une partie de sa vie à se ruiner par indolence, et l'autre partie à rétablir sa fortune par son esprit et des élans d'activité; enfin il mourut dans la misère. Voici un trait qui peint parfaitement son esprit et son caractère : dans un moment où il était accablé de dettes, il donna une grande fête; il y invita tant de monde, que ses domestiques, dont le nombre était fort réduit, ne pouvaient suffire au service. Au milieu de la fête, on vint l'avertir tout bas que six huissiers entraient dans la maison pour y tout saisir; il alla sur-le-champ les trouver pour les prier de ne point troubler la fête et d'attendre qu'elle fût finie; en même temps il leur persuada d'y prendre un rôle, de l'aider à en faire les honneurs, et les transformant en valets de chambre, il les chargea de la distribution des glaces, qu'ils offrirent aux dames. La fête se passa très-gaiement, et lorsqu'elle fut terminée et que tout le monde fut sorti, les huissiers firent leur devoir et saisirent tous les meubles.

Notre trajet sur mer fut très-orageux, nous avions le vent en poupe, mais il était de la violence la plus effrayante. Nous fîmes ce passage en cinq quarts d'heure et douze minutes, chose qui a peu d'exemples. Quand nous débarquâmes, un peuple immense était attroupé sur le rivage : il accueillit Mademoiselle avec de grandes acclamations et des transports qui allaient jusqu'à l'enthousiasme; c'est le dernier hommage que son nom malheureux ait reçu en France [1]. En changeant de chevaux à Chantilly, je trouvai un courrier que m'envoyait M. le duc d'Orléans; il me donna un billet qui contenait ces mots : « Si vous n'avez point passé la mer, restez » en Angleterre jusqu'à nouvel ordre. Un second courrier vous trouve » sur la route de France, restez dans le lieu où il vous remettra ce » billet et ne venez point à Paris. Un troisième courrier vous instruira » de ce qu'il faut faire. » Je ne tins compte de cet ordre, je continuai ma route, et j'arrivai le soir à Belle-Chasse : on m'y attendait, parce que Chantilly j'avais envoyé un domestique en avant. Je trouvai à Belle-Chasse M. le duc d'Orléans, M. de Sillery et cinq ou six autres personnes. Cette entrevue fut fort triste, je vins Mademoiselle, qui pleurait amèrement, entre les mains de son père; je lui dis, en présence de tout le monde, que je lui rendais avec douleur ce dépôt si cher; que je donnais ma démission de gouvernante, et que je repartirais le lendemain matin pour l'Angleterre. M. le duc d'Orléans, l'air embarrassé et consterné, m'emmena dans une chambre voisine, et là il m'apprit que sa fille, par un décret tout nouveau et d'un effet rétroactif, se trouvait par son âge (elle avait quinze ans) dans la classe des émigrés, pour n'être pas revenue à l'époque prescrite; il ajouta que c'était ma faute, parce que je n'avais pas voulu la ramener sur-le-champ la première fois qu'il l'avait demandé; mais il assura qu'on était certain que l'on ferait des exceptions à cette loi, et qu'il était certain que sa fille serait à la tête; qu'en attendant, il fallait qu'elle se soumît à la loi et qu'elle allât en pays neutre attendre ce décret sur les exceptions; qu'en conséquence il me conjurait de la conduire à Tournay (la Belgique n'était point encore réunie à la France); que le décret d'exception serait sûrement publié sous huit jours; qu'il irait lui-même chercher sa fille, et qu'alors je serais libre; qu'enfin il se flattait que je n'aurais pas la cruauté de refuser cette dernière preuve d'attachement à une enfant à laquelle j'en avais donné tant d'autres depuis sa naissance. Je répondis seulement que je conduirais Mademoiselle à Tournay, mais sous la condition que, si le décret d'exception n'était pas publié sous quinze jours, il enverrait une personne à Tournay pour me remplacer auprès de Mademoiselle; il m'en donna sa parole d'honneur.

Ce même soir, M. de Sillery, pour dissiper mes idées noires, nous mena au spectacle dans une petite loge qu'il avait. On jouait Lodoïska. Un Anglais, lord Édouard Fitz-Gérald, était à ce spectacle : c'est celui dont j'ai déjà parlé et qui avait tant aimé madame Shéridan. La ressemblance de Paméla avec l'objet qu'il regrettait avec tant d'amertume le frappa si vivement, qu'il devint passionnément amoureux de Paméla; il se fit présenter chez notre loge par un Anglais de notre connaissance, M. Stone. Le lendemain matin, nous allâmes au Raincy; il fut convenu que nous en partirions le jour suivant pour Tournay. M. le duc d'Orléans et M. de Sillery passèrent toute cette

[1] Jusqu'à la Restauration.

journée au Raincy. Je trouvai à M. le duc d'Orléans un air distrait, sombre, préoccupé, et je ne sais quoi d'égaré dans la physionomie, qui avait quelque chose de véritablement sinistre; il allait et venait d'une chambre à l'autre sans s'arrêter, comme craignant la conversation et mes questions.

Le temps était assez beau, j'envoyai Mademoiselle, ma nièce et Paméla dans le jardin. M. de Sillery les suivit. Je me trouvai seule avec M. le duc d'Orléans; alors je lui dis quelques mots sur sa situation : il se hâta de m'interrompre et me répondit brusquement qu'*il s'était prononcé pour les jacobins!* Je répliquai qu'après tout ce qui était arrivé, c'était à la fois un crime et une folie, qu'il serait leur victime, et qu'il en avait déjà la preuve dans le dernier décret qui déclarait émigrés tous les voyageurs français au-dessus de l'âge de quatorze ans, qui n'étaient pas rentrés au mois de septembre. J'ajoutai qu'il fallait être bien aveugle pour ne pas voir que ce décret extravagant n'avait été fait que pour lui donner le désagrément de voir sa fille mise au nombre des émigrés; je lui conseillai d'émigrer lui-même avec sa famille et de passer en Amérique, parce que de toutes

Reconnaissez Martin.

les républiques de l'univers la république française, fût-elle raisonnablement organisée, était assurément celle qui convenait le moins à des princes de la maison de Bourbon. M. le duc d'Orléans sourit dédaigneusement et me répondit, ce qu'il m'avait déjà dit mille fois, que je méritais d'être écoutée, consultée, quand il s'agissait d'histoire ou de littérature, mais que je n'entendais rien à la politique. Pour changer de conversation et pour satisfaire une curiosité sur une chose qui m'étonnait beaucoup, je lui demandai pourquoi il avait laissé sur la plaque de la cheminée du salon où nous étions, ainsi que sur toutes les autres du château, ses armes (trois fleurs de lis), puisque ces *signes* étaient proscrits par des décrets, et que les jacobins venaient sans cesse dans cette maison. Voici littéralement la réponse de M. le duc d'Orléans : « Je les ai laissées, parce qu'il y aurait de *la lâcheté* à les ôter!... » Cette singulière réponse fut faite avec le ton brusque et tranchant qu'il avait naturellement dans toute discussion, et surtout depuis la révolution. L'entretien s'anima, devint très-aigre, et tout à coup il me quitta. J'eus le soir un long entretien avec M. de Sillery, je le conjurai, en versant des larmes, de quitter la France; il lui était facile de s'évader et d'emporter au moins deux cent mille francs : il m'écouta sans m'interrompre, il parut ému, il me répondit qu'il abhorrait tous les excès de la révolution, mais que je voyais trop en noir l'avenir ; que Robespierre et ses adhérents étaient trop médiocres pour ne pas perdre promptement tout leur ascendant; que les talents et l'esprit étaient du côté de ceux qui pensaient bien (peu de temps après, ceux-là furent tous immolés); que l'on rétablirait bientôt l'ordre et la morale, sans lesquels rien ne pouvait subsister; qu'enfin il trouvait qu'un homme de bien ferait un crime en quittant la France dans ce moment, puisque sa fuite priverait son pays d'une

voix de plus pour la raison et pour l'humanité. J'insistai, mais toutes mes prières, toutes mes instances, furent inutiles. Il me parla de M. le duc d'Orléans, et il me dit que, dans son opinion, il se perdait, parce qu'il mettait toute son espérance dans les jacobins, qui se plaisaient à l'avilir afin de pouvoir ensuite le sacrifier plus facilement : il ajouta que ce malheureux prince, livré aux plus mauvais conseils, aveuglé par de fausses idées, ne pouvait cependant se débarrasser entièrement de son bon sens naturel ; qu'au fond il se repentait de s'être engagé dans une telle voie, mais que, croyant impossible d'en sortir, *il s'y jetait à corps perdu*, se flattant de trouver ainsi du moins l'enthousiasme qui fait tout braver et qu'il n'avait nullement.

Nous partîmes le lendemain matin ; M. le duc d'Orléans, plus sombre que jamais, me donna le bras pour me conduire à la voiture : j'étais fort troublée, Mademoiselle fondait en larmes, son père était pâle et tremblant. Lorsque je fus dans la voiture, il resta immobile à la portière, et les yeux fixés sur moi ; son regard lugubre et douloureux semblait implorer la pitié!... *Adieu, madame!* me dit-il. Le son altéré de sa voix porta au comble mon saisissement; ne pouvant proférer une seule parole, je lui tendis la main ; il la prit, la serra fortement, ensuite se tournant et s'avançant brusquement vers les postillons, il leur fit un signe, et nous partîmes.

CHAPITRE XXX.
1792-1793.

Tournay. — Mariage de Paméla. — Son départ avec son mari. — La Belgique est réunie à la France. — Scènes désastreuses. — M. de Jolly. — Le général Dumouriez. — Nous quittons Tournay. — Rencontre. — M. de Montjoye. — Étrange ressemblance. — Le baron de Mack.

M. de Sillery, M. le duc de Chartres et mon neveu César du Crest, nous accompagnèrent jusqu'aux frontières; j'en fus bien aise, car le peuple, par son ton et ses manières, était devenu effrayant. On nous avait donné des passe-ports qui disaient que nous ne partions *que par respect pour la loi*, et que nous allions attendre à Tournay le décret sur les *exceptions* qu'on allait publier incessamment, et que nous resterions à Tournay jusqu'à ce que nous fussions rappelées ; ainsi, il est de fait que nous n'avons jamais été émigrées, puisque nous devions attendre qu'on nous rappelât; le décret ne parut point, mais on reconnut si bien que nous n'étions pas émigrées; que, lorsque Tournay fut réuni à la France, on nous excepta de l'ordre donné à tous les émigrés de quitter la Belgique. Nous restâmes à Tournay, jusqu'au moment où il fut pris par les ennemis ; de sorte que, lorsque je rentrai en France, si l'on avait, eu l'ombre de la justice, on m'aurait donné un dédommagement pour toutes les choses qu'on m'avait consignées. J'avais laissé à Belle-Chasse, la valeur de plus de cinquante mille francs en meubles que j'avais achetés pour moi, en argenterie, en bijoux, en tableaux, en livres, instruments, histoire naturelle, etc. J'étais si troublée en partant, que je laissai une quantité de choses précieuses que j'aurais pu emporter. Je regrettai surtout une superbe collection de miniatures, ma lanterne magique historique et plusieurs manuscrits.

Nous trouvâmes à la première poste lord Édouard, que son amour pour Paméla engageait à nous suivre à Tournay. A peine fus-je arrivée dans cette ville, qu'il me demanda Paméla en mariage. Je lui montrai les papiers qui constataient sa naissance : elle était fille d'un nommé Seymours, qui avait de la naissance et qui épousa malgré sa famille, une personne de la classe la plus inférieure, qui s'appelait Mary Syms, et l'emmena en Angleterre avec l'enfant âgée de dix-huit mois. Comme son mari était déshérité, elle se trouva dans la misère et forcée de vivre du travail de ses mains, elle s'établit à Christ-Chard. Ce fut là que quatre ans après passa M. Forth, chargé par M. le duc d'Orléans de nous chercher et de nous envoyer une petite Anglaise. Il y vit cette enfant et l'obtint de sa mère. Lorsque je commençai véritablement à m'attacher à Paméla, j'eus beaucoup d'inquiétude que sa mère ne voulût me la reprendre juridiquement, c'est-à-dire qu'elle ne m'en menaçât pour obtenir des sommes d'argent que je n'aurais pas été en état de lui donner. Je fis consulter là-dessus des jurisconsultes anglais, qui me répondirent qu'il n'y avait qu'un moyen de me mettre à l'abri de ce genre de persécution : c'était de faire signer à sa mère un acte de cession de sa fille pour *apprentissage*, moyennant vingt-cinq guinées. Elle y consentit. Elle fut, suivant la forme ordinaire, citée au grand banc d'Angleterre, par-devant le grand juge, qui était lord Mansfield. L'acte qu'elle signa portait qu'elle me cédait sa fille pour *apprentissage*, jusqu'à sa majorité, et qu'elle ne pourrait me la redemander qu'en me payant tous les mémoires que je présenterais des dépenses que j'aurais faites pour son entretien, sa nourriture et son éducation ; lord Mansfield apposa sa signature à ce papier, qui fut écrit et fait juridiquement et publiquement au grand banc d'Angleterre. En montrant ces papiers à lord Édouard, je lui dis qu'ayant donné ma démission de gouvernante de Mademoiselle, j'avais de droit, en retraite la pension de six mille francs attachée à cette place, et que j'allais écrire à M. le duc d'Orléans pour lui mander que je renonçais à cette pension pour moi, et que je le priais de la faire passer sur la tête de Paméla, qui avait elle-même des droits à cette grâce, comme ayant été compagne de toute l'enfance et de la première jeunesse de Mademoiselle, et sous le rapport de la langue anglaise, utile à son éducation. D'ailleurs je trouvais une grande satisfaction, après tous les mécontentements que j'avais éprouvés, à me débarrasser de cette pension, et en pensant que j'avais élevé gratuitement les trois frères de Mademoiselle. Je dis encore à lord Edouard que rien ne me ferait consentir à lui donner Paméla contre le gré de sa famille et sans le consentement par écrit de sa mère, la duchesse de Leinster ; aussitôt il m'assura qu'il l'obtiendrait. Il partit sans délai pour l'Angleterre, revint sous peu de jours et m'apporta une lettre charmante de la duchesse sa mère, qui consentait au mariage avec joie.

J'ai monté plus d'une fois toute seule sur le sommet de cette antique tour.

Le lendemain de son retour, le contrat fut signé, le mariage se fit aussitôt et les nouveaux mariés partirent le surlendemain pour l'Angleterre. Cette séparation me fit verser beaucoup de larmes ; cependant j'éprouvai la joie la plus vive de voir assurer, d'une manière si honorable, le sort d'une enfant qui m'était si chère. Elle était à la fois mon élève et ma filleule ; car comme je savais que Christ-Chard était rempli d'anabaptistes, je craignais qu'elle n'eût pas été baptisée, et je voulus la faire baptiser *sous condition* ; en conséquence, j'allai trouver monseigneur l'archevêque pour lui exposer mes craintes et mon projet. Il me répondit que l'on ne pouvait faire légèrement des baptêmes sous condition ; mais que, justement, il allait envoyer, pour une affaire particulière, un de ses secrétaires en Angleterre, et que si je voulais lui confier tous mes papiers relatifs à cette enfant, ce secrétaire prendrait des informations, et qu'à son retour j'aurais une réponse. Je lui donnai tous mes papiers, et d'après les informations prises par le secrétaire, monseigneur l'archevêque donna la permission de baptême sous condition. Ce fut ainsi que je devins sa marraine.

Cependant trois semaines s'étaient écoulées à Tournay, et M. le duc d'Orléans n'envoyait personne pour me remplacer auprès de Mademoiselle. Je l'en conjurais vainement dans mes lettres ; il me répondait toujours qu'il me demandait en grâce de prendre patience et d'attendre encore quelques jours. Au mois de décembre, Mademoiselle eut une maladie très-sérieuse, une fièvre bilieuse, causée par le chagrin, et qui me donna les plus cruelles inquiétudes. Je la soignai avec toute l'affection que pouvait inspirer la tendresse maternelle la plus vive ; elle fut surtout fort malade pendant deux nuits, que je passai au chevet de son lit. Cette maladie, dont la convalescence fut languissante et longue, m'ôta toute idée de m'éloigner d'elle dans un tel moment, car c'eût été lui donner la mort. Enfin, le mois de janvier arriva, ainsi que la funeste catastrophe de la mort du

roi. M. le duc de Chartres, qui était venu nous rejoindre à Tournay, reçut une lettre de son père, qu'il me montra et qui commençait ainsi : *J'ai le cœur navré, mais pour l'intérêt de la France et de la liberté, j'ai cru devoir...! etc...*

Cette lettre fit sur M. le duc de Chartres la même impression que sur moi : nous fûmes saisis d'horreur et consternés. Mon malheureux mari m'écrivit à la même époque, il m'envoyait un grand nombre d'exemplaires de *son opinion* sur le procès du roi ; cette opinion fut mise dans tous les papiers, mais en outre il l'avait fait imprimer séparément ; il me chargeait d'envoyer en Angleterre ces exemplaires, ce que je fis aussitôt. Voici quelle était cette noble, courageuse et franche opinion : « Je ne vote point pour la mort, premièrement, » parce qu'il ne la mérite point ; secondement, parce que nous n'a- » vons pas le droit de le juger ; troisièmement, parce que je regarde » sa condamnation comme la plus grande faute politique que l'on » puisse faire. »

M. de Sillery terminait ainsi sa lettre : *Je sais parfaitement qu'en prononçant cette opinion, j'ai prononcé mon arrêt de mort...* Aussi, en sortant de l'assemblée, saisi d'horreur et pénétré d'indignation, il alla sur-le-champ se mettre volontairement dans la prison de l'Abbaye !... Hélas ! il aurait pu encore se sauver !... Cette lettre me déchira le cœur ; chargeant d'envoyer en Angleterre, comme je ne voyais nul prétexte pour lui ôter la vie, je me persuadai qu'il en serait quitte pour une captivité de quelques mois. Je ne songeais pas à la cupidité des jacobins et que l'infortuné avait plus de cent mille livres de rente !... Au milieu des plus affreuses inquiétudes je trouvais une grande consolation dans la franchise sans ménagement de son héroïque opinion. Elle fut la seule de ce genre ainsi conçue. Plusieurs autres députés refusèrent d'opiner à la mort, mais ils prirent des tournures : par exemple, M. de Condorcet dit que, dans sa conscience, il désapprouvait en

Sans perdre une minute, je m'y élance et je sonne.

général la peine de mort, et qu'ainsi il ne pouvait voter pour la mort ; tous, à l'exception de M. de Sillery, employèrent ainsi quelque détour pour ne la point prononcer.

La Belgique fut réunie à la France, et quoiqu'on ait beaucoup écrit qu'elle ne le fut que *par son vœu*, je puis assurer qu'elle n'en avait nulle envie et qu'elle y fut forcée. Nous fûmes témoins de scènes désastreuses : Mademoiselle vit tuer un homme sous ses fenêtres ; on envoya des commissaires dont l'un, très-insolent et très-cruel, se fit généralement détester. Il fallut supporter le chagrin de ses visites ; j'eus l'humiliation de lui plaire à tel point, que je ne pus m'empêcher de me laisser baiser les mains à toutes minutes. Je profitai de mon ascendant sur lui pour lui défendre de me tutoyer ; il eut la galanterie de s'interdire avec nous cette familiarité républicaine. M. de Jouy, aide de camp alors du général O'Moran, mit le comble à mon aversion pour ce commissaire, en me confiant qu'il croyait avoir découvert qu'il avait été prêtre, parce qu'il savait le nom de tous les saints de chaque semaine, et il ne se trompait pas dans sa conjecture. L'autre commissaire était M. Thiébaut. Ces deux personnes, ainsi que M. de Jouy, venaient sans cesse dîner chez nous; la société de ces deux derniers m'était fort agréable. M. de Jouy avait pris beaucoup d'amitié pour moi, il était aimable et spirituel, ainsi que M. Thiébaut, il déplorait et détestait tout ce qui se passait en France de contraire à la raison et à l'humanité. Il me confia qu'il était amoureux d'une jeune Anglaise, mademoiselle Hamilton, qui était à Tournay. Dans le dessein d'engager ses parents à la lui donner, je fis connaissance avec eux, et je gagnai tellement l'amitié de M. et madame Hamilton, que je contribuai beaucoup à ce mariage, auquel M. de Jouy attachait alors tout son bonheur. Par la suite, le général O'Moran, homme respectable à tous égards, fut guillotiné, et M. de Jouy, son aide de camp, mis en prison; il aurait subi le sort de son général, sans la tendresse de sa sœur, qui, pour le faire évader, donna au geôlier une somme considérable. M. de Jouy vint nous voir en Suisse; il vint nous voir dans notre couvent de Bremgarten, ce qui nous causa une grande joie. Il fit des vers pour moi, que j'ai encore dans mon livre de souvenirs, et qu'il écrivit de sa main, qu'il signa, et avec cette phrase qu'il mit à la suite de son nom : *Votre ami, dans toute l'ancienne étendue de ce mot.* Cependant cet ami, quand je retournai en France, ne vint point me voir et ne se fit même pas écrire chez moi.

Le général Dumouriez arriva à Tournay, le mardi 26 mars 1793. Ainsi que tous les Français qui passaient à Tournay, il vint chez mademoiselle d'Orléans. Je fus charmée de voir cet homme si célèbre; d'ailleurs, quoiqu'il fût vaincu et que je le crusse poursuivi par les Autrichiens, sa seule présence me rassurait. Je ne me suis jamais trouvée tête à tête avec lui seul un instant; je ne nous connaissant point, nous n'avions aucun secret à nous communiquer et je ne l'ai vu qu'au milieu de ses officiers de son état-major qu'il amena chez moi, qui se trouvèrent toujours aux visites qu'il nous fit. Ce fut un de ces jours que M. Dubuisson, commissaire envoyé par la Convention, vint un soir chercher chez moi le général Dumouriez. Ce dernier, lorsqu'il entra, eut à sa rencontre, reçut de lui un papier, lui donna rendez-vous pour le lendemain matin et le quitta. M. Dubuisson, qui m'ouvrit la bouche pour demander à quelle heure il pourrait voir le général le lendemain, fit une profonde révérence et se retira sur-le-champ. Telle fut cette entrevue, dont ce même commissaire a rendu depuis aux jacobins un compte si ridicule et si infidèle. D'après cette grave dénonciation, il parut évident que j'avais conspiré contre la république, et je fus décrétée d'accusation, ainsi que lady Edward Fitz-Gérard et M. Dubuisson prétendait avoir vu dans ma chambre, quoique, à cette époque, elle fût depuis trois mois en Irlande; mais, quand elle aurait été à Tournay, quand elle aurait commis le crime d'État de *sourire malignement*, quels droits avait la Convention sur une Anglaise mariée à un Irlandais?

Au reste, on a publiquement reconnu depuis que Dubuisson, dans les rapports qu'il fit en revenant de la Belgique, n'avait pas dit un mot de vrai; mais on ne révoqua point les arrêtés qu'on avait prononcés en conséquence de ces récits mensongers.

A cette époque désastreuse, je fis, pour rassurer sur mon sort Pamela absente, une chose qui, j'ose le dire, mérite d'être rapportée, puisqu'elle prouve jusqu'à quel point je puis pousser le dévouement en amitié. Au moment de la déroute française, ma fille, madame de Valence, était à Tournay avec nous; elle se hâta de retourner en France. Je la chargeai d'une cassette qui renfermait tous mes petits livres d'extraits et mes journaux, parce que, obligée de passer dans les pays étrangers, il m'était impossible de les emporter avec moi. Elle avait déjà en dépôt à Paris un grand coffre rempli de toutes les lettres que j'avais conservées depuis mon enfance jusqu'à ce moment, parmi lesquelles il s'en trouvait un grand nombre de très-précieuses pour moi, de mon père, de ma mère, de mon frère et de ma fille aînée, et en outre plus de quarante de M. de Buffon, et au moins autant de M. de La Harpe [1]. Je remis en même temps à madame de Valence cent louis en or, et que je la chargeai de donner, en arrivant à Paris, à M. Perregaux, banquier qui méritait toute confiance, pour les faire passer à lady Edward Fitz-Gérard. Voici quel était le motif de ce don, si considérable dans ma situation : Paméla, dans la sienne, n'en avait nul besoin, et je le savais; mais je pensais que les événements publics la rempliraient d'inquiétude et d'effroi sur mon sort : je connaissais son extrême sensibilité et son attachement pour moi; je ne trouvai que ce moyen de la rassurer. Je lui écrivis et je lui mandai

que, pour lui prouver que j'emportais de l'argent de reste, je lui envoyais ces cent louis. Elle reçut la lettre, qui en effet la rassura entièrement, mais elle ne reçut point l'argent. Madame de Valence au lieu de le remettre à M. Perregaux, chargea de cette commission M. Stone, qui garda l'argent et qui eut l'indignité de refuser de me le rendre quand je revins en France.

Je vis enfin que la Belgique allait retomber au pouvoir des Autrichiens et que la fuite serait impossible pour nous, soit en France, soit dans les pays étrangers; cette situation terrible me donnait le plus ardent désir d'être rappelée dans ma patrie, d'autant mieux que j'étais décidée, dans ce cas, à ne point retourner à Paris, mais à me rendre chez un de mes oncles, dans la province où je suis née, en Bourgogne et à quatre-vingts lieues de Paris. Je sollicitai donc vivement mon retour; on m'écrivit, au milieu de mars 1793, que M. le duc d'Orléans allait obtenir le rappel de mademoiselle d'Orléans et de ma nièce, mais que le mien était encore *ajourné....* Malgré tous les sacrifices que j'avais faits, j'aimais trop mademoiselle d'Orléans pour sentir avec amertume combien il était injuste que, dans cette occasion, il n'y eût que moi de victime : j'avoue cependant que je fus effrayée de ma position, calomniée par tant de libelles, je ne pensais pas, sans beaucoup d'effroi, que vraisemblablement Tournay serait au pouvoir des ennemis dans quinze jours au trois semaines; je me rappelais le sort de M. de La Fayette, et, quoique sous aucun rapport je ne dusse me comparer à lui, j'entrevoyais des malheurs à peu près semblables. L'inquiétude et le défaut total de sommeil échauffant et troublant par degrés mon imagination, bientôt toutes mes craintes me parurent des pressentiments certains, et, pour la première fois et dans cette seule occasion, mon courage et ma raison m'abandonnèrent presque entièrement. Croyant que mademoiselle d'Orléans allait rentrer et que ma nièce pourrait m'accompagner, je devais sans doute m'occuper des moyens de me mettre en sûreté, et il faut convenir que rien n'était plus difficile et que ma position était affreuse. J'avais fait quelques avances d'argent pour mademoiselle d'Orléans, qui me devait cent trente-deux louis; elle avait écrit à monsieur le duc et à madame la duchesse d'Orléans sur cet objet et pour leur demander aussi de l'argent pour elle, d'autant mieux que les progrès des Autrichiens auraient dû naturellement les engager à lui envoyer une somme considérable; c'est ce qu'ils ne purent faire, ni à cette époque, ni à aucune autre. Ce dénûment d'argent mettait le comble à ma terreur; j'en attendais de ma famille, mais il n'était point encore arrivé. Au milieu de ces anxiétés, je formais mille projets extraordinaires et sans pouvoir m'arrêter à un seul. J'écrivis en Angleterre plusieurs lettres qui prouvaient le désordre de mon imagination. M. Shéridan, entre autres, en reçut de moi deux ou trois, dans lesquelles je le consultais sur les desseins les plus romanesques et les plus extravagants : car il est vrai que j'avais à peine ma tête. Peu de jours avant l'arrivée du général Dumouriez à Tournay, j'eus sur mes affaires un long entretien avec M. de Jouy. Je lui confiai que je voulais m'aller cacher dans un couvent, mais comme une Anglaise, et que je désirais pour cela une lettre de recommandation du général O'Moran (qui était Irlandais). M. de Jouy, aussi obligeant qu'aimable, me montra autant de zèle que de sensibilité : d'après l'idée dont je lui faisais part, il forma un plan fort bien combiné et qui m'assurait pour longtemps dans un couvent une retraite sûre et paisible. Le général O'Moran promit d'abord de me donner la lettre de recommandation que je lui demandais; mais dès le lendemain il changea d'avis, se rétracta, et je fus obligée de renoncer à ce projet. Dans cette perplexité, je reçus de Paris un courrier envoyé par ma fille avec un malheureux père; ce courrier m'apportait de l'argent et des lettres qui m'apprenaient que ma fille et mon mari, ayant sollicité vivement mon rappel, en représentant le danger où m'exposait la marche rapide des ennemis, avaient enfin obtenu la promesse formelle qu'on allait incessamment m'envoyer mon ordre de rappel; qu'on avait chargé un comité de l'expédier et que je l'aurais sous peu de jours. J'éprouvai alors l'inquiétude que M. le duc d'Orléans n'obtînt pas celui-là seulement qu'on m'en parlait plus, et je sentis que rien ne pourrait m'engager à abandonner cette chère et malheureuse enfant. Deux jours après avoir reçu ce courrier, j'étais dans ma chambre avec quelques personnes, lorsqu'on vint me dire qu'un commissaire des guerres, nommé M. Crépin, que je connaissais depuis peu de temps et qui me témoignait beaucoup d'intérêt, demandait à me parler en particulier. Je passai avec lui dans un cabinet; il me dit que d'après ce qu'il venait de recevoir, il était persuadé que les Autrichiens seraient dans Tournay le lendemain. A ces mots je fus prête à m'évanouir; M. Crépin, touché de l'état où il me vit et con-

[1] Deux mois après, ma fille brûla toutes ces lettres, qui ne pouvaient cependant pas la compromettre, si elles eussent été saisies, puisqu'elles étaient écrites avant la révolution, et qu'elles ne contenaient que des détails d'amitié ou relatifs à la littérature. Mais dans ce temps, les craintes les plus outrées étaient raisonnables. Ma fille confia tous mes extraits (écrits de ma main dans de petits livres) à M. Stone, qui a dit qu'on les lui avait volés. Parmi ces extraits se trouvaient le journal le plus détaillé de mon dernier voyage en Angleterre, celui d'Auvergne (mais mademoiselle d'Orléans avait une double copie de sa main), et notre cours complet de manufactures, deux choses que j'ai vivement regrettées. Tous ces petits livres, au nombre d'environ soixante, étaient presque tous pour tenir dans

des portefeuilles de maroquin, de notre ouvrage, que nous avions faits successivement à Belle-Chasse. Les extraits tirés des meilleurs auteurs, français, anglais, italiens, en prose et en vers, étaient faits suivant un ordre qui les rendait très-agréables. Il y avait les portefeuilles de la religion, de l'amitié fraternelle, de l'innocence, de la vertu, de la tempérance, de la sagesse, de l'ambition, sur les instituteurs célèbres, sur le repos et l'éternité, etc., etc. Les extraits étaient analogues aux sujets. J'emportai seulement huit ou dix de ces portefeuilles que j'ai encore. Si je les avais eus tous à Hambourg, je les aurais vendus douze mille francs à M. Fauche; ce qui m'aurait rendue bien heureuse, et sans aucun travail. J'écrivis à ma fille pour les lui demander, mais ils étaient perdus !

naissant ma position, m'offrit pour asile, dans ces premiers moments, une ferme qu'il possédait auprès de Valenciennes, et qui, située dans des marais, était dans un lieu si solitaire, qu'il m'assura que nous y pourrions passer deux ou trois mois sans que personne le sût. J'acceptai avec attendrissement cette proposition ; il me donna sur-le-champ un écrit par lequel il ordonnait, au fermier qui avait soin de sa métairie, de nous recevoir, en ajoutant que nous étions ses parentes. On verra par la suite qu'il ne me fut pas possible de profiter de cette offre. Ce fut à cette époque que M. le duc de Chartres, qui n'a jamais eu personnellement de vues ambitieuses, et qui, dans tout ce qu'il a fait politiquement, n'en a eu d'autre que celle d'être utile à son pays, prit la résolution d'écrire à la Convention pour demander la permission de quitter à jamais la France ; car au fond de l'âme, depuis la mort du roi, il était tombé à cet égard dans le plus grand découragement.

Après avoir écrit cette lettre à la Convention, il me dit qu'il ne croyait pas pouvoir l'envoyer sans l'aveu de son père. J'imaginai bien que la difficulté de trouver un asile empêchait M. le duc d'Orléans d'adopter cette résolution, et qu'il ne l'approuverait pas dans son fils : cependant je me flattai qu'il ne la défendrait pas positivement, et nous étions décidés à faire cette démarche, à moins d'une défense expresse. M. le duc de Chartres envoya donc cette requête à son père, en le conjurant de lui trouver bon qu'il la fît ; il ajoutait que M. le duc d'Orléans, étant député, ne pouvait quitter la Convention et par conséquent former une pareille demande. Nous espérions qu'en faveur de cette différence, M. le duc d'Orléans ne s'opposerait pas, du moins formellement, à ce que désirait son fils ; mais il répondit sèchement que cette idée *n'avait pas de sens* et qu'il n'y fallait pas penser ; M. le duc de Chartres a respecté cet ordre, et il n'en fut plus question.

M. le duc de Montpensier, son frère, désirait passionnément voir l'Italie, avait demandé à servir à Nice, ce qui lui fut accordé. Il partit dans ce temps de Tournay, où il était aussi avec nous.

Peu de jours après nous quittâmes Tournay, le trente et un mars de grand matin ; nous étions dans une berline dont les stores étaient baissés, et, en outre de grands chapeaux avec des voiles cachaient entièrement nos visages. On verra par la suite combien cette précaution nous fut utile. Lorsque nous suivîmes l'armée, nous n'avions point d'hommes dans notre voiture ; les troupes marchaient sans ordre ; les soldats étaient excessivement bruyants ; leur ton, leurs discours m'effrayaient malgré moi, et nous nous sentions moins mal à l'aise en ne les voyant pas et en nous cachant ; mais je n'avais jamais fait jusqu'alors un voyage aussi désagréable ; j'en eus bientôt un autre plus désagréable encore. La veille de mon départ de Tournay, j'avais fait partir pour Paris un courrier chargé de lettres dans lesquelles je mandais que, pour éviter de tomber dans les mains des ennemis, j'allais à Saint-Amand, et que je priais qu'on m'y envoyât mon ordre de rappel. Je logeai, avec mademoiselle d'Orléans et ma nièce, dans la ville même de Saint-Amand, et le général Dumouriez logea à un quart de lieue, dans un endroit appelé les Boues-de-Saint-Amand, où se trouvent les bains et les étuves pour les malades. Le jour de mon arrivée à Saint-Amand, j'appris que le général Dumouriez se disposait à lever l'étendard de la révolte ; je ne sus rien par lui, car il ne m'a jamais dit un seul mot de ses projets, mais un homme qui avait toute sa confiance, et que je n'avais jamais vu avant cette époque, me témoigna un intérêt particulier et répondit très-franchement à mes questions ; cet officier était l'infortuné M. de Vaux, qui a été exécuté depuis.

J'avais une véritable obligation au général Dumouriez de m'avoir reçue dans son camp, malgré les dangers qui nous y attendaient ; car, comme je n'étais pour rien dans la conspiration, s'il m'eût laissée dans une ville reprise par les ennemis, il était évident que mademoiselle d'Orléans et moi nous aurions été pour bien longtemps privées de notre liberté ; c'est un souvenir que je dois conserver. Entrevoyant enfin des desseins et des complots très-effrayants que je désapprouvais entièrement et à tous égards, je n'eus plus qu'un désir, celui de fuir de Saint-Amand ; mais la difficulté d'avoir des chevaux me retint malgré moi. Nous étions arrivées le trente et un mars, et, le deux avril, le général Dumouriez intercepta un paquet rempli de mandats d'arrêt lancés contre presque tous les principaux officiers de l'armée, entre autres M. de Valence, M. le duc de Chartres, etc. Ces ordres arbitraires, envoyés par un simple comité (et non par la Convention), étaient signés Duhem. Ce fut le lendemain le soir que les commissaires de la Convention furent arrêtés : on vint m'apprendre à minuit cet étrange événement qui augmenta j'extrême désir que j'éprouvais de partir ; mais je ne pus avoir de chevaux que le lendemain matin à dix heures. Je ne me couchai pas, et je passai la nuit à réfléchir sur mon sort, et à me préparer à tout ce que j'envisageais. Je ne pouvais plus m'abuser sur le système de proscription qui s'établissait en France : si l'on avait proscrit le général Dumouriez sur de simples soupçons, et avec lui tant d'autres personnes qui raisonnablement rien n'avait dû rendre suspectes, quelles mesures ne prendrait-on pas lorsqu'on apprendrait l'arrestation des commissaires, l'intelligence de Dumouriez avec les ennemis, etc. ?

Je prévoyais facilement que l'on proscrirait, sans délai comme sans examen, tout ce qui fuirait de Saint-Amand, et que, malgré ma parfaite innocence, je serais enveloppée dans cette condamnation générale. Je me voyais donc fugitive, arrachée à ma famille, à mes amis, à mon pays, forcée de vivre de mon travail, et livrée aux plus horribles inquiétudes sur la destinée de ceux que j'aimais et que je laissais en France ; d'un autre côté, où trouverais-je un asile ? Que pourrais-je opposer à la haine, aux persécutions des émigrés ?.....

Enfin la situation de mademoiselle d'Orléans achevait de me percer le cœur. J'étais décidée, n'étant plus sa gouvernante, à ne l'associer ni à ma misère, ni à mes périls, et à la laisser entre les mains de son frère ; mais quelle affreuse séparation !.... Quelle manière de quitter une enfant, qui me fut confiée à l'âge de onze mois, à laquelle j'avais prodigué tant de soins, qui en avait si bien profité, et qui avait pour moi un si tendre attachement !.... Tandis que je faisais en silence ces douloureuses réflexions, elle était couchée à côté de moi, elle ne dormait pas, et je l'entendais gémir sourdement ; elle avait vu les préparatifs de mon départ ; elle ne comprenait que trop bien que mon projet n'était pas de l'emmener ; elle se taisait et elle pleurait. Sur les cinq heures du matin, l'excès de son accablement la fit tomber dans un assoupissement qui fut bientôt suivi d'un profond sommeil : alors je m'approchai de son lit, je jetai les yeux sur elle, mes larmes coulèrent avec amertume ; je croyais la regarder pour la dernière fois, je lui donnai toutes les bénédictions de la tendresse maternelle, et je sortis de la chambre, j'allai dans un autre appartement attendre le grand jour. Je passai cette nuit en prières, sans me coucher ; tout à coup l'idée me vint de faire à la fois un sacrifice à Dieu et de me délivrer, dans l'avenir, de mille inquiétudes et d'un grand embarras. Je fis vœu, si Dieu me rendait mon bien et me faisait faire une fortune, de ne jamais dépenser pour moi que l'absolu nécessaire et de donner toute le reste. Ce vœu a été fidèle à ce vœu.

À sept heures je fis mes adieux à M. le duc de Chartres ; il me renouvela les instances qu'il m'avait faites la veille de me charger de sa sœur ; il me répéta qu'il ignorait encore le parti qu'il prendrait ; que tout annonçait dans le camp une prochaine révolte, et que, dans de telles circonstances, sa sœur le gênerait mortellement et serait exposée à mille dangers affreux. Je répondis que ceux de ma fuite n'étaient pas moins effrayants ; qu'à moins d'une espèce de prodige, il me paraissait impossible de passer tous les postes français, sans être reconnue et arrêtée ; que, dans ce dernier cas, on nous conduirait à Valenciennes dont nous étions si près, et qu'alors perdues sans retour, nous serions envoyées à l'échafaud ; que dans le choix des périls, il valait mieux peut-être que mademoiselle d'Orléans se rendît volontairement à Valenciennes, seule et comme de son propre mouvement, après ma fuite ; qu'alors je croyais que la plus grande rigueur à son égard se bornerait à la *déporter* et à la conduire hors des frontières ; ce qui la ferait sortir de France sans danger ; qu'au reste je n'indiquais pas ce parti, qui pouvait avoir des inconvénients non prévus ; que je ne conseillais rien ; mais que, soit qu'elle prît cette résolution ou celle de fuir avec son frère, et les amis de ce dernier, il me semblait qu'elle risquerait moins qu'avec moi. Enfin, je fus inébranlable dans mes refus jusqu'à l'instant de mon départ ; mais au moment où je montais en voiture, M. le duc de Chartres revint, tenant dans ses bras sa sœur baignée de larmes ; je la reçus dans la voiture à côté de moi, et nous partîmes avec tant de précipitation, que ni mademoiselle d'Orléans ni moi ne songeâmes à prendre avec nous quelques-unes de ses effets, du moins ses bijoux ; nous oubliâmes tout. Mademoiselle d'Orléans sortait de son lit, n'avait sur elle qu'une simple robe de mousseline ; ce fut ce qui l'emporta, et sa monture qui était fort belle et qu'elle n'oublia point parce qu'elle était au chevet de son lit ; elle laissa à Saint-Amand ses malles, ses robes, son linge, son argent ; tout fut perdu, à l'exception seulement de sa harpe, qu'un domestique fit charger sur un chariot qui passa, et qui nous rejoignit quelques jours après ; mais du reste on ne lui rapporta pas un habit, pas une chemise ; comme j'avais su la plus grande partie de ce qui m'appartenait, je me trouvai heureuse de pouvoir suppléer à ce dénuement total. J'aurais pu partir avec des passe-ports, ce qui eût produit une grande différence dans notre position, Dumouriez m'en offrit, mais, connaissant sa conduite, je le refusai nettement ; le parti dans lequel il s'était d'abord engagé étant devenu sanguinaire, il était tout simple de le quitter, mais il était affreux de le trahir et de le livrer à l'étranger le peu de troupes qui consentit à le suivre.

Nous étions quatre dans la voiture, mademoiselle d'Orléans, ma nièce, M. de Montjoye et moi. Je ne connaissais M. de Montjoye que depuis peu de jours ; mais comme il voulait fuir aussi et aller en Suisse, où il avait des parents, il désira faire ce voyage avec moi : ce qui nous était d'autant plus agréable, qu'il parlait parfaitement bien l'allemand. Quand nous fûmes hors de la ville de Saint-Amand, j'embrassai mes deux compagnes d'infortune, en leur promettant que, dans la carrière d'adversités que nous allions parcourir, elles me verraient un courage et une patience inébranlables. Je leur demandai d'imiter l'exemple que j'étais décidée à leur donner à cet égard : elles me le promirent ; nous nous sommes tenu parole réciproquement.

Nous n'avions aucun passe-port, et nous prîmes des chemins détournés, afin de rencontrer le moins de troupes qu'il serait possible.

Au bout de deux heures de marche, nous nous trouvâmes dans des chemins de traverse si mauvais, que la voiture y cassa. Comme nous tournions autour de Valenciennes, nous n'en étions dans ce moment qu'à une petite demi-lieue, et nous nous trouvions dans un village rempli de volontaires : notre inquiétude fut extrême; il fallut entrer dans un cabaret et attendre à plus d'une heure et demie que la voiture fût raccommodée. Enfin, après beaucoup de questions de la part des volontaires et faites avec un air indécis et sombre qui était véritablement effrayant, on nous laissa partir. Les chemins devenant toujours plus mauvais et la nuit survenant, nous fûmes obligés, malgré le froid qui était excessif, de descendre de voiture. Nous avions fait près d'une lieue à pied, lorsque tout à coup nous fûmes arrêtées, non point à un poste, mais par un capitaine de volontaires et des soldats qui de loin avaient aperçu le guide avec une lanterne, qui nous conduisait. Ce capitaine, peu satisfait de nos réponses, nous dit qu'il nous soupçonnait émigrées, et qu'il était décidé à nous conduire à Valenciennes. On peut juger de ce que j'éprouvai dans ce moment; mais sur-le-champ j'eus l'air d'y consentir très-gaiement. Je pris le commandant sous le bras, et, dans un baragouin très-peu intelligible, je lui fis mille plaisanteries sur son peu de complaisance; mais, tout en parlant, en riant, je marchais toujours fort lestement, comme si je n'avais pas eu le moindre dessein de le faire changer d'avis. Au bout d'un demi-quart d'heure, il s'arrêta, me dit qu'il voyait bien que j'étais véritablement une Anglaise; qu'il ne voulait pas nous déranger et que nous pouvions continuer notre route vers Quévrain. Il nous conseilla d'éteindre la lumière de notre lanterne, qui pourrait encore nous faire arrêter; et enfin il nous conduisit dans un petit sentier détourné, par lequel nous pouvions, nous dit-il, arriver aux postes autrichiens sans rencontrer de nouvelles troupes. Quand il nous eut quittées, nous respirâmes; nous suivîmes ses conseils et nous arrivâmes sans accident au premier poste des ennemis. J'éprouvai un mouvement de joie inexprimable en entrant à Quévrain, en pensant que mes deux compagnes et moi nous étions quittes de l'affreux danger d'être conduites à Valenciennes.

Aussitôt que nous eûmes passé la frontière et que nous fûmes entrées dans Quévrain, on nous demanda qui nous étions et nos passe-ports. Je dis que j'étais une dame irlandaise nommée madame de Verzenay, voyageant avec mes nièces; mais qu'étant partie dans toute la déroute du camp, je n'avais point de passe-ports; et, comme il en fallait pour être reçue, je demandai à parler à M. le commandant (le baron de Vouninianski); sa maison était heureusement tout près de la porte de la ville. On me dit d'attendre dans la voiture, et qu'on allait prendre ses ordres. Un moment après, le baron vint lui-même, nous fit descendre de voiture, me donna la main et nous conduisit chez lui. Le jour était tout à fait tombé, et j'avais à mon chapeau une grande dentelle noire rabattue sur le visage. En entrant dans le salon qui était fort éclairé, je relevai ma dentelle; le baron me regarde, tressaille et s'écrie : Ah! princesse! A cette exclamation, je pensai, du premier mouvement, qu'il reconnaissait mademoiselle d'Orléans; mais une grande frayeur, qui me fut bientôt dissipée par les discours du baron, qui me firent connaître qu'une ressemblance véritablement miraculeuse lui persuadait que j'étais la princesse de Lansberg, princesse de Moravie. J'eus toutes les peines du monde à l'en dissuader, car j'avais aussi le même son de voix, le baron devait sa fortune à cette princesse, et il l'aimait passionnément. Il n'y a certainement jamais eu de ressemblance plus parfaite, car, malgré toutes mes protestations, il reprenait à chaque instant l'idée que j'étais cette princesse incognito. Il nous donna un souper à la hongroise, qui aurait pu suffire à vingt personnes pour la quantité, mais qui était le plus mauvais que j'aie fait de ma vie, parce que tous les mets nageaient dans une sauce de graisse fondue. Pendant ce souper, je souffris mortellement; car le baron, en dissertant sur les affaires publiques, fit d'horribles imprécations sur M. le duc d'Orléans. Je vis Mademoiselle pâlir et prête à s'évanouir, et j'essayais vainement de changer la conversation, où le baron y revenait toujours. Le lendemain matin le baron, qui nous avait logées, m'apporta lui-même sur un plateau mon déjeuner, et m'écriant encore mille fois que j'étais la princesse de Lansberg. Après le déjeuner, nous descendîmes dans le salon, prêtes à partir pour Mons, avec une escorte que le baron avait la bonté de me donner; il me dit, quand nous entrâmes dans le salon, qu'il allait me faire voir par l'inconcevable ressemblance qu'il me trouvait n'était pas un effet de son imagination; que, dans l'escorte qu'il me donnait, il y avait deux jeunes cadets arrivés depuis peu de Moravie, qui avaient été pages de cette princesse et qu'elle lui avait particulièrement recommandés; qu'ils allaient venir, et que je verrais l'effet que je produirais sur eux. Quand ils entrèrent, j'avais mon voile baissé, le baron me pria de le relever. Ces jeunes gens, en jetant les yeux sur moi, témoignèrent la plus vive surprise, et aussitôt s'avancèrent vers moi pour me baiser la main, en me prenant effectivement pour la princesse de Lansberg. Toutes ces choses se passèrent en présence de Mademoiselle et de ma nièce. Je questionnai beaucoup le baron sur cette princesse; il me dit qu'elle avait infiniment d'esprit, qu'elle savait et parlait parfaitement le français, et qu'elle était grande musicienne. Je demandai son âge; elle était plus jeune que moi de trois ans. Je dus à cette singularité tout ce que le

baron fit pour nous. Il me donna la main pour monter en voiture; en m'y conduisant, il me dit que si je lui avouais, en le quittant, que j'étais la princesse de Lansberg, il serait beaucoup moins étonné qu'il ne l'était de m'entendre lui soutenir que je ne l'étais pas. Le baron nous donna une escorte, dans laquelle il ne manqua pas de mettre les deux jeunes cadets qui m'avaient prise pour leur princesse, et qui, se plaçant à nos portières, eurent constamment les yeux fixés sur moi, en témoignant de temps en temps par des exclamations l'excès de leur étonnement.

Nous arrivâmes à Mons, et nous nous établîmes sur-le-champ dans une auberge, où nous fûmes très-mal logées, parce que les meilleurs appartements en étaient pris.

Il me fut impossible de partir de Mons le lendemain de mon arrivée en cette ville; un nouveau malheur m'en empêcha. Je couchais dans la chambre de mademoiselle d'Orléans; je ne dormis point, et je l'entendis se plaindre et tousser toute la nuit; je me levai au point du jour pour l'aller regarder, et je vis qu'elle avait la rougeole; je passai dans le cabinet où couchait ma nièce, pour l'instruire de ce triste événement, et je la trouvai dans le même état. Elles étaient toutes deux si malades et avaient une fièvre si violente, je trouvai d'ailleurs tant d'inconvénients à différer mon départ, que bien peu de choses m'ont causé de plus vives inquiétudes. Nous n'avions point de femme de chambre, nous n'avions plus qu'un domestique de louage; l'auberge était remplie de monde; on ne pouvait attendre aucun service de ses servantes. Je ne pus avoir un médecin que le soir, et il me fut impossible d'obtenir une garde avant la quatrième jour; cependant elles furent bien soignées, je connaissais parfaitement le traitement de cette maladie; je leur fus plus utile que le médecin. Je passai les trois premières nuits sans me coucher, et, quand j'eus une garde, je restai toujours dans la chambre de mademoiselle d'Orléans, et pendant les neuf jours je la veillai toujours jusqu'à trois ou quatre heures du matin. Au milieu des peines qui m'agitaient, je jouissais cependant de l'idée que j'avais véritablement sauvé la vie à mademoiselle d'Orléans, en l'emmenant avec moi; car deux jours après notre départ, M. le duc de Chartres et M. Dumouriez ne se sauvèrent de Saint-Amand qu'après avoir couru les plus grands dangers, essuyé des coups de fusil, etc.; que serait-ce venue cette malheureuse enfant, au milieu d'un tel désordre?

Un jour en allant chercher des drogues chez un apothicaire qui heureusement se trouvait dans notre rue, je rencontrai sur l'escalier M. le prince de Lambesc, qui me reconnut à l'instant; il ne me parla point, mais son air sombre et sinistre ne m'annonça rien de bon; en effet il alla nous dénoncer à M. le baron de Mack, car il devina facilement que j'avais les deux jeunes compagnes était mademoiselle d'Orléans.

M. le baron de Mack, avec lequel je n'avais jamais eu le moindre rapport, vint me trouver. Une servante me l'annonça, son nom seul me fit éprouver une frayeur mortelle; je me hâtai d'aller le recevoir sur le palier de l'escalier; je lui dis que je ne pouvais avoir l'honneur de le recevoir, parce qu'une personne malade de la rougeole était couchée dans la chambre que j'occupais; il me répondit avec l'air et le ton le plus bienveillant : « Madame, ce qui n'est point contagieux pour vous ne saurait l'être pour moi. » De ce moment je fus rassuré, je ne vis plus en lui qu'un protecteur. Je le conduisis dans notre chambre; j'allai fermer les rideaux de l'alcôve de Mademoiselle, et nous nous établîmes dans l'embrasure d'une fenêtre. Le baron nous dit qu'on lui avait appris qui nous étions; que cette dénonciation ne nous nuirait en aucune manière. Il m'assura que nous étions les maîtresses de rester en Flandre et de nous établir dans le lieu que nous choisirions pour résidence. Je lui répondis que notre intention était d'aller en Suisse; il eut la bonté de m'offrir de nous faire avoir des passe-ports de M. le prince de Cobourg, ce qui nous mettrait à l'abri de tout inconvénient pour traverser l'Allemagne, et ce que j'acceptai avec reconnaissance. Il m'objecta qu'il ne lui était pas permis de donner des passe-ports sous un faux nom. Je lui répondis que le nom de Verzenay n'était un faux nom, que c'était celui d'une petite terre enclavée dans la terre de Sillery. Il fallut lui en donner ma parole d'honneur, alors il nous fit avoir ces passe-ports tels que je le désirais. Ils nous furent inutiles, car on ne nous les a pas demandés une seule fois. Mes jeunes compagnes se trouvant en état de soutenir la voiture, quoiqu'elles fussent encore extrêmement faibles, nous partîmes de Mons, le samedi 13 avril, avec M. de Montjoye qui était venu nous joindre.

CHAPITRE XXXI.

1793.

Arrivée en Suisse. — Zurich. — Zug. — Inquiétude des magistrats. — Couvent de Bremgarten. — Danger auquel échappe mademoiselle d'Orléans. — M. le duc de Chartres, professeur d'histoire et de géométrie. — Catastrophe horrible. — Le duc de Modène. — Mon neveu César du Crest. — Arrêt de bannissement. — Madame la princesse de Conti. — Actonia. — Visite au couvent. — Mademoiselle d'Orléans me quitte.

Après sept jours de marche, nous arrivâmes à Schaffhouse, en Suisse, le 26 mai. Ma joie fut extrême de me trouver dans un pays neutre. Outre beaucoup d'inquiétudes vagues, j'avais été dans une sorte de malaise inexprimable durant mon séjour forcé à Mons et en traversant l'Allemagne. En me voyant au milieu des ennemis de mon pays, ma raison repoussait en vain une espèce de remords involontaire, aussi pénible que peu fondé, car assurément je n'avais rien à me reprocher; je puis dire, sans exagération, que je n'ai jamais rencontré de troupes autrichiennes sans éprouver une sensation douloureuse; tout valait mieux cependant que ce qui existait à cette époque sanglante.

Le besoin extrême de repos qu'avait mademoiselle d'Orléans nous fit séjourner à Schaffhouse; M. le duc de Chartres était venu nous y trouver; nous n'en partîmes que le 6 mai. Nous allâmes à Zurich, où nous comptions nous établir; mais quand il fallut se nommer aux magistrats, le malheureux nom de mademoiselle d'Orléans et de son frère rompit ces arrangements. D'ailleurs nous avions été reconnus par plusieurs émigrés qui nous firent beaucoup de méchancetés. Entre autres, un soir, que nous nous promenions sur la place de Zurich, un émigré, avec un air très-impertinent, passant auprès de Mademoiselle, accrocha exprès avec son éperon un grand pan de sa robe de gaze. Nous reçûmes de M. Ott, l'estimable hôte de l'Épée (auberge où nous logeâmes), toutes les preuves imaginables d'intérêt; mais il fallut partir. Nous allâmes à Zug le 14 de mai, et nous nous établîmes dans une petite maison isolée, sur les bords du lac, à peu de distance de la ville. Afin d'y être tranquilles, nous avions pris toutes les précautions nécessaires pour n'être pas connus; et les magistrats mêmes du lieu ignoraient absolument nos véritables noms et croyaient que nous étions une famille irlandaise. En arrivant à Zug, j'eus une occasion sûre pour la France; j'en profitai pour écrire à madame la duchesse d'Orléans (car M. le duc d'Orléans était déjà arrêté). Je lui mandais où nous étions, et je la suppliais de vouloir bien me faire donner ses ordres, le plus promptement possible, relativement à mademoiselle d'Orléans. Ses deux enfants lui écrivirent aussi; mais nous ne reçûmes aucune espèce de réponse: nous avons récrit depuis par diverses occasions. Jamais, pendant plus d'un an que j'ai été en Suisse, chargée de mademoiselle d'Orléans, n'avons-nous reçu une réponse, même indirecte, ni mademoiselle d'Orléans le moindre secours d'argent de la France; mais je me flattai longtemps d'en recevoir, et en conséquence je ne prenais aucune décision définitive sur mademoiselle d'Orléans, et dévouée à elle tant que je lui serais utile, je ne formais aucun projet fixe pour moi. Nous passâmes un mois à Zug dans la plus parfaite tranquillité; nous nous suffisions à nous-mêmes; des occupations réglées remplissaient agréablement tous nos moments; nous ne recevions personne, et nous ne sortions que pour nous promener, ou aller à l'église. Les paysans nous aimaient et les pauvres surtout.

Telle était notre situation, lorsque les émigrés passèrent à Zug; nous ne les connaissions point personnellement, mais ils avaient vu M. le duc de Chartres à Versailles; ils le reconnurent, et le même jour toute la petite ville de Zug sut où nous étions. Les magistrats se conduisirent avec la plus grande honnêteté et témoignèrent un extrême désir de conserver dans leur canton des personnes qui, disaient-ils, en faisaient l'édification à tous égards par leur conduite; mais quelques jours après, on vit paraître dans les gazettes allemandes quelques articles sur mes élèves et qui annonçaient qu'ils étaient à Zug. Cette publicité commença à déplaire aux magistrats de Zug; bientôt on leur écrivit de Berne, pour leur reprocher d'accorder un asile à mademoiselle d'Orléans et à son frère. Le premier magistrat de Zug s'inquiéta et finit par prier mes malheureux élèves de chercher une autre retraite; mais cette prière fut faite avec les plus grands égards: le magistrat se contenta de faire part de ses embarras et de ses inquiétudes; nous comprîmes ce langage, et nous annonçâmes que nous partirions sous quinze jours. Dans tout ceci il ne fut en aucune manière question de moi, de sorte que le magistrat m'offrit personnellement de rester, si je le jugeais à propos; mais j'étais enchaînée à mademoiselle d'Orléans. Cependant nous tînmes conseil sur le parti qui nous restait à prendre, dans cette fâcheuse conjoncture. Je représentai qu'avant de former un plan il fallait consentir à se séparer de M. le duc de Chartres, qui nous ferait toujours reconnaître. C'est ce que j'avais déjà dit et proposé à Zurich. M. le duc de Chartres voulut absolument rester avec nous; je n'en avais que trop prévu la conséquence inévitable. Pour cette fois, l'expérience lui fit sentir que j'avais raison, et il fut décidé que nous ne demeurerions plus ensemble. Mais où aller, sans recommandations, sans amis, n'ayant de rester dans les deux cantons les plus tolérants de la Suisse? Nous formâmes mille projets romanesques; et malgré leur extravagance, nous aurions sans doute été forcés de faire quelque chose d'à peu près semblable, si le hasard ne nous eût pas fait naître une idée plus simple et qui réussit. Dans ces entrefaites, M. de Montjoye, qui était établi à Bâle avec sa famille, vint nous faire une visite; il nous conta qu'il avait passé par Bremgarten, qu'il y avait vu M. de Montesquiou qui, ayant rendu des services à Genève, jouissait en Suisse de beaucoup de con-

¹. En Suisse et en Allemagne, les maîtres des auberges jouissent communément d'une grande considération, et la méritent par leur éducation et leur extrême affabilité. Celui de l'auberge de l'Épée est un des magistrats de la ville.

sidération et y avait un très-grand crédit. Là-dessus j'imaginai d'écrire à M. de Montesquiou: je lui peignis la situation de mes malheureux élèves, et je lui demandais si mademoiselle d'Orléans pouvait être reçue à Bremgarten, c'est-à-dire dans un couvent à peu de distance de cette petite ville. Je ne connaissais point du tout M. de Montesquiou; je l'avais rencontré quelquefois dans le monde, mais je n'avais jamais eu la moindre liaison avec lui. Au reste, ce n'était pas moi qu'il s'agissait d'obliger: il n'était question que de mademoiselle d'Orléans; et j'étais persuadée que, lorsque l'esprit de parti n'en empêcherait pas, personne au monde ne laisserait échapper l'occasion de servir une enfant si intéressante à tous égards. Je ne me trompai point. M. de Montesquiou me fit la réponse la plus honnête et la plus obligeante, et se chargea de faire recevoir mademoiselle d'Orléans, ma nièce et moi, dans le couvent de Sainte-Claire, à Bremgarten. M. le duc de Chartres se décida à faire à pied le voyage entier de la Suisse; ce qu'il a exécuté, passant partout pour un Allemand. Combien de fois, depuis ses malheurs, je me suis félicitée de l'éducation que je lui ai donnée; de lui avoir fait apprendre, dès l'enfance, les principales langues modernes; de l'avoir accoutumé à se servir seul, à mépriser toute espèce de mollesse; à coucher habituellement sur un lit de bois, recouvert d'une simple natte de sparterie; à braver le soleil, la pluie et le froid; à s'accoutumer à la fatigue, en faisant journellement de violents exercices, et quatre ou cinq lieues avec des semelles de plomb, à ses promenades ordinaires; enfin de lui avoir donné de l'instruction et le goût des voyages! Il avait perdu tout ce qu'il devait au hasard de la naissance et de la fortune, il ne lui restait plus que ce qu'il tint de la nature et de moi...

Au moment de partir de Zug, quand mes élèves furent obligés de payer tous les petits mémoires, ils ne se trouvèrent plus assez d'argent; heureusement que j'en avais assez pour satisfaire à ce qu'il fallait, et pour me charger de payer au couvent, pendant un an, la pension de mademoiselle d'Orléans, outre la mienne et celle de ma nièce; et c'est ce que j'ai fait, mais seulement pendant six mois. Au bout de ce temps, mademoiselle d'Orléans a reçu quelque argent d'Italie, de M. le duc de Modène, son oncle. La veille de mon départ de Zug, une méchanceté véritablement atroce me causa une des plus grandes frayeurs que j'aie éprouvée de ma vie. Notre petite maison était située au milieu d'un grand pré, au bas duquel se trouvait le grand chemin et par delà le lac; toutes nos fenêtres donnaient sur ce pré et elles n'avaient point de volets. Mademoiselle d'Orléans restait tous les soirs dans le salon, au rez-de-chaussée jusqu'à dix heures trois quarts; elle était établie dans l'embrasure de la fenêtre, et pendant la conversation elle travaillait à de petits ouvrages; comme, depuis sa rougeole, elle avait un peu mal aux yeux, elle gardait toujours sur sa tête un grand chapeau qui lui cachait la lumière. Le 26 juin, veille de mon départ, j'étais à dix heures un quart du soir dans ma chambre, qui se trouvait précisément au-dessus du salon; M. le duc de Chartres, suivant sa coutume, était couché, ainsi que le seul domestique qu'il y eût dans la maison; mademoiselle d'Orléans eut heureusement quelque chose à me dire: elle se leva, alla prendre la lumière sur la table, ôta son chapeau, le mit sur une des pommettes du dossier de sa chaise et monta chez moi avec ma nièce; j'écrivais à une table placée aussi dans la fenêtre; en voyant entrer mademoiselle d'Orléans, je quittai ma place; je me mis dans l'entre-deux des fenêtres, dans un grand fauteuil, et je la pris sur mes genoux; à peine étions-nous assises, que nous entendîmes un bruit très-fort, causé par une énorme pierre lancée contre la fenêtre du salon; une demi-minute après plusieurs autres pierres furent de même lancées contre la fenêtre que je venais de quitter et cassèrent les vitres avec un tel fracas, que M. le duc de Chartres, éveillé, sauta à bas de son lit; prit un bâton, qui est une fort bonne arme dans ses mains, et courut à la porte, en appelant le domestique, qui se leva aussi: l'un et l'autre sortirent de la maison en criant après les assassins, car on doit donner ce nom à ceux qui commirent cette action; les brigands se sauvèrent à toutes jambes. M. le duc de Chartres jugea, au bruit de leur marche, qu'ils n'étaient que deux ou trois tout au plus. Nous descendîmes dans le salon et nous vîmes que le premier coup de pierre avait été lancé vers la place qu'occupait ordinairement mademoiselle d'Orléans et dirigé à son chapeau qu'elle avait, comme je l'ai dit, posé sur la pommette de la chaise; les brigands avaient certainement ce chapeau pour but: illusion fort simple, à la distance où ils étaient. On avait visé avec beaucoup de justesse, car le carreau de vitre qui se trouvait vis-à-vis le chapeau était brisé, le chapeau renversé et la pierre grosse comme le poing, suivant sa direction en ligne droite, avait été fracasser un carreau de faïence d'un poêle placé à l'extrémité du salon. Je ramassai ce caillou en remerciant le ciel du fond de l'âme de n'avoir point permis que l'innocente enfant qu'on voulait assassiner restât une minute de plus à cette place, qu'elle n'aurait dû quitter naturellement qu'une demi-heure plus tard. Le lendemain de l'événement dont je viens de rendre compte nous partîmes à dix heures du matin; nous traversâmes la ville et nous vîmes universellement sur tous les visages l'expression de l'intérêt et du regret de nous voir partir.

M. de Montesquiou nous fit recevoir au couvent de Sainte-Claire;

mais il nous recommanda de cacher avec soin qui nous étions, en nous disant qu'il ne l'avait confié qu'à deux magistrats de ses amis, l'un de Bremgarten, l'autre de Zurich. Il nous avait annoncées à la prieure du couvent comme une famille irlandaise que la guerre et la crainte des corsaires empêchaient de retourner dans son pays. Il nous avait choisi de nouveaux noms supposés et m'apprit, en arrivant, que je m'appelais madame Lénox, tante de mesdemoiselles Stuart, filles de ma sœur, qui me les avait remises en mourant : nous entrâmes ainsi au couvent de Sainte-Claire ; M. le duc de Chartres nous quitta, fit tout le voyage de Suisse ; ensuite, sous un nom supposé, il entra dans le collège des Grisons en qualité de professeur d'histoire et de géométrie. Il y resta plus d'un an, à ma connaissance ; quand je partis de Suisse il y était encore, étant alors dans l'impossibilité d'aller en Amérique : c'était certainement le parti le plus digne de lui qu'il pût prendre ; nul autre ne pouvait faire plus d'honneur à son caractère et à son éducation.

La plus horrible catastrophe [1], dont j'appris la nouvelle le 9 novembre 1793, me mit hors d'état de recevoir une personne avec laquelle je n'étais pas intimement liée. Je fus malade moi-même pour la première fois depuis mon exil. Pendant la maladie de mademoiselle d'Orléans, voyant que nous ne recevions aucune nouvelle de madame sa mère, qui était toujours libre à Vernon, je pris le parti de faire écrire mademoiselle d'Orléans à M. le duc de Modène, son oncle ; elle lui exposait sa situation et lui demandait un asile dans ses États, non à sa cour, mais dans un couvent ; elle ajoutait que je la conduirais jusqu'au lieu qu'il lui indiquerait, et que, s'il le fallait, je passerais pour cela le mont Saint-Gothard. M. le duc de Modène répondit que des raisons politiques l'empêchaient de recevoir mademoiselle d'Orléans. Ce prince envoya à sa nièce 180 louis : c'est tout ce qu'elle en a reçu ; la correspondance finit là.

Nous n'avions reçu dans notre couvent que M. de Montesquiou et M. Honeggre, un de ses amis et magistrat de Bremgarten : ce dernier venait très-rarement, ainsi, comme je l'ai dit, que M. de Montesquiou ; de sorte que nous avons passé les neuf derniers mois de notre séjour à Bremgarten dans une solitude absolue, qui n'était interrompue que par les visites de mon neveu, mon cher César du Crest, qui, encore dans la première jeunesse, avait donné tant de preuves de courage et de présence d'esprit. Je m'enorgueillissais avec raison d'avoir formé un tel élève, qui joignait à la valeur la plus brillante, à des talents charmants, une conduite irréprochable, un cœur excellent et l'esprit le plus distingué. Il nous avait rejointes à Bremgarten, après avoir fait à pied le voyage entier de la Suisse. Comme il manquait absolument d'argent, je me trouvai bien heureuse de pouvoir le fixer près de nous en payant sa petite dépense, qu'il réduisait à l'absolu nécessaire avec autant de gaieté que d'économie. Il venait nous voir tous les jours ; il allait chaque soir dans un café où se rendaient les politiques de Bremgarten, dont il nous contait, de la manière la plus comique, tous les entretiens. Nous ne laissions point d'admirer l'égalité de son humeur, le charme de sa gaieté ; il nous apportait des gouaches charmantes peintes par lui, qui représentaient les paysages des environs de Bremgarten. Il tenait de son père l'esprit de calcul, qu'il perfectionnait par une étude constante.

Au milieu des peines de tout genre, j'eus la douce consolation à force de soins de rétablir parfaitement la santé délabrée de mademoiselle d'Orléans. Je lui avais caché la mort de son infortuné père longtemps ayant cette époque, je l'avais priée de ne point lire les papiers publics en lui disant, ce qui était vrai, qu'ils étaient remplis d'impiétés et de choses contre les mœurs. J'étais bien sûre que, d'après cet avertissement, elle n'aurait jamais la tentation de les lire. Cependant l'habillai de deuil en lui disant que c'était celui de la malheureuse reine de France, qu'en effet elle aurait toujours porté si elle n'avait pas dû en prendre un plus sacré pour elle.

Au mois de décembre, nous fûmes à la veille de quitter la Suisse, mais pour une affaire à laquelle nous étions totalement étrangers. Il s'éleva dans la ville de Bremgarten une violente dispute entre les principaux habitants qui formaient l'espèce de sénat qu'on appelle conseil, qui se trouva divisé en deux partis, l'un ami et l'autre ennemi de M. de Montesquiou ; le parti ennemi l'emporta, et, par animosité contre les partisans de M. de Montesquiou, fit décider au conseil à la pluralité que tous les Français, sans exception seraient renvoyés de Bremgarten, et M. de Montesquiou lui-même se trouva compris dans cet arrêt, qu'on ne faisait même rendre que pour le bannir, afin d'affliger ce que ses ennemis appelaient son parti ; mais, par contre-coup, cette vengeance retombait sur nous, car depuis deux ou trois mois tout le monde savait qui nous étions. Le peuple de la ville se déclara entièrement pour le parti ennemi de M. de Montesquiou, et le 23 décembre, on vint nous signifier qu'il fallait nous préparer à partir sous deux jours, et qu'il serait impossible d'obtenir un plus long délai. Notre chagrin et notre embarras furent extrêmes dans les premiers moments : nous n'avions plus de voiture, nous avions très-peu d'argent, on était au milieu de l'hiver. Que devenir, sans domestiques, sans passe-ports, sans recommandation, sans amis ? Où

[1] La mort de M. de Genlis, qui périt sur l'échafaud. G. D.

aller ? Nous passâmes une journée entière à faire des paquets et à former des projets, et tout ce que j'imaginai de mieux fut de laisser en dépôt nos malles à la prieure du couvent, de nous déguiser en paysannes à quelques lieues de Bremgarten et d'aller à pied ou en charrette dans le canton de Schwitz nous établir en pension dans une chaumière. Ce projet parut charmant à mes jeunes amies, et tellement, qu'elles ont presque regretté que nous ne l'ayons pas réalisé.

Cependant le jour même que notre arrêt de bannissement fut prononcé, M. de Montesquiou se rendit à Zurich, qui n'est qu'à trois lieues de Bremgarten : il y plaida la cause des Français réfugiés et obtint fort promptement la révocation de notre sentence, car le petit territoire de Bremgarten dépend du canton de Zurich ; ainsi, nous en fûmes quittes pour la peur, et cet incident servit du moins à nous faire connaître à quel point nous étions aimées dans le couvent. La nouvelle de notre départ y répandit la douleur et la consternation, et toutes nos bonnes religieuses nous donnèrent les plus touchants témoignages de sensibilité et d'affection. Ce ne fut que deux ou trois mois après cet événement que nous apprîmes par hasard que madame la princesse de Conti, tante de mademoiselle d'Orléans, habitait la Suisse et était à Fribourg ; je la croyais en Italie chez M. le duc de Modène, son frère ; et il me parut si surprenant que madame la princesse de Conti n'eût pas voulu retirer sa nièce des mains d'une étrangère et dans le pays qu'elle habitait, que j'eus besoin de me faire confirmer cette nouvelle. En conséquence j'écrivis à Fribourg pour m'en informer, et j'appris que rien n'était plus vrai. Il était bien simple que, ne voyant personne, nous ignorassions le séjour de madame la princesse de Conti en Suisse ; mais elle ne pouvait ignorer que mademoiselle d'Orléans était à Bremgarten avec moi, car tous les papiers publics l'avaient dit et le répétaient sans cesse ; j'en conclus que madame la princesse de Conti trouvait que mademoiselle d'Orléans ne pouvait être mieux qu'avec moi, et je fus très-flattée de cette opinion ; mais, sans l'extrême tendresse que j'avais pour mademoiselle d'Orléans, je ne serais jamais restée un an dans un lieu où j'étais horriblement persécutée et qui d'ailleurs ne m'offrait nulle ressource : il m'était absolument nécessaire, pour subsister, de me rapprocher d'une imprimerie, je pouvais bien rester quatre ou cinq mois à Bremgarten, mais au bout de ce temps j'aurais été obligée d'aller faire imprimer un ouvrage, car je ne voulais pas envoyer mes manuscrits. Décidée à ne jamais abandonner mon intéressante et chère élève tant que je lui serais utile, je sentais même temps que je ne pouvais quitter furtivement la Suisse avec elle, lorsqu'elle y avait une tante, quoiqu'elle en parût oubliée ; je sentis que mademoiselle d'Orléans devait faire auprès de madame la princesse de Conti la démarche qu'elle avait faite infructueusement auprès de M. le duc de Modène. Je le lui dis, ses larmes coulèrent avec amertume !... Mais toujours docile à la voix de la raison, et ne sachant que trop déjà que la vie n'est qu'un sacrifice continuel de nos désirs secrets et de nos plus chères affections, elle se décida à écrire.

Environ huit à dix jours après, madame la princesse de Conti répondit à mademoiselle d'Orléans, par une lettre également tendre et touchante, pour lui annoncer qu'elle la recevrait, mais que ce ne pouvait être que dans un mois. Ce mois s'écoula bien tristement.

J'étais devenue très-nécessaire à une jeune pensionnaire que m'intéressait par l'infortune : elle s'appelait Antonia, âgée de dix-neuf ans ; sa figure était charmante. Quelques mois auparavant, au moment de faire un mariage avantageux, de l'aveu de ses parents et du choix de son cœur, elle fut abandonnée, et de la manière la plus cruelle, par son promis (on appelle ainsi en Allemagne et en Suisse celui qu'on doit épouser) ; cette perfidie lui perdit la tête à cette malheureuse jeune personne ; elle devint folle, mais par accès qui étaient toujours furieux ; elle avait cet accès de folie et de fureur à peu près deux fois la semaine, et dans les intervalles, elle reprenait sa raison tout entière et son caractère, qui était rempli de douceur. Je l'avais rencontrée dans le jardin : sa belle figure m'avait vivement intéressée, ainsi que tout ce que les religieuses nous contèrent d'elle. Elle aimait passionnément la musique, et quand nous jouions de la harpe, elle venait dans le corridor nous écouter à la porte ; nous en fûmes touchées, et mademoiselle d'Orléans me demanda de la laisser entrer ; j'y consentis, parce que les religieuses m'assurèrent qu'elle sentait d'avance lorsque un accès devait la prendre, et qu'alors elle en avertissait, et que si elle n'était pas dans sa chambre, elle y retournait au plus vite. Elle vint donc nous entendre, et comme nous ne la recevions que le lendemain d'un accès, jamais elle n'en eut les avant-coureurs chez nous. Un jour qu'après avoir fait de la musique, nous causions, elle vit tirer de ma poche un petit flacon d'essence que j'avais l'habitude de respirer assez souvent ; elle désira le sentir : elle fut si enchantée de ce parfum que, malgré sa réserve naturelle, elle me demanda instamment de lui donner ce petit flacon ; j'hésitai un moment à lui répondre, parce que cette idée singulière me vint à l'instant à l'esprit : « Ma chère Antonia, lui dis-je enfin, vous me demandez un énorme sacrifice, et je ne puis que vous prêter cette essence, car, je dois vous l'avouer, je suis en proie, ainsi que vous, au mal affreux qui vous tourmente, et cette odeur en est le remède certain ; aussitôt que j'en ressens les premières atteintes, je respire cette essence, et je suis préservée de toute espèce d'accès.» A ce récit, Antonia, baignée de pleurs, se précipita à mes genoux, en me conjurant à mains jointes de lui prêter ce précieux spécifique. Je supprime un long dialogue dans lequel j'oppose une résistance qui ne fit qu'irriter le désir passionné qu'éprouvait Antonia de posséder ce miraculeux parfum; enfin je cédai, et je le lui donnai, en lui disant tout à coup que je me rappelais que je pourrais en avoir un autre. Jamais une idée bizarre n'eut plus de succès : dès qu'Antonia éprouvait les premiers symptômes d'un accès, elle se hâtait de respirer l'essence, et l'imagination tranquillisée la mettait dans un état parfait de raison. Elle passa de la sorte six semaines et trois jours sans avoir l'apparence d'un accès, et depuis dix mois qu'elle était dans le couvent on ne l'avait jamais vue dans cet état plus de quatre jours. On avait même remarqué que, depuis trois mois, les accès se rapprochaient encore ; tout le couvent la crut guérie, mais elle eut un léger accès au bout de ce temps ; comme elle s'en affligeait à l'excès, je la consolai en l'assurant que c'était uniquement parce que l'essence avait perdu sa force, mais que je lui en procurerais une autre fiole, qui achèverait de compléter entièrement sa guérison. Dans ces entrefaites, je fus obligée de partir et de quitter à regret pour jamais la pauvre Antonia, qui versa des torrents de larmes en me disant adieu. Pour calmer son imagination, je lui enseignai deux ou trois odeurs qui pouvaient, lui dis-je, servir de supplément à celle que je lui avais sacrifiée. Cette aventure m'a donné la certitude qu'il serait très-possible de guérir la folie par accès, en calmant successivement l'imagination par l'espérance, car éloigner considérablement les accès est certainement déjà un commencement de guérison. Je donne ce fait à méditer à ceux qui, infiniment plus savants que moi, ont déjà traité avec succès cette horrible maladie.

Peu de jours avant le départ de mademoiselle d'Orléans, il nous arriva une si bizarre aventure, que je ne puis m'empêcher d'en rendre compte. Un soir à onze heures, tout le monde étant couché, je veillais à mon ordinaire ; tout à coup j'entends sonner à la porte du couvent, ce qui était surprenant à une telle heure ; je distinguai le bruit d'un grand mouvement dans la maison ; les religieuses tourières se levaient, et un demi-quart d'heure après, le bruit redoublant, j'allai écouter dans un corridor ; je reconnus la voix de la prieure, qui s'était précipitamment levée et qui passait à l'extrémité du corridor pour se rendre dans un parloir ; j'appelai une sœur converse qui l'éclairait, et je la questionnai. Elle me répondit qu'elle n'en savait rien, sinon que c'étaient deux hommes qui avaient voulu parler sur-le-champ à madame la prieure. Je priai cette religieuse de s'informer de ce que c'était et de revenir me le dire, et je rentrai dans ma chambre, convaincue, sans savoir pourquoi, que cet entretien avait rapport à nous. L'entretien de la prieure fut très-long ; enfin, au bout d'une heure, j'entendis qu'elle rentrait dans son appartement, que l'on ouvrait et que l'on refermait les portes ; mais la religieuse converse ne revenait point. Après l'avoir attendue quelque temps, je pris le parti d'aller dans sa cellule ; elle se couchait et parut fort déconcertée en me voyant. Je renouvelai mes questions ; elle répondit avec un extrême embarras, en m'assurant qu'elle n'avait pu rien apprendre. Je vis clairement qu'elle me trompait ; je descendis chez la prieure, que je trouvai couchée ; elle me fit une histoire qui n'avait pas de sens, et je connus, à n'en pouvoir douter, qu'un soupçon que j'avais moi-même jugé extravagant était parfaitement fondé. Je revins dans ma chambre, et l'inquiétude m'empêcha de dormir la plus grande partie de la nuit. Le lendemain matin, mademoiselle d'Orléans et ma nièce entrèrent dans ma chambre, en me disant qu'elles venaient m'annoncer que nous étions prisonnières, c'est-à-dire, que nous ne pouvions sortir de la maison. Je demandai l'explication de cette étrange nouvelle ; alors elles m'apprirent que, mademoiselle d'Orléans et ma nièce ayant été trouvées d'aller se promener dans les champs avec une sœur converse, on leur avait répondu que cela était impossible; qu'ayant questionné, il avait bien fallu leur apprendre que les religieuses avaient reçu l'ordre formel de ne pas nous laisser sortir du couvent jusqu'à nouvel ordre. « Comment donc ! m'écriai-je, et qui a donné cet ordre ? — Des magistrats supérieurs de la ville. — Et de quel droit ? — Nous l'ignorons comme vous. — Et pour quelle raison ? — Sur la requête de M. Diffenthaller? — Et au nom de qui agit M. Diffenthaller? — Au nom de M. le duc de Bourbon. — Et le motif ? — C'est, dit mademoiselle d'Orléans, que M. Diffenthaller prétend que vous avez le projet de m'enlever dans quelques jours et de me conduire hors de la Suisse ; il ajoute qu'il est chargé par M. le duc de Bourbon d'empêcher cet enlèvement, et c'est d'après ces détails qu'il a obtenu l'ordre de nous retenir ici, et si par hasard nous nous échappions par une porte dérobée, il a des gardes posés autour de la maison, qui nous arrêteraient et nous ramèneraient. Voilà ce qu'un homme qu'on appelle le grand scaeutier est venu cette nuit signifier à la prieure, qui n'a pas voulu vous le dire dans le moment, dans la crainte de vous empêcher de dormir. » Qu'on juge de ma surprise, à ce récit ! Je croyais dormir paisiblement et rêver profondément.

Après une correspondance active, il vint nous annoncer que nous étions libres. Peu de jours après cette singulière aventure, madame la comtesse de Pont-Saint-Maurice vint, de la part de madame la

princesse de Conti, chercher mademoiselle d'Orléans. Je savais la veille qu'elle devait arriver le lendemain; mais je l'avais caché à mademoiselle d'Orléans, qui croyait avoir encore quinze jours à passer avec moi. Lorsqu'elle alla se coucher ce soir, je l'embrassai avec un cruel serrement de cœur; d'autant plus que j'étais décidée à lui épargner la douleur des adieux, et par conséquent à ne plus la revoir. Je la retins une demi-heure de plus sur mes genoux, et jamais je n'avais mieux senti que durant cette demi-heure combien je l'aimais..... Le lendemain, 11 mai (époque ineffaçable dans mon souvenir) ; je me levai, contre mon ordinaire, à sept heures; je n'ouvris point mes volets, je m'habillai sans bruit, et j'allai trouver madame de Pont, qui m'attendait dans un parloir. Je lui dis tout ce que je croyais qu'il était utile qu'elle sût pour mademoiselle d'Orléans; elle était déjà prévenue que cette jeune infortunée ignorait la mort de son père. Je fis sentir combien il était nécessaire qu'on ne l'en instruisît que lorsque le chagrin causé par notre séparation serait un peu calmé et lorsqu'elle aurait passé l'époque si dangereuse pour les jeunes personnes. Je lui remis un très-long mémoire, que j'adressai à madame la princesse de Conti et qui contenait les détails les plus circonstanciés sur mademoiselle d'Orléans, sur son caractère, ses talents, sur sa santé, son régime, etc., et en outre j'avais écrit des exhortations religieuses et morales pour mademoiselle d'Orléans; elle avait désiré vivement un portrait de lady Fitz-Gérald ; je le lui donnai. Ce portrait était dans un portefeuille qui contenait un petit livre blanc. J'avais écrit ces exhortations dans ce livre, que je donnai à mademoiselle d'Orléans, huit jours avant notre séparation ; et comme je parus regretter de n'en avoir pas de double, mademoiselle d'Orléans les copia et me donna cette copie, que j'ai conservée. Après cet entretien avec madame de Pont, j'allai me renfermer dans ma chambre, et j'envoyai ma nièce dire à mademoiselle d'Orléans que, sachant que madame de Pont devait arriver ce matin, j'étais sortie avec le jour, et que, seule avec une servante, j'avais pris la route du bois de sapins qui était à un quart de lieue de Bremgarten. La douleur de mademoiselle d'Orléans fut inexprimable; et c'est parce que je l'ai ressentie tout entière qu'il me serait impossible de la dépeindre..... Au bout d'un quart d'heure, je l'entendis descendre; elle passa dans mon corridor, s'arrêta devant ma porte, qui était fermée, et dont on lui dit que j'avais enlevé la clef. J'entendis ses sanglots, ses gémissements..... On l'arracha de ce corridor; elle partit..... J'entendis le bruit de la voiture. Il faut être mère pour concevoir ce que j'éprouvai dans ce moment.....

CHAPITRE XXXII.
1795.

Utrecht. — M. de Valence. — Harbourg. — Altona. — M. et mademoiselle Plock. — Ma vie à Altona. — Mort de mon maître d'hôtel. — Repas funéraire. — Hambourg. — Forme de Siclok. — Mesdemoiselles Fernig, aides de camp. — Mariage de ma nièce Henriette de Sercey. — Je pars pour Berlin. — Mademoiselle Bocquet. — Les vœux téméraires. — L'abbé Sieyès. — On me renvoie de Berlin. — Retour à Hambourg.

Une demi-heure après le départ de mademoiselle d'Orléans, un vieillard, jardinier des religieuses, rentrant au couvent, dit qu'il l'avait rencontrée. Je voulus le voir ; il me conta qu'elle l'avait aperçu sur la grande route ; qu'elle avait fait arrêter la voiture pour lui parler ; qu'elle était en pleurs, lui avait donné un louis, et puis, ajouta-t-il, tendu sa petite main, qu'il avait prise et baisée; qu'elle pleurait tant, qu'elle m'avait pu parler, mais qu'elle avait prononcé mon nom. En faisant ce récit naïf, le bon jardinier pleurait lui-même. Elle m'écrivit en route; madame de Pont eut la bonté de m'écrire aussi le lendemain de son départ, pour me donner de ses nouvelles. Elle me mandait qu'elle avait couché dans sa chambre ; que mademoiselle d'Orléans n'avait point dormi, et que l'état où elle était devait donner la meilleure opinion de son cœur.

Le départ de mademoiselle d'Orléans acheva de me rendre odieux le séjour que j'habitais, malgré le sincère attachement que j'avais pour les respectables religieuses de ce couvent; mais j'avais tant souffert dans ce lieu, j'y avais éprouvé tant de peine en tout genre, qu'indépendamment de toute autre raison, je n'aurais pu y rester alors sans y mourir de la consomption. Ma nièce, si bonne et si sensible, partageait le désir que j'éprouvais de m'en éloigner promptement; d'ailleurs, quand je l'aurais voulu, il m'eût été impossible d'y séjourner davantage. Mademoiselle d'Orléans n'avait pu me rendre, à beaucoup près, tout l'argent que j'avais avancé pour elle. Je m'occupai vivement des préparatifs de mon départ; mais j'éprouvais à cet égard bien des embarras : je n'avais point de domestique, et, n'ayant jamais voyagé qu'accompagnée de plusieurs personnes, l'idée de faire trois ou quatre cents lieues seule, avec ma nièce, m'effrayait extrêmement; je ne savais aussi comment m'y prendre pour avoir des passe-ports sous un nom supposé. J'avais écrit à la seule amie que j'eusse dans ce pays [1] pour lui demander de me prêter un domestique

---

[1] Madame de Montolieu.

seulement pour traverser la Suisse et pour la prier de m'avoir des passe-ports; elle ne put faire ni l'un ni l'autre, et je me trouvai véritablement dans le plus cruel embarras. Le ciel m'envoya un ami, qui jusqu'à ce jour m'avait été étranger: c'était M. Conrad, frère d'une religieuse du couvent. En apprenant que nous nous disposions à partir, il vint nous offrir ses services. Je lui parlai avec confiance et lui contai mon embarras. Il me dit qu'il allait lui-même me chercher des passe-ports dans un lieu qu'il me nomma. Il partit. Pendant son absence, le docteur Hoz, médecin que j'avais consulté pour mademoiselle d'Orléans, m'envoya les papiers qui m'étaient nécessaires et un domestique dont il me répondit.

Rien ne m'arrêtait plus à Bremgarten; j'écrivis à M. Conrad pour le remercier, et je partis le 19 mai avec ma nièce. César avait été rejoindre M. le duc de Chartres.

Une demi-minute après plusieurs autres pierres furent lancées contre la fenêtre.

M. Conrad voulait nous conduire jusqu'aux frontières de la Suisse, ce que je refusai; mais il nous prêta sa voiture et ses chevaux, qui nous conduisirent à quatre lieues de Bremgarten. Je partis pénétrée de reconnaissance pour lui et pour toutes nos bonnes religieuses, qui nous montrèrent, ainsi qu'Antonia, une sensibilité et une affection que je n'oublierai de ma vie.

Notre manière de voyager, sans s'arrêter ni le jour ni la nuit, si nouvelle pour nous, nous parut fort étrange, et nous étions surtout troublées par la crainte de rencontrer des émigrés, chose qui ne nous est jamais arrivée. A Mayence nous quittâmes les voitures publiques; nous suivîmes dans une gondole particulière le cours du Rhin jusqu'à Cologne; là nous prîmes une voiture à nous, qui nous conduisit jusqu'à Utrecht. M. de Valence était établi dans les environs de cette ville; nous avions toujours entretenu une correspondance suivie: je lui avais écrit dans les derniers temps de mon séjour à Bremgarten; quand je sus que j'allais me séparer de mademoiselle d'Orléans, dans sa réponse il me conjurait de venir le trouver près d'Utrecht.

Nous arrivâmes donc à Utrecht: M. de Valence vint lui-même nous chercher et nous mena à Oud-Naarden, une charmante maison de campagne qu'il avait louée sur le bord du Zuyderzée. Je me reposai là environ cinq semaines; je rejetai tous les projets que me proposa M. de Valence, et je me décidai à m'aller établir sous la domination danoise. J'avais encore un peu d'argent, je n'en demandai point à M. de Valence; je convins seulement que je laisserais ma nièce chez lui, avec une dame étrangère qui s'y trouvait, et que je préparerais l'établissement de M. de Valence à Altona, car il avait aussi le projet de s'y fixer. Je me séparais pour quelque temps de ma nièce, parce que je voulais être absolument inconnue, et qu'elle aurait pu contribuer à me faire reconnaître. Je partis d'Oud-Naarden, ayant renvoyé en Suisse le domestique, et sans femme de chambre, mais avec un homme que je connaissais fort peu et qui allait à Hambourg pour son

compte. J'étais tout à fait aguerrie et sans nulle frayeur. Je m'établis avec mon compagnon de voyage dans un chariot de poste, à moitié couvert, rempli de ballots, et beaucoup plus rude que la plus grossière charrette; je m'en trouvai à merveille, car j'y dormis fort bien. J'arrivai à Harbourg le 23 juillet 1794, je m'embarquai sur l'*Elbe* le lendemain. Les bateaux ne sont pas couverts; j'en avais loué un pour moi seule; au moment de m'embarquer, une marchande juive et son fils me demandèrent la permission de passer dans mon bateau, ce que j'accordai avec d'autant plus de plaisir, que le fils de la marchande, âgé de treize ans et d'une beauté remarquable, avait une ressemblance frappante avec l'une de mes élèves. Je ne savais où débarquer à Altona, je n'avais point de lettres de recommandation, et je n'y connaissais personne; ma bonne marchande était fort communicative et fort obligeante: je lui fis des questions sur les auberges d'Altona; je lui demandai le nom de celle dont le maître passait pour aimer le mieux la révolution française, et elle me nomma celle de Plock. Je pensai que dans cette maison je ne rencontrerais pas les émigrés de la classe dont j'étais connue, et j'allai m'établir chez Plock. J'eus lieu de m'applaudir de ce choix; le maître de la maison était la probité et la bonté même, et sa fille remplie de douceur, d'esprit, de sensibilité, ayant reçu la meilleure éducation, devint bientôt mon amie. Je comptais d'abord rester dans cette auberge que le temps nécessaire pour trouver à me mettre en pension aux environs de la ville; mais dans les premiers jours j'éprouvai un mortel embarras. Je voulais manger dans ma chambre, et l'on me signifia que ce n'était pas l'usage de la maison, et qu'il fallait aller dîner à table d'hôte; la nouveauté de cette proposition, et surtout la crainte d'être reconnue, m'effarouchèrent beaucoup; on me dit que les convives que je rencontrerais seraient des Allemands et des Français patriotes; je pensai que vraisemblablement je ne trouverais parmi ces derniers

Mirabeau.

personne avec qui j'eusse vécu, et je me décidai à ce qu'on exigeait de moi; d'ailleurs il le fallait bien. Je fus très-embarrassée pendant une quinzaine de jours; ensuite, ne craignant plus de faire de *mauvaises rencontres*, je m'accoutumai à ce genre de vie, qui devint pour moi la matière de beaucoup d'observations nouvelles.

L'amitié que j'avais prise pour mademoiselle Plock me retint huit mois et demi dans cette maison. Tout ce temps s'était écoulé pour moi d'une manière paisible et douce; je ne sortais de ma chambre que pour aller dîner, et de la maison que pour aller à l'église; je ne recevais personne sans exception; j'étais logée dans l'endroit le plus retiré de la maison. Je n'allais à table qu'une demi-heure après tout le monde, parce que le dîner était long; aussitôt après je rentrais dans ma chambre: j'avais un assez bon piano, une harpe, une guitare, des couleurs, des pinceaux, une écritoire, quelques livres, un herbier de la maison. Je n'allais à table qu'une demi-heure après m'avait prêté, et mes journées s'écoulaient avec une inconcevable rapidité.

Pendant mon séjour dans sa maison, M. Plock mourut; ce qui me fit connaître les cérémonies funèbres du pays. Elles ont beaucoup de rapport avec celles des anciens Grecs. Aussitôt que M. Plock fut mort, on mit à son lit des draps blancs et des oreillers garnis de mousseline. Le mort, à visage découvert, fut revêtu d'une belle camisole et mis sur son séant, ses deux mains étendues sur un couvre-pieds brodé, sur lequel on jeta des fleurs et un grand nombre de branches de romarin; on entoura son lit de lumières qui doivent brûler nuit et jour; sa chambre, à l'extrémité de la cour, était vis-à-vis la mienne, ses fenêtres n'avaient point de volets; je vis ces lumières pendant tout le temps de l'exposition, qui dura six jours, et cette clarté funéraire me causait une tristesse invincible. Toutes les personnes de la maison allèrent, suivant l'usage reçu, lui baiser la main; mais je me dispensai de cette visite. Son enterrement fut très-beau, il y eut un très-grand nombre d'hommes; les gens mariés avaient un citron à la main, et les garçons une branche de romarin; quand ils revinrent après le convoi, mademoiselle Plock leur donna le repas funéraire. J'y fus invitée, car il s'y trouva plusieurs femmes; j'y allai par curiosité; mademoiselle Plock en fit les honneurs, il qu'elle, étaient en deuil. Tout s'y passa gravement, mais le dîner à trois services était excellent, et l'on mangea de très-bon appétit.

Ce fut dans la maison de mademoiselle Plock que je goûtai les premières consolations que j'aie reçues depuis mes malheurs; c'est dans ma petite chambre d'Altona que j'ai appris plusieurs événements du plus grand intérêt pour moi, entre autres, la chute de Robespierre, la délivrance de ma fille, dont j'avais ignoré les affreux dangers, mais que je savais dans une maison d'arrêt; c'est là que j'appris aussi la paix avec la Prusse; c'était un événement heureux pour la France, et qui me causa autant de joie que si je n'eusse pas été fugitive. Les convives allemands qui venaient dîner dans la maison étaient en général des hommes de fort bonne compagnie. J'en remarquai deux, M. Texier, qui tenait du roi de Danemark une place considérable, et l'autre, le professeur Uncer. D'après leur réputation méritée et mes observations, je leur confiai mon nom avant de quitter Altona : ce fut le 1er avril 1795.

Ma nièce était venue me rejoindre; nous allâmes ensemble à Hambourg; nous y avons passé quatre mois.

Sur la fin de juillet, j'allai m'établir avec ma nièce chez M. de Valence, à Sielk, à cinq lieues de Hambourg, dans une jolie maison de campagne qu'avait louée M. de Valence; je n'y consentis qu'à condition que je lui payerais une pension. J'avais vendu au libraire Fauche trois cents frédérics d'or[1] les Chevaliers du Cygne; il y avait longtemps que je n'avais touché autant d'argent à la fois. J'étais dans un tel dénûment lorsque je les lui vendis cet ouvrage, que, s'il ne m'en eût offert que cinquante frédérics, je n'aurais pas hésité à le lui donner.

M. de Valence cultivait lui-même son jardin. Nous menions une vie aussi douce que solitaire; nous n'avions près de nous qu'un seul voisin (le seigneur du lieu), et ce voisin était pour nous l'ami le plus aimable et le plus zélé.

M. de Valence, qui avait besoin d'un secrétaire, en prit un fort singulier; c'était l'une des deux sœurs amazones qui avaient servi dans l'armée de Dumouriez avec tant de valeur et d'éclat, sans que jamais on ait pu dire un mot défavorable sur leurs mœurs; elles s'appelaient mesdemoiselles Fernig; la plus jeune, Théophile Fernig, âgée

Il y avait un poêle dans cette cahute.

[1] Un frédéric d'or valait alors 22 francs de France.

548.

de vingt et un ans, avait la plus jolie et la plus modeste figure et de petites mains blanches, délicates et charmantes. Ce fut elle qui vint à Sielk demeurer avec nous; elle avait une écriture superbe et une très-bonne orthographe; la douceur et l'égalité de son caractère donnaient à son commerce un agrément infini. Dumouriez m'avait conté d'elle beaucoup de traits intéressants, entre autres celui-ci. Dans une bataille, le pistolet à la main, elle saisit un grand Autrichien qu'elle fit prisonnier; elle le conduisit sur-le-champ à Dumouriez, auquel elle dit avec une petite voix douce et enfantine : *Mon général, voilà un prisonnier que je vous amène!* Cette douce et jolie voix fit tressaillir l'Autrichien, qui fut inconsolable de s'être rendu à une jeune fille. J'ai vu d'elle, à Sielk, une action de ce genre. Un jour que nous étions chez notre voisine, madame Clrhost, pendant que tous les hommes de Sielk étaient à la chasse et enfantine, la cuisinière, vint tout à coup nous dire qu'un brigand était entré dans la cuisine et y faisait un ravage affreux; Théophile aussitôt, prenant un air martial, se lève, saisit une grosse canne restée dans un coin du salon et sort impétueusement; elle va dans la cuisine, se jette sur le voleur, le terrasse, lui fait demander grâce et le chasse de la maison. Après cet exploit, elle revint près de nous avec autant de simplicité qu'à elle eût fait l'action la plus commune. Pendant tout le reste du jour, nous ne pouvions nous lasser de regarder ses jolies petites mains, si valeureuses et si fortes dans les occasions périlleuses.

J'écrivis dans cette campagne mon *Précis de conduite*, qui produisit en ma faveur un grand effet en Allemagne, parce qu'il contenait des faits irrécusables. Il n'est pas inutile d'observer que j'ai publié toutes ces choses dans les pays étrangers, et que dans aucun écrit on n'a osé nier ou démentir un seul fait de cet ouvrage.

En partant, j'allai à Hambourg, où je formai quelques relations agréables, afin de distraire ma nièce Henriette.

J'étais fort liée avec madame Matthiessen et toute sa famille. Son fils, l'un des négociants de Hambourg les plus distingués par son mérite, sa fortune et la considération dont il jouissait, devint amoureux de ma nièce Henriette de Sercey; sa mère me la demanda en mariage pour lui. Je parlai à Henriette, qui me répondit qu'elle y consentait avec joie, parce que M. Matthiessen était l'homme du monde qu'elle estimait le plus. Néanmoins j'exigeai que l'un et l'autre fissent bien leurs réflexions pendant six mois. Ma nièce avait vingt et un ans, M. Matthiessen en avait quarante-quatre. Au bout de six mois ce mariage se fit. Je déclarai dès le même jour, malgré les regrets de ma nièce et les offres obligeantes de M. Matthiessen, que je ne resterais point avec eux, ni à Hambourg ni même à Sielk. Rien ne put me faire manquer à cette résolution, car je ne voulais pas que l'on pût croire que j'avais marié ma nièce à un négociant par quelques vues d'intérêt personnel. Au reste, les grands négociants, dans cette ville commerçante, étaient les premiers personnages de la société, et M. Matthiessen, par ses vertus et sa réputation, en était l'un des plus recommandables. Ma séparation d'avec ma nièce laissa un grand vide dans ma vie. Henriette est une des plus aimables personnes que j'aie jamais connues: elle joint à un excellent cœur, à des talents charmants, à un esprit fin, délicat et cultivé, une parfaite égalité de caractère, une obligeance et une gaieté incomparables; il n'existe point de société plus douce, plus piquante et plus aimable que la sienne.

Huit jours après son mariage, je partis pour Berlin, où je me mis en pension chez mademoiselle Bocquet, qui tenait une maison d'éducation la plus fameuse de la ville. Mademoiselle Bocquet était alors

8

âgée de quarante ans; elle était grande, bien faite; elle aurait été belle encore si son teint n'eût pas été extrêmement couperosé : elle avait de grands yeux noirs fort brillants et fort spirituels; il y avait de la rudesse dans sa physionomie, mais elle savait l'adoucir quand elle était bienveillante, et l'on n'y trouvait alors qu'une expression très-vive et très-animée; elle avait beaucoup d'esprit, savait parfaitement le français, l'écrivait bien et faisait même de fort jolis vers; son caractère était impérieux et violent et tous ses sentiments passionnés; elle aimait et elle haïssait avec fureur, et son amitié avait la susceptibilité, l'exigence et toutes les jalousies de l'amour. Elle me reçut à bras ouverts : elle s'était passionnée pour moi et mes ouvrages. Son accueil me charma ainsi que sa conversation : je me trouvai tout de suite à mon aise avec elle; elle avait une société très-aimable, composée des personnes les plus spirituelles de Berlin, entre autres MM. Hermann père et fils, M. Ancillon, M. Mayet, directeur des manufactures, de famille réfugiée, homme aussi aimable que spirituel et qui faisait aussi des vers charmants.

Parmi les pensionnaires, j'en pris trois en amitié, qui étaient charmantes, entre autres mademoiselle Gerlach, qui était belle comme un ange; je leur appris à faire des fleurs artificielles. Mademoiselle Bocquet avait un frère pasteur, qui était fort savant et de l'Académie royale de Berlin; sa femme était jeune et jolie personne également intéressante par l'esprit, la douceur, les talents et la conduite; elle avait une voix ravissante et chantait à merveille. M. Bocquet, qui cultivait les arts et les sciences, jouait parfaitement du piano; nous passions des soirées délicieuses; ma harpe ravissait mademoiselle Bocquet : j'en jouais tant qu'elle voulait, et nous faisions régulièrement de la musique tous les soirs. Mademoiselle Bocquet m'avait parfaitement bien logée; elle avait pour moi toutes les attentions de la plus vive et de la plus tendre amitié; je répondais à ces sentiments du fond de l'âme. Je m'applaudissais d'être venue à Berlin; je trouvais seulement que mademoiselle Bocquet me faisait voir trop de monde et me prenait trop de temps; mais l'amitié fait tout passer, et je lui sacrifiais de grand cœur une partie de mes études. Je m'étais remise à travailler aux Vœux téméraires.

J'étais depuis six semaines à Berlin, lorsqu'un jour M. Mayet m'avertir qu'il savait, à n'en pouvoir douter, que les émigrés en faveur auprès du roi employaient tout leur crédit à me faire renvoyer. Le roi était père de celui qui est maintenant sur le trône, il avait une véritable passion pour la musique et ce que certains émigrés craignaient surtout en moi, c'était ma harpe, on en parlait beaucoup; le roi témoigna quelque curiosité de m'entendre; il n'en fallut pas davantage pour exciter des craintes qui décidèrent à tout employer pour me faire bannir de Berlin. Un incident, formé par le hasard, servit puissamment à ce dessein; l'abbé Sieyès était alors à Berlin; je ne le connaissais pas du tout, pas même de vue; je haïssais tout ce que je savais de sa conduite politique et tout ce que j'avais lu de ses ouvrages, ainsi je n'avais avec lui aucune espèce de rapport. Un matin, cherchant quelqu'un et se trompant d'adresse, il entra dans notre maison, y resta assez longtemps à chercher inutilement la personne qu'il voulait voir, il était sûr qu'il était entré chez mademoiselle Bocquet, et l'on transforma cette méprise en une visite que l'on prétendait que j'avais reçue. On le dit au roi, qui le crut, en même temps que madame de ***, avec laquelle je n'avais jamais eu le moindre rapport, présenta au roi un mémoire contre moi, dans lequel j'étais peinte sous les plus noires couleurs, comme ayant beaucoup contribué à la révolution, comme étant capable de bouleverser le "Brandebourg et la Prusse." Le roi, après avoir lu ce mémoire, dit en propres termes qu'il ne m'exclurait jamais de sa bibliothèque, mais qu'il ne me souffrirait pas dans ses États; en conséquence il m'envoya à midi un exempt de police, qui me signifia, en me montrant son ordre par écrit, que je devais partir de Berlin et des États du roi sous douze heures, et qu'il était chargé de venir avec moi jusqu'aux frontières. Ce fut un véritable coup de foudre; renvoyée ainsi et avec un tel éclat, il était naturel de craindre que l'on n'imaginât universellement que j'avais donné lieu, par les choses les plus étranges et les plus coupables, à une mesure aussi violente, et qu'alors je ne fusse nulle part. Ce malheur était d'autant plus grand, que mademoiselle Bocquet était convenue d'un excellent arrangement avec un libraire pour la vente de mes Vœux téméraires, dont il n'y avait encore qu'un quart de fait. Il me restait environ quatre-vingts louis, car, outre les Chevaliers du Cygne, j'avais vendu cent louis mon Précis de conduite, et six cents francs quelques poésies que j'avais fait imprimer séparément à Hambourg, entre autres l'Épître à l'asile que j'aurai. Je l'avais faite dans une auberge de Harbourg, où j'avais passé la nuit sur une chaise pour ne pas coucher dans un lit dégoûtant. Mademoiselle Bocquet m'offrit généreusement de me prêter de l'argent, que je refusai. J'opposai le courage et un sang-froid inaltérable à ce revers inattendu et si peu mérité; mademoiselle Bocquet fondait en larmes ainsi que toutes les jeunes personnes de la pension, et jusqu'aux servantes. Cette scène touchante me rappela celle de mon départ du couvent de Bremgarten; je trouvai que l'on n'est point entièrement à plaindre, lorsqu'on a le bonheur de se faire aimer ainsi. Cependant l'exempt de police, sa montre à la main, pressait mon

départ; mademoiselle Bocquet me prit en particulier pour me dire, en sanglotant, qu'elle craignait que l'on ne me conduisît dans la forteresse de Landau, et qu'alors tous mes papiers, qu'en les examinant, on aurait beau voir qu'ils étaient fort innocents, on ne me les rendrait pas, et qu'elle me conseillait de les lui laisser, parce qu'elle avait un moyen sûr de conserver ce dépôt, si par hasard on venait les chercher dans sa maison. Je les lui confiai tous, ainsi que la plus grande partie de mon petit bagage, plusieurs cassettes, ma harpe, ma musique, et la moitié de mon linge et de mes habits, car j'avais acheté beaucoup de choses à Hambourg; d'ailleurs, je fus forcée de lui donner cette preuve de confiance; au moment de partir, je n'avais point de voiture : un ordre du ministre me prescrivait de partir en poste à mes propres frais; despotisme bizarre, qui fit penser à mademoiselle Bocquet que l'on voulait me conduire dans une forteresse. Comme nous n'eûmes pas le temps de chercher une voiture, j'acceptai la première que, on y pouvait tenir quatre. Je m'emportai à bras ouverts de payer sa nourriture, j'en le souffris point; rardieur) voulut bien me prêter. C'était une espèce de petite calèche entièrement découverte; on y pouvait tenir quatre. Je m'emportai qu'un porte-manteau; mademoiselle Bocquet m'accompagna jusqu'à la première poste, afin de voir quelle route on ferait prendre à la voiture, parce que, si l'on m'eût conduite à Landau, elle voulait le savoir, afin de pouvoir faire sur-le-champ, par elle et par ses amies, toutes les démarches nécessaires pour m'en tirer.

Lorsque nous quittâmes la maison pour monter en voiture tous les quatre, mademoiselle Bocquet, son neveu, l'exempt et moi, nous trouvâmes la rue entièrement remplie de peuple et de curieux, accourus et rassemblés pour voir cette malheureuse émigrée, enlevée par ordre du gouvernement. J'eus la consolation de recevoir des marques universelles du vif intérêt que j'inspirais à toute cette multitude. L'exempt ne savait pas un seul mot de français; ainsi sa présence ne nous empêcha pas de causer librement. À la première poste, je me séparai de mademoiselle Bocquet, non sans un profond attendrissement. J'étais pénétrée de toutes les preuves d'amitié qu'elle m'avait données; son neveu continua de voyager avec nous. Mon exempt de police était un fort bon homme; il avait ordre de payer sa nourriture, je n'en souffris point; je le fis toujours manger avec nous, il trouva que ce procédé avait beaucoup de grâce, il me prit en amitié, me dit qu'il ne savait pas pourquoi l'on me renvoyait, et que ce n'était sûrement pas pour ma malice. Il m'était ordonné d'aller jusqu'à la frontière sans m'arrêter, excepté pour les repas. Nous fûmes obligés de passer une nuit : nous étions aux derniers jours de l'automne, il faisait froid; la voiture, comme je l'ai dit, était absolument découverte; on m'avait prêté, en partant, une grosse redingote de drap et un parapluie. À la nuit, la pluie vint avec beaucoup de force; j'aurais pu m'en garantir avec mon parapluie; mais les chemins étaient bordés de haies et de grands buissons que rien ne pouvait empêcher de côtoyer, et les branchages chargés de pluie, accrochés par la voiture, nous inondaient. Je me trouvai si mouillée et si pénétrée de froid au milieu de la nuit, qu'étant dans une forêt, j'obtins de mon exempt de s'arrêter une demi-heure dans la cabute ou garde de chantier de bois, devant laquelle nous passions; il y avait un petit poêle dans cette cabute, elle sentait extrêmement la fumée de pipe; mais il y faisait très-chaud, je m'y trouvai fort bien, je m'y séchai de mon mieux, et je cédai aux instances de mon exempt en buvant quelques gouttes d'eau-de-vie qui achevèrent de me réchauffer; nous nous remîmes en route, et nous arrivâmes le lendemain de bonne heure à la frontière. L'exempt m'avait pris tellement en amitié, qu'il voulait me conduire jusqu'à Hambourg; je le remerciai de cette offre obligeante, que l'on pense bien que je n'acceptai pas. Il m'avait prévenu qu'il avait ordre, quand il me quitterait, de me présenter un papier sur lequel je devais prendre l'engagement de ne jamais retourner en Prusse. Je lui dis que je ne savais pas écrire l'allemand et que j'écrirais en français; comme je n'étais déjà dit qu'il n'entendait pas un mot de cette langue. J'écrivis sur le papier qu'il me donna ce qui suit :

Malgré mon goût pour les voyages,
Je promets avec grand plaisir
D'éviter, et même de fuir,
Ce royaume dont les usages
N'invitent pas à revenir.

Mon exempt prit bonnement ces vers, croyant que j'avais écrit ce qu'il m'avait dicté. Il porta cet impromptu au ministre, qui en rit beaucoup et le montra. Ces vers coururent et furent imprimés dans quelques gazettes. Le neveu de mademoiselle Bocquet ne me quitta qu'à Hambourg; il y passa même deux jours; je lui donnai une lettre de huit pages pour mademoiselle Bocquet, dans laquelle je lui mandais, ce qui était vrai, que, malgré ma triste aventure de Berlin, j'étais reçue à bras ouverts à Hambourg. J'y pris un logement, et je me mis en pension chez une veuve, ce qui me coûta assez cher, parce que je n'eus pas le temps de marchander. Trois semaines après, mademoiselle Bocquet m'envoya par la diligence tous mes manuscrits et me remit le reste de mon bagage; elle avait chargé de ce dépôt sa nièce, âgée de seize ans, nommée Jenny Riquet, dont j'ai déjà parlé, qu'elle me priait de garder tant que je voudrais pour demoiselle de compagnie, sous la seule condition de ne jamais lui parler de religion; elle était protestante. Je fis cette promesse, et je l'ai tenue fidèlement. Jenny avait une figure agréable, un teint éblouissant, une jolie taille, toute l'innocence de son âge, un caractère plein de douceur, de l'esprit naturel et l'âme la plus sensible. Elle eut pour moi un charme particulier dès le premier abord, celui d'avoir un son de voix enchanteur; chose si rare, et surtout parmi les personnes de sa nation; la langue allemande était harmonieuse et douce dans sa bouche; elle savait assez bien le français, elle l'écrivait passablement, sauf quelques fautes d'orthographe. Elle était fille d'un négociant de Magdebourg; elle avait été élevée dans l'opulence jusqu'à l'âge de seize ans, à cette époque elle se trouva orpheline et complétement ruinée.

Je revis ma nièce Henriette avec un grand plaisir; elle avait à Hambourg une existence charmante, par la fortune et la considération de son mari, et la manière si distinguée dont elle faisait les honneurs de sa maison; on n'a jamais eu plus de politesse, de grâce, et des manières plus nobles; elle était bienfaisante sans ostentation et d'une obligeance extrême pour les émigrés; elle joignait à ces excellentes qualités beaucoup d'instruction et des talents charmants.

Je voulais m'établir dans une chaumière du Holstein, madame de Wédercop, une de mes nouvelles relations, se chargea de me la choisir aux environs de son château. Elle partit de Hambourg avant moi; peu de jours après, elle m'écrivit qu'elle m'avait trouvé ce que je désirais; je n'avais presque plus d'argent, les *Vœux téméraires* n'étaient pas finis, à beaucoup près : j'avais encore les trois quarts de l'ouvrage à faire; ainsi je n'avais rien à vendre à un libraire. Mon marché conditionnel de Berlin était rompu par mon départ. Dans cet embarras, j'imaginai de vendre à Henriette les *Vœux téméraires*; je les aurais vendus trois cents livres à Berlin, je n'en demandai à ma nièce que cent, et seulement cinquante comptant, en convenant qu'elle me donnerait le reste quand je lui livrerais le manuscrit, qu'elle se chargea de faire imprimer à ses frais et à son profit. Elle trouva que ce marché était excessivement désavantageux pour moi, elle voulut me donner davantage; je n'acceptai rien de plus. Je revis, dans ce voyage à Hambourg, Pamela et son mari, qui vinrent exprès me faire une petite visite. Je m'aperçus que lord Edward avait des principes fort exagérés sur la liberté politique, et contre son gouvernement. Je soupçonnai qu'il s'engageait dans de mauvaises affaires; j'en parlai à Pamela, pour lui conseiller d'employer à l'en détourner son ascendant sur lui; elle me fit une réponse digne d'être rapportée : elle me dit qu'elle s'était imposé la loi de ne pas lui faire une seule question sur les affaires, par deux raisons : la première, parce qu'elle n'aurait, à cet égard, aucune influence sur lui; la seconde, afin, si les choses tournaient mal et qu'elle fût interrogée juridiquement, de pouvoir jurer qu'elle ne savait rien, et ainsi de ne pas se trouver dans l'affreuse alternative, ou de le dénoncer, ou de faire un faux serment. J'admirai cette réponse, qui contre son gouvernement était au-dessus de son expérience et de son âge. Ce voyage augmenta, s'il était possible, la tendresse que j'avais pour elle. Dans tout l'éclat de sa jeunesse et de sa ravissante beauté, elle s'était conduite jusque-là avec une rare perfection; elle était mariée depuis quatre ans; elle était adorée de la famille de son mari, et même un de ses oncles lui avait donné personnellement une jolie maison de campagne. Elle avait un garçon qu'elle avait nourri; elle arriva grosse de son huit mois à Hambourg, où elle accoucha d'une fille, qu'elle a nourrie aussi : ce qui prolongea de six semaines mon séjour à Hambourg; j'en elle venait de me donner la plus grande preuve d'amitié, en accourant pour me voir dans l'état où elle était. Je la trouvai charmante que jamais, de sorte que je me séparai d'elle avec une vive douleur, surtout en pensant que son mari allait s'engager dans de périlleuses aventures.

M. de Valence eut la bonté de me conduire dans le Holstein : nous nous rendîmes à Dolrott, au château de madame de Wédercop, où il resta trois jours; pour moi j'y fus retenue cinq semaines qui s'écoulèrent très-agréablement. Madame de Wédercop était charmante à tous égards, et elle avait pour moi les soins et les attentions de la fille la plus tendre. Madame de Wédercop me conduisit dans ma chaumière, à deux petites lieues de son château, dans un lieu appelé *Brevel*. C'était une véritable chaumière de roman, dont les habitants étaient des personnages d'églogue. La maison était couverte de chaume, mais l'intérieur en était charmant; d'ailleurs madame de Wédercop s'était plu à arranger mon logement avec tout le soin et toute la recherche imaginables. Il était composé de deux chambres à coucher, d'un charmant petit salon avec un poêle et d'une grande salle à manger qui m'était commune avec les maîtres de la maison, dont l'heure des repas était différente de la nôtre.

Le Holstein appartient au Danemark, et sous ce gouvernement entièrement despotique se trouvaient les paysans les plus heureux de la terre; ils avaient tous droit de chasse sur leur territoire; M. Péterson me nourrissait des meilleures perdrix rouges que j'aie jamais mangées. Ces paysans sont très-considérés; les belles chaumières sont souvent pour les seigneurs des environs un but de promenade; quand ils y viennent, les fermiers leur offrent du thé, qu'ils prennent avec eux, et qui est servi très-élégamment en belle argenterie et en porcelaine. J'étais là en pension pour trois frédérics d'or par mois, logement et chauffage compris. M. Péterson fit dans le jardin un

banc recouvert de treillage et de fleurs grimpantes qu'il appela mon banc. Il avait deux chevaux de stuhlwagen, avec de beaux harnais, qu'il appelait aussi mes chevaux, parce qu'il me les prêtait sans cesse pour aller me promener. Sa fille, qui me servait, était remplie d'attentions pour moi. Elle nous apprit à faire de la dentelle; je lui appris, ainsi qu'à Jenny, à faire des fleurs artificielles. Dès que j'avais besoin de quelques matériaux pour faire de petits ouvrages, j'écrivais à Henriette, qui me les envoyait sur-le-champ, et qui ne manquait jamais d'y joindre quelques friandises, des confitures et des bonbons. L'hiver qui suivit cet automne fut très-rude . Henriette s'en inquiéta pour moi, et elle m'envoya une douillette si ouatée et si chaude, que l'on pouvait braver avec ce vêtement le froid le plus rigoureux du Nord. De son côté, mademoiselle Bocquet, ayant la même pensée, m'envoya quatre paires de bas comme je n'en ai jamais vu depuis : ils étaient fins et unis en dessus, et excessivement plucheux en dedans; rien n'était plus léger, plus chaud et plus agréable à porter. Madame de Wédercop m'envoyait des pâtisseries, des sirops et du vin pour Jenny, qui avait dit qu'elle n'aimait pas à boire de l'eau pure. Je fais mention de toutes ces choses, parce qu'on ne peut pas imaginer combien elles sont agréables dans la situation où j'étais; je m'en ressouviens comme de véritables bienfaits.

A propos de présents, j'en dois rappeler encore un qui fut fait d'une manière bien agréable et qui me charma. Dans mon dernier voyage à Hambourg, je revis M. de Talleyrand-Périgord, revenant d'Amérique pour se rendre à Paris; je l'avais vu très-intimement à Londres, où il s'était réfugié dans les commencements de la Terreur, pour se dérober aux persécutions; parce qu'il ne voulait participer à aucun des crimes. Nous nous rappelâmes avec un extrême plaisir les soirées que nous avions passées ensemble à Londres avec Mademoiselle et ma nièce, sans y attendre jamais une autre personne : je n'ai jamais entendu parler avec une indignation plus énergique des excès qui se commettaient en France; ce fut lui qui nous conta la fin tragique de la vertueuse madame Duchâtelet et le courage héroïque que, dans cette occasion, montra la duchesse de Grammont pour la sauver. Ces tristes récits furent souvent entremêlés d'entretiens agréables, dont l'esprit de M. de Talleyrand faisait tout le charme. Il assistait communément à nos petits soupers, dont il louait avec la plus aimable moquerie l'*estimable frugalité*. Un soir, je donnai un grand souper parfaitement bien servi, où nous fûmes huit convives; M. de Talleyrand, en voyant ce magnifique festin, s'approcha de mon oreille et me dit tout bas : *Je vous promets que je n'aurai pas l'air étonné*. On n'a jamais été plus aimable qu'il le fut à ce souper. M. de Talleyrand m'avait écrit plusieurs fois d'Amérique des lettres dans lesquelles il me recommandait toujours de mettre dans mes réponses beaucoup de noms propres. Nous fûmes enchantés de nous revoir; je lui demandai s'il prendrait part aux affaires; il me répondit qu'il en était dégoûté pour la vie et que rien au monde ne pourrait le déterminer à s'y rengager. Je suis sûre qu'il me parlait de bonne foi; mais les ambitieux sont les hommes du monde qui se connaissent le moins eux-mêmes; ils sont comme les amants, qui prennent sans cesse leur mécontentement et leur dépit pour le détachement et la raison. Quelques jours avant son départ, M. de Talleyrand me demanda mes commissions pour Paris. Dans les commencements de l'émigration, lorsque j'étais encore à Londres il m'offrit pour m'offrir *douze mille francs*; je refusai cette offre généreuse, mais je ne l'oublierai jamais.

Je reviens à ma chaumière de Brevel : j'étais chaque jour plus contente de mon fermier et de sa famille, dont les attentions pour moi ne se sont jamais démenties. Il n'aurait tenu qu'à moi de passer tout mon temps au château de Dolrott chez madame de Wédercop; mais je chérissais ma solitude de Brevel, et rien ne pouvait m'en arracher; madame de Wédercop vint me prendre cinq ou six fois dans sa voiture, pour me faire voir les environs de Brevel, dont plusieurs sont dans des sites charmants, entre autres, Pagnow, dont j'ai parlé dans mon conte de *Maloncontrou*; c'est là où j'ai vu des roses entées sur un pommier et mêlées avec les pommes. Nous allâmes voir aussi plusieurs châteaux des environs, dans l'un desquels habitait une dame veuve, qui, quinze ans auparavant, ayant reçu en l'absence de son mari un cartel pour lui, se déguisa en homme, se rendit au lieu du rendez-vous, se donna pour le frère de son mari, se battit au pistolet contre son adversaire qui ne la connaissait pas et le tua. Cette personne avait un ton et des manières remplis de douceur et d'ingénuité. Il y a dans cette même province du Holstein un canton appelé les Hautes-Marches, où les paysans sont si riches, que toutes leurs femmes ont des bijoux, des bagues de mariage en diamants et des vases d'or par dans leurs buffets.

Cependant le temps en s'écoulant m'apportait tant de peines et d'inquiétudes, que ma santé en fut sensiblement altérée. J'appris par les papiers publics dans quelles intrigues lord Edward s'engageait en Irlande, et je sus bientôt qu'il était arrêté et que se conduisait, dans toutes ces tristes circonstances, comme une héroïne. D'un autre côté, la situation de mon frère me donnait les plus grandes alarmes. Je tâchai de me distraire en ne retranchant rien de mes occupations, car je ne pouvais y rien ajouter de plus. Je continuais toujours à parler tout haut quand j'étais seule, et je poussai cette folie

8.

jusqu'à un point d'illusion qui m'attaqua les nerfs. Tous les soirs, avant de demander de la lumière, je renvoyais Jenny dans sa chambre; ensuite j'allais ouvrir la porte de mon petit salon, comme si j'eusse fait entrer deux ou trois personnes; c'était, dans mon imagination, tantôt ma fille et mademoiselle d'Orléans, tantôt Paméla, mon frère, mon neveu, tantôt ma nièce. Mes maux de nerfs devinrent si violents, que je fus obligée d'aller à Sleswig pour consulter un médecin. Dans ce moment, je n'eus pas les ressources de l'amitié de madame de Wédercop, qui était elle-même accablée des plus violents chagrins; la ruine totale de M. de Wédercop éclata, elle ne s'en doutait pas et croyait ses affaires dans le meilleur état. Tout à coup une bande d'huissiers et de gens de justice fondirent dans son château pour y tout saisir et pour y arrêter M. de Wédercop. Elle avait de la fortune et ne s'était engagée à rien : elle répondit de tout; elle sauva ainsi son mari, mais se trouva dans un mortel embarras d'affaires : elle fut obligée, pour les arranger, de faire sans délai un assez long voyage; ainsi je ne la revis plus.

Cependant mes maux de nerfs augmentant chaque jour et une fièvre lente s'y mêlant, je pris le parti d'aller à Sleswig, m'établir dans une auberge, afin d'avoir le secours du médecin de la cour du prince Charles de Hesse.

Ayant appris mon arrivée, le prince de Hesse eut la bonté de m'envoyer une baignoire et toutes les choses dont il imagina que je pouvais avoir besoin. J'eus une fièvre nerveuse qui fut suivie d'une fièvre putride, dont je fus à la mort pendant six jours; je conservai toujours parfaitement ma tête.

Je ne m'abusai point sur mon état; je connaissais tout mon danger, et je m'occupai du soin d'avoir un prêtre. Il y avait à quatre lieues de Sleswig un saint ecclésiastique qui avait été jadis aumônier du duc de Deux-Ponts et qui avait cinq ou six mille livres de rente. Il était venu s'établir là, uniquement pour y administrer les secours spirituels aux catholiques, en assez grand nombre dans ce canton; il avait des chevaux, afin d'accourir à leur secours sans délai. Jenny lui écrivit, il vint aussitôt; il m'administra tous les sacrements, il resta avec moi une journée entière. Je ne puis exprimer combien sa charitable visite me procura de consolation; j'étais parfaitement résignée à mourir, et c'était avec tout le courage que peuvent donner la religion et le malheur. Ce qui me faisait le plus de peine, c'était de mourir isolée en pays étranger, dans une auberge, sans avoir la douceur d'être soignée par ma fille, ma nièce, mon neveu, mon frère, mes élèves, mes amis.

Le jour où je fus le plus mal, M. Licht ne me quitta qu'à neuf heures du soir. Jenny, comme à son ordinaire, le reconduisit jusqu'à l'escalier et lui demanda à quelle heure il reviendrait le lendemain matin. Il lui répondit qu'il ne reviendrait pas, parce que je n'existerais plus à cinq heures du matin. Ma convalescence fut longue, car, sans pouvoir me lever, je restai deux mois dans mon lit. Ma nièce vint elle-même me chercher et m'emmener à Hambourg; elle me fit prendre une route agréable. Nous passâmes par Kiel, et j'eus le plaisir de voir la mer Baltique; j'étais charmée de pouvoir réunir ce souvenir à celui de la mer Méditerranée et de l'Océan.

Je retournai à Hambourg, où je ne restai que quelques jours. Le roi de Prusse était mort; je savais que le prince royal régnant avait dans le temps publiquement blâmé la violence exercée à mon égard. J'avais toujours conservé un commerce de lettres très-vif avec mademoiselle Bocquet; elle me conjurait de revenir à Berlin chez elle et me conseillait d'écrire directement au roi. Je suivis ce conseil, et je reçus le courrier d'ensuite une réponse du roi remplie de bonté, il m'autorisait à revenir à Berlin, en m'assurant que j'y trouverais toujours tranquillité et sûreté; il ajoutait que, si l'on m'inquiétait dans ma route, je pourrais montrer sa lettre, qui me servirait de passeport. Je possède cette lettre. Quoique je fusse encore infiniment faible, je partis sans délai avec ma chère Jenny. J'arrivai heureusement à Berlin, où mademoiselle Bocquet me reçut avec transport. Elle m'avait préparé un charmant logement qui communiquait au sien. Il était composé d'une jolie chambre et d'un grand et beau salon, le tout arrangé avec les recherches de la plus tendre amitié.

CHAPITRE XXXIII.

1798-1799-1800.

Le roi Frédéric le Grand. — Bouquets pour l'église. — Sans-Souci. — Espièglerie d'un page. — Voltaire. — Dupont. — Son engagement comme tambour. — Théâtre de Berlin. — Troupeau harmonieux. — Casimir. — Les Mères rivales. — Je quitte Berlin. — Klopstock. — Je pars pour la France. — M. de Pontécoulant. — Je revois Paris. — Hôtel de Genlis. — Mauvaises locutions. — Madame de Montesson. — Je publie des nouvelles. — M. de Fontanes. — Versailles. — Mort de madame Neveu. — Bonté du premier consul. — Il lit Madame de la Vallière. — Correspondance avec le premier consul. — Pension qu'il m'accorde. — Le pape à Paris. — Bienfaisance de la reine Julie.

Le premier mois de mon séjour à Berlin fut un véritable enchantement pour moi; je revis toutes mes connaissances et tous mes amis,

qui me témoignèrent encore plus d'empressement qu'au premier voyage. Chacun s'occupa de mon amusement : on me mena au spectacle, on me fit faire des parties charmantes dans les environs. Nous allâmes jusqu'à Sans-Souci, où j'allai recueillir une quantité de souvenirs du grand Frédéric; et, en parcourant ces appartements, dont on avait respecté les meubles et toutes les vieilleries, je me confirmai dans l'idée que j'avais depuis longtemps, que les aperçus et les réflexions prétendues philosophiques de certains auteurs dans lesquels leurs partisans trouvent tant de profondeur ne sont en général que des niaiseries et des faussetés. M. de Volney, dans un de ses ouvrages, dit que, pour juger parfaitement du caractère, des inclinations du genre d'esprit d'un homme qui n'existe plus, dont il n'aurait jamais entendu parler, avec lequel il n'aurait jamais eu le moindre rapport, il lui suffirait de se trouver à son inventaire et d'examiner avec une intention philosophique ses meubles, ses habits, ses bijoux, ses livres, etc., parce que toutes ces choses, par leur solidité ou leur frivolité, lui donneraient une idée complète du personnage. Ainsi donc, si l'on eût transporté M. de Volney, ce profond penseur, dans les appartements du grand Frédéric, comme il n'y aurait vu que des meubles et des draperies couleur de rose et argent, que des gravures et des tableaux mythologiques, et une collection de tous les bijoux les plus fragiles et de tous les colifichets des boutiques françaises, comme il aurait trouvé dans la bibliothèque un nombre infini d'ouvrages licencieux et de poésies frivoles, il aurait certainement pensé que le défunt, dont nous supposons qu'il aurait ignoré le nom, était un jeune Sybarite entièrement dépourvu de mérite et d'esprit; et cependant ce prétendu Sybarite était un vieux guerrier, le plus grand capitaine de son temps, le roi le plus vigilant, le plus laborieux, et qui, au milieu de ses draperies couleur de rose, couchait toujours avec ses bottes. Voilà comme ces messieurs ont jugé tant de fois et sans appel !

La plupart de nos voyageurs modernes ont adopté cette manière commode de juger. Pour moi, qui ne suis qu'une voyageuse très-vulgaire, je ne jugerai jamais par induction. Voici là-dessus ce qui m'est arrivé. J'avais entendu dire que les protestants, ennemis dans leur culte de toute décoration, n'ornaient jamais leurs églises de vases de fleurs. Étant depuis peu de jours à Hambourg, je me promenais seule un matin aux environs de cette ville; je vis réunis plusieurs jolis jardins de paysans, entourés seulement d'une petite haie. J'entrai dans l'un de ces jardins; il était rempli de légumes, à l'exception d'un petit carré de fleurs charmantes cultivées avec soin. Je savais assez l'allemand pour faire quelques questions et pour entendre quelques phrases. Je félicitai la bonne paysanne qui me recevait d'avoir ce goût pour les fleurs; elle me répondit qu'elle les cultivait pour l'église. Surprise de ce fait, je lui écriai : « Quoi! pour l'église ? — Oui, reprit-elle, ces fleurs sont faites pour être des bouquets d'église, et vous trouverez la même chose dans tous les jardins. » Cela n'est positif; néanmoins, pour n'avoir aucun doute là-dessus, j'entrai dans cinq ou six autres jardins, je vis partout le même carré de fleurs, et partout on me fit la même réponse sur leur usage. En rentrant chez moi, j'écrivis sur mon journal que les paysans de ce canton avaient une piété que je voudrais voir aux catholiques, et qu'enfin les églises de Hambourg, ainsi que les nôtres, étaient ornées de fleurs. Si j'étais partie de Hambourg le lendemain, j'aurais à jamais gardé cette opinion, et j'aurais laissé une erreur sur mon journal. Quelques jours après, j'allai dans un temple protestant, persuadée que j'y trouverais beaucoup de vases de fleurs. Il n'y en avait point; mais je vis un grand nombre de villageois qui tous avaient un bouquet à la main. J'étais avec un Hambourgeois que je questionnai là-dessus et qui me dit : « Tous ces paysans portent ces bouquets pour montrer qu'ils ont une propriété, qu'ils possèdent du moins un petit coin de terre. Aussi, dans tous leurs jardins, ils cultivent une plate-bande de fleurs pour les bouquets de l'église. Ceux qui parmi eux n'ont aucune propriété n'oseraient, dans ce lieu solennel de rassemblement, porter un bouquet; les propriétaires ne souffriraient pas qu'ils en eussent. Ainsi les fleurs ici sont des marques d'honneur, c'est une vanité d'un nouveau genre qui s'en pare. » D'après cette explication, j'effaçai dans mon journal mes belles réflexions sur la piété des paysans hambourgeois et tout ce que j'avais écrit sur les bouquets d'église. Ceci prouve combien les voyageurs doivent être en garde contre les apparences, et combien il est facile en pays étranger de se tromper et de porter de faux jugements, alors même que l'on croit avoir pris toutes les informations possibles.

Je reviens au grand Frédéric. La personne qui m'avait menée à Sans-Souci était petite-fille de M. Jordan, l'ami intime du grand Frédéric, et dont ce prince fit la fortune par reconnaissance des preuves d'intérêt qu'il en avait reçues durant sa disgrâce en son exil lorsqu'il n'était encore que prince royal. Ce grand prince fut toujours le plus reconnaissant des hommes. On nous conta de ce monarque et de sa cour plusieurs traits d'un autre genre. En voici trois qui me paraissent assez plaisants pour être contés. Lorsque le roi faisait de petits voyages, il avait coutume d'emmener avec lui Voltaire. Dans une de ses courses, Voltaire, seul dans une chaise de poste, suivi le roi. Un jeune page que Voltaire quelques jours auparavant avait fait gronder avec sévérité s'était promis de s'en venger; en conséquence, comme il allait en avant pour faire préparer les chevaux, il prévint tous les maîtres de poste et les postillons que le roi avait un vieux singe qu'il aimait passionnément, qu'il se plaisait à faire habiller à peu près comme un seigneur de la cour, et qu'il s'en faisait toujours suivre dans tous ses petits voyages; que cet animal ne respectait que le roi, et qu'il était d'ailleurs fort méchant; que si par hasard il voulait sortir de la voiture, on se gardât bien de le souffrir. D'après cet avertissement, lorsqu'aux postes Voltaire voulait descendre de sa voiture, tous les valets d'hôtellerie s'y opposaient formellement, et, lorsqu'il tendait la main pour ouvrir la portière, on ne manquait jamais de donner sur cette main deux ou trois coups de canne, et toujours en faisant de longs éclats de rire. Voltaire, ne sachant pas un mot d'allemand, ne pouvait demander l'explication de ces étranges procédés; sa fureur devint extrême et ne servit qu'à redoubler la gaieté des maîtres de poste et, d'après les rapports du petit page, tout le monde accourait pour voir le *singe du roi* et pour le huer. Le voyage se passa de la sorte, et, ce qui mit le comble à la colère de Voltaire, c'est que le roi trouva le tour si plaisant, qu'il ne voulut point en punir l'inventeur. Ainsi la vengeance du jeune page fut complète.

Voici un trait qui prouve la passion que ce monarque avait pour la musique. Notre fameux Duport, le premier violoncelle de l'Europe, appelé en Prusse par le roi, comptait ne passer à Berlin que cinq ou six mois. Le roi, sachant qu'il se disposait à partir, chargea quelques-uns de ses musiciens de lui donner une espèce de fête et de l'enivrer. Lorsqu'il fut dans cet état, on lui fit signer de bonne volonté un engagement par lequel, entrant dans un régiment du roi, il s'y trouvait au nombre des tambours, de sorte qu'il n'aurait pu essayer de quitter la Prusse sans s'exposer à être mis à mort comme déserteur. Ce fut ainsi que ce grand artiste se fixa dans le Brandebourg. Il fut d'abord désespéré; mais une forte pension, un excellent mariage le consolèrent. Il habitait Sans-Souci avec sa famille lorsque j'allai visiter cette maison royale. Il revint en France depuis la révolution, quelques années après moi, et je l'ai entendu jouer du violoncelle au concert spirituel avec un éclatant succès. Il avait alors soixante-dix-sept ans.

Ce fut à mon second voyage de Berlin que l'on joua pour la première fois une tragédie allemande intitulée *Octavie*, *épouse de Marc-Antoine*. Voici le récit fidèle de cette singulière représentation à laquelle j'assistai. La toile se lève, une musique douce se fait entendre, et l'on voit dans un beau lit égyptien, ou romain, ou grec (je ne sais lequel), mais un lit à rideaux relevés élégamment en draperies et à moitié entr'ouverts; on voit, dis-je, Antoine et Cléopâtre couchés et endormis dans les bras l'un de l'autre sous une superbe couverture de pourpre. Au bout d'un moment, Cléopâtre se réveille, elle regarde Marc-Antoine, le baise au front, et ensuite se lève. Alors la musique cesse. Apparemment que l'usage des reines d'Égypte était de se coucher tout habillées, car Cléopâtre sort de son lit légèrement vêtue, mais avec l'habit qu'elle garde durant tout le premier acte. Elle appelle ses femmes, non pour se mettre à sa toilette, mais seulement pour leur parler de son amour. Pendant cette conversation, Antoine, qui, comme on voit, a le sommeil un peu dur, se réveille enfin, et s'arrachant aussi de son lit, vient entretenir Cléopâtre de sa passion. Telle est l'exposition de cette pièce. Le troisième acte offre une situation aussi décente et beaucoup plus singulière. La vertueuse Octavie vient chercher son infidèle époux; il la pénètre jusque dans l'appartement de sa rivale, qu'elle trouve tête à tête avec Marc-Antoine. Ce dernier, loin de montrer de l'embarras, harangue sa femme et sa maîtresse et les attendrit l'une et l'autre. Alors il les prend toutes les deux à la fois dans ses bras. Les deux rivales, dans cette situation, fondent en larmes et s'embrassent. Antoine, comme époux et comme amant, jouit avec transport de cette noble et touchante réunion; il les serre contre son sein et les embrasse toutes deux à son tour. Voilà une scène neuve et des sentiments peu communs !...

Je dois dire que le lit[1] de Cléopâtre et d'Antoine scandalisa le public; il fut supprimé à la seconde représentation : on ne changea d'ailleurs rien à la scène; mais, au lieu du lit à rideaux, on mit sur le théâtre un canapé, sans retrancher la couverture de pourpre.

L'attachement de mademoiselle Bocquet pour moi était extrême; il augmenta au point d'être jalouse de toutes les personnes venant chez moi. Il serait trop long de dire les tracasseries qu'elle me suscita, et je me décidai à partir et à retourner en France, où le calme était rétabli ; mais avant de m'éloigner je fis plusieurs courses intéressantes. J'allai dans le château de M. le comte de Voss, où j'entendis pour la première fois une chose ravissante, et qui, si elle était universellement établie, donnerait de plus aux champs un charme inexprimable : c'étaient des vaches rassemblées en troupeau et portant à leurs cous des sonnettes harmoniques formant, avec une extrême justesse, l'accord parfait majeur dans plusieurs octaves hautes et basses. On n'a

[1] Voici une anecdote intéressante sur les lits.

Le roi de Suède, quelque temps avant sa mort tragique, fit une chute de cheval et se cassa le bras; lorsqu'il fut guéri, la bourgeoisie de Stockholm consacra une somme pour entretenir à perpétuité à l'hôpital royal un certain nombre de lits, où l'on traite gratis les fractures de bras et de jambes de ceux qui s'y font transporter. Ces lits furent nommés lits de *Loulais*, en mémoire du camp de Loulais, où l'accident était arrivé au roi.

pas l'idée de cette délicieuse mélodie; quand elle est un peu lointaine, c'est une musique céleste dont le vague et la douceur agissent si puissamment sur l'imagination, qu'il est impossible de l'écouter sans une vive émotion.

On me mena aussi voir l'arbre intéressant des réfugiés, du temps de la révocation de l'édit de Nantes; il est tout couvert d'inscriptions touchantes qui expriment l'amour de la patrie et la douleur de l'avoir quittée. On me conta d'une de ce sujet une chose touchante dont je vérifiai l'exactitude. Ces réfugiés avaient imaginé de donner aux environs des lieux qu'ils habitaient les noms de plusieurs villages de France, et ces espèces de *sobriquets patriotiques* étaient restés à la plupart de ces villages. Je vis encore dans ces courses, et avec un grand plaisir, Potsdam et le château de marbre ; il y avait dans une maison un tailleur ayant épousé en secondes noces une jeune femme qui avait deux garçons d'un premier mariage ; l'aîné, fort maltraité par son injuste beau-père, venait toujours se réfugier chez moi lorsque les mauvais traitements devenaient trop violents. Il m'intéressa par une jolie figure, ses malheurs et son intelligence supérieure. Je lui donnai des leçons de lecture, d'écriture et de français. Au bout de quatre mois et demi il entendait tout, apprenait par cœur des vers et de la prose. Il les récitait sans accent. J'allai demander cet enfant à sa mère en lui déclarant que je l'élèverais dans la religion catholique; elle y consentit, et s'engagea par écrit à me remettre tous ses droits. Elle parut même charmée de me le donner; je le pris avec moi, et je l'appelai Casimir, du nom du fils que j'avais perdu.

Je me fatiguai beaucoup pour finir *les Mères rivales*, ouvrage que j'ai fait en huit mois et demi, ce qui est prodigieux comme travail ; mais aussi je me trouvai tellement épuisée, qu'il me fut impossible de songer à écrire de longtemps.

Peu de temps avant mon départ de Berlin, j'allai visiter une synagogue. Celui qui me la montrait était un personnage très-distingué dans sa secte par sa naissance et par sa fortune ; il me fit voir tous les ornements antiques, qui étaient, pour la plupart, d'or pur couvert de pierreries, et tout à coup il me dit : « Je suis sûr, madame, que vous regardez avec indignation toutes ces choses sacrées pour nous. — Non, monsieur, répondis-je ; au contraire, je les examine avec respect comme étant l'origine de la vérité. » Cette réponse le charma ; il la conta beaucoup, et elle me fit citer comme un trait de présence d'esprit assez remarquable. Il m'arriva, à cette époque, une chose très-singulière. Un jour, en lisant l'annonce des livres français nouveaux qui se débitaient à Leipsick, j'en trouvai un indiqué sous ce titre : *Catéchisme moral*, par madame la comtesse de Genlis. Le titre seul de *Catéchisme moral* indiquait assez que cet ouvrage était le fruit de la philosophie moderne ; c'était en effet un radotage antireligieux de M. de Saint-Lambert. Il est assez plaisant que telle production ait pu m'être attribuée. Les libraires de Leipsick, afin de la débiter mieux, avaient imaginé d'y mettre mon nom. J'envoyai mon désaveu à toutes les gazettes allemandes; on pouvait également, par principes et par amour-propre, désavouer un si pitoyable ouvrage.

Le calme était rétabli en France : mon frère y était rentré avec sa famille, ma fille me conjurait de revenir, je me décidai à les rejoindre dans ma patrie.

Je fis mes adieux à des personnes si parfaitement bonnes pour moi, et je partis pour Hambourg, emmenant Casimir ; je m'arrêtai chez ma nièce madame Mathiesson. J'y reçus la visite de Klopstock. Il y a pour les auteurs certaines gens dont la première entrevue est insupportable. Ces gens-là veulent, non vous connaître, mais vous montrer, en vous abordant, tout ce qu'ils savent et tout ce qu'ils ont d'esprit. Je me rappellerai toujours ma singulière entrevue avec le fameux auteur de la *Messiade*. Il fit demander à me voir; il vint. J'étais seule avec ma nièce. Je vis entrer un petit vieillard, boiteux, fort laid; je me lève, je vais à lui, je le conduis vers un fauteuil; il s'assied en silence, d'un air réfléchi, croise ses jambes, s'enfonce dans le fauteuil et prend la mine d'un homme qui s'établit là pour longtemps. Alors, d'une voix haute et glapissante, il m'adresse cette singulière question : « Quel est, madame, à votre avis, le meilleur prosateur, de Voltaire ou de Buffon?.... » Cette manière d'entamer, non une conversation, mais une thèse, me pétrifia ; et Klopstock, qui avait beaucoup plus d'envie de me faire connaître son opinion que de savoir la mienne, n'insista nullement pour obtenir une réponse. « Quant à moi, reprit-il, je me décide pour Voltaire, et je me fonde sur plusieurs raisons; la première.... » Il me donna une douzaine de *raisons*, ce qui fit un très-long discours ; ensuite il me parla de son séjour à Dresde et en Danemark, des hommages qu'on lui avait rendus et de la traduction qu'un émigré faisait alors de la *Messiade*. Dans tout cet entretien, je ne plaçai pas six monosyllabes. Klopstock, au bout de trois heures, se retira très-satisfait de ma *conversation* : car il dit le soir à un de mes amis qu'il m'avait trouvée fort aimable. Assurément il m'être à peu de frais.

Cela me rappelle un trait du même genre, pour le moins aussi comique. Une dame française, recevant pour la première fois la visite d'un littérateur et baron allemand, M. de Ramdor, lui demanda avant même qu'il fût assis : *Monsieur le baron, que pensez-vous de l'action de Julien l'Apostat qui, en débarquant et quittant le Tigre, fit brûler sa flotte?*

Ce trait singulier m'a été conté par M. le prince de T*** ; il prouve que la pédanterie chez toutes les nations prend les mêmes formes et les mêmes ridicules.

Je restai quelques jours à Hambourg, ensuite je partis pour la France. Ma nièce Paméla et quelques autres personnes me conduisirent jusqu'à Harbourg, où nous nous séparâmes. Je me retrouvai avec joie dans la même auberge d'Harbourg où, sept ans auparavant, proscrite et fugitive, j'avais passé une nuit pendant laquelle je fis mon *Epître à l'asile que j'aurai*. Nous continuâmes fort gaiement notre route ; M. de Lawoestine vint au-devant de moi à Anvers ; j'eus un grand plaisir à le revoir : il m'avait donné une véritable preuve d'amitié quelques années auparavant, en faisant deux cents lieues pour venir passer avec moi quinze jours dans le Holstein.

Je trouvai ma fille à Bruxelles ; après neuf ans d'absence, ma joie de la revoir fut inexprimable, car les dangers qu'elle avait courus, les cruelles inquiétudes qu'elle m'avait causées avaient quadruplé pour moi la longueur des douloureuses années de l'absence. Je passai quelques jours à Bruxelles, accueillie avec beaucoup de grâce à la préfecture par M. et madame de Pontécoulant. Ma première visite à la préfecture fut plaisante. Casimir, qui marchait devant moi, parut le premier dans le salon ; son entrée y fut singulière : il n'avait jamais vu de parquet frotté et ciré, parce qu'à Berlin en général, du moins alors, les parquets étaient fort rares. Les pièces des logements, très-élégantes d'ailleurs, étaient seulement planchéiées, sablées et lavées tous les jours ou couvertes de tapis. Casimir fut donc extasié à la vue de ce plancher luisant, qui lui représentait la glace sur laquelle on patine, et sur-le-champ il se mit à faire une longue glissade et dans son élan impétueux renversa deux enfants ; il alla tomber sur les genoux de madame de Pontécoulant, qui était à l'autre extrémité du salon ; cette manière de faire connaissance eut un grand succès, car elle excita une gaieté générale. Je retrouvai aussi là mon neveu César du Crest ; le bonheur de nous revoir réunis me fit passer ces trois ou quatre jours de la manière la plus charmante. Enfin je revis encore à Bruxelles M. de Jouy, avec lequel j'avais été si liée à Tournai.

Je retournai à Paris avec ma fille ; je n'essayerai point de peindre les émotions que j'éprouvai en passant la frontière, en entrant en France, en entendant le peuple parler français, en approchant de Paris, en apercevant les tours de Notre-Dame et en passant les barrières.

Des émotions d'un genre bien différent m'attendaient à Paris et m'en rendirent le séjour bien pénible pendant les trois premiers mois.

Tout me paraissait nouveau ; j'étais comme une étrangère que la curiosité force à chaque pas de s'arrêter. J'avais peine à me reconnaître dans les rues, dont presque tous les noms étaient changés ; je trouvais des *philosophes* substitués aux *saints* ; j'avais été préparée à cette métamorphose en lisant l'*Almanach national*, où j'avais vu les saints remplacés par les *sans-culottides* et par les *oignons*, des *choux*, du *navire*, des *ânes*, des *cochons*, des *lièvres*, etc., etc.[1]. L'antipathie très-naturelle que les chefs de la république avaient pour tout ce qui n'était pas ignoble, ni même vulgaire, leur avait fait supprimer les *mots hôtels* et *palais*. Ainsi je retrouvai à peine effacées les inscriptions qu'on avait écrites sur les façades de ces anciens édifices : *maison ci-devant Bourbon, maison ci-devant Conti, propriété nationale*, etc. Je lisais encore sur quelques murs cette phrase républicaine : *Liberté, fraternité ou la mort*. Je voyais passer des fiacres que je reconnaissais pour les voitures confisquées de mes amis ; je m'arrêtais sur les quais, devant de petites boutiques dont les livres reliés portaient les armes d'une quantité de personnes de ma connaissance, et dans d'autres boutiques j'apercevais leurs portraits étalés en vente publique. J'entrai un jour chez un petit brocanteur qui en avait au moins une vingtaine, où je ne trouvai qu'un garçon de boutique auquel je demandai de l'encre et un peu de papier ; j'écrivis rapidement mon adresse, que je lus tout haut au marchand de paniers avant de la lui donner ; alors le jeune cabaretier s'écria : Eh bien ! vous êtes cheux vous ! — Comment ? — Pardi oui ; vous êtes dans le ci-devant hôtel de Genlis!.. En effet, c'était la maison qu'avait occupée pendant quinze ans mon beau-frère, le marquis de Genlis. Il me fut impossible de la reconnaître :

tout le rez-de-chaussée était divisé en plusieurs boutiques et la façade des autres logements tout à fait méconnaissable. Cet incident ridicule me serra le cœur, et je me hâtai de m'éloigner de ce lieu si triste pour moi.

Je vis beaucoup de parvenus qui, nés dans la classe de simples ouvriers, avaient fait les plus brillantes fortunes ; les uns ne se rappelaient leur premier état et leur extraction que pour s'enorgueillir du chemin qu'ils avaient fait, comme s'il eût été merveilleux qu'un plébéien eût obtenu une excellente place dans un temps où les nobles en étaient dépouillés ou exclus ! Les autres, pleins d'orgueil et de suffisance, prenaient l'impolitesse pour de la dignité ; les mots *respect, honneur*, n'entraient jamais dans leurs formules, même avec les vieillards et les femmes ; et substituant à ces mots d'usage parmi les gens bien élevés les mots *avantage* et *civilité*, comptant leurs pas en reconduisant chez eux, s'inclinant à peine pour saluer, parlant toujours à haute voix, ils croyaient avoir les manières des grands seigneurs et un ton parfait.

Je revis avec plaisir le fils d'un de mes anciens garde-chasses, devenu capitaine, qui avait servi dans nos brillantes armées avec la plus grande distinction ; sa belle tournure et son bon air me rappelèrent ce mot de la Rochefoucauld : *L'air bourgeois se perd rarement à la cour*, *il se perd toujours à l'armée*.

Je vis aux femmes qui haïssaient naturellement toute conversation intéressante ou spirituelle, parce qu'elles n'y pouvaient prendre part ; du commérage ou de la médisance formaient tout leur entretien.

J'eus bien d'autres sujets de mécontentement ; je trouvais tout changé, tout, jusqu'au langage. Voici les phrases qui me frappèrent le plus, et je pense qu'il n'est pas inutile pour la jeunesse et pour les étrangers de les citer ici : *ce n'est pas l'embarras, se donner des tons, des gens de même farine*, me paraissaient aussi vides de sens qu'ignobles ; j'avais peine à concevoir qu'elles pussent passer dans le langage des personnes bien élevées. *Cela est farce, cela coûte gros, ce n'est pas le Pérou, un objet conséquent*, pour dire un objet d'un grand prix, n'étaient pas d'un plus mauvais ton. Pour bien parler, il ne faut rien dire de trop, et en même temps dire tout ce qui est nécessaire à la clarté du discours. L'ellipse ne vaut jamais rien dans la conversation, parce que les mots sous-entendus peuvent y jeter quelque chose d'équivoque et de l'obscurité : c'est pourquoi on parle mal en disant *la capitale*, pour dire *Paris ; du champagne, du cordeaux*, au lieu du vin de Champagne ; ou *les Français*, au lieu de la Comédie Française. *Elle a de l'usage, de quoi ?*... On doit dire : Elle a de l'usage du monde. Lorsqu'on dit un *louis d'or*, on parle mal, dans le sens opposé, puisqu'un louis est toujours d'or. *Éduquer ; il reste*, pour il demeure ; *son équipage*, au lieu de sa voiture ; *venez manger ma soupe*; un *castor*, pour un chapeau ; *il vous fais excuse*, *il roule carrosse ; une bonne trotte*, pour une bonne course ; son *dû*, pour son salaire ; *le beau monde ; un beau râtelier* ou *une superbe denture*, pour louer de belles dents, sont les façons de parler si basses, ainsi que ces mauvaises expressions, *elle est puissante*, c'est-à-dire grosse ; *un muscadin*, un fat ; *flâner*, pour amuser ; et les verbes *embêter*, *endéver*, etc ; *je suis mortifié*, pour je suis fâché. *Mortifié* veut dire humilié ; il est très-ridicule de dire qu'on est *humilié* de n'avoir pas trouvé quelqu'un chez lui.

Je ne fus pas moins surprise en entendant dire *votre demoiselle*, pour mademoiselle votre fille. *Madame*, tout court, en parlant à un mari de sa femme ; *en usez-vous ?* (du tabac), pour *en prenez-vous*; *j'y vais de suite*, pour j'y vais tout de suite ; *il a des deus*, pour il est riche. *Il lui fait la cour*, c'est-à-dire il est amoureux ; on qu'on exprimait jadis plus délicatement en disant : *il est occupé d'elle*.

J'ai été plus d'un an sans vouloir passer sur la place Louis XV, appelée alors place de la Révolution, et devant le Palais-Royal... Je logeai rue Papillon, dans un charmant appartement tout meublé, appartenant à une jeune personne qui me le loua pour six mois. Madame de Montesson, ma tante, ne m'avait pas donné signe de vie dans les pays étrangers, quoique j'en fusse partie en fort bonne intelligence avec elle ; car, depuis la mort du vieux duc d'Orléans, elle convenait qu'elle avait fort à se louer de moi. Je la trouvai dans la plus grande faveur, par sa liaison avec madame Bonaparte, femme du premier consul, qui lui avait fait rendre toute sa fortune. Cependant j'allai la voir le surlendemain de mon arrivée ; je trouvai du monde chez elle ; elle me reçut avec une sécheresse qui alla jusqu'à l'impertinence, et elle affecta de faire devant moi une grande parade de son crédit ; elle parla beaucoup de madame Bonaparte et des déjeuners qu'elle lui donnait. Ma visite fut courte et silencieuse ; M. de Valence me reconduisit. Je lui dis, en m'en allant, que j'étais beaucoup trop vieille pour me laisser traiter ainsi et que je ne reviendrais plus ; il excusa madame de Montesson, d'une drôle de manière : il me dit qu'elle serait mieux une autre fois ; qu'elle avait pris de l'humeur en voyant que je n'étais pas du tout vieillie ; que c'était un petit *tort de femme* qu'il fallait pardonner.

M. de Valence me parla de mes affaires. Il me dit que je n'y entendais rien, qu'il me demandait de ne les confier à personne, et qu'il s'en chargeait. Je répondis que je ne redemanderais rien à mes enfants, quoique j'en eusse les droits les mieux assurés, puisque

[1] M. le baron Alphée de Vatry, si distingué d'esprit et de manières, me disait qu'il avait été nommé en naissant *trognon de chou*; nom qu'il garda quelques années. G. D.

j'avais mon recours sur la terre de Sillery [1]. N'ayant rien dans le moment, je réclamais la partie qui me revenait de la succession de mon grand-oncle Desalleux, que madame de Montesson avait recueillie tout entière, et dont il me revenait un tiers ; il avait laissé entre autres, sans compter son mobilier, son argenterie et son argent comptant, la terre des Pannats auprès d'Avallon ; cette terre était estimée cinq mille livres de rente et elle avait un joli château. Madame de Montesson ne rougit pas de me faire offrir dix mille francs une fois payés pour ma part. Je n'avais rien, j'étais dans le plus grand embarras pour exister : il fallut bien accepter. Elle me fit signer un acte par lequel je m'engageais à ne jamais rien réclamer de plus [2]. Si du moins on m'eût donné cet argent comptant, j'aurais été tirée de tout embarras, parce que j'aurais eu le temps de faire un ouvrage et de le vendre avantageusement ; mais je n'avais pas pris la précaution de mettre cette clause dans mon marché, et je n'ai eu ces dix mille francs que par petites parcelles et sans termes fixes, et j'étais obligée d'acheter tout ce qu'il faut pour meubler un appartement, tout ce qui est nécessaire à une petite cuisine, et le linge de table et de ménage, une petite argenterie. Dans cet embarras, je m'imaginai de faire une nouvelle édition des *Mères rivales*, en y ajoutant un volume de plus. On me proposa de la vendre au libraire Henrichs, qui m'en offrit quatre mille francs, ce que j'acceptai. Mais j'eus la simplicité de ne pas faire d'engagement par écrit : cette édition fut épuisée en quinze jours, et M. Henrichs n'a jamais voulu m'en donner une obole. Maradan vint m'offrir de travailler à la *Bibliothèque des romans*, qui n'avait pas quarante souscripteurs ; j'étais dans une telle pénurie, que je consentis à travailler pour douze cents francs par an. J'y donnai mon premier conte, *le Malencontreux*, qui eut tant de succès, que le nombre des souscripteurs quintupla. Je donnai ensuite les *Ermites des marais Pontins*. Je savais, comme je l'ai déjà dit, que madame la duchesse d'Orléans demandait avec instance de rentrer en France ; je fis cette nouvelle dans la seule intention d'intéresser en sa faveur, et de seconder le dessein qu'elle avait de revenir dans sa patrie. On lui refusa la permission qu'elle sollicitait ; mais je n'en ai pas moins eu le mérite d'une bonne intention.

Après *le Malencontreux*, je publiai deux nouvelles et *Mademoiselle de Clermont*, dont le succès fut si extraordinaire que Maradan, de lui-même, eut l'honnêteté de me donner quatre mille francs au lieu de douze cents francs pour la *Bibliothèque des romans*. Au bout de quatre mois, j'achetai des meubles et j'allai m'établir dans la rue d'Enfer. Au milieu de tous ces travaux et de tous ces embarras, Casimir était ma plus grande consolation ; je m'amusai à lui apprendre à jouer de la harpe, instrument sur lequel il a fait depuis des prodiges.

Cependant mes succès ranimèrent un peu madame de Montesson pour moi ; elle me fit faire une espèce d'apologie de sa réception, et je retournai chez elle. Ce fut alors tout le contraire de la première fois ; elle me reçut avec des témoignages d'affection les plus exagérés, ce qui a continué jusqu'à sa mort. Mais elle ne m'a jamais rendu un seul service, elle ne m'a rien donné, ne m'a rien prêté, et dans son testament elle m'a déshéritée ainsi que mon frère.

Je reçus plusieurs lettres de M. de La Harpe ; je lui répondis. Il vint me voir. Je le félicitai du fond de l'âme sur sa conversion ; je lui rappelai que jadis, avant la révolution, je la lui avais prédite. Il me répondit qu'en effet son esprit avait toujours été frappé des preuves de la religion, et de sa grandeur et de sa morale, et qu'il ne s'était éloigné de *cet unique but de la vie que par orgueil et par l'attrait de la volupté*. Ce furent ses propres expressions. Il m'apprit qu'il donnait *à ses amis* un jour par semaine ; que ce jour-là se rassemblaient tous chez lui, pour y passer toute la soirée, seulement pour *causer*. Il me pressa vivement d'y aller, et je le promis vaguement. Mais, en prenant des informations à ce sujet, j'appris que ces assemblées, toujours de vingt ou vingt-cinq personnes, formaient à la fois un *bureau d'esprit* et un *conciliabule mystique et politique* ; et n'ayant nul goût pour les associations secrètes, qu'on n'ont pas pour seul but la charité pour les pauvres, je me décidai à n'y point aller. M. de La Harpe m'écrivait deux billets pour me renouveler son invitation. Je persistai à ne pas mettre le pied chez lui. Je m'excusai sur mes oc-

[1] Par mon contrat de mariage, la moitié de tout le mobilier m'appartenait, la moitié des vins en cave, et après le terreur, ma fille reçut du gouvernement une somme considérable en dédommagement des pillages faits à Sillery et dans la maison de Paris de son père, et je n'ai rien revendiqué de cette somme, dont la moitié m'appartenait. Il restait beaucoup de meubles et la bibliothèque de Sillery tout entière ; je n'en ai rien demandé ; enfin , j'ai abandonné sans restriction tout ce qui était *bien de famille*. J'ai poussé la délicatesse jusqu'à ne pas vouloir garder pour moi une très-belle sculpture en marbre, où je suis représentée de la tête aux pieds, et qui faisait un des ornements du tombeau de feu madame la maréchale d'Estrées. Cette sculpture, par laquelle j'avais donné un grand nombre de séances à M. Monot, sculpteur de l'Académie, et qui faisait partie à mon retour en France des collections de M. Lenoir, me fut restituée par les soins généreux de mon ami, M. le comte de Kosakoski (un Polonois) ; je savais que cette sculpture avait coûté quatre mille francs à M. de Genlis, et je la donnai à M. de Valence. On ne l'a point trouvée à sa mort, on ignore ce qu'il en a fait, car tout le monde l'a vue chez lui pendant quelques jours.

[2] Par ces raisons, mon père accepta les mêmes conditions. G. D.

cupations, *ma sauvagerie*, et je le refroidis tout à fait pour moi. Il ne revint plus chez moi, et notre réconciliation en resta là. Par la suite, ces assemblées furent regardées comme séditieuses, et M. de la Harpe fut exilé aux environs de Paris. Comme il est certain qu'on se bornait dans cette société à parler librement du gouvernement, sans former de complot contre lui, cette rigueur fut une injustice, et les talents et l'âge de M. de la Harpe auraient mérité non-seulement des égards particuliers, mais sa santé, déjà altérée lorsqu'il fut exilé, acheva promptement de se détruire tout à fait : il sentit sa fin approcher, et il la vit avec toute la fermeté d'un chrétien. Lorsqu'il connut qu'il n'avait plus que peu de jours à vivre, il demanda et reçut tous ses sacrements. En même temps il écrivit à M. de Fontanes, son ami, qu'il désirait le voir avant de mourir. M. de Fontanes se rendit aussitôt chez lui, et il trouva M. de la Harpe avec toute sa connaissance et toute sa tête, et dans les sentiments de la plus haute piété. Deux heures avant de mourir, il se fit dire tout haut les prières des agonisants, et il y répondit lui-même d'un ton pénétré mais ferme. Ainsi mourut, exilé dans un village, le premier littérateur de ce temps, et l'un des meilleurs critiques du siècle. Je tiens tous les détails relatifs à sa mort de M. de Fontanes, auquel je les ai entendu raconter peu de jours après chez madame de Montesson.

Je reprends la suite de mon récit.

J'étais à peine établie dans la rue d'Enfer, lorsque Maradan vint me trouver pour me prier de m'intéresser en faveur d'un jeune homme nommé M. Fiévée, auteur de deux romans intitulés, l'un *Frédéric*, et l'autre *la Dot de Suzette*, et qui était en prison pour ses opinions politiques ; je m'occupai avec ardeur du soin de lui faire rendre sa liberté, et j'eus le bonheur d'y réussir.

Je ne restai que neuf mois dans la rue d'Enfer. Trouvant la vie de Paris trop chère, j'allai m'établir à Versailles, où je louai une petite maison dans l'avenue de Paris. J'avais augmenté mon ménage de ma filleule, âgée de quatorze ans, fille de M. Alyon, qui avait été attaché à l'éducation de Belle-Chasse.

Un chagrin affreux que j'éprouvai à Versailles me rendit ce séjour odieux. Mon neveu César, mon élève, après avoir montré tant de valeur et de témérité à la guerre, après avoir eu plus d'une fois ses habits percés de balles sans recevoir une seule blessure, fut tué dans une fête nationale par une baguette de feu d'artifice ; ainsi périt à vingt-huit ans ce jeune homme le plus accompli par ses vertus, son caractère, son esprit, ses talents, et par une perfection de conduite et de sagesse qui ne s'est jamais démentie : j'ai vu bien rarement réunies autant de gaieté et de grâces à tant de raison ; je fus très-sérieusement malade pendant deux mois. Décidée à retourner à Paris, je sollicitai du gouvernement un logement. On m'en donna un à l'Arsenal ; il était très-beau et contigu à la bibliothèque : le ministre, M. Chaptal, donna l'ordre de me prêter tous les livres que je demanderais, ce qui fut exécuté.

Pendant les deux premières années de mon séjour à l'Arsenal, je continuai à travailler à la *Bibliothèque des romans* ; ensuite voulant finir sans distraction l'histoire du roman de *la Duchesse de la Vallière*, que j'avais commencée et qui était déjà fort avancée, je cessai de travailler à la *Bibliothèque des romans*. Un peu avant la publication de *Madame de la Vallière*, M. Fiévée, qui était en correspondance avec le premier consul, dit que ni moi ni aucune personne de ma famille n'avait fait pour moi la moindre démarche auprès du chef du gouvernement, dit qu'il était décidé à lui écrire que je n'avais rien retrouvé en France et que je vivais absolument de mon travail ; je remerciai M. Fiévée, en le conjurant de ne point faire une démarche qui le compromettrait sûrement, puisque le premier consul ne lui permettait de lui écrire que sur la politique ; M. Fiévée persista généreusement, et le fruit de sa lettre fut que le premier consul m'envoya M. de Rémusat, préfet du palais, pour me dire que le premier consul venait d'apprendre ma situation ; que s'il l'avait sue à mon arrivée en France, je ne serais jamais restée une minute dans cette position, et qu'il me faisait demander ce qui pouvait me rendre heureuse.

Ce fut, comme je l'ai dit, à l'Arsenal que je donnai le roman de *Madame de la Vallière* ; j'avais besoin d'argent ; je vendis cent louis, pour trois ans, cet ouvrage qui eut dans l'espace de deux ans huit éditions in-8° et dix in-12. Il mit le siècle de Louis XIV extrêmement à la mode.

Les journaux même traitèrent fort bien cet ouvrage ; j'appris par M. de Fontanes que le premier consul l'avait lu tout d'un trait sans pouvoir le quitter, et qu'il avait même pleuré.

Ce suffrage me ravit, j'étais fière d'avoir fait pleurer celui qui venait de rétablir l'ordre et la paix, d'arracher mon pays à l'anarchie, et qui était le plus grand capitaine de son siècle.

Madame du Brosseron, après avoir lu cet ouvrage, me fit présent d'un charmant portrait original de madame de la Vallière dans sa jeunesse, et depuis M. Crawfurd détacha de sa belle collection de portraits celui de madame de Maintenon, peinte, assise, de la tête aux pieds, et de grandeur naturelle. A l'époque de la restauration je vendis ce tableau à feu madame la duchesse douairière d'Orléans. Il est main-

[1] J'ai donné de longs détails sur cette mort cruelle dans les *Mémoires sur l'impératrice Joséphine*. G. D.

tenant dans la superbe galerie de S. A. R. monseigneur le duc d'Orléans.

Quelque temps après M. de Lavalette m'écrivit que l'empereur désirait que je lui écrivisse tous les quinze jours sur la politique, les finances, la littérature, ou sur tout autre sujet qui me passerait par la tête. Je ne lui ai jamais écrit tous les quinze jours, ni sur la politique, ni sur les finances; je ne lui ai jamais demandé une seule grâce pour moi; je lui en ai beaucoup demandé pour d'autres; ils me les a presque toutes accordées sans m'écrire une seule ligne. Je ne lui ai jamais dit un mot contre mes ennemis, et plus d'une fois je lui ai parlé en leur faveur; je lui écrivais à peu près tous les mois, je ne lui parlais que de religion et de morale, de littérature et des philosophes du dernier siècle. J'ai su par M. de Talleyrand et par quelques autres personnes qu'il aimait beaucoup mes lettres, parce qu'il y trouvait de la raison, du naturel et quelquefois de la gaieté. Cette espèce de correspondance me fit un nombre prodigieux de nouveaux ennemis, les uns par envie, et les autres par la persuasion que je ne l'amusais qu'en lui disant du mal de tout le monde; cette calomnie me fit beaucoup de peine; j'y répondis indirectement par une note

Et l'on reconnut bientôt qu'elle venait.

que je plaçai dans *Madame de Maintenon*, et qui fut une réfutation complète de cette basse accusation. Je reçus encore une lettre de M. de Lavalette. La voici :

« Sa Majesté m'ordonne, madame, de vous annoncer qu'elle vous accorde une pension de *six mille francs* sur sa cassette. Je suis chargé de vous la payer par douzièmes.

» Je me trouve heureux, madame, d'être l'organe des volontés de l'empereur, et je désire vivement qu'il me procure quelquefois l'occasion de vous présenter l'hommage de mon profond respect, etc.

» LAVALETTE. »

Je regardai dès ce moment l'empereur comme mon bienfaiteur. J'ai touché cette pension jusqu'à la restauration [1].

Le pape vint à Paris. Je lui offris un exemplaire de quelques-uns de mes ouvrages, et le saint-père eut la bonté de m'en remercier par une lettre que m'écrivit en son nom M. le cardinal de Bayane, le pape n'écrivant jamais de sa main à une femme. Sa plus grande marque de considération est de prendre un cardinal pour secrétaire. Je reçus un beau chapelet, et j'allai aux Tuileries recevoir sa bénédiction.

Rien ne peut donner une idée de la figure paternelle de Pie VII, du calme et de la majesté de son maintien, de la belle représentation dans la grande et magnifique galerie de Diane, remplie de personnes des deux sexes les plus distinguées par les talents, le mérite, le rang et la réputation. Toutes ces figures, sans exception, exprimaient la vénération la plus profonde; je trouvai un tel plaisir à contempler ce spectacle imposant et religieux, que lorsqu'en sortant de la galerie j'allai avec M. de Cabre faire une visite au cardinal de Bayane, il me fut impossible de parler d'autre chose; le cardinal me répondit que cette impression avait toujours été si générale, que le meilleur observateur n'aurait pu distinguer en présence du pape les gens éminemment religieux de ceux qui ne l'étaient pas. Il me conta le sujet que M. de Lalande, l'astronome, était venu quelques jours auparavant à son audience publique; que, la laideur de ce fameux athée ayant frappé le saint-père, il avait demandé son nom, et qu'aussitôt il s'était approché de M. de Lalande et lui avait dit : « Je suis charmé que par votre seule présence ici vous démentiez d'une manière si authentique l'horrible calomnie qui vous attribue un livre [1] si indigne à tous égards d'un personnage tel que vous. » A ces mots M. de Lalande tomba aux pieds du souverain pontife, qui lui donna sa bénédiction.

Une autre fois le pape aperçut à l'une des extrémités de la galerie un jeune homme qui affectait la moquerie la plus indécente. C'était la première fois qu'il pouvait remarquer ce maintien insultant; il se dirigea de son côté, et lorsqu'il fut près de lui : « Jeune homme, lui dit-il, mettez-vous à genoux, la bénédiction d'un vieillard porte toujours bonheur. » Le jeune homme, touché jusqu'au fond de l'âme, se prosterna, et l'on vit couler ses larmes.

A la fin de cet entretien le cardinal nous congédia, parce qu'il allait se mettre à table avec le pape et que le dîner était servi; il me demanda si je désirais passer par la salle à manger, parce que le pape n'y arriverait certainement que dans dix ou douze minutes, j'acceptai avec empressement et nous passâmes sur-le-champ dans cette salle; je m'arrêtai un instant, et, en voyant un somptueux service, je dis en souriant que le pape aimait sûrement la bonne chère. « Non, madame, reprit le cardinal, car il vit toujours en *minime*. Ce repas est pour nous, on ne servira au saint-père que quelques légumes à l'huile dans de petites assiettes, et tels sont constamment tous ses repas. » Il ajouta que le pape avait la bonté de rester à table tout le temps du dîner, quoique le sien ne durât pas le quart du temps de celui des cardinaux; qu'il ne se levait jamais de table, et qu'il y restait pour causer avec autant d'affabilité que d'agrément.

Le pape ne vint à Paris que dans l'unique dessein de sauver la religion, et il est certain qu'aucun de ses prédécesseurs ne fit une démarche aussi utile à cette cause sacrée; il refusa avec fermeté tous les avantages temporels qu'il en aurait pu retirer, et qui lui furent offerts, il voyagea à ses frais et n'accepta rien pour sa dépense durant son séjour à Paris; le cardinal nous conta même qu'on lui avait volé en route une caisse très-précieuse qui contenait ses plus riches et ses plus beaux chapelets. Le saint-père ne s'abusa point sur l'effet que produirait en Europe cette marque éclatante d'estime et d'admiration que Charlemagne même, bienfaiteur de l'Église, n'avait point obtenue. On sait que Pie VII dit publiquement qu'il était certain que cet acte solennel exciterait un grand mécontentement parmi les princes ses contemporains. « Mais, ajouta-t-il, j'empêcherai la France de devenir protestante, et mon désintéressement prouvera que tel est le seul mobile de ma conduite. »

J'avais eu l'honneur d'être présentée à la reine Julie [2], et je découvris en elle des qualités si éminentes et des vertus si rares, que je m'attachai passionnément à elle. Sa bienfaisance était immense; en voici un trait :

Les prêtres de Saint-Sulpice (paroisse du Luxembourg) remarquèrent que, depuis cinq ou six mois, la quêteuse pour les pauvres de la messe de neuf heures rapportait tous les jours dans sa bourse une pièce d'or de quarante francs; il était évident que cette charité partait de la même main, et l'on reconnut bientôt qu'elle venait d'une dame voilée, placée toujours auprès du même pilier, dans un coin de l'église. On la fit suivre, et l'on découvrit que cette personne si charitable avec ce pur d'éclat était la reine d'Espagne, qui allait dans cette église régulièrement tous les matins, sans valet de pied, sans aucune suite, et, comme on l'a dit, toujours voilée. Ceux qui avaient découvert cette magnificence de charité eurent l'indiscrétion de la divulguer. Dès ce moment la reine supprima ce bienfait anonyme; mais les pauvres n'y perdirent rien, cette générosité changea seulement de forme et de lieu.

Ce fut à peu près vers ce temps que je pris la liberté de recommander à cette princesse une jeune personne que je ne connaissais que par ses malheurs, qui était d'autant plus intéressante, qu'elle joignait à une jolie figure une grande jeunesse et la plus déplorable pauvreté. La reine lui donna l'adresse d'un de ses aumôniers chargé de la distribution des secours qu'elle accordait aux infortunés. Cette jeune personne, après avoir reçu ce qui lui avait été destiné, vint me voir et me raconta qu'arrivée à la porte de la maison de l'aumônier elle n'avait pu pénétrer chez lui qu'au bout de deux heures, parce qu'il y avait une telle foule dans sa petite cour et sur l'escalier, qu'il était impossible d'y avancer promptement sans danger. Cette jeune personne fut presque aussitôt placée dans une communauté, où l'on per-

---

[1] Elle fut supprimée en 1816; mon père en avait obtenu une de 3,000 fr. du premier consul, qui eut à la même époque le sort de celle de sa sœur. G. D.

[1] *Le Dictionnaire des athées.*

[2] Madame Joseph Bonaparte, reine de Naples, et ensuite d'Espagne.

fectionna ses talents pour le dessin d'ornement et pour la broderie, et sa pension a toujours été exactement payée.

J'avais déjà eu l'honneur de recevoir plusieurs fois, à l'Arsenal, madame la maréchale Bernadotte (sœur de la reine d'Espagne), qui avait alors tout le charme de la plus jolie figure et les manières les plus agréables. Je fus frappée de l'harmonie qui se trouvait entre son aimable visage, sa conversation et son esprit. Je la rencontrai, pour la première fois, chez M. de Cabre, qui nous donna à dîner; j'étais placée à côté du maréchal, qui ressemblait de la manière la plus étonnante à tous les portraits du grand Condé. Sa belle tournure, la noblesse de son ton, sa politesse secondaient cette glorieuse ressemblance, qu'il complétait d'ailleurs par ses grandes qualités guerrières. Je crois avoir déjà conté qu'en sortant de table je dis tout bas à M. de Cabre que le maréchal avait des *manières de roi*. Je ne croyais pas faire une prophétie. Il est revenu depuis à Paris, étant prince royal de Suède. J'allai lui faire ma cour et je le retrouvai aussi poli,

Réprimant les abus que j'avais signalés, surtout relativement aux gardeuses d'enfants.

aussi obligeant qu'avant son immense fortune. Enfin il s'estimait assez (et il en avait le droit) pour n'avoir pas cru nécessaire de changer quelque chose à son extérieur. Il n'avait point substitué l'air affable et protecteur à sa grâce naturelle et bienveillante.

CHAPITRE XXXIV.
1803-1804.

Ma société à l'Arsenal. — Anatole de Montesquiou. — Maladie de madame de Montesson. — Sa mort. — Son testament. — Madame Dubrosseron. — Fête qu'elle me donne. — Madame la comtesse de Beauffremont. — Le docteur Gall. — Le prince Jérôme. — La reine de Westphalie. — Mon frère. — Le *Génie du christianisme*. — Madame de Staël. — Madame de Brady. — Siliery.

Je pris, à l'Arsenal, un jour pour recevoir du monde; mais heureusement les *raouts* n'étaient point encore introduits en France; je fis une liste qui s'étendit beaucoup par la suite, parce que plusieurs étrangers y furent inscrits; mais je n'y plaçai d'abord que des personnes remarquables par leur esprit, leur caractère et leurs talents. Celles que je vis le plus souvent furent mesdames la princesse de Beauffremont (à laquelle ma famille avait l'honneur d'être alliée); la comtesse d'Harville, d'un esprit aimable et cultivé; madame Dubrosseron, avec laquelle je fis connaissance d'une manière agréable, et dont je donnerai plus loin les détails; madame Roger (depuis madame de Montholon); madame Hainguerlot, la duchesse de Chevreuse; madame Cabarrus (autrefois madame Tallien, depuis princesse de Chimay), etc. Cette dernière, pendant la révolution, avait contribué à sauver la vie de ma fille.

La belle et spirituelle comtesse de Brady; ma fille, ma belle-sœur, ma nièce Georgette.

Messieurs Laborie, Pyeyre, Millevoye, Briffaut, l'abbé de Cabre, de Tréneuil, de Courchamp, Radet, de Laborde, de Sabran, de Lascourt, Denon, etc. On conçoit le charme de réunions semblables: aussi je fus obligée de refuser une foule de personnes qui firent des démarches pour venir chez moi.

M. de Talleyrand venait aussi assez souvent me voir à l'Arsenal; mais pour mieux jouir du charme de sa conversation, je le recevais toujours seul: il y a naturellement dans son maintien et dans toute sa personne quelque chose de froid et d'insouciant qui a blessé plus d'une fois les gens qui le connaissent peu. On pardonne difficilement la sécheresse aux personnes dont la réputation de mérite et d'esprit fait désirer le suffrage. Mais cette apparente indolence de M. de Talleyrand donne tant de prix aux marques particulières de son intérêt et de son amitié!... Un signe d'approbation, un sourire bienveillant, un air attentif, attendri, sont en lui de véritables séductions. Ses détracteurs sont forcés de reconnaître la supériorité de son esprit; de cet esprit si flexible qui, sans effort et sans pédanterie, peut dans les grandes occasions se manifester avec éclat, et qui dans le commerce intime peut aussi égayer la conversation par des épigrammes, ou se prêter avec une grâce inimitable au badinage le plus frivole. Ses ennemis n'ont pas rendu justice à la bonté de son cœur, bonté dont j'ai moi-même, durant l'émigration, éprouvé les effets, comme je l'ai déjà conté dans ces Mémoires. M. de Talleyrand n'a jamais mis de pompe et d'emphase dans les services qu'il a rendus. En général, ses bonnes actions sont faites avec tant de simplicité qu'il en perd facilement le souvenir, à moins qu'on ne les lui rappelle.

M. Radet, spirituel auteur de vaudevilles, avait pris pour ses pièces plusieurs sujets dans *mes nouvelles*. Il n'était pas dans une position aisée. Je demandai pour lui une pension à l'empereur, qui la lui accorda de quatre mille francs. On représenta à Sa Majesté que

Chateaubriand.

M. Radet travaillait avec deux autres gens de lettres : *Eh bien! cela fera douze mille francs*, répondit-il.

Le jeune Anatole de Montesquiou voulait aussi faire connaissance avec moi ; il l'aurait pu fort naturellement, puisqu'il y avait des liens de parenté entre sa famille et celle de M. de Genlis : mais il avait à peine dix-sept ans, il aima mieux former notre liaison d'une manière romanesque : il alla chez Maradan le prier de l'envoyer chez moi comme un garçon d'imprimerie chargé de m'apporter des épreuves. Je trouvai en lui tant d'esprit, de grâce et des sentiments si nobles, que je m'y attachai véritablement. Notre amitié a soutenu l'épreuve de deux ou trois révolutions, et par conséquent elle est aussi solide qu'elle est tendre.

Comme je l'ai déjà dit, j'avais fait connaissance avec madame la maréchale Bernadotte et sa sœur, la reine Joseph, deux personnes pour lesquelles je conserverai toujours le plus tendre attachement. La princesse Joseph devint reine de Naples; elle avait pris beaucoup d'amitié pour moi. Elle me choisit pour gouvernante de ses enfants: ce qui me fut proposé avec toutes les conditions les plus avantageuses et les plus brillantes. J'ai toujours eu l'aversion la plus naturelle pour tout ce qui manque de convenances, et je sentis que j'allais élever trois princes et une princesse de la maison de Bourbon ne devait pas élever des enfants de la famille impériale. D'ailleurs je recevais une pension de l'empereur; il était mon bienfaiteur, et le premier et le seul que j'aie eu parmi les souverains. Je savais qu'il n'aimait pas que les personnes qui avaient quelques talents quittassent la France, et je ne devais rien faire sans le consulter. Je répondis à la reine de Naples (après lui avoir exprimé ma reconnaissance) qu'il ne me suffirait pas que l'empereur ne refusât point son consentement, parce qu'il pourrait ne le donner que par complaisance pour la reine; qu'il fallait qu'il me fît dire que cette nomination lui serait agréable, et que j'allais lui écrire en conséquence; ce que je fis en effet. L'empereur ne me fit rien dire et je n'allai point à Naples. Voilà exactement comment la chose s'est passée.

Je dois ajouter que la reine de Naples, d'elle-même, et sans qu'assurément j'en eusse l'idée, voulut me faire une pension de mille écus; elle était reine et reconnue de toute l'Europe. Je dus accepter; mais ne voulant pas que cette pension me fût donnée gratuitement, j'imaginai de faire un travail entièrement pour elle. Ce fut un cours par écrit d'histoire et de littérature, ce qui a formé un ouvrage manuscrit pour elle et pour ses enfants, qui lui est resté et dont je n'ai gardé aucune copie. Je lui ai donné en outre les originaux de tous mes arabesques mythologiques, que j'avais peints avec le plus grand soin et fait relier dans un beau livre. A propos de cet ouvrage, j'ai oublié d'en parler; je le regarde pourtant comme un des plus utiles pour l'éducation.

Ce fut aussi à cette époque que ma tante madame de Montesson tomba dans un état qui bientôt ne laissa plus d'espoir pour sa vie. J'étais depuis longtemps parfaitement réconciliée avec elle. Depuis mon retour, elle ne m'avait pas rendu le plus léger service; mais je ne lui demandais rien, je n'en attendais rien. Elle me caressait beaucoup. J'allais la voir à peu près tous les quinze jours, et nous étions fort bien ensemble. Aussitôt que je vis que sa vie était en danger, j'allai assidûment chez elle la soigner, lui tenir compagnie, depuis onze heures du matin jusqu'à neuf heures du soir, que je retournais à l'Arsenal.

Elle souffrit peu et conserva sa tête presque jusqu'aux derniers moments. Je ne la quittai point dans son agonie; j'envoyai chercher un prêtre pour dire les prières des agonisants; elle avait reçu tous les sacrements, qu'elle avait elle-même demandés. Je priai pour elle derrière son rideau, tout bas et presque mourante, pendant tout le temps que dura son agonie. Lorsqu'elle eut rendu le dernier soupir, je fis allumer deux cierges auprès de son lit; j'établis dans sa chambre un prêtre pour dire les prières des morts, et aussitôt après je retournai à l'Arsenal. Jusqu'à ce qu'on eût un testament de madame de Montesson, mon frère et moi nous étions ses seuls héritiers; mon frère était à Bordeaux: ainsi j'avais seule le droit de donner des ordres dans la maison jusqu'au levé des scellés. Mais avec mon insouciance ordinaire, aussitôt qu'elle eut les yeux fermés, je sortis de la maison et je n'y retournai point. J'appris quelques jours après la mort de ma tante que par son testament, qui ne me fut point communiqué, elle instituait M. de Valence son légataire universel; qu'elle me laissait vingt mille francs, mais dont M. de Valence ne serait tenu qu'à me payer la rente de mille francs; enfin, elle avait ajouté cette étrange clause, que je ne pourrais pas poursuivre en justice si on ne me payait pas exactement. Elle faisait le même legs à mon frère et aux mêmes conditions. Comme mon frère était fort mal à son aise dans ce temps-là, je lui donnai ma rente, dont je le laissai jouir pendant huit ans[1]. Madame de Montesson laissa à mon petit-fils, Anatole de Lawoestine, et son arrière-petit-neveu, une somme de quatre mille francs une fois payée; c'était le legs qu'on aurait pu faire à un laquais.

Voici comment je fis connaissance avec madame du Brosseron, qui commença mon frère: elle me fit demander par lui la permission de venir passer chez moi la soirée du mardi gras avec quelques personnes déguisées; j'y consentis: ce devait être dans trois ou quatre jours; le mardi gras arrivé, on me demanda seulement de ne pas entrer dans mon salon de la journée; à huit heures et demie on vint me dire que je pouvais y retourner; je n'y trouvai d'autre changement qu'un rideau posé et tiré sur les deux battants de la porte d'entrée; au bout d'un moment, j'entendis une belle symphonie, un excellent orchestre: c'était la musique du Conservatoire; alors on tira le rideau, et je vis entrer madame du Brosseron déguisée avec le costume d'une magicienne tenant une baguette à la main; elle s'avança vers moi et me demanda la permission de me faire voir les plus admirables prodiges que son art eût jamais produits. Ce petit

compliment fut suivi d'un joli couplet, qui m'annonçait qu'on allait faire passer sous mes yeux une longue suite de tableaux aussi charmants que variés. Pendant le chant de la magicienne on avait refermé le rideau, et je vis à travers une gaze un groupe représentant une scène d'Adèle et Théodore. Pendant que je l'examinais, la charmante magicienne m'expliqua dans un couplet; ensuite elle fit refermer le rideau, et tandis qu'on préparait derrière le rideau un nouveau tableau, l'orchestre fit entendre de nouvelles symphonies, après quoi on reprit la suite des tableaux tirés de tous mes ouvrages, et tous également bien composés et aussi brillants les uns que les autres. Chaque tableau fut toujours expliqué par un couplet chanté par madame du Brosseron, et entre chaque tableau les intervalles furent toujours remplis par une symphonie. Les personnages, changeant de costumes suivant les sujets, avaient des figures qui semblaient faites exprès pour les scènes qu'ils représentaient: par exemple, mademoiselle d'Aubenton[1], âgée de quinze ans, d'une beauté éclatante, couverte de pierreries et vêtue d'une robe brodée d'or, représentait parfaitement la belle duchesse de Clèves Béatrix dans les Chevaliers du Cygne. Olivier et Isambart étaient fort bien représentés par MM. de Laître et d'Offesmont. M. Laugier avait la majesté de Louis XIV; madame Ducrest et Georgette donnaient une idée parfaite de Diane et d'Alphonsine dans la Tendresse maternelle. Madame d'Aubenton, très-belle encore, paraissait être madame de Maintenon elle-même. Madame de Sainte-Anne, sœur de madame du Brosseron, d'une figure très-agréable, était véritablement touchante sous le costume de la religieuse de madame de la Vallière dans sa cellule. Madame Delarue, fille de feu Beaumarchais, avait une grâce infinie dans le rôle d'Ida dans le Jupon vert. Enfin tous ces tableaux furent réellement délicieux, ainsi que les couplets faits par M. de la Tremblaye et mon frère; on me les donna, et je les ai tous conservés.

Un jour madame la princesse de Beauffremont vint me prendre pour me mener faire une visite un matin à madame la duchesse de Courlande; nous la trouvâmes dans son cabinet avec huit ou dix personnes, M. de Talleyrand, madame la vicomtesse de Laval, M. de Narbonne, etc. On causa pendant une demi-heure, et comme je me levais pour m'en aller, on me retint en se disant d'un air mystérieux: « Il faut qu'elle voie la chose. » Je demandai l'explication de ces paroles, on refusa de me la donner; et j'imaginai, par le nombre de personnes choisies qui se trouvaient là rassemblées et qui n'avaient pas l'air d'être en visite, qu'il s'agissait d'une petite fête dont on voulait que je fusse témoin. Au bout d'un demi-quart d'heure un valet de chambre parut et dit: « Tout est prêt. » Alors on se leva, et la duchesse dit que nous allions passer dans le salon. Je m'attendais à une scène charmante, et je fus étrangement surprise par celle qui s'offrit à mes regards en entrant dans le salon. Il y avait au milieu de cette pièce une table auprès de laquelle était un grand homme vêtu de noir, d'un aspect sévère, et dont la figure m'était inconnue: on me fait avancer; j'approche, je jette les yeux sur la table, et je vois qu'elle est entièrement couverte de têtes de morts. C'était M. Gall: c'était une démonstration qu'il faisait à toutes les personnes de son système sur les crânes humains. On ne lui dit point qui j'étais, et il commença sa leçon: elle me parut très-curieuse, et j'en fus fort contente; par conséquent je ne pense pas que ce système puisse conduire au matérialisme. M. Gall veut seulement prouver par des faits que nous naissons avec des dispositions et des inclinations diverses; mais il ajoute toujours que la morale et la religion peuvent les modifier, les corriger ou les perfectionner; il n'y a à cela de nouveau, et que l'on puisse contester, que les expériences et les signes qui font connaître ces dispositions et ces inclinations différentes. En nous montrant sur les têtes des différentes protubérances, il nous dit que toutes celles qui se trouvaient dans le bas de la tête étaient animales et dénotaient de mauvaises et basses inclinations, et que toutes celles qui étaient sur le haut de la tête et sur le front étaient spirituelles et nobles; et il finit par nous montrer la plus belle et la plus rare de toutes les protubérances, parce qu'elle marque, dit-il, trois vertus: la religion, l'élévation de l'âme et la persévérance: elle se trouve sur le haut et au milieu de la tête.

Le prince Jérôme, depuis roi de Westphalie, vint plusieurs fois me voir à l'Arsenal; je lui trouvai les manières les plus agréables, une grande politesse et une très-aimable conversation.

Je venais de finir un ouvrage commencé depuis longtemps, auquel j'avais mis tout le soin qui pouvait faire valoir ce petit talent. C'était toutes les fleurs de la mythologie peintes à la gouache et de grandeur naturelle; deux ou trois lignes tracées au bas de chaque plante expliquaient la métamorphose ou la consécration. Je n'avais point fait de texte particulier; souvent plusieurs plantes se trouvaient dans le même tableau peint sur papier vélin, entouré d'un encadrement qu'on appelle passe-partout. Le tout formait soixante-douze tableaux. Je les montrai à plusieurs artistes qui en furent charmés, entre autres Alph. Giroux. Quelque temps après, ayant besoin d'argent, j'eus envie de les vendre. J'étais bien sûre qu'on les proposerait au roi de Westpha-

---

[1] Madame de Genlis se trompe sur les circonstances de cette affaire. J'ai dit l'exacte vérité à ce sujet dans les Mémoires sur l'impératrice Joséphine. G. D.

[1] Mademoiselle d'Aubenton a épousé M. Carafa, compositeur de musique, connu par plusieurs opéras donnés avec succès en Italie et en France. Il était alors premier écuyer du roi de Naples.

lie, il les aurait achetées magnifiquement; mais ne voulant abuser ni de sa générosité naturelle, ni de sa bonté pour moi, je trouvai le moyen de lui faire parler de cette collection comme étant faite par un artiste inconnu. Il eut envie de la voir; l'idée et l'exécution lui plurent, il en offrit six mille francs, ce qui fut accepté. Lorsque Giroux apprit ce fait, il me dit qu'il était très-fâché que je ne lui eusse pas donné la préférence. Le roi de Westphalie, en apprenant qu'il avait acheté mon ouvrage, me fit d'obligeants reproches à ce sujet. Je répondis de manière à le convaincre que la délicatesse qui m'avait fait cacher mon nom ne me permettrait jamais de rien changer au marché conclu.

Plusieurs années après, la reine de Westphalie, qui était à Meudon, me fit inviter à y aller; j'y ai été plusieurs fois, et je me félicite d'avoir pu connaître cette princesse, charmante à tous égards, et dont la conduite, comme épouse, a été depuis si exemplaire et si parfaite.

Mon frère, dont la femme et la fille étaient en Suisse, éprouva un grand dérangement de santé dans les premiers temps de mon établissement dans mon nouveau logement; afin de le mieux soigner, je lui demandai en grâce de venir chez moi. Casimir lui donna son logement et coucha dans une antichambre, sur un lit de sangles, pendant les deux mois que mon frère passa chez moi : j'eus le bonheur de voir sa santé se rétablir; alors il partit pour aller rejoindre sa famille. Durant son séjour à l'Arsenal, il me fit part de plusieurs projets qu'il voulait encore proposer au gouvernement; il y avait, dans tous les mémoires qu'il a successivement donnés, des idées excellentes et pleines de génie; l'Institut même, dans plusieurs de ses rapports sur ses ouvrages, l'a reconnu dans les termes les plus honorables pour lui; mais on a toujours déjoué tout ce qu'il voulait faire par une phrase magique : pour lui nuire auprès de tous les gouvernements, on répétait *qu'il est un homme à projets*; et il y avait, dans tous les inventeurs, dans quelque genre que ce puisse être, n'avaient pas été des *hommes à projets!* Mon frère est incapable d'intriguer; il s'est contenté de méditer profondément, de réfléchir et de travailler en silence; tout cela ne suffit nullement pour réussir. Mon frère aurait été, s'il l'eût voulu, un homme de lettres très-distingué; il a reçu de la nature la plus heureuse organisation, beaucoup de goût naturel pour les arts, du talent pour la composition musicale; il a fait les airs de plusieurs romances, qui ont eu beaucoup de succès dans la société; l'un de ces airs a été trouvé si joli, que le fameux Jarnovitz en fit des variations sur le violon. Mon frère commença un grand ouvrage intitulé *Henri Quatre*, dont il voulut faire les paroles et la musique; le poëme, qu'il acheva, était charmant; il en mit en musique les deux premiers actes, qu'il montra à Méreau (excellent compositeur), qui en fut très-étonné, et qui l'encouragea par les plus grands éloges; mais dans ce moment une affaire survint : mon frère laissa là son opéra; ensuite il l'oublia tout à fait; et enfin, dans ses différents voyages et déménagements, il l'a perdu. Il a borné son talent poétique à faire de charmants couplets de société, avec une promptitude et une facilité peu communes. J'oserai dire que son caractère et son cœur méritent autant d'éloges que ses talents : on n'a jamais été plus sincèrement obligeant, plus incapable de haine et de rancune, et plus naturellement compatissant, bon et généreux; on n'a jamais été d'un commerce plus sûr et plus doux; nous avons beaucoup vécu ensemble, et dans le cours de notre longue carrière, nous n'avons jamais eu une querelle, ou seulement une discussion un peu vive : nous avons été aussi étroitement unis par l'amitié que par le sang [1].

Le *Génie du christianisme*, de M. de Chateaubriand, parut; cet ouvrage fit une grande sensation, et il le méritait; on y trouve d'admirables beautés, entre autres le défrichement des terres, le bel épisode d'*Atala*; et cet ouvrage a fait beaucoup de bien à la religion, et par conséquent à la monarchie : car la royauté légitime, ainsi que la morale, n'a de base véritablement solide que la religion. Les ennemis de M. de Chateaubriand ne se lassent pas de lui reprocher de l'affectation et de l'obscurité dans sa manière d'écrire, et ils croient faire la part de la justice en disant que l'on trouve *de belles pages dans ses ouvrages*; pour être équitable, il faudrait dire tout le contraire : l'ensemble de ses ouvrages est toujours digne d'éloges et d'admiration, la critique la plus sévère n'y saurait reprendre qu'une douzaine de phrases hasardées : on en trouverait davantage dans les écrits sublimes de Bossuet; dans les chefs-d'œuvre de Racine (c'est-à-dire dans toutes les pièces de ce grand poëte qui sont au théâtre); on peut compter quinze ou seize mauvais vers, et l'on en reproche autant à la *Jérusalem délivrée*, le plus intéressant de tous les poëmes épiques. On n'a pu attaquer M. de Chateaubriand, même à cet égard, dans son poëme des *Martyrs*, dans lequel il semble avoir pris Homère pour modèle. Cet ouvrage contient assurément de grandes beautés, mais il me semble qu'en mettant en opposition le christianisme et la mythologie, c'est-à-dire la fable et la vérité, l'auteur aurait dû offrir le tableau des mœurs admirables des premiers chrétiens, de leur union, de leur charité, de leur désintéressement, de leurs adoptions, de leurs solennités religieuses, qui auraient formé un contraste

si frappant avec les fêtes sanglantes de Bellone, les infâmes bacchanales, les orgies, les fêtes de Flore, des païens, dont l'auteur ne parle pas. Celui des ouvrages de M. de Chateaubriand que j'admire le plus, c'est son *Itinéraire de Jérusalem*; il y a dans ce voyage des descriptions délicieuses, et d'un bout à l'autre un sentiment religieux toujours vrai, toujours touchant; les effets différents que produisent sur le voyageur l'aspect des îles de la Grèce et celui de Jérusalem sont d'une vérité parfaite et admirablement décrits. Cet ouvrage suffirait seul pour assurer à son illustre auteur la plus brillante et la plus solide renommée.

Voici les rapports que j'ai eus avec M. de Chateaubriand. Je ne le connaissais point du tout, lorsqu'il m'envoya, quand il parut, le *Génie du christianisme*, en m'écrivant le billet le plus obligeant. Le *Génie du christianisme* fut, à son apparition, le sujet des louanges les mieux fondées et du dénigrement le plus injuste. Il est vrai que l'on pourrait citer de cet ouvrage un très-petit nombre de phrases hasardées. Je défendis M. de Chateaubriand dans la société avec toute la vivacité dont je suis capable; il avait contre lui les gens sans religion et les littérateurs envieux, qui formaient une multitude d'ennemis; et je puis dire avec vérité que je m'en suis fait beaucoup en le défendant. Je savais cependant et avec certitude, par M. de Cabre, que M. de Chateaubriand était tout le contraire pour moi, ce qui ne m'a pas empêchée de me conduire toujours de même à son égard et d'écrire dans ce sens à l'empereur, dans le temps où il fut si irrité contre lui. Je fis voir cette lettre à M. de Cabre, qui la trouva si remplie d'intérêt pour M. de Chateaubriand, qu'il me demanda de la faire voir à madame de Laborde; je la lui donnai en le priant de lui dire en même temps que je l'avais chargé, ce qui était vrai, de cacheter cette lettre quand elle l'aurait lue, et de l'envoyer ensuite chez M. de Lavalette, chargé de ma correspondance avec l'empereur; ainsi voilà assurément un procédé bien clair. On ne le laissa point ignorer à M. de Chateaubriand, qui se crut obligé de venir m'en remercier. Il resta assez longtemps dans cette visite, qui fut tête à tête; je le reçus de mon mieux, et, sans aucune espèce d'explication, nous parlâmes littérature : il s'exprima avec simplicité et avec le ton d'une modestie remarquable; il me parut extrêmement aimable, et il a en effet beaucoup plus d'esprit et de talent qu'il n'en faut pour l'être [1]. J'ai fait depuis son éloge, sans y joindre un seul mot de critique, dans plusieurs de mes ouvrages, et j'ai toujours eu le langage qui s'accordait avec cette conduite. Je n'ai jamais pu supporter d'entendre accuser M. de Chateaubriand d'hypocrisie, premièrement, parce que personne n'a le droit de dire d'un auteur qu'il ne pense pas ce qu'il écrit; et ensuite, parce qu'il faut n'avoir aucun sentiment du vrai pour n'être pas persuadé que M. de Chateaubriand a écrit de bonne foi les plus beaux morceaux de sa religion et son *Itinéraire* tout entier. Celui qui a fait *Atala*, celui qui, étant sur mer et s'adressant à Dieu, dit : *Jamais je ne fus plus troublé de la grandeur!* celui qui a décrit si admirablement l'impression qu'il éprouve à l'aspect de Jérusalem, celui-là n'est sûrement pas un hypocrite [2].

Puisque je parle de la littérature dans cet ouvrage, je dois y consacrer un article à madame de Staël. Je ne l'ai critiquée dans mes ouvrages que parce qu'elle a attaqué ouvertement dans les siens la morale et la religion; sans cela, je n'aurais censuré qu'en général l'incorrection et l'obscurité de son style, mais je n'aurais jamais cité une partie des phrases ridicules qui se trouvent en si grand nombre dans ses écrits. Je n'ai jamais fait ces critiques qu'en employant tous les ménagements de l'honnêteté sociale et en parlant toujours avec estime de sa personne et de son caractère. J'ai surtout blâmé l'apologie qu'elle fait du *suicide*; elle appelle ce crime *un acte sublime!* Pour l'intérêt de la morale, de la religion et de la littérature, j'ai tourné en ridicule beaucoup de sentiments et de phrases des ouvrages de madame de Staël. Elle a écrit, depuis la Restauration, qu'elle se repentait et qu'elle désavouait tout ce qu'elle avait écrit sur le suicide.

Madame de Staël sera toujours comptée au nombre des femmes célèbres et d'un esprit supérieur.

Quelques mois avant son départ de l'Arsenal, Casimir alla à Vienne. Il eut les plus grands succès; il y vit beaucoup le prince de Ligne, pour lequel je lui avais donné une lettre, qui m'écrivit, en parlant de lui, qu'il le trouvait *un jeune homme accompli*. Casimir, n'ayant pas reçu le sacrement de la confirmation, voulut le confirmer à Vienne, et, suivant l'usage du pays, il prit un parrain : ce fut le prince de Ligne; une autre coutume du même pays autorise le parrain à donner à son filleul un de ses noms de famille, et le prince de Ligne donna à Casimir le sien, qui n'est pas celui de *Ligne*, mais *De la Morald*, et que Casimir a le droit de prendre dans tous

---

[1] J'ai eu le malheur de le perdre en 1824.

[1] Quand j'écrivais ceci, tels étaient alors nos rapports respectifs; M. le vicomte de Chateaubriand m'a montré depuis beaucoup de bienveillance, et je conserverai toujours beaucoup d'attachement pour celui qui réunit à de grands talents des sentiments religieux.

[2] Je ne parle point de l'épisode de *René*; c'est un petit roman dont la conception est fausse et immorale : une jeune personne, parfaitement pure, avec de la piété, n'éprouvera jamais une passion aussi monstrueuse.

les actes, et il fut confirmé, avec beaucoup de pompe, par l'archevêque de Vienne.

Pendant mon séjour à l'Arsenal je passai trois étés à la campagne avec Casimir : l'un chez madame de Brady, au château de Rebrechien ; le second chez madame du Brosseron, à Sorel ; le troisième à Sillery. Je ne revis pas sans une profonde émotion ce lieu où j'avais passé les plus heureuses années de ma première jeunesse. Je le trouvai bien déplorablement changé ; les superbes bois du Meseril étaient coupés, ainsi que les beaux arbres de la cour ; une aile du château contenant la belle galerie et la chapelle était abattue ; les îles délicieuses et leurs charmantes fabriques, si obligeantes pour moi, faites par M. de Genlis, étaient détruites et n'offraient plus que de tristes marécages ; le reste du château était démeublé ; les beaux parquets du rez-de-chaussée, qui avaient été refaits avec magnificence en bois précieux par madame la maréchale d'Estrées, avaient été arrachés par la rage révolutionnaire parce qu'on y avait vu représentées des armoiries avec le bâton de maréchal de France. Je n'y retrouvai avec plaisir que la chambre où Henri IV avait couché trois nuits ; tous les vieux meubles y étaient encore ; le damas cramoisi qui les formait était si usé, qu'il n'avait pu tenter la cupidité des révolutionnaires. Enfin je ne pouvais que m'attrister dans cette habitation, dit qu'il n'a rien vu en France qui lui ait plu autant que Sillery. Je fis faire dans l'église de la paroisse un service funèbre pour mon mari, aussi magnifique qu'il est possible de le faire dans un village ; tous les curés des environs s'y trouvèrent, et pour les y rassembler il fallut célébrer le service un jour ouvrier ; il fut annoncé au prône, et pas un seul paysan ne manqua de s'y rendre ; on vit même des vieillards infirmes s'y faire porter, et des malades sortir de leur lit pour la première fois afin de rendre cet hommage de la reconnaissance à la mémoire du seigneur bienfaisant qu'ils avaient tant aimé. L'église fut tellement remplie, qu'une partie des paysans ne put y entrer et resta sous le porche et autour de l'église. Tous ces paysans, et sans exception, donnèrent la quête, et ils perdirent une demi-journée de travail : il n'y a point de discours académique qui puisse valoir un tel éloge !

Cependant, à l'Arsenal, l'eau s'étant infiltrée dans les vieux murs de mon appartement, il arriva plusieurs accidents qui auraient pu être bien funestes : premièrement, cette infiltration causait dans ma chambre à coucher une excessive humidité ; ensuite plusieurs parties du mur se détachèrent, et entre autres tout le lambris d'une fenêtre ; je demandai que l'on fit des réparations nécessaires, on me répondit que la Bibliothèque n'avait pas les fonds nécessaires : il fallut bien se résoudre à quitter l'Arsenal. Comme le gouvernement s'était engagé à me loger toute ma vie et qu'il n'y avait pas de logement vacant à sa disposition qui pût me convenir, j'imaginai que j'étais autorisée à demander une indemnité, et, par l'effet de ma modération naturelle, je ne la demandai que de huit mille francs, sachant bien que je ne pourrais me loger un peu convenablement qu'en donnant douze ou quinze cents francs. J'obtins cette somme ; cars, sortis à la hâte. La sensation que j'éprouvai en quittant l'Arsenal me fit bien comprendre combien le sentiment qui nous attache à la patrie est naturel. L'Arsenal, que j'habitais depuis neuf ans, était devenu pour moi une espèce de patrie. Toutes les âmes sensibles s'attacheront toujours, plus ou moins, aux lieux qu'elles ont habités longtemps ; l'habitude, dans de certaines choses, n'est insipide que pour les mauvais cœurs et les esprits frivoles, qui se flattent toujours de trouver quelque avantage dans le changement. Je quittai donc l'Arsenal avec un sentiment pénible.

CHAPITRE XXXV.
1818—1820

J'étais depuis près d'un an dans la rue des Lions lorsque Casimir revint de Vienne. Ce fut alors que je lui vendis la propriété absolue de tous mes ouvrages, propriété dont je pouvais certainement disposer à mon gré sans aucun genre de scrupule, puisque j'avais abandonné, sans restriction, à ma famille et depuis l'instant de mon voyage, mon douaire et toutes mes reprises sans en avoir jamais touché une obole.

Quelques mois après son retour de Vienne, nous allâmes nous établir dans un très-bel appartement rue Helvétius, ainsi nommée à la révolution, rue Sainte-Anne. J'ai eu la satisfaction, dès le lendemain de la Restauration, de faire effacer dans cette rue le nom du philosophe et d'y rétablir celui de la sainte. M. de Charbonnières, mon ami, l'était aussi du préfet de Paris ; ma première pensée, au moment de

la rentrée du roi, fut d'exprimer à M. de Charbonnières le désir que j'éprouvais de bannir Helvétius de notre rue ; M. de Charbonnières obtint sur-le-champ cette grâce du préfet, et j'eus le plaisir extrême de voir gratter le nom de l'auteur d'un livre pernicieux et détestable sous tous les rapports ; je descendis dans la rue tout exprès pour jouir de ce doux spectacle, et depuis je n'ai jamais jeté les yeux sur ce coin de rue, je n'ai jamais lu le nom pur et sacré que j'y avais fait tracer, sans éprouver la sensation la plus agréable.

Ce fut dans la rue Sainte-Anne que Casimir épousa mademoiselle Carret. Son père était maître des comptes. Casimir aimait depuis longtemps mademoiselle Carret ; elle le méritait par sa noble et belle figure, son esprit et ses vertus.

J'éprouvai une véritable joie, celle de voir mon cousin germain, le vice-amiral Sercey, s'établir pour toujours avec sa famille à Paris. Il n'y a jamais eu de conduite particulière et publique plus pure et plus parfaite que la sienne. Il ne demanda rien à sa famille, pas même sa légitime ; il n'entra en partage avec ses frères, qui vivaient alors, qu'à trente-quatre ou trente-cinq ans ; il ne fit jamais une dette, devint vice-amiral par le seul éclat de sa valeur et de son habileté dans le commandement. Ennemi de tous les excès, royaliste sincère et loyal, il fut persécuté sous la république et mis en prison. Il avait épousé en premières noces une créole de Saint-Domingue, qui, dans le temps de la révolution, était avec lui à Paris ; ce fut par ses soins et son courage qu'il eut le bonheur d'être tiré de prison et d'échapper à la mort. Dans ce temps, M. de Sercey, commandant sur mer avec des forces très-inférieures, remporta une victoire complète et mémorable sur les Anglais ; ce fameux combat, où il monta autant de talents que de bravoure, fut le seul heureux de cette guerre, et il acheva d'illustrer à jamais son nom dans la marine. Ne pouvant supporter tout ce qui se passait dans sa patrie et ayant perdu sa femme, il alla à l'île de France, où il fit un grand mariage. La Convention envoya des commissaires pour révolutionner cette colonie ; M. de Sercey conçut un coup hardi pour la sauver : il fit enlever et embarquer les commissaires, ce qui épargna des flots de sang. L'île fut déclarée par la Convention en état de rébellion ; M. de Sercey contribua à la soutenir, pendant quatre ou cinq ans, par de sages conseils et par toute sa fortune, dont il donna généreusement les revenus, pour les plus pressants besoins, durant ce temps ; on n'a pu par la suite lui restituer qu'une partie de ces sommes ; il n'a pas regretté ce qu'il a perdu : il en a été dédommagé par la gloire d'avoir été le libérateur de cette belle colonie.

Pendant les trente-six mois qui précédèrent le départ de Napoléon et de l'armée, mon petit-fils Anatole de Lawœstine venait souvent passer des matinées entières avec moi ; je ne l'ennuyais pas, et j'ai toujours trouvé un charme inexprimable à causer avec lui et même à le regarder ; car sa charmante figure se compose des traits et de la physionomie de sa mère et de son grand-père, M. de Genlis, dont il a la belle taille ; il tient d'eux aussi la grâce de son esprit et la gaieté de son caractère ; je ne connais pas d'âme plus noble et plus sensible que la sienne ; il n'a jamais démenti par aucun procédé et par l'ensemble et les détails de sa conduite la franchise et la loyauté qui le distinguent particulièrement. Dans un de ces moments de gaieté, il imagina, sans m'en avoir prévenue, de m'amener le mardi-gras une nombreuse mascarade composée de personnes que je ne connaissais que de nom, et parmi lesquelles se trouvait madame la duchesse de Bassano ; toute cette société, ayant à sa tête Anatole, fondit tout à coup dans ma chambre, à onze heures du soir ; j'étais déshabillée et en bonnet de nuit, mais écrivant ; personne ne se démasqua, à l'exception d'Anatole, qui me répondit qu'il n'y avait point de voleurs dans la compagnie, car j'avais eu réellement peur en entendant le vacarme inattendu de cette mascarade, lorsqu'elle entra chez moi. Tous les masques m'entourèrent pour me faire promettre de leur donner toute la soirée de la huitaine, en prenant l'engagement de revenir tous à visage découvert ; j'y consentis ; ensuite ils s'en allèrent sans avoir voulu se démasquer ; et, de très-bonne foi, je n'appris que le lendemain les noms de tous ces personnages, qui revinrent au jour indiqué avec un homme de plus, M. le duc de Bassano. La soirée fut très-agréable ; Casimir, par sa harpe et dans les proverbes, en fit le principal agrément. On parla beaucoup dans la société de cette espèce de petite fête, qui fut en effet très-brillante.

Ma correspondance avec l'empereur continuait toujours, et je l'avais fait servir à obliger beaucoup de personnes, dont plusieurs l'ont oublié depuis. Je ne sollicitais absolument rien pour moi, j'étais fort encouragée à parler pour les autres ou à proposer ce que je croyais utile ou intéressant. J'avais eu de ce genre, à l'Arsenal, un succès qui me fit un grand plaisir : le préfet de Paris (M. Frochot) nomma dans tous les quartiers des dames d'inspection des écoles primaires et de toutes les autres maisons d'éducation ; je fus nommée dame d'inspection de mon arrondissement, conjointement avec madame Robert (car on nommait toujours deux dames d'inspection par arrondissement). Comme la place était honoraire et sans appointements, je crus devoir l'accepter, ce qui m'a pris un temps considérable ; mais je ne l'ai pas regretté, parce qu'il a été utilement employé. J'allai donc visiter toutes les écoles, et je découvris une très-grande quantité d'abus pernicieux : je composai là-dessus un petit mémoire dans lequel je détaillais ces abus et les moyens d'y remédier; j'envoyai ce mémoire à l'empereur, qui en fut si content et si frappé, qu'il me fit dire par M. de Lavalette qu'il en était extrêmement satisfait et qu'il me chargeait d'en faire un beaucoup plus long et beaucoup plus détaillé, contenant le plan d'une école gratuite pour le peuple. M. de Lavalette ajouta que l'empereur m'offrirait sûrement la direction de cet établissement, et je l'aurais acceptée avec joie : c'était la seule place qui pût me convenir. Je fis le mémoire qui m'était commandé, et, pour le mieux faire, j'employai quinze jours, depuis huit heures du matin jusqu'à deux heures après midi, à visiter de nouveau les écoles, grandes et petites, et les gardeuses d'enfants, non-seulement de mon quartier, mais de tous ceux de Paris; et comme je n'avais pas le droit d'interroger dans ces derniers, je m'y présentais sous le prétexte d'avoir des enfants à y placer. Je gardai une copie des mémoires que j'envoyai à l'empereur, et j'eus la satisfaction,.après avoir donné ce mémoire, de voir sur-le-champ dans tous les papiers publics les décrets de l'empereur, réprimant les abus que j'avais signalés, et donnant, pour les réprimer, les ordres que j'avais proposés, surtout relativement aux *gardeuses d'enfants*. Ce succès m'enhardit à faire à l'empereur une autre proposition qui fut aussi bien accueillie.

J'ai déjà dit que j'avais pour collègue dans mon *inspection* madame Robert, ce qui nous obligea à faire ensemble beaucoup de courses. Madame Robert est une personne aussi aimable qu'elle est intéressante; on trouve dans sa vie plusieurs singularités qui méritent d'être rapportées. Elle a eu plusieurs enfants, accouchant alternativement d'un sourd et muet et d'un enfant ayant tous ses organes; j'ai beaucoup vu l'aînée, mademoiselle Robert, qui avait alors quatorze ou quinze ans; elle était d'une fraîcheur éblouissante et belle comme le jour. Elle joignait à cette fraîcheur si remarquable une intelligence surprenante, dont on aurait pu profiter pour lui donner beaucoup de talents; elle avait toute l'adresse que peut avoir une femme. Mademoiselle Robert se faisait entendre par signes parfaitement, même par ceux qui ne connaissent pas le langage des doigts, qu'on apprenait si bien chez l'abbé de l'Épée et son digne successeur, l'abbé Sicard. Madame Robert avait pris beaucoup de leçons chez lui, afin de pouvoir s'entretenir avec sa fille, et la tendresse maternelle la rendit bientôt aussi savante qu'on peut l'être dans ce genre. La physionomie de mademoiselle Robert était si expressive, elle avait des yeux si pénétrants, que sans aucun signe elle pouvait facilement entendre et comprendre. Madame Robert conduisit un soir sa fille à un grand bal donné par la ville de Paris à l'empereur. Mademoiselle Robert fut placée sur la banquette des danseuses; l'empereur, frappé de sa belle figure, s'arrêta devant elle et lui dit beaucoup de choses obligeantes, que mademoiselle Robert comprit parfaitement; elle fit plusieurs signes de reconnaissance avec une expression si naïve et si vraie, que l'empereur crut entendre ses réponses. Il s'éloigna d'elle sans se douter qu'elle fût muette.

Dans les derniers temps du règne de l'empereur, je lui proposai de faire des éditions séparées, imprimées et avec de belles gravures, des ouvrages prétendus philosophiques qui avaient le plus de réputation. Je conseillais de charger un certain nombre de gens de lettres de supprimer de ces ouvrages tout ce qui s'y trouvait contre la religion et les mœurs et de joindre au reste quelques notes critiques placées au bas du texte. J'offris de livrer pour cette entreprise une grande quantité d'extraits et de réflexions, que la Providence a voulu que je ne perdisse pas avec tous mes autres manuscrits que j'avais confiés à ma fille. L'empereur approuva tellement cette idée, qu'il envoya sur-le-champ chercher M. Pierre Didot, pour lui demander combien coûterait cette entreprise et pour le charger d'en faire avec détails l'évaluation. C'était peu de temps avant la campagne de Russie, qui anéantit ce projet. Voilà ce que Napoléon voulait faire!

J'étais toujours dans la rue Sainte-Anne, lorsque la funeste campagne de Russie s'ouvrit; tout le monde blâmait cette guerre lointaine. Les bons politiques en prévirent les sinistres conséquences, et les gens les moins habiles surent le pressentiment de ses malheurs. Je fus de ce nombre, et je reçus avec un profond attendrissement les adieux de mon petit-fils et ceux de M. Kosakoski.

Recueillant mes souvenirs comme ils se présentent à mon imagination, souvent j'écris ces Mémoires sans aucun ordre et sans suite méthodique, mais ils n'en plairont que mieux aux gens qui aiment le naturel et la vérité.

J'ai été témoin de l'entrée de Monsieur à Paris; j'allai à pied sur le boulevard me mêler dans la foule qui l'attendait pour le voir passer; il était à cheval; il avait une bonne grâce charmante, un maintien parfait et l'expression de la physionomie la plus touchante. Il y avait dans toute sa personne quelque chose de chevaleresque, de loyal, qui rappelait Henri IV et qui gagnait tous les cœurs. Ses discours et sa conduite s'accordaient parfaitement avec cette première impression qu'il donna de son caractère et de ses sentiments.

Je fus témoin de la plus étrange injustice qui, sans être universelle, ne fut que trop répandue même parmi ceux qui pensaient bien. On a vraiment choqué, à l'arrivée de S. A. R. Madame, duchesse d'Angoulême, de ne pas voir sur son visage l'expression de la joie et même de la gaieté!... de la gaieté!... Est-il concevable que le peuple le plus

spirituel, le plus sensible et le plus délicat sur de certaines convenances, n'ait pas senti combien il était naturel que la princesse fût douloureusement affectée en rentrant dans une ville qui lui retraçait de si funestes images, et que la vue du trône ait pu éteindre en elle le souvenir du Temple et l'horreur de l'aspect de la *Place de la Révolution*? Rien ne prouve mieux que ce fait l'incompréhensible légèreté française, qui, la privant de toute réflexion, la livre à l'impétuosité de ses premiers mouvements, en effaçant les souvenirs qui pourraient la réprimer!... Si Madame eût reparu seule pour la première fois (depuis tant de crimes) à Paris, ah! ce n'était point par des fêtes; par des démonstrations d'allégresse, par des cris de joie, qu'on aurait pu recevoir dignement l'auguste fille de l'infortuné Louis XVI. L'amour, alors inséparable de la tristesse, n'eût offert à ses regards qu'une touchante sympathie; un peuple profondément ému, s'avançant en silence, n'eût exprimé ses sentiments qu'en paraissant compatir à ceux de la piété filiale; les larmes de Madame eussent coulé, mais avec toute la douceur de la reconnaissance, et l'attendrissement universel eût été à la fois un hommage à la vertu, un triomphe pour la monarchie et la plus solennelle expiation.

Lorsque le roi fut arrivé, il fit annoncer qu'il recevrait toutes les femmes qui jadis avaient été présentées. Je n'avais jamais mis le pied à la cour de Napoléon, mais je crus devoir aller me présenter une fois à celle du roi. J'allai en effet lui rendre mes hommages, et je n'y suis pas retournée depuis.

Cette révolution me procura le bonheur inexprimable de revoir mes élèves, Mademoiselle et M. le duc d'Orléans. L'un et l'autre me montrèrent dans ces premières entrevues l'émotion, l'attendrissement, la joie que je ressentais moi-même. Hélas! il me manquait cependant dans cette réunion trois élèves chéris et bien dignes de l'être : M. le duc de Montpensier et son frère M. le comte de Beaujolais, tous deux morts dans l'exil, et enfin, mon cher et malheureux neveu César du Crest!...

Au bout d'un quart d'heure de cette entrevue si touchante pour moi, M. le duc d'Orléans nous quitta en nous annonçant qu'il allait chercher madame la duchesse d'Orléans; il vint presque aussitôt en la tenant par la main. Cette princesse s'avança; elle me fit l'honneur de m'embrasser, en me disant qu'elle désirait depuis longtemps me connaître, et elle ajouta : *Car il y a deux choses que j'aime passionnément, vos élèves et vos ouvrages*. Il était assurément impossible d'exprimer avec plus de charme d'esprit et de grâce, dans une seule phrase, des sentiments d'épouse et de sœur, et de montrer plus de bonté pour moi.

Nous allâmes à Écouen; Casimir y avait loué une maison; j'y vis madame Campan, qui y était encore : elle me prêta des mémoires qu'elle a faits à la cour étant première femme de chambre de la reine. Ces mémoires, commencés longtemps avant la révolution, furent terminés à l'époque de l'emprisonnement de la famille royale; ils sont écrits avec beaucoup de naturel. Madame Campan y montre partout le plus grand attachement pour le malheureuse reine; elle s'y justifie complètement des indignes calomnies que l'on a répandues contre elle. Madame Campan a toujours montré des sentiments religieux et une charité qui ne s'est jamais démentie; son souvenir est en vénération à Écouen : les pauvres la bénissent; elle a toujours tout donné, elle est restée pauvre; voilà des faits qui anéantissent les libelles. Casimir se fit aussi chérir à Écouen par toutes les charités qu'il put faire et par les soins affectueux qu'il prodiguait aux pauvres malades; il a passé trois étés dans cette campagne. Ceux qu'il a soignés ne l'oublieront point; ils sont dans la plus obscure de toutes les classes; leurs éloges ne font point de bruit, mais ils valent cependant mille fois mieux que tous ceux que publie et répète la renommée.

L'annonce de l'arrivée de Bonaparte me jeta dans de nouvelles terreurs et m'inspira beaucoup à Paris : on s'attendait à des combats, à du sang versé, à des vengeances; il n'y eut rien de tout cela. En revenant en France, Bonaparte montra un courage qui fit perdre le souvenir de la déroute de Russie; il entrait sans aucune suite dans les villes; il se précipitait seul au milieu des maisons de peuple assemblées pour le voir, et sa tête était à prix! Cette conduite hardie, ce succès incompréhensible, sans armée, sans soldats, d'un autre côté l'imprévoyance des ministres, qui n'avaient pu l'empêcher de débarquer à Cannes, tout se réunit pour favoriser son audace, et autant plus qu'il annonça partout des sentiments pacifiques et généreux.

Je m'étais attendue à toutes les horreurs d'une réaction sanglante; tout était tranquille dans Paris; tout, dans la course pacifique et triomphale que venait de faire Napoléon, promettait des sentiments et des actions magnanimes. Dans ces premiers moments, il était difficile de se défendre d'éprouver quelque chose de l'enthousiasme universel qui éclatait dans Paris, surtout après avoir craint tous les maux que pouvait entraîner une révolution si prompte et si étonnante. Il y a une sorte de magie dans les choses audacieuses et extraordinaires : quand elles n'outragent point l'humanité, elles subjuguent l'admiration. Les conquêtes et les victoires de l'empereur ne m'avaient point ébloui, parce qu'elles avaient coûté des torrents de sang; mais toutes les circonstances qui accompagnèrent son retour me séduisirent, et j'admirai dans cette occasion son caractère et son triomphe.

Je n'ai point regardé comme un usurpateur le grand guerrier, le héros que, sans secousses, sans violences, la nation plaça sur le trône ; enfin qui nous retira de l'anarchie, qui rétablit la religion, qui fut sacré par le pape, reconnu par les souverains catholiques et même par toutes les puissances protestantes, à l'exception de l'Angleterre, qui encore ne contesta que son titre et qui l'avait reconnu sous une autre dénomination comme chef du gouvernement français, et dont on ratifia la souveraineté dans sa déchéance même, puisque l'on crut nécessaire de lui faire signer une abdication.

Il n'eût tenu qu'à lui de faire arrêter le roi ; les uns disaient qu'il le ferait, les autres prétendaient qu'au contraire il mettrait de l'orgueil à favoriser son voyage. Sous prétexte de recommencer ma correspondance avec lui, je lui écrivis sur-le-champ sur ce sujet au moment de son arrivée, non d'une manière sentimentale qui n'aurait produit aucun effet, mais dans le sens qui pouvait flatter son amour-propre : je lui disais *que tout le monde pensait qu'il aurait la grandeur d'âme de protéger le départ de la famille royale.* Je ne me flatte pas que cette lettre seule ait décidé sa conduite, mais j'ose croire qu'elle contribua à l'affermir dans cette idée ; je lui disais dans cette même lettre *que tout le monde encore s'attendait à lui voir toute la clémence de Henri IV.* C'est la seule lettre de ma vie où j'aie employé la flatterie, mais le motif en était l'excuse. Ce qu'il y a de certain, c'est que trois jours après on vit étaler, par son ordre, dans les boutiques, *le buste de Henri IV en pendant du sien.* Contribuer à lui donner une telle prétention dans un tel moment était certainement une bonne action. Mon *Histoire de Henri IV* fut, comme je l'ai dit, mise en vente la veille de son entrée à Paris.

Casimir et sa femme étaient établis à Écouen. Voulant depuis longtemps me retirer dans un couvent, je pris pour l'hiver un appartement extérieur de la maison des Carmélites de la rue de Vaugirard. Le roi était rentré. C'est là que, travaillant sans cesse, je fis paraître les *Mémoires de Dangeau.*

L'été suivant j'allai chez M. Anatole de Montesquiou. En revenant de Maupertuis, je pensai me tuer : le soir de mon arrivée dans la rue de Vaugirard, ma malle était restée dans ma chambre, parce que je voulais la déballer moi-même en déclin du jour. Je ne demandai point de lumière ; la nuit vint tout à fait. Je voulus aller à tâtons prendre quelque chose au fond de ma chambre ; je rencontrai la malle ; je fis par-dessus une horrible culbute, je tombai de l'autre côté sur le visage et sur le carreau recouvert d'un mince tapis. Dans cette chute, je m'écorchai la jambe droite depuis le genou jusqu'au pied ; je me cassai deux dents et je me fis trois blessures au visage, sur le front, le nez et la joue droite ; j'eus, au même moment, pour la première fois de ma vie, un grand saignement de nez. Cet accident a tout à coup changé ma physionomie ; j'avais le nez légèrement retroussé, et, comme tous les nez de ce genre, il avait une petite bosse, et le bout du nez avait ces petites facettes que les poêtes appellent des *méplats.* Je puis dire à présent que ce nez était fort délicat, fort joli. Je fis connaissance dans ce même temps avec deux personnes auxquelles je me suis fort attachée : madame la maréchale Moreau [1] et madame Récamier ; je savais de l'une et de l'autre depuis longtemps les plus touchants traits de bonté : on a bientôt fait connaissance avec des personnes d'un tel caractère ; je pris pour elles un tendre attachement, qui s'augmenta successivement par leur amitié et par beaucoup de services importants que l'une et l'autre m'ont rendus.

J'avais pour voisine, aux Carmélites, une dame très-célèbre par ses liaisons avec M. de Voltaire : c'était madame la marquise de Villette, que M. de Voltaire avait mariée, et qu'il avait justement surnommée *belle et bonne.* A ma très-grande surprise, elle m'écrivit le billet du monde le plus obligeant pour demander à venir me voir ; je pensai que notre conversation serait fort embarrassante, et sous prétexte de mon âge et de ma santé, je lui refusai positivement au désir qu'elle voulait bien m'exprimer ; elle ne se rebuta point : elle me récrivit encore plusieurs billets ; je répondis la même chose ; enfin, persistant toujours, elle m'envoya une invitation à dîner que je refusai, et notre commerce finit là. A la même époque lady Morgan m'écrivit plusieurs fois pour me demander de me voir. Je la reçus une fois. Tout ce qu'elle dit de moi dans son voyage en France sur nos relations est totalement faux.

On vint me dire un matin que quelqu'un me demandait à me parler de la part de M. le prévôt de la Seine ; fort étonnée qu'il eût quelque chose à me dire, je fis entrer sur-le-champ ; il me donna un billet, moitié imprimé et moitié écrit à la main, qui contenait la sommation de me rendre sans délai chez M. le prévôt : mon respect pour tout ce qui est imprimé au nom du gouvernement ne me permit aucune réflexion ; le porteur de ce billet ajouta qu'il était venu en voiture, afin de m'emmener tout de suite ; je passai une robe à la hâte, et je suivis cet inconnu, n'éprouvant encore que de la surprise et de la curiosité ; je fus cependant un peu choquée de voir que cette voiture était un fiacre, j'y montai ; l'inconnu donna l'ordre d'aller à l'hôtel de M. le prévôt, et nous partîmes. Comme l'état de mes affaires ne me permettait plus, depuis plusieurs mois, d'avoir un do-

mestique, que je n'avais qu'une cuisinière qui était sortie, je me trouvai toute seule, livrée à cet inconnu dont j'examinai enfin la physionomie, qui dans ce moment me parut épouvantable ; alors je fis des réflexions, et je me repentis vivement de m'être ainsi laissée conduire sur la foi d'un petit chiffon de papier ; nous arrivâmes chez M. le prévôt, et l'aspect de la maison me rassura un peu, parce que cette maison était grande et la porte soutenue par des colonnes ; mais en entrant je vis que toute la cour était remplie de boutiques, ce qui me fit connaître que M. le prévôt n'occupait dans la maison qu'un simple appartement, et que par conséquent il ne pouvait être une espèce de ministre, comme je l'avais imaginé d'abord. Nous descendîmes de voiture, nous montons un perron, nous nous arrêtons au rez-de-chaussée devant une petite porte ; mon inconnu sonne brusquement : la porte s'entr'ouvre, une vilaine petite servante bien bossue paraît ; j'entre machinalement (car ce fut avec beaucoup de répugnance), la porte se referme sur moi, et je me trouve dans une antichambre tête à tête avec la petite bossue, qui me conduisit dans un grand vilain salon très-mal meublé, où elle me laissa toute seule. Comme mon imagination fait beaucoup de chemin en peu de temps, je me persuadai que j'étais dans un coupe-gorge ; j'eus le temps de m'occuper de cette agréable idée, car j'attendis le plus d'un quart d'heure : la porte s'ouvre, une sorte de secrétaire est assis devant un bureau : M. le prévôt m'annonça que cet homme allait écrire tout ce que je dirais, et il commença à me faire les questions les plus étranges. Il me pria d'abord de me rappeler toutes les tapisseries que j'avais vues jadis au Palais-Royal, et entre autres celle qui représentait un roi de France avec un *bonnet rouge.* Cette question me parut si bête, que je fus un moment sans répondre ; M. le prévôt, prenant mon silence pour l'embarras d'une personne coupable, me répéta d'un ton solennel *qu'il fallait dire toute la vérité ;* alors l'envie de rire me gagna, il ne me fut plus possible de répondre que par des moqueries. Par exemple, je lui annonçai que j'allais lui conter l'histoire de *Daphnis et Chloé,* et je l'assurai que je l'arrangerais de manière à former une fort jolie nouvelle, que son secrétaire écrirait avec plaisir et qu'il pourrait même faire imprimer. M. le prévôt, fort scandalisé, me répéta plusieurs fois d'un air sévère qu'il ne s'agissait pas de *divaguer ;* je lui répondis que je ne divaguais point, parce que l'histoire dont je lui parlais formait une tapisserie que j'avais vue autrefois au Palais-Royal, mais qu'elle avait été faite sur les dessins de M. le régent, que je n'avais jamais vu d'autres tapisseries au Palais-Royal. M. le prévôt me questionna beaucoup sur un garde-chasse de *Romainville,* appartenant à M. de Valence, et qui, me dit-il, avait tenu des propos fort séditieux. Je me moquai encore davantage de cette question ; et M. le prévôt, fort mécontent de moi, me congédia. En me retirant, je l'exhortai à ne pas faire comparaître aussi légèrement à son tribunal des femmes de mon âge et de mon caractère. Les choses de ce genre ont été fort multipliées dans cette année. Ceci n'est pas de la terreur, mais c'est du ridicule.

Je restai quatorze ou quinze mois aux Carmélites ; pendant mon séjour dans cette maison, j'allai faire une visite au parloir à la vertueuse supérieure de ce couvent, madame de Soyecourt ; je l'avais vue jadis à Belle-Chasse, où elle fut pensionnaire pendant quelque temps, avec l'intention de s'y faire religieuse.

Il est extraordinaire que dans un siècle aussi irréligieux que le nôtre il y ait eu, jusque dans les rangs les plus élevés, des vocations si saintes et si éclatantes, Madame Louise, fille de Louis XV, au milieu de tant de grandeurs, avait eu dès sa première jeunesse le désir de se faire carmélite, et elle n'en obtint la permission qu'à l'âge de trente-cinq ans ; elle pratiquait en secret à la cour, depuis quinze ans, toutes les austérités de l'état qu'elle voulait embrasser. Mademoiselle de Condé et madame Élisabeth, sœur de Louis XVI, toutes deux charmantes de figure, ont toujours été depuis leur enfance de véritables anges ; Madame Élisabeth ne put jamais obtenir la permission de se faire religieuse ; le ciel la réservait à la gloire du martyre : elle a péri sur l'échafaud en 1793. Toutes les relations et tous les mémoires de ce temps s'accordent à dire qu'à l'instant où elle reçut le coup fatal, une odeur de rose se répandit sur toute la place Louis XV.

J'ai eu l'honneur de faire ma cour plusieurs fois à mademoiselle de Condé, avant la révolution. Aussitôt qu'elle eut vingt-cinq ans, on lui forma sa maison, et tout le monde fut charmé de sa figure, de sa grâce et de son esprit ; je pensais avec un plaisir extrême, en la contemplant, que mademoiselle de Mars, mon ancienne amie, avait contribué à son éducation ; elle était remplie de talents, bonne musicienne, sachant la composition, jouant d'une grande force du piano, chantant agréablement, dessinant parfaitement et faisant de jolis vers. Un soir, chez elle, on s'amusa à jouer à un de ces jeux où il fallait remplir des bouts rimés ; on donna à mademoiselle de Condé les mots suivants, *fantaisie, amour, folie, vautour,* qu'elle remplit ainsi :

« N'avoir jamais d'amant, telle est ma. . . . . fantaisie,
» Je crains trop les transports du dangereux. . . . . amour,
» Et j'évite ce dieu guidé par la. . . . . folie,
» Comme l'oiseau timide évite le. . . . . vautour. »

---

[1] Louis XVIII accorda à madame Moreau le titre de *maréchale.* Elle en eut la pension. G. D.

Je ne crois pas qu'il y ait de poète qui eût pu remplir ces bouts rimés d'une manière plus agréable. Avec tant d'esprit, de talent et de moyens de séduction, la méchanceté et l'envie n'ont jamais pu porter la moindre atteinte à sa réputation, c'est que l'on connaissait sa piété, qui fut toujours celle d'un ange. A la révolution elle se sauva en Italie ; elle se fit religieuse à Turin.

Nous voyons des hommes même donner ce grand exemple d'une piété sublime ; l'abbé de Janson, avec quarante mille livres de rente, à trente ans, s'est fait prêtre et mène la vie d'un saint, M. *le duc de Rohan*, à peu près au même âge, avec une grande fortune, une belle figure et la plus beau nom du monde, vient de faire la même chose [1]. L'abbé de Janson a fait le voyage de *Jérusalem*, en vrai pèlerin, et uniquement pour aller se prosterner sur le *Saint-Sépulcre* [2].

CHAPITRE XXXVI.
1820.

Je vais loger chez M. de Valence. — Le duc de Bassano. — Devises. — Parodie de vers d'*Athalie*. — M. Denon. — Diner chez M. de Valence. — Société actuelle. — Réflexions. — L'abbé Coger. — M. Cœssen. — M. de Bonald. — M. de Humboldt. — Sidney Smith.

Je passai l'été à Ecouen et l'hiver d'ensuite dans la rue du Faubourg-Saint-Honoré, où j'en restai jusqu'au printemps ; j'y travaillai beaucoup, j'y arrêtai définitivement le plan des *Parvenus* ; j'y vis peu de monde, mais très-souvent madame la duchesse de Bourbon, madame Moreau et madame Récamier ; la reine de Suède, dont les bontés pour moi n'ont jamais varié, m'honora aussi de plusieurs visites. Un soir que nous causions d'une manière fort animée, ma seule lumière s'éteignit tout à coup, et nous nous trouvâmes dans la plus profonde obscurité: je voulus me lever à tâtons pour aller sonner ; la reine, qui entendit ce mouvement, me dit avec un ton calme et doux qui a beaucoup de grâce en elle : *Nous n'avons pas besoin de lampe pour causer ; d'ailleurs on nous interromprait, restons comme nous sommes.* J'obéis, et nous reprîmes tranquillement notre entretien, qui dura encore plus d'une heure et demie ; je ne sonnai que pour faire éclairer la reine lorsqu'elle voulut s'en aller.

Dans ce temps, des personnes parfaitement bien informées et qui avaient passé plusieurs mois à Coppet, chez madame de Staël, me contèrent un grand nombre de particularités sur la vie qu'on y menait. Voici là-dessus un détail curieux: on s'assemblait les soirs autour d'une grande table ronde, sur laquelle étaient posées autant d'écritoires et de feuilles de papier qu'il y avait de personnes; on gardait un profond silence, et, au lieu de se parler, on s'écrivait ; on choisissait sa correspondance, on se jetait réciproquement ses billets et ses réponses, qui ne se lisaient jamais que tout bas, c'est-à-dire seulement des yeux. On peut croire, sans jugements téméraires, que cette table mystérieuse a été le théâtre d'une innombrable quantité de déclarations d'amour qui, très-vraisemblablement, avaient au fond que de la galanterie bien motivée par un tel usage. Je promis à madame Récamier d'écrire sa vie, dont il y en effet une nouvelle véritablement *historique*, assez longue, et que je crois intéressante ; je la lui ai donnée de mon écriture, et je n'en ai gardé aucune espèce de copie ni de brouillon [3].

J'allai à Villers, chez ma petite fille, la comtesse Gérard. J'eus le plaisir de me trouver chez Villers avec tous mes enfants, à l'exception de mon cher Anatole : il s'était élevé entre lui et M. de Valence des discussions d'intérêt qui m'ont fait et me font encore bien de la peine. Dès les premiers moments, j'ai fait tous mes efforts pour amener à un accommodement. Dans les premiers jours de mon arrivée à Villers, j'écrivis sur ce sujet à mon petit-fils la lettre la plus forte et la plus pressante, dans laquelle je lui rappelais que je lui avais dit précédemment toutes ces choses ; je donnai cette lettre ouverte au général Gérard, que j'avais trouvé fort raisonnable sur cette affaire, ainsi qu'en toute autre chose ; il reconnaissait positivement qu'Anatole en effet, avait de grandes réclamations à faire ; le général fut mécontent de ma lettre, la cacheta lui-même et la donna au général Livron, son ami, qui partait pour Bruxelles. Anatole me répondit d'une manière charmante, et je puis dire avec vérité que, l'affaire ne s'est pas arrangée, ce n'a pas été sa faute ni la mienne [4].

[1] Après la mort cruelle de sa charmante femme. G. D.
[2] Après de cruelles révolutions, ce ne sont plus malheureusement des exemples de vertu qu'il faut citer dans la haute société ; ceux de la perversité et du crime même y sont fréquents. Quel contraste à opposer aux actions citées par madame de Genlis, que celui du duc de Praslin, de mesdames Lafarge et Bocarmé, du prince de Berghes, etc. Ne faut-il pas bénir la main puissante qui a comprimé les désordres affreux amenant de tels résultats ! G. D.
[3] Madame Récamier voulut bien me donner cette nouvelle avec l'autorisation de la faire imprimer. Elle se trouve à la fin du troisième volume de mon ouvrage intitulé *Paris en province*. G. D.
[4] En 1819, M. de Lavocstine apporta à mon père un mémoire imprimé, signé par M. Merlin de Douai, relatif à cette affaire. Mon père, affligé de cette discussion pénible, fit beaucoup d'observations à M. de Lavocstine. L'affaire fut arrangée bientôt après, et le mémoire ne parut pas. G. D.

Je n'avais vu mes trois arrière-petites-filles qu'au maillot; il me fut bien doux de les revoir jolies, charmantes, bien élevées, marchant, courant et causant. L'aînée, Pulchérie, a huit ans; Antonine en a sept, et Inès cinq. J'ai fait une romance en plusieurs couplets et une pièce de vers assez longue pour Cyrus, fils de madame Gérard [1] ; je ne peux pas les placer ici, parce que je n'en avais pas gardé de brouillon et que madame Gérard les a perdus. On trouve dans ces petites-filles tout ce qui mérite véritablement d'être loué, la conduite irréprochable et les vertus à la fois naturelles et raisonnées de tous les devoirs, et voilà ce qui doit particulièrement enorgueillir une mère, surtout quand ces qualités admirables se trouvent réunies à l'esprit et aux talents.

De Villers j'allai à Carlepont chez ma nièce [2] ; ses trois filles sont charmantes ; M. de Finguerlin a de nobles sentiments, et sa société est douce et piquante. J'aime la conversation, quand elle est aimable, et j'ai eu à cet égard toute satisfaction à Carlepont.

Je quittai Carlepont à la fin de novembre 1819. M. de Valence m'ayant offert mille fois depuis dix-huit mois de me loger, je lui demandai l'hospitalité, qu'il m'accorda avec toute la grâce possible ; une des choses qui me détermina à y aller fut l'espérance de pouvoir contribuer à prévenir un procès entre lui et mon petit-fils ; je comptais ne rester chez lui que dix ou douze jours ; mais, les affaires ne finissant point, j'y restai infiniment plus longtemps et sans pouvoir rien terminer.

Je revis dans ce commencement d'année, et avec un grand plaisir, Astolphe de Custine ; notre amitié s'est fortifiée durant son absence; il m'a écrit des lettres charmantes à tous égards, et qui contiennent de beaux vers de sa composition sur divers sujets; presque tous étaient des vers religieux. Ce jeune homme m'intéresse également par le nom qu'il porte, par ses nobles sentiments, par la vivacité de son imagination, et par l'étendue et l'originalité de son esprit.

Pour revenir à la rue Pigale, je dois dire que j'ai toujours trouvé M. de Valence très-modéré dans ses principes politiques : il voulait sincèrement la paix intérieure et le maintien de tout ce qui existait ; mais sa société n'était composée en général que de ceux qu'on appelait alors les *libéraux* ; et la mienne ne l'était que de ceux qu'on nommait *ultras*. Au milieu de tout cela, je vivais sans disputes, parce que je ne parlais point de politique, et qu'on ne m'adressait jamais un mot sur ce point. Parmi les personnes qui venaient chez M. de Valence je distinguai M. de Lacépède ; notre amitié s'est fortifiée durant son et si parfait, auquel on n'a pu reprocher, lorsqu'il avait une grande place, aucune morgue ; il me montra toujours une bienveillance extrême; MM. Villemain, Lemaire le latiniste, et beaucoup d'autres hommes très-remarquables.

Je dînais souvent chez M. de Valence avec le duc de Bassano, et me trouvant plusieurs fois à table à côté de lui, nous avons beaucoup causé ensemble, et j'ai été charmée de sa conversation. Il a suivi constamment Napoléon dans ses campagnes, et il en a profité en voyant toutes les choses curieuses et intéressantes qui se trouvaient dans les lieux qu'il a parcourus ; en suivant Napoléon, comme ministre et comme courtisan, il s'instruisait comme aurait pu le faire un littérateur ou un amateur passionné des arts. Il rend compte avec une extrême justesse d'esprit de tout ce qu'il a vu ; il sait donner à ses descriptions un intérêt particulier, et l'on sent qu'elles sont parfaitement véridiques.

J'avais choisi un logement chez M. de Valence : une vue admirable, un beau balcon, une très-grande chambre, me tentèrent; mais cette chambre était au cinquième étage, ce qui désolait ceux qui venaient me voir: car, pour moi, je préfère toujours, à cause du grand air, les étages élevés, mais je monte encore sans m'essouffler. Le pauvre M. de Montyon vint me voir dans cet appartement; il avait quatre-vingt-huit ans et il était asthmatique : il était dans un si terrible état en entrant dans ma chambre, que je crus qu'il allait y expirer. Cette visite, qui me fit tant de peur, me dégoûta entièrement de ce logement; je descendis à l'entresol : c'était un joli appartement composé de plusieurs pièces fort bien arrangées, mais les plafonds en étaient si bas, qu'on y respirait à peine; d'ailleurs la chambre à coucher était posée sur la voûte, et j'avais au chevet de mon lit une pompe qui me réveillait à la pointe du jour ; les secousses données par cette pompe et celles des voitures qui passaient sous la voûte m'attaquèrent cruellement les nerfs et me firent perdre entièrement le sommeil. Je passais une grande partie de mes journées dans la chambre de M. de Valence, les portes et fenêtres en étaient hermétiquement fermées ; j'y étouffais, et ma santé dépérissait visiblement; celle de M. de Valence se rétablit pour quelque temps, grâce à l'habileté de M. Bourdois et à ma surveillance sur son régime; il se remit à table; bientôt il sortit pour aller passer ses soirées chez *Robert*, où l'on faisait très-bonne chère et où l'on jouait très-gros jeu ; ce qui ne tarda pas à lui faire grand mal.

Je fis faire mon portrait à l'huile et en grand par madame Chéra-

[1] Jeune homme charmant mort à vingt-deux ans en revenant d'un voyage en Perse.
[2] Madame Mathiessen ayant épousé en secondes noces M. de Finguerlin.

dame, qui a un fort beau talent; je suis représentée jusqu'aux genoux, écrivant pendant la nuit, ayant à côté de moi une lumière prête à s'éteindre, et m'arrêtant en voyant naître le jour; cette idée est de Paméla; je fis mettre sur la table, à côté de la lumière, un vase de fleurs, et enfin un seul livre, sur le revers duquel ce mot est écrit : *Evangile*: parce qu'en effet la morale de tous mes ouvrages a toujours eu pour base les préceptes sacrés de ce livre divin. Il y a derrière moi une harpe dans l'ombre. J'avais beaucoup de répugnance à me faire peindre à mon âge; mais M. de Valence désirait mon portrait, et je le fis faire pour lui avec d'autant plus de plaisir que je voulais, avant de quitter sa maison, lui offrir quelque chose qui lui fût agréable, et je joignis à ce don une très-belle miniature que j'avais encore, et dont il avait envie.

M. le prévôt m'annonça que cet homme allait écrire.

On me conta un trait dont la singularité m'a vivement frappé; je n'ai jamais rien entendu dire qui peigne d'une manière plus originale l'idée qu'on peut se faire d'un ambitieux intrigant et artificieux.

M. de *** passe universellement pour un homme qui ne fait jamais rien sans un dessein secret d'ambition; il a été sérieusement malade; M. le prince de T... le vit à la chambre des pairs pour la première fois depuis sa maladie, et l'apercevant, il fut frappé de son changement : « Comme il est maigre, vieilli! dit-il. *Quel intérêt a-t-il à cela?*... » Voilà de ces mots qui méritent d'être recueillis, car ils peignent tout un caractère et même tout un siècle.

On vendait chez les bijoutiers des cachets dont les devises, inventées par je ne sais qui, eurent parmi les jeunes femmes de la société un succès fort peu mérité. C'est une harpe ou une lyre avec ces mots : « Je réponds à qui me touche. » 1° On peut être *touché* au moral sans être *interrogé* : ainsi l'on n'est pas toujours dans le cas de répondre; 2° dans quelque sens qu'une femme soit *touchée*, elle ne doit pas annoncer d'avance qu'elle *répondra*. Cette devise, qui d'ailleurs donne lieu à des interprétations ridicules, est à la fois sotte, fausse et indécente; elle me donna l'idée inverse d'une autre devise que voici : Une sensitive; et pour âme ces mots : « J'évite celui qui me touche. » Les devises prises pour cachet ont certainement une influence morale, puisqu'elles doivent peindre ou annoncer le caractère, les sentiments ou la situation de la personne qui a choisi cet emblème. Il est vrai que depuis l'abolition des armoiries les boutiques des bijoutiers sont tellement remplies de cachets à devises, que les personnes les plus spirituelles, celles qui pensent le mieux, les achètent souvent pour le seul agrément de la monture; mais il n'en est pas moins certain que les devises inventées pendant et depuis la révolution sont en général fort inférieures à celles de nos ancêtres, de sorte qu'il est très-vrai de dire que les devises peuvent aussi nous donner une idée du siècle où elles ont été composées. Les devises prises dans le temps des croisades (et qui presque toutes ont passé

dans les armoiries de la haute noblesse française), ces devises expriment en général les plus sublimes sentiments et l'élévation de l'âme la plus exaltée; par exemple, l'héroïque devise de la maison de Montmorency, une étoile fixe, et pour âme *sans errer*; et dans le siècle de Louis XIV, la belle devise du régiment de Condé, pour corps un grand feu allumé, et pour âme : *Plus j'aurai de matière et plus j'aurai d'éclat*. Il me semble que les devises prises depuis n'ont point encore exprimé d'aussi nobles pensées.

Je veux me vanter ici d'une *parodie impromptu* que je fis un jour chez M. de Valence, et qui eut un grand succès. Je me trouvais dans le salon de M. de Valence au milieu d'un cercle de libéraux qui parlaient avec le plus grand mépris des dernières classes de la société, et surtout des domestiques; je pris le parti de cette dernière classe, et, comme on insistait contre mon avis, je finis par répondre par ces vers parodiés d'une scène d'*Athalie* :

  « Eh quoi ! des libéraux est-ce là le langage !
  » Moi, vivant dans les cours, au sein de l'*esclavage*,
  » C'est moi qui prête ici ma voix *aux plébéiens*!... »

Cette réponse termina la discussion.

Je n'oublierai point que, dans cette même semaine, l'aimable et charmante lady Charlemont me mena, après la messe, chez M. Denon[1], qui nous attendait et qui nous reçut avec beaucoup de grâce. Son cabinet, ou pour mieux dire sa longue enfilade de cabinets, est une chose extrêmement curieuse; il a une admirable collection de tableaux des meilleurs maîtres, des sculptures antiques en marbre et en bronze, une grande suite de médailles, et des estampes très-belles et très-rares; enfin la plus belle collection de vieux laques; des curiosités de tous genres, chinoises, égyptiennes, grecques, romaines; des ouvrages ravissants de sauvages, et des morceaux précieux d'his-

Madame Récamier.

toire naturelle. Je passai dans ce cabinet quatre heures, qui s'écoulèrent en grande partie à examiner de superbes dessins que M. Denon a faits et lithographiés lui-même avec une rare perfection. Ces dessins représentent des tableaux et des statues de l'antiquité. Suivant dans

[1] Une mort imprévue et presque subito enleva M. Denon aux beaux-arts et à ses amis. Quoique âgé d'environ quatre-vingts ans, ses traits, son attitude et la liberté de ses mouvements semblaient lui promettre encore un long avenir. M. Denon, quelques jours avant sa mort, montrait une force et une énergie que peu d'hommes aussi âgés possèdent encore. Un des biographes de M. Denon écrivait, il y a trois ans, en parlant de lui : « La pensée de sa fin ne lui est peut-être » jamais venue. La variété de ses connaissances, la mobilité de son esprit, l'ap- » titude de son intelligence pour tout ce qui rend aimable et heureux, la pro- » fonde sensibilité dont son âme se nourrit chaque jour, tout, jusqu'aux caprices » de ses goûts et à son amour pour la société, tout entretient chez M. Denon une » jeunesse dont la source est dans son esprit et dans son cœur. » Cette jeunesse ne l'a quitté que quelques heures avant sa mort.

chaque contrée le progrès des arts, leur commencement, leur accroissement progressif et leur décadence, M. Denon a fait la même chose pour les arts des temps modernes en Italie, en France, en Espagne, en Angleterre, en Flandre, etc. Rien n'est plus curieux et plus instructif : comme je n'ai vu les autres choses de ces collections qu'en passant et superficiellement, je promis d'y retourner, et je n'y manquai pas.

Au commencement du printemps de 1821, je dînai chez lord Bristol, où se trouvait le duc de Mecklembourg, que je vis avec un intérêt particulier, parce qu'il était depuis longtemps l'ami intime de M. de Custine, dont il me conta des traits charmants; j'étais à table à côté de lui, et nous causâmes si gaiement, que je lui contai à mon tour la ridicule aventure qui m'arriva jadis à Mecklembourg, où je fus forcée de m'arrêter dans une auberge, parce qu'un de mes chevaux de louage était blessé[1]. Je fis apporter ma harpe, je me mis à en jouer : un Français qui était attaché à la cour passait dans la rue; il m'entend, entre dans l'auberge, monte dans ma chambre, se passionne pour moi, trouve le moyen de me présenter à la cour (j'étais sous le nom de miss Clarke), me dit qu'il y était attaché comme maître de langue française, et que, si je voulais l'épouser, nous y ferions la plus grande fortune; cette scène fut très-longue. J'eus toutes les peines du monde à me débarrasser de cet amant impromptu, qui me dit toutes les extravagances du monde. Le duc rit aux larmes de cette histoire; il me dit que ce même homme non-seulement vivait, mais qu'il était en France dans une fort jolie terre dont il a hérité. Le duc ajouta qu'il allait lui écrire, et que, sans lui dire qui je suis, il lui apprendrait seulement qu'il avait retrouvé la personne qu'il a aimée si subitement; que cette personne n'était pas libre alors; qu'elle l'est devenue depuis, et qu'elle lui offre son cœur et sa main. Le duc me dit qu'il me montrerait sa réponse; cette conversation nous mit de fort bonne humeur pendant tout le dîner.

M. le duc de Bassano, que je rencontrais souvent chez M. de Valence, me conta deux traits d'arbres célèbres que j'ignorais, et dont je me promis d'orner ma *Botanique historique et littéraire*, parce qu'ils n'ont jamais été imprimés; les voici :

Le roi Auguste de Saxe, rival heureux pour le trône de Pologne du roi Stanislas, faisait de fort jolis ouvrages de tour; il fit venir d'Espagne de grosses bûches d'oranger pour les tourner, quand ces bûches arrivèrent, le roi était mort; on déposa les bûches dans une espèce de hangar où elles restèrent oubliées pendant plusieurs années. Au bout de ce temps, un jardinier instruit les découvrit; il vit avec surprise qu'elles avaient germé et qu'elles portaient de petites branches avec des feuilles vertes; il les planta avec intelligence d'une certaine manière : elles prirent, on les cultiva avec grand soin; elles devinrent de superbes orangers qui subsistent encore, et qui sont les plus beaux de l'Europe. Les autres arbres célèbres sont, auprès de Vienne, de magnifiques peupliers plantés par le grand Sobieski; ces peupliers, qui étaient d'une espèce particulièrement belle, existent toujours, et sont les plus élevés qu'on connaisse.

CHAPITRE XXXVII.
1819-1820.

Dîner chez M. de Valence. — Réflexions sur le monde qui s'y trouve. — L'abbé Coger. — M. de Sommariva. — Passion des malades pour moi. — Assassinat

[1] Je me rendais à Berlin.
529.

do Mgr le duc de Berry. — M. Dupuytren. — M. de Châteaubriand. — Madame la duchesse d'Angoulême. — Procès de Louvel. — Madame de Saint-Julien. — M. Astolphe de Custine. — Lord Bristol. — Le duc de Glocester.

Je dînai un jour (en 1820) chez M. de Valence, avec treize personnes parmi lesquelles se trouvaient quatre pairs, quatre maréchaux de France et trois généraux; il y avait parmi les pairs deux ducs. Je restai, avant le dîner, trois quarts d'heure dans le salon avec toute cette compagnie, qui fut, à sa manière, fort obligeante pour moi, et moi très-accueillante pour elle. A dîner, on m'établit entre deux pairs : je n'eus pas la peine de faire les frais de la conversation, car ils ne parlèrent que politique, en s'adressant à ceux qui étaient vis-à-vis d'eux, à l'autre extrémité de la table. Après le dîner, nous rentrâmes dans le salon; et, tout de suite, au moment où je venais de m'asseoir, je vis avec surprise m'échapper tous les ducs et pairs et généraux; chacun d'eux s'empara d'un fauteuil qu'il retourna et traîna à quatre ou cinq pas de moi; ils formèrent avec ces fauteuils un rond parfait; et tous ces hommes, sans exception, se mirent dans les fauteuils qui décrivaient le rond exactement fermé; de sorte que je me trouvai toute seule, ayant devant moi un demi-cercle de dos; mais je voyais les visages de l'autre moitié du cercle. Je crus d'abord qu'ils s'étaient mis là pour jouer à ces petits jeux de société dans lesquels il faut s'arranger ainsi; ce qui me parut bien innocent et bien enfantin; mais, point du tout : c'était pour agiter et discuter les questions d'État les plus épineuses; tous étaient devenus des orateurs véhéments : ils criaient à tue-tête, s'interrompaient, se querellaient, s'enrouaient; ils devaient être en nage. C'était une véritable représentation de la chambre des députés; c'était bien pis, car il n'y avait pas de président. J'avais bien envie d'en usurper les fonctions et de les rappeler à l'ordre; mais je n'avais point de sonnette, et ma faible voix n'aurait pas été entendue. Cela dura plus d'une grande heure et demie; au bout de ce temps je quittai le salon, charmée d'avoir reçu cette leçon des nouveaux usages du monde et de la nouvelle galanterie française, de cette politesse qui nous a rendus si fameux dans toute l'Europe. J'avoue que jusqu'à ce moment je n'avais sur toutes ces choses que des idées bien imparfaites.

Avant la révolution, on voyait dans le monde deux espèces d'impertinents, l'impertinent de province et l'impertinent de cour : le premier bruyant, confiant, bavard, parlant haut, souvent ridicule, toujours important et déplacé; ce caractère se confond avec celui de l'insolent, qui n'est autre chose que l'effronterie d'une impertinence habituelle et sans art. L'impertinent qui n'a pas vécu dans le grand monde et à la cour n'a été que rarement réprimé : il est *actif*. L'impertinent de cour est *passif* : ce n'est point la vivacité qui le décèle, c'est le dédain; il a tout le calme de l'insouciance, toute la distraction affectée du mépris; tout en lui vous déplaît et vous blesse, et vous n'en pouvez rien citer de choquant. Ce n'est point avec la brusquerie qu'il vous repousse, c'est au contraire avec une politesse glaciale; il n'est jamais offensant par ses réponses, ses discours, ou même par ses actions, mais il l'est à l'excès par son indolence, son sourire, son silence et toute l'expression de sa physionomie. Vous ne pouvez ni le supporter ni vous plaindre de lui. A quoi bon tant d'art? A se rendre odieux et à se faire haïr. Comment l'orgueil, qui donne l'impertinence, ne dit-il pas qu'il vaudrait mieux plaire et se faire aimer?

On doit dire, à la louange de l'ancienne noblesse, qu'en général l'impertinence était plus rare dans sa classe que dans les autres, et que parmi les nobles ceux même qui pouvaient être impertinents

Il m'entend, entre dans l'auberge, monte dans ma chambre...

9

avec leurs égaux ne l'étaient jamais avec leurs inférieurs; mais il faut convenir que, depuis soixante ans, les gens de lettres, dans leurs préfaces, dans leurs satires, dans les journaux, dans leurs disputes et dans leurs discours académiques, ont poussé l'impertinence et la grossièreté de l'insolence aussi loin qu'elles peuvent aller [1].

Il est étonnant que les admirateurs les plus passionnés de M. de Voltaire n'aient jamais loué en lui la qualité la plus rare dans un auteur, celle de toujours parler de lui et de ses ouvrages avec une modestie simple, naturelle, et une convenance parfaite. Nul écrivain n'a autant intrigué et cabalé pour se faire des prôneurs et pour assurer le succès de ses ouvrages [2]; mais nul aussi, après de tels succès, n'a eu un langage si complètement exempt d'orgueil et de vanité en parlant de lui et de ses productions. Il y a même plus : on voit dans toutes ses lettres qu'il avait sincèrement donné à ses amis le droit de le critiquer sans aucun ménagement; et ses réponses à toutes ces critiques, souvent outrées et même quelquefois injustes, montrent une douceur, une bonhomie qu'on ne saurait trop admirer, quand elles sont unies à des talents si supérieurs; et si elles n'étaient pas naturelles, elles se démentiraient de temps en temps par quelques traits d'humeur; et c'est ce qu'on ne verra jamais dans ses œuvres et dans sa correspondance. Que l'on compare sous ce rapport les préfaces de M. de Voltaire avec celles de la Grange-Chancel, de M. de la Harpe (avant sa conversion) et de tant d'autres, et l'on sera surpris de la modestie d'un homme si justement célèbre à tant d'égards [3]. Mais en même temps son insolence a passé toutes les bornes avec ceux qui le critiquaient publiquement, ou avec ceux dont la réputation l'irritait. Il défendait ses amis avec le même ton. Dans sa réponse à l'abbé Coger, auteur d'une excellente critique de Bélisaire, de M. Marmontel, critique faite avec autant de douceur et de politesse que de raison, M. de Voltaire appelle cet ecclésiastique un maraud, un coquin, un cuistre, un imposteur. Il ajouta que, s'il était à Paris, il irait se plaindre au roi et lui demander justice de cette critique, qu'il appelle un libelle. A tout cela l'abbé Coger se contenta de répondre avec beaucoup d'esprit et de sel par deux vers de M. de Voltaire, que ce dernier avait faits nouvellement dans une satire contre M. de Pompignan ; les voici :

. . . . Les bourgeois
Doivent très-rarement importuner les rois;
La cour te croira fou, reste chez toi, bonhomme.

On n'a jamais fait une application plus heureuse et plus spirituelle; mais on avait en vain de l'esprit et raison contre M. de Voltaire. Malgré l'inconcevable grossièreté et l'impudence de ses libelles, on appelait toutes ces injures de la gaieté; et comme il avait déclaré que tous ses adversaires étaient des hypocrites, des monstres et des sots, on ne doutait pas du moins de leur imbécillité, et jamais on ne lisait leurs réponses.

Voici un bien joli mot de Son Altesse Royale madame la duchesse de Berry; je le tiens d'une personne qui a l'honneur de l'approcher et qui le lui a entendu dire:

Un garde forestier, pour se faire valoir et obtenir une récompense, un jour que M. le duc de Bordeaux devait se promener en voiture à Bagatelle, jour où l'on avait annoncé qu'il devait prendre, alla trouver madame de Gontaut, gouvernante du jeune prince, pour lui annoncer qu'en faisant sa ronde il avait découvert un assassin dans les broussailles, qu'il avait voulu l'arrêter, que l'assassin lui avait tiré un coup de fusil qui aurait blessé son cheval, qu'ensuite il s'était enfui, et que pour courir plus vite il avait jeté son fusil, etc. D'après cette histoire, on voulait détourner madame de Gontaut de mener le jeune prince sur cette route, et malgré toutes les représentations, elle eut le courage et la fermeté de faire toute la promenade annoncée. Quand on en rendit compte à madame la duchesse de Berry, cette princesse approuva la gouvernante en ajoutant : M. le duc de Bordeaux ne doit jamais reculer, même à un an.

Cette prétendue conspiration était entièrement de l'invention du garde forestier, qui avoua tout au ministre de la police.

Madame de Choiseul me dit que M. de Sommariva était arrivé d'Italie et qu'il me l'amènerait; je fus charmée de faire connaissance avec un homme qui a le plus noble caractère, et qui est d'ailleurs un ami si éclairé des talents et des arts ; je reçus cette aimable visite, et je fus charmée de sa conversation, qui est aussi spirituelle qu'instructive.

Je n'avais compté faire chez M. de Valence qu'un petit séjour de trois semaines, dans la seule intention d'être utile à mon petit-fils Anatole.

[1] Nous avons entendu d'Alembert dans une séance académique lisant un de ses éloges dire : Nos courtisans, si rampants et si vains....., et il y avait cinquante ou soixante courtisans dans la salle. A une autre séance, à laquelle assistait madame la duchesse d'Orléans, il dit, en parlant de madame la duchesse du Maine : Quoique femme et princesse, elle aima les lettres, et c'était à la fois une fausseté et une insolence. Presque toutes les princesses ont protégé les lettres, et beaucoup trop de femmes les ont cultivées. Qu'on lise ses discours, ils sont remplis d'impertinences grossières sur les grands, les nobles, les ministres, etc.

[2] Voyez ses Lettres.

[3] M. de Voltaire, ne faisant pas de préfaces pour se vanter, a eu aussi le mérite de les rendre très-intéressantes sous les rapports littéraires.

en amenant M. de Valence à une conciliation; cette affaire traînant en longueur, je restai beaucoup plus longtemps chez lui; d'ailleurs M. de Valence avait pris pour moi ce sentiment passionné que les personnes sérieusement malades ont toujours eu pour moi : ce fut ainsi que, dans ma jeunesse, madame la marquise de l'Aubépine, qui ne m'avait jamais montré que de la malveillance, devenue très-malade, me fit écrire par son beau-père une lettre pathétique pour me conjurer d'aller la voir, afin, disait-elle, de lui donner la consolation de m'exprimer, avant de mourir, tous ses sentiments; confondue de cette bizarrerie, je crus cependant devoir céder à cette fantaisie de malade, parce qu'elle était dans un état fort dangereux; elle me reçut avec des transports inouïs et me soutint qu'elle m'avait toujours aimée de préférence à tout; comme je ne voulais pas la contrarier, j'eus l'air de la croire, et pendant deux mois je lui prodiguai les plus tendres soins; elle recouvra la santé, retourna dans le grand monde et m'oublia tellement, qu'elle ne se fit même pas écrire chez moi. Depuis, dans l'émigration, madame Cohen, très-malade d'une hydropisie incurable, prit pour moi la même affection et m'offrit, comme je l'ai dit, un superbe écrin de pierreries pour m'engager à rester à Berlin. Je pourrais citer encore d'autres exemples de mon ascendant sur les malades, mais je ne parlerai plus que de M. de Valence; il me répétait sans cesse que, si je l'abandonnais, il mourrait; Bourdois, son médecin, me disait qu'il était dans un état dangereux, et je restai; cependant, pour ne point lui être à charge, j'avais renvoyé ma femme de chambre : je n'étais servie que par les personnes de sa maison, mais qui toutes étaient à mes ordres avec un zèle qui ne s'est jamais ralenti, car M. de Valence leur avait déclaré que celui qui me donnerait le moindre sujet de mécontentement serait renvoyé sur-le-champ ; je n'ai point fait renvoyer, et, tout au contraire, il en a conservé plusieurs à mon instante prière; j'avais une demoiselle de compagnie, et je l'envoyais tous les jours prendre ses repas à une table d'hôte dans une maison attenant à la nôtre et tenue par des personnes très-distinguées, mais ruinées par la révolution. Quant à ma nourriture, sa partie la plus chère est dans mes déjeuners, et je me les fournissais moi-même. M. de Valence, pendant trois mois, fut assez malade pour se condamner lui-même à la diète la plus austère et à ne plus se mettre à table ; alors, ne voulant pas que l'on fît une petite cuisine à part pour moi, j'allai avec ma demoiselle de compagnie dîner à la table d'hôte chez nos voisines; j'y trouvai très-bonne compagnie, une conversation fort agréable et un beau jardin dont nous avions la jouissance avant et après le dîner; je n'ai jamais vu de table d'hôte si bien servie et d'aussi bon air en Allemagne, et dont les maîtresses de la maison fissent les honneurs avec tant de noblesse et d'agrément.

Rosamonde vint de Villers passer quelques jours chez M. de Valence ; j'avais eu soin de l'instruire en secret du changement de prière ; elle est également fille, épouse, mère et sœur parfaite, et l'on peut en dire autant de madame de Celles. Rosamonde avait fait, quelque temps auparavant, un petit voyage à Paris avec ses enfants; mon arrière-petit-fils, Cyrus, est charmant par l'esprit et par l'intelligence; je lui ai donné une chaîne qui lui a causé de grands transports de joie.

J'appris l'exécrable attentat qui priva la France d'un prince digne d'être aimé [4], et les beaux-arts d'un protecteur généreux; sa mort fut sublime! le magnanime, la sensibilité touchante, la piété et le courage, sans aucune ostentation, qu'il montra dans ses derniers moments, ne peuvent être inspirés que par les sentiments les plus purs de la religion, qui développe et qui exalte, à cet instant suprême, tous les sentiments élevés; et, comme l'a dit l'un de nos plus éloquents orateurs [5], les grandes âmes paraissent être faites pour la religion. Cet événement affreux et tous ses détails me causèrent tant de saisissement, d'attendrissement et d'horreur, que ma bonne santé en fut véritablement altérée; le général Valence, mes enfants, mes élèves, mes amis, partagèrent tout ce que j'éprouvais à cet égard; pendant plus de quinze jours, nous ne pouvions parler d'autre chose; chaque détail ajoutait à notre tristesse, à notre profonde tristesse et à notre admiration pour l'auguste veuve de cet infortuné prince. La consternation fut générale parmi le peuple et dans toutes les classes; on découvrit des trésors jusqu'alors inconnus de bonté et les actions les plus touchantes de ce malheureux prince; aucune oraison funèbre ne composait ainsi par des faits et des récits qui se trouvaient dans la bouche de tout le monde, et l'éloquence n'y pouvait rien ajouter : les pleurs et les gémissements d'une foule de pauvres, qui entouraient l'Elysée-Bourbon, étaient plus éloquents que les discours des plus grands orateurs ne pouvaient l'être.

Le célèbre Dupuytren et les autres chirurgiens qui firent l'ouverture de son corps dirent que, anatomiquement parlant, il était impossible qu'il eût pu survivre quelques minutes au coup mortel qu'il reçut. Il y survécut six heures et demie, avec toute sa tête et sa présence d'esprit jusqu'au dernier moment. C'est un miracle de la grâce divine. M. Dupuytren, qui a vu beaucoup souffrir et beaucoup

[4] Madame Gérard.

[5] Monseigneur le duc de Berry.

[6] Massillon.

mourir, n'a jamais rien observé d'aussi frappant et d'aussi sublime; et il en fut tellement touché, que depuis ce moment sa piété est aussi vive que sincère. Je tiens ce fait d'une personne qui le voit presque tous les jours. Madame la duchesse de Berry montra, dans cette occasion, une sensibilité et une élévation d'âme qui achevèrent de lui gagner tous les cœurs. La douleur de toute la famille royale fut bien touchante.

Mademoiselle d'Orléans, que j'eus l'honneur de voir dans les premiers jours de cette horrible catastrophe, en était bien profondément affectée, ainsi que M. le duc d'Orléans: l'un et l'autre me contèrent une infinité de traits intéressants de la mort et des sentiments sublimes de monseigneur le duc de Berry; sa piété fut celle d'un saint, et son courage celui d'un héros. Les dames de madame la duchesse de Berry, qui accoururent dans ce moment fatal, étaient en habits de fêtes parce qu'elles sortaient d'un bal; elles étaient toutes couvertes de fleurs et de clinquants: elles entourèrent, dans ces costumes, le lit du prince à l'agonie, et la robe blanche de madame la duchesse de Berry, garnie de roses, fut trempée de sang; les princesses mêmes en avaient des éclaboussures sur leurs vêtements. Pendant ce temps, à deux pas de cette scène d'horreur, l'opéra continuait: on chantait et on dansait, quand dans le premier petit salon où l'on établit d'abord le malheureux prince, et qu'une porte pour donner de l'air, on entendit distinctement l'orchestre et les voix.

M. de Chateaubriand eut la bonté de m'envoyer une brochure qu'il fit très-promptement après la mort de monseigneur le duc de Berry. Cet intéressant écrit sera toujours un monument précieux par les faits qu'il contient, par le talent et la pureté de principes et d'intentions qu'on y trouve, et qui ont illustré déjà tous les ouvrages précédents du même auteur; je lui reprochai seulement, dans le temps, d'avoir omis dans ce morceau historique un trait admirable de la vie de Son Altesse Royale Madame la duchesse d'Angoulême[1].

M. Dupuytren[2] fit aussi une excellente relation de ce tragique événement.

M. de Valence, quoique toujours malade, se rendait régulièrement à la chambre des pairs pour le procès de Louvel; j'étais cruellement impatienté lorsque j'entendais un grand nombre de personnes qui avaient, comme tout le monde, la plus grande horreur du crime de ce scélérat, admirer néanmoins ses réponses et son impassibilité; cette manie de s'extasier sur l'entier abrutissement des monstres est devenue très-commune; pour moi, je trouve fort simple qu'un athée du peuple, ennuyé du travail, de la misère et de son existence, incapable d'ailleurs de sentiment humain, voie sa fin avec indifférence et soit même satisfait de se retirer, comme il le croit, dans le néant. D'ailleurs, cet infâme assassin trouve une sorte de plaisir dans l'étonnement qu'il cause; il y a beaucoup de fanfaronnade dans son imbécile indifférence; l'idée de surprendre tout ce qui l'entoure lui donne au plus haut degré le stoïcisme de l'athéisme et de la stupidité.

Malgré l'ordonnance qui défendait les attroupements, il y en eut encore plusieurs, non du peuple, mais de presque tous les étudiants et les écoliers de Paris: ce mépris de l'autorité me parut d'un bien mauvais augure. Au milieu de tout cela, ma santé se dérangeait beaucoup, mais je n'en travaillais pas moins, et j'eus une peine très-vive, celle de voir madame de Choiseul partir pour trois mois. Je craignais qu'elle ne prolongeât davantage son séjour en Franche-Comté, malheureusement je ne me trompais pas.

Louvel fut condamné à mort: il se laissa défendre sans interrompre ses défenseurs. Il avait quelques espérances confuses qu'on pourrait lui faire grâce; on s'extasiait toujours sur sa fermeté, on tâchait d'embellir ses réponses; on aurait voulu pouvoir lui prêter des réponses romaines, tout cela sans mauvaise intention, mais par l'effet du goût naturel qu'on a depuis longtemps pour l'extraordinaire. Pour moi, je n'ai jamais vu dans cet assassin que le dernier degré d'une brutale insouciance mêlée à beaucoup de fanfaronnade. Après avoir

appris son jugement, il demanda des draps fins, car il voulait passer une dernière bonne nuit et bien dormir. Je suis encore très-persuadée qu'il espérait qu'une émeute le sauverait dans le chemin qu'il devait parcourir pour aller au supplice, et que, lorsqu'il fut sur l'échafaud, si on l'eût questionné encore dans ce moment, il aurait eu un langage bien différent. Je fus surprise qu'on eût omis de lui demander, dans l'interrogatoire, s'il ne s'était pas fait recevoir dans quelques sociétés particulières, d'autant plus qu'il avait voyagé en Allemagne; et l'on sait qu'il y a dans ce pays des sociétés ténébreuses desquelles sont sortis plusieurs assassins, entre autres Sand.

Louvel fut exécuté à six heures du soir. Malgré toutes ses rodomontades, il était d'une excessive pâleur et dans un grand abattement; il y avait une foule immense pour le voir passer: tout le monde le regardait avec horreur. Arrivé au pied de l'échafaud, il était près de s'évanouir; il fallut que deux personnes l'aidassent à y monter. Le soir, tout était parfaitement tranquille dans Paris.

Je renouvelai une bien ancienne connaissance: ce fut avec madame de Saint-Julien, que j'avais vue jadis à Ferney, chez M. de Voltaire; elle était ma voisine, et demeurait aux Champs-Élysées; elle a quatre-vingt-douze ans; elle a conservé toutes ses facultés physiques et morales: elle n'est point sourde, elle est droite, et marche comme à vingt ans, elle a l'esprit, la mémoire et la vivacité qu'elle avait dans sa jeunesse. Elle vint me voir plusieurs fois; sa conversation est charmante; elle me reprochait avec grâce d'avoir mal parlé de son patron, mais elle n'en était pas moins charmante pour moi: c'est la plus étonnante vieille que j'aie jamais vue de ma vie[1]. Je consentis à rompre mes habitudes en allant prendre le thé chez elle.

Il y avait ce soir-là chez madame de Saint-Julien une trentaine de personnes, parmi lesquelles se trouvait le jeune comte Astolphe de Custine, petit-fils de M. de Sabran et petit-fils de l'ancienne amie de ma jeunesse, madame de Custine. Son aimable figure, son maintien et une petite conversation qu'il eut avec moi après la lecture me donnèrent de lui une opinion qu'il a pleinement justifiée depuis. Il vint me voir quelques jours après, nous eûmes ensemble un long entretien tête à tête, il me parla avec une confiance qui me toucha vivement; il semblait qu'il renouvelait connaissance avec une ancienne amie et qu'il me rendait compte de tout ce qu'il avait éprouvé pendant une absence de plusieurs années. Avec des sentiments admirables et l'esprit le plus distingué, il a je ne sais quoi de vague et d'irrésolu dans le caractère; son imagination a besoin d'un guide, il m'a choisie pour l'être, quoiqu'il en eût déjà deux dont les excellents conseils lui seront toujours chers, une mère aussi tendre qu'éclairée, et un instituteur jeune encore, rempli de mérite et devenu son meilleur ami. Il m'associa à ces deux personnes pour fixer ses idées, ses études et ses projets: j'ai pris pour lui la plus tendre amitié. J'étais au moment de partir pour la campagne, nous nous promîmes de nous écrire régulièrement, et nous tînmes parole.

Lord Bristol était à Paris avec toute sa famille, composée d'une femme charmante et de neuf enfants. Nous nous oubliâmes souvent dans nos conversations tête à tête, car je ne connais pas d'entretien plus agréable et plus solide que le sien. Je refusai d'ailleurs de recevoir tous les étrangers qui demandèrent à me voir, avec lesquels je n'avais eu d'anciennes liaisons, à l'exception de madame la duchesse de Devonshire, sœur de lord Bristol, et personne très-distinguée, ainsi que son frère, par son esprit et son caractère[2]. Je vis encore, à la demande de M. le duc et de mademoiselle d'Orléans, Son Altesse Royale le duc de Glocester; j'eus avec ce prince, dont les sentiments me charmèrent, de longues conversations, et, comme il est à la tête de plusieurs hôpitaux, je lui demandai en grâce de s'occuper d'en fonder un qui manquait partout, et il me le promit: c'est un hôpital pour les enfants rachitiques et bossus, parce qu'il y a des moyens sûrs de guérir des difformes difformités naissantes. Je pris aussi la liberté, dans ce même entretien, de faire quelques questions à Son Altesse Royale sur nos princes, et particulièrement sur Monsieur[3]. Il me répondit qu'il n'avait point eu de liaison intime ou particulière avec ce prince, mais qu'il avait eu les occasions de connaître avec certitude que la sûreté de sa parole était inviolable, et que, lorsqu'une fois il avait promis une chose, rien au monde ne pouvait l'y faire manquer; ce furent les propres paroles du duc de Glocester. Enfin j'ai vu encore dans ce même hiver une charmante étrangère, dont je conserverai toute ma vie le souvenir: c'est une Polonaise nommée madame la comtesse de Zaleska; elle m'a donné pour ma guirlande un joli bouquet de pensées peint par elle.

Lord Bristol m'envoya la traduction d'un livre anglais in-8° de cinq cents pages, intitulé l'Analogie de la religion avec la nature, par Joseph Butler, évêque de Durham. C'est lord Bristol qui a fait traduire sous ses yeux ce livre et qui l'a fait imprimer à ses frais;

---

[1] Ce trait est d'une telle sublimité qu'on ne peut s'empêcher de le rapporter ici. Le vertueux confesseur de Louis XVI, l'abbé Edgeworth, après avoir assisté dans leurs derniers moments avec un zèle admirable des prisonniers républicains français, prit la maladie contagieuse dont ils étaient atteints. Son Altesse Royale Madame, duchesse d'Angoulême, qui se trouvait dans le même lieu, demanda et obtint de Mgr le duc d'Angoulême d'aller sur-le-champ soigner ce digne ecclésiastique, qui aurait exposé sa vie en donnant à notre auguste et malheureux roi les dernières consolations de la religion; il fallait bien de la piété et de la force d'âme pour ne pas refuser une telle demande; Son Altesse Royale n'hésita point à accorder cette touchante permission. Aussitôt Madame, duchesse d'Angoulême, malgré l'affreux danger de cette maladie épidémique et mortelle, se rendit auprès de l'abbé Edgeworth et le soigna avec l'assiduité et toute l'affection que pouvait produire une piété qui était à la fois angélique et filiale. Le saint abbé mourut; Madame, duchesse d'Angoulême, ne fut même pas malade: ainsi le ciel renouvela pour elle le miracle qu'il avait déjà fait pour les illustres filles de Louis XV.

[2] A dix-sept ans M. Dupuytren fut nommé professeur à l'École de santé de Paris, et ouvrit des cours de chirurgie et des cours d'anatomie. Il succéda à M. Duméril dans la place de chef des travaux anatomiques; et à vingt-quatre ans il obtint la place de chirurgien en second de l'Hôtel-Dieu de Paris. Il en est chirurgien en chef depuis 1815. M. Dupuytren a perfectionné et même inventé plusieurs instruments.

[1] Depuis que j'ai écrit ceci, madame de Saint-Julien est morte; elle avait toute sa tête: elle a demandé et reçu tous les sacrements, et avec la piété la plus édifiante.

[2] Cette personne intéressante vient de mourir en Italie dans le cours de cette année 1824.

[3] Depuis Charles X.

l'avis de l'éditeur, qui est entièrement de lui, est fort touchant. Il s'exprime ainsi :

« Un étranger, qui désire ardemment témoigner sa reconnaissance » pour toutes les bontés qu'il a reçues pendant son séjour en France, » ne croit pas pouvoir trouver un meilleur moyen de satisfaire à ce » besoin de son cœur que d'offrir cet ouvrage, traduit de l'anglais, à » une nation qu'il sait si bien apprécier et qu'il a tant de raison d'ai-» mer et de respecter. »

Comme l'ouvrage n'entre dans aucune espèce de détails sur les dogmes et qu'il ne parle que sur la vérité du christianisme et de la révélation, il peut être goûté par les catholiques ainsi que par les protestants; il a eu le plus grand succès en Angleterre, où l'on sait apprécier les raisonnements profonds et les pensées fortes ; la logique en est admirable et l'enchaînement des idées parfait : c'est un livre excellent et qui, avec un ton calme et plein de modération, anéantit véritablement tous les sophismes et tous les lieux communs de l'im-piété. Cependant cet ouvrage produira peu d'effet ici , il n'a rien de brillant, on ne le lira point, on n'en parlera point, il nous faut des phrases et de la véhémence; le langage de la raison dans les choses même où il convient le plus est tout à fait passé de mode; mais il est toujours utile et bon de mettre dans le commerce de tels ouvrages ; il faudra bien y revenir; ils ont beau être relégués dans le fond d'un magasin ou d'une bibliothèque peu fréquentée, il y a toujours quel-ques bons esprits qui les découvrent et qui s'éclairent en les lisant; ils ressemblent à ces sources bienfaisantes longtemps inconnues et cachées dans des îles désertes; leur existence est toujours un bienfait de la nature, elles peuvent servir un jour à désaltérer et à sauver la vie de quelques voyageurs égarés.

L'auteur achève dans cet ouvrage cette pensée d'Origène : « C'est en » raisonnant par l'analogie qu'Origène observe très-judicieusement » que celui qui croit que l'Écriture doit son origine à l'auteur de la » nature doit s'attendre à y trouver le même genre de difficultés que » l'on rencontre dans l'ordre de la nature. »

L'auteur combat parfaitement le système extravagant des opti-mistes qui voudraient que Dieu eût fait l'homme impeccable, c'est-à-dire parfait, qu'il l'eût mis dans l'impossibilité de s'égarer, et qu'en lui toutes les productions de la nature eussent été douées de qualités bienfaisantes; Dieu le pouvait sans doute, mais il n'aurait alors créé que de belles machines qui n'auraient pu lui prouver l'uti-lité de la vertu et la folie du vice, ni mettre en exercice l'un des plus beaux attributs de la Divinité, la miséricorde. Cette réflexion est de moi; je me permettrai d'en faire encore quelques-unes sur ce sujet : il me semble qu'elles sont neuves et qu'elles auraient quelque chose de frappant, si je pouvais les exprimer telles qu'elles se pré-sentent à mon imagination.

Il y a de la témérité à vouloir pénétrer par curiosité les desseins admirables de Dieu; mais toutes les suppositions faites avec l'idée qu'on peut se faire de sa haute suprême ne sauraient l'offenser. N'est-il donc pas permis d'imaginer que Dieu, source éternelle d'un amour immense, a voulu étendre cet amour à tous les sentiments qu'il peut produire? c'était jouir de la plénitude de sa puissance... Il a voulu connaître la pitié qui console, qui soutient, qui protège; il ne pouvait l'éprouver pour les réprouvés, qui n'en méritent point, ni pour les habitants du ciel, qui sont souverainement heureux et pour l'éternité. Mais l'homme créé avec le pouvoir de choisir entre le bien et le mal, avec la faculté de se repentir ou de persévérer dans ses égarements, l'homme donne à Dieu tous les moyens d'exercer une pitié sublime, une protection toute-puissante, une patience, une justice, une bonté, une clémence divines. Dieu ne pouvait consacrer son amour incomparable que par un sacrifice infini, comme tout ce qui vient de lui et tout ce qui tient à lui ; il s'est fait homme pour sauver le genre humain !...

CHAPITRE XXXVIII.
1820-1821.

Je dois réfuter ici les étonnants récits que lady Morgan a faits dans son singulier *Voyage en France*.

1° Lady Morgan prétend que je lui ai écrit une lettre charmante pour l'engager à venir 'me voir'; on sait que je n'ai jamais été *prévenante* dans ce genre, et je n'aurais pu l'être pour elle, car j'ignorais entière-ment qu'elle fût à Paris; ce fut elle au contraire qui m'écrivit pour me demander, d'une manière aimable et pressante, de la recevoir dans ma retraite; je refusai; elle me récrivit un second billet pour renouveler la même demande, et j'y cédai ; j'avais par hasard gardé ses billets, que j'ai montrés à huit ou dix personnes quand son ouvrage a paru. 2° Je ne lui ai pas dit un mot de mes élèves, dans les quatre

ou cinq fois qu'elle est venue me voir ; nous n'avons uniquement parlé que de l'Angleterre, de l'Irlande et de la littérature anglaise; et même elle me loua beaucoup sur la connaissance qu'elle me trouva à cet égard. 3° Toutes les personnes qui m'ont vue dans l'appartement que j'occupais n'ont pu s'empêcher de rire de la description qu'elle en fait, ainsi que de l'*élégance de ma couche*; cette élégante couche, dont l'éloge devait être imprimé pour le transmettre à la postérité, était un lit composé d'une paillasse et d'un matelas de crin ; le bois, pla-qué en acajou commun, n'avait ni dorures ni ornements d'aucun genre; enfin ce lit si *remarquable*, comme tous ceux que j'ai eus depuis mon enfance, n'avait point de rideaux ni aucune espèce de draperie, et il était recouvert d'une antique courte-pointe de soie bleue tout unie.

Lady Morgan n'est pas belle , mais il y a quelque chose d'agréable et d'animé dans sa personne ; elle a beaucoup d'esprit, elle paraît avoir de la bonté; il est dommage que, pour se faire des partisans, elle ait la manie de se mêler de politique. Elle dit avec grâce que son extrême vivacité et sa démarche un peu sautillante paraient fort étranges dans les cercles de Paris, parce qu'elles contrastaient avec les manières françaises. Elle ajoute que, de son côté, le calme exté-rieur des Français la surprit beaucoup; elle connut bientôt que le bon goût même prescrit cette espèce de maintien. En effet, la gesticula-tion, le ton bruyant, n'ont jamais été à la mode en France. Va-t-on à la promenade, c'est pour s'y asseoir, etc. Cette observation, dans les Mémoires de lady Morgan, est faite et détaillée avec beaucoup d'esprit et de vérité. Je suis charmée d'avoir fait connaissance avec une personne justement célèbre à beaucoup d'égards. J'avoue d'ail-leurs qu'elle me séduisit par une sorte de cordialité qui donne un prix infini à ses éloges. Un jour, en venant chez moi, elle me dit qu'elle avait dans sa voiture une personne intéressante qui désirait me voir : c'était madame Peterson, la première femme du prince Jé-rôme Bonaparte ; lady Morgan me conjurant de la recevoir, j'y con-sentis; je vis une très-belle personne, douce , mélancolique et silen-cieuse, qui aurait mérité un meilleur sort.

Madame Récamier a très-assidue dans les visites qu'elle me rendit dans ce temps : chaque jour m'attachait à elle davantage; elle est charmante à voir, et plus charmante encore à connaître. Malgré toutes les contrariétés et toutes les peines dont sa vie a été semée, il y a tant de douceur dans son caractère, tant de calme dans son âme et dans sa conscience, qu'elle a conservé presque toute la fraîcheur et tout le charme de figure de sa première jeunesse. La dissipation dans laquelle elle a vécu lui a ôté toute capacité d'application pour les occu-pations sérieuses, ce qui est d'autant plus fâcheux pour elle qu'elle est née avec beaucoup d'esprit naturel.

Je viens de lire un bel ouvrage : ce sont les *Soirées de Saint-Péters-bourg*. L'auteur était de Turin; il venait de mourir, et son livre, écrit en français, est vraiment admirable, à beaucoup d'égards; je le lus avec délices et un extrême étonnement qu'un homme d'un aussi beau génie, qu'un si grand écrivain, qui a donné d'autres ouvrages qui sont aussi des chefs-d'œuvre, fût si peu connu et n'eût pas fait plus de bruit. Pour moi, j'avoue que je n'en avais jamais entendu parler; j'en étais humiliée, pour le temps où nous vivons et pour notre nation.

Oh ! que la gloire en décadence de ce siècle est méprisable ! De mauvaises actions suffisent pour le donner, mais aussi elle peut être anéantie en un instant. Quant à la gloire littéraire, pourrait-on ou-blier que nous avons vu, dans tous les journaux libéraux l'étrange ouvrage de M. Garat sur M. Suard élevé aux nues et loué avec l'em-phase la plus risible comme le chef-d'œuvre le plus parfait? J'imagine, si ces messieurs *daignaient* parler des *Soirées de Saint-Pétersbourg*, qu'ils ne manqueraient pas de dire que ce livre est détestable, et que l'auteur était un fanatique et un sot.

Cet ouvrage, qui contient tant d'autres belles choses, n'est pas fini; la mort a empêché l'auteur de le terminer, et l'on doit en regretter vivement la conclusion, que nous n'avons pas. On a joint à la fin de ces entretiens un petit ouvrage du même auteur, pour titre : *Eclaircissements sur les sacrifices*. L'auteur parle des Indiens idolâtres avec sa supériorité ordinaire , il détaille leurs cruautés, leurs sacri-fices humains, etc., il remarque avec raison qu'il est bien étrange qu'on ait tant loué *leur douceur*, et il ajoute :

« Hors de la loi qui a dit, *Beati mites !* il n'y a point d'hommes » doux. Ils pourront être faibles, timides, jamais *doux*. Le poltron » peut être cruel, il l'est même assez souvent; l'homme doux ne l'est » point. L'Inde en fournit un bel exemple. Sans parler des atrocités » superstitieuses que je viens de citer, quelle terre sur le globe a vu » plus de cruautés ?... »

Les lettres et en général les bonnes doctrines firent une perte : M. de Fontanes mourut presque subitement d'une goutte remontée dans l'estomac; il eut un pressentiment de sa mort; quelques heures avant son extrémité, il demanda tout à coup un confesseur; il était debout et habillé; on l'interrogea avec autant de surprise que d'effroi: il répondit qu'il sentait qu'il n'avait plus que quelques heures à vivre; il voulut se confesser et recevoir le viatique avant de consulter le médecin qu'on avait envoyé chercher; il mourut en effet le lende-main. Dans un moment où l'on avait un si grand besoin de la réunion des bons esprits, sa mort était certainement un malheur.

J'étais chargée d'une commission pour M. d'Aligre, pair de France; et comme il s'agissait d'une bonne action, j'étais sûre d'être bien accueillie. Il vint chez moi à ce sujet et écouta avec intérêt ce qu'on m'avait prié de lui dire; ensuite il me parla avec détail des établissements de charité qu'il comptait faire, entre autres, un hospice pour les mutilés. Je le priai d'y joindre une salle pour les pauvres enfants rachitiques et bossus, car j'y pensais toujours. Je m'intéresse particulièrement aux bossus, ayant trouvé un moyen très-simple de les redresser, en leur faisant tirer la corde d'une poulie à laquelle est un seau[1]. J'ai eu cette invention d'après l'observation faite à la campagne, qu'aucune servante tirant de l'eau depuis son enfance n'est bossue; j'ai détaillé cette invention dans les Leçons d'une gouvernante. M. d'Aligre m'apprit qu'il possédait la terre de Saint-Aubin, qui appartenait jadis à mon père et dans laquelle j'ai passé mon enfance jusqu'à ma douzième année. Je savais que cette terre avait passé entre les mains de M. de la Tour, intendant d'Aix; mais j'ignorais qu'à sa mort sa fille, qui est aujourd'hui madame d'Aligre, en eût hérité; on a bâti un nouveau château; on a abattu l'ancien, à l'exception d'une seule tour qui faisait partie de mon appartement et dans laquelle je couchais. La tradition a conservé ce souvenir, et madame d'Aligre n'a pas voulu que cette tour fût abattue; ce qui est d'autant plus aimable pour moi, que je n'ai eu ce détail que par hasard. C'était de cette tour que j'échappais par la fenêtre à la vigilance de mademoiselle de Mars, pour aller donner des leçons d'histoire de France aux petits polissons qui ont formé ma première école et qui m'écoutaient au pied d'un mur, sur le bord d'un étang, tandis que je les haranguais du haut d'une terrasse. Je parlai beaucoup de Saint-Aubin à M. d'Aligre; il m'assura qu'il y avait encore des vieillards qui se souvenaient de m'avoir vue; j'espérais que parmi ces vieillards il se trouverait quelques-uns de mes disciples; je crains bien qu'ils n'aient oublié mes leçons et les vers des tragédies de mademoiselle Barbier qu'ils déclamaient en patois bourguignon. Quant à moi, soixante-quatre ans écoulés depuis cette époque ne m'avaient rien fait oublier de ce qui regarde Saint-Aubin et Bourbon-Lancy. J'étonnai bien M. d'Aligre par ma mémoire à cet égard; il me conjura d'aller, dans le cours de l'automne prochain, lui faire une visite à Saint-Aubin. Rien au monde ne m'eût été plus agréable; mais les joies de la terre sont finies pour moi, et je suis bien persuadée que je n'aurai jamais celle-là. Oh! que de sensations j'éprouverais, que de pensées à la fois douces et mélancoliques j'aurais en me retrouvant dans ces lieux chéris où s'écoula mon heureuse enfance! Alors l'avenir était tout entier à moi; j'étais loin de prévoir combien il serait orageux! Que de regrets et de repentirs se mêleraient aux touchants souvenirs de ce temps de paix, d'innocence, d'espérance et de bonheur! Combien de fois je répéterais que nous faisons nous-mêmes notre destinée, et que si la mienne n'a pas été plus heureuse, c'est que je l'ai gâtée par mon imprudence et mes fautes! Ces idées sont tristes, mais elles donnent du courage; qui oserait se plaindre des peines qu'on a méritées? Au reste, malgré ces pénibles retours sur moi-même, je trouverais un charme infini à revoir Saint-Aubin.

La société devenait véritablement insoutenable: on entendait parler chez M. de Valence, non pas seulement de politique, mais de finance, et souvent pendant trois mortelles heures; il me fallait bien de l'empire sur moi-même pour dissimuler le plus profond ennui que de tels entretiens me causaient. Je trouvais qu'il n'y avait plus de Français, plus de conversation; tous les hommes étaient devenus des publicistes; tous soutenaient ces graves questions avec un ton si capable et si suffisant et de tels éclats de voix, que les plus grandes lumières dans ces sortes de discussions pourraient à peine compenser de semblables désagréments. Que doivent donc paraître tous ces entretiens, dans lesquels il est impossible de recueillir une seule idée originale? On n'y trouve en général que des pensées vulgaires presque toujours incohérentes, et des lieux communs sur les matières les les plus ennuyeuses.

J'aime passionnément les étymologies, j'en sais beaucoup. En voici une que j'ignorais.

Un homme de loi célèbre, M. de Pansey, sous le règne de Napoléon, se trouvant avec d'autres personnes dans le cabinet de l'empereur, ce dernier, sachant qu'il était Champenois, lui demanda raison du

[1] L'exercice de la poulie. M. Tronchin l'avait imaginé et pratiqué jadis avec succès pour redresser les tailles d'enfants contrefaits. Il me conta ce fait. Il y a trente ans, et dès ce moment j'appliquai cette idée à l'éducation. Cette poulie, attachée au plancher, est parfaitement semblable à celle d'un puits. Seulement, au lieu de mettre un seau à la corde, on y attachait un sac de peau rempli de sablon; j'ai fait placer autour de cette poulie, fixée contre le lambris, une balustrade fermée pour prévenir les accidents que pourrait causer la chute des poids. Il faut pour cet exercice que l'enfant soit bien posé d'aplomb, que ses pieds soient l'un contre l'autre, qu'il ne s'élève jamais sur leurs pointes en tirant la poulie, et qu'il ne laisse pas glisser la corde dans ses mains en descendant le poids. À la campagne on faisait cet exercice sur de véritables puits, placés dans les petits jardins des enfants, c'est-à-dire un grand tonneau rempli d'eau, au-dessus duquel était posée la poulie. On tirait de l'eau pour arroser son jardin, et comme on ne pouvait pas augmenter la grosseur des seaux, parce qu'il fallait qu'ils fussent proportionnés à la petitesse du puits, j'avais imaginé de faire mettre à ces seaux un double fond dans lequel on pouvait glisser des poids.

proverbe qui dit: Quatre-vingt-dix-neuf moutons et un Champenois font cent bêtes. M. de Pansey répondit que, dans les anciens temps, Thibault, comte de Champagne, mit un impôt sur les troupeaux; il déclara par un édit que chaque troupeau de cent moutons qui entrerait dans une de ses villes payerait une taxe; alors les femmes imaginèrent de ne composer un troupeau que de quatre-vingt-dix-neuf moutons tout au plus. Mais Thibault, pour rendre inutile ce subterfuge, décida qu'à l'avenir le berger conducteur compterait pour un mouton.

Il y a longtemps que j'ai fait une singulière remarque. Je savais, avant la révolution, tous les cris des marchands des rues de Paris; on pouvait les noter, car ils sont tous des espèces de chants; j'avais observé que ces chants étaient extrêmement gais et que, par une conséquence naturelle, ils étaient presque tous en ton majeur. Depuis la révolution, en rentrant en France, je reconnus avec surprise que ces cris, que depuis mon enfance je n'avais jamais vus changer, s'étaient plus du tout les mêmes et que de plus ils étaient à peine intelligibles, excessivement tristes et lugubres, et presque tous en ton mineur... Après y avoir réfléchi, voici comment j'explique cette singularité: ce changement a dû s'opérer durant les années effroyables du règne de la Terreur. Qu'on se figure s'il est possible qu'une marchande de pain d'épice, à côté d'une charrette remplie d'infortunés allant à l'échafaud, ait pu crier gaiement: V'là le plaisir, mesdames!... et que tous les autres marchands, au milieu de ces horribles spectacles, aient pu conserver leur accent joyeux. Peu à peu cet accent s'est altéré; il est devenu sombre, confus, et il est resté lamentable. Cette observation est à la louange du peuple, car elle prouve mieux qu'aucun autre fait combien il était ému, troublé et sensible à la pitié.

J'ai jadis assez bien observé et assez bien peint le monde et la cour du temps de ma jeunesse et de mon âge mûr. Il y avait alors dans la société des conversations charmantes, un ton parfait en général, de la grâce et des ridicules; car les ridicules sont très-remarquables où se trouvent un ton fixe et réputé bon et un mauvais ton reconnu tel. Mais quand ces deux choses n'existent plus, il n'y a plus de ridicules; on ne peut les apercevoir que par les souvenirs. Comme j'ai conservé toute ma mémoire, je suis aussi frappée de tout ce que je vois, de tout ce que j'entends que si j'étais dans la société une jeune débutante née avec du goût et l'esprit d'observation; rien ne me rappelle ce que j'ai vu dans mes beaux jours, et tout me les fait regretter. En cause plus, la Bruyère a dit: Conteur, mauvais caractère. S'il vivait, il trouverait un bien grand nombre de mauvais caractères! Si douze ou quinze personnes sont rassemblées, ceux qui passent pour être aimables et spirituels (lorsqu'on ne parle pas de politique) content tour à tour des histoires satiriques et burlesques; les autres applaudissent par des éclats de rire si bruyants, que j'en frissonne toujours à la fin d'un récit, certaine d'avance que les voûtes du salon vont retentir avec un bruit qui a pour moi quelque chose d'effrayant. Les meilleurs conteurs sont ceux qui joignent à leurs récits la pantomime et une véhémente gesticulation. Quant à la conversation, elle est absolument nulle, ou plutôt il n'y a plus que ce récit. Une chose encore à laquelle je ne m'accoutumerai jamais, c'est la manière intrépide dont les hommes entrent et sortent d'un salon, et les scènes qu'ils font essuyer à leur apparition et à leur départ; ils viennent fondre sur vous pour vous souhaiter le bonjour ou le bonsoir et pour vous dire adieu. J'ai cherché la raison de cette singulière coutume, et je crois l'avoir trouvée: beaucoup de gens, depuis la révolution, n'étaient pas accoutumés à venir s'établir jusque dans les salons; lorsqu'ils y ont été admis, ils ont pensé qu'il fallait surtout ne pas avoir l'air embarrassé en y entrant et en s'y établissant; alors ils se sont armés d'un mâle courage, et de là cette impétuosité et cet air d'assurance et de hardiesse, qui sont devenus une habitude presque généralement adoptée par tous les gens même qui peuvent sans étonnement se trouver en bonne compagnie.

J'ai aussi recherché l'origine des petits tabourets que les maîtresses de maison mettent sous leurs pieds, et qu'elles font donner aux dames qu'elles considèrent le plus. Jadis les princesses du sang auraient cru manquer de politesse, si elles eussent ainsi dans un cercle établi leurs pieds sur un de ces tabourets. Cette mode fut introduite sous le directoire, s'accrédita sous le consulat et devint universelle sous l'empire.

Après y avoir profondément réfléchi, je crois qu'on doit attribuer cette mode à celle des chaufferettes, qui élevaient aussi les pieds, et dont faisaient un usage journalier, et de tout temps, les femmes des classes inférieures de la société. Une très-grande quantité de dames de ces classes, dont les maris firent fortune, parurent tout à coup dans le grand monde avec d'éclatantes parures de diamants et de magnifiques châles de cachemire; mais au milieu de cette pompe elles ne purent s'empêcher de regretter les chaufferettes, et pour se consoler de cette privation, elles imaginèrent ingénieusement de substituer aux chaufferettes les petits tabourets. J'ai trouvé de même l'origine de beaucoup d'autres usages nouveaux; mais je n'en fais point ici mention, parce que j'en ai parlé dans mon Dictionnaire des étiquettes.

Il y a un caractère que je n'ai jamais peint, mais qui est devenu très-commun depuis la révolution: ce sont les gens qui s'érigent en prophètes et qui prétendent avoir prédit avec détail tous les événements les plus singuliers depuis la révolution ; à chaque chose nouvelle, ils vous interpellent tout à coup en s'écriant : Je vous l'avais dit, vous devez vous en souvenir ? On ne s'en souvient jamais, n'importe ; ils l'affirment, le soutiennent, et par politesse il faut se taire ! J'avoue que je n'ai guère cette urbanité et que, lorsque l'on me demande ainsi à faux mon témoignage, je le refuse nettement ; j'y gagne de n'être plus interrogée sur ce point ; on trouve assez d'autres personnes qui ont une mémoire plus complaisante.

On convient bien généralement que la grâce et le bon goût ne sont plus aujourd'hui ce qu'ils étaient jadis ; mais on répète qu'au moins on trouve dans la société plus de naturel, comme s'il y avait de la grâce sans naturel. J'avoue que plusieurs années avant la révolution une grande dégénération se faisait remarquer dans le grand monde.

Tandis que la philosophie moderne corrompait les mœurs et dénouait tous les liens de la société, elle mettait à la mode le *langage de la sensibilité*, mais dans un langage emphatique, un galimatias ridicule, qu'il fallait avoir l'air de comprendre et dont personne n'était dupe; toutes les démonstrations qui ne prouvent rien, tous les discours affichaient la *sensibilité* la plus exaltée, presque toutes les actions sérieuses décelaient et prouvaient un profond égoïsme. Cette espèce d'affectation en entraîna beaucoup d'autres et donna à la fin de ce siècle un caractère de fausseté qui devint à peu près général. Par une convention triste et bizarre, toutes les prétentions se trouvèrent subitement en opposition avec les véritables goûts. Ceux qui vantaient le plus les charmes de la solitude et de la *vie champêtre* n'aimaient que le monde et la dissipation. Les courtisans affectaient de s'ennuyer à Versailles ; les dames qui avaient le plus désiré et sollicité des places à la cour se récriaient sans cesse sur l'*ennui mortel d'aller faire leurs semaines*. On intriguait pour se faire inviter à un bal remarquable, à une grande fête ; en même temps on se plaignait amèrement de ne pouvoir se dispenser d'y aller. Si l'on s'amusait dans une nombreuse société, on n'en convenait jamais ; les prétentions à la *simplicité des goûts*, à la *solidité du caractère*, ne permettaient pas un tel aveu. Si, à un *petit souper*, à une partie particulière arrangée, dans une société intime, on s'ennuyait, on y affectait la plus grande gaieté, et pendant huit jours on ne parlait que de l'agrément de cet insipide souper. Il en était ainsi de tout : on affectait continuellement une ardente imagination pour les choses que l'on ne comprenait point pour les arts qu'on était hors d'état de juger. On voyait des gens du monde qui ne sentaient pas la mesure des vers s'extasier en parlant de poésies qu'ils n'avaient jamais lues, et des admirateurs enthousiastes de Voltaire et de Rousseau qui ne savaient ni le français ni l'orthographe, et qui n'auraient pas été capables d'écrire passablement un billet. Des littérateurs d'une complète ignorance en musique écrivaient et publiaient les plus ridicules dissertations sur le mérite musical des productions de Gluck et de Piccini. On se passionnait pour rien sentir, et, sans étude et sans connaissances on jugeait tout hardiment et en dernier ressort. Cette affectation eut les plus funestes conséquences : elle rendit l'esprit aussi faux que les caractères; on adopta aveuglément toutes les opinions que l'on crut dominantes et qui pouvaient donner une espèce de réputation, de quelque genre qu'elle fût. Bientôt celle de l'esprit et des talents ne suffit pas; on prétendait à *l'éloquence*, à *la force*, à *l'originalité*, *au génie*. Jadis, dans le monde, on se contentait d'obtenir de la considération; il ne fallait pour cela qu'une conduite sage et noble; mais quinze ans plus tard *l'insipide estime* fut abandonnée à la *médiocrité*; on voulait de la *gloire*, ce qui préparait à vouloir des royaumes. On prit un jargon philosophique, c'est-à-dire pédantesque, souvent inintelligible et toujours frondeur. Au milieu des thèses sentimentales soutenues dans la société, on esquissa les *droits de l'homme*; on vit naître, avec le galimatias, non les nobles idées d'une *sage liberté*, mais ce qu'on appela depuis les *idées libérales*. En même temps on se moqua de tout; le scepticisme, sous le nom de *persiflage*, s'introduisit dans le grand monde. Cette affectation ne fut générale et à son comble que trois peu de temps avant la révolution. On ne dira point qu'elle en fut l'aurore, car elle n'annonçait nullement la lumière; on ne pourrait la comparer qu'au sombre crépuscule qui souvent, au déclin d'un beau jour, présage une nuit orageuse et profonde.

Sous le règne de la Terreur, l'*affectation* ne conserva que la déraison et l'emphase; mais d'ailleurs, changeant de caractère, elle devint atroce. On n'affecta plus que la férocité. Alors tout fut bouleversé, le langage, les mœurs, la signification des mots, l'expression des sentiments. La louange, le blâme, les vices et la vertu; la crainte si timide jusqu'alors, quittant son maintien naturel, prit tout à coup un air menaçant; des hommes qui n'étaient pas des inhumains prêchèrent le meurtre pour échapper à la proscription; la lâcheté cacha son épouvante sous un masque affreux souillé de sang !...

Après le règne de la Terreur jusqu'à la Restauration, il n'y eut point dans le grand monde d'*affectation marquée*. En général une ambition démesurée s'empara de tous les esprits; on ne fut occupé que du soin de trouver le moyen d'obtenir des grades, des *emplois lucratifs*, de l'*argent*, des *majorats*, des *royaumes*. Les intrigues d'affaires suspen-

dirent celles de l'amour et de la galanterie; le désir de plaire céda au désir d'élever sa fortune; les grâces françaises tombèrent en désuétude; il n'en resta plus qu'une tradition incertaine et dédaignée; l'amitié ne fut plus qu'une association d'intérêts pécuniaires; elle ne demanda ni soins ni procédés tendres et délicats, mais des serments solides et réciproques; elle fut un calcul, un marché.

Nous avons vu une étrange affectation (dans quelques personnes) : celle d'afficher avec aigreur, avec emportement, l'attachement le plus légitime, le plus vertueux et le mieux fondé; sentiment devenu général, et qui devrait rétablir la paix et l'union dans la société. Ce zèle affecté au sincère n'est pas *selon la science*. Je terminerai cet article par un trait d'histoire : Un courtisan d'Alexandre le Grand, dans l'intention d'être cité, se trouvant dans une nombreuse assemblée, y débitait d'un ton d'énergumène beaucoup d'extravagances qu'il croyait très flatteuses pour le monarque. Le sage Callisthène, qui l'écoutait, lui dit : *Si le roi l'entendait, il t'imposerait silence.*

M. Bourlier, évêque d'Évreux, mourut à l'âge de quatre-vingts et quelques années. C'était un très digne évêque. M. de Talleyrand, dans la Chambre des pairs, fit son éloge, qui fut imprimé par ordre de la Chambre. Il me l'envoya et je le lus avec un grand plaisir. Ce discours est terminé par un passage charmant sur la vieillesse; le voici :

« Une belle vieillesse exerce une grande puissance; ses conseils ne blessent point, parce que les rivalités sont éteintes pour elle; elle ne choque aucun amour-propre, et l'empreinte d'expériences vérifiées qu'elle porte a pour les autres le grand avantage de diminuer la confiance que l'on est disposé à avoir dans son propre jugement.

» Faisons des vœux pour conserver longtemps les vieillards que nous avons encore dans cette Chambre; ils appartiennent à des temps dont il ne reste plus qu'eux. Leur présence est un avertissement continuel : ils nous disent de mettre du temps dans les affaires, du discernement dans les convenances, et d'apprécier sans illusion toutes les choses de la vie. Dans leur longue traversée, tous les sanctuaires de l'esprit humain leur ont été ouverts, et ils y ont appris la science des vérités utiles, science qui met à leur juste valeur et les résistances de l'habitude et les entreprises de l'imagination. »

J'étais bien fâchée depuis longtemps d'avoir perdu la relation de mon voyage en Auvergne. Mademoiselle d'Orléans venait d'y acquérir une terre; elle y fit un voyage, et j'aurais eu grand plaisir à lui donner cette relation, qui contient tout ce qu'il y a de plus curieux à voir dans cette province. Comme je lui exprimai ce regret à son retour, elle m'apprit qu'elle avait une copie écrite de sa main de ce petit ouvrage; elle eut la bonté de me le prêter, et je le relus avec beaucoup de curiosité.

Je fis ce voyage au commencement de la révolution, et j'en revins par Lyon; je connus à Clermont de quelle manière s'y prenaient les révolutionnaires pour se faire des partisans parmi le peuple. L'Auvergne était chrétienne et pieuse, et l'on n'attaquait point encore la religion. Cependant on avait établi un club à Clermont, et là, par un règlement particulier, tous les laboureurs y étaient reçus sans scrutin, ce qui est absurde, car un laboureur peut fort bien être un ivrogne et un débauché, et par conséquent un mauvais homme. Les assignats, qu'on établit dès le commencement de la révolution, firent dans toutes les provinces un mauvais effet; mais à Clermont, quand j'y étais, dès qu'un *laboureur* apportait à la société des *Amis de la constitution* des assignats, il en recevait sur-le-champ l'argent sans aucune espèce de retenue. Je suppose que les amis de la constitution en agissaient ainsi dans toutes les autres provinces. Ces moyens secrets étaient plus efficaces que les discours pompeux et les harangues emphatiques.

Depuis mon retour à Paris, en 1801, j'avais été choquée du ton de la conversation; rien n'y était naturel, et l'exagération avait mis à la mode les expressions les plus outrées. On éprouvait l'*horreur* ou l'*enthousiasme* pour les choses les plus futiles et les plus simples; tout était *inconcevable*, *inouï*, *monstrueux*, *horrible* ou *charmant* et *céleste*. Lorsqu'on rencontrait quelqu'un auquel on avait fait fermer sa porte, on ne manquait jamais de lui protester qu'on était *désespéré* de ne s'être pas trouvé chez soi. Les gens d'un ton plus raffiné se contentaient de dire qu'ils étaient bien *affligés*. Après avoir fait sept ou huit visites, on rentrait dans sa maison avec le remords d'avoir plongé dans l'affliction et réduit au désespoir une douzaine de personnes, mais aussi avec la consolation d'en avoir charmé et rendu heureuses un pareil nombre. Aujourd'hui ces exagérations sont fort affaiblies; les femmes surtout sont beaucoup plus froides, moins affectueuses, moins accueillantes; mais sont-elles plus sincères ? C'est une question que je ne me permettrai pas de décider.

Je regrettais les soupers; ils étaient supprimés, parce que les usages se trouvaient changés comme la langue : les spectacles ne finissaient qu'à minuit, et cela seul produisait un grand changement dans la société. Après le dîner, on pouvait ou faire des visites ou aller au spectacle; on était distrait, préoccupé; on regardait à sa montre; toutes ces choses ne donnaient ni un maintien ni une conversation aimables. Le souper jadis terminait la journée; on n'avait plus rien à faire; on ne craignait plus le mouvement et l'interruption causée par les visites qui surviennent toujours après le dîner; on était tout entier à la société : au lieu de compter les heures, on les oubliait et l'on causait avec une parfaite liberté d'esprit, et par conséquent avec agrément.

Autrefois les soupers de Paris étaient renommés pour leur gaieté; on s'amusait, on causait sans interruption, même à table, parce qu'on était toujours placé par son choix à côté des personnes qui convenaient le mieux..... Chez les princes du sang, le prince appelait auprès de lui *deux personnes*, et toujours deux femmes; la princesse aussi, elle ne mettait toujours *deux femmes*, à moins qu'il n'y eût un prince étranger de maison souveraine et sur le trône; d'ailleurs on pensait que ni une princesse ni une femme de la société ne pouvaient, avec bienséance, inviter un homme à venir s'asseoir à côté d'elles pendant une heure et demie; on pensait qu'à moins des privilèges du rang le plus élevé, il n'y a point de cas où, dans le cours ordinaire des choses, une femme puisse faire des *avances* à un homme. La politesse était parfaite et par conséquent toujours aimable ; elle ne dégénérait jamais en froid cérémonial, et l'on évitait avec soin dans la société tout ce qui pouvait ressembler à l'*étiquette* et rappeler l'idée de quelque inégalité dans les rangs. On trouvait que chez soi il fallait savoir accorder des distinctions à ceux qui le méritaient, ou par la réputation, l'esprit, la considération personnelle, ou par leur place et leurs emplois ; mais sans jamais blesser ou désobliger les autres, ce qui se faisait fort naturellement, en s'occupant un peu plus de ces personnes et non en leur donnant solennellement des préférences qui faisaient jouer un rôle subalterne à ceux qui ne les obtenaient pas. Le grand seigneur qui invitait à souper la femme d'un fermier général ou d'un duc et pair les traitait avec les mêmes égards, le même respect. La financière établie dans le cercle n'aurait point cédé sa place à la duchesse ; et, si par hasard elle la lui eût offerte, la duchesse, sous peine de passer pour impertinente, ne l'aurait point acceptée. Lorsqu'on allait se mettre à table, le maître de la maison ne s'élançait point vers la *personne la plus considérable* pour l'entraîner au fond de la chambre, la faire passer en triomphe devant toutes les autres femmes, et la placer avec pompe à table à côté de lui. Les autres hommes ne se précipitaient point pour *donner la main aux dames*, comme je le voyais et comme on le fait encore souvent aujourd'hui. Cet usage ne se pratiquait alors que dans les villes de province. Les femmes d'abord sortaient toutes du salon; celles qui étaient le plus près de la porte passaient les premières; elles se faisaient entre elles quelques petits compliments, mais très-courts, et qui ne retardaient nullement la marche. Tout cela se faisait sans embarras, avec calme, sans empressement et sans lenteur; les hommes passaient ensuite. Tout le monde arrivé dans la salle à manger, on se plaçait à table à son gré, et le maître et la maîtresse de la maison trouvaient facilement le moyen, sans *faire de scène*, d'engager les quatre femmes les plus distinguées de l'assemblée à se mettre à côté d'eux. Communément cet arrangement, ainsi que presque tous les autres, avait été décidé en particulier dans le salon. Voilà des mœurs sociales et des manières véritablement polies, parce qu'elles obligent celles que l'on veut particulièrement honorer et qu'elles ne blessent personne; nous avons changé tout cela. Non-seulement, à mon retour en France, et encore aujourd'hui, le maître de la maison s'emparait de la dame *la plus considérable* qu'il établissait à côté de lui, mais il lui fallait un second et il nommait un autre homme, le plus élevé en grade, qu'il faisait placer à côté d'elle; et si cette femme, comblée de tant d'honneurs, aimait mieux l'amusement que la gloire, et que par malheur (ce qui n'est pas absolument impossible) le maître de la maison, et même le général d'armée ou le maréchal de France, fût ennuyeux, elle passait une triste soirée... Les autres femmes n'étaient pas plus heureuses; car l'impérieux despote qui les rassemblait chez lui avait nommé à haute voix les voisins qu'elles devaient avoir. Il fallait avoir une gaieté à toute épreuve pour en conserver un peu à de tels repas.

Autrefois les femmes, après le dîner ou le souper, se levaient et sortaient de table pour se rincer la bouche; les hommes, et même les princes du sang, par respect pour elles, ne se permettaient pas, pour faire la même chose, de rester dans la salle à manger; ils passaient dans une antichambre. Aujourd'hui cette espèce de toilette se fait à table dans beaucoup de maisons. Là, on voit des Français, assis à côté des femmes, se laver les mains et cracher dans un vase... C'est un spectacle bien étonnant pour leurs grands-pères et leurs grand'mères : cet usage vient d'Angleterre. Il est certain que cette coutume n'est pas française; mais au moins cette coutume est plus excusable en Angleterre, puisque les femmes se lèvent toujours au dessert et laissent les hommes à table.

Dans la bonne compagnie jadis, les femmes étaient traitées par les hommes avec presque tous les usages respectueux prescrits pour les princesses du sang; les hommes parlaient en général qu'à la tierce personne, ils ne se tutoyaient jamais entre eux devant elles, et même quelque liés qu'ils fussent avec leurs maris, leurs frères, etc., ils n'auraient jamais en leur présence désigné ces personnes par leurs noms tout court. Jamais alors les gens bien élevés ne louaient en face une femme sur sa figure, ils lui supposaient toute la modestie de son sexe, l'éloge le plus flatteur que l'on puisse donner. Lorsqu'on leur adressait la parole, c'était toujours avec un son de voix moins élevé

que celui qu'on avait avec des hommes. Cette nuance de respect avait une grâce qui ne peut se décrire. Toutes ces choses n'étaient plus d'usage à mon retour; chaque homme pouvait dire :

De soins plus importants mon âme est agitée.

Ajoutons que peu d'années avant la révolution on n'aurait osé paraître en bottes devant elles à Paris. Il est vrai qu'alors, excepté à la campagne, elles ne recevaient communément les hommes qu'à dîner et le soir.

De leur côté les femmes, n'étant plus traitées avec respect, avaient perdu la retenue qui doit les caractériser : par exemple, elles appelaient dans un cercle les jeunes gens par leur seul nom de baptême, et l'habitude d'entendre tutoyer continuellement en leur présence leur avait fait prendre celle de se tutoyer entre elles devant du monde, chose qu'on n'a jamais vue dans l'ancien temps[1].

J'observai un ridicule plus amusant; je m'aperçus que, malgré le dénigrement affecté de l'ancien temps, plusieurs parvenus avaient fait une étude sérieuse de l'art de contrefaire les grands seigneurs de l'ancienne cour : MM. de Talleyrand, de Valence, de Narbonne et de Vaudreuil étaient surtout leurs modèles. Il faut avouer qu'ils les choisissaient bien.

Une chose qui me déplut particulièrement fut la suppression des couvre-pieds et des chaises longues. Je vis les dames les plus qualifiées et les plus à la mode de cette époque recevoir parées et couchées sur un canapé et sans couvre-pied. Il en résultait que le plus léger mouvement découvrait souvent leurs pieds et une partie de leurs jambes. Le manque de décence qui ôte toujours du charme, surtout aux femmes, donnait à leur maintien et à leur tournure une véritable disgrâce.

Mes visites dans quelques maisons me firent connaître l'inexpérience et le mauvais goût de ceux qui remeublèrent les hôtels et les palais abandonnés et dévastés. J'y remarquai mille bizarreries. On plaçait une toise aux murs, au lieu de les tendre; on calculait sans doute que de cette manière l'*aunage* était infiniment plus considérable et que cela était beaucoup plus magnifique. Afin d'éviter l'air mesquin qui aurait pu rappeler certaines origines, on donnait à tous les meubles les formes les plus lourdes et les plus massives. Comme on savait en général que la symétrie était bannie des jardins, on en avait conclu que l'on devait aussi l'exclure des appartements, et l'on posait toutes les draperies au hasard. Ce désordre affecté donnait à tous les salons l'aspect le plus ridicule; on croyait être dans des pièces que les tapissiers n'avaient pas encore eu le temps d'arranger. Enfin, pour montrer que les nouvelles idées n'excluaient ni la *grâce* ni la *galanterie*, les hommes et les femmes rattachaient les rideaux de leurs lits avec des attributs de l'*Amour* et transformaient en *autels* leurs tables de nuit. On vit des conspirateurs qui s'étaient baignés dans le sang se coucher sur des lits somptueux, ornés de camées représentant Vénus et les Grâces; et l'on voyait suspendus sur leurs têtes, non l'épée de Damoclès, mais une flèche légère ou des couronnes de roses[2]!...

Nos voitures ne furent pas même à l'abri de cet esprit général d'innovation. Avant la révolution il n'y avait point de cabriolets de place[3], et c'était un bien; car cet établissement a causé une multitude d'accidents. On a supprimé les chaises à porteur et les brouettes, voitures très-regrettables pour la classe qui n'est pas en état de payer des fiacres. Il est étonnant qu'on n'ait pas imaginé des litières publiques, menées par des mulets, pour le service des malades, des convalescents et des femmes grosses, auxquelles les voitures ordinaires sont défendues. Ces litières seraient employées à Paris, dans les environs et pour les voyages.

La forme des voitures était beaucoup plus agréable jadis que celle des voitures rondes comme des boules, qui sont du plus mauvais goût. La forme des berlines et des calèches anciennes et celle des *vis-à-vis* étaient d'un fort bon dessin dans leur genre et d'une grande élégance.

Le jacobinisme avait supprimé toute espèce de compliments en proscrivant toutes les bienséances. On commençait à les reprendre à mon retour ; et, apparemment pour réparer le temps perdu, on les multipliait et on les allongeait. Par exemple, en entrant et en sortant d'un salon, chacun se croyait obligé d'aller faire un compliment d'arrivée ou d'adieu à la maîtresse de la maison. Autrefois, au lieu de ces entrées bruyantes et triomphales, on se présentait modestement et sans éclat; on n'allait point attaquer avec intrépidité la maîtresse de la maison, et souvent une profonde révérence formait tout le cérémonial. Lorsqu'on sortait, on n'allait point prendre un congé solennel, on saisissait le moment où d'autres personnes entraient, on

[1] Cette remarque sur le tutoiement rappelle un mot très-plaisant de madame de Bussy, femme du gouverneur de Saint-Domingue, étant seule avec son mari qu'elle n'aimait pas. M. de Bussy la conjurait, ce qui était fort simple étant tête à tête, de le tutoyer, ce qu'elle n'avait jamais fait. Après beaucoup d'instances passionnées, elle y consentit enfin et lui dit : *Eh bien! va-t'en*.

[2] Ceci se rapporte à l'an 1800; mais depuis, grâce aux charmants dessins et au talent de MM. Fontaine et Percier, nos meubles ont toute l'élégance désidérable.

[3] Il y en avait à Naples très-longtemps avant la révolution.

en profitait pour s'évader sans être aperçu, afin d'éviter l'importunité réciproque des compliments et des reconduites. L'esprit de tous ces usages était bon; on ferait bien d'y revenir entièrement[1].

Après avoir passé quelque temps à Paris, je fis une infinité de courses à la campagne et dans les châteaux; j'en fis même plusieurs en simple voyageuse et par pure curiosité, et j'avoue que je pensai qu'en général on trouvait beaucoup plus de popularité et de *libéralité* dans nos anciens châteaux. Je ne trouvais plus ces chapelles qui étaient jadis d'un si bon exemple pour les paysans. Je ne vis aller à l'église paroissiale que les dames; les hommes n'y mettaient presque pas le pied; et les paysans, pour les imiter, n'y allaient jamais. Je fus aussi scandalisée des *fêtes* qu'on leur donnait : le maître du château leur ouvrait ses jardins, avec la *permission* d'y inviter des cabaretiers, des traiteurs, auxquels ils achetaient des vins et les repas que nous leur donnions jadis avec tant de générosité.

On croit trop communément que les mauvaises manières et la brusquerie ne sont d'aucune conséquence dans les affaires; que l'intérêt y décide tout, et que la politesse la plus aimable n'y fait rien : c'est

Mort du duc de Berri.

une erreur, et surtout en France : l'impertinence y fait échouer une infinité d'affaires. Des Français ne supportent pas le dédain et le manque d'égards; les ouvriers, les domestiques, en exigent; on n'est jamais bien servi avec des airs impérieux. La bonté, la douceur, l'affabilité, la politesse, sont des qualités aussi utiles qu'elles sont aimables.

Oh! le bon temps que celui où, lorsqu'on se rassemblait dans un salon, on ne songeait qu'à plaire et à s'amuser! où l'on n'aurait pu, sans une excessive pédanterie, avoir la prétention de montrer de *grandes vues sur l'administration!* où l'on avait de la grâce, de la gaieté et toute la frivolité qui rend aimable, et qui repose le soir du poids de la journée et de la fatigue des affaires! Aujourd'hui on n'est plus solide dans ses goûts, ni plus fidèle dans ses attachements, ni plus prudent dans sa conduite; mais on se croit profond parce qu'on est lourd, et raisonnable parce qu'on est grave; et, lorsqu'on est constamment ennuyeux, comme on s'estime! comme on se trouve sage!... Quel est ce salon assiégé où l'on entre en foule, en tumulte, où tout le monde entassé, pressé, se tient debout : où les femmes ne peuvent trouver un siège?... On vante l'esprit de la maîtresse de la maison; mais à quoi lui sert-il? Elle ne peut ni parler, ni entendre; il est impossible de s'approcher d'elle. Un mannequin placé dans un fauteuil ferait aussi bien qu'elle les honneurs d'une telle soirée. Elle est condamnée à rester là jusqu'à trois heures du matin, et elle ira se coucher persuadée qu'elle a donné une soirée superbe, qui lui a coûté beaucoup d'argent, pour s'ennuyer extrêmement.

Par un hasard singulier, j'entendis un jour une conversation géné-

[1] Et c'est ce qu'on a fait. Ce qu'on vient de lire fut écrit en 1800.

rale et remarquable, car il n'y fut nullement question de politique : on parla sur l'éducation et d'une manière qui ne me plut pas. J'ai élevé beaucoup d'enfants, je leur ai donné de bons principes et le mépris de l'irréligion; j'ai écrit des ouvrages qui, sous ce rapport, ont été utiles, et cependant, en y réfléchissant bien, je trouve depuis longtemps qu'il y a toujours eu quelque chose de trop mondain dans mes idées à cet égard; j'ai trop accordé aux coutumes universelles : par exemple, j'autorisais les bals d'enfants et les spectacles *en choisissant les pièces*, et ce m'en repens. Je me suis rétractée sur ce point dans *les Parvenus*, où je détaille toutes les raisons qu'on peut donner contre les bals[1] et les spectacles, et je rectifierai cet article dans *Adèle et Théodore*. Si j'eusse eu des principes plus austères, mes ouvrages auraient peut-être été moins utiles aux gens du monde; mais j'aurais fait mon devoir, et ces ouvrages seraient plus solidement bons; le relâchement qui s'y trouve n'a point eu pour cause le respect humain : on ne doit l'attribuer qu'à l'ignorance de la rigueur des principes et aux préjugés reçus dans le monde. Je dis ceci comme un fait, et non comme une excuse : car lorsqu'on écrit pour le public et surtout lorsqu'on veut être moraliste chrétien, il faut s'instruire et réfléchir mûrement. Au reste, je n'ai ménagé ni les philosophes, ni les sectes, ni les partis, et je savais parfaitement d'avance à quoi je m'exposais en combattant leurs erreurs. Dans tous les temps j'aurais condamné cette manie de nos jours de mener sans cesse des enfants et des jeunes personnes au spectacle et de les faire veiller pour danser jusqu'à deux ou trois heures du matin. De mon temps, les bals finissaient entre neuf et dix heures du soir.

L'entretien dont j'ai parlé me fit faire sur l'éducation actuelle des enfants deux réflexions nouvelles; voici la première : je trouve qu'on a grand tort de faire venir les enfants depuis cinq à neuf et dix ans dans les salons, et surtout de les exhorter d'avance à s'occuper et à *caresser* des parents et amis qu'on leur désigne. On peut dire à des enfants qu'ils doivent aimer et respecter de certaines personnes : c'est les instruire de leurs devoirs et leur donner des idées justes; mais on ne doit jamais leur prescrire de démonstrations, leur ordonner des *caresses* : c'est les rendre affectés et faux. On ne fait point cette distinction, elle est de la plus grande importance. La seconde chose qui me choque, c'est d'accoutumer les enfants à recevoir des présents comme *une preuve d'amitié*; on les rend avides, on leur donne une inconcevable cupidité pour leur âge; ils ont envie de tout ce qu'ils voient; ils ne songent qu'à se faire donner; ils mesurent l'amitié que sur la multiplicité des présents; ils redoublent de caresses aux époques fixées principalement pour les présents, et l'on a quadruplé ces époques; à Noël, *au jour de l'an, au jour de la naissance, à la fête de son patron*, au moment d'un *départ*, au moment du *retour* et lorsqu'on les mène dans les boutiques; dans toutes ces occasions les présents sont de rigueur; rien n'est plus ridicule et plus pernicieux. Cette mode s'observe aussi pour les grandes personnes, et si elle n'est pas aussi corruptrice, elle est au moins très-ignoble, surtout pour les personnes qui en général font de petits présents à ceux qui sont riches, afin d'en obtenir de grands. Jadis on recevait des étrennes de ses proches parents ou d'un ami intime à qui on rendait l'équivalent. Quand on était à la cour, on recevait quelquefois de magnifiques présents des princes (ce que je n'ai jamais voulu faire), mais ces choses n'étaient pas dans les usages communs; du reste on ne recevait de présents de personne, et il n'y avait pour tous ces dons qu'une seule époque dans l'année; du temps de la mode du parfilage fut dans ce genre très-scandaleuse; mais j'ai eu le mérite de l'anéantir entièrement par la critique que j'en fis dans *Adèle et Théodore.*

L'éducation des jeunes personnes a éprouvé aussi un nombre infini de vicissitudes; on a songé pendant longtemps qu'à leur donner les talents de la danse, de la musique et de la peinture, sans s'occuper le moins du monde de la culture de leur esprit. Après avoir employé douze ans à leur apprendre à se parer avec élégance, à danser avec grâce, à chanter et à jouer des instruments de la manière la plus brillante, on les mariait par ambition ou par pures convenances, et on les mettait dans le monde en leur disant gravement : Allez, soyez simples, sans prétention; n'ayez que des goûts solides et raisonnables; ne séduisez personne, ce serait un crime, et surtout soyez toujours insensibles aux louanges que vous recevrez sur votre figure et sur vos talents. On conçoit l'effet que peut produire cette belle exhortation sur une personne de seize ans, qui n'a jamais pu penser, dans les intervalles de ses occupations, qu'au bonheur et à la *gloire* d'obtenir de grands succès à un bal ou dans un concert. On passa de ce genre d'éducation à une autre extrémité : on voulut pendant quelque temps ne faire des jeunes personnes que de *bonnes ménagères*, comme si l'ignorance et la grossièreté devaient être les gages de la sagesse, et comme

[1] J'éprouvais tout le danger d'un bal masqué sur l'imagination. Cette musique continue, ces danses, ce mystère des déguisements, ce langage d'amour et de galanterie, ces intrigues dont j'étais entouré et que j'entrevoyais de tous côtés, cet abandon universel de toute raison, cette abdication de tous les rangs, cet incognito général, cette gaieté sans mesure et sans frein, et surtout les agaceries d'une femme charmante, enfin ce spectacle, cette réunion de circonstances et de séductions me tournaient la tête. »

(*Les Parvenus*, tome II.)

s'il était impossible, avec une intelligence cultivée, de bien conduire une maison. On décida que les femmes ne doivent ni lire, ni écrire, ni cultiver les beaux-arts.

Cependant ne serait-il pas fâcheux que mesdames de Grollier et le Brun, que mademoiselle Lescot n'eussent jamais peint ; que madame de Mongeroux n'eût jamais joué du piano, et que quelques autres n'eussent jamais écrit ? En éducation surtout, il ne faut point de système absolu ; on doit seconder les dispositions données par la nature et non prétendre les forcer. L'éducation ne donne beaucoup qu'à ceux qui sont nés riches ; elle corrige jusqu'à un certain point ; elle guide, elle développe, elle perfectionne ; elle n'a jamais rien créé. Le jardinier le plus habile ne peut que doubler une belle fleur (celle-là seule vaut les soins d'une culture recherchée) ; il n'est pas en son pouvoir de produire un seul brin d'herbe : il faut que la nature ait donné la semence. Si votre élève manque de mémoire, d'intelligence et d'application, vous n'en ferez jamais un savant ; s'il n'est pas doué

Au plus fort de l'action, d'Aubigné s'aperçut qu'un arquebusage avait mis le feu à un bracet.

d'une certaine organisation, soyez certain qu'il ne sera jamais un littérateur ou un artiste distingué. Si l'ambition de l'instituteur pour son élève est trop forte ou mal placée, l'éducation, quelque soignée qu'elle puisse être, est manquée : on rebutera toujours celui auquel on demandera plus qu'il ne peut accorder.

Lorsqu'on eut fait en France tous les essais dont on vient de parler, les institutrices eurent ensuite la manie des sciences, les cuisinières mêmes voulurent faire de leurs filles des grammairiennes. Enfin, après tant d'erreurs, le seul goût constant depuis trente-cinq ans ; celui de la nouveauté, sera peut-être entrer dans la bonne route : puisse-t-on s'y fixer ! car l'éducation aura toujours la plus puissante influence sur les mœurs, et par conséquent sur le bonheur public ! puisqu'elle contribue à prévenir l'égoïsme, qui lui sera toujours si fatal.

Dans le siècle de Louis XIV et celui qui l'a précédé, on ne demandait point de l'adoration à sa fille et tous les petits soins de la passion ; on n'était point jalouse de son attachement pour un mari, pour une belle-mère, pour des belles-sœurs, comme nous l'avons vu depuis et dans le moment actuel. On ne profanait point le plus pur de tous les sentiments en y mêlant toute l'exigence et toutes les personnalités de l'amour. On pouvait aimer uniquement sa fille ; mais on ne lui demandait jamais ce retour impossible, car la nature n'a placé l'extrême affection que du côté où les soins, les bienfaits et le dévouement sont nécessaires. Si le cœur d'une mère n'est pas corrompu par

¹ On demandait dans l'antiquité à quelle marque un étranger arrivant dans une ville reconnaîtrait qu'on néglige l'éducation, Platon répondit : Si on y a grand besoin de médecins et de juges. Il faut convenir que depuis dix ans en France l'éducation publique des femmes a été en général très-supérieure à celle des hommes. La pension de madame Campan était justement célèbre, et l'on pourrait en compter plusieurs autres très-dignes aussi d'éloges.

l'exaltation de l'amour-propre, il n'en est point où l'on puisse trouver moins d'égoïsme. Une mère ne sait-elle pas qu'elle élève sa fille pour une autre famille, et qu'elle ne jouira personnellement ni des vertus, ni du caractère qu'elle se plaît à former en se consacrant à l'éducation de cette enfant. Tout est sacrifice dans les jouissances maternelles, tout, jusqu'au bonheur qui forme l'époque la plus chère et la plus solennelle de la vie d'une mère, le mariage de sa fille. Il faudra se séparer d'elle, ou du moins confier à un autre sa destinée !....

Les parents ne menaient point jadis dans la société des enfants de sept ou huit ans ; on y menait même bien rarement une fille de quinze ou seize. Aujourd'hui on ne peut plus se séparer de ses enfants ; on en est idolâtre, on est en esclave ; ce qui n'empêche pas les veufs et les veuves de se remarier, et souvent de mettre une partie de leur bien à fonds perdu. Autrefois des parents allaient souvent s'enfermer pour trois ou quatre ans dans un vieux château délabré, à cent lieues de Paris, afin d'y économiser la dot de leur fille, ou pour y amasser la somme nécessaire à l'établissement de leur fils. Aujourd'hui une mère tendre ne va passer que quelques mois dans ses terres, parce qu'on ne trouve point en province de bons maîtres de danse ou de piano. Autrefois, quand on bâtissait, on voulait bâtir pour deux ou trois cents ans ; on meublait la maison avec des tapisseries qui devaient durer autant que l'édifice ; on respectait ses plantations comme l'héritage de ses enfants ; c'était des bois sacrés. Aujourd'hui on coupe ses futaies, et on laisse à ses enfants des dettes, des tentures de papiers, et des maisons neuves qui s'écroulent !....

Autrefois on écrivait à un ami : « J'ai besoin de deux mille écus ; » si vous ne les avez pas, vendez, mettez en gage ; il me les faut sous » vingt-quatre heures. »

Et l'ami, digne de recevoir ce billet, vendait, mettait en gage, et envoyait la somme le lendemain.¹

Les orphelines furent revêtues de haillons.

Duguay-Trouin, en 1707, après une campagne glorieuse, refusa une pension qu'on voulait lui donner ; mais il la demanda et l'obtint pour Saint-Auban, son capitaine en second, qui avait eu une cuisse emportée dans la même campagne.

Tous ces procédés-là sont bien gothiques.

Agésilas, roi de Sparte, disait : « Je ne conçois pas que le roi de » Perse soit plus grand que moi, s'il n'est pas plus vertueux. » Ne pourrait-on pas aussi douter de la supériorité de nos lumières tant vantées, si nos aïeux nous surpassaient en désintéressement, en grandeur d'âme et en bonté ?

Dans toutes les choses marquantes de la société, la conduite est tellement tracée par l'opinion, que l'égoïste même ne peut en avoir une différente ; mais c'est dans les petits détails de la vie qu'il est

¹ Ce fut Voiture qui écrivit ce billet.

insupportable. Toute attention pour les autres, ne fût-ce qu'un égard d'humanité, n'est à ses yeux qu'un attentat à son indépendance. Gardez-vous de le charger du moindre soin, ou de lui donner une commission ; n'oubliant rien de ce qui le touche personnellement, il ne se rappelle jamais ce qui n'intéresse que ses amis. Malheur à vous si vous êtes son voisin, à moins que vous ne vous couchiez et que vous ne vous leviez qu'à ses heures. Très-impérieux avec ses gens pour son propre service, il n'exige rien pour les autres. Ses domestiques pourront vous réveiller tous les matins par un vacarme épouvantable, sans qu'il le trouve mauvais [1], et si lui-même avait l'habitude de donner du cor à la pointe du jour, vous n'en obtiendriez pas un retard de dix minutes. Mais de tous les vices, l'égoïsme est celui qui porte le plus continuellement sa punition avec lui. Se rapportant tout, l'égoïste désire ardemment qu'on s'occupe de lui, et personne n'y pense. Quelque esprit qu'il puisse avoir, il goûte peu celui des autres, par l'empressement de faire briller le sien ; car l'admiration ne lui paraît bien placée que lorsqu'il en est l'objet. Les soins, dans la société, n'étant qu'un échange, on ne lui en rend point ; il est sans cesse blessé, irrité par des oublis et des négligences qu'on n'a qu'avec lui ; toujours mécontent, il devient avec l'âge frondeur et misanthrope ; et il parvient à la vieillesse sans avoir eu le bonheur de s'attacher à un ami véritable.

Dans les quinze dernières années qui précédèrent notre révolution, les démonstrations de l'amitié et les exagérations dans ce genre n'eurent plus de bornes dans la société. On a peint avec détail cette espèce d'affectation dans *Adèle et Théodore*, et l'on n'y pourrait ici rien ajouter de plus ; mais on dira seulement que si le sentiment manquait en général de vérité, du moins il y avait de certains procédés nobles et généreux dont rien ne dispensait ; on ne voyait jamais un homme supplanter un ami, ou même, sans l'avoir demandé, accepter sa dépouille, ou cesser de voir un ministre disgracié. Il y avait alors dans la société un tribunal formé par l'opinion, et ce tribunal flétrissait les actions basses et ne les pardonnait jamais. On n'a jamais vu dans la bonne compagnie des hommes d'assez mauvais ton pour y afficher, comme dans des contes de M. Marmontel, les sentiments les plus dépravés ; mais sur la fin du dix-huitième siècle l'affectation de *sensibilité* que chaque jour semblait accroître devint à certains égards si ridicule que, malgré la grâce et l'élégance des personnes qui l'avaient mise à la mode, elle tomba tout à coup en discrédit ; on s'en moqua avec esprit et gaieté ; la raison se trouvait au fond d'accord avec la malice, et dans ce cas les épigrammes sont véritablement redoutables ; la raison a toute son autorité, tout son poids, lorsqu'elle amuse la malignité. On vit se former dans la société un *parti de l'opposition*, qui par sa gaieté, la légèreté de son ton, la finesse de ses plaisanteries, déconcertait sans cesse le sérieux de la *secte sentimentale* et déjouait ses plus touchantes dissertations. Tandis que les uns affichaient en tout genre les sentiments les plus exagérés, les autres affichaient une insouciance que souvent ils n'avaient pas, et bientôt la vérité ne se trouva plus ni d'un côté ni de l'autre. A force de se moquer des fausses vertus, on finit par estimer moins les véritables, parce qu'on ne les discerna plus et que l'habitude du sarcasme et de l'incrédulité s'étendit à tout indistinctement. Lorsqu'on a eu le malheur de mettre tout son amour-propre à n'être la dupe d'aucune affectation, on perd l'heureuse faculté d'admirer, et on ne passe alors que trop facilement de la censure et la satire, et de la médisance habituelle à la calomnie. Ainsi dans le monde l'esprit observateur n'est pas sans danger ; il aiguise sans doute la finesse de l'esprit, mais il peut gâter le caractère, si le cœur n'est pas essentiellement sensible et bon. On était frappé dans le monde des contrastes les plus étonnants, on entendait les discussions les plus étranges, et dans la même société les entretiens les plus singuliers et les plus opposés entre eux. Des femmes d'une conduite au moins imprudente dissertaient gravement sur toutes les affections de l'âme et sur les devoirs de la vie. Livrées à l'ambition, à la plus extrême dissipation, elles vantaient avec enthousiasme le charme de la retraite, de la lecture, et la puissance de l'amitié ; elles peignaient l'amour sous les traits les plus romanesques et ne le concevaient que *platonique*. D'un autre côté, et souvent dans le même salon, on parlait qu'avec une ironie piquante de l'amitié, de l'amour, et l'on se glorifiait de ne croire qu'à la vanité. En effet, l'amour-propre seul formait presque toujours le fond de ces liaisons : on voulait surtout qu'elles fussent brillantes ; on croyait que le langage d'une pruderie sentimentale dispensait du mystère, et que d'ailleurs l'éclat des conquêtes effaçait la honte des égarements.

[1] Je ne parle ici qu'en général ; il faut toujours dans toute critique admettre des exceptions, et je le dois particulièrement dans ce cas. Je n'oublierai jamais qu'étant à Besville, chez M. et madame de Saulty, je m'appris qu'en partant, au bout de quatre mois et demi, que, dans l'appartement que j'occupais, mon alcôve n'était séparée d'un long corridor que par une simple cloison, et que tous les domestiques du château étaient obligés de passer successivement dans ce corridor depuis la pointe du jour jusqu'à dix heures du matin, et je n'entendis même jamais le plus léger bruit qu'on peut faire en marchant avec précaution, parce que les ordres les plus sévères des maîtres de la maison les obligeaient à marcher pieds nus, sans proférer un seul mot ; et voilà ce que je découvris par hasard et en partant.

Il y avait dans toutes les têtes (du moins à bien peu d'exceptions près) une fermentation d'orgueil, de prétentions, de désirs ardents d'obtenir des succès, de quelque genre qu'ils fussent, qui, jointe à la confusion des idées morales, au dénûment des principes, dénouait peu à peu tous les liens de la société et desséchait l'âme en exaltant l'imagination. On ne marchait point avec effronterie vers le vice, on ne levait point avec audace le masque de la vertu ; au contraire, on parlait toujours d'elle, sinon avec le charme de la vérité, du moins avec les expressions de l'enthousiasme. On n'était pas tout à fait hypocrite ; on mettait plus de soin à s'abuser soi-même qu'à tromper les autres ; on se pervertissait en croyant raffiner, épurer tous les sentiments ; l'artifice n'était pas toujours avec la fausseté, mais la déraison était partout. Au milieu de ce désordre intellectuel et moral et d'un égoïsme universel, l'amour fut dénaturé comme tous les autres sentiments. Dans la conversation, on finit par le représenter comme une passion véhémente jusqu'à la démence, jusqu'à la rage, et dans la réalité il n'eut en général qu'une influence d'intrigues sur la dernière moitié du dix-huitième siècle.

Je vais essayer d'égayer ce triste tableau par le détail des amusements de nos jours ; ils furent brillants et nobles dans la plus grande partie du siècle dernier. Il régnait alors une grande magnificence dans les maisons des princes, et même dans celles des particuliers riches ; on y donnait des fêtes, on y jouait la comédie, on y jouissait d'une parfaite liberté. Il y avait à Paris une grande quantité de maisons ouvertes. Dans les sociétés particulières on faisait de la musique, on jouait des proverbes ; ce qui était plus ingénieux et plus spirituel que de jouer des *charades*. Tout à coup les prétentions à l'esprit mirent les sciences à la mode ; on fit pendant les hivers des cours de chimie, de physique, d'histoire naturelle ; on n'apprit rien, mais on retint quelques mots scientifiques ; les femmes prirent une teinte de pédanterie, elles devinrent moins aimables et se préparèrent ainsi à disserter un jour sur la politique.

Les femmes pourraient, aussi bien que les hommes, s'appliquer avec succès aux sciences, en renonçant à une partie des amusements frivoles qui occupent presque toutes leurs journées. Mais, quand elles voudront n'avoir que l'apparence de l'instruction, elles ne tromperont personne à cet égard, et elles perdront tous les agréments de leur sexe ; car le ridicule le plus frappant de la pédanterie est réservé à cette prétention mal fondée.

Une mode que nous avons toujours vue en France dans le grand monde, et qui vraisemblablement ne passera jamais, est celle de se plaindre et d'affecter la lassitude de la dissipation et des plaisirs bruyants. A croire les gens du monde, on doit être persuadé qu'ils n'aspirent qu'à la retraite, et qu'une vie simple, champêtre et solitaire, est l'unique objet de leurs désirs. Les femmes surtout sont inépuisables en gémissements et en phrases sentimentales et philosophiques sur le bonheur de l'indépendance et de la tranquillité sédentaire. A les entendre, elles ne sont que des esclaves infortunées, forcées d'agir en tout malgré leur volonté secrète et contre leur inclination. D'après ces discours, il faut penser qu'elles seraient infiniment plus heureuses dans une chaumière ou dans une grotte paisible d'un désert. Vont-elles au spectacle, elles en sont excédées, elles trouvent la Comédie-Française insipide, l'Opéra ennuyeux, Brunet et Potier pitoyables ; elles s'avoueront jamais qu'ils les ont fait rire. Cependant elles ont des loges où elles en empruntent sans cesse. Sont-elles invitées à un grand dîner, quelles lamentations sur la nécessité de se parer et sur l'ennui mortel de la représentation ! et elles passent journellement trois ou quatre heures à leur toilette et se ruinent en châles, en habits et en chiffons. Reviennent-elles du bal ou d'une fête, quelle tristesse, quel abattement, quelles déclamations sur la cohue, la foule, les lumières, le chaud ! quel dénigrement de la fête et de tout ce qui s'y est passé ! Néanmoins elles avaient demandé avec ardeur des billets, et des mêmes occasions elles intriguaient toujours pour en avoir. Font-elles des visites, quelle désolation sur cet usage et sur la *perte de temps* qu'il cause ! et tous les matins elles sortent régulièrement et ne rentrent qu'à l'heure du dîner. Enfin, donnent-elles des assemblées et reçoivent-elles beaucoup de monde, quelles plaintes amères sur la fatigue, quelles courbatures, quelles migraines sont les suites inévitables de l'obligation cruelle de faire les honneurs de sa maison !... Tout ce mécontentement se manifeste dès la première jeunesse ; on entend dire toutes ces choses et on les répète ; elles font partie des phrases d'usage que l'on a apprises durant son éducation. Toute jeune personne bien élevée les sait par cœur ; on garde cette habitude, et aujourd'hui l'âge mûr les fortifie encore. Quand on a des filles de quinze à seize ans, c'est pour elles qu'on va dans le monde et qu'on se trouve à toutes les fêtes, qu'on suit tous les bals. *C'est pour elles* qu'on se pare à peu près comme elles ; *c'est pour elles* qu'on leur fait mener un genre de vie qui ôte toute possibilité d'acquérir de vrais talents et une solide instruction. Il y a vingt-cinq ans que les jeunes personnes à *marier* ne paraissaient jamais dans le monde ; elles n'allaient, durant le carnaval seulement, qu'à des bals d'enfants, qui commençaient à six heures et finissaient à dix. Comment toutes les mères qui ont des goûts si sédentaires ne reprennent-elles pas cette ancienne coutume si bonne dans toute éducation et si salutaire pour la santé ?

D'où viennent ce dénigrement et ce ton de misanthropie presque universels parmi les femmes de tout âge? On ne se rend point intéressante par des plaintes affectées, par des peines imaginaires, par une inconséquence frappante à tous les yeux; et rien n'est plus ennuyeux qu'une complainte éternelle sur l'ennui. Les jeunes femmes pensent-elles qu'elles excusent par ce langage une excessive dissipation et une totale oisiveté? Elles se trompent; elles auraient droit à l'indulgence, si la nouveauté, l'amusement, en étaient la cause : on pourrait se dire qu'avec un peu de temps elles s'en lasseraient et changeraient de manière de vivre. Mais qu'espérer d'une personne de dix-huit ans, blasée, misanthrope, dégoûtée de tous les plaisirs brillants de la société, qu'on rencontre et qu'on voit partout? Tout ce que nous oserions dire à cet égard, c'est qu'on est doublement condamnable d'employer l'artifice lorsqu'on peut, sans danger et sans scandale, montrer de la bonne foi.

Les jeunes personnes jadis, et même celles qui étaient dans le monde depuis plusieurs années, allaient très-rarement aux spectacles, parce qu'alors il fallait louer une loge entière, car on ne voulait pas risquer de se trouver assise en public à côté d'une courtisane. Les femmes, dans ce temps étaient beaucoup plus sédentaires ; dans leur jeunesse elles ne sortaient qu'avec leurs chaperons, et c'était surtout pour remplir leurs devoirs. Dans l'âge mûr, si elles étaient aimables, elles rassemblaient chez elles une société choisie, qui ne s'y réunissait que pour le seul plaisir de la conversation. Elles attiraient du monde sans aucuns frais, et n'étaient pas obligées de promettre de la musique et des charades. Aujourd'hui ce qu'on appelle une soirée est un spectacle. On y trouve tout, excepté de l'aisance, de la confiance, de la gaieté, de la conversation, et l'esprit de société.

En général aujourd'hui les jeunes femmes attachent beaucoup trop d'importance à la parure, à la mode ; elles sont infiniment trop avides d'invitations et de spectacles ; elles ne se plaisent point assez chez elles ; de tels goûts ne promettent pour l'âge mûr ni des femmes aimables et sensées, ni d'excellentes mères de famille. Cependant il n'y a point pour une femme d'éloge non-seulement complet, mais réel, si l'on n'y joint celui d'aimer de préférence aux dissipations du monde, l'intérieur de sa maison. Aussi les anciens pensaient-ils qu'il ne manquait rien à l'éloge d'une femme vertueuse qui se trouve dans cette belle épitaphe :

Casta vixit,
Lanam fecit,
Domum servavit [1].

Cette épitaphe antique peint et peindra toujours une femme parfaite. Enfin, les intérêts de la santé et de la beauté s'accordent parfaitement sur ce point avec la morale.

A cette époque on retrouva la manie sentimentale dont je me suis moquée dans une de mes pièces du *Théâtre d'éducation [2]*. On outra même cette manie sous l'empire, car on y vit des femmes porter des perruques, des ceintures, des bracelets, des bagues et des cheveux de leurs amants. Nos grands-pères et nos grand'mères étaient bien loin de cette touchante prodigalité de cheveux. Cependant on lit sur ce sujet, dans les *Mémoires de d'Aubigné*, un trait qui mérite d'être rapporté. Durant les guerres du temps de Henri IV, d'Aubigné, dans une bataille, combattait corps à corps contre le capitaine Dubourg. Au plus fort de l'action, d'Aubigné s'aperçut qu'une arquebusade avait mis le feu à un bracelet de cheveux de sa maîtresse qu'il portait à son bras; aussitôt, sans songer à l'avantage qu'il donnait à son adversaire, il ne s'occupa que du soin d'éteindre le feu et de sauver ce précieux bracelet, qui lui était plus cher que la liberté et la vie. Le capitaine Dubourg, touché de ce sentiment, le respecta ; il suspendit ses coups, baissa la pointe de son épée, et se mit à tracer sur le sable un globe surmonté d'une croix.

Les prétentions à l'esprit et au génie sont aussi devenues beaucoup plus communes qu'autrefois, et les plaisirs de l'esprit beaucoup plus rares [3]. On jouait jadis des proverbes, ce qui demandait de l'esprit, car ces proverbes étaient de petites comédies impromptu ; on avait quitté cet amusement pour les charades, qui n'exigent assurément aucuns frais d'esprit. On faisait régulièrement des lectures tout haut à la campagne, on n'en fait plus ; on avait retranché de la société jusqu'à la conversation ; on dissertait, on soutenait des thèses, mais on ne causait plus; enfin, les comédies de société étaient universellement à la mode; elles n'y sont plus du tout.

Les parures de cheveux d'amour contrastent d'une manière bien bizarre avec les souvenirs qui nous restent du temps de la plus grande

[1] « Elle vécut chaste, elle aima le travail et sa maison. »

[2] *Les Dangers du monde.*

[3] Dans le véritable siècle du génie, celui de Louis XIV, on n'employait presque jamais le mot *génie* pour louer un ouvrage ou son auteur. Aussi voit-on dans tous les mémoires de ce temps que Louis XIV, qui connaissait si bien la valeur des phrases et des mots, ne louait jamais les chefs-d'œuvre de Racine qu'en répétant : « Il faut convenir que Racine a bien de l'esprit. » Les éloges alors n'étaient jamais emphatiques. C'est ainsi qu'ils sont honorables et flatteurs.

décence qui eût existé en France, à la cour et à la ville, depuis la troisième race. Cet âge d'or de la civilisation fut le règne de Louis XIII; aussi jamais le peuple français n'a été plus religieux. Que d'admirables fondations dans ce temps! l'Hôtel-Dieu, les Enfants-Trouvés, les Sœurs de la charité. Toutes ces fondations furent l'ouvrage d'un homme, de Vincent de Paul, dont l'ardente charité s'étendit jusque sur les criminels, parce qu'ils étaient souffrants, les galériens, dont il voulut être l'aumônier, afin d'adoucir leur sort, de les soigner et de les convertir. Nul particulier n'a eu une telle influence sur le bonheur d'un aussi grand nombre d'individus ; l'imagination se confond en pensant au bien immense qu'il a fait par ses prédications, son dévouement, ses quêtes, par les secours envoyés aux victimes de la guerre, et par ses missions chez les infidèles pour le rachat des captifs chrétiens. Mais aussi comme ce héros du christianisme fut secondé par l'esprit public de son siècle! Qui n'admirerait pas cet esprit public, qui rapprochait, qui ralliait tous les ordres de l'État et qui les unissait par une seule pensée, celle de faire tous les sacrifices pour soulager les infortunés ; cet esprit public, qui décidait toutes les femmes de la cour, jeunes et vieilles, à vendre leurs diamants et leur argenterie pour en donner le produit aux hôpitaux, et à consacrer, pendant plusieurs années, deux jours de la semaine au service des malades ; cet esprit public, qui envoyait des jeunes filles et des religieux affronter la fatigue et la mort? : les unes, dans les hôpitaux de l'armée pour panser des soldats blessés et attaqués de maladies contagieuses; les autres, animés de l'espoir de délivrer leurs frères et traversant les mers pour aller chez les peuples barbares ;... enfin cet esprit public, qui déterminait un nombre infini d'hommes de toutes les classes à livrer leur fortune entière pour ces pieux usages [2] ; et quelles mœurs accompagnaient de telles actions! quelle paix! quelle union! quel respect filial! quelle décence dans les familles de toutes les classes! Tels furent les fruits de l'esprit public de ce temps si profondément religieux. Quels ont été et quels sont encore les fruits de l'esprit public devenu *philosophique?*

La décence à la cour ne commença à s'affaiblir qu'après la régence d'Anne d'Autriche. Les femmes se décolletèrent davantage ; mais les veuves conservèrent toute la rigueur de leur costume, et les autres femmes tous les usages de bienséance établis sous le règne précédent. Toutes les dames avaient, ou des demoiselles de compagnie, ou des brodeuses qui travaillaient toujours auprès d'elles. L'esprit de cet usage était de se mettre à l'abri de toute calomnie, en ne recevant jamais tête à tête un homme, quel que fût son âge. Aussi voyons-nous madame de Maintenon, dans ses lettres à madame de Caylus, âgée de trente-six ans, lui recommander de ne point abandonner cette prudente coutume, quoiqu'elle fût mère d'un jeune homme déjà dans le monde. Ce fut aussi une idée de décence qui fit établir pour les femmes l'usage de ne sortir en voiture qu'avec deux domestiques au moins, et le soir, avec un flambeau. On voulait des témoins et de la lumière; cet usage s'est conservé jusqu'à la révolution.

Dans le siècle de Louis XIII et dans celui de Louis XIV, toutes les femmes qui se faisaient peindre ne donnaient de séances que pour leurs têtes; le peintre prenait des modèles pour la gorge et la taille. Cette délicatesse de décence a fini à la mort de Louis XIV. A la chute du trône, toute espèce de décence fut abolie : les femmes s'habillèrent en *Vénus de Médicis*; les hommes les tutoyèrent, ce qui était fort naturel. Dans ces costumes transparents on vit rarement des Grecques, mais on ne vit plus de Françaises ; toutes les grâces qui les avaient caractérisées jusque-là les abandonnèrent avec la pudeur.

J'ai dit ailleurs, il y a longtemps, qu'il fallait au peuple des croyances mystérieuses, et que, lorsqu'il rejette la religion, il devient toujours superstitieux. Voilà de quoi ne se doutaient guère les philosophes qui ont tant déclamé contre la superstition ; ce sont eux qui l'ont établie et renouvelée.

Nous l'allons montrer tout à l'heure : « Quand j'arrivai à Versailles j'eus, peu de temps après, l'occasion d'acquérir la certitude qu'une sorcière, digne du siècle de Catherine de Médicis, fabriquait des bustes de cire pour des amants jaloux qui voulaient faire mourir leurs rivaux, en perçant ces figures avec des stylets et des poignards. Je fis alors ma *première* dénonciation, j'instruisis le préfet de Versailles de ce fait, dont il vérifia l'exactitude, et la sorcière fut bannie. En revenant en France, je trouvai une magicienne en grande réputation; elle avait prédit de hautes destinées à l'impératrice *régnante*, qui la protégeait ouvertement. On entendait crier dans les rues l'explication des songes ; Paris était rempli de devins, de sorcières, de tireuses de cartes, d'illuminés, de prophètes, de jeunes filles qui faisaient des miracles ; qui, les yeux fermés, lisaient de l'estomac ; qui faisaient des conjurations sur des cheveux, qui dansaient et prédisaient en dormant. Toutes ces choses se débitaient gravement ; des savants même les protégeaient !... Ne vaudrait-il pas mieux croire à l'Évangile, en réglant sa vie sur cette salutaire et divine croyance ? »

[1] La glorieuse guerre d'Orient fournit de tels exemples à l'admiration. G. D.

[2] Entre autres, le commandeur de Sillery, qui abandonna cent mille livres de rente; M. de Rougemont, qui en donna soixante, et beaucoup d'autres, et récemment le dernier duc de Richelieu.

CHAPITRE XXXIX.
1820-1821-1822-1825.

M. Kosakoski. — Son dévouement à Napoléon. — L'empereur Alexandre. — Sa magnanimité. — Madame la duchesse de Courlande. — Lettres du premier consul. — Mot charmant qu'elles contiennent. — Histoire de deux jeunes créoles. — Madame Moreau. — Aventure embarrassante. — Madame de Vannoz. — MM. de Coessen et de Bonald. — La comtesse d'Osmont. — Hôtel pris pour une auberge. — Le prince Paul de Wurtemberg. — M. Rotschild. — MM. d'Harmenson et de Rochefort. — Trait touchant. — La marquise de Beodelièvre. — M. de Valence. — Madame Cabarus. — MM. de Sabran et de Laborde. — Leur distraction. — MM. Fiévée et Alibort.

Depuis quelque temps je voyais beaucoup plus de monde que je ne le voulais, cédant avec trop de complaisance aux désirs qu'on me témoignait à cet égard. Parmi les étrangers, il y en eut un pour lequel je pris une amitié particulière; ce fut un Polonais, M. le comte de Kosakoski; et malgré ses voyages, ses absences et les révolutions, cette amitié est toujours demeurée aussi vive et aussi tendre. M. de Kosakoski est également distingué par la noblesse de ses sentiments, la pureté de ses principes et l'originalité de son esprit. Il a fait pour moi une chose qui paraîtra puérile et dont je lui ai su un gré bien infini. Il m'avait demandé un échantillon de tous les petits ouvrages de main que je sais faire, et je les lui donnai. Il les fit arranger dans les compartiments d'une charmante boîte faite exprès, grande comme un grand nécessaire, et qu'il portait toujours avec lui dans ses voyages. Attaché au service de France, il fit la campagne de Russie. Il y perdit tous ses bagages; mais il avait pris tant de précautions pour la boîte qui contenait mes ouvrages, qu'il ne la perdit point, et ce fut la seule chose qu'il conserva. On ne regrette pas le temps que l'on a donné à l'amitié, quelque frivole qu'en puisse être l'emploi, quand il est apprécié ainsi. La conduite de l'empereur de Russie avec lui, à la première restauration, a été si magnanime, que je ne puis m'empêcher d'en rapporter ici un trait. M. de Kosakoski possède de très-grands biens en Pologne; persuadé que Napoléon rétablirait la dignité de son pays, il s'était attaché à lui par cette seule idée. Après la prise de Paris, il le suivit et resta avec lui tout le temps qu'il passa à Fontainebleau; il ne le quitta qu'au moment où il monta en voiture pour aller à l'île d'Elbe; ensuite M. de Kosakoski revint à Paris, où on lui déclara que tous ses biens étaient confisqués; alors il résolut d'aller lui-même en solliciter la restitution de l'empereur de Russie; il se présenta à l'audience de ce prince, qui, lorsqu'on le lui eut annoncé, lui demanda s'il était vrai qu'il eût suivi Napoléon à Fontainebleau : « Oui, sire, répondit M. Kosakoski, et jusqu'à l'instant de son départ; et s'il avait demandé de le suivre, je l'aurais suivi sans hésiter. » L'empereur loua cette réponse et demanda à M. de Kosakoski ce qu'il désirait de lui. « Sire, répondit M. de Kosakoski, la restitution de mes biens de Pologne. » « Ils vous seront rendus, » reprit l'empereur. Et en effet l'empereur donna sur-le-champ des ordres, et tous les biens furent restitués.

Une étrangère bien charmante et qui a été pour moi remplie de bonté est madame la duchesse de Courlande[1]; à jamais en riche et de charmes par la figure, le caractère et les manières; je rapporterai à son sujet une anecdote assez curieuse. L'impératrice de Russie avait une énorme quantité de lettres de Bonaparte, écrites de sa main et adressées à Joséphine (déjà sa femme) durant ses campagnes d'Italie et pendant son séjour à Turin. Un valet de chambre infidèle les recueillit à l'insu de madame Bonaparte et imagina, je ne sais comment, de les offrir à madame de Courlande. Elle me confia ces lettres pour en prendre copie; je les lus avec avidité, et je les trouvai toutes différentes de ce que j'aurais imaginé.

Voici un mot charmant que je trouvai dans une de ces lettres : Bonaparte reprochait à Joséphine la faiblesse et la frivolité de son caractère, et il ajoutait : « La nature t'a fait une âme de dentelle, elle m'en a donné une d'acier. » La phrase vulgaire est une âme de coton. Il y avait de la galanterie et du bon goût à substituer à cette expression grossière le mot dentelle, qui du moins offre une image délicate et jolie.

Elles étaient d'une écriture fort difficile à lire, mais cependant j'en vins parfaitement à bout; ces lettres étaient spirituelles et touchantes. On n'y voyait point d'ambition, elles exprimaient une extrême sensibilité; elles prouvaient que Bonaparte avait eu pour sa femme la passion la plus vraie et la plus ardente.

Dans le temps où j'étais encore à l'Arsenal, une dame du nom de la famille de Saint-Aulaire, mais qui n'est point celle dont M. le duc de Cazes a épousé la fille, m'écrivit pour me demander à me voir et à m'amener ses deux nièces. Sa lettre était fort aimable; j'y répondis comme je le devais, et cette dame vint avec ses deux nièces, dont elle me conta la tragique histoire que voici :

Ces jeunes personnes étaient nées à Saint-Domingue. Dans le temps de la révolution et des massacres faits par les nègres, étant alors

[1] Mère de madame la duchesse de Dino.

âgées de onze et douze ans, on les conduisit avec leur mère dans une charrette sur une grande place publique; et là, pour l'instruction de leur jeunesse, on coupa la tête de leur mère, et cette tête tomba sur les genoux de l'aînée : elles s'évanouirent! Une négresse compatissante les porta chez la négresse impératrice, qui non-seulement n'avait aucune part aux cruautés, mais qui les détestait; les biens des deux jeunes infortunées étaient confisqués. Orphelines l'une et l'autre, elles ne possédaient plus rien sur la terre. L'impératrice s'intéressa vivement à leur sort, les caressa, les traita à merveille, les garda près d'un an chez elle; ensuite, sachant qu'elles avaient une famille considérable en Europe, elle imagina de les envoyer aux Etats-Unis, dans l'Amérique septentrionale, pensant qu'il leur serait facile de passer de là en France. Elle leur fit faire à chacune un très-beau trousseau, y joignit de belles perles fines. Tous ces présents pouvaient monter à peu près à la valeur de quinze ou dix-huit mille francs. Cette bonne et bienfaisante souveraine barbare les fit embarquer, sous la garde d'un nègre et d'une négresse mariés ensemble et qui avaient toute sa confiance. Leur navigation fut heureuse : ils arrivèrent à Philadelphie, et là tout changea! Les gardiens des pauvres orphelines s'emparèrent des perles et des trousseaux; elles furent revêtues de haillons et réduites à l'état de servantes; n'ayant nul appui au monde, elles se résignèrent à leur sort. Elles supportèrent toutes les indignités possibles, les coups, les travaux forcés et la mauvaise nourriture; elles souffrirent ainsi pendant plus de dix-huit mois; elles allaient une fois la semaine au marché pour y acheter des légumes et du poisson pour leurs oppresseurs. Elles firent connaissance avec une fruitière, qui, touchée de leur affreuse situation, leur promit d'intéresser en leur faveur une dame qui ne se plaisait qu'à faire du bien et à secourir les infortunés : cette dame était madame Moreau. En effet, madame Moreau devint leur libératrice; elle les arracha des mains tyranniques qui les opprimaient, et ce ne fut pas sans peine, car il fallut essuyer et soutenir beaucoup de procédures judiciaires. Madame Moreau ne se rebuta point, et elle parvint à délivrer ces innocentes victimes; elle les retira chez elle et écrivit en France à madame de Saint-Aulaire, leur tante, pour s'instruire de ses intentions à leur égard. Madame de Saint-Aulaire demanda qu'on les lui envoyât le plus tôt possible : ce qui fut fait. Il n'y avait pas longtemps qu'elles étaient arrivées lorsqu'on me les amena; elles avaient à peu près à cette époque quatorze ou quinze ans. Après m'avoir fait ce récit parfaitement vrai et dans tous ces détails, madame de Saint-Aulaire me dit qu'elle ne les avait amenées que pour me demander en grâce de faire imprimer sur cette histoire une nouvelle, avec les noms de ses nièces, parce que cela ne pourrait manquer de les faire marier avantageusement. Je représentai à madame de Saint-Aulaire, le plus poliment qu'il me fut possible, que l'on ne marie point des jeunes personnes en faisant imprimer leur vie, quelque intéressante qu'elle puisse être, surtout sous la forme d'un roman. Madame de Saint-Aulaire insista; de mon côté je persistai dans mon opinion; elle me quitta, et je ne l'ai pas revue depuis[1].

Madame Moreau, à son retour en France, a reçu les remerciments de madame de Saint-Aulaire.

Je me rappelle une aventure qui m'embarrassa beaucoup pendant mon séjour à l'Arsenal; elle prouve le bon caractère d'une femme devenue historique : voilà pourquoi je la raconte.

Je me trouvais un soir dans le salon, entre chien et loup, seule avec madame Roger et madame Kenens. On parla d'une femme dont on fit un grand éloge; je pris la parole pour la blâmer d'avoir divorcé, et là-dessus je me mis à déclamer contre les divorces. Au milieu de ce discours si bien placé, quelqu'un entra; nous nous levâmes, et madame Kenens m'entraîna dans la pièce voisine. Là, après m'avoir bien grondée, elle me plongea dans un profond étonnement en m'apprenant que madame Roger était divorcée et qu'elle avait eu pour premier mari M. Bignon. Je ne revenais pas de ma surprise en pensant qu'une femme si jeune, avec une physionomie si naïve et parlant si bien sur la vertu et sur la religion, eût deux maris vivants!... Je ne pouvais concevoir, dis-je, qu'une telle personne eût divorcé; mais il est vrai qu'elle avait à peine quinze ans lorsqu'elle fut entraînée à divorcer. Je n'osais plus rentrer dans le salon; j'avais envie de rester dans ma chambre. Madame Kenens m'en empêcha, me représentant que ce serait ce qu'il y aurait de plus choquant pour madame Roger; qu'il fallait reparaître; que je ne trouverais dans madame Roger qu'un peu d'embarras et non du ressentiment, parce qu'elle ne pouvait attribuer ce qui venait de se passer qu'à mon ignorance. Je rentrai : madame Roger fut obligeante pour moi tout comme à son ordinaire. Elle ne m'a su aucun mauvais gré de mon étourderie. Ceci m'arriva dans les premiers temps de mon séjour à

[1] Cependant cette idée bizarre réussit : madame de Saint-Aulaire n'y renonça point; à mon refus, elle fit écrire par un autre et imprimer cette histoire, qui ne fit aucun bruit dans le monde, parce qu'on avait laissé qu'à faire un petit récit historique très-simple, mais qui tomba entre les mains d'un jeune homme riche et bien né, qui, d'après cette lecture, eut envie de voir les héroïnes de cette nouvelle; il devint amoureux de l'aînée, et il l'épousa. Madame Moreau contribua beaucoup à ce mariage par ses soins et sa protection. Je n'ai appris ce détail qu'en rencontrant la jeune mariée chez madame Moreau.

l'Arsenal, où je ne connaissais encore aucune des intrigues des gens de la société actuelle [1].

Je fis connaissance avec une femme célèbre et digne de l'être, madame de Vannoz, aussi estimable par sa conduite et ses vertus que par ses talents; elle a fait une élégie sur les *Tombeaux de Saint-Denis* qui a été trouvée belle par tous les connaisseurs qui admiraient le plus celle de M. de Tréneuil sur le même sujet; son sort était de lutter avec succès contre de grands poëtes, car elle a fait depuis une épître sur la *Conversation*, qui a paru en même temps que le poëme de M. Delille.

J'eus plusieurs fois l'occasion de remarquer chez M. de Valence, que les hommes ne savaient plus causer, surtout avec les femmes. Ils n'aiment qu'à se poser en profonds politiques.

Les discussions des chambres, le privilége dangereux de parler et haranguer tous les jours de tête, ce droit ridicule donné à tant d'individus d'exprimer leurs pensées du moment, c'est-à-dire des pensées irréfléchies, produit toujours parmi nous des sophismes pernicieux qui confondront toutes les idées morales et politiques, qui nous rendront aussi déraisonnables que légers, et qui engendreront continuellement des factions, des troubles, des défiances et des querelles interminables [2]. M. Fiévée remarquait très-judicieusement que chaque pair et chaque député ne s'occupait plus que de la chambre où il siégeait, de ce que pensera son parti, de l'effet que produiront ses discours, enfin qu'il ne voyait uniquement *que la chambre* et qu'il oubliait totalement le reste de la France, ou, pour mieux dire, qu'il comptait pour rien tout ce qui n'était pas *dans la chambre.* Il y a bien du vrai dans cette idée et un ridicule comique dans le fait.

Il me semblait que rien ne pouvait aller dans un Etat, lorsque chacun est autorisé à fronder et même à déchirer publiquement tous les matins le gouvernement et les ministres. Toutes les grandes choses, c'est-à-dire toutes celles qui ont une puissante influence sur le bonheur des humains, veulent à quelques égards du mystère. Le Créateur en a mis dans ce qu'il a fait et *publié* de plus sublime : la création et les dogmes religieux sont remplis de mystères impénétrables; l'univers entier en est plein, et l'homme le plus savant est celui qui sait le mieux combien il y a de choses incompréhensibles dans la nature et dans les sciences.

Le mystère est puérile et ridicule dans tout ce qui n'a point d'importance, mais il est majestueux et nécessaire dans tout ce qui est grand; il ne ressemble point aux ténèbres dont le vice et le crime cherchent à s'envelopper, car il cache de grandes choses, sans nier leur existence; c'est un voile sacré étendu solennellement à la vue de tous par une main habile.

Les rois et les ministres peuvent dédaigner les discoureurs et les frondeurs sans mission; mais les autoriser juridiquement et légalement, et donner à leurs déclamations une sanction authentique, est une folie qui ne peut manquer de saper les trônes et de finir par les renverser. Voilà ma politique, et je n'en ai jamais eu d'autre.

Je reçois quelquefois un homme fort extraordinaire : c'est M. Coessen; après avoir été philosophe dans le mauvais sens, il est devenu, par la force du cœur, croyant et très-dévot; mais il est hypocrite; pour moi, je suis certaine qu'il est très-persuadé de la vérité de la religion; il a la foi que donnent de grandes lumières, il n'est peut-être pas celle qui inspire le cœur et qui vient du ciel; il est ambitieux, et nulle créature ne peut l'être, quand elle est véritablement touchée des biens de l'autre vie avec une croyance bien affermie, on doit nécessairement finir par se dégoûter de toutes les illusions qui nous séduisent ici-bas. Je n'ai point connu d'homme qui ait, dans la conversation sur les grands sujets de la religion et de la politique, une éloquence aussi forte et aussi naturelle que celle de M. Coessen; quand il est animé et qu'il parle avec feu, il est étonnant, il est unique; la nature l'a fait pour être prédicateur, et surtout missionnaire; et néanmoins ce même homme qui montre un génie si prodigieux lorsqu'il parle de tête, est homme dont alors la logique est si pressante et si persuasive, n'est plus tout à fait le même lorsqu'il écrit; il a publié un ouvrage intitulé les *Neuf Livres*, dans lequel on trouve plusieurs traits supérieurs, des étincelles d'un grand talent, et qui d'ailleurs a de l'obscurité et manque souvent de résultat.

Il est inventeur d'une espèce de bateaux à vapeur qui, dit-on, doivent produire de très-grandes choses pour le commerce, et une fortune immense et prompte pour l'inventeur. Il me dit alors qu'il comptait en retirer incessamment des millions, et que son projet était de porter ces trésors à Rome, pour y exécuter un grand plan en faveur de la

religion. Nous imaginâmes, le chevalier d'Harmensen et moi, qu'il avait l'intention et l'espérance de se faire élire pape à la mort du pape Pie VII.

Malgré mon goût pour la retraite, il y eut cette année surtout un empressement si singulier de me voir, tant de personnes me firent demander à venir chez moi, qu'il me fut impossible de les refuser toutes; le chevalier d'Harmensen me proposa de m'amener M. de Bonald, quand il aurait fini un ouvrage qui absorbait tout son temps; j'accueillis avec joie cette proposition, car mon admiration pour M. de Bonald était aussi vive qu'elle sera durable. J'étais depuis quelque temps revenue en France lorsqu'il fit paraître sa *Législation primitive*; je lus cet ouvrage qui combat avec tant de force et de talent la fausse philosophie, j'en fus enthousiasmée.

Depuis ce temps sa conduite et ses autres ouvrages n'ont fait qu'augmenter, s'il est possible, mon admiration pour lui; en même temps il m'inspirait un tel respect, que je n'ai jamais eu l'idée de lui exprimer ce que j'éprouvais pour lui; je n'ai même jamais cherché à le voir, et je n'ai eu de ma vie avec lui le moindre rapport direct ou indirect; mais lorsqu'il voulut bien montrer l'envie de me connaître, j'en eus un plaisir infini à penser que je pourrais le voir et l'entendre.

On vient de me raconter le trait suivant, sans précédent, je crois.

A un bal madame d'Osmont avait invité une telle multitude de personnes qu'on reconnut; en y réfléchissant, qu'il était impossible qu'elles entrassent toutes dans la maison; on fut obligé d'en contremander un grand nombre; ce qui a été fait par des billets imprimés dans lesquels *on priait de ne pas venir*; c'est une chose qui, je crois, n'a jamais eu d'exemple [1].

M. Rotschild, un juif immensément riche, donna un grand bal le dernier jour du carnaval. Il y eut une telle foule, qu'il fut impossible de danser; mais d'ailleurs la magnificence était extrême, ce qui fit dire à l'un des convives de la fête que M. Rotschild avait *enterré la synagogue avec honneur*.

M. d'Harmensen m'amena S. A. R. le prince Paul de Wurtemberg; ce prince joint à une politesse extrêmement obligeante un esprit très-remarquable; il cause bien, sans prétention, avec beaucoup de tact, de raison et de finesse; il s'énonce en français comme un Français qui parle bien, il n'a pas même d'accent.

Je ne connais pas de conversation tête à tête plus intéressante et plus instructive que celle de M. d'Harmensen.

Le comte de Rochefort, qui m'avait fait faire connaissance avec lui, m'en conta un trait charmant que je ne puis me défendre de rapporter ici. Dans un de nos bouleversements politiques, M. de Rochefort se trouva dans un véritable embarras d'argent. Un jour qu'il dînait avec deux ou trois personnes chez le chevalier d'Harmensen, on le questionna sur sa situation; il répondit brièvement et légèrement qu'il avait chargé un homme d'affaires de lui trouver de l'argent à emprunter, et que, comme il n'avait pas besoin d'une grande somme, il était sans inquiétude; après cette réponse, il se hâta de parler d'autre chose. Le lendemain, à son réveil, on lui dit que le valet de chambre du chevalier d'Harmensen demandait à lui parler; il le fit entrer, et cet homme lui dit que son maître l'avait chargé de lui *rendre* les 4,000 *fr. qu'il lui devait*. Cette obligeance si tournure généreuse touchèrent vivement le comte de Rochefort, et il n'accepta que 2,000 francs, dont il avait besoin; sous ce billet de remerciment, il prit l'engagement de rendre cette somme à une époque fixe, et il eut le bonheur de pouvoir la restituer beaucoup plus tôt; mais il ne crut pas s'acquitter, car il y a des dettes dont on ne se libère point par des restitutions matérielles; et la belle mémoire de M. de Rochefort conservera toujours le souvenir de ce noble procédé.

Je fis connaissance avec une personne aimable et spirituelle, qui porte un nom que je révérais depuis longtemps : c'est madame la marquise de Becdelièvre, dont le mari est petit-neveu du vertueux évêque de Nîmes, tant adoré bien justement dans son diocèse, où il avait établi des manufactures (qui donnaient du travail à tous

[1] Madame Roger divorça une seconde fois pour épouser M. de Montholon, qu'elle suivit à Sainte-Hélène. G. D.

[2] Je pourrais aujourd'hui adoucir cet article, dont je trouve moi-même (en 1824) le jugement beaucoup trop absolu; il faut reconnaître qu'il y a de grands avantages dans le gouvernement représentatif, et qu'il serait très-facile d'en réprimer et d'en détruire les abus. Malgré mon opinion actuelle sur ce point, je ne supprime point le paragraphe du texte qu'on vient de lire, parce que je me suis fait une loi irrévocable de ne rien changer à ces Mémoires, et de les laisser exactement tels que je les ai d'abord écrits.

[1] M. Dastillières, fournisseur, ayant acquis pendant la révolution une colossale fortune, sa fille unique épousa M. le comte d'Osmont. Rien à cette époque ne surpassait le luxe de leur magnifique habitation; l'une des seules qui portât sur une plaque de marbre les mots *Hôtel d'Osmont*. On racontait qu'un Anglais, grand seigneur, en passant sur le boulevard, fut frappé de cette position exceptionnelle et voulut y loger, croyant que, comme à l'*Hôtel de Paris*, *Wagram* et autres, il était facile d'y trouver un appartement en le payant cher. Sa voiture s'arrête à la porte; il descend et dit au suisse (le mot concierge était encore trop bourgeois pour la noble propriétaire) qu'il veut parler à *madame*. Les chevaux étaient trop beaux, le coupé trop élégant, le cocher trop poudré, les deux valets de pied trop insolents pour ne pas trouver tout naturel d'introduire *milord*. On l'introduit dans un charmant boudoir, près d'une dame couverte de dentelles et de bijoux, et demande dans un mauvais français combien coûtera un *logement confortable* avec un bon *lit*. Qu'on juge de l'étonnement de madame la comtesse; après une explication, l'Anglais se retira honteux et confus, et malgré ses excuses laissa la grande dame fort irritée. Que dirait-elle en voyant aujourd'hui ce' qui a remplacé la splendeur de ses salons autrefois, les salons somptueux convertis en café et en salle d'exposition pour tous les monstres curieux qui spéculent sur leur répugnante difformité. Là où se trouvait le magnifique portrait de madame la comtesse d'Osmont peint par Robert Lefebvre, se trouve peut-être suspendue la toile ignoble représentant les Aztecs. G. D.

lés pauvres), des hospices pour des malades, etc. En allant en Italie, nous avons connu avec détail le bien immense qu'il a fait dans cette province, et nous eûmes un grand plaisir à voir et à contempler ce pieux bienfaiteur de l'humanité.

Le milieu et la fin de cet hiver furent bien tristes pour moi ; je voyais chaque jour dépérir M. de Valence : je tâchais constamment, dans nos conversations particulières, de l'amener à des sentiments religieux ; mais il n'avait jamais lu dans toute sa vie que les ouvrages de nos prétendus philosophes. Je m'attachai à lui prouver que ces *esprits forts* avaient écrit autant de mensonges que de blasphèmes : M. de Valence m'écoutait avec une douceur et une attention qui m'encourageaient. Jamais ces entretiens, si nouveaux pour lui, n'ont eu l'air de le contrarier ou de l'ennuyer ; j'obtins même de lui d'aller régulièrement à la messe : il y venait avec moi tous les dimanches et toutes les fêtes.

Voici encore quelques détails sur les personnes composant ma société. Madame la comtesse de Beaufremont, devenue comtesse de Choiseul, que j'aime particulièrement et à laquelle ma famille avait l'honneur d'être alliée. C'est une personne dont l'originalité m'a toujours autant frappée que ses vertus et ses talents m'ont paru dignes d'admiration : elle joint à une extrême vivacité une raison parfaite et la plus grande discrétion ; elle a presque l'air de l'étourderie, et nulle femme au monde n'est plus en état de juger sainement et de donner un meilleur conseil. On lui trouvait quelquefois, dans sa première jeunesse, l'apparence de la coquetterie ; on se trompait, elle n'a jamais eu envie de plaire que par sa bienveillance ou par sentiment, et cependant sa modestie est incomparable, elle n'a nul désir de briller ; elle en connaît les dangers, et son âme, forte et sensible, en dédaigne la gloire; malgré sa modestie, elle n'est point humble, parce qu'elle se connaît et se juge comme elle jugerait une autre. Madame Kennens, dont l'esprit, la douceur, la sensibilité et le talent d'écrire rendent le commerce si agréable et si sûr. Madame de Vaunoz, rivale heureuse de Delille, relativement au poëme de *la Conversation*, et dont la réputation littéraire n'a pas besoin de mes éloges. Madame du Brosseron, avec laquelle je lie connaissance d'une manière agréable et singulière ; madame Roger (depuis comtesse de Montholon), deux personnes remplies d'aménité, qui possédaient toutes les qualités aimables qui font le charme de la société. Madame Hainguerlot, que M. de Cabre, à mon arrivée à Paris, me fit connaître, que je trouvai, ce qu'elle était, remplie d'esprit. Sa conversation était aussi piquante qu'animée, ma liaison avec elle a duré plusieurs années ; ensuite le dépérissement de sa santé l'a forcée de voyager, d'aller aux eaux ; et je l'ai entièrement perdue de vue. Madame Cabarus (depuis princesse de Chimay), durant mon séjour à Berlin me témoigna un intérêt qui lui sauva la vie. Lorsqu'elle voulut bien me prévenir et venir me voir, je la reçus avec autant de plaisir que de reconnaissance ; son entretien dans l'intimité, rempli d'anecdotes curieuses qu'elle seule avait pu recueillir, avait l'intéressante et rare singularité d'être toujours exempt de médisance et de déclamation. Elle est peut-être la personne du monde qui a rendu le plus de services et qui par conséquent a fait le plus d'ingrats. Elle était encore extrêmement belle, et sa beauté devait plaire généralement ; il y avait de la noblesse dans sa taille et dans son maintien et la plus agréable expression dans son sourire. Mon amie madame de Bon, auteur de la jolie traduction de la *Dame du Lac*, de Walter Scott, très-passionnée dans son amitié, avec d'autant plus de charmes qu'elle n'est jamais exigeante ; elle est capable d'une généreuse profusion de soins et d'attentions, et d'une amitié blessée de la négligence et même de l'oubli, pourvu qu'elle puisse compter dans les choses essentielles sur le fond des sentiments. Enfin, mesdames de Bellegarde, que l'on peut citer comme des modèles de l'union fraternelle et de l'amabilité spirituelle et bienveillante.

M. Briffaut, fort jeune alors, et qui annonçait déjà les talents qu'il a montrés depuis ; il avait un si bon goût naturel, qu'indépendamment de toute réflexion, il était blessé du mauvais ton qui se trouvait encore alors quelquefois dans le monde ; il aimait les vieilles traditions, il s'attacha d'abord à moi pour en recueillir. J'avais un plaisir extrême à lui parler de l'ancien temps : il comprenait tout, sentait tout, il écoutait si bien ! Il avait besoin de rétrograder, il cherchait un autre siècle ; on trouve dans ses vers celui de Louis XIV.

M. Laborie, aussi obligeant qu'il est spirituel, et auquel il ne manquerait pour être parfaitement aimable que d'être moins affairé, moins pressé ; on croit toujours être sa vingtième visite, car il entre essoufflé en s'essuyant le visage ; on est charmé de le revoir, à peine est-il assis qu'il regarde à sa montre et tressaille: il voit qu'un rendez-vous l'appelle, il se lève et disparaît ; il ne s'est montré que pour laisser des regrets.

M. Pieyre, dont j'ai déjà tant parlé et avec tant de plaisir ; M. Millevoye, jeune poëte, dont la figure, les vers et le caractère sont également aimables [1] ; M. de Charbonnières, ami fidèle et sûr, qui, comme poëte, jouirait d'une grande réputation s'il eût mieux choisi

[1] Il a fait des vers charmants pour ma *Guirlande*; je ne les cite point ici, parce que je ne veux rien extraire de ce petit ouvrage manuscrit. Ce jeune poëte intéressant est mort depuis !...

ses sujets [1] ; M. Descherny, disciple passionné de Jean-Jacques Rousseau et philosophe outré, et qui me plaisait beaucoup, parce qu'il avait l'usage du monde, de l'amabilité, et qu'il n'affichait ses principes et ses opinions que dans ses écrits ; il avait d'ailleurs un goût très-vrai pour les beaux-arts, et il offrait le singulier phénomène d'un homme de soixante-douze ans ayant encore une très-belle voix et chantant avec la meilleure méthode [2].

M. de Cabre, mon ancien ami, qui, sans avoir été engagé dans les ordres, était *abbé* avant la révolution. Ce fut lui qui alors, dans une société où quelqu'un lui demandait de faire le portrait d'une femme attrayante par ses grâces et même par ses défauts, fit sur-le-champ cet impromptu :

Pourquoi me demander ce que c'est qu'une femme,
À moi dont le destin est d'ignorer l'amour ?
De l'aveugle affligé vous déchirerez l'âme,
Si vous lui demandez ce que c'est qu'un beau jour !

M. de Coriolis, que j'aimerais quand je ne connaîtrais de lui que sa *Messe de minuit*, l'une des plus charmantes pièces fugitives en vers que l'on eût faites depuis longtemps, mais qui d'ailleurs par l'égalité de son caractère, l'agrément de sa conversation et ses vertus réunit tant de moyens de plaire et de droits à l'estime générale.

M. de Courchamp, qu'on n'a jamais pu accuser de pédanterie et de prétentions dans la société ; quoiqu'il ait, et depuis sa plus tendre jeunesse, une étonnante instruction et une foule de talents agréables ; ce qui seul est un éloge de la vie entière d'un homme du monde ou d'un savant, car il est impossible d'avoir fait une telle lecture et d'acquérir des connaissances si variées et si approfondies, sans avoir une grande suite dans le caractère, le goût de l'ordre et la passion de l'étude. Jamais les intrigants et les ambitieux n'obtiendront cet heureux résultat de l'emploi de leur temps. D'ailleurs M. de Courchamp réunit à l'invariabilité des meilleurs principes religieux et politiques l'esprit le plus juste et le plus piquant et une parfaite bonté de cœur.

M. de Tréneuil, dont les beaux vers ont été la plus noble explation des vers d'un autre poëte [3].

J'avais connu chez l'aimable et vertueuse reine d'Espagne M. Després ; il est impossible de le rencontrer sans désirer le connaître, et il est affligeant d'en être oublié quand on l'a connu.

M. Radet, auquel je dois de la reconnaissance pour avoir embelli plusieurs de mes nouvelles, qu'il a mises au théâtre avec le plus grand succès.

M. Dussault, qu'on pouvait louer sur trois choses qui ne sont pas communes dans ce siècle : il fut journaliste impartial, bon écrivain, et ami fidèle de tous les temps [4].

La belle collection des portraits historiques possédée par M. Crawfurd me fit faire connaissance avec lui ; on ne peut rien voir dans ce genre de plus curieux et de plus intéressant ; M. Crawfurd en était un digne appréciateur, et qui ne se rencontre pas toujours dans les amateurs de tableaux ; il eut la galanterie magnifique, comme je l'ai déjà dit, de me faire présent d'un très-beau portrait de grandeur naturelle de madame de Maintenon ; mais un portrait qui, dans cette riche collection, effaçait tous les autres par le dessin, le coloris, l'expression, la composition et l'importance du personnage, c'était celui de Bossuet. Quand on n'aurait jamais vu d'estampes de l'auteur des *Oraisons funèbres*, de tant d'admirables *sermons*, des *Variations*, etc., il suffirait d'avoir lu ces ouvrages et de jeter les yeux sur cette peinture pour l'y reconnaître et pour s'écrier : Voilà le grand Bossuet !... Je n'ai rien vu qui m'ait autant frappée [5].

[1] Ceci fut écrit peu d'années avant sa mort.
[2] Il mourut âgé de plus de quatre-vingts ans.
[3] M. Lebrun, dans son ode intitulée *Patriotique*. Voici la strophe exécrable qui provoqua les profanations des tombes royales de Saint-Denis :

Purgeons le sol des patriotes
Par des rois encore infecté,
La terre de la liberté
Rejette les os des despotes.
De ces monstres divinisés
Que tous les cercueils soient brisés !
Que leur mémoire soit flétrie !
Et qu'avec leurs mânes errants
Sortent du sein de la patrie
Les cadavres de ces tyrans !

Cette strophe (dit M. de Tréneuil dans ses notes du beau poëme intitulé *les Tombeaux de Saint-Denis*, en ça qu'elle n'outrage du moins que les rois dans leurs cercueils, est une des plus humaines de l'ode dite *Patriotique*... Si la poésie ne vit et ne doit vivre que de religion, d'affections pathétiques et tendres, de sentiments nobles et vertueux, l'auteur des odes *Patriotiques* a terriblement méconnu la sainteté de son ministère.

Ajoutons que M. Lebrun, malgré son enthousiasme philosophique et républicain, s'est fort bien accommodé du gouvernement impérial, et qu'il en fut grand admirateur.

[4] Les lettres et l'amitié viennent de le perdre dans cette année 1825.
[5] M. Crawfurd n'existe plus. J'ignore ce qu'est devenu l'incomparable portrait dont je viens de parler.

Je voyais aussi deux hommes du monde aussi remarquables par leurs talents, la douceur de leur commerce que par leur distraction, MM. de Sabran et de Laborde. J'ai déjà cité de M. de Sabran la réponse remplie de grâce et de finesse qu'il me fit un jour où je lui parlais de sa distraction. Au reste, ces deux personnes, qui n'écoutent guère que par hasard, ont tant de charme dans l'esprit et dans le caractère, que leur distraction n'a jamais rien de désobligeant : elle n'inspire que le désir de les fixer sur leur attention ; ils n'ont pas besoin d'à-propos pour plaire. Les gens distraits ont en général un naturel et une franchise qui leur donnent, avec de l'esprit, la plus aimable originalité ; on pardonne leurs imprudences, on est si flatté de leur suffrage ! il n'y a pour eux ni préparations flatteuses, ni compliments étudiés ; ils seraient de mauvais courtisans, ils sont d'excellents amis.

Voici un trait comique et nouveau (et du *genre rêveur*) des distractions de M. de Laborde : il était invité à une cérémonie nuptiale ; arrivé à l'église, il se plaça en face du grand autel, vis-à-vis des nouveaux mariés, et au moment où ils prononçaient le serment irrévocable, il se pencha vers son voisin et lui dit : *Irez-vous jusqu'au cimetière ?....* Il croyait assister à un enterrement !

Carion de Nisas, si connu par son talent dramatique ; de Choiseul, auteur du premier et du meilleur voyage pittoresque : nulle conversation ne retraçait mieux que celle de M. de Choiseul le bon temps de la société française : on n'a jamais conté avec plus de grâce, on n'a jamais eu des manières plus nobles et plus agréables ; on peut lui donner justement des éloges plus solides sur sa loyauté et sur d'excellents principes qu'il n'a jamais démentis, soit en France, soit dans les pays étrangers.

Le cardinal Maury[1], dont les talents comme orateur ont tant d'éclat et dont l'entretien, semé d'anecdotes piquantes, a tant de charmes !

M. de Sennovert, l'homme du monde qui possède l'instruction la plus variée, et l'un de ceux qui causent le mieux sur les arts, la littérature, la politique et les petits intérêts de la société[2].

M. Fiévée, dont la conversation dans l'intimité est si animée, si intéressante et si spirituelle, me parlait souvent des choses qu'il écrivait autrefois à l'empereur et qui étaient toujours sages et bien pensées ; si cette correspondance était imprimée, elle lui ferait beaucoup d'honneur. Napoléon lui donna une place d'auditeur qu'il le fit entrer au conseil ; je donnai alors à M. Fiévée un avis dont il m'a beaucoup remercié par la suite. Je lui conseillai, lorsqu'il aurait au conseil une chose importante à proposer, qu'il la réservât toujours pour sa correspondance, quand l'affaire ne fût assez pressante pour ne pas permettre d'en différer la proposition d'un jour ou de quelques heures. M. Fiévée suivit cet avis : il y gagna deux choses : 1° que l'empereur lui en sut un gré infini ; 2° que, s'appropriant son idée, il devait s'y intéresser davantage et la soutenir mieux. M. Fiévée me dit encore dans ce temps qu'il était étonné de l'esprit, de la finesse et de la bonhomie que l'empereur montrait au conseil ; on pouvait l'y contredire et même souvent l'interrompre quand il parlait, sans qu'il eût l'air de le trouver mauvais : c'est un fait qui rend plus coupables ceux qui l'entouraient d'habitude et qui n'osaient presque jamais lui dire la vérité.

M. Alibert, médecin, homme de lettres et savant, venait aussi de temps en temps me voir ; j'aimais beaucoup son entretien animé, instructif et naturel ; il y joint d'excellentes qualités, entre autres celle d'être invariable pour ses amis.

CHAPITRE XL.
1821-1822-1823-1825.

Sur la fin du printemps, je fus assez malade pendant plusieurs jours ; je n'avais point de douleurs vives, mais j'éprouvais un affaiblissement, un dégoût de tout aliment et même une défaillance qui,

[1] Il disait beaucoup de bons mots et il avait souvent des reparties très-saillantes, faites de premier mouvement ; en voici une qui eut le plus grand succès de ce genre, qui est d'être universellement citée : un jour, en présence de Napoléon et d'un grand nombre de courtisans, il eut une discussion très-vive avec M. de ***, qui finit par lui dire grossièrement : — « On sait, monsieur le cardinal, que dans votre pensée vous vous élevez au-dessus de tout le monde. » — « Non, monsieur le cardinal, je suis sans orgueil quand je me loue ; mais j'avoue que j'en ai quelquefois quand je *me compare* à de certaines gens. » Le cardinal est mort à Rome en 1821.

[2] M. de Sennovert a été depuis s'établir à Pétersbourg, où son mérite et le discernement supérieur de l'empereur de Russie lui ont procuré d'honorables emplois, qu'il a exercés pendant un assez grand nombre d'années. Sa santé l'a forcé dernièrement de revenir en France.

à mon âge, semblaient présager une destruction prochaine. Mon âme était tout entière, et mon imagination plus vive et plus animée que jamais, comme la flamme de la bougie qui va s'éteindre ; mon corps n'était plus qu'une espèce d'ombre, qu'une enveloppe devenue si légère, qu'il me paraissait tout simple qu'elle causât moins d'obscurcissement à l'âme qu'elle renfermait encore. Je ne regrettais point la vie pour le plaisir que j'y trouvais ; j'y ai souffert tout ce qu'un cœur profondément sensible peut éprouver de douloureux, et depuis ma première enfance. J'ai connu quelques-unes des illusions de la vanité, mais elles ont été courtes ; elles ne m'ont jamais enivrée, et dans tous les temps je les aurais sacrifiées sans balancer au moindre intérêt du cœur : aussi jamais l'injustice et la calomnie ne m'ont irritée. Je n'ai jamais cabalé pour me faire louer, ni agi pour faire prendre ma défense ; je ne me repens point d'être entrée dans une carrière (celle des lettres) où j'ai trouvé tant d'épines ; j'étais née pour écrire, pour cultiver les arts et la littérature. Je crois que mes études ont été utiles à la religion, par conséquent à la morale, et enfin à l'éducation. Je me repens de n'avoir pas toujours dans tous les instants conformé toutes mes actions à mes lumières, à ma raison et à des principes que je n'ai jamais cessé de chérir ; je me repens d'avoir agi mille fois sans réflexion et de m'être égarée souvent, non par aveuglement, mais par imprévoyance et par une étourderie sans excuse et sans exemple. Ce n'est point l'égoïsme qui m'a nui ; c'est au contraire l'oubli total de mes propres intérêts en tous genres et l'impossibilité absolue de m'occuper de moi-même ; je n'ai jamais été qu'une espèce de machine n'agissant que par l'impulsion et par la violence d'une vive affection. J'ai poussé ce genre de dévouement aussi loin qu'il peut aller, mais sans mérite, puisque je n'ai jamais pensé aux dangers que ces dévouements extraordinaires pouvaient avoir pour moi ; il me suffisait qu'ils me parussent utiles à ceux que j'aimais et qu'ils s'offrissent à mon imagination comme des sacrifices nobles, généreux et peu communs ; toute autre idée restait pour moi dans le vague ; de sorte que, n'ayant calculé ni les inconvénients ni les conséquences funestes, je m'exposais à tout, sans connaître les dangers que je bravais de fait. On aura peine à croire qu'une personne qui n'a manqué ni de pénétration ni d'esprit se soit toujours conduite ainsi et malgré les leçons de l'expérience ; c'est pourtant ce qui m'est constamment arrivé durant le cours de ma longue carrière. Je me repens, en un mot, de n'avoir jamais eu qu'une reconnaissance momentanée pour toutes les grâces particulières que Dieu a daigné m'accorder. J'ai toujours été animée du zèle le plus sincère pour la religion ; mais depuis une si grande suite d'années, n'ayant rien de grave à me reprocher (du moins dans les idées ordinaires), je n'en sens pas moins que je n'ai jamais suffisamment payé à mon Créateur le tribut de reconnaissance, d'amour et d'adoration qui lui est dû. En réfléchissant aux idoles que je me suis faites successivement sur la terre, j'éprouve néanmoins une sorte de consolation lorsque je pense que mes affections les plus passionnées ont été les plus touchantes et les plus pures que l'on puisse ressentir dans ce monde, puisque mes enfants et mes élèves en ont toujours été les objets.

Si je n'avais pas eu l'espoir d'être encore utile à ceux que j'aimais, et si je ne m'étais pas flattée de pouvoir contribuer à rendre un éminent service à la religion et aux mœurs par une grande entreprise littéraire, j'aurais abandonné la vie avec une parfaite tranquillité, et même alors, débarrassée des soins qui m'occupaient, je serais facilement parvenue à la quitter avec joie. Je désirais donc pouvoir vivre encore dix-huit mois ou deux ans ; mais je me résignais entièrement à la volonté divine ; et si la mort m'eût empêchée de réaliser mes projets, j'aurais reconnu au fond de l'âme que je n'étais pas digne de les exécuter, et je les aurais déposés avec confiance dans les mains de Dieu. Je me rétablis lentement.

Je dînais souvent chez lord Bristol : je m'y trouvai un jour avec M. Canning, qui se mit à table à côté de moi et dont l'entretien m'a vivement intéressée ; il a beaucoup d'esprit et de sagesse, deux choses aussi agréables que précieuses lorsqu'elles sont réunies.

Je fus charmée de revoir là le savant voyageur, si justement célèbre, M. de Humboldt ; il était à table à côté de M. Canning : je causai beaucoup avec lui ; il a vu tant de choses, il en parle si bien, et il a une si profonde instruction et un si excellent esprit, qu'on ne peut se lasser de le questionner et de l'écouter. Il m'a confirmé tout ce que j'avais lu dans les estimables ouvrages de mon ami le docteur Alibert sur les belles expériences de M. Mutis sur les diverses sortes de quinquina. M. Mutis, le plus persévérant observateur de tous les botanistes, a passé trente-cinq ans dans l'Amérique méridionale pour y étudier la botanique, et surtout les propriétés des différentes espèces de quinquina. M. Mutis est mort il y a peu de temps dans ce pays, où la science l'avait naturalisé.

M. de Humboldt me confirma aussi dans la foi des merveilles du guaco, cette plante admirable qui préserve de la piqûre mortelle du plus venimeux et du plus redoutable de tous les serpents ; il suffit pour cela de faire passer dans le sang quelques gouttes du jus de cette plante, et alors on peut se faire piquer impunément par le serpent : sans quoi une seule piqûre de ce reptile fait mourir en quelques secondes ; c'est avec son venin que les sauvages empoisonnent leurs flèches, dont la blessure donne à l'instant la mort si l'on n'a pas fait usage du guaco; Ces flèches empoisonnées conservent leur propriété meurtrière pendant un grand nombre d'années [1].

C'est une bien belle découverte que celle de cette plante, et qui contribue à faire admirer la Providence, qui partout et toujours place le remède à côté du mal.

M. de Humboldt me demanda de me venir voir avant son départ pour de nouveaux voyages, car il comptait aller incessamment en Perse; cet infatigable voyageur est d'une santé si robuste, qu'il n'a jamais eu un seul accès de fièvre. C'est un don du ciel, bien heureusement placé pour l'intérêt de la botanique et des sciences. Je veux me vanter ici du suffrage dont il a honoré mon ouvrage intitulé *la Botanique historique et littéraire*; j'avais appris par plusieurs personnes qu'il en avait fait l'éloge en s'étonnant (ce fut son expression) des recherches prodigieuses que contient cet ouvrage. Son approbation, toujours si honorable, fut doublement précieuse pour moi,

Un garde forestier, pour se faire valoir...

puisqu'elle ne m'avait point été adressée; et il me fut très-doux de trouver l'occasion de le remercier personnellement de cette aimable indulgence.

Je vis encore à ce dîner un homme très-célèbre, lord Sidney Smith; dans de longs voyages sur mer, il a sauvé la vie, il y a vingt ans, à un pacha d'Égypte (ce pacha, au bout de tant d'années, s'en est ressouvenu, et se rappelant que lord Sidney Smith est savant et curieux d'antiquités, il venait d'envoyer à ce grand amiral anglais une très-belle chose qui a été trouvée en creusant la terre sous les ruines d'un antique temple païen : ce sont deux grandes plaques d'or extrêmement pur, portant des inscriptions en grec et parfaitement conservées, qui apprennent que ces plaques ont été mises en terre avec les fondements d'un temple par la reine Bérénice, femme et sœur du roi Ptolémée, qui éleva ce temple ; ceci nous apprend un usage des anciens que nous ne connaissions pas, et qui cependant s'est perpétué jusqu'à nous, puisqu'en posant la première pierre d'un édifice nous mettons toujours sur cette pierre une médaille de métal portant la date de la fondation et le nom du fondateur et de l'architecte. Lord Sidney Smith avait apporté ces plaques dans sa poche pour me les montrer ; quoiqu'il eût un cabinet de curiosités, il n'y mit point ces plaques : il en fit le sacrifice pour enrichir le Musée public de Londres, et c'est une très-belle action pour un antiquaire.

M. de Valence me procurait alors une grande satisfaction, celle de le voir s'occuper beaucoup de la religion. Les mensonges impies et philosophiques des encyclopédistes, leurs fausses et calomnieuses citations de la sainte Écriture, que j'avais dénoncées et prouvées à M. de Valence, avaient produit une profonde impression sur un aussi bon esprit que le sien; l'extrême effronterie des mensonges grossiers et bien avérés, surtout dans ce genre, excite naturellement

[1] Il semble qu'on devrait employer cette plante contre la rage.

la surprise, l'indignation et le mépris. M. de Valence me promit de lui-même de faire maigre les vendredis et samedis, et d'aller à la messe plus régulièrement que jamais; il n'était pas de caractère à être arrêté par le *respect humain*, il commençait à lire avec plaisir les ouvrages qui combattent les sophismes des impies, son esprit savait les apprécier; ainsi j'espérai que sa conversion serait prompte, franche et d'un exemple très-utile.

La piété, en purifiant tous nos sentiments, élève et rajeunit nos facultés intellectuelles; elle ennoblit toutes nos pensées, elle aurait produit tous ces effets sur M. de Valence, et elle aurait illustré la fin de sa carrière. La vieillesse sans religion n'a plus de but; elle se décourage et s'affaisse à l'aspect de la tombe !... Mais, à quelque âge que ce puisse être, ouvrir les yeux à sa divine clarté, c'est renaître; n'eût-on que quelques mois à vivre, on peut s'immortaliser sur la terre, quand on a le pouvoir et la volonté de faire le bien, et l'on s'avance sans effroi vers le tombeau, quand on est soutenu par la religion.

Dans la vieillesse, avec un bon cœur, le spectacle du bonheur des autres, quand il est légitime, est toujours doux à contempler, alors même qu'on n'est pas heureux et qu'on n'a nul espoir de le devenir; mais le spectacle des plaisirs et des vains amusements du siècle est pénible et paraît fou. Oh! si près d'entrer dans l'éternité, que toutes ces joies puériles paraissent extravagantes! on ne voit plus dans ces divertissements que ces bergers d'Arcadie (représentés par le Poussin), dansant autour des tombeaux et faisant des éclats de rire sur le bord des abîmes !... *Dieu, la mort et l'éternité*, voilà les pensées qui occupent la vieillesse d'un chrétien; hélas! elles devraient occuper la vie entière, qui s'écoule si rapidement, même au milieu des contrariétés et dans le malheur ! Et si nous avions été constamment frappés de ces grandes idées, notre conduite aurait toujours été pure,

Le lendemain, à son réveil, on lui dit que le valet de chambre...

et ces pensées deviendraient de plus en plus attachantes et douces, et enfin dans la vieillesse elles seraient délicieuses. Voilà le bonheur inconnu que l'on goûte dans les cloîtres; le temps, loin d'y rien enlever, y promet tout : il rapproche chaque année d'une félicité suprême! si l'on pouvait voir à découvert le fond du cœur d'une coquette de cinquante ans et celui d'une bonne religieuse du même âge, quelle admirable leçon de morale on recevrait !...

M. de Valence et moi nous allâmes dîner chez M. de Lacépède. Nous vîmes en passant une partie de la fête préparée pour l'ouverture du canal de l'Ourcq; le motif en était intéressant, puisqu'il consacrait comme époque une chose utile au commerce de plusieurs villes. On ne saurait trop multiplier les communications entre les provinces d'un pays, c'est en augmenter les richesses et l'abondance, et c'est accroître aussi les relations et l'union des habitants de toutes les classes; mais je trouve qu'avant de faire de nouvelles entreprises on devrait toujours finir celles qui sont commencées : par exemple, r'il est ridicule de bâtir pour détruire; il faut savoir attendre et ne pas, sans une absolue nécessité, faire ces doubles dépenses. Pour en revenir au canal de l'Oureq, le temps, le vent et la pluie contrarièrent extrêmement la fête. Très-peu de personnes du monde y allèrent; mais le peuple, que rien ne rebute quand il s'agit de courir dehors et de voir quelque chose de nouveau, s'y porta en foule et remplissait les rives du canal, où l'on voyait d'ailleurs de vilaines petites boutiques couvertes de toiles sales. Nous vîmes sur le canal le premier bâtiment que cette onde ait porté. Il y avait pour moi de l'intérêt dans cette pensée; mais par malheur le bateau, qui était fort mesquin, avait la prétention d'être pavoisé, c'est-à-dire qu'il portait sur de longs bâtons une quantité de petites banderoles chargées de petits chiffons de toutes couleurs, ce qui produisait un effet très-ridicule.

M. de Lacépède nous reçut avec la politesse et la cordialité qui le distinguent; sa maison est charmante. M. de Lacépède a un fils adoptif qui m'a paru très-aimable; sa belle-fille adoptive joint à une figure fort agréable des talents très-distingués; elle peint comme un ange.

On m'assure que M. de Lamartine fut horriblement mécontent du compte que je rendis de ses *Méditations poétiques* dans mon petit journal l'*Intrépide*; cependant j'ai excessivement loué son talent et ses poésies, et j'ai critiqué avec beaucoup de politesse des vers véritablement ridicules. Il n'a fallu pour cela beaucoup d'*intrépidité*; mais l'intérêt même que m'inspirait le jeune poëte me portait à lui offrir ces utiles avertissements que mon âge m'autorisait à lui donner: il m'en coûtait infiniment de montrer cette impartialité pour un auteur qui, en m'envoyant de lui-même son ouvrage, avait écrit de sa main sur la première page ces paroles: *M. de Lamartine prie madame la comtesse de Genlis d'agréer ce trop faible hommage de son respect pour sa personne et de son admiration pour son génie.*

Il m'en coûtait davantage encore de critiquer un jeune homme qui montre les sentiments les plus religieux; mais je savais qu'il se gâtait dans la société, et qu'on le louait avec excès sur les choses mêmes qu'il fallait réprimer en lui. J'ose dire que personne ne sent plus vivement que moi les beautés qui se trouvent dans ses poésies; la pièce de vers intitulée *l'Isolement* me paraît d'un bout à l'autre une élégie ravissante; mais j'ai voulu offrir la vérité à celui qu'on pouvait enivrer par des louanges exagérées et par conséquent si dangereuses dans la jeunesse. L'espoir de rendre un service l'emportera toujours dans mon esprit sur la crainte de m'attirer une malveillance injuste.

Voici un mot plein d'esprit et de raison que j'ai entendu dire à un enfant qui n'a pas tout à fait quatre ans. Ma petite-fille, madame Gérard, était venue chez son père avec ses deux enfants; elle disait à Cyrus, l'aîné, âgé de quatre ans moins quelques jours, qu'il devait protéger son *petit frère*; Cyrus répondit sur-le-champ: *Il n'a pas besoin de protection, puisqu'il n'a pas d'ennemis.* Cela est extraordinaire pour son âge.

Comme mes Mémoires sont particulièrement littéraires, j'y dois rendre compte des ouvrages non-seulement qui m'ont paru bons, mais encore de ceux qui font du bruit en France et dans les pays étrangers. Les ouvrages modernes en Angleterre qui depuis deux ou trois ans ont le plus de succès sont les romans de Scott et les poëmes de lord Byron. Quant aux premiers, je n'y trouve ni imagination, ni véritable intérêt, ni morceaux éloquents; on dit qu'ils peignent parfaitement les mœurs anciennes des Écossais: je n'en puis juger, mais je crois qu'on ne peint avec une extrême vé-

rité que les mœurs de ses contemporains; au reste, j'avoue que ces romans me paraissent ennuyeux. A l'égard des poëmes de lord Byron, on y trouve certainement de belles tirades poétiques, mais ils manquent de plan et les fictions en sont plus bizarres qu'ingénieuses. On y sent toujours que l'auteur raisonne sans principes et qu'il parle de l'amour et de l'amitié sans aucune sensibilité réelle; il est presque toujours faux, puisqu'il n'est jamais religieux, moral, sensible et même humain. Il règne dans tous ses poëmes une odieuse misanthropie, qui vient non de l'indignation véhémente de la vertu contre le vice, mais de la satiété d'un cœur corrompu, épuisé et flétri par la débauche et par une vie remplie d'excès et de désordres. Voilà du moins l'idée que donne la lecture de ses ouvrages; je ne prétends point par cette opinion attaquer la personne de l'auteur, que je ne connais point; il est possible que son caractère soit exempt de reproche et que ses productions ne soient que le malheureux fruit d'un esprit chagrin et malade; je rends compte seulement de mes impressions.

Il est certain que des écrits ne conservent une grande réputation que lorsque leur lecture élève l'âme et l'esprit; ceux-ci n'inspirent rien de semblable : au contraire, ils ne laissent que des idées lugubres et vagues et une sorte de sensation pénible et désagréable. Leur vogue passera.

A un dîner chez M. de Valence, je vis M. Muraire, ancien *grand juge*; on dit que c'est un homme de beaucoup de mérite et d'esprit; je n'en ai pu juger; je n'ai remarqué en lui pendant trois heures que la singularité de n'avoir pas prononcé une seule phrase durant un espace de temps; je ne lui ai entendu dire que *oui* et *non* et quelques monosyllabes.

J'appris par hasard que le général Gérard, mari de ma petite-fille Rosamonde, avait acheté de M. de Valence la terre de Sillery pour la somme de trois cent mille francs, sous la condition que M. Gérard la revendrait plus cher; il partagerait avec lui la moitié du profit. M. Gérard vient de la revendre six cent mille francs; on a donné cent mille francs à mon petit-fils Anatole pour l'accommodement du procès intenté par lui; restaient deux cent mille francs de profit, que M. Gérard et M. de Valence se sont partagés également.

Peu de temps après la vente de Sillery, j'étais si malade, si abattue, j'avais un si grand mal de tête, et un feu si brûlant sur le front et sur les joues, et tant de frissons dans le dos, qu'un matin je crus réellement que ce jour serait le dernier de ma vie.

Tout à coup, en me réveillant, je vis tous les objets vaciller d'une manière effrayante; cette oscillation avait une rapidité de mouvement dont il est impossible de se faire une idée; j'essayai de me lever, mais ma tête m'entraînait en avant, en arrière et de côté; c'est ce qu'on appelle en médecine *tête de plomb*. Je n'avais d'ailleurs ni douleur ni fièvre; les médecins me firent appliquer sur-le-champ deux sinapismes aux genoux et autant aux pieds, et en outre un grand emplâtre de poix de Bourgogne entre les deux épaules, et des sangsues. Pour moi, je m'occupai surtout du soin d'avoir mon confesseur; je reçus le saint viatique et le lendemain matin l'extrême-onction; mais comme on ne doit point la demander à moins d'être en danger, j'interrogeai là-dessus M. Récamier; le médecin qui le premier vint à mon secours; je lui témoignai le désir de recevoir l'extrême-onction; il me répondit sans hésiter ces propres paroles: *Je ne puis, madame, qu'applaudir à votre piété.*

J'entre dans ce petit détail, parce que plusieurs personnes ont pu paru croire que je n'étais pas dangereusement malade ont prétendu que j'avais reçu l'extrême-onction sans y être autorisée par l'état où j'étais. Je ne puis exprimer ce que j'éprouvai pendant cette toucha-

Tiens, v'là du nouveau!

cérémonie, qui est fort longue, et dont j'entendais parfaitement les prières en latin ; je me trouvai tellement fortifiée que, dès le soir même, j'eus infiniment moins d'étourdissements et moins de vertiges. Le bon docteur Moreau, de la Sarthe (médecin si habile et mon ami) accourut à mon secours ; je ne l'avais point fait avertir d'abord parce qu'il logeait très-loin de moi ; il me sauva la vie avec des pilules de musc ; car les sinapismes, l'emplâtre de poix et les sangsues ne m'avaient rien fait du tout. Néanmoins je restai six semaines dans mon lit, et ensuite je fus pendant trois semaines à ne pouvoir marcher qu'avec l'aide de deux personnes pour me soutenir la tête et les reins.

L'état déplorable de M. de Valence allait toujours en empirant ; j'avais sous les yeux le plus triste de tous les spectacles, et je m'en affectais vivement ; la gangrène que l'on croyait avoir *bornée* faisait tous les jours d'effrayants progrès ; les forces s'affaiblissaient, et dans cette horrible situation, les médecins, qui voyaient tout le danger et qui en convenaient derrière le malade, mettaient tous leurs soins à l'abuser et recommandaient qu'on évitât de l'effrayer en l'éclairant. Par mon avertissement et sans qu'on le sût, M. le curé vint lui faire une visite. Il fut très-bien reçu.

Pendant la maladie de M. de Valence, je lisais avec ardeur et la plus profonde édification les admirables *Méditations* du père Médaille. Ce nom n'est pas connu, mais il mériterait bien de l'être. C'est, selon moi, un livre que l'on peut comparer à l'excellence de l'*Imitation de Jésus-Christ*.

M. de Valence me dit un jour qu'il voyait bien que son état était mortel. Je baissai les yeux, je ne répliquai rien ; il répéta la même chose, je gardai le silence. C'était répondre : il parla d'autre chose, mais je vis qu'il avait compris.

Une personne bien intéressante par son âme et ses vertus, madame la duchesse d'Orléans douairière, était depuis quelque temps dans un état qui donnait tout à craindre pour ses jours ; ses enfants allèrent s'établir à Ivry, dans le village dont cette princesse occupait la principale maison. Madame la duchesse d'Orléans leur proposa point d'appartements chez elle, et eux, qui dans tous les temps n'ont voulu faire que ce qui pouvait lui convenir, n'en demandèrent point ; ils furent horriblement mal logés dans le village, où ils ne purent trouver que trois vilaines petites chambres. Ils allaient de là tous les jours rendre de tendres soins à leur respectable mère, et plusieurs fois, réunis autour de son lit, ils entendirent avec tant d'attendrissement que d'édification les utiles et pieuses exhortations du digne ecclésiastique [1] qui assista la princesse dans les derniers jours de sa vie.

Mademoiselle d'Orléans m'écrivit d'Ivry une lettre bien touchante sur l'état de sa mère ; elle en était si profondément pénétrée que sa santé s'en ressentit cruellement ; M. le duc d'Orléans était aussi très-affligé. C'était un spectacle déchirant pour des enfants si bien nés que cette longue maladie qui ne laissait aucune espérance. Madame la duchesse d'Orléans mourait de plusieurs maux devenus incurables ; un cancer, une paralysie et l'hydropisie. Il est impossible de mourir avec plus de courage, de douceur et de piété. On disait que son cancer était venu de la maladresse d'un valet de chambre qui, en voulant prendre sur une tablette deux in-folio, en laissa tomber un sur le sein de la princesse ; on ajoutait que, dans la crainte d'affliger mortellement ce valet de chambre, et dans l'espoir que l'accident n'aurait point de suite, elle ne voulut ni se plaindre ni appeler le secours de l'art, et qu'elle laissa enraciner le mal jusqu'au moment où il devint insupportable et sans ressource. Les gens du monde, en général, ne croient point à cet excès de bonté, qui leur paraît hors de toute vraisemblance ; pour moi, que la connaissance que j'avais du caractère de la princesse, je fus très-disposée à y ajouter foi pleine et entière. Voici un fait dont je fus témoin lorsque j'étais encore au Palais-Royal. Un jour la princesse, étant à sa toilette, se frottait le dedans de l'oreille avec la tête d'une de ces longues épingles que les femmes employaient jadis pour leur coiffure ; dans ce moment, l'une de ses femmes de chambre passa derrière elle et lui donna maladroitement un coup violent au bras, qui fit tellement enfoncer l'épingle dans l'oreille, qu'elle en perça le tympan ; la douleur fut excessive : cependant la princesse ne fit pas une plainte, dans la seule crainte de faire de la peine à la femme de chambre qui l'avait involontairement blessée. On ne sut cet accident que plusieurs jours après, parce que la princesse, ne pouvant plus supporter les douleurs les plus aiguës, fit venir un chirurgien qui trouva l'oreille dans un état affreux ; elle en fut malade plus de dix ou douze jours.

Madame la duchesse d'Orléans douairière termina sa carrière un samedi ; M. le duc d'Orléans, Son Altesse Royale et mademoiselle d'Orléans la veillèrent pendant les trois derniers jours de sa vie ; ils ne la quittèrent pas un seul instant : elle les traita avec tendresse, leur donna solennellement sa bénédiction ; quelques jours avant sa mort, elle refit son testament, qui fut touchant et par conséquent équitable et chrétien.

M. le duc d'Orléans et mademoiselle d'Orléans furent sensiblement affligés ; j'allai à Neuilly. Je fus bien affectée du changement extrême de leurs figures ; on voyait sur leurs visages combien ils avaient souf-

---

[1] M. Maguoin, curé de Saint-Germain-l'Auxerrois.

---

fert. M. le duc de Chartres avait la rougeole, mais de l'espèce la plus bénigne. Cet aimable enfant est si sensible, qu'il fut aussi touché que frappé vivement lorsqu'il reçut la bénédiction de sa grand'mère ; il sortit de la chambre avec une fièvre brûlante, et le lendemain la rougeole se déclara. M. le duc d'Orléans le questionna sur le triste cérémonial : je lui dis tout ce que j'en savais. Tout se passa de la manière qui pouvait honorer le mieux la mémoire de la princesse ; c'était l'intention et le désir bien naturel de M. le duc d'Orléans. Le corps resta à Ivry dans une chambre tendue de noir qu'on appelle une chapelle ardente ; il fut gardé par les dames d'honneur de Son Altesse Royale, de mademoiselle d'Orléans et madame la duchesse de Bourbon. Feu madame la duchesse d'Orléans, qui n'avait aucune espèce de représentation, n'avait ni dames d'honneur ni dames en titre ; mais on nomma pour ce triste lieu une des personnes qui demeuraient avec elle.

Monsieur et monseigneur duc d'Angoulême annoncèrent qu'ils iraient à Ivry jeter de l'eau bénite sur le cercueil. Après la mort de la princesse, le roi reçut M. le duc d'Orléans ; il le traita avec une bonté particulière et même avec la plus tendre affection. Le corps de madame la duchesse d'Orléans fut porté à Dreux, dans la sépulture de M. le duc de Penthièvre, son père. M. le duc d'Orléans accompagna le convoi.

En rentrant en France, la première pensée de Son Altesse Sérénissime madame la duchesse d'Orléans a été de remplir les devoirs sacrés de la nature et de la piété. Elle racheta, pour rétablir la sépulture de son père, ce qui avait été vendu de la collégiale de Dreux ; les travaux commencèrent aussitôt ; ils furent interrompus par les événements du mois de mars 1815, mais on les reprit ensuite avec activité. Le chemin qui conduisait jadis à l'église n'existait plus ; la montagne abandonnée était devenue impraticable. On traça une nouvelle route parfaitement belle et facile ; on aplanit le sol sur lequel est placée la magnifique église que la piété filiale fait élever et qui doit renfermer le tombeau de M. le duc de Penthièvre. Tout étant ainsi préparé, madame la duchesse d'Orléans alla poser la première pierre de l'édifice le 19 septembre 1818. La princesse était accompagnée de M. le sous-préfet, à la tête de la gendarmerie et de la garde nationale à pied et à cheval ; ce cortège était suivi par une immense multitude de personnes de toutes les classes, accourues des environs pour assister à cette pieuse et touchante cérémonie. Aux acclamations redoublées qu'excitait la vue de la princesse se mêlaient les chants religieux du nombreux clergé de la ville, qui, placé sur le sommet de la montagne, attendait Son Altesse Sérénissime. Toutes les voix s'unissaient pour exprimer avec un saint enthousiasme tous les sentiments dus à l'Éternel et à la vertu de la terre. Concerts angéliques, harmonie céleste, qui purifiaient les échos de ces lieux profanés jadis par les cris et les blasphèmes de la rage et de l'impiété.

On reçut à Paris la nouvelle certaine de la mort de l'empereur Napoléon ; cet événement, à ma grande surprise, ne fit aucune espèce de sensation. Cependant ce même homme qui mourut si obscurément au fond d'une petite île fut le même qui exerçait il y avait si peu d'années une puissance formidable, et qui, maître impérieux de l'Europe, remplissait l'univers entier du bruit éclatant de ses conquêtes et de ses exploits.

Je retrouvai dans mes papiers quelques fragments de copies des lettres que j'avais eu l'honneur d'écrire à ce grand homme ; en voici de relatifs aux récits qu'on me faisait sur la mesquinerie de quelques courtisans :

« Il n'est pas étonnant qu'après un tel début de campagne et de telles victoires on soit rempli de confiance ; il est très-vrai qu'avant ces brillants succès on ne doutait pas du triomphe des armées commandées par un tel chef. Aujourd'hui l'enthousiasme est général, on est fier d'être Français ; mais le commerce va mal, les marchands ne vendent rien, surtout les bijoutiers, et même celui des étoffes, de broderies, de modes, etc. ; tout cela se plaint. Il serait à désirer que les princes et les gens en place donnassent de grands dîners, des concerts, et eussent chez eux des assemblées à des jours fixes. Cela seul donnerait bon air à Paris, ferait vendre des étoffes et travailler des ouvriers. Toutes les fortunes actuelles sont les bienfaits de l'empereur, et ceux qui les possèdent doivent désirer concourir aux vues du gouvernement ; leur représentation dans ce moment serait certainement très-utile ; et si les princes et les ministres donnaient cet exemple, il serait facile d'engager les sénateurs et les autres personnages riches à le suivre par quelques articles mis dans les journaux, dans lesquels on louerait adroitement et avec la mesure convenable cette conduite. Il faut observer que le suffrage des gros marchands, des grands manufacturiers (et même celui des artistes distingués), a plus de poids aujourd'hui que jadis, parce que la société est un composé de toutes les classes ; les murmures se perdaient autrefois dans les comptoirs, maintenant ils pénètrent dans les salons. J'étais il y a quelques jours dans une maison où l'on trouve en général une société fort brillante ; il y avait dix ou douze personnes, et entre autres un homme qui m'était inconnu, et qui se plaignait beaucoup de la misère actuelle et de ce que toutes les maisons sont fermées ; il prédit avec amertume que l'hiver serait *désastreux*, parce qu'on ne donnerait pas une fête, pas un grand dîner ; il ajouta d'un ton si plaintif qu'il était persuadé qu'on *n'allumerait pas un lustre dans* les salons des particuliers, que je dis à mon voisin que je gageais qu'il vendait de la bougie ; et en effet il est intéressé dans une manufacture de bougies. Cet homme et mille autres applaudiront de bien meilleur cœur nos exploits, si les princes et les gens riches tiennent cet hiver un état brillant Ajoutez que le contraire, les maisons fermées, annonce de la défiance sur les événements, sur les finances, etc. Le bois est d'une cherté prodigieuse, si l'hiver est rigoureux, les pauvres seront bien à plaindre : quelques libéralités de ce genre, faites au nom de Leurs Majestés, feraient un bien bon effet. Avant la révolution tous les princes du sang ·aisaient allumer sur la place de leur palais de grands feux ; j'aimerais à voir ces feux devant les Tuileries en l'absence de Leurs Majestés, si elles ne sont pas encore revenues au mois de décembre, et en outre de l'argent donné aux curés pour du bois pour les pauvres. Cette espèce de libéralité fait toujours un grand effet parmi le peuple. Enfin je voudrais qu'à chaque victoire tous les gens qui ont de grandes places donnassent des espèces de fêtes en réjouissances, la cour de leurs maisons illuminée, grand dîner d'extraordinaire, un concert et à leurs portes une distribution de vivres aux pauvres. Tout cela sans avoir l'air d'être fait par ordre et comme de leur propre mouvement.

» Quand il y aura de grandes maisons ouvertes, les femmes se pareront ; les marchands et les ouvriers seront contents, et de temps en temps quelques libéralités publiques aux pauvres achèveront de réunir tous les cœurs et de faire former à tous les mêmes souhaits[1]. »

Voilà ce que j'écrivais une autre fois à l'empereur :

« L'empereur confirme bien ces belles paroles de Massillon, que *les princes sont sur la terre une Providence visible.* Comme il sait récompenser le mérite et la vertu ! Voilà madame de Montesquiou nommée gouvernante. C'est un choix qui, malgré l'envie, est bien universellement approuvé.

» Voilà mon ouvrage sur les femmes tout à fait arrêté ! J'ai sollicité vainement qu'il fût censuré sur les épreuves : *après un mois* d'attente on me refuse. Il faut donner le manuscrit, dont je n'ai point de copie, plein de renvois, très-peu lisible. Il faudra attendre six semaines d'examen et subir les chicanes déraisonnables d'un censeur malveillant et peut-être mon ennemi personnel. Cela est bien triste, avec des intentions telles que les miennes et un cœur aussi français !

» Le cardinal Maury sera un bien bon archevêque : il a beaucoup d'esprit et un bon esprit, vif et sage, ferme et conciliant ; il aurait été un très-bon ambassadeur. Il m'a dit que rien ne peut se comparer à l'émotion qu'il a éprouvée en prêtant serment, et que l'empereur, dans ces choses qu'il accorde, a tant de grâce et de majesté, qu'on se trouverait heureux dans ces moments-là de se faire tuer pour lui. Il m'a conté qu'il tremblait à ne pouvoir pas se soutenir ; ce n'est pas qu'il soit naturellement timide ; il aurait pu dire à Sa Majesté ce qu'un vieil officier, intimidé par l'éclat de la royauté, disait à Louis XIV : « Sire, je ne tremble pas ainsi devant vos ennemis. »

» Les grâces qu'on n'a point sollicitées, les grâces qui surprennent, ont un double prix. La reconnaissance en est mille fois plus vive, elle se proportionne à l'étonnement. Un événement heureux tout à fait inattendu fait à jamais une époque dans la vie, et pour le bienfaiteur, le plaisir est beaucoup plus grand, parce que le bienfait est plus généreux. »

Voici un autre fragment de cette correspondance :

« J'ai découvert une dépense du gouvernement tout à fait inutile, et même nuisible. Le Conservatoire de musique donne des prix de composition, et celui qui obtient le prix est envoyé en Italie, aux frais du gouvernement, pour achever de se *perfectionner dans la composition.* C'est comme si l'on envoyait un géomètre dans un autre pays pour se perfectionner dans la géométrie. Les règles de la composition sont les mêmes partout ; on les sait aussi bien en Angleterre ou en Hollande, où l'on n'a pas le génie musical, qu'en Italie. Il n'est même pas nécessaire d'envoyer en Italie pour perfectionner le goût. La musique instrumentale concertante y est très-inférieure à la nôtre. Nos compositeurs sont très-bons ; le Sueur est très-savant, Chérubini est l'un des premiers compositeurs de l'Europe, et beaucoup plus jeune que Paesiello. Il est peut-être le premier à présent. D'ailleurs il n'en est pas de la musique comme de la peinture : il faut aller voir les tableaux des grands maîtres ; mais les grands compositeurs font graver leurs ouvrages. A cinq cents lieues d'eux on a leurs chefs-d'œuvre, on peut étudier tout comme si l'on était près d'eux. Ces jeunes gens que l'on envoie si loin vont perdre en Italie leur temps, leurs mœurs et leur santé. Voilà tout ce qu'ils gagnent à cette munificence mal placée ; il vaudrait beaucoup mieux leur donner une gratification. Par attachement pour mon souverain et pour mon pays, je désire qu'on vienne chez nous pour se former et s'instruire, et que nous n'ayons pas (du moins inutilement) le mauvais air chez les autres chercher des lumières et des talents. Il me semble encore que l'on pourrait fort bien aussi à présent se dispenser d'envoyer les peintres en Italie. Ce voyage peut-être n'est plus utile qu'aux architectes. »

[1] Ces conseils furent en grande partie suivis très-promptement, de sorte que peu de temps après on ne parla plus que du luxe *asiatique* de la cour et de la ville.

Voici encore un autre fragment que j'adressai à l'empereur :

« Après plusieurs années d'une anarchie sanglante, après le règne des scélérats insensés qui voulurent anéantir la religion et par conséquent la morale, doit-on s'étonner de l'altération que l'on peut remarquer dans la politesse, les manières et les mœurs ? Il faut avouer que ce changement est tel parmi le peuple en général, qu'on ne trouve point d'époque qui puisse en offrir un plus triste et plus frappant. Le peuple égaré par les orateurs des tribunes, par les impiétés publiques qu'on appelait *fêtes*, par les pamphlets composés pour lui, et enfin maintenant par les devins et les sorcières, et encore par les *libelles à deux sous*, le peuple ne ressemble plus (du moins à Paris) à ce qu'il était jadis, et il a tout perdu à cette métamorphose. Mais la révolution n'a pas eu à beaucoup près une si funeste influence sur les autres classes de la société : il ne serait pas difficile de prouver que la corruption des mœurs a été plus grande en France du temps de la régence qu'elle ne l'est maintenant, parce que le rigorisme des dernières années de Louis XIV fit prendre à tous les caractères une teinte plus ou moins forte de faussetés, et qu'à sa mort tous les hypocrites levèrent le masque. Qu'on relise les mémoires de ce temps, et l'on ne niera point cette vérité. La dépravation fut telle alors, que la plume d'une femme n'en peut tracer le tableau. On conviendra que le temps où nous sommes fournit un champ très-vaste à la critique ; mais ce temps si décrié nous offre aussi beaucoup de choses particulières et générales dignes des plus grands éloges : sous l'ancien régime quelques femmes (en temps de paix) ont suivi leurs maris dans leurs garnisons, mais on n'en a-t-il point vu traverser les mers pour ne pas s'en séparer au milieu des horreurs d'une guerre sanglante et cruelle, et refuser de les quitter durant la plus terrible contagion... J'en connais une qui, à peine convalescente d'une longue et dangereuse maladie, n'hésite pas à suivre son mari partant pour Constantinople.

» Quant à la littérature, il est certain qu'on n'a jamais vu paraître autant de mauvais ouvrages ; mais c'est un malheur inévitable quand tout le monde écrit. Il ne s'agit que de *trier*, et le goût le plus délicat peut encore être satisfait.

» Il me semble que lorsque l'on peut citer les noms de MM. de Chateaubriand, Fontanes, Bonald, Delille, Michaud, Dussault, Jay, de Barante, de Treneuil, Arnault, Duval, Picard, Etienne, le comte de Ségur, de Choiseul-Gouffier, madame de Staël et tant d'autres si justement célèbres, et tant de talents agréables que la littérature française possède ; il me semble que, loin qu'elle est dans ce moment, elle tient encore le premier rang parmi toutes celles des nations policées[1].

» Pour les arts, comment pourrait-on dire qu'ils sont en décadence, quand on a vu les ouvrages de David, Gérard, Guérin, Girodet, Lethière, Robert Lefèvre, de Vanspaëndonck et ceux de nos sculpteurs modernes, et enfin le produit des arts dans tous les genres exposés au Louvre cette année.

» Je voudrais qu'il y eût deux hommes nommés pour écrire toutes les campagnes de Sa Majesté ; Louis XIV nomma Racine et Boileau pour ses historiographes, mais en choisissant des historiens contemporains, ils seront toujours accusés de flatterie. Il n'en est pas ainsi des campagnes de guerre, ce sont des faits positifs qui ont pour témoins tous les braves de la nation. Pour des récits avec autant d'intérêt durant la vie du héros qu'après sa mort, et même il vaut mieux les écrire de son vivant ; l'ouvrage gagnera tout à être revu manuscrit par lui ; c'est au général vainqueur à éclairer l'écrivain. Cet ouvrage serait un admirable monument de la gloire française portée au comble par le seul génie du héros qui la gouverne. Il me semble que l'on verrait dans cet ouvrage une chose unique, c'est que l'envie et la mauvaise foi des ennemis de la France ont provoqué, ont nécessité ces grands services ; c'est que la France était démembrée et perdue si l'Europe n'était pas soumise. Toutes les puissances jurèrent, depuis la révolution, à l'instant où Louis XVI fut détrôné, elles jurèrent d'anéantir à peu près la France, *pour l'exemple.* »

J'eus encore une grande obligation à l'empereur ; la voici :

J'ai oublié de dire que j'écrivis à l'Arsenal les *Mémoires de Dangeau ;* je les lus dans le manuscrit in-quarto en quarante et tant de volumes, copié d'après l'original *in-folio*, qui est dans la maison de Luynes. Cette copie d'une belle écriture est aussi authentique que l'original ; elle est *verbalisée* et fut faite avec une exactitude minutieuse ; cependant je voulus en confronter une partie, et madame la duchesse de Luynes eut la bonté de me prêter tout son manuscrit tous les jours pendant sept ou huit mois ; à l'aide de deux ou trois amis je m'amusais à en confronter quelque chose, et nous trouvâmes que l'exactitude en était véritablement scrupuleuse ; il y avait aussi une copie *in-folio* à la bibliothèque du Roi : j'ai mieux aimé travailler sur celle de l'Arsenal, à cause de la beauté de l'écriture et de la commodité du format. Comme la bibliothèque de l'Arsenal appartenait à l'empereur, j'obtins de lui la permission de marquer à la marge par des barres sur l'exemplaire les passages que je voulais extraire et que je faisais copier à mesure ; ensuite sur cette copie j'ajoutai mes notes. Cet abrégé est certainement l'ouvrage qui

[1] Ceci fut écrit en 1806.

fait le mieux connaître la grandeur et la bonté de Louis XIV, et les mœurs du beau siècle où il a vécu; mais il fallait la patience dont je suis capable pour entreprendre la lecture de ce prodigieux ouvrage; il fallait avoir lu tous les mémoires connus du temps pour en faire un bon extrait, afin de ne pas tomber dans des répétitions fastidieuses; il fallait encore, pour y joindre des notes utiles, avoir vécu à la cour et dans le grand monde, et connaître toutes les traditions de ce règne et de celui de la régence. Je crois avoir rendu un important service à la littérature par ce prodigieux travail, qui, comme on le verra par la suite, a été double pour moi. J'ai neuf mois à lire cet ouvrage que je lisais constamment tous les soirs depuis onze heures jusqu'à trois ou quatre heures du matin. Ce travail fini, la permission de l'imprimer, sur laquelle j'avais dû compter, me fut positivement refusée. Je donnai mon manuscrit à l'empereur, en l'assurant que je n'en gardais aucune espèce de copie, ce qui était parfaitement vrai.

Quelques jours après je reçus de M. de Lavalette une lettre conçue en ces termes:

« Sa Majesté m'ordonne, madame, de vous prévenir qu'elle accepte l'offre que vous lui faites des mémoires manuscrits du marquis de Dangeau; elle désire que je les lui envoie à Boulogne. Je vous prie, madame, de vouloir bien me les adresser promptement pour que je les envoie à l'empereur[1], etc., etc., etc.

» LAVALETTE. »

En voyant que je ne pouvais faire imprimer les *Mémoires de Dangeau*, je saisis un moyen de prouver ma reconnaissance à l'empereur en les lui offrant. Ainsi, je fis ce don avec plaisir, puisqu'il m'acquittait de la pension que je recevais. L'empereur fit le plus grand cas de ces *Mémoires*; je vis par M. de Talleyrand qu'il les lisait avec un extrême plaisir; M. de Talleyrand me donna l'espérance qu'il engagerait l'empereur à les faire imprimer; il y a fait ce qu'il a pu, mais inutilement. Ayant marqué à la marge du grand manuscrit in-4°, par des raies, tous les passages que j'avais extraits de l'ouvrage sur lequel j'avais travaillé, j'écrivis à l'empereur que ce manuscrit restait à la bibliothèque publique de l'Arsenal, où l'on pouvait copier tout ce qu'on lisait, on ne manquerait pas de s'approprier mon extrait et de le faire imprimer dans les pays étrangers si on ne pouvait le publier en France. Cette réflexion frappa l'empereur, qui sur-le-champ fit demander cet ouvrage à M. Ameilhon, et le mit dans sa bibliothèque particulière.

Pour faire connaître ces importants mémoires, je vais citer ici une petite partie de la préface qui les précède :

« Si la candeur, la bonne foi, l'impartialité, la peinture la plus naïve et la plus fidèle des mœurs d'une cour brillante et célèbres, suffisent pour rendre attachante la lecture d'un ouvrage historique, il n'est point de mémoires plus intéressants que les *Mémoires de Dangeau*. Ils ont encore l'avantage inappréciable d'offrir le portrait le plus ressemblant et le moins suspect de flatterie que nous ayons de l'un de nos plus grands rois. Le marquis de Dangeau, qui écrivit ce journal pendant un si grand nombre d'années avec une régularité si constante, n'en montra jamais une seule ligne, non-seulement à Louis XIV, mais à madame de Maintenon, son amie. On voit par les lettres de cette dernière qu'il refusa toujours de le lui communiquer tant qu'elle fut à la cour et qu'elle le lut pour la première fois, après la mort du roi, dans sa retraite de Saint-Cyr. On ne saurait trop admirer la délicatesse d'un sujet, d'un courtisan, qui craignait de ternir la pureté de ses récits et d'affaiblir l'autorité de ses éloges en les mettant sous les yeux de son souverain. Madame de Maintenon, dans ses lettres à madame de Dangeau, fait souvent l'éloge de la véracité de ce journal et de la parfaite exactitude de tous les détails qu'il contient. « Je lis » avec plaisir (écrivait-elle à madame de Dangeau) les *Mémoires de* » *M. de Dangeau*; j'y apprends bien des choses dont j'ai été témoin, » mais que j'avais oubliées. » (4 juin 1716.) Dans une autre lettre elle dit : « Les *Mémoires de M. de Dangeau* m'amusent très-agréable- » ment... j'ai tout lu; vous entendez ce que cela veut dire. » (19 juin.) « J'attends avec impatience la suite des mémoires, qui m'amusent si » fort, que je lis trop vite. » (21 juillet.) « Je voudrais savoir ce- » qu'où M. de Dangeau conduit ses mémoires, afin de les ména- » ger plus ou moins, car c'est le seul amusement que j'aie. » (20 fé- vrier 1717.) Ces passages suffisent pour faire connaître l'opinion de madame de Maintenon ; on pourrait citer beaucoup d'autres, qui tous expriment la même approbation. Madame de Maintenon devait en effet aimer ce journal; aucun ouvrage ne représente Louis XIV sous des traits à la fois si touchants et si nobles : on voit dans ce journal que le charme de ses manières et de son langage venait de sa bonté. La grâce dans les princes n'est point un avantage frivole; cette recherche de politesse n'est dans les particuliers que le désir de plaire; mais dans les souverains elle est à la fois l'annonce d'un caractère aimable, d'une âme sensible, et la preuve de leur estime; par un heureux privilège, elle honore autant qu'elle charme. Louis XIV n'a jamais accordé une grâce sans y joindre un mot flat-

tteur qui en doublait le prix; on répétait ce mot avec délice dans sa famille, il y devenait une tradition glorieuse; presque toujours ces refus étaient faits avec tant d'égards et de délicatesse qu'on les recevait avec reconnaissance. Que pourrait faire de mieux la politique la plus habile? Mais la politique ne donne qu'une fausse affabilité qui ne séduit personne; il est un langage qu'elle ignora toujours : elle ne saura jamais parler au cœur. Sans doute Louis XIV eut des défauts; quel homme n'en a pas? On peut lui reprocher quelques torts... Il ne réprima point assez la fureur du gros jeu à sa cour et à la ville, du moins il s'occupa trop tard de ce devoir. Sa munificence dégénéra quelquefois en prodigalité ; il donna trop de diamants et de bijoux aux personnes de sa cour; mais ses défauts mêmes eurent de la noblesse et de l'élévation; sa tendresse, poussée trop loin pour ses enfants naturels, n'altéra jamais son affection pour ses enfants légitimes; il fut pour tous le meilleur et le plus tendre des pères[1]. On lui a reproché des défauts qu'il n'eut jamais, de la morgue, une hauteur arrogante, un orgueil excessif, une basse envie de la vie de Henri IV. Cette dernière imputation est bien formellement démentie dans les *Mémoires du comte d'Estrade*, ambassadeur de France en Angleterre; on trouve dans ces mémoires une lettre admirable de Louis XIV qui contient le plus bel éloge de Henri IV, et dans laquelle, par une modeste et noble exagération, Louis reconnaît qu'il doit à ce héros tout ce que *sa couronne et la France ont de grand et de glorieux*[2]. Louis XIV avait en public une majesté imposante, mais qui fut toujours tempérée par la grâce et la douceur, et jamais souverain ne fut plus aimable au sein de sa famille et dans sa société intime. Sa vieillesse n'eut rien de triste et d'austère, son indulgence ne se démentit jamais pour ses enfants, pour les princes de son sang, pour ceux qu'il honorait de son amitié et pour ses domestiques. Aucun roi n'a été plus véritablement paternel que Louis XIV. Il était si accessible, que des gens même qui n'allaient point à la cour en obtenaient facilement des audiences particulières, dont l'unique motif était de lui confier des intérêts de famille; il s'occupait sans cesse du soin touchant de raccommoder des parents divisés, et dans ces occasions, il ne parlait et n'agissait qu'en arbitre, en conciliateur, et jamais avec l'autorité d'un souverain. Enfin, nul roi de France n'a plus aimé le travail et ne s'est jamais occupé des affaires avec plus d'assiduité, de constance et de courage ; car les souffrances et les maladies n'ont pu lui faire négliger ses importants devoirs. Il a travaillé encore sur son lit de mort, et même le jour où il reçut l'extrême-onction.

» Tel est Louis XIV dans les *Mémoires de Dangeau*, qui ont le mérite de représenter ce prince avec toute sa grandeur et toute sa bonté, et seulement par des faits. L'auteur écrivait à madame de Maintenon, après la mort de Louis XIV, que *s'il avait pensé que d'aussi bons yeux liraient ses Mémoires, il ne les aurait pas écrits avec autant de négligence*. En effet, il écrivait rapidement et il n'avait que la prétention d'être scrupuleusement exact.

» Il y a déjà plusieurs années que j'ai parlé pour la première fois de ce journal, dans les *Souvenirs de Félicie*. On me permettra de retracer ici quelques passages du jugement que j'en portai alors et que la réflexion a entièrement confirmé depuis.

« Le *Journal de Dangeau* est un ouvrage unique par sa simplicité, par l'exactitude, la bonne foi, l'impartialité, l'esprit de droiture, de modération, et les excellents sentiments qui s'y trouvent d'un bout à l'autre ; c'est toujours un honnête homme qui parle et qui raconte... Jamais homme n'eut moins de vanité : il a pris si peu de place dans ce prodigieux nombre de volumes! Il ne cherche de lui que pour inscrire dans ses mémoires les grâces qu'il a reçues de son souverain ; d'ailleurs nulle ostentation, nul désir de se faire valoir, de donner bonne opinion de son caractère ou de son esprit, nulle animosité contre qui que ce soit. Que l'on compare ces mémoires à tous les autres, on verra que c'est le monument historique le plus extraordinaire et l'ouvrage, dans son genre, le plus estimable qui existe[3].

» On ne s'embarrasse guère que l'auteur d'un ouvrage d'imagination soit vertueux ou non ; mais il est nécessaire d'estimer un historien, parce que, pour l'intérêt de son ouvrage, il faut qu'on puisse le croire impartial et véridique. Il faut estimer davantage encore celui qui écrit les mémoires de son temps, car la franchise ne lui suffit pas. S'il est vain, envieux, haineux, vindicatif, il est impossible qu'il soit

---

[1] J'ai conservé l'original de cette lettre, ainsi que d'un très-grand nombre de lettres *intéressantes* que j'ai reçues depuis que je suis en France, et que je ne citerai pas dans ces Mémoires pour ne pas les rendre trop volumineux.

[1] C'est une étrange contradiction morale et religieuse que le crime d'un particulier imprime à son enfant adultérin une tache ineffaçable, tandis que dans celui qui doit donner l'exemple à tous, dans un souverain, ce même crime, publiquement reconnu, donne à l'enfant, objet du plus éclatant scandale, un titre d'honneur et le plus haut rang dans la société. Il est facile de deviner pourquoi cette remarque n'a jamais été faite. On doit regarder comme un véritable malheur public qu'une seule vérité morale soit forcée de rester captive ou voilée, et c'est un grand bonheur et un prodige dans ce siècle que l'existence d'une cour assez pure pour que l'on puisse blâmer librement tout ce que la religion et la raison condamnent.

[2] Je m'enorgueillis d'être le premier écrivain qui ait cité cette belle lettre comme une justification complète de Louis XIV ; j'en ai parlé pour la première fois dans les notes de la *Duchesse de la Vallière*, et de *Madame de Maintenon*.

[3] Il faut toujours se rappeler que Louis XIV ne l'a jamais connu, et que madame de Maintenon ne l'a lu qu'après la mort de ce prince, et par conséquent lorsqu'elle était entièrement dépouillée de sa faveur.

parfaitement sincère, même avec l'intention de l'être : les passions l'aveugleront; la vanité, pour le moins, lui fera faire un usage frivole et quelquefois même ridicule de son esprit ; il parlera trop de lui, il en parlera sans vérité. Les *Mémoires du cardinal de Retz* sont les plus spirituels que l'on connaisse : le style en est vif et naturel, la manière de conter de l'auteur est piquante et parfaite; il observe avec sagacité, il peint avec génie; mais c'est l'ouvrage d'un factieux, d'un ambitieux, d'un homme à bonnes fortunes : on le lit avec défiance et sans fruit, on ne le cite jamais avec autorité[1]. Il serait désirable qu'un historien eût un esprit supérieur; il doit remonter aux causes des événements, les discerner, les faire connaître et en tirer de grands résultats, c'est-à-dire démontrer par des faits la sûreté des bonnes routes, le danger des mauvaises ; enfin, offrir aux princes et aux peuples un beau traité de *morale expérimentale*. Si l'histoire n'est pas cela, la lecture d'un roman bien fait vaut beaucoup mieux. Des mémoires historiques ne sont que des matériaux pour l'histoire. Un auteur de mémoires historiques fera bien rarement un bon ouvrage dans ce genre (en le supposant même sincère et habile), s'il n'a une grande imagination et le talent de bien écrire. Il combinera des rapprochements singuliers, des oppositions frappantes; il voudra faire des portraits, des réflexions ; il négligera les petits détails ; il voudra mettre de l'accord entre ses portraits et les actions des personnages qu'il a dépeints ; alors, malgré lui, par une pente irrésistible, il tombera dans les systèmes, dans les déguisements, dans les mensonges, en dissimulant telle action qui démentirait ses idées, en supprimant ou dénaturant tels faits pour ne pas perdre une réflexion ingénieuse ou un résultat piquant. Je sais que les historiens eux-mêmes sont bien loin d'être exempts de reproches à cet égard; mais si tous les mémoires étaient faits comme ceux de Dangeau, ils ôteraient aux historiens toute possibilité de broder et de mentir. Si ces mémoires eussent été imprimés il y a quatre-vingts ans, M. de Voltaire et ses copistes auraient-ils pu dire et tant répéter que Louis XIV était rempli de hauteur et d'orgueil, que sa dévotion rendit sa cour triste, austère[2], et que ce fut madame de Maintenon qui le harcela et le tourmenta dans les derniers temps de sa vie pour l'agrandissement du duc du Maine, quand on voit si bien dans ces mémoires que ce fut tout simplement la tendresse excessive que ce prince eut pour ses enfants naturels?

» Le siècle orageux qui vient de finir produira une multitude innombrable de mémoires détestables qui paraîtront successivement d'ici à cinquante ans. Comment pourra-t-on, sur de tels matériaux, écrire une bonne histoire de la révolution? Quel homme pourra débrouiller ce chaos rempli de discordances, de contradictions, de mensonges et de calomnies[3]?

Comme l'auteur de ces mémoires est aussi intéressant que son ouvrage, on me saura sans doute gré de le faire connaître : « Il avait (dit Fontenelle.) une figure fort aimable et beaucoup d'esprit naturel, qui allait même jusqu'à agréablement des vers.

» Le marquis de Dangeau était de famille protestante; mais dans sa première jeunesse il se convertit à la religion catholique. Il se distingua par sa valeur et par ses talents militaires.

» Un jour que M. de Dangeau s'allait mettre au jeu du roi, il lui demanda un appartement dans le château de Saint-Germain, où était la cour. La grâce n'était pas facile à obtenir, parce qu'il y avait peu de logements dans ce lieu. Le roi lui répondit qu'il le lui accorderait, pourvu qu'il le lui demandât en cent vers qu'il ferait pendant le jeu; mais cent vers bien comptés, pas un de plus ni de moins. Après le jeu, qui n'avait pas été occupé tout à l'ordinaire, il dit les cent vers au roi; il les avait faits, exactement comptés et placés dans sa mémoire, et ces trois efforts n'avaient pas été troublés par le cours rapide du jeu[4].

» Le marquis de Dangeau eut la gloire d'être à la cour le protecteur de Boileau, qui lui adressa sa satire cinquième sur la *Noblesse*. L'abbé de Dangeau, frère du marquis, devenu par le crédit de son frère lecteur du roi, se servit aussi de sa place pour la gloire des lettres et le bien de ceux qui les cultivaient.

» Il fut chargé par Louis XIV de plusieurs négociations; il alla comme envoyé extraordinaire vers les électeurs du Rhin; il conclut le mariage du duc d'York (depuis Jacques II) avec la princesse de

---

[1] Il est souvent d'une injustice révoltante, surtout pour la reine Anne d'Autriche.

[2] On faisait tous les jours de la musique chez madame de Maintenon, on y jouait sans cesse la comédie; les mascarades, les bals, les loteries, les amusements de tout genre eurent toujours lieu à la cour jusqu'à la mort de Louis XIV.

[3] Les mémoires faits pendant la minorité de Louis XIV furent écrits dans les temps de factions; en général, on y trouve un fonds de droiture et d'impartialité, surtout dans les excellents mémoires de madame de Nemours, dans ceux de madame de Motteville, et dans ceux de Tourville. Mais il y avait alors dans les âmes une élévation qui préserva toujours de la fausseté. Les différents partis conservaient au fond les mêmes principes, on n'avait voulu renverser *ni le trône ni l'autel*. La philosophie moderne n'avait point encore de prosélytes.

[4] Le roi n'avait pas exigé que ces vers fussent bons, et comme le talent d'improviser de mauvais vers est très-facile, il est possible que le marquis de Dangeau les ait improvisés après la partie, au lieu de les avoir faits pendant le jeu; ce qui serait beaucoup moins merveilleux.

Modène. Sans aucune intrigue, il dut à la sagesse de son caractère, de sa conduite, et à l'estime du roi, toutes les dignités de la cour. Il joignait la bienfaisance au zèle et à l'activité; il employa les revenus et les droits de sa grande maîtrise à faire élever en commun, dans une grande maison consacrée à cet usage, douze jeunes gentilshommes des meilleures maisons du royaume, et destinés en grande partie à servir ensuite dans les armées. Ainsi il eut la gloire, qui n'est point assez connue, d'avoir établi en France la première école militaire, ou du moins d'avoir donné l'idée de former en grand cet établissement. On admettait dans cette école de Dangeau quelques pensionnaires roturiers : Duclos dit avoir été élevé dans cette maison. Ce bel établissement ne dura que dix ans. Après la mort du fondateur, le mauvais état des finances ne permit pas au gouvernement de le continuer.

» La cour, les affaires, d'utiles occupations particulières, n'empêchèrent jamais le marquis de Dangeau de cultiver les lettres et les sciences. Il remplaça Scudéri à l'Académie[1]. Il était dans la destinée des deux frères de succéder dans cette compagnie à des personnages ridicules : l'abbé de Dangeau y remplaça l'abbé Cotin, il ridiculisa par Boileau que le récipiendaire, forcé par l'usage de louer son prédécesseur, n'osa faire imprimer son discours. Tous les mercredis, le marquis et l'abbé de Dangeau réunissaient chez eux une société choisie de gens de lettres et de savants, dont faisaient partie le cardinal de Polignac[2], l'abbé de Longuerue[3], l'abbé Dubos, le marquis de l'Hôpital, l'abbé de Saint-Pierre, l'abbé Raguenet, Mairan, l'abbé de Choisi ; ce dernier, célèbre par son esprit, ses aventures, ses écrits (surtout le *Journal du voyage à Siam* et ses Mémoires), fut ramené à la religion par l'abbé de Dangeau, et s'y consacra depuis avec autant de sincérité que de zèle.

CHAPITRE XLI.

1822-1823-1824-1825.

M. Ameilhon. — Plaisantes méprises de l'empereur. — Bienfaisance de madame Récamier. — Mort subite de madame la duchesse de Bourbon. — Mon frère. — Ses inventions approuvées par l'Institut. — Inimitié du ministre de la marine Decrès. — Mort de M. de Valence. — Bains de Tivoli. — Madame de Grollier. — Sa maison à Épinay. — Pont américain. — M. de Bouillé. — Mon gendre M. de Lawoestine. — Mademoiselle Léocadie. — Mort de mon frère. — Sa conduite politique. — Ma belle-sœur madame Ducrest et ma nièce Georgette. — Leur adresse. — Jolis ouvrages. — Leçons qu'elles donnent à de pauvres jeunes filles. — Je pars pour Mantes. — Madame de Boufflers. — Dévouement qu'elle m'inspire.

M. Ameilhon, naturellement très-humoriste et très-violent, fut outré de perdre ce manuscrit, l'un des ornements de la bibliothèque dont il était l'administrateur. L'aversion qu'il avait déjà pour moi en fut très-augmentée. Voici les motifs de cette inimitié : il avait toujours eu le désir d'unir à la bibliothèque le bel appartement que j'occupais, de sorte qu'il m'y vit entrer avec chagrin ; cet appartement avait sous les fenêtres du salon un joli petit jardin ; M. Ameilhon s'en empara : ce qui était d'autant plus ridicule qu'il en avait un plus grand à son logement, le plus beau de l'Arsenal. Pour avoir la paix, quand j'entrai à l'Arsenal, je me plaignis que doucement de cette usurpation, et voyant qu'il insistait avec humeur, je cédai sans résistance. Nous vécûmes assez bien ensemble ; il venait me voir de temps en temps; mais la perte des manuscrits de Dangeau ralluma toutes ses fureurs ; il vint me faire des scènes inouïes. Je lui répondis avec calme, je détaillai mes raisons ; rien ne put l'adoucir ; depuis ce moment il fut mon ennemi irréconciliable. Je ne rapporterai point toutes les tracasseries sans nombre qu'il m'a faites, je n'en citerai qu'une très-petite partie ; il me refusa nettement de me prêter les livres de la bibliothèque. Je récrivis à ce sujet au ministre, qui lui donna l'ordre positif de me prêter tous ceux que je demanderais : il n'eut plus la ressource que de me les faire attendre des semaines entières. Je souffris toutes ces choses avec une patience qui ne s'est jamais démentie. Je lui fis une petite malice qui mit le comble à sa rage, et dont cependant il fut la cause. Il avait fort peu d'esprit et écrivait très-mal ; il faisait imprimer la suite de l'*Histoire du Bas-Empire* : on imprimait aussi pour moi dans ce temps je ne sais quel ouvrage, on se trompa d'épreuve : on m'apporta celle de M. Ameilhon, je la lus et je m'amusai à corriger d'un bout à l'autre les fautes d'impression, mais le mauvais langage de l'auteur ; je lui refis au moins une douzaine de phrases. Je montrai ce travail à deux ou trois personnes qui vinrent me voir pendant que je faisais ces corrections; on en rit

---

[1] Une singularité plus frappante fut celle de M. de Courtanvaux, descendant du grand Louvois, et succédant à son fils à l'Académie des sciences. Il était extrêmement savant, ainsi que son fils, et pour lui procurer la place honorable d'académicien, il ne voulut pas en être; mais après la mort de son fils, il lui fut impossible de se refuser au vœu unanime de l'Académie.

[2] Le cardinal de Polignac, auteur de l'*Anti-Lucrèce*.

[3] L'abbé de Longuerue fut un prodige d'intelligence et de mémoire dès l'âge de quatre ans. A quatorze ans, il savait presque toutes les langues. Il s'appliqua à l'histoire et surtout à la chronologie. Il rendit de grands services.

beaucoup. Ce trait fut conté ; M. Ameilhon en fulmina, mais cependant il fit imprimer l'épreuve telle que je la lui avais renvoyée.

Cependant M. Ameilhon fut nommé membre de l'Institut. Un jour qu'il faisait partie d'une députation et qu'il allait pour la première fois chez l'empereur avec un désir ardent d'en être remarqué et d'en obtenir quelques mots en passant, il se mit très en vue dans la salle d'audience ; l'empereur en effet, apercevant une figure qu'il ne reconnaissait qu'imparfaitement, s'approcha de lui en disant : « N'êtes-vous pas monsieur Ancillon ? — Oui, sire... Ameilhon. — Ah! sans doute, bibliothécaire de Sainte-Geneviève. — Oui, sire... de l'Arsenal. — Eh ! je le sais ; vous êtes le continuateur de l'*Histoire de l'Empire ottoman*. — Oui, sire... de l'*Histoire du Bas-Empire*. » A ces mots, l'empereur, s'impatientant lui-même de ses méprises, lui tourna brusquement le dos, et M. Ameilhon, ne sentant que l'*honneur* et la *joie* d'avoir arrêté quelques minutes près de lui l'empereur, se pencha vers son voisin en lui disant avec emphase : *L'empereur est étonnant, il sait tout!* Ce trait me fut conté le jour même par un de mes amis, M. Destourmel, qui était présent.

Dès les premiers jours de mon entrée à l'Arsenal, je renouvelai la demande que j'avais faite jadis en Allemagne de prendre avec moi mon petit-fils ; il avait quatorze ans, il était charmant de figure, d'esprit et de caractère. J'aurais pu le garder deux ans : on me le refusa, ce qui me fit une peine que j'avais déjà éprouvée autrefois à Brevel, lorsque j'avais demandé avec instance qu'on me l'envoyât à Hambourg, où j'aurais été le chercher. Il avait alors dix ans ; il pouvait sortir de France et rester dans les pays étrangers trois ou quatre ans sans encourir les peines imposées par les lois révolutionnaires. On me refusa, dans mon exil et à mon retour, cette satisfaction qui aurait été si utile à son éducation. J'avais aussi demandé à Hambourg, à mon frère, de me donner ma nièce Georgette, âgée alors de six ans, et j'essuyai le même refus.

Voilà une bien longue digression : je reprends ma narration.

Je n'allai point cette année à la campagne, malgré les pressantes invitations de M. de Saulty, dont le beau château me plaît tant [1], et dont j'aime si sincèrement la respectable famille. J'aurais eu bien envie aussi d'aller à Bligny, chez Anatole de Montesquiou et chez ma petite-fille Rosamonde ; mais je ne pouvais songer à faire des courses d'amusement dans l'état de dépérissement où je voyais M. de Valence ; madame Récamier contribuait beaucoup à me dédommager de mon espèce de captivité : elle venait me voir souvent, et plus je causais avec elle, plus je trouvais d'esprit et d'intérêt dans sa conversation. Si elle n'avait pas été aussi jolie et aussi célèbre par sa figure, elle serait mise au rang des femmes les plus spirituelles de la société. Il est impossible d'avoir plus de délicatesse dans les sentiments et plus de finesse et d'esprit ; elle me conta un jour qu'elle avait reçu le matin une lettre dont elle était avec raison extrêmement touchée ; cette petite histoire mérite d'être rapportée, la voici :

Il y avait environ onze ans que madame Récamier, étant à sa fenêtre sur la rue, vit passer une femme qui jouait de la vielle et qui ordonnait à une petite fille de cinq et demi de danser sous la fenêtre de madame Récamier ; la petite fille obéit, mais d'un air honteux et en pleurant, ce qui attendrit tellement madame Récamier, qu'elle fit questionner la femme, qui répondit qu'elle n'était pas la mère de cette enfant, orpheline dès le berceau. Madame Récamier donna de l'argent à la femme, qui consentit à lui céder l'enfant, qui avait une petite figure angélique ; madame Récamier la mit chez une honnête lingère, où elle apprit sa religion, à lire, écrire, compter et coudre. Quand elle eut douze ans, madame Récamier la mit dans un couvent pour faire sa première communion, elle y resta quelques années ; ensuite la jeune personne demanda à s'y fixer. Madame Récamier paya toujours sa pension et n'en entendit plus parler ; elle l'oublia. Mais elle venait d'en recevoir une lettre la plus touchante dans laquelle cette jeune personne, qui avait seize ans et demi, la remerciait avec la plus vive sensibilité de l'avoir retirée de la rue et de l'avoir donné de l'éducation et de bons principes ; elle finissait en lui annonçant qu'elle était *au comble du bonheur*, que son noviciat venait de finir et qu'elle avait prononcé ses vœux le matin.

Quand on songe à ce que cette enfant aurait été sans madame Récamier et à ce qu'elle est, on ne saurait trop admirer cette excellente action.

Madame Récamier, qui vint me voir, m'apprit une nouvelle qui me fit une sensible peine ; elle était elle-même fort émue : elle venait de chez madame la maréchale Moreau avec laquelle elle n'avait eu des lettres d'elle depuis son départ pour les eaux de Bonnes, et au moment où madame Récamier entrait dans la maison, on mettait les scellés partout ; cette aimable et intéressante personne n'existait plus. Nous la trouvions changée et malade, mais nous étions loin de prévoir sa fin aussi prochaine. Je l'avais vue peu de jours avant son départ ; j'ai rendu compte de cette entrevue. Je perdais en elle une excellente amie, et je la regrette du fond de l'âme : elle n'avait que trente-huit ans! Elle était également distinguée par son instruction, ses talents, son esprit, la perfection de sa conduite, la pureté de sa

[1] Le château de Bàville.

vie et de ses principes et ses qualités attachantes ; pieuse, charitable sans aucune espèce d'ostentation, on n'a jamais fait de meilleures actions avec plus de simplicité.

Je reçus inopinément un billet de part de la mort de madame la duchesse de Courlande. Cette princesse avait tout au plus soixante ans ; elle a eu beaucoup de bontés pour moi ; et ensuite, comme je ne sais rien cultiver et que j'ai horreur des visites, j'ai tout à fait négligé son extrême bienveillance. Mais je me la rappelai avec attendrissement lorsque j'appris sa mort. Je me disais avec douleur que depuis trois ou quatre mois, depuis le départ de madame de Choiseul, j'avais à pleurer trois personnes beaucoup plus jeunes que moi, avec lesquelles j'avais eu des rapports intimes et que je voyais disparaître pour jamais ; sans compter les personnages célèbres qui venaient de mourir : la reine d'Angleterre et Napoléon. En songeant à toutes ces morts, j'étais tout étonnée de vivre encore. Il faut du moins, dans la vieillesse où je suis, retirer de toutes ces séparations si frappantes l'avantage de ne plus vivre pour la vie, mais de n'exister que pour mourir! Ah! si je n'étais pas utile encore, combien complètement je serais détachée de ce lien si fragile communément appelé l'existence!....

Une mort qui me frappa beaucoup moins fut celle de l'abbé Morellet. Il avait quatre-vingt-seize ou quatre-vingt-dix-sept ans ; il était un des derniers *poteaux* de la philosophie du dix-huitième siècle. Il a laissé de volumineux mémoires qui obtinrent un très-grand et très-curieux succès, quoiqu'ils soient détestables sous le rapport moral.

Je fus bouleversée à cette époque par la funeste nouvelle de la mort subite de madame la duchesse de Bourbon, qui mourut en une minute dans l'église de Sainte-Geneviève, étant sortie de chez elle en parfaite santé ; elle avait été la veille au Palais-Royal, où elle avait montré sa vivacité accoutumée. Elle portera devant Dieu d'immenses charités faites avec autant de soin que de constance.

Je revis mon frère avec un grand plaisir ; la tristesse d'une belle vieillesse ; il est mon cadet de quinze mois. Il venait à Paris pour proposer un projet d'une nouvelle construction de vaisseau qu'il m'expliqua et que je comprends très-bien. Les détails de cette construction sont véritablement admirables ; c'est un projet ancien sur lequel on a fait les plus heureuses expériences, que l'Institut a honoré des plus belles approbations, mais qui a toujours été traversé par la haine de l'ancien ministre de la marine M. Decrès (qui vient de périr si misérablement), par l'opposition naturelle des constructeurs de vaisseaux, et enfin par les guerres de terre et les bouleversements politiques. Mais il est incontestable que mon frère est un grand géomètre et un grand mécanicien. Malheureusement il a toujours éprouvé les funestes oppositions que tous les inventeurs de grandes choses ont subies dans tous les temps.

M. de Valence établit dans sa maison un ordre religieux qui me charma. Il revenait sincèrement à la religion et avec une bonne foi et une simplicité admirables, sans la moindre affectation et sans le plus léger respect humain ; il y avait de l'étendue dans son esprit et de la grandeur dans son âme, enfin tout ce qu'il faut pour goûter la religion. S'il eût vécu plus longtemps, son esprit aurait pris un nouvel essor, son caractère se serait perfectionné promptement, ainsi que sa conduite.

M. de Valence me donnait toujours les plus vives inquiétudes ; il en avait lui-même sur son état, et quoiqu'il montrât du courage, je voyais dans son esprit des idées et des craintes sinistres. Je croyais nécessaire de les lui laisser, et rien ne m'a plus coûté que cette conduite.

Il était toujours dans le même état. Ma fille devait arriver incessamment, ce qui, de toutes manières, me fit un grand plaisir.

On ouvrit le testament de madame la duchesse de Bourbon. Elle y donnait aux pauvres toutes les sommes dont elle pouvait disposer ; elle charge mademoiselle d'Orléans de prendre soin de ses deux hospices. Elle ne pouvait confier cette bonne œuvre en de meilleures mains. Une chose bien frappante, c'est qu'elle a signé et fini ce testament le jour même de sa mort ; il est daté de ce jour, à dix heures du matin. Elle sortit à dix heures et demie pour aller à l'église Sainte-Geneviève, où elle mourut à une heure après midi.

Depuis le jour où je fus obligée de discontinuer ces Mémoires, j'ai beaucoup souffert, c'est-à-dire moralement, car je n'ai point éprouvé de douleurs physiques, quoique j'aie été dans un état dangereux.

L'entresol où j'étais logée chez M. de Valence était une véritable caverne, par le manque de jour et d'air ; mais il avait de plus l'inconvénient d'un bruit affreux. J'avais deux pompes, une à la tête de mon lit et l'autre au pied ; elles me réveillaient en sursaut dès le point du jour. J'étais encore tourmentée par le bruit de la porte cochère et de la voûte sur laquelle posait ma chambre à coucher ; enfin il fallait supporter aussi le vacarme continuel de l'écurie, des chevaux, des voitures, et le frottage du salon et des appartements suspendus sur ma tête. Toutes ces choses troublaient, agitaient cruellement mon sommeil et me donnaient, la nuit, de grandes crispations de nerfs ; cependant ma santé ne paraissait pas en souffrir, j'en étais quitte pour des convulsions nocturnes et des insomnies. Je restais par pitié pour l'état de M. de Valence, que j'aurais mis au désespoir en m'en allant. Il s'avançait chaque jour vers la tombe ; il pouvait se voir mourir sans illusion, la gangrène gagnait toutes les parties de son corps ; cette invasion visible de la mort, et voile noir et funéraire qui s'étendait sur sa personne entière ne laissait aucun doute sur sa fin prochaine ; cependant il voulait s'abuser. Je n'ai pas à me reprocher d'avoir encouragé en lui cette faiblesse.

D'après sa demande, j'envoyai deux fois chez M. Gavoile[1] ; le malade l'attendit avec des angoisses et une impatience inexprimables ; il se confessa pendant trois grands quarts d'heure, il demanda ses sacrements et il expira pendant l'extrême-onction. Je m'attendais à sa mort, que m'annonça beaucoup de ménagement le général Gérard ; j'étais encore dans mon lit, ne pouvant toujours pas me soutenir. Cette nouvelle me glaça. J'avais neuf ans de plus que lui ; et il avait l'air si robuste ! L'affliction si vraie de mes petites-filles et de madame de Valence acheva de m'accabler. On mit son corps dans un double cercueil, l'un de plomb, l'autre de bois d'acajou ; son corps était d'une grosseur énorme ; il fallut un grand nombre d'hommes pour porter, ce lourd cercueil, que l'on ne pouvait faire passer que par un petit escalier fort étroit, car cette belle maison n'en a point d'autre. Cet escalier côtoyait l'un des murs de ma chambre ; j'entendais de mon lit les secousses données à la muraille par ce lugubre et lourd fardeau, toujours prêt à s'échapper des mains des porteurs, qui en même temps poussaient des cris terribles. Tout cela dura plus d'une heure, et je n'ai jamais plus souffert.

Je restai encore six semaines rue Pigale, après la mort de M. de Valence. Je n'eus qu'à me louer des soins de M. Récamier, mais il ne put les continuer, étant lui-même tombé malade.

Cependant je ne me rétablissais qu'avec une lenteur effrayante. Le docteur Moreau me répétait chaque jour que je ne reprendrais jamais de force ni la possibilité de marcher librement dans ce petit entresol. Je voulais me mettre dans un couvent, mais, dans tous ceux de Paris, ne trouvant pas un seul logement qui pût me convenir, je pris la résolution d'aller pour quelques mois m'établir à Tivoli, maison de santé si justement célèbre par ses jardins, sa riante situation, ses bains si commodes et si bien servis, et pour la politesse et la parfaite honnêteté de ceux qui l'y gouvernent[2].

J'allai donc aux bains de Tivoli ; je me trouvai beaucoup mieux dès les premiers jours ; mais j'y voyais trop de monde. Pour me reposer, j'acceptai d'aller à Epinay, chez madame de Grollier, remarquable par son esprit et ses talents. Elle avait une délicieuse habitation sur la rive d'une belle pièce d'eau ; elle réalisa la description qui se trouve dans un des voyages de M. de Humboldt ; un joli pont de cordes, attaché en Amérique par les sauvages ; il traversait une rivière et était attaché aux deux extrémités à deux arbres inclinés sur l'eau, que la nature semblait avoir placés là à dessein vis-à-vis l'un de l'autre ; ce pont si léger est très-solide. Quand M. de Humboldt en approcha en Amérique, il aperçut une jeune et jolie Indienne qui le traversait. La première fois que M. de Humboldt vint à Epinay, madame de Grollier n'oublia pas d'établir sur ce pont de cordes une jolie petite paysanne habillée en sauvage ; M. de Humboldt, ne ne se doutant de rien, fut conduit à la pièce d'eau, et il fit une bruyante exclamation en voyant les deux arbres, la rivière, le pont de cordes et la jeune sauvage. Il y a une grâce bien particulière dans cette galanterie, qui d'ailleurs s'adressait à l'homme du monde le plus capable d'en sentir tout le prix.

J'eus une longue conversation avec M. le comte Arthur de Bouillé, gendre de madame de Bonchamp ; ce jeune homme, qui est né dans la Vendée, se passionna tellement pour la mémoire de M. de Bonchamp, qu'il a préféré mademoiselle de Bonchamp à toute autre, surtout par l'idée qu'elle était fille de son héros ; il me conjura d'écrire les mémoires de madame de Bonchamp ; et, comme son histoire est véritablement admirable, et que je fus persuadée qu'elle pouvait être utile à la religion et à la morale, je renonçai dans ce moment au roman que je voulais faire, et je me disposai à écrire ces mémoires ; car la réalité est toujours plus intéressante et plus persuasive que les fictions les plus ingénieuses. M. de Bouillé me promit de me fournir toutes les notes nécessaires, et je m'imposai la loi de ne pas ajouter un seul mot d'invention, d'être l'historien le plus fidèle ; et en effet rien ne m'appartient dans cet ouvrage, que le détail des sentiments que j'ai puisés dans les situations, et ces situations sont si extraordinaires et même si merveilleuses, qu'on n'oserait les inventer : il faut, pour y croire, que les preuves en soient authentiques et aussi publiques. J'écrivis cette histoire d'autant plus de plaisir, que je fus d'une manière tout à fait désintéressée. Je donnai en pur don cet ouvrage à M. de Bouillé ; je lui conseillai d'en vendre la première édition, pour quelques années, au libraire qui lui en donnerait le plus ; il se décida à faire de cet argent une action charitable dans la Vendée ; il voulait la faire en mon nom, chose à laquelle je m'opposai formellement : puisque c'est à lui que le don fut fait, le mérite de l'action devait lui appartenir.

Les Vendéens firent faire à Paris par les meilleurs sculpteurs un superbe monument érigé à la mémoire de M. de Bonchamp : c'est une grande pyramide en marbre, ornée de beaux bas-reliefs. Ce monument fut envoyé dans la Vendée pour y être placé sur le lieu où M. de Bonchamp reçut le coup mortel.

[1] Vicaire de Saint-Louis d'Antin.

[2] Le propriétaire était alors M. Audéoud. G. D.

Je voyais souvent mon gendre M. de Lawoëstine. Il désirait passionnément que la fille de son second mariage, Léocadie de Lawoëstine, fût reçue chanoinesse honoraire au chapitre de Sainte-Anne, en Bavière ; M. de Lawoëstine me demanda avec instance de solliciter cette grâce de Sa Majesté le roi de Bavière. M. de Lawoëstine insista avec tant de vivacité, que je cédai, quoique je trouvasse moi-même que cette démarche fût peut-être inconsidérée ; ce que je tâchai d'exprimer de mon mieux dans ma lettre. A ma grande surprise, Sa Majesté le roi de Bavière daigna me répondre de la manière la plus satisfaisante ; j'obtins ce que je demandais pour la jeune Léocadie, que j'ai toujours tendrement aimée[1]. Ce fut ainsi qu'elle devint chanoinesse du chapitre de Sainte-Anne.

Je fus très-malade au commencement du printemps de cette année, pour avoir voulu faire le carême (la force me manqua tout à fait au bout de vingt et un jours), et ensuite par l'affliction que me causa la perte de mon frère[2]. Nous n'avions jamais eu ensemble l'apparence d'une dispute ou d'une discussion, et je suis plus âgée que lui de quinze mois ! Il était rempli de bonté, de talents et de génie ; il présenta plusieurs mémoires à l'Institut, qui tous ont reçu les approbations signées des plus illustres savants de ce corps ; il fit imprimer ; Napoléon ordonna même au ministre de la marine, M. Decrès, l'exécution d'un de ces projets, et cet ordre ne fut point exécuté. Enfin le jour de la justice arrivera bientôt pour lui, puisqu'il est dans la tombe !...

Sa conduite politique a été aussi parfaite que ses talents furent supérieurs. Dès les premiers temps de la révolution, et bien avant le règne de la terreur, il connut, à n'en pouvoir douter, que le prince auquel il était attaché plaçait mal sa confiance et suivait les plus pernicieux conseils ; alors mon frère ne songea plus qu'à faire le sacrifice d'une place aussi lucrative qu'honorable : il donna sa démission de chancelier de la maison d'Orléans, et après avoir, avant la révolution, préservé son prince d'une banqueroute qui paraissait inévitable, après avoir montré le talent d'administrateur et toute la bienfaisance qu'on peut avoir dans une grande place, il se hâta de se retirer en pays étranger.

Georgette m'a reproché de n'avoir pas assez insisté dans mes Mémoires sur le beau sacrifice que fit mon frère à la cause royale. Si je ne suis pas entrée dans plus de détails à ce sujet, c'est qu'ils sont fort connus et qu'à certains égards il m'est pénible de les retracer.

Ma belle-sœur et ma nièce c'est l'une et l'autre une adresse de fée, qu'elles joignent à des talents très-brillants. Elles enseignent à de jeunes pauvres filles une quantité de jolis ouvrages, dont elles ont inventé la plus grande partie. Georgette, qui tient de sa mère une voix ravissante, une excellente méthode de chant, a de plus le talent du dessin et de la peinture à l'aquarelle. J'ai vu d'elle dans ce genre plusieurs petits tableaux qui ne laissent rien à désirer. Nos entretiens tête à tête finissent toujours tristement, car nous parlions sans cesse de mon frère, que nous regrettons l'une et l'autre avec une égale amertume[3].

Je partis pour Mantes, où s'était retiré Casimir avec sa charmante famille. Je fus enchantée de la ville ; la cathédrale gothique est d'une grande beauté, les promenades sont ravissantes ; j'ai sous ma fenêtre un joli jardin qui appartient à la maison, et la plus belle vue du monde ; il y a dans cette maison une belle et grande salle de bains, et précisément vis-à-vis notre porte cochère un couvent de religieuses où l'on dit la messe tous les jours.

Enfin je dîne ici à l'heure qui me convient ; j'y suis exactement le régime qui m'est bon ; je vis dans une douce et profonde solitude, et j'y quadruple par la retraite les derniers jours de mon existence.

Nous avons dans cette ville plusieurs bons médecins, entre autres M. Maigne[4], homme de beaucoup d'esprit et de la plus agréable société, particulièrement pour ses malades, auxquels il donne à la fois des remèdes parfaitement bien administrés et toutes les conso-

[1] C'était une grâce en effet, la seconde femme de M. de Lawcestine n'était pas noble. G. D.

[2] Il mourut à Meung-sur-Loire en 1824. J'ai dit dans les *Mémoires sur l'impératrice Joséphine* combien sa bienfaisance justifiaient les regrets qu'il y a laissés. G. D.

[3] Il y a trente ans que ma tante a écrit ces éloges ; ils me peuvent donc plus me donner d'amour-propre ; à mon âge on n'est plus que pour ceux que l'on aime. Si j'ai conservé ce passage, c'est pour avoir le droit d'insister près des jeunes filles, pour qu'elles ne négligent aucun travail manuel. Non — seulement il préserve de l'ennui, mais il devient souvent une véritable ressource. En 1848, j'étais à Lyon professeur de chant ; les troubles interrompirent tout à coup les leçons. Ma fille, plus adroite encore que moi, fit un œuvre infini de petits ouvrages qu'elle vendit ou mit en loterie, et nous eûmes ainsi la possibilité d'attendre des moments plus heureux pour les artistes.
En 1852, lorsque ma rente sur la maison d'Orléans me fut brusquement supprimée, il fallut encore recourir à notre adresse pour ne pas abuser de l'obligeance de nos amis.
Quand une jeune personne est assez heureuse pour ne pas avoir besoin de son travail, elle peut l'employer à faire des actes de bienfaisance, elle passe son temps d'une manière agréable et reçoit les bénédictions des pauvres ! Quelles jouissances peuvent valoir celles-là ? G. D.

[4] Dont le frère, de même nom, est un excellent pharmacien.

[5] L'empereur a daigné la remplacer par une pension.

lations morales qui peuvent adoucir leurs maux physiques. Il donna les preuves d'un zèle, d'une science et d'un courage admirables, il y a quelques années : il pansa à Mantes, depuis le mois de décembre 1813 jusqu'au mois de mai 1814, vingt mille blessés, qui tous avaient une maladie contagieuse ; il se trouvait alors à Mantes quatre médecins (dont M. Maigne faisait partie). Tous prodiguèrent aux malades des soins d'autant plus généreux, qu'ils ne reçurent aucun ordre du gouvernement et n'eurent aucun salaire. Les hôpitaux de la ville ne suffisant point, les médecins imaginèrent, de concert avec le bienfaisant curé, de former un retranchement dans l'église, où l'on plaça quarante lits pour les malades : en même temps ils prirent les plus sages et les plus heureuses précautions pour préserver les habitants de Mantes de la contagion du mal. Au milieu de ces devoirs héroïques si bien remplis, trois médecins moururent du mal communiqué par les malades ; M. Maigne seul resta ; il redoubla d'activité pour soigner seul les infortunés qu'il avait pris généreusement sous sa protection ;

Qui, sire..... Ameilhon.

mais bientôt il fut atteint de la fièvre épidémique, alors il se décida à la couper de la manière la plus violente, n'ignorant pas qu'il allait infailliblement ou se guérir, ou perdre la vie : il prit dans un seul jour deux onces de quinquina et une bouteille entière de vin de quinquina ; la fièvre fut coupée ; il reprit alors toute sa santé, dont il ne profita que pour le salut de ses malades. M. Maigne offrit, dans cette occasion, l'exemple du plus sublime dévouement qu'un médecin puisse donner.

J'ai déjà parlé de la fausse magnificence ; mais, comme elle devient chaque jour plus frappante, je veux faire ici une récapitulation de toutes les faussetés de ce genre et dans laquelle se trouveront comprises un grand nombre d'inventions et de charlataneries dont je n'ai jamais fait mention. Outre l'argent plaqué, les faux cachemires, les fausses eaux minérales, les faux clinquants (faits en papier d'or fin), les fausses perles, les fausses dentelles de point, la fausse soierie, on a encore nouvellement inventé les faux tableaux par un procédé qui les imite si parfaitement, qu'il doit nécessairement faire tomber tous les bons copistes dans ce genre ; les fausses gravures (les lithographies si perfectionnées), les faux cheveux faits en soie : on doit louer cette dernière invention sous plusieurs rapports, cela peut être bon contre l'électricité répandue dans l'air, et ces cheveux sont plus agréables à porter que ceux d'un scélérat mort sur la place de Grève ; le faux vin (fait avec des primevères) ; de faux fruits ; de faux pain (fait avec des pommes de terre et des châtaignes), de fausses odeurs : par exemple, brûlez sur une pelle de l'eau de lavande et du café vous aurez l'odeur de l'aubépine ; de faux cailloux d'Égypte, de fausses agates transparentes, de faux lapis, de faux jaspes sanguins et de Sibérie, de fausses herborisations, etc., etc., et on sait parler du faux marbre (le stuc), des fausses couleurs, de la fausse blancheur, des fausses veines, des fausses dents, on a inventé plus nouvellement

de fausses pierres de taille, de faux beaux bras ; j'en ai vu de tels qui m'ont trompée, ces bras étaient couverts d'une mitaine à jour, à travers laquelle on croyait voir un bras bien rond, bien potelé, de la plus belle carnation, et tout était faux ; de fausses porcelaines revêtues de faux or ; de faux acajou, de fausses mosaïques, de fausses anatomies, de faux coquillages, de faux carreaux, de faux madrépores, de sorte que l'on pourrait très facilement former un faux cabinet d'histoire naturelle ; mais on aura beau faire, quelque parfaites que puissent être toutes ces imitations, elles ne vaudront jamais les productions de la nature. Je ne parle point des fausses turquoises, parce qu'elles sont plutôt un vol fait à la nature qu'une imitation. Enfin on a de nos jours tellement perfectionné l'imitation des perles, des cristaux et des pierreries, qu'on ne porte plus beaux jours de véritables diamants et de l'or fin que pour le repos de sa conscience ; ainsi ce qui jadis eût à cet égard été de plus mauvais ton ne peut même pas maintenant être remarqué ; il en résulte que l'on ne pourra plus désormais se distinguer par la magnificence et par le luxe de la parure, et ce n'est pas assurément un mal ; mais aussi on ne laisse à ses enfants qu'un mobilier et des bijoux imposteurs.

La comtesse Amélie de Boufflers vient de mourir à soixante-seize ans. Ayant perdu toute sa fortune, elle était réduite depuis plusieurs années à une pension de quinze cents livres ?!... Elle voulut demeurer dans la rue même où se trouvait le magnifique hôtel qui lui avait appartenu et dans lequel s'étaient écoulés les plus beaux jours de sa vie ; elle se retira dans une petite chambre de blanchisseuse, au cinquième étage, et dont la fenêtre était en face de son ancien hôtel. Ne recourant à personne, elle se laissa oublier par tous ses anciens amis. Je n'étais pas de ce nombre ; je l'ai beaucoup rencontrée jadis dans sa jeunesse et dans la mienne, mais je n'ai jamais eu de liaison intime avec elle ; elle était encore dans l'opulence quand je revins en France,

La petite fille obéit.

je n'allai point la voir. J'appris vaguement, peu d'années après, que le dérangement de sa fortune l'avait forcée de vendre Auteuil, et depuis cette époque je n'entendis plus parler d'elle ; cependant je n'ai appris qu'avec une sorte de saisissement les détails de sa ruine complète et sa fin déplorable. Deux femmes de chambre, bien dignes d'être citées (madame Morta et madame Martin), n'ont jamais voulu l'abandonner ; elles l'avaient servie durant ses derniers jours prospères, elles lui ont été fidèles dans sa détresse et l'ont soignée jusqu'à la mort ; jeunes encore, ayant tous les talents désirables dans leur

<hr>

[1] Les turquoises se forment dans la terre, avec des siècles, par des ossements mêlés à du cuivre ; les ossements entiers d'une main humaine, conservés au cabinet du roi et dont toutes les extrémités des doigts sont turquoisés, ne laissent aucun doute à cet égard.

[2] Par suite d'un procès qui lui fut intenté par M. Emmanuel de Boufflers, son fils ; il le gagna, et ruina sa mère !

état, elles auraient pu se placer avantageusement; la comtesse Amélie les en pressa plusieurs fois, en leur répétant ce mot touchant : *Je puis bien mourir toute seule!...* Elles restèrent, non-seulement sans gages, mais en mettant au Mont-de-Piété leurs robes, une partie de leur linge et tous leurs petits bijoux, pour soulager la misère de leur infortunée maîtresse. Un tel attachement doit sans doute adoucir les peines d'un cœur déchiré par l'ingratitude et par une foule de douloureux souvenirs!... Un jour, madame de *** apprit avec étonnement l'extrémité où se trouvait réduite la comtesse Amélie, qu'elle avait connue jadis et perdue de vue depuis longtemps; elle se rendit aussitôt chez elle; madame de *** monta avec un serrement de cœur inexprimable les cinq étages du petit escalier tortueux qui conduisait sous le toit de cette humble habitation; elle entra avec effroi dans la petite chambre devenue l'unique asile de celle qu'elle avait vue jadis si animée, si fraîche, si brillante, faisant les honneurs d'une maison

On ne doit sortir de ce triste réduit que pour.....

remarquable par son élégance et sa somptuosité! La malheureuse comtesse Amélie, languissamment étendue dans un fauteuil, la tête appuyée sur le sein de ses deux généreuses femmes de chambre, ou pour mieux dire, de ses deux seules amies, semblait ne plus attendre que les derniers instants d'une pénible existence.

Madame de *** entreprit de lui offrir quelques consolations. L'air était pur et serein; elle lui proposa de l'aller respirer dans les champs: Ma chère amie, reprit la comtesse Amélie, quand on a été forcée de se réfugier ici, quand on peut voir à toute heure du haut de ces étages la maison et les jardins où l'on a passé de si belles années, on ne peut; on ne doit sortir de ce triste réduit que pour aller dans la tombe!...

Trois jours après cet entretien elle n'existait plus! Elle ne mourut point sans quelque consolation, elle expira dans les bras de ses deux héroïques amies. Nulle pompe ne l'accompagna au cimetière du Père-Lachaise; mais les larmes de la plus tendre affection baignèrent son cercueil! Puisse la Providence veiller sur le sort de ces deux héroïnes de la fidélité, de la piété, de la reconnaissance! Puissent-elles trouver une digne récompense de tant de vertu et d'élévation d'âme!

CHAPITRE XLII.

1825-1827.

Beau dévouement d'un enfant. — MM. les ducs de Montmorency et de Doudeauville. — Madame de Krudener. — La ville de Salins. — Mot touchant d'amour filial. — Madame de Celles. — M. Cuvier. — *La lyre.* — Le docteur Alibert. — Madame la vicomtesse de Candau. — M. le duc de Noailles.

J'aime à recueillir de jolis traits de l'enfance et de l'adolescence; en voici un qui est beaucoup mieux que *joli*; on m'assure qu'il est

authentiquement consacré dans un Dictionnaire historique. Le fils du comte d'H*** était élevé dans une pension d'Orléans; cet enfant n'avait que six ans lorsque, dans le temps de la terreur, il apprit que son père venait d'être arrêté. Aussitôt l'enfant ne songe qu'à s'évader; il se lève pendant la nuit, il parvient à franchir les murs du jardin, et sans autre guide que l'instinct de la piété filiale, il arrive à Paris après avoir fait à pied trente lieues en deux jours et demi. Quels furent la surprise et le saisissement du comte d'H***, lorsqu'il vit introduire dans sa prison son enfant, dont les gardiens avaient triomphé de la férocité des geôliers! L'un des gardiens de la prison s'intéressa si vivement au sort de cet enfant sublime et de son père, que celui-ci échappa à la mort et fut mis en liberté. On a fait un livre sur les enfants *précoces*; celui dont je viens de raconter cette admirable action mérite d'obtenir le premier rang dans ce livre, car les espèces de prodiges opérés par les talents les plus extraordinaires et les plus prématurés sont bien au-dessous de ceux que peut produire une telle âme. Je ne me console point de ne pas savoir le nom de cet enfant et d'ignorer ce qu'il est devenu.

Je vois plus souvent encore et toujours avec un nouveau plaisir madame Récamier. Elle a depuis longtemps des amis justement dévoués, qui ont été ou qui sont encore dans de grandes places; elle n'a point profité pour elle de son influence sur eux; elle ne s'est jamais servie de l'espèce de crédit que donne l'amitié, que pour proposer des actions bienfaisantes, ou pour être utile à beaucoup de personnes qui avaient recours à elle. On peut dire qu'il n'existe point de femme qui, sans cabales et sans intrigues, ait rendu plus de services; il n'en est point non plus qui, après la perte d'une grande fortune, ait conservé plus de dignité dans le malheur. Depuis ce bouleversement d'existence, elle a pris le parti si noble de ne plus aller dans le

A la déroute de Parthenay il fut fait prisonnier.

grand monde et de se retirer dans un couvent, ne cultivant plus que la société peu nombreuse et choisie qu'elle y rassemble. Dans ce cercle, depuis longtemps toujours le même, parce que le seul bon goût pourrait y fixer, on trouve, entre autres, M. le duc Mathieu de Montmorency, dont l'esprit et les talents sont si dignes d'orner et d'illustrer des vertus et une conduite si exemplaire; M. le duc de Doudeauville, qui joint à l'austérité des principes les plus purs, la capacité à la pénétration dans les affaires, le charme et la douceur des manières les plus agréables; M. de Chateaubriand, également célèbre en Europe et cher à ses amis, etc., etc., etc.

Madame Récamier, uniquement occupée de la gloire de ces personnes, n'a jamais songé à les solliciter pour ses propres intérêts.

Je n'ai appris que ces jours passés la mort de madame de Krudener, une personne extraordinaire et intéressante, deux choses qui, réunies, ne seront jamais communes, surtout dans une femme. Je la connaissais quand j'étais aux Carmélites, rue de Vaugirard; elle m'écrivit pour me demander à me voir ; j'y consentis avec plaisir ; j'avais lu d'elle un très-joli petit roman intitulé *Valérie*, qui n'annonçait nullement l'exaltation de sentiments que j'entendais attribuer à l'auteur. Je fus curieuse de connaître une personne qui alliait des écarts d'imagination à beaucoup de naturel et de simplicité ; et ce fut, en effet, ce que je trouvai en elle. Elle disait les choses les plus singulières avec un calme qui les rendait persuasives ; elle était certainement de très-bonne foi ; elle me parut être aimable, spirituelle et d'une originalité très-piquante ; elle revint plusieurs fois me voir, me témoigna beaucoup de bonté et m'inspira un véritable intérêt ; elle avait de la sensibilité, de la douceur, d'excellentes intentions ; elle était jeune encore, sa mort me fit beaucoup de peine.

À une époque où sans cesse les tribunaux retentissent du récit affreux des crimes les plus monstrueux et des scandales les plus révoltants, on aime surtout à recueillir de ce même temps tous les détails des actions bienfaisantes et tous les traits héroïques ; j'en ai cité beaucoup dans mes Mémoires, et je ne dois pas oublier l'infortunée ville de Salins. Lorsqu'en 1799 la ville de Saint-Claude (Jura) fut réduite en cendres, les habitants de Salins s'empressèrent de voler au secours de leurs malheureux compatriotes ; aujourd'hui ceux de Saint-Claude se sont hâtés à l'envi d'acquitter la double dette de la reconnaissance et de l'humanité ; ils ont envoyé à Salins du pain, des vêtements, dès la première nouvelle de ce désastreux événement. M. le maire, aidé des membres du conseil municipal, s'est présenté partout avec l'empressement le plus louable, et ce zèle charitable s'est manifesté dans toute l'étendue de la France. On a ouvert des souscriptions : les riches, les pauvres, les vieillards, les jeunes gens, les enfants mêmes ont souscrit avec une égale promptitude ; on a vu de jeunes écoliers à peine sortis de l'enfance sacrifier avec joie aux incendiés tous leurs menus plaisirs. Un élève d'un des collèges de Paris à peine âgé de quinze ans, et distingué par son application et ses succès, économisait depuis très-longtemps sur l'argent destiné à ses menus plaisirs, afin de se procurer un fusil et un chien bien dressé pour l'époque des vacances. Ce vertueux enfant, en apprenant les malheurs de la ville de Salins, va mystérieusement prier celui de ses maîtres qu'il a fait dépositaire de sa petite bourse d'aller sur-le-champ porter la somme entière à l'un des bureaux de souscription pour les incendiés de Salins, à la réserve de vingt francs qu'il veut donner à sa nourrice convalescente d'une longue maladie.

Un notaire, pour sauver un dépôt de quinze mille francs qui lui était confié, a laissé dans les flammes une somme assez considérable qui lui appartenait.

Dans toutes les maisons d'éducation, les jeunes gens et les jeunes personnes ont formé à l'envi des collectes, dont l'ensemble du produit a été très-considérable.

Les élèves de l'École polytechnique, de droit, de médecine, ont montré le même empressement et la même charité.

Le gouvernement a d'abord envoyé cent mille francs, et le roi a souscrit particulièrement pour vingt-cinq mille francs ; les curés des différentes paroisses de Lyon ont fait une quête qui a produit six mille francs, et multitude d'autres curés de différentes provinces ont donné des preuves efficaces de la même charité ; M. Laffitte a souscrit pour dix mille francs. Il s'est établi une généreuse émulation dans toutes les classes et parmi toutes les professions ; enfin, partout le zèle est égal et la bienfaisance infinie.

Ce terrible incendie ne peut être attribué qu'une lessive faite dans une cheminée lézardée. Dans cette grande catastrophe, très-peu de monde a péri ; presque tous les habitants ont négligé de sauver leurs propriétés pour se livrer entièrement aux soins d'arracher aux flammes leurs malades, les vieillards et les enfants.

Qu'à ce touchant tableau on joigne tant d'établissements de bienfaisance et dans tous les genres, formés depuis la restauration, en grande partie par des ecclésiastiques et par des grandes dames de la cour, et toutes ces boutiques pour les pauvres, si protégés par les princesses (qui daignent même les enrichir de leurs ouvrages), boutiques auxquelles les femmes les plus distinguées de la société consacrent leurs talents, leur adresse, de petits ouvrages de tous genres, dont l'emploi charitable sanctifie la frivolité, et l'on verra combien la religion est utile et touchante, puisque c'est à elle surtout qu'on doit tant de bienfaits.

À propos de belles actions et de beaux caractères, je veux faire mention ici d'un trait bien touchant qu'on m'a conté ces jours passés. Il existe une vieille fermière près de Paris, qui a une petite-fille orpheline, âgée de seize ans, dont elle prend soin et qu'elle aime passionnément ; mais comme, dans cet état, la brutalité et la violence s'allient très-couramment à la sensibilité, le sentiment de la vieille femme pour sa petite-fille ne l'empêche pas de la battre très-souvent avec beaucoup de rudesse, ce que la petite-fille supporte constamment avec une douceur inaltérable et sans jamais se permettre une seule plainte. Un jour que la vieille femme, cédant comme de coutume à son emportement, battait à coups redoublés la jeune paysanne, tout à coup cette dernière se mit à pleurer avec amertume ; sa grand'mère s'arrêta en s'écriant : Tiens ! v'là du nouveau, tu ne pleures jamais quand je te bats, et pourquoi donc aujourd'hui ?... Hélas ! répondit son angélique enfant, c'est que vous ne me faites pas

du tout de mal, ce qui me fait voir que vos forces s'affaiblissent !...

Ma fille et ma petite-fille, madame de Celles, sont à Paris depuis peu de jours ; elles se disposent à partir pour l'Italie ; elles m'ont demandé l'une et l'autre quelques renseignements sur ce beau pays et sur les livres qu'elles doivent emporter. J'ai recherché dans ma tête tout ce que j'ai pensé qui pouvait leur être utile, et j'en formerai une petite liste que je leur donnerai ; j'y joindrai le détail des petites provisions de bouche que je crois nécessaires dans cette longue traversée où souvent on ne trouve, en voyageant, que du mauvais jambon et d'autres viandes salées. Madame de Celles est venue chez moi deux charmantes filles qui lui restent... Elle est venue chez moi aujourd'hui ; je l'ai trouvée bien changée ; sa noble physionomie portait l'empreinte d'une douleur qui m'a pénétrée ; ses beaux yeux, qui parlaient si bien, n'expriment plus qu'une morne tristesse ; en se taisant ils semblent s'être voilés, ils n'ont plus d'éclat, ils ne brillent plus : l'âme, occupée d'une seule pensée, n'y laisse plus que l'image touchante des regrets et de la mélancolie [1].

M. de Celles, qui sait et parle l'italien avec perfection, ira les rejoindre un mois après leur départ ; il est retenu ici depuis Paris pour quelques affaires causées par une riche succession sur laquelle il ne comptait pas. J'aurais désiré que Rosamonde, le général Gérard et le petit Cyrus eussent été de ce voyage ; cette caravane de famille aurait donné tant d'agrément à cette longue course ! Le petit Cyrus a tant d'esprit et d'intelligence qu'il en aurait très-bien profité ; c'était une jolie manière de le préparer à un second voyage, quand il aura l'âge de le faire avec tout le fruit qu'on en peut retirer ; mais Rosamonde et son mari ne veulent pas le confier pour sept à huit mois à une bonne leurs deux autres enfants âgés de quatre ou cinq ans ; l'offre de m'en charger pendant tout ce temps, ce qui me serait très-possible, restant à Paris, dans un logement que j'ai arrêté ; mais on m'a refusé.

On trouve dans mes petites-filles tout ce qui mérite véritablement d'être loué : la conduite irréprochable et les vertus à la fois naturelles et raisonnées de tous les devoirs ; et voilà ce qui doit particulièrement énorgueillir une mère, surtout quand ces qualités admirables, se trouvent réunies à la raison et à l'esprit ; d'ailleurs elles ne sont nullement dépourvues de cette espèce de goût pour les arts, qu'on trouvera toujours dans les personnes bien organisées ; elles n'ont pas le sentiment exquis et les dispositions matérielles qui donnent en musique des talents supérieurs ; mais elles aiment à entendre faire de la musique, et elles ont au degré le plus distingué le talent du dessin et de la peinture ; madame de Celles a de plus la science infuse de l'architecture ; on a rétabli sur ses plans le vieux château de Skiplacken, dont elle a fait une habitation charmante, ordonnant tout et conduisant tout avec une économie et une intelligence véritablement extraordinaires ; Rosamonde, tout en faisant des tableaux et des ouvrages charmants, a montré la même intelligence dans l'établissement d'une grande ferme, et elle est justement adorée à Villers pour son ingénieuse et constante charité pour les pauvres, les vieillards, les enfants et les malades ; mais j'ai la puérilité d'être fâchée, au fond de l'âme, qu'elles n'aient ni la passion de la musique, ni celle de la poésie. J'offris à Rosamonde de lui apprendre les règles de la versification, non pour faire d'elle un poète, mais pour lui donner une chose nécessaire à toute bonne éducation, et sans laquelle il est impossible de juger ou de parler passablement des vers, ou même de les bien lire ; ma proposition n'eut point de succès : je n'en reparlai plus. Voilà des choses qui font souffrir l'amour-propre maternel ; mais on doit facilement s'en consoler, lorsque d'ailleurs tous les vœux les plus importants d'une bonne mère sont exaucés ; Rosamonde, ainsi que sa sœur, peuvent être citées à toutes les jeunes personnes comme modèles de toutes les vertus.

J'ai été il y a quelques jours au jardin du roi, chez M. Cuvier, avec madame de Choiseul. J'y ai vu un petit éléphant en miniature ; celui-ci n'est pas plus gros qu'un veau, et il est hideux. L'éléphant est le seul des animaux qui ne puisse faire un joli enfant, quoique lui-même soit si imposant, qu'on ne peut être frappé de sa laideur ; l'air d'une force supérieure sans férocité n'a que de la noblesse et de la majesté : mais on ne voit dans le petit éléphant que la grossièreté monstrueuse de ses formes. De là on nous a conduites dans les immenses galeries d'histoire naturelle : j'ai surtout remarqué un oiseau admirable et nouvellement découvert, dont l'arrangement des plus superbes plumes forme exactement le dessin le plus parfait d'une belle lyre de la grandeur antique ; aussi a-t-on nommé cet oiseau *la lyre*. J'espère que désormais le *cygne* ne sera plus le symbole imposteur de la musique et de la poésie. M. Cuvier nous a expliqué toutes ces choses avec clarté, une politesse, une urbanité qui le rendent aussi aimable qu'il est distingué par son savoir et ses talents.

Quoique je ne sorte presque que pour m'aller promener, je n'ai pu m'empêcher d'aller un jour chez le docteur Alibert ; il y avait beaucoup de monde, chose sur laquelle je ne comptais nullement ; dans ce nombre se trouvait une aimable et jolie dame, madame la vicomtesse de Nays, dont on n'oubliera jamais la charmante figure après l'avoir seulement aperçue, et qui laissera un souvenir plus doux et plus durable encore quand on saura combien sa réputation est pure,

[1] Madame de Celles venait de perdre une fille charmante. G. D.

sa conduite parfaite, et lorsqu'on aura eu le plaisir de l'entendre et de causer avec elle plus d'une heure. Il est impossible de montrer un esprit plus juste, de meilleurs principes et des sentiments plus vertueux.

Elle m'a conté une histoire de la révolution si étonnante et originale, que je crois devoir la rapporter ici.

Madame la vicomtesse de Candau, grand'mère de cette dame, habitait Pau, où elle se faisait universellement révérer par sa piété et son immense charité; elle jouissait d'une grande fortune. Elle était éminemment pieuse et royaliste; on la fit comparaître au tribunal révolutionnaire, où elle fut condamnée à mort; cet arrêt produisit une vive sensation dans la ville de Pau: les pauvres, se réunissant en corps, firent même plusieurs démarches en sa faveur; mais, malgré le système de l'égalité, cette classe, toujours trop nombreuse, n'était point admise au rang des citoyens; on les écouta point, et le jour de l'exécution fut désigné; un incident fort extraordinaire força d'en différer l'époque: le bourreau, plus équitable et plus humain dans cette occasion que les juges, refusa nettement de guillotiner madame de Candau; on le menaça vainement, rien ne put l'intimider. Alors on fit venir de Tarbes un autre bourreau qui, n'étant pas de la ville de Pau, ne pouvait avoir la même vénération pour madame de Candau. Cependant, tout ce qu'il entendit dire d'elle fit sur son esprit une profonde impression. Par les lois de ce temps, tout ce qui se trouvait sur les condamnés conduits à l'échafaud appartenait au bourreau: après l'exécution de madame de Candau, on trouva sur elle une très-belle tabatière d'or; le bourreau ne voulut point la garder; il la déposa sur-le-champ, car il était impossible, sans exposer sa vie, de la renvoyer directement à sa famille; mais le bourreau prit de si prudentes précautions, que cette précieuse tabatière, quelque temps après, fut fidèlement remise aux parents de madame de Candau, qui en ont fait un monument très-touchant; ils l'ont mise dans la belle urne de forme funéraire, portant une inscription tirée de la sainte Écriture sur la mort du juste.

Cette histoire m'a d'autant plus intéressée qu'elle a achevé de me confirmer dans une opinion consolante que plusieurs observations m'ont donnée pendant et depuis le règne de la terreur.

J'ai remarqué qu'à la gloire de la nation française et de la nature humaine, chaque atrocité a été expiée par des actions sublimes dans un genre opposé dans les mêmes situations; par exemple, on a vu des enfants et des domestiques dénoncer leur père et leurs maîtres, mais on en a vu un plus grand nombre se dévouer pour eux. Des femmes, pour échapper à la mort, ont déclaré une illégitime et fausse grossesse, et la belle et jeune princesse Josèphe de Monaco a mieux aimé périr que de faire cette fausse et ignominieuse déclaration. Tandis que les impies blasphémaient et commettaient d'horribles sacriléges, des millions de saints s'offraient au martyre et montaient avec joie sur les échafauds; tandis que des hommes lâches refusaient un asile à des parents, à des amis, un nombre prodigieux de personnes de tout sexe et de tout âge s'exposait à la mort et la subissait souvent pour sauver des étrangers et des inconnus proscrits. On trouva dans l'histoire de ces temps désastreux les mêmes contrastes sur des dépôts confiés et des dépositaires généreux rivaux des forfaits des dépositaires infidèles, etc. Mais je n'avais point trouvé d'action sublime et contraire à celle que je crois avoir déjà citée de ce jeune homme de la Rochelle qui, dans un mouvement d'enthousiasme, proposa au club des jacobins de cette ville de guillotiner lui-même vingt-deux émigrés faits prisonniers les armes à la main, afin que l'exécution ne fût pas différée, parce que le bourreau était dangereusement malade et dans son lit. La proposition fut acceptée avec transport, et le titre glorieux de vengeur du peuple fut par acclamation décerné à ce jeune homme, qui se montra digne de cet honneur en exécutant le lendemain de sa propre main ses vingt-deux compatriotes. Je n'avais jamais pu trouver le contraire de cette exécrable action; mais l'histoire de madame de Candau me l'a fourni; ceci m'a donné l'idée d'un livre très-intéressant et utile, s'il était fait sans verbiage: ce serait le rapprochement des grandes et des mauvaises actions, formant de beaux contrastes, produites par la révolution.

Mes mémoires ont un succès qui surpasse de beaucoup mon attente; cependant deux ou trois personnes prétendent que j'aurais dû passer sous silence tout ce que je dis de madame de Montesson, parce qu'elle fait elle fut ma bienfaitrice, puisqu'elle a marié sa seconde fille, 1° Comme je l'ai dit dans ma préface, je devais à la mémoire de ma mère, à celle du malheureux prince père de mes élèves et à mon propre caractère de dire la vérité; 2° madame de Montesson a eu malheureusement tant d'influence sur ma vie, que je ne pouvais écrire ces mémoires en passant sous silence ce qui la regarde; 3° j'ai passé une infinité de choses sous silence et même très-curieuses, et dont, je l'ose dire, plusieurs sont à ma gloire; 4° tout le monde sait comme moi que ce n'est point ma fille que madame de Montesson a dotée et mariée: elle ne la connaissait point; je ne la menais qu'au jour de l'an chez elle, et cette visite durait tout au plus un quart d'heure. Madame de Montesson avait quarante-cinq ans lorsque M. de Valence, âgé de vingt-quatre à vingt-cinq, arriva à Paris et débuta dans le grand monde. On peut et l'on doit croire que madame de Montesson prit pour lui un attachement

tout maternel: ce fut là qu'elle dota et qu'elle maria; ne pouvant se l'attacher irrévocablement qu'en lui faisant épouser sa petite-nièce; et ce qui le prouve d'une manière incontestable, c'est qu'elle ne fit absolument rien pour le mariage de son autre petite-nièce; ma fille aînée n'eut pas même le présent de noces d'usage, que toutes les tantes riches font à leurs nièces quand elles se marient. Ma belle-sœur la marquise de Genlis fit, dans cette occasion, à madame de Lawoëstine, un charmant présent, et elle n'était que la femme de son oncle; madame de Montesson ne lui donna pas une rose[1]. Enfin dans son testament, elle a déshérité ainsi que mon frère; elle a même déshérité ma fille, pour faire M. de Valence son légataire universel!...

Le jeune duc de Noailles vient me voir quelquefois avec sa charmante femme. Il a fait dernièrement un petit voyage en Angleterre; il a peu vu, mais bien vu: c'est beaucoup. Il m'a fait part à ce sujet d'une réflexion qui m'a beaucoup frappée, parce qu'elle me paraît d'une extrême justesse. Il trouve que le peuple anglais a les plus grands rapports avec l'ancien peuple romain durant sa république; en effet, ces deux peuples offrent à un degré presque égal le patriotisme, l'orgueil national, le dédain des nations étrangères, l'amour de la liberté, l'attachement à ses lois, à ses usages, le goût du commerce et de l'industrie et une sorte d'insouciance pour les beaux-arts. C'est la Grèce, et non l'Italie, qui produisit les plus grands artistes de l'antiquité, et de même, l'Angleterre compte par d'architectes, de peintres, de sculpteurs, de musiciens nés dans les îles Britanniques. On pourrait pousser ce parallèle plus loin; mais on n'y comprendra jamais les sciences et la littérature, car les Anglais y ont excellé dans tous les genres, puisqu'ils peuvent citer Newton, Boyle, Herschell, etc.; Shakspeare, Milton, Addisson, Pope, Savage, Fielding, Richardson, Goldsmith; dans le genre comique, Farquhar, Sheridan, etc.[2].

CHAPITRE XLIII.

1822-1823-1824-1825.

Curieuses anecdotes sur le général Bonaparte et le docteur Desgenettes. — Trait bien français. — Coutume du Nord. — Un cadavre pour surtout. — Le cul-de-sac Saint-Dominique. — Réflexions sur l'âge d'une femme. — Madame de Lingré. — M. Lemaire. — Mesdames Charpentier et Lefebvre-Desmier. — Le docteur Alibert. — Anecdotes recueillies par lui. — M. de Chastenay. — Église de Notre-Dame del Pilar. — Maison du docteur Canuet. — Sainte-Périne. — Histoire du docteur Canuet. — Le féroce Westermann. — Fin de mes mémoires.

J'ai appris avec certitude une anecdote très-curieuse sur Napoléon. Dans le temps où Napoléon faisait la guerre en Égypte, M. Desgenettes, si justement célèbre par son habileté, était médecin en chef de nos armées. Nous avons dans nos climats une fausse idée de la peste. Nous la regardons en général comme une maladie mortelle, et très-souvent elle ne l'est pas; ainsi que la petite vérole, elle est suivant sa qualité ou meurtrière ou bénigne, et c'est ce que les grands médecins connaissent parfaitement. Une peste de cette dernière espèce se déclara près d'Alexandrie; mais rien ne put calmer la terreur des pestiférés, qui regardaient le mal comme étant sans ressource; leurs cruelles inquiétudes augmentèrent leur fièvre. Un grand nombre périt subitement victime de l'imagination. Alors Napoléon commanda à M. Desgenettes de déclarer lui-même, à l'ordre du jour, que la maladie contagieuse n'était pas la peste: M. Desgenettes déclara qu'il ne ferait pas un tel mensonge. Napoléon insista vivement. Le médecin résista courageusement à toutes les menaces, mais il céda aux prières faites pour le salut de l'armée. On déclara donc, sans délai, que la peste n'était pas dans l'armée; on le crut: les têtes se calmèrent et tout ce qui restait de malades fut sauvé.

Dans cette même campagne, Napoléon fit le siége de Saint-Jean-d'Acre; comme il était devant cette ville, des vaisseaux de transport, chargés de munitions qu'il attendait, furent pris par le brave Sydney-Smith; alors Napoléon vit qu'il était pressant de lever le siége, mais il fallait un prétexte; son génie inventif le trouva bientôt: il fit encore dans cette occasion appeler Desgenettes; ce dernier fut confondu en recevant un ordre tout contraire à celui qu'on lui avait donné précédemment; il s'agissait de proclamer que la peste venait de se déclarer à Saint-Jean-d'Acre sur le général, par amour pour ses troupes, se décidait à lever le siége. Desgenettes se récria

[1] Ma fille aînée épousa un homme d'une grande naissance, qui devait avoir un jour soixante-dix mille francs de rente et la grandesse après le mort de madame la princesse de Ghistelle; mais il avait un père avare et qui ne voulait presque rien donner de son vivant: je fus obligé, personnellement, de faire de très-grands sacrifices que m'aurait épargnés, du moins en grande partie, madame de Montesson, si dans sa position elle avait fait ce qu'elle devait.

[2] M. le duc de Noailles est devenu un orateur éminent. Ses discours à la chambre des pairs produisaient toujours une grande sensation, non-seulement par leurs pensées élevées, éloquemment exprimées, mais par la sagesse et la force du raisonnement. Son noble caractère achève de le rendre un des hommes les plus remarquables de notre époque. Qu'il trouve ici l'expression de ma profonde reconnaissance pour la protection bienveillante qu'il n'a cessé de m'accorder et qui m'a été si utile! G. D.

avec force contre cette nouvelle fausseté; Napoléon voulut prendre un ton impérieux et menaçant; Desgenettes lui répondit, avec une vertueuse fermeté : « Faites-moi fusiller, car vous n'obtiendrez jamais de moi de sacrifier une seconde fois la vérité. . . . . »

Napoléon changea de ton en l'assurant qu'il ne lui demandait que d'être une seconde fois le sauveur de l'armée. Car, ajouta-t-il, si vous vous obstinez à me refuser, je me dévoue avec l'armée; je resterai et nous périrons tous. Le docteur céda encore, et le siége fut levé sans murmurer.

Voici un trait bien français que j'ai recueilli de mon amie madame de Choiseul. Lorsqu'aux eaux de Plombières, après avoir passé tant de nuits dans les larmes et rempli tous les devoirs de l'épouse la plus affectionnée, elle revint à Paris, emportant dans sa voiture le cœur de M. de Choiseul enfermé dans une boîte de métal, elle fut arrêtée à toutes les douanes pour subir les visites accoutumées et toujours si rigoureusement faites; mais aussitôt que les chefs des douanes apprirent que cette voiture, dont tous les stores étaient baissés, renfermait une veuve accablée de douleur et chargée du dépôt funèbre le plus triste et le plus précieux, leur émotion fut partout semblable : ils crièrent tous du premier mouvement : *Laissez passer sans fouiller*, et aucun d'eux ni de leurs préposés n'ouvrit la voiture.

J'ai cité dans cet ouvrage beaucoup de coutumes du Nord qui m'ont d'autant plus frappée qu'elles rappellent d'anciennes coutumes grecques rapportées par Athénée; mais en voici une, la plus bizarre de toutes, dont je n'avais jamais entendu parler, et qui paraît être parfaitement authentique, parce qu'elle a été contée avec détail à la table de Son Altesse Royale monseigneur le duc d'Orléans par un voyageur d'une grande distinction qui revenait du Danemark. Peu de temps avant son départ de cette capitale, un personnage d'une éminente dignité mourut, et le voyageur fut invité à ses funérailles. Il arriva dans l'hôtel qu'avait occupé le défunt, il entre dans la salle où tout le monde était rassemblé et attendait le *repas funéraire* qui se donne en cette occasion dans la plus grande partie de l'Allemagne. Au bout d'un quart d'heure on se rendit dans la salle à manger; la table était servie, et l'on prévint l'étranger que l'on mangeait à la hâte et sans s'asseoir. Quelle fut sa surprise lorsqu'en jetant les yeux sur la table il y vit le *surtout* le plus extraordinaire qu'on ait jamais eu l'idée d'y poser : c'était le cadavre du défunt revêtu d'une robe de satin blanc brodée d'or avec un bonnet assorti. Ce cadavre, avec un visage hideux et découvert, avait les mains croisées sur sa poitrine : il était couché et tout étendu au milieu de la table; comme il avait préalablement été exposé mort pendant huit ou dix jours, les exhalaisons étaient beaucoup plus fortes que celles des ragoûts du festin. Tous les convives mangèrent à la fois d'appétit, et l'on se hâta de retourner dans le salon. On assure que cette étrange coutume existe toujours.

J'ai eu la curiosité, il y a deux ou trois jours, d'aller visiter le cul-de-sac Saint-Dominique, dans lequel j'ai passé les plus brillantes années de ma première jeunesse, depuis l'âge de dix-huit ans jusqu'à celui de vingt-deux; nous y avions un très-bel appartement au premier, donnant sur un joli jardin, au bout duquel se trouvait une petite porte en face de l'église paroissiale de *Saint-Jacques-du-Haut-Pas*; c'est là que mes trois enfants, mes deux filles et mon fils furent baptisés. Mon beau-frère et sa femme occupaient le rez-de-chaussée de cette maison. Comme elle est la dernière du cul-de-sac Saint-Dominique, j'ai dans l'instant reconnu la porte; mais en entrant dans la cour, j'ai vu que tout était changé dans la maison : tout devait l'être en effet depuis plus d'un demi-siècle. J'ai questionné la portière, qui m'a dit que seulement depuis dix ans la maison était échantie plus reconnaissable, et qu'afin de les doubler on les avait tous diminués; que d'ailleurs le maître était absent et qu'il était impossible d'entrer chez lui. Je suis revenue tristement, regrettant, que j'aurais voulu le décrire, des impressions qui eussent sans doute été très-vives, car qui fournit toujours plus de choses neuves et morales, mais qui n'auraient pu produire en moi que des regrets et des souvenirs douloureux! Qu'ai-je fait depuis l'époque de ces cinquante-huit ans que la Providence a daigné m'accorder? jusqu'ici si peu de bien, du moins aux yeux de celui qui ne juge les actions que d'après leurs motifs! et tant de fautes réelles, tant d'imprudences, de fausses démarches, d'étourderies, de puérilités, de vanités romanesques, de folies en tout genre! et combien n'ai-je pas éprouvé de joies trompeuses, de malheurs véritables, d'espérances mensongères, de dangereuses illusions et de mécomptes de toute espèce !... Hélas! dans ce lieu l'avenir encore était à moi! Si je ne l'eusse pas gâté, comme je le reverrais avec délice, comme je serais heureuse aujourd'hui! Ne nous plaignons point, car nous devons demander pardon à Dieu de presque tous nos malheurs.

Dans ma jeunesse, je me suis toujours promis d'étudier sur moi-même la vieillesse si j'y parvenais. M'y voilà, et je me tiens parole. Je me faisais jadis une idée terrible de cet état, effrayant surtout en perspective pour une femme quand elle est leste, animée, brillante, et qu'elle se voit entourée d'admirateurs... Un vieux monarque qui a régné avec bonté et avec gloire présente la vieillesse sous un aspect divin : on est tenté de lui rendre un culte. Un vieux guerrier, un vieux magistrat, qui ont bien rempli leur devoir, inspirent une pro-

fonde vénération. Mais une vieille femme !... cette dénomination seule est si dure !... J'ai vu bien peu de vieilles de mon goût, même parmi celles qui passaient pour être aimables. Les unes avaient une douceur affectée et un ton mielleux qui ressemblaient à la fausseté; les autres montraient une gaieté ou peu naturelle, ou qui leur ôtait toute la dignité de leur âge. Celles-ci avaient une gravité ennuyeuse, celles-là parlaient et contaient trop. D'ailleurs, que fait une vieille femme dans un cercle? Premièrement elle le dépare, et puis n'est-il pas ridicule que l'art des brodeurs, des bijoutiers et des marchandes de modes s'épuise sur une figure de soixante ans? Shakspeare a dit qu'un grand emploi qui a été exercé par un homme de génie et donné ensuite à un sot *est l'habit d'un géant mis sur un nain*. Que dira-t-on d'une élégante coiffure faite par Leroi et posée sur la tête d'une vieille femme? C'est pourtant ce qu'on voit tous les jours; on voit même souvent ces reines, depuis si longtemps détrônées, porter encore des diadèmes de diamants et de fleurs. Il m'a toujours semblé qu'il est si difficile, pour ne pas dire impossible, qu'une vieille femme puisse plaire dans le grand monde, qu'elle a quelque chose d'un peu *moquable* quand elle y est, à moins qu'elle n'y soit forcée par un devoir positif. Mais si elle est naturelle et bonne, si elle a bien connu le monde, sa société intime peut être agréable, pourvu toutefois qu'elle n'ait pas la manie des anecdotes et qu'elle ne conte jamais qu'à propos.

Cicéron est celui qui a le mieux parlé des vieillards; c'est lui qui a dit qu'ils sont comme les vins que le temps a rendus aigres ou qu'il a bonifiés.

Il existe des créatures humaines qui n'ont point été vicieuses et qui, dans le cours de la vie, n'ont été trouvées ni imbéciles ni déraisonnables, et qui cependant parvenues à l'âge de soixante-dix ans pensent de très-bonne foi qu'elles n'ont été créées que pour s'habiller, déjeuner, dîner, souper, jouer au piquet et dormir.

Si l'on est capable de quelque réflexion, on doit être bien malheureux dans la vieillesse, lorsqu'en jetant les yeux sur le passé, on n'y voit qu'une longue suite d'années écoulées dans une insoucieuse oisiveté; et que, dans l'espace de plus d'un demi-siècle, on n'ait, non la vie utile, animée d'un être intelligent, industrieux et sensible, mais la honteuse végétation d'une brute.

Lorsqu'un vieillard est exempt d'infirmités, qu'il a conservé ses facultés intellectuelles et qu'il est religieux, il est dans une situation habituelle de bonheur qu'il ne peut connaître dans sa jeunesse. Il est naturellement débarrassé de toutes les sujétions sociales, et cet heureux affranchissement double pour lui le temps qui lui reste. Il ne saurait regretter les amusements qui ne sont plus de son âge; s'il a un bon esprit, il est fatigué et même ennuyé longtemps avant d'y renoncer. Son avenir est court, mais il en est véritablement le maître et il peut disposer sans craindre que ses résolutions soient anéanties ou traversées par les passions, l'étourderie et l'imprudence. Il connaît la juste valeur des choses; il ne s'agitera plus pour des misères; il est calme, il juge bien; c'est tout le secret des conduites parfaites. Si sa présence n'excite plus la joie turbulente et la gaieté, elle inspire le respect et la vénération; la jeunesse bien-née ne dispute point sur les déférences qui lui sont dues; les avoir toutes pour cet âge, il désire atteindre un jour; c'est s'honorer soi-même dans l'avenir; rien n'est plus attachant que la conversation d'un vieillard aimable qui n'abuse pas du privilége d'être écouté avec intérêt. Enfin la faiblesse physique, la débilité même de la vieillesse, a ses dédommagements. Cette légère lassitude que lui donne sans la faire souffrir sa pesanteur habituelle lui rend le repos si doux ! S'asseoir dans un bon fauteuil, surtout en revenant de la promenade, goûter le charme d'un calme parfait, et quelquefois, au milieu d'une agréable rêverie, céder pour quelques instants au sommeil, voilà pour elle de vrais plaisirs, et qui se renouvellent tous les jours.

On ne conçoit pas comment un vieillard peut se livrer à l'humeur, à la colère, à l'avarice, à l'ambition, et se rendre insupportable à tout ce qui l'entoure. Prêt à tout quitter, à quoi lui serviront ces honneurs qu'il sollicite, cet argent qu'il amasse, toutes ces superfluités de luxe qu'il accumule autour de lui? Il n'a plus que le temps de donner et de pardonner. Quel est l'homme qui, au moment de s'expatrier pour toujours, voudrait employer les instants qui lui restent jusqu'à son départ à gronder, à bouder, à maltraiter ses parents et ses amis, dont il va se séparer sans retour? Il n'en est point qui, dans cette situation, ne désire laisser des regrets, et qui ne cherche à les mériter. Ah ! la sagesse véritable dans la vieillesse, c'est la douceur, l'indulgence sans bornes et la bonté. Ces qualités, que la religion prescrit à tous les âges, peuvent-elles coûter à celui-ci? Elles n'excluent nullement la vigueur de l'esprit et la force de l'âme; elles s'allient parfaitement avec le courage qui fait condamner sans ménagement les mauvaises actions, l'impiété publique et les principes corrupteurs; mais le vieillard, tel qu'il doit être, parle en faveur des mœurs, sans fiel, sans exagération, il est inaccessible à la haine, il met tous ses soins à rendre heureux ceux qui l'environnent, il n'en exige rien; il leur offre tous les conseils de la raison et de l'expérience; il est, pour sa famille et pour ses amis, une sentinelle attentive placée là pour quelques jours.

Une de mes amies, madame de Lingré, a depuis sa première jeunesse une faculté *infuse* si étonnante et même si miraculeuse, que je dois en rendre compte ici ; sans avoir étudié le moins du monde les mathématiques et la géométrie, elle peut, par un don extraordinaire de la nature, résoudre en peu de minutes le problème le plus compliqué et le plus difficile, et de quelque genre que ce puisse être. Voulant que je fusse témoin de ce phénomène, elle m'a demandé d'inviter l'un des plus grands mathématiciens de la France (à mon choix) à venir passer une soirée chez moi, afin de lui proposer les problèmes dont elle donnerait sur-le-champ la solution. J'ai invité M. de Prony, qui est venu le 29 octobre : il nous apporta trois problèmes qu'il avait composés avec soin pour cette visite, et voici sans aucune espèce d'exagération ce qui s'est passé : M. de Prony a lu l'énoncé du premier problème ; madame de Lingré aussitôt a mis la main sur ses yeux, en nous disant que nous pouvions causer comme à l'ordinaire, et au bout de *deux minutes* elle a donné la solution parfaite du problème ; il en a été ainsi successivement des autres, et M. de Prony a répété plusieurs fois que c'était un don de la nature absolument inexplicable. Ce prodige m'a ravie, et comme amie de madame de Lingré et comme femme, d'autant plus que madame de Lingré a mis à ce nouveau triomphe la simplicité et la modestie qui lui sont naturelles.

Si madame de Lingré eût été un homme, cette faculté merveilleuse lui aurait certainement acquis la haute célébrité qui fait obtenir de grands emplois ; mais quoiqu'elle ne soit qu'une *femme*, il me semble que sous tous les gouvernements elle mériterait bien quelque marque éclatante d'honneur. Comme j'ai l'*esprit de corps*, qu'en général les femmes n'ont point, je m'enorgueillis aussi de tous les succès brillants de toutes nos contemporaines. Je suis fière de notre latiniste madame de Maussion ; et j'ai éprouvé un grand plaisir en entendant mon ami M. Lemaire rendre hommage, avec sa candeur ordinaire, aux talents de cette dame. Un tel suffrage, dans ce cas, vaut bien une couronne académique. Je crois aussi que le beau siècle de Louis XIV n'a point vu de femmes exceller dans la peinture ; et nous pouvons citer, et dans des genres différents, mesdames Lebrun, de Grollier, Jacotot, Lescot, Pagès, Hersent, etc., etc., etc. Et l'on me doit une *architecte* et une femme *sculpteur*[1], mesdemoiselles Charpentier, dont j'ai, dès leur enfance, facilité les études ; mais leurs talents et leurs succès n'ont eu pour théâtre que la ville d'Orléans[2].

Mon ami Alibert m'a envoyé son dernier ouvrage qui a pour titre : *Physiologie des passions*. Il a beaucoup de succès, et il le mérite par les belles pensées qu'il contient, la manière dont il est écrit et l'originalité avec laquelle ce sujet est traité. Tout le monde le lira.

L'une des anecdotes les plus frappantes de ce livre est celle du *Soldat de Louis XIV*, qui se retira parmi les sauvages de la Guyane française. Il devint là, par son activité, sa bonté, son industrie, le bienfaiteur des sauvages, auxquels il apprit l'art de mieux cultiver les plantes, les arbres et les fruits de ces contrées fertiles. Les sauvages, tant qu'il leur fut utile, lui témoignèrent un attachement sans bornes ; mais quand cet Européen, volontairement transplanté dans ce pays agreste, eut atteint la vieillesse, il devint aveugle, et alors tous les sauvages sans exception l'abandonnèrent ; deux négresses seulement lui restèrent fidèles et le soignèrent constamment jusqu'à sa mort. Ce triste dénoûment inspire à l'auteur cette réflexion touchante qu'une femme ne doit pas omettre :

« Il n'y a que les femmes qui ne se détachent jamais du malheur. » La nature a rempli leur âme de tant de bienveillance et de pitié, » qu'elles semblent jetées comme des êtres tutélaires entre l'homme » et les vicissitudes du sort. . . . . »

. . . .

L'auteur a recueilli une autre histoire très-singulière : celle d'une sauvage qui, à l'âge de neuf ans, fut trouvée à Cayenne égarée dans une forêt ; une dame se chargea d'elle et l'emmena dans la partie civilisée de cette île. La jeune sauvage reçut une excellente éducation fondée sur les lumières du christianisme ; elle eut des maîtres et acquit des talents. Elle conserva un tel souvenir de sa mère et de son pays natal, que rien ne put vaincre sa mélancolie, et à seize ans elle se sauva pour retourner parmi les sauvages. L'auteur, emporté par son imagination et par sa sensibilité, admire cette conduite qui, je l'avoue, ne me paraît nullement touchante. En effet cette sauvage, renonçant à la religion, abandonnant sa bienfaitrice, et rendant inutile tout ce qu'on a fait pour elle, ne saurait me paraître une héroïne intéressante.

Madame de Choiseul m'a lu plusieurs chants de son beau poëme de *Jeanne d'Arc*. Elle augmente le nombre des Muses qui honorent la littérature française, mesdames la princesse de Salm, Devannoz,

[1] Madame Lefebvre-Deumier, plus heureuse, peut faire admirer à Paris ses belles et gracieuses statues. C'est une gloire pour notre sexe de pouvoir citer un pareil *sculpteur*. Il faut bien se servir de ce mot, puisque le féminin n'existe pas.

[2] Plusieurs années auparavant, on a vu en Angleterre une dame de la cour montrer le plus grand talent pour la sculpture : elle a fait, entre autres choses, la statue colossale de Georges III. Cette statue est posée dans une des places publiques de Londres. Au premier voyage que je fis, au plaisir de voir à Londres cette dame travailler dans son atelier ; elle était alors jeune et belle. G. D.

madame Amable Tastu, mademoiselle Delphine Gay, dont les débuts sont si brillants, etc., etc. Enfin, si je voulais citer toutes les femmes auteurs qui se sont distinguées en prose, cette nomenclature serait d'une très-grande étendue ; les dames dont je parlerais ne se fâcheraient pas de se voir à leur tête madame la duchesse de Duras, mesdames de Staël, de Rémusat, Campan, d'Hautpoul, Cottin, de Souza, de Brady, Simon-Candeille, etc., etc.

J'ai reçu les adieux de ma fille et de mes petites-filles, qui partent après-demain pour l'Italie ; je leur ai donné tous les vieux renseignements que ma mémoire a pu me fournir sur ce long et beau voyage ; mais comme elles reviendront dans six ou sept mois, elles ne verront pas l'Italie dans toute sa beauté. Je regrette vivement pour elles les fleurs du mont Cenis, les guirlandes de pampres de Gênes, de la Lombardie, de Naples, et la délicieuse température de cette contrée enchanteresse. J'avoue que ce départ de ma fille, au moment où je m'établis à Paris, me cause un véritable chagrin ; à mon âge, un adieu, une absence de sept mois qui sera vraisemblablement de dix mois ou d'une année, avec une distance de cinq cents lieues, sont des choses bien solennelles et bien tristes. Je n'ai rien montré de ces impressions, et cette contrainte les a rendues plus profondes encore.

Le chirurgien Cannet.

Je suis aussi, malgré tout ce qu'on peut me dire, très-inquiète des brigands ; ma fille et mes petites-filles ne verront ce détail que lorsqu'elles seront au fond de l'Italie, et qu'elles croiront que leurs lettres auront pu déjà me rassurer ; j'aime à penser que, dans toutes les suppositions, les bénédictions d'une mère, sans craindre l'éloignement et les voleurs, peuvent parvenir à toutes les extrémités du globe, et en portant et conservant tout le bonheur et toute l'efficacité que tous les oracles sacrés leur promettent.

Depuis la publication de mes Mémoires, ce que j'ai reçu de lettres anonymes ou signées par des personnes qui me sont inconnues n'est véritablement pas croyable ; pour en donner une idée, je dirai que quelques-unes de ces lettres sont affranchies, et que cependant depuis le 1er septembre jusqu'au 29, où nous sommes aujourd'hui, j'ai payé quatre-vingt-trois francs de ports de lettres, et très-souvent je me suis couchée sans avoir eu le temps de lire toutes celles de la journée : ce qui me paraît le plus étonnant, c'est que dans ce grand nombre je n'en ai reçu qu'une seule malveillante, mais qui n'était point du tout injurieuse ; apparemment qu'on a pitié de la vieillesse, car il y a seulement douze ou quinze ans que l'on me traitait avec infiniment plus de rigueur.

M. le comte de Chastenay est revenu me voir, et il était cette fois avec madame de Chastenay ; ainsi il a été doublement bien reçu. Madame de Chastenay est toujours aussi parfaitement aimable ; elle a conservé toute la gaîté qui rend sa douceur si piquante. Comme nous avons parlé de l'ancien temps ! combien elle m'a rappelé d'anecdotes que j'avais oubliées et qui auraient beaucoup plus de charmes contées par elle que citées par ma vieille plume! M. de Chastenay m'a donné une petite note qu'il m'avait promise sur le siège de Saragosse; ce trait, que je n'ai vu dans aucun ouvrage, mérite bien d'être rapporté; le voici : Durant le siège de Saragosse par les Français, sous Napoléon, on remarqua que l'église de Notre-Dame del Pilar, si fameuse par divers miracles, fut non-seulement la seule église, mais le seul édifice de la ville qu'aucun boulet n'atteignit. Cette espèce de prodige exalta la piété de tous les habitants : ils avaient perdu tout espoir de se défendre avec succès, mais en même temps ils étaient décidés à ne point se rendre; et prévoyant que sous quarante-huit heures les Français entreraient dans la ville et qu'ils y mettraient tout à feu et à sang, ils résolurent de l'unanimité de demander pour eux d'avance un service funèbre et d'y assister; ce qui s'exécuta comme ils le désiraient. Tous les habitants se rendirent à l'église del Pilar, que l'on trouva tendue de noir. Les prêtres commencèrent par dire les prières des agonisants, auxquelles on répondit avec autant de ferveur que de fermeté; ensuite on célébra l'office des morts. La piété unie à la vaillance dans ce qu'elle a de plus beau, la réflexion et le sang-froid s'offrirent jamais une scène plus imposante et plus sublime; enfin, comme le dit si bien M. de Chastenay dans sa notice, ces malheureux habitants, dans cette occasion solennelle, unirent et consacrèrent à la fois la religion avec l'honneur, l'amour de la patrie et le martyre.

Mes amis s'occupent de me trouver un appartement où je puisse m'établir tout à fait, et en attendant, voilà plus de six semaines que je suis ici, et plus j'y séjourne, plus je dois aimer et estimer les maîtres de la maison.

• M. Canuet est médecin de l'hôpital de Sainte-Périne, établissement utile et fort secourable, mais qui n'est point de charité, puisqu'il faut donner en y entrant une somme assez bien payée pour y passer le reste de ses jours. Il faut avoir au moins soixante ans pour y être admis; on y est logé, chauffé, éclairé et nourri. On y classe les personnes suivant leur naissance pour les tables, qui sont toujours de douze couverts. On trouve dans cet établissement des personnes d'un très-beau nom; il vient d'en mourir une qui avait dix-sept mille livres de rente, mais qui, pour s'épargner tout embarras de ménage et pour se procurer la jouissance d'un très-bon air et d'un beau jardin, s'était placée là. Cette fantaisie avait passé par la tête de M. de Valence; il m'a proposé très-sérieusement, huit mois avant sa mort, d'aller nous établir à Sainte-Périne; il aurait conservé sa voiture et des chevaux. Malgré ses instances et l'argent que nous aurions donné, le mot hôpital a toujours été maisonnant à mon oreille. Je disais un jour à M. Canuet que du moins les intrigues d'amour ne troublaient pas la paix de cet asile. Eh bien! madame, répondit en riant le docteur, vous vous trompez, car ici chacun a sa chacune; et m'explique que chaque vieillard aimable cherchait et trouvait toujours une vieille de son caractère qui bientôt devenait son amie intime. Il me conta qu'une de ces liaisons avait formé il y a quelques années un mariage entre deux amants de quatre-vingts et de quatre-vingt-quatre ans.

Je me suis promenée aujourd'hui toute seule très-longtemps dans le joli petit jardin de cette maison. Je me suis livrée à de longues rêveries; j'ai passé plus d'une heure dans un bosquet dont le petit mur, à hauteur d'appui, donne sur la rue de Sainte-Périne. Je regardais une grande et belle maison que j'avais en face, de l'autre côté de la rue. Je plongeais dans sa cour et dans son jardin; ma surprise fut extrême en ne découvrant dans cette enceinte, ou placées aux fenêtres, que des personnes horriblement bossues et ne marchant qu'avec des béquilles; je croyais pénétrer dans l'intérieur d'un palais tristement enchanté par une fée malfaisante; enfin, j'ai appris que c'est dans ce lieu que s'exerce avec un très-grand succès l'orthopédie ou l'art de guérir les difformités naturelles.

J'ignorais l'existence de cet établissement, dont j'avais pourtant l'idée, puisque j'ai fait promettre il y a plusieurs années, au bienfaisant duc de Glocester, de former à Londres un hôpital de ce genre, mais gratuit, pour les petits enfants. On paye dans celui de la rue Saint-Pierre; mais c'est toujours un très-grand bien que cet art soit connu et exercé; il me reste toujours à désirer qu'il soit employé dans ma patrie au soulagement des infortunés.

En nous promenant dans sa belle cour ombragée et dans son joli jardin, le docteur Canuet m'a conté son histoire, dont voici quelques traits qui méritent d'être rapportés. Il avait étudié l'art de la chirurgie sous le célèbre Dessault; à l'ouverture de la campagne de 1793, il fut choisi pour être chirurgien en chef de l'armée républicaine que l'on envoyait dans la Vendée; il n'avait que vingt-deux ans; cette armée fut battue le 6 juin, à Viez, par les royalistes; elle le fut encore le lendemain à la bataille de Montreuil; deux jours après, les républicains perdirent une troisième bataille qui fut très-sanglante près de Saumur. Le docteur Canuet, occupé à panser les blessés sur le champ de bataille, fut fait prisonnier; on ne trouva sur lui que les papiers qui attestaient sa capacité et sa bonne conduite. Les Vendéens, charmés de n'y trouver aucune espèce de diplôme de jacobinisme, pas même de certificat de civisme, lui proposèrent de prendre parti avec eux, parce qu'ils manquaient de chirurgien. M. Canuet y consentit; dans ce moment, le général Lescure était dangereusement blessé : on était presque décidé à lui couper un bras; comme on lui

porta les papiers qu'on avait trouvés sur M. Canuet, il voulut le voir, et, frappé de sa vive émotion, il lui dit : Rassurez-vous, mon ami, je ne vous ai fait demander que pour vous rendre la liberté pleine et entière; vous êtes ici avec des Français. Le docteur examina les blessures de M. de Lescure, il s'opposa fortement à l'amputation, lui sauva le bras et le guérit radicalement. Aussitôt après son rétablissement, M. de Lescure reparut à la tête de sa division. A la déroute de Parthenay, il fut fait prisonnier par trois hussards de la légion républicaine du Nord, commandée par le féroce Westermann; ils le jetèrent à bas de son cheval, mirent son chapeau en pièces, parce qu'il avait une cocarde blanche; ils lui prirent sa valise et tout ce qu'il avait sur lui; puis ils lui passèrent le licou de son cheval autour du cou : ils serrèrent tellement la corde, qu'il crut que ses yeux allaient sortir de leur orbite; heureusement que ces nœuds faits à la hâte ne tardèrent pas à se relâcher. Westermann était plus furieux que de coutume, parce que l'armée presque entière des Vendéens lui était échappée par sa faute; il fit garrotter deux à deux, sur deux files, le peu de prisonniers qu'il avait faits; on mit à leur tête M. Canuet, parce qu'il avait l'habit brodé d'or de chirurgien-major, et pendant leur marche les soldats républicains chantaient à tue-tête :

On va leur percer le flanc,
Rantanplan tire-lire
    En plan.
Ah ! que nous allons rire!

On se dirigea sur Saint-Maxent; à une demi-lieue de la ville, le général fait faire halte pour rafraîchir sa troupe; mais on ne donna ni à boire ni à manger aux prisonniers, qui étaient exténués de fatigue, de faim et de soif; quoiqu'une partie de Saint-Maxent fût patriote, personne, lorsqu'on entra dans la ville, ne répondit au refrain sanguinaire des soldats. On entassa les prisonniers dans des greniers; un représentant du peuple vint les interroger, et, touché des réponses du docteur Canuet, il leur fit donner du pain et de l'eau; ce fut en abondance, ce qui fut pour ces infortunés un banquet délicieux. Après avoir repris des forces, ils récitèrent tout haut et en commun le chapelet, ensuite ils se livrèrent au sommeil le plus paisible; réveillés à la pointe du jour, leur premier mouvement fut de réciter encore le chapelet, ils ne l'avaient point encore achevé lorsqu'ils furent obligés de se remettre en marche. M. Canuet rencontra de jeunes chirurgiens patriotes avec lesquels il avait étudié; ces jeunes gens ne craignirent point de se compromettre en le protégeant hautement avec autant de courage que de générosité; ils parvinrent à lui sauver la vie.

Le docteur se livra tout entier à la médecine, à la chirurgie, au service des pauvres; il ne se mêla aucunement de politique; il ne fut dans tous les temps que d'un seul parti, celui de l'humanité souffrante; il le brigua ou les places dans lesquelles on peut le mieux la soulager. Il a été successivement administrateur de plusieurs hôpitaux; il est encore aujourd'hui des bureaux de charité de son arrondissement et donne tous les matins des consultations et des drogues gratis à tous les pauvres qui viennent le consulter pendant deux heures qu'il leur consacre; enfin, il est médecin en chef de l'hôpital de Sainte-Périne. Il est impossible d'avoir mieux employé sa vie entière et fait un plus digne usage de ses talents.

M. Canuet m'a conté une autre histoire bien touchante du même temps et dont il a été presque témoin la voici. Au plus fort de la guerre de la Vendée, les républicains prirent la ville de Worms; le représentant du peuple, nommé Ferraud [1], en y entrant, se rendit sur-le-champ avec sa suite au couvent des capucins; les religieux, à son approche, s'enfuirent, à l'exception de trois, l'un vieillard de quatre-vingt-douze ans et aveugle; les deux autres jeunes, qui ne restèrent que pour ne pas abandonner l'infortuné vieillard, action d'autant plus méritoire, que toutes les cruautés précédentes devaient leur faire croire qu'ils se livraient à une mort certaine. Le représentant du peuple, après avoir parcouru le couvent, qu'il trouva désert, entra dans la chambre où étaient les trois religieux; aussitôt que l'aveugle entendit le bruit terrible de la troupe ennemie, il pria ses deux compagnons de le mettre à genoux; ils le firent, en s'y mettant eux-mêmes, et en le soutenant sous les bras; et lorsque M. Ferraud (le représentant) ouvrit la porte et s'avança vers eux, le vieillard dit : « Nous voilà prêts à recevoir le martyre ! »—Non, mon père, répondit M. Ferraud, je vous prends sous ma protection ainsi que vos généreux compagnons qui ne vous ont point abandonné; je vous accorderai d'ailleurs toutes les choses dont vous aurez besoin; demandez-les, parlez.... — Mon fils, répondit le vieillard, je ne sens en ce moment que le besoin de vous témoigner ma reconnaissance et de remercier Dieu !

Je fus forcée de quitter la maison de l'excellent docteur Canuet.

---

[1] Le député Ferraud, attaché au parti connu sous le nom de girondins, fut un des adversaires les plus énergiques de celui dit des montagnards, et paya de sa tête le 20 mai 1795 sa courageuse opposition aux fureurs de ce parti. Ce fut la tête sanglante de ce député qui fut présentée à Boissy d'Anglas, président de l'assemblée, dans cette dernière journée de l'affreux régime de la terreur. Ferraud, né en 1764, était âgé de trente et un ans.

Le logement que je pris en quittant Chaillot n'était pas tenable, il me fallut encore déménager, car, quoique celui-ci soit fort vilain et très-haut, je m'en serais contentée; mais il est véritablement glacial, il faudrait toutes les peaux d'un *troupeau de moutons* pour en boucher toutes les fentes et tous les trous; d'ailleurs les fenêtres n'ont point de volets, et l'appartement manquant d'antichambre, les domestiques des gens qui viennent me voir ne peuvent se tenir que dans la cour, ce qui n'est assurément pas supportable en hiver. Un excellent ami m'a cherché et trouvé un logement très-joli, commode, en bon air et auquel il ne manque rien de ce qui peut m'être agréable; j'ai été le voir hier, je l'ai arrêté et j'y entrerai dans huit ou dix jours.

Je me suis remise aujourd'hui à travailler à mon dernier roman historique, *Alfred le Grand*, dédié à madame de Choiseul, puisque je lui avais promis la dédicace de mon dernier ouvrage en ce genre, et que *Pétrarque et Laure* ne l'est pas, et celui-ci le sera certainement: mon âge seul en peut répondre; d'ailleurs il me serait impossible de trouver un sujet plus beau et un héros aussi parfait. Ce travail, déjà si avancé, sera entièrement fini dans cinq ou six semaines au plus tard.

Mon nouvel appartement me plaît parce qu'il est situé rue du Faubourg-du-Roule, près de mes enfants. J'y serai avec une femme de chambre très-convenablement installée [1].

Maintenant j'ai terminé mes mémoires; je puis dire, sinon avec les mérites, du moins avec vérité, ces paroles de l'Apôtre: *J'ai bien combattu, j'ai gardé la foi, j'ai fini ma course.*

[1] C'est dans cette maison que madame de Genlis est morte, le 31 décembre 1830. G. D.

TABLE DES MATIÈRES.

FIN DE LA TABLE DES MÉMOIRES DE MADAME DE GENLIS.

Paris. — Typ. A. PARENT, rue Monsieur-le-Prince, 31.

www.ingramcontent.com/pod-product-compliance
Lightning Source LLC
Chambersburg PA
CBHW051130260626
47170CB00005B/1750